古事記の文字世界

矢嶋　泉著

吉川弘文館

目次

凡例

一、『古事記』本文の引用は、最古の写本である真福寺本（応安四〜五〈一三七〇〜七一〉年写）の本文情況に配慮した西宮一民編『古事記 修訂版』により、所在巻・頁数を示した（必要に応じて歌謡番号を示す場合もある）。俗字・異体字の類についても原則的に同書に従った。字体の相違に有意性がある場合があるからである。ただし、畳字「〻」は「々」に改めた。また、返点・句読点は必要に応じて私に付した。

一、『古事記』以外のテキストは次のものによった。すべて通行の字体に改め、必要に応じて返点・句読点を付した。

日本書紀　日本古典文学大系『日本書紀』上下（一九六五・六七年、岩波書店）

風土記　沖森卓也・佐藤信・矢嶋泉編著『播磨国風土記』（二〇〇五年、山川出版社）、同『出雲国風土記』（二〇〇五年、山川出版社）、同『常陸国風土記』（二〇〇七年、山川出版社）

万葉集　日本古典文学全集『万葉集』一〜四（一九七一〜七五年、小学館）

一、『古事記』中に現れる固有名詞を引用する際には、原則的に原用字によった。異字表記例がある場合には代表的な用字により、必要に応じて異字表記箇所を（　）内に示した。なお、太安萬侶の表記についてもこれに準じた。

一、先行研究の掲出に際しては、研究史的意義に配慮して可能な限り初出の論文名・掲載誌（論集等）を示すこととし（ただし副題は原則的に省略した）、単行書に再録されたものについてはその旨を記した。掲載雑誌は巻数・号数と刊行年月、年刊誌は集（冊）数と刊行年、単行書については刊行年と出版社を示した。ただし、「第〇巻第〇号」「第〇輯」などの「第」はすべて省略した。

一、先行論文からの引用は、仮名遣のみ原文のままとし、旧字はすべて新字体に改めた。ただし、『古事記』の用字が問題とされている場合は、本書との対応関係を考慮して、西宮編『古事記 修訂版』に従って改めた。

序章　統一と不統一と

1

『古事記』という文字テクストはなかなか厄介な代物である。誤解を避けるためにあらかじめ述べておけば、右にいう厄介とは決して難読とか難解を意味するわけではない。文字テクストを織りなす文字・文字列には読み手の解読に対するさまざまな配慮[1]が行き届いていて、奈良朝初期あるいはその前後に書かれた和文資料——たとえば『万葉集』所載の和歌や『出雲国風土記』意宇郡名条に見える〈国引き詞章〉、あるいは正倉院に残る二つの仮名文書など——に比べれば、むしろはるかに読みやすい。

もっとも、記述された文字・文字列にどのような情報を期待するかによって〝読みやすさ〟の意味は大きく異なろう。まず、〝読みやすさ〟の実態とその理由を、太安萬侶の記した序文を通じて確かめておこう。

書記用言語に即してではあるが、『古事記』序文において安萬侶が鮮やかに分析して見せたように、ことばは表される「意」（「心」）とそれを表す「言」（「詞」）の二重構造としてある。スイスの言語学者ソシュール（Ferdinand de Saussure〈一八五七〜一九一三年〉）が言語を表現（signifiant）と意味（signifié）の二重構造として析出するのは一二〇〇年ほど後のことになるが[2]、安萬侶は外来の文字である漢字を用いて集中的に日本固有のことばを記述する経験を通じて、やまとことばが意（signifié）と言（signifiant）とに引き裂かれるのを目の当たりにする。次の一節には安萬侶の深刻な体験が記しとどめられている。

然、上古之時、言意並朴、敷レ文構レ句、於レ字即難。已因レ訓述者、詞不レ逮レ心。全以レ音連者、事趣更長。（序24）

本来、言と意の不可分な一体——というよりも、そのように分析されることなど考えもしなかったであろう分離不能な一体としてあったはずのことばは、それを漢字を用いて文字化しようとするとき、たちまち言意の一体性に亀裂が入り、表すべき意とそれを表す言とに分裂してしまう。漢字本来の表意性を利用して意の面を文字化してみると、言と意とが一致しない事態にしばしば直面するし（「已因レ訓述者、詞不レ逮レ心」）、だからといって漢字の表意性を捨象した音仮名によって言を構成する音列面を逐次的に文字化すれば、長々しい上に（「全以レ音連者、事趣更長」）意の面をまったく表すことができないというのである。結局、安萬侶が選択したのは、

是以、今、或一句之中、交二用音訓一、或一事之内、全以レ訓録。（序24）

という記述方針であったが、それは亀井孝「古事記は　よめるか」[3]が鮮やかに分析したように、正訓字による表意表記を記述の基本とし、必要に応じて音訓交用方式を交えるというものであった。それは言意一体としてあるやまとことばの言の面の文字化を後回しにして、意の面の文字化を優先したことを意味する。

さらに、そうした基本方針に基づいて書かれた文字列の理解に問題が生じそうな場合には、

即、辞理叵レ見、以レ注明、意況易レ解、更非レ注。（序24）

とあるように、注を施して解読上のつまずきを取り除く配慮もなされている。

次國稚如浮脂而久羅下那州多陁用弊流之時 流字以上十字以音 （上26）

たとえば、右のような文字列の場合（当時の読み手が目にしたはずの姿に近づけるため、原文にはない句読点や返点を省いた）、「時」字の下に付された注記によって、「久」から「流」に至る一〇字は正訓字ではなく音仮名であることが指示されているので、「次國稚如浮脂而」までは漢字の意味を追って解読し、「久」字以下はクラゲ甲ナスタダヨ甲ヘ甲ルとい

う音列に還元すればよいことになる。しかも、音仮名による文字列は「流」字以上の一〇字と明記されているので、「之」字以下は再び正訓字の原理に復することも示されているのである。

比較のために、同時期に和文で書かれた散文の事例を見てみたい（引用のしかたは『古事記』に同じ）。

a所以号意宇者国引坐八束水臣津野命詔八雲立出雲国者狭布之堆国在哉初国小所作故将作縫詔而栲衾志羅紀乃三埼矣国之余有耶見者国之余有詔而童女胸鉏所取而大魚之支太衝別而波多須々支穂振別而三身之綱打挂而、霜黒葛闇々耶々爾河船之毛々曽々呂々爾国々来々引来縫国者自去豆乃折絶而八穂米支豆支乃御埼（『出雲国風土記』意宇郡郡名条、48〜55行。傍点は音仮名、〇印は訓仮名・借訓字）

b布多止己呂乃己呂美乃美／毛止乃加多知支々多末マ尓多／天万都利阿久　之加毛与祢波／夜末多波多万波須阿良牟　／伊比祢与久加蘓マ天多末不マ之／止乎知宇知良波伊知比尓恵／比天美奈不之天阿利奈利支気波加之古之／一久呂都加乃伊祢波々古非天伎／一田宇利万多己祢波加須（正倉院仮名文書〈甲文書〉。／は改行位置を示す）

aでは正訓字と音仮名の境界が示されていないため、その識別は読み手に委ねられたかたちとなっている。しかも、意味の明確でない神名「八束水臣津野命」は措くとしても、「三埼《みさき》」の三、「闇々耶々《くるやくるや》」の闇のように、訓仮名あるいは借訓字も混用されている。解読にかかる読み手の負担は、『古事記』よりもはるかに重いといわねばならない。

bの場合、末尾二行の行頭にそれぞれ現れる二つの「一」字および最終行第二字目の「田」を除けば、すべて音仮名で書かれており、音訓の識別に関する読み手の負担は当初から避けられている。とはいえ、正訓字で書かれた「一」「田」を除けば、意味面は一切表示されていないので、読み手は文字列をいったん音列に置き換えた上で、さらにその音列が担うはずの意味に変換する操作が求められることになる。第三行中ほどの空欠、第四行末の空白、および第七行目末の細字双行の補記など、文の切れ目を示す配慮がそこここに施されてはいるが、音列をどのように分節するかは基本的に任意であるため、読み手は書き手の意図を推測しつつ意味を模索しなければならない。書簡とおぼしいbの、送り手と受け手の共有する時空と経験・知識の外側にいるわれわれにとって、音列を意味に置換する操作はなによりも困難を伴う作業といわねばならない。

2

話題を『古事記』に戻そう。改めていえば、冒頭に述べた厄介とは文字テクストの解読にかかわる問題ではない。では、なにが問題なのか。それは右に見たような文字テクストのありようと、文字テクストに施された読み手に対する配慮が、しばしば一貫性をもたないように見える場合があることである。用字・表記に関連して、これまでに指摘されてきたことがらを確かめておけば、おおよそ次の三点にまとめられよう。

1音仮名には顕著な整理・統一の跡が認められる一方、不徹底な形で終わっている。(4)

2序文の示す記述方針によって全巻が覆われる一方、同一内容にもかかわらず表記方法が異なる例が認められる。(5)

3施注方針に原則性が認められない。(6)

統一と不統一、整理と未整理――このおよそ相反する二つの要素を同時に内包しつつ『古事記』というテクストはある。厄介な代物とはまさにこのことをさすが、それは同時に解きほぐし方を一つ間違えるといっそう事態が悪化しそうな縺れた糸の束に立ち向かうときのように、できる限り所与の文字テクストに即してその論理の筋道を探り出し、それを慎重かつ丁寧に辿ることを通じてしか、この課題は克服できないのではないかという予感の表出でもある。

研究史的に見れば、こうしたありようは、おおむね『古事記』が非一元的な成立過程を辿ったことを示す徴証と理解されてきたといってよい。『古事記』成立の経緯を伝える唯一の資料である序文には、「諸家所賚」の帝紀・旧辞類を天武が「討覈」し、稗田阿礼に誦習させた「帝皇日継」と「先代舊辞」とが『古事記』の母胎であると記されており（序23）[7]、また編者太安萬侶も「於レ姓日下謂二玖沙訶一、於レ名帯字謂二多羅斯一、如レ此之類、随レ本不レ改」（序24）と、明確に文字資料に基づく編纂作業であったと述べている。

こうした成立の動態を視野に入れるとき、右に述べた不統一や未整理なありようは、資料とされた複数の帝紀や旧辞類の用字や文体が、編者による整理・統一の網の目をすり抜けて現行文字テクストに取り込まれた結果なのではないかと想定してみるのは、発想としてはごく自然である。しかし、問題なのは、従来この文字テクストに対して与えられてきた不統一や未整理といった評価が、実はあくまでも主観に基づくものに過ぎず、この文字テクストの論理に即して確かめられてきたわけではないことである。その限りで、いわれてきた不統一や未整理なありようは見かけのレベルにとどまっており、実際に『古事記』という文字テクストに即して不統一であり未整理であるのか、あるいはそうでないのかについては、検証を待っている情況というべきなのである。

本書は、述べてきたような趣旨に従って、まず第一章においては『古事記』をめぐる研究史のひずみに目を向け、研究史を通じて創り上げられてきた古事記観を再検討することから出発する。つづく第二・三章では文字テクストに見出されるさまざまな現象を取り上げ、可能な限り文字テクストに即した論理の発見に努める。第二章は主として用字・表記の原理面の考察に当て、第三章にはそれをさまざまな側面から具体的に支える各論に当たる論考を配した。三章から成る全体は、主論としての第二章を前後の章が補完する関係にある。

註

（1）第二章に詳述するように、『古事記』の文字テクストは正訓字による表意表記の原則を立て、必要に応じて音仮名を交用する方式がとられているが、その音仮名には正訓字との混同を避けて、正訓字と競合しない文字を採択するなどの工夫が施されている（第二章第二節）。そのようにして織りなされた文字テクストには、読み手が解読につまずく可能性のある箇所――誤読の可能性がある場合や理解がとどきにくい場合など――には、さらにそのつまずきを未然に防ぎ、あるいは理解を助けるために、さまざまな注記が施されてもいる（1～7）。そのうち、1～5はすべて文字列の理解・解読を助けるもので、序文にいう施注方針「辞理叵ㇾ見、以ㇾ注明」に対応する。

1所与の文字が正訓字ではなく字音を用いて記されていることを示す〈以音注〉（音読注・音注とも）
2所与の漢字の当該文脈における訓み方を示す〈訓注〉
3所与の文字のアクセントを示す〈声注〉（アクセント注とも）
4一定の範囲に記された固有名の数を示す〈計数注〉（数注とも）
5語義や内容の理解を補助する〈解説注〉（注解とも）
6記述された神や人について、その末裔氏族を示す〈氏祖注〉
7天皇の崩年（月日）を示す〈崩年干支注〉

6はその大半が「次櫛角別王者、茨田下連等之祖。次大碓命、守君・大田君・嶋田君之祖。」（中126）などのように、本文から割注に文脈がつづく形式で書かれており（七二例中七一例。残る一例は本文注の形式）、解読の補助機能をもつ1～5とは質的に異なる。6については注記の形式を利用した本文叙述と理解すべきものである（久田泉「『古事記』氏族系譜記載の方法」〈『国語と国文学』五八巻四号、一九八一年四月〉）。7は崩年干支に特化しているものの、内容的には5の〈解説注〉の一種と見ることも可能である。また「上件五柱神者、別天神」（上26）のように、一定の範囲の記述内容について総括し補足説明を加える〈本文注〉も存在するが、これはむしろ本文に付帯する情報と認めるべきであろう。

（2）フェルディナン・ド・ソシュール『一般言語学講義』（小林英夫訳、一九七二年〈改版〉、岩波書店）。
（3）亀井孝「古事記は よめるか」（武田祐吉編『古事記大成3　言語文字篇』〈一九五七年、平凡社〉。『日本語のすがたとこころ㈡　亀井孝論文集4』〈一九八五年、吉川弘文館〉所収）。
（4）高木市之助「古事記歌謡に於ける仮名の通用に就ての一試論」（『京城大学文学会論纂』二輯〈一九三五年十二月〉。高木『吉野の鮎』〈一九四一年、岩波書店〉および『高木市之助全集　第一巻』〈一九七六年、講談社〉所収）。
（5）高木「古事記歌謡に於ける仮名の通用に就ての一試論」（註（4）参照）。

（6）安藤正次「古事記解題」（『世界聖典全集　古事記神代巻』〈一九二二年、世界聖典全集刊行会〉。『記・紀・万葉集論考　安藤正次著作集4』〈一九七四年、雄山閣出版〉）、倉野憲司「古事記の形態」（『国文学研究』1〈一九三〇年十月〉。倉野『古事記論攷』〈一九四四年、立命館出版部〉改題所収）。

（7）序文の伝える『古事記』成立の経緯を天武朝（Ⅰ）と元明朝（Ⅱ）に分けて摘記すれば、おおよそ次のごとくである。

Ⅰa壬申の乱に勝利して即位した天武は、b諸家より朝廷にもたらされる「帝紀」「本辞」に多くの虚偽が加えられていることを知り、cそれらの内容を検討して正本たる「帝紀」「舊辞」を撰録し、後世に伝えようと企図した。dその作業過程で、識字能力（「度レ目誦レ口」）と記憶力（「拂レ耳勒レ心」）に優れた舎人稗田阿礼に勅語して「帝皇日継」と「先代舊辞」とを誦み習わせたが、e天武の死によって「後葉に流へ」ることは実行に移されることなく、時は経過した。

Ⅱf元明朝に至り、「旧辞」「先紀」になお錯誤があることを惜しんだ元明は、g稗田阿礼所誦の天武勅語の「舊辞」の存在に想到し、和銅四年九月十八日に太安萬侶にその撰録を命じた。これをうけて安萬侶は仔細に採録し、h三巻と成して、翌和銅五年正月二十八日に『古事記』と題して献上した。

念のために、以下に原文を引いておく。

Ⅰa暨下飛鳥清原大宮御二大八州一天皇御世上、潜龍體レ元、洊雷応レ期。……然、天時未レ臻、蟬二蛻於南山一、人事共給、虎二歩於東國一。……乃、放レ牛息レ馬、愷悌歸二於華夏一、巻レ旌戢レ戈、儛詠停二於都邑一。歳次二大梁一、月踵二俠鐘一、清原大宮、昇二即天位一。……b於レ是、天皇詔之、朕聞、諸家之所レ賷帝紀及本辞、既違二正實一、多加二虚偽一。當二今之時一、不レ改二其失一、未レ経二幾年一、其旨欲レ滅。斯乃、邦家之経緯、王化之鴻基焉。c故惟、撰二録帝紀一、討二覈舊辞一、削レ偽定レ實、欲レ流二後葉一。d時有二舎人一。姓稗田、名阿礼、年是廿八。為レ人聡明、度レ目誦レ口、拂レ耳勒レ心。即、勅二語阿礼一、令レ誦二習帝皇日継及先代舊辞一。e然、運移世異、未レ行二其事一矣。

Ⅱf於レ焉、惜二舊辞之誤忤一、正二先紀之謬錯一、g以二和銅四年九月十八日一、詔二臣安萬侶一、撰二録稗田阿礼所レ誦之勅語舊辞一以獻上者、謹随二詔旨一、子細採摭。……h故、天御中主神以下、日子波限建鵜草葺不合命以前、為二上巻一、神倭伊波礼毗古天皇以下、品陁御世以前、為二中巻一、大雀皇帝以下、小治田大宮以前、為二下巻一、并録二三巻一、謹以獻上。臣安萬侶、誠惶誠恐、頓々首々。

和銅五年正月廿八日　正五位上勲五等太朝臣安萬侶（序22～25）

第一章　古事記研究史のひずみ

一　『日本書紀』の鏡像——本居宣長の古事記観

1

顕在化のしかたやその程度はさまざまであるが、『古事記』という作品をめぐっては研究史を通じて形成史的な関心が色濃く纏わりついている。現存する最古の史書という、この古典に与えられた文化史的位置自体、そうした関心を惹起する理由の一部をなしてもいるのだが、その『古事記』が和銅五（七一二）年の成立時をさらに二五年以上も遡り、天武朝に行われた帝紀・旧辞の編纂事業を前史としてもつとする『古事記』序文[1]の記述内容[2]は、いっそう具体的な作業過程を想像させる誘因となっている[3]。

しかし、より本質的な原因は、この書物が元明勅撰の史書とされながら、撰録者太安萬侶の手になる序文以外に和銅五年の成立を傍証する同時代資料をもたないところに求められるであろう[4]。そのために、古事記研究史は作品自体の解読・分析とは別に、序文の伝える成立の経緯を太安萬侶に代わって証明する[5]——もしくは否定する[6]、という課題を、当初から抱え込んだまま展開せざるをえなかったのである。

本居宣長『古事記伝』（明和元〈一七六四〉年起稿、寛政十〈一七九八〉年脱稿。寛政二～文政五〈一七九〇～一八二二〉年刊。なお、本節ではとくに必要な場合を除き、以下『記伝』の略称を用いることとする）が、古事記研究史の画期をなす最初の本格的な注釈・研究書であったことは誰しも認めるところであろうが、同時に研究史の問題性を典型的に体現する書であったこともまた事実である。研究史が直面せざるをえなかった問題(7)と、その克服のために抱え込むことになった問題とは、いずれも『記伝』に克明に刻み込まれている。本書の対象とする文字テクストをめぐる研究史もまた『記伝』によって本格的に切り拓かれてきたのであり、しかも、その影響は今日にまでなお及ぶ。古事記研究史の事実上の起点ともいうべき『記伝』の再検討は、その後の研究史が抱え込むことになった問題性を確認する上で不可欠な予備的作業と考える。

まずは『記伝』の検討を通じて、古事記研究史の問題点を確認することから始めたい。なお、『記伝』の引用はすべて『本居宣長全集』第九～十二巻（一九六八～七四年、筑摩書房）による（必要に応じて『記伝』の原巻数もしくは章節名、項目名を示す）。

2

『記伝』一之巻は「古《イニシヘ》記典《ブミ》等《ドモノ》総論《スベテノサダ》」「書紀の論《アゲツラ》ひ」「旧事紀といふ書の論」「記題《フミノ》号《ナ》の事」「諸本又注釈の事」「文体《カキザマ》の事」「仮字《カナ》の事」「訓法《ヨミザマ》の事」「直毘霊《ナホビノミタマ》」の各章節から成るが、それぞれの章節は有機的に関連しつつ、全体を通じて国学研究上『古事記』を「あるが中の最上《カミ》たる史典《フミ》」（「古記典等総論」）とすべき所以を、作品の解題を兼ねて論じたものと捉えることができる。

冒頭の「古記典等総論」では、まず記紀の成立問題が取り上げられ、次のような説明が加えられている（以下、①～⑥はすべて「古記典等総論」からの引用）。

①こゝに平城宮　御　宇《ナラノミヤニアメノシタシロシメシシ》天津御代豊国成姫《ノ》天皇《ノ》御代、和銅四年九月十八日に、太朝臣《オホノアソ》安萬侶《ミヤスマロ》に詔《オホミコト》おふせて、

> この古事記を撰録《ツクラ》しめ給ふ、同五年と云《フ》年の正月《ノ》二十八日になむ、其功《ソノコト》終《ヲヘ》て貢進《タテマツ》りけると、序に見えたり、【続紀に此事見えず、】然れば今に伝はれる古記の中には、此記ぞ最古《モトモフル》かりける、さて書紀は、同宮　御　宇《ニアメノシタシロシメシシ》　高瑞浄足姫《ノ》天皇《ノ》御世、養老四年にいできつと、続紀に記されたれば、彼《カレ》は此記に八年おくれてなむ成れりける、

注目されるのは、『古事記』の成立について「序に見えたり」と典拠を記した後に、わざわざ「続紀に此事見えず」という注記が加えられていることである。後に触れるように、国学研究上『古事記』を「あるが中の最上《カミ》たる史典《フミ》」と位置づける宣長にとって、『古事記』の成立記事が「続紀」に「見え」ないという事実は看過しえない問題であったはずで、単に事実を記したという以上の重みと意味をもつ。右の注記は、宣長が『古事記』の成立問題を当初から強く意識していたことを逆説的に示していよう。

ところで、記紀の成立に触れた①の直後に、『記伝』の基調をなす有名な古事記観が提示されることは十分に注意されてよい。

> ②さて此記は、字《モジ》の文《アヤ》をもかざらずて、もはら古語《フルコト》をむねとはして、古《ヘ》の実《マコト》のありさまを失《ウシナ》はじと勤《ツト》めたること、
> 　序に見え、又次々《ツギツギ》に云が如し、（「古記典等総論」）

周知のごとく、漢文的潤色を排し日本固有の「古語《フルコト》」によって日本の古代を記しとどめた書と『古事記』を捉えることの作品観は、中国史書を模倣し漢文的潤色を加えて日本の古代を記しとどめようとした『日本書紀』という作品観をその対極に配置しつつ、不可分なセットとして『記伝』の主張する古事記論の骨格を形成する。それゆえ、

> ③彼《レ》はもはら漢《カラ》に似るを旨《ムネ》として、其《ノ》文章《アヤ》をかざれるを、此《レ》は漢にかゝはらず、たゞ古《ヘ》の語言《コトバ》を失《ウシナ》はぬを主《ムネ》とせり、
> ④書紀は、後《ノ》代の意をもて、上代《ツ》の事を記し、漢国の言を以《テ》、皇国《ミクニ》の意を記されたる故に、あひかなはざること多かるを、此記は、いさゝかもさかしらを加《クハ》へずて、古《ヘ》より云《ヒ》伝《ヘ》たるまゝに記されたれば、その意も事も言も相《アヒ》

称《カナヒ》て、皆上《ツ》代の実《マコト》なり、是《レ》もはら古《ヘ》の語言《コトバ》を主《ムネ》としたるが故ぞかし、（③④とも「古記典等総論」）

といった言説は、「古記典等総論」にとどまらず、『記伝』全体を通じて執拗に反復・変奏されてゆくことになる。

ただし、こうした二元的な記紀観を単に国学者宣長の国風称揚／漢風忌避の思想の表れとして捉えるのでは、この場合、問題の本質の半ばを見落とすことになるだろう。(8)『記伝』の文脈《コンテクスト》に即して読む限り、国風／漢風という二項対立的な記紀観は、『古事記』の成立問題を契機として提示されたものであることが明らかだからである。はたして最初の古事記観が提示された直後には、八年という短い期間に記紀が相次いで成立した事情、『続日本紀』に『古事記』の成立記事が見えない事情などが「或人」との問答形式を通じて逐条的に説明されてゆくのだが、これらを統一的に説明するために用意された視点こそ、実は右の記紀観なのである。すなわち、

⑤此記あるうへに、更《サラ》に書紀を撰《バ》しめ賜へるは、そのかみ公《オホヤケ》にも、漢学《カラブミマナビ》問を盛《サカリ》に好《コノ》ませたまふをりからなりしかば、此記のあまりにたゞありに飾《カザリ》なくて、かの漢《カラ》の国史どもにくらぶれば、見《ミ》だてなく浅々《アサアサ》と聞ゆるを、不足《アカズ》おもほして、更に広く事どもを考へ加《クハ》へ、年紀を立《タテ》などし、はた漢《カラ》めかしき語どもかざり添《ソヘ》などもして、漢文章《カラブミノアヤ》をなして、かしこのに似たる国史と立《タテ》むためにぞ、撰《バ》しめ賜へりけむ、（「古記典等総論」）

とあるように、国風を志向する『古事記』に対し漢風を志向する『日本書紀』という対立の構図は、短期間のうちに相次いで記紀が成立した理由であると同時に、

⑥そのかみ漢学《カラブミマナビ》のみさかりに行はれて、天《ノ》下の御制《ミサダメ》までも、よろづ漢様《カラザマ》になり来《キ》ぬる世にしあれば、かゝる書典《フミ》の類まで、ひたぶるに漢《カラ》ざまなるを悦《ヒ》びて、表《オモテ》に立《タテ》られ、上《ツ》代の正実《マコト》なるはしも、返《リ》て裏《ウラ》になりて、私《シ》物の如くにぞ有《リ》けむ、故其撰定《カレノエラビ》の事も、続紀などにも載られざりけるなるべし、（同右）

とあるように、『古事記』の成立記事が『続日本紀』に記述されなかった理由としても機能するのである。

『記伝』は「古記典等総論」につづいて「書紀の論ひ」を用意し、『日本書紀』の「漢籍意《カラブミゴコロ》」による「潤色《カザリ》」の深刻さを具体的に例示しているが、それは「古記典等総論」で提示した記紀観をより鮮明にするための戦略であったことが明らかである。要するに、『記伝』の提示する二元的な記紀観は、正史による成立の保証をもたない『古事記』の成立問題を克服するための理論的な装置という面を強くもつのである。

3

『記伝』の基調をなす二元的な記紀観が『古事記』の成立問題と不可分な関係にあることを確かめてきたが、しかし、史書としての記紀の志向の差を強調するのみでは、ほぼ同時期に両書が成立したことの蓋然性は説明しえても、『古事記』の成立問題自体が解決したことにはならない。和銅五年の成立を傍証する同時代資料が存在しない以上、この問題を克服するためには八世紀初頭に『古事記』が存在したことを直接・間接に示す内外の徴証を示す必要がある。

後述するように、『記伝』はこの点についても十分に自覚的で周到な戦略のもとに対応しているが、ただ外部徴証にはほとんど関心を示すことはなかった。周知のごとく、『万葉集』巻二および十三には断片的にではあるが『古事記』の引用が認められる。いずれも允恭記の軽太子と軽大郎女（衣通王）の物語で、巻二には巻頭の磐姫皇后歌群（八五〜八八番歌）第一首の参考として物語の一部と衣通王の歌（允恭記歌謡87）が、[9] 巻十三には三二六三番歌の参考として歌句の類似する允恭記の軽太子歌（歌謡89）の作歌事情と作歌主体が引用されている。[10]

これについて『記伝』は、「万葉を集めたる人のしわざか、はた仙覚などが書入《レ》たるか、弁へがたし」（三十九之巻「麻都爾波麻多士」条）、また「万葉集《アツ》めたる人の書入《レ》たるか、はた後に仙覚などが加へたるか」（同「一首の意」条）と述べるにとどまり、それ以上の詮索をしようとはしていない。引用時期を特定しえない以上、[11]『記伝』がこの問題に興味を示さないのは当然ともいえるが、成立時期・撰者とも明確な『歌経標式』（宝亀三〈七七二〉年、藤原浜成撰）に『古事記』上巻の歌謡二首（歌謡6・8）が利用されている事例についても、[12]「浜成の式と云物にも、他麻能美須麻呂《タマノミスマロ》、【四句】美須麻呂能《ミスマロノ》【五句】とあり」（十三之巻「美須麻流邇」条）、「浜成歌式に出せるには、此記と同く、礼《レ》とあり」（十七之巻「伊毛波和須礼士」条）などとあるのみで、歌句の異同以外には関心を示していないことから見て、[13]そもそも外部徴証に基づく間接的な成立論は『記伝』の視野になかったことが知られる。

既述のごとく、『記伝』にとって『続日本紀』という外部資料における成立記事の不在が『古事記』成立問題の原点であったわけだから、正史たる『続日本紀』に匹敵する資料を提示しえないことはほとんど自明であったといってよい。『記伝』が外部徴証に関心を示さない理由は、そこに求められるであろう。

さて、外部徴証に関心を示さなかった『記伝』が着目したのは、『古事記』の時代性を指し示す内部徴証であった。『記伝』は一之巻を始めとして、注釈作業のさまざまな機を捉えて、八世紀初頭もしくはそれ以前の時代性を示す多様な内部徴証を提示しているが、それらを通じて和銅五年成立の蓋然性を支えようとするのが、成立問題克服のために『記伝』が採用した第二の方法なのである。

『記伝』の指摘する内部徴証を、提示された順に摘記すれば以下のごとくである。

i『日本書紀』は「漢音呉音をまじへ用」いるのに対し、『古事記』は「呉音をのみ取て、一《ツ》も漢音を」採用していない。（一之巻「仮字の事」）

ii記紀万葉などの音仮名には、コ・メ・キ（ギ）・ト・ミ・モ・ヒ（ビ）・ケ・ソ・ヨ・ヌ（「後《ノ》世はノ°といふヌ°」）の各音節について、後世には失われた仮名遣上の「定まり」が認められるが、[14]「書紀万葉などの仮字にも、此《ノ》定ま

り」は認められるものの、『古事記』の「正しく精《クハ》しきには及ば」ない。（同右）

iii『古事記』の国名表記の「多くは後に定れる字と異な」り、「古《ヘ》の書格《カキザマ》」である。（七之巻「遠江国造」条）

iv天武十二年十月に「連」姓を賜った鏡作連を除き、「凡て此《ノ》記の諸姓《ウヂウヂ》を記せる例、当時《ソノトキ》の加婆泥にかゝはらず、皆上代の随《ママ》に記」されている。（十五之巻「鏡作連」条）

v「天皇の伎佐伎《キサキ》」は「皇后に限らず、上代には、妃夫人などの斑《ツラ》までを申せる称《ナ》」で、そのうち「最上《モトモカミ》なる一柱」を『古事記』にあるように「大后《オホギサキ》」と称したが（十一之巻「嫡后」条）、『日本書紀』では「後世の如く漢国の定めに随《シタガ》」って、「当代《ソノミヨ》の大后《オホギサキ》」に「皇后」、「御母后《オホミオヤ》」に「皇大后」の用語を用いている。(15)（二十之巻「大后」条）

vi『古事記』に「王とある御名」を、『日本書紀』ではおおむね「皇子」と書き、「王」と書く例は稀であるが（「書紀の書法《カキザマ》は、大抵天皇の一世の御子の御名には、皇子と書き、二世よりして王とは書かれたり」とも指摘する）、「上代には、一世二世など云《フ》差別《ワキ》なく、おしなべて同く美古《ミコ》と申して、王《ノ》字を書」くのが通例であり、「古《フル》き書《キ》ざま」であった。（二十二之巻「日子坐王」条）

なお、『記伝』執筆中に刊行された『国号考』（天明七〈一七八七〉年刊）には、国号ヤマトの表記をめぐって次のような指摘が見える（引用は『本居宣長全集』第八巻〈一九七二年、筑摩書房〉による）。

vii夜麻登《ヤマト》といふに、日本といふもじを用ることは、書紀よりはじまれり、(16)……古事記は、大化の年よりはるかに後に出来つれども、すべての文字も何も、ふるく書《キ》伝へたるまゝにしるされて、夜麻登《ヤマト》にもみな倭《ノ》字をのみかきて、日本とかゝれたる所はひとつもなきを、書紀は、漢文をかざり、字をえらびてかゝれたる故に、あらたに此嘉号《ヨキナ》をあててかゝれたるなり、（『国号考』「日本比能母登といふ事をも付いふ」）

刊行時期やその論調から見て、viiがi〜viの延長上にあることは明らかで、『記伝』の枠組を逸脱するとはいえ、『記、伝』の、『古事記』成立論を支える内部徴証の一つにほかならない。これらの各項はいうまでもなく『古事記』が天武朝に成立の契機をもち、元明朝に成ったとする序文の傍証として提示されたものだが、その後の研究史においても『古事記』の時代性を示す重要な指標として注目され、精度を高めつつ継承されていったことは周知のごとくである。(17)

注意されるのは、i v vi viiに典型的に見られるように、徴証の提示に当たってしばしば『日本書紀』が比較の対象として取り上げられていることである。『古事記』対『日本書紀』という対比構造にならない場合でも、たとえばiiでは「書紀万葉」対『古事記』という対比が示され、比較の対象には『日本書紀』が含まれているのである。(18)その意図は明白で、『古事記』の八年後——養老四（七二〇）年に成立したことが『続日本紀』によって確認される『日本書紀』を定点として設定し、それとの相対的な新旧の関係を示すことで、『古事記』が『日本書紀』に先行して成立したことを証明しようとするのである。『古事記』の時代性を示すさまざまな内部徴証は、『日本書紀』という権威ある指標を得ることで、成立論を支える傍証というレベルから一気に成立論の重要な論拠へと転成を遂げるのである。

4

『記伝』の定立した古事記観がその後の研究史に大きな影響を与えたことは周知のごとくである。「漢《カラ》に似るを旨《ムネ》として、其文章《ノアヤ》をかざ」った『日本書紀』の編纂意図が中国正史に倣った国史の作成にあったとする推測にはほぼ異論のないところであるから、(19)その対極に「漢にかゝはらず、たゞ古《ヘ》の語言《コトバ》を失《ウシナ》はぬを主《ムネ》」とする『古事記』を位置づけようとする『記伝』の発想にはほとんど違和感がない。しかも、『古事記』の時代性を示す内部徴証として『記伝』が示す諸事象は、多くの点で『日本書紀』よりも古態を留めることを指し示すのである。(20)『記伝』の所説が広く受け入れられた理由は、記紀間の差異に着目することで、記紀の成立問題のみならず享受史の展開まで一貫して説明して見せる巧みな論理操作にあったといえよう。精緻な考証を通じて示される内部徴証の数々が、それを具体的に支える構図となっていることはいうまでもない。『日本書紀』の八年前に成立した史書でありながら、八世紀初頭よりも「古《へ》の語言《コトバ》」によって「古《へ》より云《ヒ》伝《ヘ》たるまゝ」の古代が記されているとする古事記観は、こうして一般化してゆくことになる。

しかし、改めて確認すべきは、『記伝』の古事記論の大前提ともいうべき二元的な記紀観は、『古事記』の成立問題を克服し、国学の聖典に位置づけるための戦略的仮説といった性格を強くもつ点である。しかも、その二元的な対立を実質的に支えているのは、誰の目にも明らかな『日本書紀』の漢風志向なのであって、『古事記』に関しては「字《モジ》の文《アヤ》をもかざらずて、もはら古語《フルコト》をむね」とするという「文体」(21)的特徴が指摘されるのみで、それ以外に国風志向を示す具体的な徴証が示されているわけではない。『日本書紀』の漢文体に対比されるはずの「文体」すら、「すべての文、漢文の格《サマ》に書れたり」（一之巻「文体の事」）と宣長自身が述べているように、必ずしも明確な対立の構図が認められるわけではないのである。(22)こうした事実を認識しながら、なお確信的に『古事記』の国風志向を主張するのは、「文体」論自体が『記伝』の展開する周密な古事記論の不可欠な一部として当初から組み込まれており、論証過程と結論とを共有するからだといってよい。『記伝』の「文体」論および古事記論の本質にかかわる問題であるので、その論理の筋道を改めて辿り直しながら、問題の所在を確かめておこう。

さて、『記伝』は『古事記』の「文体《カキザマ》」が「大体《オホカタ》は漢文のさまなれども、又ひたぶるの漢文にもあらず」（一之巻「文体の事」）という点にまず着目し、その「ひたぶるの漢文」から逸脱するところの「仮字書《キ》」や「宣命書の如」き「種々《クサグサ》のかきざま」は、「古語《ノ》を伝ふることを旨《ムネ》」として採択されたものであったと解釈する（同上）。「古語《ノ》を伝ふること」を目的とするか否かをひとまず措けば、音仮名によって日本語の音列をそのまま転写する「仮字書《キ》」や、表意的に文字化しにくい付属語の類を音仮名で文字化して正訓字の文字列中に挿入してゆく「宣命書の如」き「文体《カキザマ》」が、日本語を前提とした記述様式であることは明らかであるから、そうした逸脱を含んで成る『古事記』全体を日本語による記述を目指している、と捉えるところまでは問題なく認めることができる。それを「古《ヘ》の語言《コトバ》」による記述というレベルにスライドさせて捉えようとするのが、『記伝』の「文体」論の本質である。

こうした「文体」論を内側から支える徴証として『記伝』が注目したのは訓注と声注とであった。

⑦故《レ》安萬侶朝臣《ノ》の撰録《エラビシル》されたるさまも、彼《ノ》天皇たちの大御志のまに〳〵、旨《ムネ》と古語を厳重《オモ》くせられたるほど灼然《イチジロ》くて、高天原の註に、訓《テ》二高下天《ノノ》一云《ヲ》二阿麻《アマト》一としるし、天比登都柱《アメヒトツバシラ》の註には、訓《ムコト》レ天《ヲ》如《シ》レ天《ノ》などしるし、或は読声《ヨムコヱ》の上下《アガリサガリ》をさへに、委曲《ツバラカ》に示《シメ》し諭《サト》しおかれたるをや、（一之巻「訓法の事」）

とあるように、『記伝』は『古事記』本文に散在する訓注や声注を、漢字によって文字化された文字列を「古《ヘ》より云《ヒ》伝《ヘ》たるまゝ」の「古語」の姿に還元するための注記と捉え、そうした注記を含む事実こそ「古《ヘ》の語言《コトバ》を主《ムネ》」とする具体的な徴証とするのである。『古事記』序文の、帝紀・旧辞の討覈・撰録を命じた天武の詔をめぐって、

⑧彼詔命《ノオホミコト》を敬《ツツシミ》て思ふに、そのかみ世のならひとして、万《ノ》事を漢文に書《キ》伝ふとては、其度《ノタビ》ごとに、漢文章《カラコトバ》に牽《ヒカ》れて、本の語は漸《ク》に違ひもてゆく故に、如此《カク》ては後遂《ノチツヒ》に、古語はひたぶるに滅《ウセ》はてなむ物ぞと、かしこく所思看《オモホシメ》し哀《カナシ》みたまへるなり、殊に此《ノ》大御代、世間《ヨノナカ》改まりつるころにしあれば、此《ノ》時に正《タダ》しおかでは、とおもほしけるなるべし、

（同右）

と述べているように、そもそも『記伝』は『古事記』成立の動機自体、漢文による書承を重ねることで「古語」が誤られ、失われてゆくことを憂えた天武が、本来の「古語」に正した帝紀・旧辞を撰録しようとしたところにあったと捉えているのである。宣長自身の主張を天武に代弁させたともいうべき恣意的で特異な解釈であるが、序文の注釈

（二之巻）においても同趣の説明が繰り返されていることから、(23)これを確信していたことが知られる。

このような特異な観点から『古事記』の成立を捉える『記伝』が、⑨に見るように稗田阿礼の命ぜられた「誦習」を「古語を違へ」ないための手段・方法と捉えるのは当然の帰結であった。

⑨万《ツ》の事は、言《コト》にいふばかりは、書《フミ》にかき取《リ》がたく、及ばぬこと多き物なるを、殊に漢文にしも書《ク》ならひなりしかば、古語を違へじとては、いよゝ書取《キリ》がたき故に、まづ人の口に熟誦《ツラツラヨミ》ならはしめて後に、其《ノ》言の随《マニマ》に書録《カキシル》さしめむの大御心にぞ有《リ》けむかし、【当時《ソノカミ》、書籍ならねど、人の語にも、古言はなほのこりて、失《ウセ》はてぬ代《ヨ》なれば、阿礼がよみならひつるも、漢文の旧記に本づくとは云《ヘ》ども、語のふりを、此間《ココ》の古語にかへして、口に唱へこゝろみしめ賜へるものぞ、然せずして、直《タダ》に書《フミ》より書にかきうつしては、本の漢文のふり離《ハナ》れがたければなり、……】（同右）

阿礼の「誦習」を通じて伝えられた「古語」の姿を安萬侶が必要に応じて注記したのが訓注や声注であったという解釈は、こうした回路を通じて増幅され、成立論を支える重要な論拠として再び成立論に還元されてゆくのである。

5

かくて『記伝』は成立の動機——阿礼の誦習——安萬侶の撰録のすべての過程を「古《へ》の語言《コトバ》を主《ムネ》」とするという観点で一貫して見せるのだが、こうした「文体」観は具体的な分析を通じて帰納的に得られた結論というわけではなく、二元的な記紀観と同様、『記伝』の構想する古事記論の根幹をなす戦略的な仮説であったことは十分に理解しておく必要がある。確かめてきたように、『記伝』の古事記論を支える主な論点は、ⓐ二元的な記紀観とⓑ『日本書紀』よりも古態を残すことを示すさまざまな内部徴証とであったが、『古事記』成立論の文脈《コンテクスト》においては、ⓐはほぼ同時期に二つの史書が成立した事情、および『続日本紀』に成立記事が見えない事情を説明する仮説として、ⓑは序文の記述内容を傍証し、『古事記』の成立を『日本書紀』以前に位置づける根拠としての意義をそれぞれ担っている。他方、国学の文脈《コンテクスト》においては、ⓐは享受史の過程で『日本書紀』のみが尊重され、『古事記』が無視されてきた事情を批判的に説明する根拠として機能すると同時に、(24)ⓑと組み合わされることで漢風の影響を免れた『古事記』を国学の「最上《カミ》たる史典《フミ》」の位置に引き上げる根拠としても機能するのである。

その周到かつ巧みな論理操作には改めて驚かされるが、しかし、『記伝』というテクストを離れれば、ⓐⓑは本来論理的なつながりをもたない、まったく異質な次元に属する問題である。記紀以降にも国風／漢風それぞれの明確な志向をもつ作品が生み出されつづけるように、(25)国風／漢風の志向の差異と成立時期の先後との間には直接的な因果関係などない。両者の間に有意な関係性を認めるのは、あくまでも『記伝』固有の問題なのである。

先に引用した④は、こうした『記伝』の論理的背景を端的に示しているといってよい。「古学《フルコトマナビ》」（一之巻「古記典等総論」）を志す国学者宣長にとって、のちに中国から伝わった「漢籍意《カラブミゴコロ》」「漢文章《カラブミノアヤ》」（同上）は夾雑物以外の何物でもない。「大御国の古意《イニシヘゴコロ》」（一之巻「書紀の論ひ」）は、それらの汚染を免れた、あるいはそれらを除外したところに存在すると考える『記伝』にとって、「漢籍意」「漢文章」の有無は記述された内容の新旧を判断する重要な指標なのである。その意味で、「字《モジ》の文《アヤ》をもかざらず」に書かれた『古事記』は、まさに「大御国の古意」を体現する書なのであり、また、そこに見出されるさまざまな古代性（ⓑ）は、「漢籍意《カラブミゴコロ》」に汚染される以前の「上《ツ》代の実《マコト》」（ⓐ）が写し取られていることを示す具体的な徴証だったのである。

「字《モジ》の文《アヤ》をもかざらず」という事実を、『記伝』が何の疑いもなく「古《ヘ》の語言《コトバ》を主《ムネ》」とするというレベルに変換して捉える背景もこれと同様である。

⑩さて然《シカ》漢文を以て書《ク》に就《ツキ》ては、そのころ其《ノ》学問盛《サカリ》にて、そなたざまの文章をも、巧《タクミ》にかきあへる世なれば、是《レ》も

書紀などの如く、其文をかざりて物せらるべきに、さはあらで、漢文のかたは、たゞありに拙《ツタナ》げなるは、ひたぶるに古《ノ》語を伝ふるを旨《ムネ》とせる故に、漢文の方には心せざる物なり、（一之巻「文体の事」）

とあるように、『記伝』にとって「漢文のかたは、たゞありに拙《ツタナ》げなる」『古事記』の「文体」は、「漢籍意」「漢文章」による潤色を免れた姿なのであり、それゆえ漢文的潤色が施された『日本書紀』などよりも、はるか以前の「上《ツ》代の実《マコト》」が「古《ヘ》の語言《コトバ》」によって記述されていると結論づけられるのである。かくて国風志向の指標であった「字《モジ》の文《アヤ》をもかざらず」という特徴は、『日本書紀』以前の古代性を示す徴証という性格をも帯びることになる。それが『記伝』のいう「古《ヘ》の語言《コトバ》」なのである。

本来、交錯するはずのなかった二元的な記紀観ⓐと『古事記』の古代性を示すさまざまな内部徴証ⓑとは、『記伝』によって有意に関連づけられ、国学の論理を背景として新たな意味を生み出すことになった。「字《モジ》の文《アヤ》をもかざらず」という「文体」的特徴は、すなわち「漢籍意」「漢文章」に汚染される以前の「古《ヘ》の語言《コトバ》」で記されていることを意味するのであり、だからこそ『古事記』は「大御国の古意」を体現する国学の聖典なのである。

このように見てくるとき、『記伝』の定立をめざす古事記論にとって、最も重要な観点は「文体」であったことが知られる。一之巻「古記典等総論」に示された最初の古事記観には、すでに「さて此記は、字《モジ》の文《アヤ》をもかざらずて、もはら古語《フルコト》をむねとはして、古《ヘ》の実《マコト》のありさまを失《ウシナ》はじと勤《ツト》めたること、序に見え、又次々《ツギツギ》に云が如し」②とあり、その後も『日本書紀』との差異を強調しながら同趣の指摘が執拗に繰り返されるように、非漢文的な「文体」は『古事記』自身の成立の古さを保証する徴証であるばかりでなく、国風志向を確認しうる重要な徴証だったからである。

とはいえ、ⓐⓑ二つの要素が交錯しうるのは国学の論理を介してであり、そこから導かれた結論の有効性は『記伝』というテクスト内部に限られていることはいうまでもない。『記伝』が精緻な考証を通じて『古事記』の古代性（ⓑ）を強調して見せるのは、記紀の「文体」的差異をそのまま新旧の問題に重ねることで導かれる自説に現実性《リアリティ》をもたせるための戦略であったと見ることもできよう。

『記伝』の論理構造を図式化して示せば、左のように整理することができる（数字は『記伝』の引用に付した通し番号に対応する）。

	〈「文体」的特徴〉		〈「文体」の内実〉		〈内容〉	〈傍証〉
『古事記』	②字《モジ》の文《アヤ》をもかざらず		②古語《フルコト》をむね		②古《ヘ》の実《マコト》のありさま	古代性の徴証（ⓑ）
	③漢にかゝはらず	↔	④古《ヘ》より云伝《ヒヘ》たるまゝ	↔	④上代《ツ》の実《マコト》	訓注・声注
			④古《ヘ》の語言《コトバ》を主《ムネ》		⑥上代《ツ》の正実《マコト》	
『日本書紀』	③漢《カラ》に似るを旨《ムネ》として、其文章《ノアヤ》をかざれる	↔	④漢国の言	↔	④後代《ノ》の意	
	⑤漢文章《カラブミノアヤ》				⑤かしこのに似たる国史	

傍線を施した部分は観察等を通じて確認できる客観的事実、それ以外の部分は『記伝』の主張ないし解釈をそれぞれ意味するが、見るように『古事記』に関して確認可能な客観的事実は、「漢にかゝはらず」という「文体」のありよう[26]と傍証として挙げる古代性を示す内部徴証群（ⓑ）のみで、明確な根拠をもつのはむしろ『日本書紀』が中国史書を意識しつつ漢文で書かれているという事実なのである。「字《モジ》の文《アヤ》をもかざらずて、もはら古語《フルコト》をむねとはして、古《ヘ》の実《マコト》のありさまを失《ウシナ》はじと勤《ツト》めた」（②）という『記伝』の古事記観・文体観は、要するに『古事記』の実像として

確認されたものなのではなく、『日本書紀』の鏡像として映し出された虚像に過ぎなかったことが明らかである。

6

記紀の「文体」的差異を起点として構築された『記伝』の古事記論・文体論は、『古事記』の古代性を示す内部徴証の数々を傍証としてもつにもかかわらず、実証とはかなり異質な論理に支えられている。『記伝』の主張どおりに論理を辿るならば、「字《モジ》の文《アヤ》をもかざらず」という「文体」的特徴は、すなわち「古語《フルコト》をむね」として書かれていることを意味し、それゆえに書かれた内容は「古《ヘ》の実《マコト》」そのものである。その「古《ヘ》の実《マコト》」は「漢籍意《カラブミゴコロ》」「漢文章《カラブミノアヤ》」によって汚染される以前の古代日本の姿であるから、「古《ヘ》の語言《コトバ》」によって「古《ヘ》より云伝《ヒヘ》たるまゝに記され」ているはずで、だから「字《モジ》の文《アヤ》をもかざら」ない「文体」で書かれている――ということになる。宣長が周到に構築して見せたのは、こうした円還する自閉的な論理世界なのである。

『記伝』を通じて果てしなく繰り返される国風／漢風の対立を軸とした二元的な記紀観は、そうした自閉的で自己完結的な論理に客観的な装いをもたせるための重要な――そしてほとんど唯一の戦略だったといえよう。『記伝』の古事記観は、対立モデルとしての『日本書紀』の鏡像として創り出されたものだからである。

宣長が『記伝』執筆に当たって直面したのは『古事記』の成立問題であったが、そもそもこうした自閉的な古事記観はその克服のために案出されたという側面をもっている。宣長が『古事記』内部に残る古代性の発見・発掘に心血を注いだのは、成立時期の確定している『日本書紀』以前の書であることを論証するためであったが、そこで実証的に示される数々の徴証もまた二元的な記紀観を通じて、『記伝』固有の古事記観の補強に奉仕させられるのである。

『古事記』国風　和文　漢風による汚染以前　古（成立の保証）→「あるが中の最上《カミ》たる史典《フミ》」
『日本書紀』漢風　漢文　漢風による汚染以後　新

こうした『記伝』の主張が、その後の研究史に深刻な影響を与えたことはすでに述べたごとくである。その結果、具体的な検証を素通りして、「古語《フルコト》をむね」とした『古事記』という幻想が浸透し、定着していったのであるが、しかし、『記伝』の提示する古事記観・文体観は、あくまでも『記伝』という閉じたテクスト内部の虚像に過ぎないことを確認しておく必要があるといえよう。『古事記』の用字論・表記論は、宣長の切り拓いた道筋とは異なる起点に立ち、異なる方向に向かって出発する必要があるのである。

二　和銅五年の序

1

本節の標題は、いうまでもなく和銅五年正月二十八日に、時の天皇元明に献上された『古事記』の序文をさす。周知のように、『古事記』の成立については同時代を扱う正史『続日本紀』に一切触れるところがないために、序文は成立の経緯を伝える唯一の資料として注目を集めてきたが、その一方で、「古事記上巻 并序」とあるにもかかわらず上表文の形式を襲う点が早くから問題とされ、時に偽作説の重要な根拠とされてきたことも広く知られるごとくである。

古事記上巻 并序

臣安萬侶言、夫、混元既凝、氣象未レ效。無レ名無レ為。……（上21）

故、天御中主神以下、日子波限建鵜草葺不合命以前、為二上巻一、神倭伊波礼毗古天皇以下、品陁御世以前、為二中巻一、大雀皇帝以下、小治田大宮以前、為二下巻一、并録三巻、謹以獻上。臣安萬侶、誠惶誠恐、頓々首々。

…

和銅五年正月廿八日　　正五位上勳五等太朝臣安萬侶（上24～25）

序文の冒頭と末尾部分を確認しておけば右のごとくだが、早く河村秀興『古事記開題 序文講義』（延享四～宝暦元〈一七四七～五一〉年間。[27]以下、副題は省略する）は、その形式に注目して「初ニ臣安萬呂《ママ》ト書キ出シ終リニ又臣安萬侶誠惶誠恐頓首々々トトメテ表ノ体ナリ」と指摘していた。その後、吉岡徳明『古事記伝略』（明治十六～十九〈一八八三～八六〉年刊）[28]は、「五経正義上表の文に拠」って作文されていることを指摘して、「序とは云ども」実質的には「表文」であると結論づけた。[29]長孫無忌「進五経正義表」の直接的な模倣という点には批判的な姿勢を示す井上頼圀『古事記考』（明治四十二〈一九〇九〉年、明治書院）も、序文を「表文」と捉える点では右の二説と差はないことから見て（六「表文の事附本辞」）、序文の実質を上表文とする捉え方は、明治期の後半にはすでに通説化の流れを形成しつつあったものと推測される。

その後、志田延義「古事記上表の諸典拠」[30]（『国語と国文学』一二巻二号〈一九三五年二月〉）が、「進五経正義表」のみならず、同じ長孫無忌の「進律疏議表」も典拠として作文されていることを明らかにして、通説化の流れは決定的なものとなった。その後も山田孝雄『古事記序文講義』（一九三五年、志波彦神社・塩竈神社）、藤井信男『古事記上表文の研究』（一九四三年、明世堂書店）、岡田正之『近江奈良朝の漢文学』（一九四六年、養徳社）などが上表文とする見解を支持・補強して今日に至っている。[31]

序文の実質を上表文とする見解が、漢籍にも造詣の深い研究者によって指摘され、支持されてきたことは、序文研究史にとって小さくはない意味をもったといえる。『古事記開題』が序文冒頭句の注釈を、いきなり「臣誰言ト書キ出スハ臣下ヨリ奉ル表ノ文体也」と道破するところから始めているように、和漢の学に親しんだ秀興にとって(32)『古事記』序文が上表文の形式を踏んで書かれていることは、ほとんど自明のことがらとして捉えられていたものと推測されるからである。秀興が抱いたこうした感触は、吉岡徳明を始めとする多くの研究者に支持されてきたように、漢籍に造詣の深い人であれば誰しも共有しうるものであったように見受けられる。加えて文辞面でも「進五経正義表」や「進律疏議表」を典拠として作文されていることが指摘されたこともあって（前掲志田論）、序文の実質を上表文とする見解はほとんど疑われることもなく自明の常識として通説化していったのである。

2

『古事記』序文が形式・文辞両面で上表文を踏まえて書かれていることは動かしがたい事実である。しかし、上表文の形式・文辞を踏まえて序文が書かれていることと、『古事記』序文が上表文そのものであるということの間には、容易に超えがたい径庭があるといわねばならない。少なくとも『古事記』巻頭に「古事記上巻并序」と明記されている事実は、決して軽くはない意味をもつはずである。

興味深いことに、さきに触れた『古事記開題』には、この一線をめぐって兄秀興と弟秀根の見解が対立した様子が記されている。注目されるのは、対立に至る過程で示される秀興の考証や考察中に、その後の研究史で大きく扱われることになる重要な問題点や観点がすでにほとんど提示されていることである。同書「臣安萬侶言」の項の注釈から必要部分を引用して示してみたい（便宜上、各文頭に①〜⑰の符号を付した。なお、明らかな脱字は（　）内に平仮名で補い、衍字は当該部分を（ ）で括った）。

①臣誰言ト書キ出スハ臣下ヨリ奉ル表ノ文体也②タトヘ（ば）アナタニテ（ニテ）モ出師《ノ》表ノマツクチニ臣亮言トアリ③勅ニヨリテ書ヲ編ニ付テ書ヲ上ル時ニ表ヲソヘテ出スコトヒタトアリ④延喜式ナドモマツ口《クチ》ニ延喜格式ヲ奉ル表ヲノセテ臣忠平等言トアリ⑤又令ノ義解ナドニモ臣夏野等言（と）書アリ⑥又姓氏録ノ表ニモ臣万多等言ト書出シアリ⑦西土ニテモ勅ニヨリ編テ上タル書ニハ表ガソフテアリ⑧タトヘバ蒙求ナドノマツクチニ臣良言トアル類也

まず秀興は、序文の冒頭句が「表ノ文体」であること（①）を内外の事例（②~⑧）を提示して確認した上で、『古事記』序文の問題性を次のように洗い出す。

⑨然ドモ新撰姓氏録令義解延喜式等ハ先ツ表ヲノセ其次ニ序アリ⑩此古事記ハ此文一ツニテ序ナシ⑪コノ表ノ体ニ書タル文章一ツヲ載テ外ニ序文ナキコト例少シ

『新撰姓氏録』『令義解』『延喜式』等には表序が揃って存在するのに対し（⑨）、『古事記』には「表ノ体ニ書タル文章一ツ」があるのみで序がなく（⑩）、例外的だというのである（⑪）。

⑫コノ序文又表ノ体ニシテ初ニ臣安萬呂《（ママ）》言ト書キ出シ終リニ又臣安萬侶誠惶誠恐頓首々々トトメテ表ノ体ナリ⑬コレ此書編集ハ和銅五年ニテ古代ノコトニテサヤウナル差別ナクシテ表ナガラ序ニ用タルモノカ⑭又コノ文表ノ体ナレバコレ安萬侶古事記ヲ上ル表文ニシテ序文ニテナキヲ後人題号ノ下ニ幷序ノ字ヲ加筆シタルモノカトヲボ《（ママ）》ユ

こうした異例のありようが出来した理由について、秀興は改めて『古事記』序文が首尾一貫して「表ノ体」であることを確認した上で（⑫）、古代には表序の区別がなく「表ナガラ序ニ用」いたか（⑬）、もしくは安萬侶が奏上した上表文を後人が「題号ノ下ニ幷序ノ字ヲ加筆」したか（⑭）のいずれかであろうと推定した。

しかし、こうした秀興の見解に弟秀根は納得しなかったようで、その反論が併記されている。

⑮秀根説ニ類聚国史ヲ按ズルニ文ノ部ニ日本後紀ノ序文ヲノス⑯臣緒嗣等云云ト書《キ》出シテコノ序文ノ如ク表ノ体ニ書ケルヲ類聚国史ニ日本後紀ノ序ト記シテアリ⑰然レバコノ例ヲ以テミルトキハコノ古事記モ序文ナルコト明ケシ

秀根は『日本後紀』序が『古事記』同様、上表形式を踏んで書かれていること、かつ『類聚国史』に序として収載されていることを指摘して（⑮⑯）、秀興とは逆に『古事記』の例も「序文ナルコト明ケシ」と結論づけているのである（⑰）。

秀興・秀根兄弟の対立は、それぞれの見解を支える論拠も含めて、その後の研究史を完全に先取りしていることに驚かされる。秀興の第一の推測⑬は、吉岡徳明『古事記伝略』の、

此序は、もと上表文なれば、此を以て序に換るも、闇（ママ）筆序にして、下筆序に非れば、此を題外に置べきに、なほ下筆序格に倣ひて、題下に幷序と記し、此を題内に置たるなり、

とする転用説を経て、今日の通説に受け継がれているといってよく、また秀根の所説⑰も、「幷序」とあるのに従って、あくまでも序文として理解しようとする西宮一民「太安萬侶の撰進の考察」（『古事記の研究』一九九三年、おうふう）などに継承されている。

さらに秀興の第二の推測⑭は、

……今の本に序文とは出てゐるが実は上表文である。これは古事記の撰述と同時に奉られ、之を読めばすべてのものがわかる様に要旨を明らかにして添へて奉つたもので後に誰かゞ序とつけたものであらう（圏点―矢嶋）

とする前掲山田『古事記序文講義』や日本思想大系『古事記』[33]（一九八二年、岩波書店）などに引き継がれる一方、筏勲『上代日本文学論集』（一九五五年、民間大学刊行会）、同「古事記偽書説は根拠薄弱であるか（上）（下）」（『国語と国文学』三九巻六・七号、一九六二年六・七月）、同「古事記偽書説に就いて」（『花園大学研究紀要』創刊号、一九七〇年三月）などによって、序文偽作説さらには古事記偽書説の根幹的な論拠として注目されたのであった。

3

右に挙げた一連の論考を通じて筏が提示する偽書説の論点は多岐にわたるが[34]、本節の主題にかかわる序・表の問題に絞って、その主張を整理すれば左のごとくである。

ⓐ表・序は本来別の文体である。しかし、『古事記』の場合、上表文の形式で書かれているにもかかわらず「序」と記されている[35]。

ⓑ奈良朝から平安朝初期にかけての公式の書物にあっては、表序二本立が原則であった。しかし、『古事記』は実質的には上表文である序文一つしか伴わない。

ⓐⓑ二つの矛盾を抱える『古事記』序文は「その存在が否定されて始めて解決を得られる」といい、序文は後人によって偽作されたものだというのである（ただし、偽作の時期や目的については考えが未整理だという）。

筏の論は諸文献を博捜して補強が試みられてはいるが、発想自体はすでに河村秀興『古事記開題』に見えている。そもそも秀興の指摘する①⑫は、「并序」とあるにもかかわらず「表ノ体」で書かれていることを問題視したものであるから、筏のいうⓐはまったく同じ前提に立つものといえる。また、秀興は『新撰姓氏録』『令義解』などの文献には表序二つが付帯することを指摘した上で（⑨）、「表ノ体ニ書タル文章一ツ」しかもたない『古事記』はそうした一般的なありようから外れると指摘していたのであるから（⑪）、その趣旨もまた筏論ⓑにまったく重なる。

以上を前提として秀興は、未だ表序の「差別」を知らない「古代ノコト」ゆえ、「表ナガラ序ニ」転用したか（⑬）、もしくは安萬侶の上表文に「後人」が「并序」の二文字を「題号ノ下」に書き加えたものか（⑭）と推測したわけだが、筏の論は表序の「差別」に対する無見識（⑬）を⑭にいう「後人」に転嫁し、「并序」を書き加えたとする「後人」の操作を偽作と捉え直したものといってよい。[36]

ただ、『古事記』以外にも表の形式を襲う序文があることを具体的に例示して、『古事記』の例も序文であることは明白だとした秀根の所説は（⑮⑯⑰）、秀興のみならず筏論にとっても無視しえない重みをもつはずである。『古事記開題』の場合、秀根の所説を併記することで上表文の転用（⑬）、あるいは後人の改変（⑭）とする秀興の推測には一定の歯止めがかけられた形だが、筏論は秀根の指摘（⑮⑯）をむしろ表序二本立制という「全体の潮流からは離れた不自然な存在」と位置づけることで応じている。

すなわち、奈良朝から平安朝初期にかけての書物の表序を通覧すると第1表（次頁）のごとき結果が得られるが、『古事記』を措けば、上表形式の序文一つという例は『凌雲集』以下の勅撰三詩集が時期的に早いものとして確認される。これについて筏論は、勅撰三詩集が上表文を伴わないのは、非実用的な「文学の書」が歴史や律令などと同等の「儀礼的な扱ひを受けなかつた」ことによる「特殊」な事例と解釈するのである。その上で、「年代的」にも「形式的」にも『古事記』は「所を得てゐない」として、存在そのものを後世の偽作とするのである。

筏の論は表序二本立制を本来の姿とする仮説を前提とするが、表序がセットで確認されるのは『新撰姓氏録』『令義解』『延喜式』程度であって、筏論の前提を跡づける具体的な根拠は確認できない。筏論は、書物本体とは別に奏上された上表文は、序文に比して散逸しやすかったと説明するが、表のみ今日に伝わる『続日本紀』の例もあるよう

第1表　奈良朝および平安朝初期の表・序

記載年	文献	表／序	ⅰ文頭　ⅱ現帝(先帝)讃美冒頭辞　ⅲ文末　ⅳ年月日位署
和銅五(七一二)年	古事記	并序	ⅰ臣安萬侶言、夫…　ⅱ伏惟、皇帝陛下…　ⅲ臣安萬侶、誠惶誠恐、頓々首々。ⅵ和銅五年正月廿八日　正五位上勲五等太朝臣安萬侶
天平勝宝三(七五一)年	懐風藻	序	ⅰ逖聴前修、遐観載籍…　ⅱ―　ⅲ余撰此文意者、為将不忘先哲遺風。故以懐風名之、云爾。于時、天平勝宝三年歳在辛卯冬十一月也。ⅳ―(ⅲ参照)
宝亀三(七七二)年	歌経標式	―	ⅰ臣浜成言、原夫…　ⅱ伏惟、聖朝…　ⅲ臣浜成、誠惶誠恐、頓首謹言。ⅳ宝亀三年五月七日参議兼刑部省卿守従四位上勲四等藤原朝臣浜成上
延暦十三(七九四)年	続日本紀	表	ⅰ臣聞…　ⅱ伏惟、聖朝…　ⅲ臣等、学謝研精、詞慙質弁。奉詔淹歳、伏深戦兢。有勅蔵于秘府。ⅳ―
延暦十六(七九七)年	続日本紀	表	ⅰ臣聞…　ⅱ伏惟、天皇陛下…　ⅲ臣等、軽以管見、裁成国史、牽愚歴稔。伏増戦兢。謹以奉進。皈之策府。ⅳ―
大同二(八〇七)年	古語拾遺	加序	ⅰ蓋聞…　ⅱ―　ⅲ故録旧説、敢以上聞、云爾。ⅳ―(巻頭書名下に「従五位下斎部宿禰広成撰」、巻末に「大同二年二月十三日」とある)
弘仁五(八一四)年	凌雲集	序	ⅰ臣岑守言…　ⅱ伏惟、皇帝陛下…　ⅲ臣岑守謹言。ⅳ―
弘仁六(八一五)年	新撰姓氏録	表	ⅰ臣万多等言、臣聞…　ⅱ―(「伏惟、国家…」)　ⅲ…謹詣闕奉進。伏増谷氷。謹言。ⅳ弘仁六年七月廿日　中務卿四品臣万多親王…
		序	ⅰ蓋聞…　ⅱ―　ⅲ唯、京畿未進幷諸国且進等類、一時難尽、闕而不究。其諸姓目、列於別巻、云爾。ⅳ―
弘仁九(八一八)年	文華秀麗集	序	ⅰ臣仲雄言…　ⅱ―　ⅲ臣謬以散材、忝侍詮簡。重承天渙、虔制茲序。臣仲雄上。ⅳ―
弘仁十一(八二〇)年	弘仁格	序	ⅰ蓋聞…　ⅱ―　ⅲ臣等学非稽古、才闇当今…凡厥篇目、列之如左。ⅳ―(題下に「大納言正三位兼行左近衛大将陸奥出羽按察使臣藤原朝臣冬嗣等奉勅撰」)
天長(八二四～三四)年間(37)	弘仁私記	并序	ⅰ夫…　ⅱ―　ⅲ庶後賢君子、留情々察之、云爾。ⅳ―
天長四(八二七)年	経国集	序	ⅰ臣聞…　ⅱ伏惟、皇帝陛下…　ⅲ臣等学非飽聴、智異聚沙…爵次姓名、列之如左。謹上。ⅳ天長四年五月十四日(文中に「謹与参議従四位上行式部大輔臣南淵朝臣弘貞…等、詳挙甄収…」と見える)
天長七(八三〇)年	新撰亀相記	―	ⅰ凡…　ⅱ―　ⅲ故、裁為四巻、号曰新撰亀相記。巻称甲乙丙丁、爾曰。ⅳ―(巻末に「天長七

			年八月十一日　卜長上従八位下卜部遠継、爾曰」とある)
天長十(八三三)年	令義解	表	i臣夏野等言… ii伏惟、聖上… iii臣夏野等、誠惶誠恐、頓首々々、謹言。 iv天長十年十二月十五日　右大臣従二位兼行左近衛大将臣清原真人夏野上表
		序	i臣夏野等言、臣聞… ii伏惟、皇帝陛下… iii深浅水道、共宗於霊海、小大公行、同帰於天府。謹序。 iv―(題下に「正三位守右大臣兼行左近衛大将臣清原真人夏野等奉勅撰」)
承和七(八四〇)年	日本後紀	序	i臣緒嗣等、討論綿書… ii今上陛下… iii臣等才非司馬、識異董孤…謹詣朝堂、奉進以聞。謹序。 iv承和七年十二月九日　左大臣正二位臣藤原朝臣緒嗣…
貞観十一(八六九)年	貞観格	序	i律云… ii― iii斯文不墜、百代可知。謹序。 iv―(題下に「大納言正三位兼行皇太子傅臣藤原朝臣氏宗等奉勅撰」)
貞観十一(八六九)年	続日本後紀	序	i臣良房等、竊惟… ii今上陛下… iii臣等識非南董、才謝馬班…謹詣朝堂、奉進以聞。謹序。 iv貞観十一年八月十四日　太政大臣従一位臣藤原朝臣良房…
貞観十三(八七一)年	貞観式	序	i昔… ii伏惟、今上陛下… iii臣等才非博物、業謝通機…謹序。 iv―
元慶三(八七五)年	文徳実録	序	i臣基経等、竊惟… ii今上陛下… iii臣等生謝龍門、種非虎乳…謹詣天闕、奉進以聞。謹序。 iv元慶三年十一月十三日　右大臣正二位臣藤原朝臣基経…
延喜元(九〇一)年	三代実録	序	i臣時平等、竊惟… ii今上陛下… iii臣等生謝含章、辞非隠核…謹詣朝堂、奉進以聞。謹序。 iv延喜元年八月二日　左大臣従二位兼行左近衛大将臣藤原朝臣時平…
延喜五(九〇五)年	古今和歌集	序	i夫… ii伏惟、陛下御宇… iii于時、延喜五年歳次乙丑四月十八日。臣貫之等、謹序。 iv―(題下に「紀淑望」)
延長五(九〇五)年	延喜式	表	i臣忠平等言、竊惟… ii皇帝陛下… iii臣忠平等、誠惶誠恐、頓首々々。謹言。 iv延長五年十二月廿六日　左大臣正二位兼行左近衛大将皇太子傅臣藤原朝臣忠平…
		序	i蓋聞… ii今上陛下… iii臣等勤非簡要、道謝清通…雖猥銜慈綸、陶淳風於甲令、然、恐愆厳制、致粛霜於秋官。謹序。 iv―(題下に「左大臣正二位兼行左近衛大将皇太子傅臣藤原朝臣忠平等奉勅撰」)

に、仮説としての脆弱性は否定すべくもない。

　ところで、西條勉「偽書説後の上表文」(古事記学会編『古事記の成立　古事記研究体系1』〈一九九七年、高科書店〉)[38]は、上表形式をもつ序文の出現時期に関する筏の着眼を活かしつつ、「古事記上巻并序」の「并序」に独自の解釈を加えて、筏論とは異なる結論を導いている。すなわち「『幷序』とあるのは、もともと別個に存在していた文書を『序』として幷わせた措置としか考えられない」とし、現行の序は「表の書式で書かれているので、『幷序』の言い方は、序が表の機能を兼ねるようになった頃のものと考えられる」（圏点原文）として、「後に誰かゞ序とつけたもの」とする『古事記序文講義』説の復活を試みたのである。(39) 西條論には言及されていないが、同趣の指摘はすでに『古事記開題』に見えているので、結局のところ秀興の所説⑭に回帰したことになる。

筏・西條両論は序文の実質を上表文と捉える通説を前提として立論されているが、真福寺系・卜部系諸本ともすべてに「序」(40)とある事実は、たやすく乗り越えてよい問題ではない。とくに『古事記』の序文には成立の経緯を記すのみならず、本文の記述方針およびそれに伴う施注方針が記述されており、内容面からいえばむしろ前掲西宮『古事記の研究』のいうように「序文」と見る方が適切というべきなのである（前掲筏「古事記偽書説は根拠薄弱であるか」も「古事記序文の内容を観察する時、古事記についてその編纂事情や方針態度、収載記事の詳細に亘っての紹介があり、それは全く『序文』として完全過ぎる位完全なるものである」と述べている）。通史的に見ても、上表形式をもつ序文はすでに『歌経標式』に見ることができ（現存写本に見る限り、表序いずれの標記もないが、その実質は序文と見られる）、『古事記』を時代的に孤立したものと位置づける必要はない。

右は『古事記』の表序問題に関して前著（註（6）参照）に述べた主旨であるが、その結論についてはまったく修正の要はないものの、論証方法については若干忸怩たるものがある。先行研究の提示した資料の評価を修正することで得た結論という点では、先行説と同じ次元に立つからである。そうした手法に頼った理由は、他の先行研究と同様に、研究史を通じて蓄積された資料以上には論証に必要な資料はもはや残されていないものと信じていたためだが、次項では序文研究史に当初から加えねばならないはずだった資料を提示して、前著の論旨の補強を図りたい。

4

改めて確認すれば、『古事記』の序文問題の核心は「序」と明記されながら上表文の形式で書かれているということの一点に尽きる。序文の文頭を「臣某言」という上表文の常套句で開始し、文末を「謹以獻上」や「臣某、誠惶誠恐、頓々首々」などの、やはり上表文に特有の謙譲の辞を配して結ぶという、そうした誤ちを安萬侶が犯すはずはないという判断を核としつつ、序文偽作説や上表文併合改題説などは発生してきたのである。

しかし、そうした推測が思い込みに過ぎなかったことは以下の資料によって明らかである。従来ほとんど注意を払われてこなかったけれども、こうした上表形式を襲う序は古代中国においても数多く見出すことができる。試みに厳可均編『全上古三代秦漢三国六朝文』（一九五八年、中華書局）を一瞥するだけでも、次のような例を拾うことができる。まず上表形式で始まる例を示してみる。

A臣聞、……臣雖不敏、敢不勉乎。乃作頌曰……。（鮑照「河清頌并序」〈全宋文・巻四七〉）
B臣聞、……匪言匪述、緜世罔伝。敢作銘曰……。（鮑照「淩煙楼銘并序」〈同右〉）
C臣聞、……有詔曰、今日嘉会、咸可賦詩。凡四十有五人、其辞云爾。……。（王融「三月三日曲水詩序」〈全斉文・巻一三〉）
D臣聞、……菲薄微臣、敢敷庸理、献頌十章。其辞曰……。（簡文帝「南郊頌并序」〈全梁文・巻一一〉）
E臣聞、……使臣作賦曰……。（張率「河南国献舞馬賦応詔并序」〈同・巻五四〉）
F臣竊観大易、……謹為一帙十巻、第目如左。……如其後録、以俟賢臣。（劉孝綽「昭明太子集序」〈同・巻六〇〉）
G臣昭曰、……其有疏漏、諒不足誚。（劉昭「注補続漢書八志序」〈同・巻六二〉）

H臣聞、……微臣塹于往賢……敢献頌云……。（徐陵「神雀頌 并序」〈全隋文・巻一五〉）

情況が分かりやすいのは応詔詩に付された王融の序（C）と張率の応詔賦（E）であるが(41)、要するに右の諸例を通じて確認されるのは、応詔の詩賦（CE）や天子（あるいは天子の支配する領域）を顕彰する頌（ABDH）などに付す序、あるいは臣下として献上する書に付す序（FG）の表現は、容易に表に近づきうるものであったという事実である。「臣昭曰」のように姓を省いて名のみを記すGは上表文の常套的な謙譲表現であるし、「臣聞」もまたそうである。右引の例では後者が多いとはいえ、これも典型的な上表文の開頭句であり、現に『続日本紀』の二つの表はいずれも「臣聞」から始まる。Fは「臣竊観」とある例であるが、これも「臣聞」の例に準じて捉えることが許されよう。

さらに調査の対象を董誥『全唐文』（『重編影印全唐文及拾遺』〈一九八七年、大化書局〉による）にまで拡げれば、その例は飛躍的に増大する。

1臣聞、……勅太子右庶子安平男李百薬序之、云爾。（李百薬「大乗荘厳経論序」〈巻一四二〉）
2臣聞、……其辞曰……。（謝偃「惟皇誡徳賦 并序」〈巻一五六〉）
3臣聞、……敢献頌曰……。（王勃「乾元殿頌 并序」〈巻一七七〉）
4 5 7臣聞、……其詞曰……。（王勃「九成宮頌 并序」〈巻一七七〉／楊炯「少室山少姨廟碑銘 并序」〈巻一九二〉／武三思「大周封祀壇碑 并序」〈巻二三九〉）
6臣聞、……有命史臣、叙蘭台之新集。凡若干巻。列之如左。（張説「唐昭容上官氏文集序」〈巻二二五〉）
8臣聞、……辞再三而不獲。逡巡拝首、乃作詞云……。（武三思「大周無上孝明高皇后碑銘 并序」〈巻二三九〉）
9臣聞、……乃命小臣、編紀衆作。流汗拝首、而為序云。（宋之間「早秋上陽宮侍宴序」〈巻二四一〉）
10臣聞、……乃為銘曰……。（徐嶠「金仙長公主神道碑銘 并序」〈巻二六七〉）

11臣伏見景寅制書、……敢献頌曰……。（張九齢「開元正歴握乾符頌 并序」〈巻二八三〉）

12臣聞、……史臣不敏、敢献頌曰……。（張九齢「龍池聖徳頌 并序」〈巻二八三〉）

13*臣聞、……臣再拝頓首、敢献頌曰……。（張九齢「開元紀功徳頌 并序」〈巻二八三〉）

14臣聞、……臣不勝至願、謹為聖応図。遂献賛曰……。（張九齢「聖応図賛 并序」〈巻二九一〉）

15*臣華言、伏以漢明帝時……謹昧死稽首以聞。（李華「無彊頌八首 并序」〈巻三一四〉）

16*臣聞、……臣炎稽首、敢献頌曰……。（楊炎「霊武受命宮頌 并序」〈巻四二一〉）

17草莽臣稽首献頌曰、臣聞、……伏献頌曰……。（于邵「玉版元記頌 并序」〈巻四二三〉）

18 26 27 28臣聞、……謹上。（李吉甫「上元和郡県図志序」〈巻五一二〉／徐鉉「御製春雪詩序」／同「御製雑説序」／同「北苑侍宴詩序」〈以上巻八八一〉）

19*臣聞、……臣某敢昧死、再拝稽首、献皇帝親庶政頌一首。其詞曰……。（呂温「皇帝親庶政頌 并序」〈巻六二五〉）

20臣聞、……上天不言、而民自信矣。（沈伝師「元和弁謗略序」〈巻六八四〉）

21朝散郎前行河南府密県尉太常礼院修撰、臣涇言、臣聞、……臣聞……無任屛営懇款之至。（王涇「大唐郊祀録序」〈巻六九三〉）

22臣聞、……謹繕写封進。臣等上奉宸謀、竭其鑽仰、敢不虔序聖旨、冠于篇首云。（李徳裕「太和新修弁謗略序」〈巻七〇七〉）

23臣伏見漢諸儒、……謹冒死再拝献両都賦……請付史氏。賦曰……。（李庾「両都賦 并序」〈巻七四〇〉）

24臣日休以文為命士、……其詞曰……。（皮日休「霍山賦 并序」〈巻七九六〉）

25草茅臣日休、見南蛮不賓、……詞曰……。（皮日休「憂賦 并序」〈巻七九六〉）

29＊臣聞、……臣愔頓首頓首。開元二十三年十二月十一日、京粛明観道士、臣尹愔上。（尹愔「五廚経気法序」〈巻九二七〉）

30臣無際、才非馬融、……臣雖不敏、謹述漢武後庭鞦韆賦、以歌之。詞曰……（高無際「漢武帝後庭鞦韆賦 幷序」〈巻九五〇〉）

右のうち＊を付した例は『古事記』序にかなり類似した表現を含む。ここには冒頭を「臣―」で開始する例に限って挙げたが、文中・文末に謙譲表現をもつ例を加えればその数は右の倍では収まらず、優に三倍に達する。もちろん、十世紀初頭までつづく唐代全般の例を示したところで、多くは時代的に『古事記』の序文とは交錯しないが、問題の本質は安萬侶がこうした例を直接参看しえたか否かにあるわけではない。「上表形式をもつ序」が中国から遠く離れた僻遠の古代日本において独自に生み出されたわけではないことが確認されれば十分なのである。天子に奏上する上表文に形式的な制約があるのは当然であるが、序文の表現に関していえば、従来信じられてきたような杓子定規なものではなく、情況に応じた柔軟性をもつものであったことは右に挙げた諸例に照らして明らかだからである。[42]

なお付言すれば、「幷序」をことさらに「別個に存在していた文書を『序』として幷わせた措置」と解釈する西條論およびその先蹤たる日本思想大系『古事記』の所説の行き過ぎも、右の諸例に明らかである。

＊

『古事記』序文研究史に即して確かめてきたことを簡単にまとめておく。序文が上表文の形式を踏んで書かれていることを不審とし、「古代ノコトニテ」表序の「差別ナクシテ表ナガラ序ニ用タルモノカ」、もしくは「古事記ヲ上ル表文ニシテ序文ニテナキヲ後人題号ノ下ニ幷序ノ字ヲ加筆シタルモノカ」と推測した秀興と、「コノ序文ノ如ク表ノ体ニ書ケルヲ類聚国史ニ日本後紀ノ序ト記シテアリ」として「古事記モ序文ナルコト明ケシ」と主張した秀根兄弟の見解の対立を起点として分岐することになった序文研究史は、具体的な根拠がないにもかかわらず、なぜか安萬侶の見識ではなく秀興や徳明の見識に共感を示す後発の論が相次ぎ、序文の実質を上表文とする見解が通説化する仕儀となった。しかも、そうした危うい判断の上に立つ通説を前提として、さらに上表文転用説、上表文併合改題説、さらには序文偽作説などの憶説が派生してきたのである。

結果的には秀根の所説が正しかったことが確認されるわけだが、ではその後二五〇年にわたって繰り広げられてきた研究史の迷走は、いったい何だったのだろうか。

三 『古事記』の歴史叙述

1

『古事記』は「邦家之経緯、王化之鴻基」（上23）たる王権史の一つの形である。一つの形とは、王権史のもう一つの形である『日本書紀』を意識しての謂であるが、そこには『日本書紀』がそうであるように、現に見る『古事記』の形もまた、それ自体が王権史の完結した姿をなしているという意味をも含む。

周知のように、『日本書紀』は冒頭の神代上下巻を除き、四季をはじめとして年月日に分節される国家制度としての時間に貫かれた編年史のスタイルをとる。編年史の体裁をとらない神代巻も、神武即位前紀に「自二天祖降跡一以逮、于レ今一百七十九万二千四百七十余歳」とあるように、天孫降臨以来の歴史は明確に時間化されており、神武紀以降の時間意識に直接連続するといってよい。

『日本書紀』がこうした編年史を志向するのは、直接的には規範とした中国史書（とくに正史本紀）に倣ったと考えてよいが、その根底には七世紀中葉以降、古代王権がめざした律令制に基づく国作りの動向を見据えておく必要がある。律令国家の規範とされた中国では、暦法は古来「王者所レ重」（『史記』巻二六・暦書第四）とされてきた。『尚書』（虞書・堯典）に「乃命二羲和一、欽二若昊天一、暦二象日月星辰一、敬二授民時一」とあるように、暦は天子がもたらす秩序の象徴であり、その作成と頒布は天子の重要な責務と考えられてきたのである。「立春」「立秋」などの漢語が端的に示すように、季節は自ずから推移するのではなく、天子によって定立される制度なのである(43)。

律令国家をめざす王権にとって、こうした時間支配制度の導入は重要な課題の一つであった。暦の正式な導入は持統四（六九〇）年十一月の元嘉暦・儀鳳暦の施行まで持ち越されるとしても、大化元（六四五）年に初の元号が公式に用いられたのをはじめとして、斉明六（六六〇）年五月には漏剋が造られ、天智十（六七一）年四月には近江新都に設置された漏剋がはじめて時を打つといった具合に、新たな時間制度の導入は着々と進行していたことが知られる。『日本書紀』が志向する編年史とは、こうした背景と不可分な関係にある。和銅五（七一二）年に『古事記』が成立しているにもかかわらず、なお編年史が必要とされた理由の一端はそこにあるといってよい。

これに対し、『古事記』は編年史という形をとらない。中巻崇神記末の「戊寅年十二月崩」（中115）をはじめとして、成務・仲哀・応神・仁徳・履中・反正・允恭・雄略・継体・安閑・敏達・用明・崇峻・推古の各天皇記には崩年干支注が見出されるが、それらは天皇の没時を点的に示すにとどまり、歴史の流れを形作ることはない。だからといって、西郷信綱『古事記の世界』(44)のように『古事記』の時間は歴史のそれとは次元を異にする「神話的時間」だと捉えてすますのでは、神話や伝説を素材として王権史・国家史を紡ぎ出そうとする『古事記』の歴史作りに目を向けずに終わることになるだろう。つとに津田左右吉『日本古典の研究　上』(45)は、神武から仲哀に至る記紀の国家形成史が段階的・発展的に整然とした順序を踏んで描かれていることを指摘したが、こうした歴史を貫く時間意識は、もはや円還する神話のそれではない。神功皇后の新羅・百済征討の歴史は倭建命の国内平定の歴史の前に置くことはできないし、神武記と応神記とを交換することもできない。記紀はそれぞれ王権史の必然的な、あるいは理想的な展開と達成を語ることを目的としており、事件の順序は歴史の構想に沿って配列されているのである。尾藤正英「日本における歴史意識の発展」[46]が指摘するように、「『記』『紀』そのものに即して読むかぎりでは、それが神話や文学ではなく、どこまでも歴史として構想されていることを認めなくてはならない」だろう。

改めていえば、『古事記』は王権史の一つの形である。神話や伝説など、本来歴史ではない素材が取り込まれていることは事実としても、編年史を志向する『日本書紀』が歴史であろうとしたのと同様に、『古事記』もまた歴史を志向するのである。現に見る『古事記』の形は、神話や伝説あるいは文学といった面からアプローチする以前に、歴史化の方法という観点から問題とする必要があるといわねばならない。

では、編年史を志向しない『古事記』は、どのようにして歴史を構築しようとするのだろうか。現前する『古事記』の形にこだわりつつ、その方法意識を考えてみたい。

2

津田左右吉『古事記及び日本書紀の新研究』[47]に始発し、倉野憲司「帝皇日継と先代旧辞」[48]・武田祐吉『古事記研究　帝紀攷』[49]によって展開されてきた帝紀・旧辞論の主張はともかくとして、『古事記』が系譜的要素と物語的要素とを主要な構成要素として形作られていることは直ちに観察されるところである。前項に述べた文脈に即して捉え直せば、『古事記』の描く王権史は系譜的要素と物語的要素によって基本的骨格が形作られているということができる。[50]しかし、このように捉えてみても、問題は依然として外縁にとどまったままで、そのようにして形作られた歴史の形がいかに王権史たりえているのかが具体的に確かめられねばならない。

さて、系譜的要素と物語的要素とによって構成される歴史の典型的な様態は、中下巻の歴代天皇記に見ることができる。武田『古事記研究　帝紀攷』は、物語的要素を含まない天皇記の観察を通じて、

一、御続柄

二、御名

三、皇居と治天下、および御宇の年数

四、后妃、皇子皇女、および皇子皇女の御事蹟

五、重要なる御事蹟の簡単なる記事

六、宝算、崩御の年月日、山陵

の各項が基本的構成要素として認められ、しかも基本的に右の順に配列されていることを指摘して、この項目・順序が各天皇記の基本形態をなすことを確認した。また、物語的要素を含む場合は、第四項の次にあるのを通例とすると も指摘している。『古事記』の歴史のスタイルを考える上で重要な指摘というべきだが、武田はこの基本形態を『古事記』の素材たる帝紀自体の組成と結論づけたのである。

ほぼ同時期に、倉野「帝皇日継と先代旧辞」もまったく同じ手続きを通じて、「天皇の騰極、皇宮の名号、后妃皇子(御系譜・皇子の総数・皇子に関する重要事項)、崩御年寿、崩御の年月日、山陵」の各項を各天皇記の共通項として抽出していたが、倉野もこれを『古事記』の素材たる帝紀の組成と結論づけている。その上で、倉野は「然らば本辞又は旧辞とは如何なるものであつたか」という問を発し、「かくて先代旧辞といふのは、古事記から帝皇日継に出でたものを除いた残余の部分といふことになるが、それは悉く物語りの形を具へたものであり、神話・伝説及び歌物語

りを内容としたものに他ならないのである」という結論を導いている。ちなみに、倉野が校注を担当した日本古典文学大系『古事記』（一九五八年、岩波書店）解説では次のように整理された形が示されているので引用しておこう。

1（先帝との続柄）―天皇の御名―皇居の名称―治天下の事（治天下の年数）

2后妃皇子女―（皇子女の総数 男数 女数）―皇子女に関する重要事項

3その天皇代における国家的重要事件

4天皇の御享年―御陵の所在（又は崩御の年月日―御陵の所在）

こうした中下巻の歴史の様態をめぐっては、早く津田『古事記及び日本書紀の新研究』が帝紀・旧辞の形成過程から捉えようとしたことは周知のごとくである。津田は『古事記』序文に見える「帝皇日継」（序23）の解釈を通じて帝紀を「皇室御歴代の御系譜及び皇位継承のことを記したもの」、また『日本書紀』天武十年三月丙戌条に見える「上古諸事」を手がかりとして旧辞を「上代の種々の物語の記載せられたもの」と捉え、物語的要素を欠く天皇記は帝紀のみから成り、物語的要素をもつ天皇記は帝紀と旧辞とを合成して成ったものと推測したのであった。[51]武田・倉野両論は、まさに津田の帝紀・旧辞論を『古事記』の中下巻に即して具体化したものといってよい。

津田・武田・倉野論を通じて、『古事記』は非物語的要素からなる帝紀と物語的要素からなる旧辞を併合して構成されたものという考えが定着していったが、中下巻を素材レベルに解体するだけでは、それがどのように歴史たりえているかという問に答えたことにはならない。それ以上に問題なのは、中下巻の天皇記から物語的要素を取り除くことで得られた姿が帝紀のそれを踏襲したものという保証はどこにもないことである。

厩戸王（聖徳太子）の系譜と事績、末尾に欽明・敏達・用明・推古・崇峻の治天下年数と陵墓の所在および厩戸王の享年と墓所の所在が記述される『上宮聖徳法王帝説』の様態が武田や倉野の抽出する帝紀の組成に類似するという指摘もあるが[52]、『上宮聖徳法王帝説』の系譜は厩戸王の出自を提示することを目的とするもので、皇子女の出自を示すことを目的とする『古事記』の天皇記系譜とは本質的に異なること、また末尾の五天皇と厩戸王の陵墓の記事は本来の本文ではなく、裏書きとして記述されたものが後に転記されたものであることから、中下巻天皇記の組成とはまったく異質なものであることが明らかである[53]。

3

中下巻に見る天皇記のスタイルについては、やはり『古事記』の叙述に即して捉え直す必要があると考える。武田が指摘するように、中下巻の各天皇記はおおむね「御続柄」「御名」「皇居と治天下、および御宇の年数」「后妃、皇子皇女、および皇子皇女の御事蹟」「重要なる御事蹟の簡単なる記事」「宝算、崩御の年月日、山陵」などの要素からなるが、各天皇記におけるありようを一覧すれば第2表のごとくである。武田論の挙げる六項目のうち、すべての天皇記に認められるのは第二・三項のみで、第一・四・五・六項については記述がない場合があることが、まずは注目される。武田のいうように、各項は天皇記を構成する基本的な要素であるとはいえ、その重要度はすべてが等価とはいえないからである。

ただ、武田論の抽出した六項目は中下巻の天皇記に共通する要素を機械的に取り出したにすぎないので、『古事記』の文字テクストにおける様態や機能が考慮されていない憾みがある。また、要素のレベルに寸断した形からは、かえって天皇記の基本構造が見えにくいという難点もある。第2表下段に示した区分は、文脈上の様態および天皇記の構造を考慮して整理し直したものである。各項の具体的な意義・機能については以下の考察に譲るが、あらかじめ要点を示しておけば四四頁の第Ⅰ～Ⅴ項のごとくである。以下、この分類に従って考察を進めてゆくこととする。

第2表 『古事記』中下巻天皇記の組成

項目		一	二	三	四						五		六	
		御続柄	御名	皇居と治天下など	后妃	皇子皇女	皇子皇女の御事蹟				重要なる御事蹟		宝算・山陵など	後記
							皇位継承	子孫系譜	氏祖注	その他	非物語	物語		
中巻	神武		◎	◎	◎	○	◎		○				○	
	綏靖		○	○	○	○							○	
	安寧		○	○	○	○	○	○	○	○			○	
	懿徳		○	○	○	○	○		○				○	
	孝昭		○	○	○	○	○		○				○	
	孝安		○	○	○	○	○						○	
	孝霊		○	○	○	○	○		○	○			○	
	孝元		○	○	○	○	○		○				○	
	開化		○	○	○	○	○	○	○				○	
	崇神		○	○	○	○	○		○	○	○	◎	○	
	垂仁		○	○	○	○	○		○	○	○	◎	○	○
	景行		○	○	○	○	○	○	○	○	○	◎	○	
	成務		○	○	○	○					○		○	
	仲哀		○	○	○	○	○			○		◎	○	
	応神		○	○	○	○	○	○	○		○	◎	○	
下巻	仁徳		○	○	○	○	○			○	○	◎	○	
	履中	○	○	○	○	○						◎	○	
	反正	○	○	○	○	○							○	
	允恭	○	○	○	○	○	○			○	○	◎	○	◎
	安康	○	○	○	◎	◎						◎	○	◎
	雄略		○	○	○	○	◇			○	○	◎	○	
	清寧	○	○	○	△	△								◎
	顕宗	○	○	○	○	○						◎	○	
	仁賢	○	○	○	○	○	○							
	武烈		○	○		△					○		○	○
	継体	○	○	○	○	○	○			○	○		○	
	安閑	○	○	○		△							○	
	宣化	○	○	○	○	○			○					
	欽明	○	○	○	○	○								
	敏達	○	○	○	○	○	(△)	○					○	
	用明	○	○	○	○	○							○	
	崇峻	○	○	○									○	
	推古	○	○	○									○	
		I			II i		II ii				III		IV	V

*行論の便宜のため、第四・五項をそれぞれ細分した。

*○◎はともに当該項目に関する記述があることを示すが、◎はとくに物語的な様態で語られていることを示す。

*◇は当該項目に準じる記述が認められることを示す。

*△は当該項目に該当する事項がないことを断る記述があることを示す。

第Ⅰ項　当該治世の主体の提示
第Ⅱ項　ｉ皇子女の出自の提示　ⅱ皇位継承を含む特記事項の説明
第Ⅲ項　当該治世における歴史的事項、第Ⅰ・Ⅱ項の補足説明
第Ⅳ項　当該治世の終結
（第Ⅴ項　後記〈天皇記終結後、次の天皇記の間の歴史的事項〉）

まず、第Ⅰ項から見てゆこう。第Ⅰ項はすべて各天皇記の冒頭に置かれ、神武記を例外として、通常は次のような類型的な一文として現れる。武田論のいう第一〜三項は、実際にはその構成要素である。

小長谷若雀命、坐二長谷之列木宮一、治二天下一捌歳也。（武烈、下211）
子、伊耶本和氣王、坐二伊波礼之若櫻宮一、治二天下一也。（履中、下178）

第二例のように、まれに先帝との続柄（武田論の第一項）が天皇名（武田論の第二項）の連体修飾成分として付加されることもあるが、その場合も「皇居と治天下、および御宇の年数」（武田論の第三項）と結合して必ず一文を形成する。武田論のいう第二項「御名」は主語、第三項後半の「治天下、および御宇の年数」は述語に当たり、第三項前半の「皇居」は「坐二××宮一（××宮に坐して）」という形で述語の連用修飾成分（補語）をなす。

古代における天皇の謚号および宮号が、いずれも当該天皇固有の表象だったことを考えれば、その両方を含む一文から天皇記が開始されるのはきわめて重要な意味をもつ。第Ⅰ項は、何という謚号の天皇が、どこを宮都として天下を統治したかを記して、当該天皇記の主体を提示する機能を担うのである。それは連綿とつづく時間を天皇の治世という単位に分節する意味をもつ。(54)

唯一の例外となる神武記は、冒頭に、

神倭伊波礼毗古命（以音注略）、與二其伊呂兄五瀬命一（以音注略）二柱、坐二高千穂宮一而議云、坐二何地一者、平二聞看天下之政一。猶、思二東行一、即自二日向一發、行二幸筑紫一。（神武、中89）

と記述された後に、いわゆる神武東遷の物語がつづき、最終的に、

故、如レ此言二向平和荒夫琉神等一（以音注略）、退二撥不レ伏之人等一而、坐二畝火之白檮原宮一、治二天下一也。（神武、中97）

で東遷の物語は終わる。東遷の物語は、上巻世界で天孫降臨の地として設定された西偏の地日向から、中国皇帝支配の構造を模した「小帝国」[55]の中心である皇都——倭の起源譚であると同時に、天皇の存在しない上巻世界から初代天皇の出現を語る意義をもつ[56]。

神武記冒頭に神倭伊波礼毗古命（神武）と長兄五瀬命の名が並記されているのは、上巻末に常世国に渡ったと語られる三兄御毛沼命、および海原に入ったと語られる次兄稲氷命を除き、高千穂宮を発つ時点では神倭伊波礼毗古命・五瀬命のいずれも初代天皇として即位する資格を有していたからである。結果的に五瀬命は東遷の途上で戦死し、神倭伊波礼毗古命が初代天皇として即位することになるが、冒頭文が神倭伊波礼毗古命と五瀬命の二人を主体として記述するのは、こうした事情に応じた措置と考えられる。

神武記冒頭文の異例性を右のように見定めるとき、東遷の物語が「坐二畝火之白檮原宮一、治二天下一也」（中97）と結ばれている点が改めて注目される。神武記は二人の主体を記述するという異例の書き出しから開始されてはいるが、そもそも神倭伊波礼毗古命と五瀬命の二人は「坐二高千穂宮一」して東に行くことを決定したのであり、その後も、

自二其地一遷移而、於二竺紫之岡田宮一一年坐。（神武、中89）

亦、従二其國一上幸而、於二阿岐國之多祁理宮一七年坐。（神武、中89）

亦、従二其國一遷上幸而、於二吉備之高嶋宮一八年坐。（神武、中89）

とあるように、文脈上は冒頭に提示された命題である「天下之政」を「平聞看」すための宮（皇都）が模索されつづけている。(57)要するに、神武記冒頭に語られる物語は、天皇記一般の冒頭文を「治世の主体」と「宮」の確定に至った経緯として語ったものなのである。「××天皇、坐二××宮一治二天下一（也）」という通常の形式と異なるとはいえ、これと同等の機能をもつといってよい。

かくて、『古事記』中下巻の天皇記は、すべてが当該治世の主体を提示するところから開始されることが確かめられる。前掲津田論以来、物語的要素と非物語的要素とは旧辞と帝紀とを識別する重要な指標として重視されてきたが、天皇記の冒頭文の枠組と機能に着目する限り、いずれの様態をとるかを決定するのは、素材ではなく『古事記』自体の構想にあることが確認されるのである。

第Ⅰ項の意義・機能を右のように捉えるとき、原則的に天皇記の末尾に置かれる第Ⅳ項（武田論の第六項）が改めて注目される。享年と山陵とは、いうまでもなく当該天皇の終焉を示す記事だからである。当該天皇の治世であることを提示する第Ⅰ項から開始される天皇記が、末尾に第Ⅳ項を置くのはきわめて自然な構成といってよい。

しかし、こうした天皇記のスタイルを一般的・常識的な措置と考えるのは早計である。たとえば『日本書紀』では、綏靖の死と享年は綏靖紀三十三年五月条に「癸酉、崩。時年八十四」と記されているが、山陵への埋葬は、次代の安寧紀元年十月丙申条に「葬二神渟名川耳天皇於倭桃花鳥田丘上陵一」と記されている。もちろん、神武紀のように死亡・享年と山陵への埋葬記事がともに記述される場合もあるが、死亡・享年記事と山陵への埋葬記事とが当該天皇紀と次代の天皇紀（もしくはそれ以降）に分かれて記述された例は、綏靖・安寧・懿徳・孝昭・孝安・孝霊・孝元・景行・成務・仲哀・反正・雄略・顕宗・武烈・敏達・舒明・斉明・天武の一八天皇にも及んでいる（天智は山陵に関する記事を欠く）。古代にあっては埋葬以前に殯宮儀礼（本来、死者の復活を目的とする）が行われるのが一般的であったから、山陵への埋葬記事は次代に組み込まれる方がむしろ実情に即しているともいえるのである。

なお、清寧・仁賢・宣化・欽明の四天皇記は第Ⅳ項を欠くが、これは資料的な不備と考える以外にない。ちなみに、『日本書紀』にはそれぞれ死亡年月日・享年（「年若干」とする例もある）・山陵に関する記事がある。

4

次に后妃・皇子女の系譜を記す第Ⅱ項（武田論の第四項）について、その意義・機能を確かめておこう。なお、景行記末尾に置かれた倭建命系譜および応神記末尾の若野毛二俣王系譜は、通常の第Ⅱ項とは別に第Ⅲ項の後に置かれているが、いずれも本来の第Ⅱ項に出自が記された皇子に関する補足的な系譜記事で、安寧記第Ⅱ項の師木津日子命系譜・孝元記第Ⅱ項の比古布都押之信命系譜・敏達記の忍坂日子人太子系譜などと本質的な相違はない。ここでは第Ⅱ項の別項として同等に扱うこととする。

さて、第Ⅱ項の場合も「后妃」や「皇子皇女」などの要素に分解することからは、文脈に即した意義・機能は見えてこないので、本来の姿に還元して観察する必要がある。比較的小規模な孝安記の観察を通じて、第Ⅱ項の意義を確かめてみたい（引用に際して付加したローマ数字は、第2表下段のそれに一致する）。

Ⅰ大倭帯日子國押人命、坐二葛城室之秋津嶋宮一、治二天下一也。Ⅱ・ⅰ此天皇、娶二姪忍鹿比賣命一、生御子、大吉備諸進命。次大倭根子日子賦斗迩命。二柱。（以音注略）ⅱ故、大倭根子日子賦斗迩命者、治二天下一也。Ⅳ天皇御年、壹佰貳拾参歳。御陵在二玉手岡上一也。（孝安、中103）

孝安記は主体を提示する第Ⅰ項と、同記を閉じる第Ⅳ項とによって形作られる基本的枠組の間に、第Ⅱ項のみを含んで成り立つ。天皇の后妃・皇子女の系譜を主たる内容とする第Ⅱ項は、Ⅱｉ冒頭に「此天皇」と明記されているように、自立的に存在する系譜というわけではなく、あくまでも第Ⅰ項を前提とした記述であることを、まずは確認しておく必要がある。ここでは当該天皇記の主体である孝安が忍鹿比賣命を后として大吉備諸進命と大倭根子日子賦斗迩命の二子をなしたことを記した後（Ⅱｉ）、二皇子のうち大倭根子日子賦斗迩命が次代の天皇（孝霊）になったことを記して記述を終えている（Ⅱⅱ）。結局のところ、孝安記の内実は孝霊への皇位継承のみであるといってよい。

次の孝霊記は、孝安記の第Ⅱ項ⅱ「故、大倭根子日子賦斗迩命者、治㆓天下㆒也」を承けて、

Ⅰ大倭根子日子賦斗迩命、坐㆓黒田廬戸宮㆒、治㆓天下㆒也。Ⅱｉ此天皇、娶㆓十市縣主之祖大目之女、名細比賣命㆒、生御子、大倭根子日子國玖琉命。一柱。（以音注略）又娶㆓春日之千々速真若比賣㆒、生御子……。ⅱ故、大倭根子日子國玖琉命者、治㆓天下㆒也。大吉備津日子命与㆓若建吉備津日子命㆒二柱相副而、於㆓針間氷河之前㆒、居㆓忌瓮㆒而、針間為㆓道口㆒以、言㆓向和吉備國㆒也。……（孝霊、中104）

とつづき、さらに次の孝元記は孝霊記の第Ⅱ項ⅱ中に記された「故、大倭根子日子國玖琉命者、治㆓天下㆒也」を承けて、「大倭根子日子國玖琉命、坐㆓軽之堺原宮㆒、治㆓天下㆒也」（孝元、中105）とつづいてゆく。遡って孝安記のⅠは、その前代の孝昭記の第Ⅱ項ⅱ中の「故、弟帯日子國忍人命者、治㆓天下㆒也」（孝昭、中103）を承けている。

かくして『古事記』中下巻の天皇記は、第Ⅱ項を通じて連鎖を繰り返しつつ、皇位継承史を実現するのである。[58] 皇位継承のみを内容とする孝安記のような天皇記が存在することは、『古事記』の構想する歴史の根幹に皇位継承史が据えられていることを端的に示しているが、この点は序文からも確かめることができる。

『古事記』成立の直接的契機は、元明が稗田阿礼所誦の天武勅語の旧辞を太安萬侶に撰録するよう命じたところに

あったが（「於レ焉、惜二舊辞之誤忤一、正二先紀之謬錯一、以二和銅四年九月十八日一、詔二臣安萬侶一、撰二録稗田阿礼所レ誦之勅語舊辞一以献上者」〈序24〉）、その母胎として想定されているのは天武が阿礼に誦習させた「帝皇日継」と「先代舊辞」である（「即、勅二語阿礼一、令レ誦二習帝皇日継及先代舊辞一」〈序23〉）。この「帝皇日継」は帝紀と同義とするのが通説的な理解だが、すでに述べたように、現に紀年というシステムをもたない『古事記』の母胎に帝紀を想定することは、字義の点で無理といわねばならない（註(50)参照）。「帝皇日継」の前半の二字は漢語に基づく表記であるとしても、「日継」は明らかに漢語ではなく和語ヒツギを表したものであり、四字が意味するところは「帝皇日継」すなわち皇位継承次第以外ではない。要するに、『古事記』は稗田阿礼の誦習した皇位継承次第である「帝皇日継」と「先代舊辞」から成る歴史なのである。

前掲津田『古事記及び日本書紀の新研究』が、「古事記を通覧すると、もつとも重きを置いて詳密に記してあるのは、歴代の天皇の御系譜であつて、仁賢天皇以後はたゞそればかりが書いてあ」るというのはその限りで正しい観察であるが、それは旧辞的要素の欠落によって生じた結果などではなく、『古事記』の皇位継承次第が多くの場合、各天皇記の皇子女系譜を通じて実現されているからなのである。

第Ⅱ項によって皇位継承が確認される例を皇統譜上に実線で繋いでゆくと、第1図（五〇頁）のような継承次第が確認される。第Ⅱ項は神武記のように物語的に語られる場合もあるので、ここではそれも実線で示してある。見るように、ほとんどの継承関係が第Ⅱ項によって示されているのである。

綏靖記の第Ⅱ項は、単に、

此天皇、娶二師木県主之祖、河俣毗賣一、生御子、師木津日子玉手見命。一柱。（綏靖、中101）

とのみあって次代への継承関係が記されていないが、綏靖の皇子は師木津日子玉手見命一人であることから、とくに

第1図　『古事記』の皇位継承次第

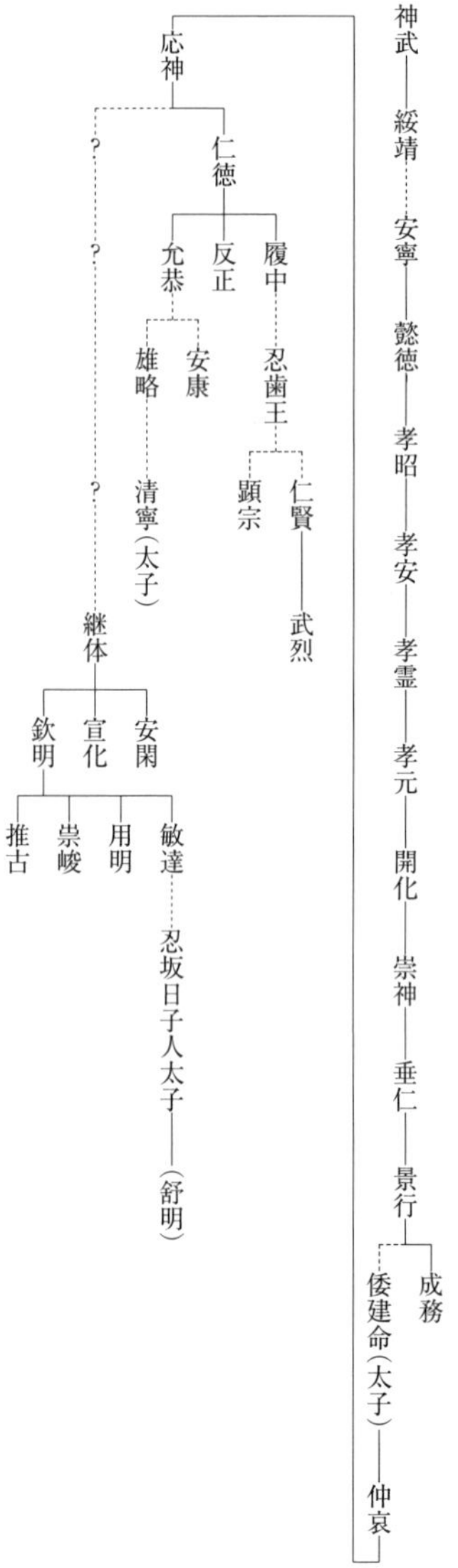

記述の必要がなかったものと解される。また、雄略記の第Ⅱ項にも清寧への継承に関する記述はないが、雄略記の場合、皇子女は白髪命と妹若帯比賣命の二人しかいないこと、また第Ⅱ項には、

故、為㆓白髪太子之御名代㆒、定㆓白髪部㆒、……（雄略、下193）

という記述が見えることから、御名代の制定記事が継承次第の記述に準じるものと理解される。

皇位継承次第の記述は、皇孫以下の系譜中に記述される場合もある。景行記末の倭建命系譜中に見える、

故、帯中津日子命者、治㆓天下㆒也。（景行、中139）

がそれである。即位しなかった帯中日子命の父倭建命が「太子」の称号を負ったことをわざわざ記す左の景行記の第Ⅱ項ⅱと合わせて、父が天皇でない仲哀の即位を保証する記述と見られる。

凡此大帯日子天皇之御子等、所㆑録廿一王、不㆓入記㆒五十九王、并八十王之中、若帯日子命与㆓倭建命、亦五百木

之入日子命一、此三王負二太子之名一、自レ其餘七十七王者、悉別二賜國々國造、亦和氣及稲置・縣主一也。（景行記、中126）

同様の措置は、敏達記において常に「太子」号を負って記述される「忍坂日子人太子」の待遇にも認めることができる。もちろん、父が天皇ではない舒明の即位を保証するための記述である。また、忍坂日子人太子の例では敏達―忍坂日子人太子の継承関係も「太子」号によって正統化されていることになる。

以上によって、『古事記』の皇位継承史が基本的に第Ⅱ項を介して形作られていることが確かめられるが、実際にはそうした原則から漏れる例があることも事実である。允恭―安康間、安康―雄略間、清寧―顕宗―仁賢間、武烈―継体間がそれである。

允恭―安康間の継承は、允恭没後に起きた木梨之軽太子と軽大郎女（衣通王）との近親相姦事件を通じて、本来「太子」ではなかった穴穂御子（安康）の即位が説明されるしくみとなっているが、物語では一貫して軽太子は「太子」号を負いつづけているので、文脈上、安康は正統性の裏づけをもたないまま即位したことになっている。こうした允恭―安康間の継承は下巻の皇位継承史の構想と密接に連動しているが[59]、継承関係を語る手段・様態に着目して話を進めれば、こうした異常な継承関係は非物語的要素からなる通常の第Ⅱ項によっては記述することは不可能である。それゆえ、允恭記では後記を付加して近親相姦を契機とする太子追放の物語を通じて、軽太子不即位の説明がなされるのである。允恭記に「後記」（第Ⅴ項）が必要とされたのはそのためである。

同様に、安康―雄略間の継承についても「後記」が用意され、その経緯が物語的要素によって語られている。また、皇統の断絶の危機を背景とする清寧―顕宗、および武烈―継体間の継承も、通常の第Ⅱ項の形態によっては記述することができない。いずれの場合も「後記」が用意され、前者については意祁（仁賢）・袁祁（顕宗）二王子発見の物語

を通じて顕宗即位の経緯を説明し、後者については、

天皇既崩、無下可レ知二日續一之王上。故、品太天皇五世之孫、袁本杼命、自二近淡海國一令二上坐一而、合二於手白髪命一、授二奉天下一也。（武烈、下211）

という記事によって継体即位の経緯を説明するのである。

なお、顕宗—仁賢間については、清寧「後記」に兄意祁命（仁賢）と弟袁祁命（顕宗）による即位互譲の物語が語られ、先に即位すべき兄の譲りを受けて顕宗が即位したことになっている。しかも、顕宗記第Ⅱ項には「天皇、娶二石木王之女、難波王一。无レ子也」（下207）と、唯一の后妃との間に子がなかったことが記されているので、この時点で皇統を継承しうる立場にあるものは仁賢以外に存在しないのである。結局、顕宗—仁賢間の継承は、清寧「後記」の互譲の物語と顕宗記の第Ⅱ項によって説明されていることになる。

要するに、中下巻の皇位継承史は天皇記の第Ⅱ項によって基本的骨格が形成され、第Ⅱ項によっては継承の経緯が示しえない場合に、物語的要素による説明なり、即事的説明が施されるのである。

5

さて、第Ⅱ項は基本的に非物語的要素からなるが、神武記や安康記のように物語的に語られる例もある。神武記の場合、第Ⅰ項に相当する東遷—即位の物語の直後に、

a故、坐二日向一時、娶二阿多之小椅君妹、名阿比良比賣一（以音注略）生子、多藝志美美命、次岐須美美命、二柱坐也。（神武、中97）

という、日向時代の后との間に生まれた二皇子の出自系譜を記した後、「然、更求下為二大后一之美人上時」（中97）とし

て大后伊須気余理比賣求婚の物語がつづき、その結果、

b然而、阿礼坐之御子名、日子八井命、次神八井耳命、次神沼河耳命。三柱。（神武、中99）

という伊須気余理比賣との間に生まれた三皇子の誕生を記す系譜的記事で結ばれる。

ちなみに、神武記の場合、通常第Ⅱ項内部に非物語的に記述される皇位継承次第も、

故、天皇崩後、其庶兄當藝志美々命娶二其適后伊須氣余理比賣一之時、将レ殺二其三弟一而謀之間……（神武、中100）

のように當藝志美々命の反逆物語という形をとり、反逆者を殺害しえなかった兄神八井耳命の譲りを受けて、反逆者を殺害しえた末弟神沼河耳命（綏靖）が即位することになった次第を、通常の天皇記と同様の形式で記して物語は結ばれる。

故、其日子八井命者、茨田連・手手嶋連之祖。神八井耳命者、意富臣・小子部連・……嶋田臣等之祖也。神沼河耳命者、治二天下一也。（神武、中101）

右を通じて綏靖記への皇位継承次第を記した後は、直ちに第Ⅳ項を記して天皇記の全体を終えている。

凡此神倭伊波礼毗古天皇御年、壹佰参拾漆歳。御陵在二畝火山之北方白檮尾上一也。（神武、中101）

神武記は通常の天皇記に比べて物語的要素が多いけれども、要素としては孝安記と同様、第ⅠⅡⅣ項の三項から構成されているにすぎず、それぞれの機能も通常の天皇記に等しい。神武記の第Ⅱ項が物語を必要とするのは、先に引いた系譜記事aで阿比良比賣との間に二皇子が生まれたことを記しながら、「然、更求下為二大后一之美人上時」（中97）と物語が展開しているように、初代天皇の大后の資格が問題とされたからにほかならない。そもそも伊須氣余理比賣求婚の物語は大久米命の「此間有二媛女一。是、謂二神御子一」（同上）という発言から始まり、「美和之大物主神」の「御子」である伊須氣余理比賣が「大后」として選定されるのである。

伊須氣余理比賣の父である大物主神が、国作りのパートナー少名毗古那神を失って途方に暮れる大國主神の前に海

上より現れ、「能治二我前一者、吾能共與相作成。若不レ然者、國難レ成」（上63）と国作りの協力を申し出た「坐二御諸山上一神」と同一の神であることは、中下巻の主題面でも重要なしかけとなっている。上巻の国作りとはレベルを異にするとはいえ、中下巻もまた国家形成史を重要な主題とするが、大物主神の「御子」伊須氣余理比賣と初代天皇神武との結婚は、上巻の国作りと中下巻に展開される国家形成史とが血統面で結合されることになるからである[60]。

要するに、神武記が通常の天皇記と異質に見えるのは、中巻の歴史において神武記に割りふられたテーマによるのであり、それに応じて各項（第Ⅰ項と第Ⅱ項）が物語的要素で肥大しているにすぎない。盛り込むべき器は、通常の天皇記と同じなのである。

ちなみに、安康記の場合も同様である。安康記は冒頭に「御子、穴穂御子、坐二石上之穴穂宮一、治二天下一也」（下188）という第Ⅰ項を記した後、直ちに天皇の弟大長谷王子（雄略）の妃として仁徳皇女若日下王を迎えるために使者根臣を若日下王の兄大日下王のもとに派遣した物語的な記述に移ってしまい、いわゆる系譜のスタイルによる記事は見当たらない。しかし、その後の物語の展開を辿ると、根臣の讒言を信じた安康が大日下王を殺害し、大日下王の妻長田大郎女を略奪して自らの「皇后」とし、さらに皇后との間に子どもをもうけぬうちに、皇后の「先子」目弱王にその父大日下王を殺害したことを知られ、自身も目弱王によって殺害されたことが語られる。系譜的記事のスタイルではないが、内容的には后妃皇子女に関する系譜的情報を満たしているのである。

なお、武烈・安閑・清寧記の第Ⅱ項は、それぞれ「此天皇、无太子」（武烈、下211）、「此天皇、無二御子一也」（安閑、下213）、「此天皇、無二皇后一、亦無二御子一」（清寧、下204）のごとくで、具体性を欠く記述となっている。しかし、具体性を欠くにもかかわらず、あえて嗣子あるいは皇后のいないことを記しているのは、かえって第Ⅱ項の重要性を照らし出しているということもできる。すでに確かめたように、第Ⅱ項は皇位継承史にかかわる最も重要な項目であるから、欠落を作らないという原則は当然のこととして理解される。ただし、その場合、下巻末尾の崇峻・推古記に第Ⅱ項が欠けていることの問題性が問われることになろう。女帝である推古については、敏達の妻としてすでに敏達記に八人の皇子女が記述されており、推古記で再録する必要はなかったともいえるが、崇峻に関しては『日本書紀』崇峻元年三月条に、「立二大伴糠手連女小手子一為レ妃。是生三蜂子皇子與二錦代皇女一」という后妃・皇子女に関する記述が見えるので、崇峻記に第Ⅱ項の記述がないことについては、別に理由を求めなければならない。崇峻・推古記の問題は、別稿に譲ることとして[61]、ここでは第Ⅱ項の観察をつづけることにしたい。

ところで、先に示した孝安記の第Ⅱ項が、皇子女の出自を示す系譜そのものと（ⅰ）、それに関する説明記事（ⅱ）から構成されていたように、第Ⅱ項は多くの場合、皇子女の出自を提示する系譜（以下Ⅱⅰを系譜部と呼ぶ）と系譜部に示された特定の皇子女に対する説明記事（以下Ⅱⅱを説明部と呼ぶ）の二部構造からなる。[62]

第Ⅱ項の第一義的機能が皇位継承次第の提示にあることは確かめたごとくだが、説明部に記述される内容はそれのみにとどまらず、氏祖系譜、皇孫以下の系譜、部の制定、皇女の伊勢神宮奉祭、名代・子代の制定、皇子女の宮の所在、地方平定、皇女の婚姻、造池、神宮への奉納、国造・和気・稲置・県主等への分封、殉死の起源など、多岐にわたる。第Ⅱ項は后妃との婚姻と皇子女の出自を示す系譜を主体とすることは確かであるが、説明部を通じて記述される内容は、皇位継承次第をはじめとして『古事記』の構想する歴史に密接な関わりをもつことを予測させる。

たとえば、孝霊記と景行記に見える平定記事を取り上げてみよう。

①大吉備津日子命与二若建吉備津日子命一二柱相副而、於二針間氷河之前一、居二忌瓮一而、針間為二道口一以、言二向和吉備國一也。（孝霊、中104）

②小碓命者、平二東西之荒神及不レ伏人等一也。（景行、中126）

①はいわゆる〈欠史八代〉の中で、大吉備津日子命と若建吉備津日子命の二皇子の事績の説明という形で、唯一勢力拡大の歴史を語る記事である。一方、②はこの後につづく第Ⅲ項に、兄大碓命殺害事件を契機として展開する小碓命（倭建命）を主人公とした熊曽建征討・出雲建征討・東征などの東西平定の物語群が置かれている。注目されるのは、後者の場合、第Ⅱ項説明部の記事②と第Ⅲ項（武田論の第五項）の物語群とが不可分な関係にあることで、第Ⅲ項は第Ⅱ項説明部の記事を具体的・立体的に補足・拡大したものということができる。項目として見れば、①②はともに皇子女の出自系譜に付加された説明記事にすぎないが、②に付随する第Ⅲ項の物語からうかがえるように、それぞれ中巻の描く国家形成史の一こまにほかならない。

名代・子代の制定、部の制定、造池などの記事についても、基本的にこれと同様に捉えるべきものである。それは次のような例を通じて確かめることができる。

③次印色入日子命者、作㆓血沼池㆒、又作㆓狭山池㆒、又作㆓日下之高津池㆒。又坐㆓鳥取之河上宮㆒、令㆑作㆓横刀壹仟口㆒、是奉㆑納㆓石上神宮㆒、即、坐㆓其宮㆒、定㆓河上部㆒也。……伊登志和氣王者、因㆑无㆑子而、為㆓子代㆒定㆓伊登志部㆒。……（垂仁、中116）

④此之御世、定㆓田部㆒、又定㆓東之淡水門㆒、又定㆓膳之大伴部㆒、又定㆓倭屯家㆒、又、作㆓坂手池㆒、即竹植㆓其堤㆒也。（景行、中127）

③④はそれぞれ造池・部の制定を含むが、③は垂仁記の第Ⅱ項説明部、④は「此之御世」とあるように、景行記第Ⅲ項の記事として記されたものである。いずれも同一範疇に属する歴史的起源を述べたもので、記載箇所の相違は天皇と皇子という主体の差によって生じているにすぎない。第Ⅱ項説明部の中で最も数の多い氏祖注（五〇例）も、それを通じて天皇を中心とした「血族国家」[63]幻想を実現する、すぐれて政治的な営みであり、王権史の構想の一翼を担うものであった。

安寧・開化・景行・応神・敏達の五天皇記に見える計七例の子孫系譜も、一見余剰の情報のようにも見えるが、たとえば開化記第Ⅱ項説明部に見える日子坐王系譜には、垂仁記の第Ⅱ項および第Ⅲ項に登場する沙本毗古王・沙本毗賣命、比婆須比賣命・真砥野比賣命・弟比賣命、また曙立王・菟上王をはじめとして、垂仁記の第Ⅱ項および崇神記の第Ⅲ項に登場する丹波比古多々須美知能宇斯王、景行記の第Ⅲ項に見える神大根王、そして仲哀記の第Ⅱ項・第Ⅲ項に語られる息長帯日賣命などの出自が記述されており、後に展開される歴史と不可分な関係を前提として記述されているのである。まさに皇統譜を軸にして展開される歴史といってよい。

こうした事実は、安寧記の師木津日子命系譜に見える蠅伊呂泥（意富夜麻登久迩阿礼比賣命）と蠅伊呂杼とが、それぞれ後に孝霊妃として吉備国平定の立役者大吉備津日子命、若（日子）建吉備津日子命を生んでいること、孝元記の比古布都押之信命系譜に見える建内宿祢が成務・仲哀・応神・仁徳四代に仕えた大臣として重要な役割を果たしていること、また同記の建内宿祢系譜中に見える葛城長江曽都毗古が仁徳大后石之日賣命の父として後に語られていること、景行記末尾の倭建命系譜が仲哀の出自を準備するのみならず、仲哀記の反逆物語の主体となる香坂王・忍熊王の出自をも提示していること、応神記末尾の若野毛二俣王系譜によって允恭大后忍坂之大中津比賣命の出自が提示されていること、そして敏達記の忍坂日子人太子系譜が舒明の系譜的立場を保証していることなどの事実を確認すれば、天皇記の第Ⅱ項が中巻のみならず、中下巻全体の歴史の構想と不可分に存在していることが知られよう。

要するに、第Ⅱ項はその中心軸に皇位継承史を据えることで歴史の基本的な骨格を形成し、さらに第Ⅱ項説明部もしくは第Ⅲ項を通じてさまざまな角度から歴史の構築に直接的に参与するのである。すでに触れたように、武田『古事記研究　帝紀攷』は、物語的要素はそれを含む天皇記にあっては第Ⅲ項（武田論のいう第五項）にあるのを「通例とする」ことを指摘していたが、景行記の小碓命（倭建命）の東西平定に見るように、第Ⅱ項と第Ⅲ項とは必ずしも異質なものではない。第2表に見るように、第Ⅲ項に物語的要素が多く含まれることは確かだが、それは歴史的情報を盛り込む器として、物語という自由度の高い様式が適していたというにすぎないのであって、物語的要素と非物語的要素の相違は実は本質的なものではない。第Ⅲ項に物語的要素とともに非物語的要素による記事も多く認められるのはそのためである。

すでに皇位継承史の形を通じて確かめたように、物語は通常の記事によっては十分に意図を実現しえない場合に、十全な説明を加えるための手法の一つであった。前掲倉野「帝皇日継と先代旧辞」が、物語的要素の「殆ど総て」は「国家及び皇室に関連したものである」と述べているように、一般には物語的要素が中下巻の歴史の中心的役割を担うかのように思われがちであるが、確かめてきたように、その中軸を貫くのは非物語的要素によって形作られる皇位継承史なのであり、物語的要素のみを拾い読みすれば『古事記』の歴史が理解されるわけではない。物語的要素も非物語的要素もいずれも『古事記』を形作る要素なのであって、いずれかに重心が置かれているわけではない。まして帝紀・旧辞という素材の相違に由来するわけでないことは、もはやいうまでもあるまい。

6

『古事記』中下巻の歴史の基軸をなす皇位継承史について、もう少し考察をつづけたい。いったいに、親から子へ、子から孫へ……と世代を重ねてつづいてゆく系譜は、それ自体すでに歴史性を内包しているが、同時に血縁という糸で始原とつながることで現在を保証する機能をもつ。『古事記』がこの保証機能に着目して皇位継承史を構想することは、上巻に皇祖神たる天照大御神が措定されていることで、すでに明らかである。天皇記という枠組をもたず、中下巻に比べて歴史の構築に果たす物語の役割が相対的に大きい上巻にあっても、天照大御神—太子正勝吾勝々速日天之忍穂耳命―天迩岐志國迩岐志天津日高日子番能迩々藝命―火遠理命（天津日高日子穂々手見命）―天津日高日子波限建鵜葺草葺不合命―若御毛沼命（豊御毛沼命・神倭伊波礼毗古命）とつながる皇統譜の基本構造が明瞭に読み取れるように構成されているのはそのためである。

しかし、中下巻に目を戻すとき、『古事記』に見る系譜の様態は、単に血統論理のみを重視したとはいいがたい面をもつ。すでに見たように、むしろ血統の連続性を断ち切るように、天皇記ごとに分断されているからである。中下巻に実現されている皇位継承史は、第Ⅱ項説明部に見える諸種の記事と同様、分断された治世内部における歴史に属すものとして記述されているのであり、したがって、継承の関心は時間を遡源する方向ではなく、次世代に向けられているのである。神武記をはじめ、そこここに皇位継承争いの物語が配置されているのは、こうしたありように連動している。『古事記』の皇位継承史は第Ⅱ項の系譜に基づいて構築されているとはいえ、始原と現在との間を具体的な固有名で埋めることによって現在に意味を付与しようとする系譜一般のありようとは異なるのである。

一般に、系譜という形態は、始原と現在とが血統によってつながれた、その全体に意味があり、そこに連ねられた固有の人物が、それぞれに固有の時間をもつことはない。それは、たとえば埼玉県行田市稲荷山古墳出土鉄剣銘に見える系譜の機能と比較することで明らかである。固有名詞を除き、全体が漢文体で書かれたこの銘文は、やまとことばで読まれることを前提としていないが、その内容は左のごとくである（適宜、句読点、返点を付した）。

辛亥年七月中記。乎獲居臣上祖、名意富比垝、其児多加利足尼、其児名弖已加利獲居、其児名多加披次獲居、其児名多沙鬼獲居、其児名半弖比、／其児名加差披余、其児名乎獲居臣、世々為㆓杖刀人首㆒奉事来至㆑今。獲加多支鹵大王寺在㆓斯鬼宮㆒時、吾左㆓治天下㆒。令㆑作㆓此百錬利刀㆒、記㆓吾奉事根原㆒。

ここでは血統の連続性の提示に意味があるのであって、「上祖」意富比垝と乎獲居臣との間の人物は単につながりを示すにすぎない。

すでに見たように、『古事記』中下巻の皇位継承次第は第Ⅱ項説明部に示されるのを基本とする。継承の連続性という点では、第Ⅱ項は第Ⅰ項と第Ⅳ項とによって分節された時間の内部に位置するわけだから、次世代への継承は示しえても、先帝とのつながりは必ずしも明瞭ではない。

要するに、いわゆる皇統譜をいったん解体し、天皇によって分節される固有の時間、すなわち〈世〉を定立したうえで、それらの固有の〈世〉の連続・累積として歴史の流れを示そうとするのである。皇位継承史はそれらを縦に並べる時間軸として、是非とも必要な要素であったといってよい。天皇の統治する時間として分節される〈世〉という発想は、漏剋を作り、暦を頒布し、同じ元号の使用を通じて、天皇の生み出す時間秩序を民衆に共有させせようとする、律令王権による時空支配の構想と無縁ではありえない。帝紀・旧辞は「邦家の経緯、王化の鴻基」だとする天武が掲げる序文の理念と不可分な関係にあるのである。「此天皇之御世」（崇神記・仁徳記）、「此之御世」（崇神記・景行記・仲哀記・応神記・仁徳記）、「此御世」（履中記・継体記）、「其御世」（崇神記・仁徳記）、「是之御世」（崇神記）など、しばしば繰り返される「御世」の語は、こうした歴史意識を体現するものといえよう。それは皇統譜からの歴史への飛躍といってよい。編年というシステムによらない『古事記』が採択した歴史叙述のスタイルである。

註

（1）序文が上表文の形式で書かれていることから、その実質を表とする誤解が今なお根強い。しかし、上表形式の序は中国本土においても確認され、文字通り序と理解すべきものである（第一章第二節参照）。

（2）序章註（7）参照。

（3）『古事記』中・下巻の各歴代天皇記が系譜を中心とした物語的要素の認められない部分と、物語的色彩の強い部分とから成ることに着目して、前者を序文にいう帝紀に、後者は旧辞にそれぞれ由来するものと推測した津田左右吉『古事記及び日本書紀の新研究』（一九一九年、岩波書店。『津田左右吉全集　別巻第一』〈一九六六年、岩波書店〉所収）は、まさに序文の記述に基づいて遡源的に『古事記』の形成過程を捉えようとする試みであった。津田の発想は、倉野憲司「帝皇日継と先代旧辞」（『文学』四巻七号〈一九三六年七月〉。倉野『古事記論攷』〈一九四四年、立命館出版部〉所収）、武田祐吉『古事記研究　帝紀攷』（一九四四年、青磁社。『武田祐吉著作集　第二巻』〈一九七三年、角川書店〉所収）、同『古事記説話群の研究』（一九五四年、明治書院。『武田祐吉著作集　第三巻』〈一九七三年、角川書店〉所収）などによって無批判に継承され、その後の研究史に大きな影響力を与えたことは周知のごとくである。

(4)『続日本紀』和銅五年正月条には献上日に当たる丁酉（二十八日）の項が立てられておらず、また太安萬侶に撰録の下命があったとされる和銅四年九月条にも庚寅（十八日）の項が存在しない。

(5) どの程度自覚されていたかは不明だが、註(3)に触れた津田・倉野・武田を通じて展開された帝紀・旧辞論は、実質的には序文の記す成立の経緯を具体的に証明しようとする試みであった。その結果、『古事記伝』の時点ではすでに生じていた古事記研究史のひずみが、さらに拡大したことも事実といわねばならない（第一章第一・三節および終章参照）。

(6) 本居宣長が『古事記』に着目し、称揚したことが一つの契機となって出来する偽書説もまた、『古事記伝』の主張する古事記観や津田・倉野・武田の帝紀・旧辞論と同様、古事記研究史のひずみと位置づけられるが（国学の称揚する古事記観を作品ごと無化しようとするのが偽書説本来の動機であるから、研究史的にいえば偽書説は国学の反宇宙・反世界にすぎない）、『古事記伝』や帝紀・旧辞論に比べればその影響は限定的である（なお、偽書説の歴史とその論点については、矢嶋泉『古事記の歴史意識』〈二〇〇八年、吉川弘文館〉に整理したものがある。参看を乞う）。

(7) 偽書説の嚆矢は沼田順義『級長戸風　壱』（文政十三〈一八三〇〉年刊）所載の「端書」（端書は文政十一〈一八二八〉年撰）とされてきたが（安藤正次「古事記偽書説について」〈『史学雑誌』三五編九号、一九二四年九月。『記・紀・萬葉集論考　安藤正次著作集4』〈一九七四年、雄山閣出版〉所収）、その後、河村秀興『古事記開題　序文講義』所引の「或説」が現時点で最も早い偽書説と修正されるに至った（鈴木祥造「古事記偽書説の歴史とその意義について」〈大阪教育大学歴史研究室『歴史研究』五号、一九六七年十一月〉）。『古事記開題』の成立時期は延享四〜宝暦元（一七四七〜五一）年間かとされるので（阿部秋生「河村氏家学拾説解題」〈『書紀集解付録』一九六九年、臨川書店〉）、或説もそれと同時代もしくはその少し前のものと推測される。

「或説」は、駢儷文で書かれた序文の作文能力が時代的に合わないこと、『日本書紀』『続日本紀』に「勅撰ノコト」が見えないこと、序文の記す成立の経緯と『日本書紀』天武十年三月条の「帝紀及上古諸事」記定のことが一致しないことを挙げて、「上代ノ野史ノ残リタルニ後人序文ヲ偽作シテ撰者ヲ安麻呂《（ママ）》ニ託シタルモノカ」と述べている。なお、宣長を『古事記』の研究に導いた賀茂真淵も、明和五（一七六八）年三月十三日付宣長宛の書簡で、序文は奈良朝の後人による後加とする自説を表明していた。

惣て古事記は、序文を以て安萬呂《（ママ）》之記とすれども、本文の文体を思ふに和銅などよりもいと古かるべし。序は恐らくは奈良朝の人之追て書し物かとおぼゆ。序中にみことといふに尊の字有。尊は至貴をいふと日本紀にしるし、古事記は皆命字のみ也。上野之多古碑文に、時の執政之親王大臣等を石上尊など書しかば、和銅頃専らさ書しかともいふべけれど、本文に無からは疑はし。凡日本紀も推古天皇紀以下は文体まち〳〵也。事実の相違も有レ之ば、是も推古以降は奈良朝にて加へしものと見ゆ。其比古事記の序も作りしか。これらの事後来よく考給へ。（『本居宣長稿本全集　第二輯』〈一九二三年、博文館〉）

宣長が『古事記伝』執筆に着手した段階では、すでに古事記偽書説は一定の拡がりを見せていたのである（ただし、真淵のいう「尊」字は、真福寺本には「命」とあり、倉野憲司『古事記全註釈　第一巻 序文篇』〈一九七三年、三省堂〉がいうように、「書紀の用字に目慣れた後人」の「改変」の可能性が高い。また、倉野は『古事記伝』二之巻に見える「本文のさまと甚《イタ》く異なるをもて、序は安萬侶の作《カケ》るにあらず、後《ノ》人のしわざなりといふ人」を真淵その人と推定している。

（8）　宣長は「古記典等総論」の末尾で「古学」の普及に果たした師賀茂真淵の功績に触れ、自身も真淵によって『古事記』の価値を知りえたことを「此御《ノミ》蔭《カゲ》に頼《ヨリ》て、此《ノ》意を悟《サト》り初《ソメ》て、年月を経るまに〳〵、いよよ益々《マスマス》からぶみごゝろの穢汚《キタナ》きことをさとり、上《ツ》代の清《キヨ》らかなる正実《マコト》をなむ、熟《ウマ》らに見得《ミエ》てしあれば、此記を以て、あるが中の最上《カミ》たる史典《フミ》と定めて、書紀をば、是《レ》が次に立《タツ》る物ぞ」と記している。これによれば『古事記伝』の記紀観は真淵にまで遡及するようにも読めるが、記紀の差異をことさらに強調し対比的に捉える記紀観は、実際には宣長の案出と理解すべきものである。

真淵の記紀観を示すものとして、しばしば「一、古史ヲ引ニ、古事記ヲ先トシ、日本紀ヲ次トス。日本紀ハ上古ノ数書ヲ選定セラレタレド、儒士紀《ノ》朝臣清人専コレニ与《アヅカリ》テ漢文ニ泥タレハ、上古ノ事実ニ違ルモ多シ（注略）。古事記ハ上古質直ノ国史也。且、国語ヲ専トシタレハ、上古ノ風ヲ見、古語ヲ知、古文ヲ察スルニ及モノ無レハ也」という『延喜式祝詞解』序

（延享三〈一七四六〉年）の「付記」の一部が取り上げられるが（引用は山本饒編『校本賀茂真淵全集　思想編　上』〈一九四二年、弘文堂書房〉による。ただし、私に句読点を施した）、右の引用によれば、漢文的潤色に拘泥したために上古の事実に異なる記事・記述も多い『日本書紀』に対し、国語による記述を旨とした上古質直の『古事記』という、『古事記伝』に酷似した記紀観を抽出することも可能ではある。しかし、右の「付記」は『延喜式祝詞解』の凡例に相当するものであって、右はその一項目（しかもその一部）であることに注意しなければならない。『延喜式祝詞解』の凡例という文脈《コンテクスト》を超えて、自立的な意義を担うわけではないのである。引用冒頭にいう「古事記ヲ先トシ、日本紀ヲ次トス」も、祝詞の注解に際して「古史」を引用する順序を述べたものに過ぎず、古典としての記紀の評価の序列をいうわけではない。『古事記』が「国語ヲ専トシタレハ、上古ノ風ヲ見、古語ヲ知、古文ヲ察スルニ及モノ無レハ也」と称揚されているのは、国語で唱えられる祝詞の注解作業における有用性ゆえなのである。「漢文」の下層に「国語」が押しやられた『日本書紀』の引用順序が『古事記』の「次」とされるのは当然すぎるほど当然なのである（倉野『古事記全註釈　第一巻　序文篇』〈註(7)参照〉が当引用箇所のみを挙げて、「近世の国学において古事記の重んずべきを主張した最初の人は賀茂真淵である」と結論づけるのは、恣意的な論理操作といわねばならない）。

　真淵が記紀を二項対立的に捉えていたわけではないことは、右の引用につづいて「然トモ、日本紀ハ古語ニ漢字ヲ配シ、事理委キ故ニ、事ニ従テ先挙ルモ有リ」とあることからも明らかである。『日本書紀』では「古語」に漢字があてられているため、語義を知る上では利点もあることを認め、それゆえ事例によっては『日本書紀』を『古事記』に先行させた場合もあるというのである。こうした真淵の態度は、以下の言説にもよく表れている。

　……古事記は専らすめらみ国ことはにて、しかもあやに書たる文也。日本紀も古きこゝの文、またそのさきに人々のいひもいて、しるしも置つるをあつめて、字をからさまにとりなしたれと、猶よむさまは、こゝのふみ也。（『文意草案』〈宝暦十二（一七六二）年〉。引用は『校本賀茂真淵全集　思想編　上』により、私に句読点を施した）

真淵にとっては「すめらみ国」のことばで書かれた『古事記』も「からさま」に書かれた『日本書紀』も、ともに本来は日本古来の伝承に基づいて書かれたものであり、その限りで記紀はともに「いにしへのめでたき物」（広本『文意』〈成立年未詳〉。山本編同上書）なのである。それゆえ、『古事記』と同様、『日本書紀』も本来のやまとことばに還元して訓まねばならないというのが真淵の主張であって、そこには二元的な記紀観を見ることはできない。

（9）物語部分の引用は基本的に允恭記の原用字によりつつ内容を摘記した形であるが、歌の引用については一字一音式の原表記とは異なり、自立語を正訓字で、付属語や用言の活用語尾を音仮名や漢文助字で表す、訓主体の音訓交用表記となっている。この点に関しては、尾崎知光「万葉集巻二所引古事記をめぐって」（『古事記年報』二一〈一九七九年一月〉。尾崎『古事記考説』〈一九八九年、和泉書院〉所収）が説くように、『万葉集』巻一・二には「一字一音式表記の歌は皆無であり、そうした万葉の歌の表記体に合せるために書き改めた」ものと見られる。参考までに、『万葉集』巻二から当該部分を左に引用しておく（傍点箇所は允恭記の用字に一致する）。

　古事記曰、軽太子姦二軽太郎女一。故、其太子流二於伊予湯一也。此時、衣通王不レ堪二恋慕一而、追往時、歌曰、君之行気長久成奴山多豆乃迎乎将往待尓者不待此云山多豆者是今造木者也。

（10）当該部分を『万葉集』巻十三から引用しておけば左のごとくである（傍点箇所は允恭記の用字に一致する）。

　撿二古事記一曰、件歌者、木梨之軽太子、自死之時所レ作者也。

允恭記によっていることは明らかであるものの、直接的な引用というよりは、允恭記に基づく詠作主体と詠作事情の紹介というのに近い。

（11）『万葉集』巻一・二の注の様態を精査して、山上憶良が東宮侍講を務めた養老五～神亀元（七二一～七二四）年以降、第一次本『続日本紀』が成立する淳仁朝（七五八～七六四年）以前、すなわち《十五巻本万葉集》の形成過程（天平十七～天平勝宝三〈七四五～七五一〉年）で加えられたものとする伊藤博「女帝と歌集」（『専修国文』創刊号〈一九六七年一月〉。伊藤『万葉集の成立と構造　下』〈一九七四年、塙書房〉に「持統万葉から元明万葉へ」と改題再録）の所説に蓋然性が認められるが、もちろん宣長の与り知らぬところである。

（12）『歌経標式』が『古事記』歌謡を利用する場合には、『日本書紀』歌謡の歌句に押韻が認められない場合に、その代用として『古事記』所載の小異歌が利用されている（矢嶋泉「歌経標式の例歌」〈沖森卓也・佐藤信・平沢竜介・矢嶋泉『歌経標式　注釈と研究』一九九三年、桜楓社〉所収）。

（13）掲出した例以外にも『歌経標式』に言及した箇所があるが（『古事記伝』十三之巻「阿米那流夜」条と十七之巻「和賀韋泥斯」条）、いずれも「契沖云」と明記されているように『厚顔抄』からの引用で、宣長のコメントはない。

（14）ヘロ二音節についての指摘を欠くとはいえ、上代特殊仮名遣に関する最初の発見であったことは周知のごとくである。

(15)『古事記伝』は安康記の注釈で、「記中みな大后と書るを、皇后と書るはたゞ此《ココ》と今一処、甕栗ノ宮ノ段にあるとのみなり」（四十之巻「皇后条」）と、例外的に二例（安康記・清寧記）の「皇后」号が用いられていることにも言及している。なお、仲哀記末尾の注記にも「皇后御年一百歳崩。葬二于狭城楯列陵一也」（中148）とあるが（諸本同じ）、『古事記伝』は、中巻には「皇后」号の使用例がないこと、「狭城」「楯列」の用字が『日本書紀』に一致することを根拠として後人の補入とし、これを削除する（三十一之巻）。

(16) 今日では国号「日本」の始用は大宝令（岩橋小弥太『日本の国号』〈一九七〇年、吉川弘文館〉）もしくは浄御原令（吉田孝『大系日本の歴史3　古代国家の歩み』〈一九九二年、小学館〉）からとするのが一般的で、若干の修正が必要である。

(17) ⅰに関しては古事記研究史がこの問題を引き取って展開することはなかったが、ⅱについては池上禎造「古事記に於ける仮名『毛・母』に就いて」（『国語国文』二巻一〇号〈一九三二年十月〉）、有坂秀世「古事記に於けるモの仮名の用法について」（『国語と国文学』九巻一一号〈一九三二年十一月〉、有坂『国語音韻史の研究』〈一九四四年、明世堂書店〉、有坂『同増補新版』〈一九五七年、三省堂〉所収）によって、『日本書紀』や万葉歌人ではすでに失われていたモの上代特殊仮名遣上の区別が、『古事記』や山上憶良・大伴旅人らの一部の万葉歌人の表記に認められることが指摘された。ⅲについては大宝令の施行を契機として国名表記が更新されたことが、直木孝次郎「古事記の国名表記について」（『人文研究』二三巻一〇分冊〈一九七二年九月〉。直木『飛鳥奈良時代の研究』〈一九七五年、塙書房〉所収）、田中卓「古事記における国名とその表記」（『古事記年報』二四〈一九八二年一月〉。『古典籍と史料　田中卓著作集10』〈一九九三年、国書刊行会〉所収）などによって、ⅳについては『古事記』所載氏族の姓が基本的に〈八色の姓〉以前の旧姓で記述されていることが、阿部武彦「上代氏族の祖先観について」（『史学雑誌』五六編四号〈一九四五年四月〉。阿部『日本古代の氏族と祭祀』〈一九八四年、吉川弘文館〉所収）、同「古事記の氏族系譜」（坂本太郎編『古事記大成4　歴史考古篇』〈一九五六年、平凡社〉、阿部同上書所収）、梅沢伊勢三「書紀から古事記へ」（『文学』一六巻九号〈一九四八年九月〉）、同『記紀批判』（一九六二年、創文社）、上田正昭「上代氏族系譜の形成過程」（『国史学』五五号〈一九五一年七月〉。上田『日本古代国家成立史の研究』〈一九五九年、青木書店〉に「氏族系譜の成立」と改題再録）などによって、それぞれ『古事記』成立の史的背景ないし動機といった面から論じられた。また、ⅴⅵで注目された「皇子」「皇后」号の始用時期については、それぞれ虎尾達哉「律令国家と皇親」（『日本史研究』三〇七号〈一九八八年三月〉。虎尾『律令官人社会の研究』〈二〇〇六年、塙書房〉所収）、岸俊男「光明立后の史的意義」（『ヒストリア』二〇号〈一九五七年六月〉。岸『日本古代政治史研究』〈一九六六年、塙書房〉所収）によって浄御原令（持統三〈六八九〉年六月班布）からであったことが明らかにされた。なお、ⅶについては註(16)参照。

(18)『古事記』の旧国名表記と「後に定れる字」との相違を問題とするⅲも、「後に定れる字」とは、郡郷名に好字を着けることを命じた「和銅六年詔」（『続日本紀』）、同詔の速やかな施行を促したものと推測される神亀三（七二六）年の口宣（『出雲風土記』総記）、また嘉名二字によるべきことを求めた『延喜式』民部上・郡里条などによって改編された後の表記をいうのであり（『古事記伝』七之巻「遠江国造」条）、当然その中には『日本書紀』が含まれていると考えてよい。

(19) 中国正史に倣い、帝紀・志・列伝・表などを備えた紀伝体による正史《日本書》構想の痕跡が書名に残るとする折口信夫「日本書紀と日本紀」（『史学』五巻二号〈一九二六年六月〉。『折口信夫全集　第一巻』〈一九五四年、中央公論社〉所収）、神田喜一郎「日本書紀という書名」（『日本古典文学大系　月報　日本書紀　下』〈一九六五年七月〉）の指摘は、『日本書紀』の性格を端的に示していよう。実際には「紀卅巻」と「系図一巻」の実現を見たのみであったが（『続日本紀』養老四年五月癸酉条）、西宮一民「日本書紀」（市古貞次・大久保正編『日本文学全史1　上代』〈一九七八年、学燈社〉）がいうように、『日本書紀』編纂過程の和銅六（七一三）年に発せられた、いわゆる風土記撰進詔の背後に、「志」の資料収集の意図が含まれていたと捉えることも情況的には可能である。

(20) 梅沢伊勢三が「書紀から古事記へ」（註(17)参照）を始めとする一連の論考によって、『古事記』が『日本書紀』よりも新しい要素を内包する事実を明らかにするのは、はるかに後のことである（その成果は梅沢『古事記・日本書紀　古典とその時代Ⅰ』〈一九五七年、三一書房〉、同『記紀批判』〈註(17)参照〉、同『続記紀批判』〈一九七六年、創文社〉などにまとめられている）。

(21)『古事記伝』一之巻「文体《カキザマ》の事」にいう「文体《カキザマ》」の意で用いる（以下同じ）。「書法《カキザマ》」と書かれた例も見られるように（一之巻「文体の事」）、『記伝』のいう「文体《カキザマ》」は一般にいう文体の概念とはやや異なり、「漢文の格《サマ》」による場合を始めとして、「仮字書《ガキ》」「宣命書の如くなるところ」など、『古事記』に認められる「種々《クサグサ》のかきざま」を、記述方法・記述様式の面から捉えた用語である。ただし、「文体《カキザマ》」のままでは術語としてなじまないので、傍訓を除いた。

(22) その日本語で書かれた『古事記』の描く歴史はといえば、中国皇帝支配の構造に倣い、天皇を中心とした「小帝国」（石母田正『日本古代国家論　第一部』〈一九七三年、岩波書店〉）の形成過程を、皇位継承史を時間軸として描いたものであって（矢嶋『古事記の歴史意識』〈註(6)参照〉）、『古事記伝』の理解とは著しく異なっている。

（23）『古事記伝』二之巻「於是《ココニ》天皇詔《リシタマハク》 之、朕聞《レク》諸家《ノ》之所《ノ》レ賷《モタル》、帝紀及《ビ》本辞、既違《ニヒ》二正実《ニ》一、多《ク》加《フト》二虚偽《ヲ》一」条に、

本辞は、下文に先代《ノ》旧辞とあると同じ、……川島皇子《ノ》等の修撰のところに、上古《ノ》諸《ノ》事とあるは、正《マサ》しくこれなり、然るに今は旧事といはずして、本辞旧辞と云《ヘ》る、辞《ノ》字に眼《メ》をつけて、天皇の此《ノ》事おもほしめし立《タチ》し大御意は、もはら古語に在《リ》けることをさとるべし、（傍線—矢嶋）

また「以《テ》二和銅四年九月十八日《ヲ》一、詔《シテ》二臣安萬侶《ニ》一、撰《シテ》二録稗田阿礼《ノ》所《ガ》レ誦《ム》之勅語《ノ》旧辞《ヲ》一以《テ》献上《セシムテヘリ》 者」条に、

……此《ノ》勅語は、唯《タダ》に此《ノ》事を詔ひ属《ツケ》しのみにはあらで、彼《ノ》天皇【天武】の大御口づから、此《ノ》旧辞を諷誦《ヨミ》坐《シ》て、其《ソ》を阿礼に聴取《キキトラ》しめて、諷誦坐《ヨミス》大御言のまゝを、誦《ヨミ》うつし習はしめ賜へるにもあるべし、……もし然《サ》るにては、此《ノ》記は本彼《ノ》清御原《ノ》宮《ニ》御宇《シシ》天皇の、可畏《カシコ》くも大御親撰《オホミミヅカラエラ》びたまひ定《サダ》め賜ひ、誦たまひ唱《トナ》へ賜へる古語にしあれば、世にたぐひもなく、いとも貴《タフト》き御《ミ》典《フミ》にぞありける、然《サ》るは御世かはりて後、彼《ノ》御志紹《ツギ》坐《ス》御挙《ミシワザ》のなからましかば、さばかり貴き古語も、阿礼が命《イノチ》ともろともに亡《ウセ》はてなましを、歓《ウレシ》きかもおむかしきかも、天《ツ》神国《ツ》神の霊幸《ミタマチハ》ひ坐て、和銅の大御代に此《ノ》御撰録《ミエラビ》ありて、今の現《ヲツツ》に此《ノ》御《ミ》典《フミ》の伝はり来つることよ、（傍線—矢嶋）

とあるように、『古事記伝』は「本辞」「旧辞」の用字を介して、『古事記』の本質を「古語《フルコト》」と捉えるのである。その恣意性・特異性はここでも際立っている。

（24）『古事記伝』一之巻「古記典等総論」に「彼《ノ》書紀いできてより、世《ノ》人おしなべて、彼《レ》をのみ尊《タフト》み用ひて《（ママ）》、此記は名をだに知《ラ》ぬも多し、其《ノ》所以《ユエ》はいかにといふに、漢籍《カラブミ》の学問《マナビ》さかりに行はれて、何事も彼《ノ》国のさまをのみ、人毎にうらやみ好《コノ》むからに、書紀の、その漢国《カラクニ》の国史と云《フ》ふみのさまに似たるをよろこびて、此記のすなほなるを見ては、正《マサ》しき国史の体《サマ》にあらずなど云て、取《ラ》ずなりぬるものぞ」とある。

（25）国風志向の作品としては『万葉集』や『古今集』以下の勅撰和歌集を、漢風志向の作品としては『懐風藻』や『凌雲集』『文華秀麗集』等の勅撰漢詩集を、それぞれ想起すれば十分であろう。

（26）念のために確認しておけば、『古事記伝』のいう「字《モジ》の文《アヤ》をもかざらず」とは、漢文でなく和文で書かれていること、また漢文的装飾が施されていないという意味なので、実質的には「漢にかゝはらず」と同義である。『古事記』が和語で書かれていることは事実であるが、実際には『古事記』中には多くの漢文的要素が充満しており、宣長の主張するような意味で

の和文とは認めがたい。福田良輔「古事記の純漢文的構文の文章について」(九州大学『文学研究』四四号〈一九五二年十一月〉。福田『古代語文ノート』〈一九六四年、南雲堂桜楓社〉所収)が指摘したように、純粋な漢文で記述された部分がかなり含まれているばかりでなく、和文の場合であっても、ほとんどの文頭には漢語起源の接続語が、そして文末には同じく漢語起源の文末助字が措かれているのであり、『古事記』の文章は基本的に文の構造とその展開を、漢文の論理に依存していることが明らかなのである(本書第三章第三節参照)。また、対偶を意識した漢文の避板の技法もしばしば用いられており、それは音仮名字母の変字法にまで及ぶ(本書第二章第三・四節参照)。

(27)　著者および成立年は、阿部秋生「河村氏家学拾説解題」(臨川書店刊『書紀集解』〈一九六九年〉付録『河村氏家学拾説』所載)の所説による。

(28)　明治十六年十月に二之巻から刊行が開始され、同十九年三月に最後の一之巻が刊行された。二〜十二之巻の「売捌所」は大東社で、一之巻のみ忠愛社を「売捌所」とする。

(29)　『古事記伝略』には「今謂らく、此序文は、多く孔穎達が、五経正義上表の文に拠れたりと思ゆれば、序とは云ども表文なり」とあるが、孔穎達は長孫無忌の誤認である。

(30)　『古事記とその周辺・芭蕉の俳文学　志田延義著作集』(一九八二年、至文堂)改題所収。

(31)　比較的刊行の新しい注釈書である新編日本古典文学全集『古事記』(山口佳紀・神野志隆光校注・訳。一九九七年、小学館)にも「『序』とあるが、実際は上表文の形式である」(一六頁頭注)という解説が見え、新潮日本古典集成『古事記』(西宮一民校注。一九七九年、新潮社)にも「太安萬侶が元明天皇に言上した上表文である」(一七頁頭注)などとある。また新たに改訂された中村啓信訳注『新版　古事記　現代語訳付』(二〇〇九年、角川書店)にも「内容は『古事記』の成立について天皇に奏上する上表文。その上表文を序文として転用したもの」と見える(一七頁脚注)。後述のように、上表文を序文に転用したとする説は河村秀興『古事記開題』、吉岡徳明『古事記伝略』にすでに見えている。

(32)　河村秀興(秀穎)は和漢の書籍を大量に所蔵し、「文会書庫」と称する文庫を設立したことが知られている。また弟の秀根は内典・外典を博捜して『日本書紀』の典拠を明らかにした『書紀集解』の著者としてあまりにも有名である。

(33)　同書三〇五頁の補注1に、「本文とは別に添えられていた表が」、「九世紀の始め」に「序として丼せ写されるようになった」という推測が見える。なお、目次によれば序文の担当は青木和夫・小林芳規の二人とある。

（34）偽書説全般にわたる論点は、矢嶋『古事記の歴史意識』（註(6)参照）に整理したので省略に従う。

（35）序・表の混同の問題は、「官」名を欠く太安萬侶の署名のありようと連関する形で、すでに前著『上代日本文学論集』に触れられていたが、「古事記偽書説は根拠薄弱であるか」「古事記偽書説に就いて」の二論は、表序二本立制という仮説のもとに、資料を補充して再論したものといってよい。

（36）ちなみに、『古事記開題』には、序文と本文の文体の差、序文の記す成立の経緯が天武紀と一致しないこと、『古事記』の成立に関する記事が正史に見えないこと、などを論拠として、「上代ノ野史」に後人が序文を偽作して「撰者ヲ安麻呂《（ママ）》ニ託シタモノカ」とする、筏論の原型ともいうべき偽書説（「或説」）が引用されている。

（37）嵯峨天皇譲位後の呼称である「冷然聖主」が用いられていることなどから、嵯峨天皇の譲位（弘仁十四〈八二三〉年四月十日）以降の偽作とされる（鳥越憲三郎『古事記は偽書か』〈一九七一年、朝日新聞社〉。同書では天長年間の初期かという）。

（38）西條勉『古事記の文字法』（一九九八年、笠間書院）所収。

（39）西條論は、太安萬侶の子孫、多人長が講師を務めた日本紀講書が弘仁三（八一二）年に行われていることから、そのときに「上表文を『序』として併合した写本が作られたのかもしれない」と推測している。

（40）真福寺系諸本には、漢文としてはありえない語序で「序并」とあり、対句を多用した駢儷体で書かれた序文との落差が大きい。前掲日本思想大系『古事記』の訓読補注（四七七頁）は、「この序文は、元来本文とは別に添えられていたものが、序として上巻に付された時に（九世紀の初と推定される……）、『序幷』の二文字が加えられたもの」と推測している。ただし、卜部系諸本には「并序」とあり、問題はそれほど単純ではない。

（41）ちなみに、Cは『文選』巻四六にも収載されている。

（42）表的な表現・文辞をもつ序の例は朝鮮半島にも見出すことができる。

α 巘拏頟名庚切賀之一十万偈、……自為序云。前進士赫連挻、謹序。（赫連挻「大華厳首座円通両重大師均如伝 并序」、〈高麗文宗二八（一〇七四）年。『均如伝』自体の成立は翌年〉）

β 嗣子涵謹言、……時辛丑十二月。知洪州事副使兼勧農使管句学事将仕郎尚食奉御涵謹序。（李涵「東国李相国後集序」〈高麗高宗辛丑（一二四一）年。『東国李相国後集』〉）

γ枢密相国蔡公思、……月日某、謹序。（李奎報〈一一六八～一二四一〉「蔡樞密松年字序」〈同右・巻一一〉）

高麗朝のものとしては右の三例が確認できるのみであるが、多くの文献が残る李朝になると、管見の限りでも左のような例を拾うことができる。

δ夫、交隣聘問、撫接殊俗……。我主上殿下、命臣叔舟、撰海東諸国朝聘往来之旧、館穀礼接之例。以来、臣受命祗栗、謹稽旧籍、参之見聞……。成化七年辛卯季冬、輸忠協策靖難……高霊府院君臣申叔舟、拝手稽首、謹序。（申叔舟『海東諸国紀』成宗成化七（一四七一）年。ちなみに「海東諸国紀序」の標題はない）

ε自古、有天下国家者皆有史……、成化十二年蒼龍丙申十二月　日、純誠明亮佐理功臣……経筵事達城君臣徐居正、拝手稽首、謹序。（徐居正「三国史節要序」〈成宗成化十二（一四七六）年〉）

ζ乾坤肇判、文乃生焉、……成化紀元之十四年蒼龍戊戌二月下浣、純誠明亮佐理功臣……経筵事五衛都摠府都摠管臣徐居正、拝手稽首序。（徐居正「東文選序」〈成宗成化十四（一四七八）年〉）

η臣謹按……仁寿之域、吁盛矣哉。（尹淮「銅人鍼灸圖小序」〈『東文選』巻九三〉）

θ史法古矣、……謹拝手稽首筆之、於書冠諸巻端以告、後之君子覧者、宜致詳焉。（尹淮「進讎校高麗史序」〈同右・巻九三〉）

ι経以載道、史以記事、……成化乙巳七月二十六日、純誠佐理功臣……世子右副賓客臣李克墩、拝手稽首、謹序。（李克墩「東国通鑑序」〈成宗成化乙巳（一四八五）年〉）

κ吾東方文翰之盛、侔擬中華、……正徳戊寅八月日崇政大夫……藝文館提学臣金詮拝手稽首序（金詮「続東文選序」〈中宗正徳戊寅（一五一七）年〉）

λ父母生子、在繈褓摩其頂曰、……是年仲夏上浣、謹序。（姜希孟「弘文博士曹大虚栄親序」〈『続東文選』巻一五〉）

μ文孝公不幸早世、我　殿下特鍾天倫之痛、……謹序。（申従濩「月山大君詩集序」〈『続東文選』巻一六〉）

これらは『古事記』よりも時代的にはるかに遅れるとはいえ、中国文化の受容に関しては日本よりも先進国であった朝鮮半島の事例である点で、補足資料としては小さくはない意味をもつであろう。

（43）新井栄蔵「万葉集季節観攷」（『万葉集研究』五集〈一九七六年、塙書房〉）。

（44）西郷信綱『古事記の世界』（一九六七年、岩波書店）。

(45) 津田左右吉『日本古典の研究　上』（一九四八年、岩波書店。『津田左右吉全集　第一巻』〈一九六三年、岩波書店〉所収）。

(46) 尾藤正英「日本における歴史意識の発展」（『岩波講座　日本歴史22　別巻1』〈一九六三年、岩波書店〉）。

(47) 津田左右吉『古事記及び日本書紀の新研究』（註(3)参照）。

(48) 倉野憲司「帝皇日継と先代旧辞」（註(3)参照）。

(49) 武田祐吉『古事記研究　帝紀攷』（註(3)参照）。

(50) 『古事記』を序文にいう「帝紀」（「帝皇日継」「先紀」）と「舊辞」（「本辞」「先代舊辞」）の結合体と捉える前掲津田論（註(3)参照）や倉野論（註(3)参照）・武田論（註(3)参照）では、ここにいう系譜的要素と物語的要素はそれぞれ帝紀と旧辞そのもの、あるいは帝紀と旧辞を構成する主要な要素と捉えられることになるが、語義の面から見て、和語コト（言）に対応する「辞」を核とする「舊辞」「先代舊辞」や「本辞」が物語的要素と関係をもつことは容易に推測されるのに対し、漢語「紀」を核とする「帝紀」「先紀」は簡単には系譜的要素と結びつかない。もちろん、「帝皇日継」の「日継」は和語ヒツギを表したものと見られ、即座に系譜的要素との密接な関連性が読み取れるが、だからといって「帝紀」の内容を直ちに系譜的要素と捉えるのは、論理に飛躍があるといわねばならない。帝紀＝系譜的要素という等式が成立するためには、その前提として序文にいう「帝紀」＝「帝皇日継」という等式が成立することを証明する必要があるが、漢語として理解できる「帝紀」の「紀」はやはり中国史書にいう紀年の意と理解されるのに対し（神野志隆光『古事記の達成』〈一九八三年、東京大学出版会〉）、「帝皇日継」の「日継」は皇位継承をいう和語である。「帝」と「帝皇」の対応はともかくとして、「紀」と「日継」の異質性は甚だしいといわねばならない。こうした用字・語義面での異質性に目をつぶって「帝紀」と「帝皇日継」とを等号で結んできたのは、序文に繰り返される類似の文脈中に現れる「帝紀」「帝皇日継」「先紀」あるいは「本辞」「舊辞」「先代舊辞」をそれぞれ同一内容の言い換えと捉えてきた『古事記伝』以来の伝統的な解釈に依拠しているが、改めて慎重に検討してみる必要があると考える（矢嶋『古事記の歴史意識』〈註(6)参照〉）。

a 諸家之所レ賷帝紀及本辭、既違二正實一、多加二虚偽一。（序23）

b 故惟、撰二録帝紀一、討二覈舊辭一、削レ偽定レ實、欲レ流二後葉一。（序23）

c 勅二語阿礼一、令レ誦二帝皇日継及先代舊辭一。（序23）

d 於レ焉、惜二舊辭之誤忤一、正二先紀之謬錯一、（序24）

e　撰㆓録稗田阿礼所㆑誦勅語之舊辞㆒（序24）

（51）　津田は、また、物語的要素をもつ記事が顕宗記までに限られることに着目して、母胎となった帝紀・旧辞がそこで一端完結していたものと推測し、帝紀および旧辞の最初の編纂時期を継体・欽明朝と推測したのである。ちなみに、仁賢記以降は「推古天皇の後、まもない頃に編纂」されていた帝紀の類を、後に追補したものという（津田『古事記及び日本書紀の新研究』。註(3)参照）。

（52）　家永三郎『上宮聖徳法王帝説の研究　増訂版』（一九七二年、三省堂）。

（53）　矢嶋泉『『上宮聖徳法王帝説』の構造」（沖森卓也・佐藤信・矢嶋泉『上宮聖徳法王帝説　注釈と研究』〈二〇〇五年、吉川弘文館〉）参照。

（54）　矢嶋泉「『古事記』の歴史叙述」（古事記学会編『古事記の成立　古事記研究体系1』〈一九九七年、高科書店〉）。

（55）　石母田正『日本古代国家論　第一部』（註(22)参照）。

（56）　矢嶋泉「『古事記』神武〈東行〉論」（『青山語文』一八号、一九八八年三月）。

（57）　註(56)に同じ。

（58）　吉井巖「作品としての古事記中・下巻の構造」（『万葉』一三八号〈一九九一年三月〉。吉井『天皇の系譜と神話　三』〈一九九二年、塙書房〉改題所収）、矢嶋「『古事記』の歴史叙述」（註(54)参照）。

（59）　矢嶋泉「皇統譜から見た『古事記』」（矢嶋『古事記の歴史意識』〈註(6)参照〉）参照。

（60）　矢嶋泉「『古事記』の大物主神」（『青山語文』三五号、二〇〇五年三月）。

（61）　矢嶋泉「仁徳の皇統と継体の皇統」（矢嶋『古事記の歴史意識』〈註(6)参照〉）参照。崇峻・推古記における第Ⅱ項の欠落は、舒明即位の必然を説くことを目的とする『古事記』の皇統文脈にとって不可欠な措置であったと考えられる。

（62）　久田泉「『古事記』氏族系譜記載の方法」（『国語と国文学』五八巻四号、一九八一年四月）。

（63）　梅沢伊勢三『古事記・日本書紀　古典とその時代Ⅰ』（註(20)参照）。

第二章　記述のしくみ

一　記述方針の採択

1

漢字を用いて日本語を記述することの困難をはじめて公式に表明したのは、おそらく太安萬侶であったと思われる。安萬侶は『古事記』撰録に際して直面した筆録上の困難を、『古事記』序文中に次のように述べている。

i上古之時、言意並朴、敷レ文構レ句、於レ字即難。已因レ訓述者、詞不レ逮レ心。全以レ音連者、事趣更長。（序24）

ここで安萬侶は訓専用文（「已因レ訓述」）と音仮名専用文（「全以レ音連」）とを対比的に取り上げ、前者については「詞不レ逮レ心」という点を、そして後者については「事趣更長」という点を、それぞれ欠陥として指摘している。

訓専用文の欠陥については、「第一に、訓のみの文によれば、かなりの助詞・助動詞を始めとして、切り捨てざるを得ない言葉が多く、表現上の断念を必要とするからである。第二に、漢字の訓というものの性質上、他の読み方を完全に排除することはむずかしく、表現者の意図どおりに読まれる保障がないからである」とする新編日本古典全集『古事記』（一九九七年、小学館）の説明が要を得ている（二四頁頭注）。一方、音仮名専用文については「事趣更長」という難点が指摘されるのみだが、文字通りに解しては問題の本質を素通りすることになろう。「事趣更長」の四字は「詞不逮心」と対句にすることを優先して選ばれた欠陥（の一面）であって、音仮名専用文の問題点が尽くされているわけではない。実際の欠陥はより深刻で、表意機能をもたないために語義の解読が困難であること、そのため語と語・句と句・文と文など、意味単位の分節や解読に困難を伴う点にあるというべきであろう。

訓専用文と音仮名専用文の欠陥をそれぞれ右のように指摘した上で、安萬侶はその解決策として次のような記述方針の採択を宣言する。

ii是以、今、或一句之中、交二用音訓一、或一事之内、全以レ訓録。即、辞理叵レ見、以レ注明、意況易レ解、更非レ注。（序24）

音訓交用表記と訓専用表記とを併用するという方針を採り、文脈理解に問題がある場合には注を施す、というのである。実例に即して確認すれば、①に示すように漢字の表意性（訓）に依拠した、いわゆる変体漢文（和化漢文）を基本とした文字列中に（「全以レ訓録」）、表意的に表すことの困難な和語（固有名詞や擬態語・擬音語など）が音仮名表記（傍線を付した）されており（「交二用音訓一」）、右の方針にそって実際に記述されたことが知られる。(1)

①次國稚如二浮脂一而、久羅下那州多陁用弊流之時、流字以上十字以レ音。如二葦牙一因二萌騰之物一而成神名、宇摩志阿斯訶備比古遅神。此神名以レ音。次天之常立神。訓レ常云二登許一、訓レ立云二多知一。此二柱神亦並獨神成坐而、隠レ身也。……次成神名、国之常立神。訓二常立一亦如レ上。次豊雲上野神。此二柱神亦獨神成坐而、隠レ身也。（上26）

このような方式で書かれた『古事記』の文体は、後に本居宣長『古事記伝』によって「古語《フルコト》」の記述様式として注目されるところとなる。第一章第一節に詳述したように、宣長は「意も詞」も「漢籍意《カラブミゴコロ》」に汚染された『日本書紀』に対し、「大御国の古意《イニシヘゴコロ》」を体現する書として『古事記』を称揚したが（一之巻「書紀の論ひ」）、『古事記』の記述様式については「いさゝかもさかしらを加《クハ》へずて、古《ヘ》より云伝《ヒヘ》たへるまゝに記されたれば、その意も事も言も相称《アヒカナ》て、皆上代《ツ》の実《マコト》なり」（同「古記典等総論」）と絶賛したのである。

宣長をそうした判断に誘導する要因を『古事記』自体が複数内包していることも事実である。第一に序文に見える稗田阿礼の「誦習」[2]、第二に①の「天之常立神」に付された注のように和語の訓みを示す訓注の存在（上巻を中心に四五例）、第三に①の「豊雲上野神」の「雲」に付された注「上」のように和語のアクセントを示す声注の存在（上巻を中心に三四例）、第四に散文本文に頻出する音仮名表記箇所（①で傍線を付した箇所）がそれである。[3] 阿礼の「誦習」を「古《へ》より云伝《ヒヘ》たるまゝに」記述するための前提作業（「万《ツ》の事は、言《コト》にいふばかりは、書《フミ》にかき取《リ》がたく、及ばぬこと多き物なるを、殊に漢文にしも書《ク》ならひなりしかば、古語を違へじとては、いよゝ書《キ》取《リ》がたき故に、まづ人の口に熟《ツラツラ》誦《ヨミ》ならはしめて後に、其《ノ》言の随《マニマ》に書録《カキシル》さしめむの大御心にぞ有《リ》けむかし」〈一之巻「訓法の事」〉）と捉え、それを可能な限り忠実に文字化したものが現在の『古事記』だと見る宣長の目に、和語の訓みを示す訓注やアクセントを示す声注が、「古語」を再現するための手段と映ったのは当然であったといえよう。まして、和語を表音的に写し取る音仮名表記箇所の存在が、「古語を伝ふるを旨《ムネ》とせられたる書」（同「文体の事」）であることの顕著な徴証と考えられるのは必然であった。

ところで、小島憲之「出雲国風土記の文章」（平泉澄監修『出雲国風土記の研究』〈一九五三年、出雲大社御遷宮奉賛会〉）は、風土記の文体研究の視点から、改めて『古事記』の文体を口頭伝承の記述様式として注目した。風土記は和銅六（七一三）年五月のいわゆる風土記撰進の詔に応じた答申文書であるが、周知のごとく詔には山川原野の地名の由来、古老の伝える「旧聞異事」を文書化して報告することが含まれている。小島は上代散文全般の傾向として一作品内部にあっても文体的不統一が認められることを指摘し、『常陸国風土記』香島郡から次の二例を挙げてその意義を捉えようとした。

ⓐ諸神天神、俗、云二賀味留弥・賀味留岐一。会二集八百万神於天之原一時、諸祖神告云、今我御孫命、光宅豊葦原水穂之国。自二高天原一降来大神名、称二香島天之大神一。天則号二日香島之宮一、地則名二豊香島之宮一。俗云、豊葦原水穂国、所レ依将二奉上一始留爾、荒振神等、又、石根・木立・草乃片葉辞語之、昼者狭蝿音声、夜者大光明国。此乎事向平定、大神御上天、

降供奉。其後、至二初国所レ知美麻貴天皇之世一、奉幣、大刀十口、鉾二枚、鉄弓二張、……五色絁一連。（『常陸国風土記』香島244～254行）

ⓑ于レ時、玉之露杪候、金風之節。皎々桂月照処、唳鶴之西洲。颯々松颸吟、度雁東岵。処寂寞兮巌泉旧、夜蕭条兮烟霜新。近山自覧二黄葉散レ林之色一、遥海唯聴二蒼波激レ磧之声一。（『常陸国風土記』香島305～309行）

小島はⓐをいわゆる「古事記風の体」、ⓑを「六朝の四六駢儷文まがひのもの」とした上で、『俗曰《ママ》』云々などの口承《オーラル》風の箇処は、和文の体を採るものが多」いとし、ⓐのような文体が採択された理由を「口承的説話的な要素の多いものは漢文式では十分書き表はせない筈であり、自然古事記的型（和文体型）によらざるを得ない」ことによると説明している。同じ傾向は出雲や播磨などの風土記にも認められるという。かくて「古事記風の体」は口頭伝承の記述様式として改めて承認されるところとなり、『古事記』に見出される文体的特徴は、ほとんど無批判に口頭伝承のそれと考えるような傾向も生み出されていった。[4]

しかし、宣長が「古《へ》より云《ヒ》伝《ヘ》たるまゝに」記述するための方法と考えた諸要素（訓注・声注・音仮名表記箇所）は、実際には宣長の解釈とはまったく異なる機能を負うものであったことを、その後の研究史は明らかにしてきたのである。

まず「誦習」は、かつて考えられていたように、単なる「暗誦」を意味するわけではなく、文字資料の読み方に習熟する行為であったことが確かめられている。[5]『古事記』序文が阿礼の能力について識字能力と記憶力とを併記しているのは（「度レ目誦レ口、拂レ耳勒レ心」〈序23〉）そのためである。序文には「於レ姓日下謂二玖沙訶一、於レ名帯字謂二多羅斯一、如レ此之類、随レ本不レ改」（序24）ともあって、「日下」や「帯」などの文字を含む資料に基づく編纂作業であったことを、安萬侶自身明記しているのである。阿礼の「誦習」を根拠として短絡的に口頭伝承を想定することは安易にすぎるといわねばならない。

訓注と声注については小松英雄『国語史学基礎論』（註(3)参照）が詳細に論じており、両注とも文字列の「きれつづき」を示し、解読を誤りなく誘導する目的で施されたものであることを明らかにした(6)。前引iiに見るように、安萬侶は施注方針について「辞理叵レ見、以レ注明、意況易レ解、更非レ注」（序24）と明記しており、訓注・声注ともこれにそった注記と認められるのである。また、音仮名表記の問題に関しては、中田祝夫『日本語の世界4　日本の漢字』（一九八二年、中央公論社）が、字訓の未定着なことば・固有名詞・擬態語・擬声語など、字訓を用いては書けなかった箇所に音仮名表記が用いられていると総括するところが基本的方向性を示していよう(7)。訓注・声注そして音仮名表記は、口頭伝承のことばを記述することを目的として採用された方法ではなく、あくまでも『古事記』という作品における記述レベルの問題なのである。

かくて宣長の「文体」観はその根拠を失うことになる。

2

『古事記』の記述様式が改めて問われることになるが、これについては亀井孝「古事記は よめるか—散文の部分における字訓およびいはゆる訓読の問題—」(8)が明快な解答を示している。亀井は『古事記』序文の論理を精密に辿りながら、「或一句之中、交二用音訓一、或一事之内、全以レ訓録」とは、結局のところ「『訓』を主とするたてまへをとった」ことの宣言であるとした上で、そうした漢字の訓（表意性）に依拠した記述様式とは、「表現の細部にいたるまで、一定の、このヨミかた以外ではいけないといふかたちでヨム」ことを要求するものではなく、「ヨメなくてもよめるかき方」——一定の和語に還元する（=「ヨム」）ことはできないけれども、漢字の表意性に依拠して内容を解読する

（＝「よむ」）ことはできる書き方として自覚的に採択されたものであったことを明らかにしたのである。

実例に即して確かめてみよう。

②此時、阿遅志貴高日子根神（自ㇾ阿下四字以ㇾ音。）到而、弔二天若日子之喪一時、自ㇾ天降到、天若日子之父、亦其妻、皆哭云、「我子者不ㇾ死有祁理。（此二字以ㇾ音。下效ㇾ此。）我君者不ㇾ死坐祁理」云、取二懸手足一而哭悲也。其過所以者、此二柱神之容姿、甚能相似。故、是以過也。（上68）

②は自ら葦原中国を獲得しようとして天照大御神と高御産巣日神の命に背き、神罰を得て死亡した天若日子の喪儀に、旧友阿遅志貴高日子根神が弔問に訪れた場面である。ここには固有名詞「阿遅志貴高日子根神」以外に、天若日子の父・妻の発話中にも音仮名で記述された「祁理（けり）」が二度用いられている。ともに助動詞ケリを表したものであるが、『古事記』では付属語の類を音仮名によって文字化しないのが通例であるから[9]、この二例は異例に属している。この発話は、亡き息子／夫に瓜二つの阿遅志貴高日子根神が弔問に訪れたことで、天若日子は生きていたと錯覚した父と妻が歓喜して発したものである。文字化されたケリ（いわゆる気づきのケリ）は、父と妻の驚き／喜びを表現するのに重要な役割を担っているが、これを漢字の訓によって表そうとしても適切な文字が見当たらない。詠嘆を表す漢文助字「哉」、断定・強調を表す「也」などでは、ケリのニュアンスを十全に表すことはできない。このような場合、残された方法は和語の語形をそのまま示すことであるだろう。このような音仮名表記は、正訓字表記の限界を超えてとくに文意を明示する手法ということができる。

さらに別の例を取り上げてみたい。

③故尓、追二至黄泉比良坂一、遙望、呼謂二大穴牟遅神一曰、「其、汝所ㇾ持之生大刀・生弓矢以而、汝庶兄弟者、追二伏坂之御尾一、亦追二撥河之瀬一而、意礼（二字以ㇾ音。）為二大國主神一、亦為二宇都志國玉神一而、其我之女須世理毗賣為二適妻一

而、於㆓宇迦能山㆒三字以㆑音。之山本㆒、於㆓底津石根㆒宮柱布刀斯理、此四字以㆑音。於㆓高天原㆒氷椽多迦斯理此四字以㆑音。而居。是奴也」。（上56）

③は須世理毗賣の父須佐之男命の領有する「根（之）堅州國」から、宝物と須世理毗賣とを奪い、現世へ逃亡しようとする大國主神に向かって、須佐之男命が荒っぽい祝福のことばを投げかける場面である。問題にしたいのは傍線を付した「意礼（おれ）」である。和語オレは単なる二人称ではなく罵りの意を含む語であるが、これを仮に二人称を表す文字として一般的な「汝」などを用いて表意的に文字化しても、罵りのニュアンスは伝えることができない。この例もまた正訓字よりも音仮名で和語の形を示すことに意義がある場合といえる。

『古事記』における音仮名表記という手法は、正訓字によって表意的に表しえない場合や正訓字で表記するよりも積極的な利点がある場合の、あくまでも臨時的な措置なのであって、正訓字表記の原則に抵触するわけではない。むしろ音仮名表記を通じて逆照射されるのは、強固な正訓字表記の原則にほかならない。

改めていえば、『古事記』の記述様式とは、ことばの音声面への還元を目的としたものではなく、意味内容の伝達を優先するものであった。それと関連するが、『古事記』の記述様式は従来考えられてきたようには和文的ではなく、むしろ漢文的な色彩を色濃く帯びている。西宮一民『日本上代の文章と表記』（一九七〇年、風間書房）が機能面から論じたように、『古事記』の記述様式は「〈漢文体〉の徹底的利用による——倒置法と助字を活用する——効果的な和文化（和文で読めること）を意図したもの」なのである[10]。『古事記』には次に引く④のように、純漢文的な文章が相当量存在するが、そうした箇所もまた序文にいう「全以㆑訓録」の枠内において理解すべきものといえよう（④は四字六字を基本として漢文的に整序された文体である）。

④於㆑是、天皇登㆓高山㆒、見㆓四方之國㆒詔之、「於㆓國中㆒烟不㆑發。國皆貧窮。故、自㆑今至㆓三年㆒、悉除㆓人民之課

役㆒。」是以、大殿破壊、悉雖㆓雨漏㆒、都勿㆓脩理㆒。以㆑械受㆓其漏雨㆒、遷㆓避于不㆑漏處㆒。後見㆓國中㆒、於㆑國満㆑烟。故、為㆓人民富㆒、今科㆓課役㆒。是以、百姓之榮、不㆑苦㆓役使㆒。故、稱㆓其御世㆒、謂㆓聖帝世㆒也。（下166〜167）

3

安萬侶が「上古」の「言意」の記述に腐心したことは序文に見る通りである。しかし、確かめてきたように、その記述様式は宣長のいうように「古《ヘ》より云《ヒ》伝《ヘ》たるまゝに」文字化したものというわけではなく、逆に「古《ヘ》より云《ヒ》伝《ヘ》たるまゝ」のことばへの還元をひとまず後回しにした上で、その意味内容の伝達を優先させたものであった。

ところが、正訓字表記の原則をとるにもかかわらず、実際には一貫して音仮名表記されたジャンルがある。それは全巻にわたって散在する一一一首の歌謡である。

⑤茲大神、初作㆓須賀宮㆒之時、自㆓其地㆒雲立騰。尒、作㆓御歌㆒。其歌曰、

　夜久毛多都　伊豆毛夜弊賀岐　都麻碁微尒　夜弊賀岐都久流　曽能夜弊賀岐袁（上50）

前掲亀井論の用語を借りれば、歌謡は「このヨミかた以外ではいけないといふかたち」で書かれていることになるが、地の文では基本的に採用されることのなかった、ことばそのものへのこだわりは、歌謡の特殊性から説明することが可能である。

歌謡とは、歌の内容のみならず、ことばによって形作られる韻律と、ことばの背後に前提とされている音楽的要素とによって特徴づけられる言語形式である。音楽面の記述は困難であるとしても、韻律面が再現されて初めて散文との相違が認識されるのである。だから、地の文のように意味内容を記述するだけでは十分とはいえず、それどころか歌謡としての実質さえ失われかねないのである。『古事記』が歌謡表記を音仮名によって一貫するのは、その特徴を

記述するための自覚的な方法であったといえよう。

さらに、わずか二例ではあるが、歌謡以外にもやまとことばへの還元を意識したと思われる例が存在する。上巻〈国譲り〉条の献饌寿詞と下巻清寧記の袁祁命の名告りの詞章とである。まず後者から引用する。

⑥尓、遂兄儛訖、次弟将レ儛時、為レ詠曰、

物部之　我夫子之　取佩　於二大刀之手上一　丹畫著　其緒者　載二赤幡一　立二赤幡一見者　五十隠　山三尾之竹矢訶岐（此二字以レ音。）苅　末押縻魚簀　如レ調二八絃琴一　所レ治二賜天下一　伊耶本和氣天皇之御子　市邊之押齒王之奴末（下204〜205）

⑥は難を逃れ播磨国で志自牟の使用人に身をやつしていた袁祁命（後の顕宗）が、自らの血統的立場を表明する場面である。「為詠曰」以下に引用される名告りの詞章には、訓仮名（五十《い》・三《み》・魚《な》・簀《す》）が使用されている点で、地の文の表記原理（固有名詞を除く）と著しく異なっている。繰り返し述べてきたように、地の文は正訓字表記を原則とするが、そうした表意的な文字列中に表意性を捨象した異質な訓字（訓仮名）が混在すれば、解読に重大な混乱をきたしかねない。そのため、地の文では固有名詞の表記を除き、慎重に訓仮名が排除されている。

⑥が見せる表記上の異質さについては、原資料の表記が持ち込まれたものと説明される場合が多い（たとえば新潮日本古典集成『古事記』二五六頁頭注、新編日本古典全集『古事記』三五六頁頭注）。しかし、安易に異系の資料の用字の混入という想定に逃げ込むのでは、いたずらに混乱を招くばかりである。『古事記』の表記原理に外れる異質さは、あくまでも『古事記』内部に解決の道を探るべきである。

解決の道筋はすでに歌謡の表記に示されていると考える。歌謡表記が地の文の表記原理から逸脱するのは、歌謡自体の異質性に理由が求められた。⑥も同様で、名告りの詞章が地の文とは異質なものと意識されたためと考えること

ができる。この詞章には五七を基調とした韻律が見え隠れし、歌謡的色合いが強く感じられる。引用の形式も「為詠曰」とあって、地の文との相違が当初から自覚されて記述されていることが明らかである。

　ところで、正訓字・音仮名・訓仮名・借訓表記の混在は、左引の例に見るように『万葉集』訓主体表記巻の万葉歌では珍しいことではない（音仮名に傍線、訓仮名・借訓表記に圏点を付した）。

　熟田津尓　船乗世武登　月待者　潮毛可奈比沼　今者許藝乞菜（巻一・八）

　人眼多見　不相耳曽　情左倍　妹乎忘而　吾念莫國（巻四・七七〇）

音・訓の仮名を混在させる⑥の様態は、音仮名を用いたこと示す以音注（「訶岐此二字以音。」）を付す点を除けば、『万葉集』訓主体表記巻における和歌の表記法に近い。歌謡的要素をもちつつも歌謡ではなく、通常の散文とも異質な当該詞章の特殊性を文字で表現しようとすれば、歌謡（音仮名専用表記）とも地の文（正訓字による表意表記）とも異なる第三の方式が模索されることになる。その際、万葉的な表記様式が想起されたと考えるのは、あながち不自然なことではない。安萬侶を含む八世紀の官人たちにとって、歌の表記には七世紀半ば以来の仮名専用方式と、万葉歌に見るような正訓字に音訓の仮名を交える方式が一般的であったからである。平城京東二坊坊間大路西側溝から音訓交用表記によって和歌を記述した木簡が出土していることも想起されてよい（音仮名に傍線を付した）。

　平城宮跡出土木簡（天平十九〈七四七〉年の木簡が伴出）

　・玉尓有波手尓麻伎母知而□□

　・□□波□加□□□

⑥に見る異例の記述方式は、記述内容の特殊性に応じるものと考えることができよう。

　上巻の献饌寿詞⑦は、⑥とは異なり、実は表記上の問題を抱えているわけではない。

⑦是我所レ燧火者、於二高天原一者、神産巣日御祖命之、登陀流天之新巣之凝烟訓二凝烟一云二州須一。之、八拳垂麻弓焼擧、麻弓二字以レ音。地下者、於二底津石根一焼凝而、栲縄之、千尋縄打莚、為レ釣海人之、口大之、尾翼鱸訓レ鱸云二須受岐一。佐和佐和迩此五字以レ音。控依騰而、打竹之、登遠々登遠々迩、此七字以レ音。獻二天之真魚咋一也。（上73）

⑦もまた韻律や枕詞「栲縄之《たくなはの》」「打竹之《うつたけの》」などの歌謡的要素を含む特殊な言語形式であるが、ここには訓仮名の使用は見出されず、序文にいう「交二用音訓一」の範囲におさまっている。にもかかわらず、とくに取り上げる理由は、⑥と同様、⑦もことばへの還元を意図したものと見られるからである。確かめてきたように、『古事記』の記述様式は「交二用音訓一」「全以レ訓録」とも口誦のことばを直接記述する意図をもつわけではなかった。『古事記』の記述様式＝口頭伝承の記述様式という安易な等式が成り立たないことも述べてきたとおりである。

ここで指摘したいのは、亀井のいう「ヨメなくてもよめるかき方」はあくまでも地の文の記述方式なのであって（そうした限定は当初から亀井論の副題に明記されている）、それとは位相を異にする歌謡や名告りの詞章・献饌寿詞の場合については地の文とは異なる方針が模索され、そして採択されているという点である。念のために付言すれば、『古事記』の記述様式の本質は亀井の説くところに尽きており、亀井論の枠組から外れる歌謡や名告りの詞章・献饌寿詞の表記は、いわば臨時的・例外的な記述方式であって、中心的なものではない。注目したいのは、「ヨメなくてもよめるかき方」を基本方針としつつも、実際には位相の相違に応じて複数の記述様式が採択されているという事実なのである。

亀井論の分析がありながら、なおこの点に注目するのは、やまとことばの記述に腐心した安萬侶の思考過程と、右に示した複数の記述様式の存在とを通じて、古代の人々がやまとことばの記述にどのように向き合おうとしたのかを具体的に推測することができると考えるからである。

4

安萬侶はやまとことばを文字化することの困難を、「上古之時、言意並朴、敷レ文構レ句、於レ字即難」（序24）と述べているが、序章にも触れたように、安萬侶はやまとことばを「言」と「意」とに分析し、その総体として捉えていたことが知られる。下文の「已因レ訓述者、詞不レ逮レ心」（同上）では、「言」を「詞」、「意」を「心」とそれぞれ言い換えた上で「詞」と「心」との乖離を問題としているので、言（詞）／意（心）という分析が表面的なものでないことが明らかである。ここで記述の対象とされているやまとことばとは、皇位継承史を軸として、さまざまな神話や伝説等を組み込みつつ描かれる王権の歴史であるが（第一章第三節参照）、最終的に安萬侶が選択したのは「意」に基づいてそれを文字化する方針であった。

後にソシュールが、言語記号を表現（signifiant）と意味（signifié）の二重構造として析出したように[11]、安萬侶の分析は単に伝承の言語に限らず、ことば全般の問題として一般化することが可能である。

言（シニフィアン）と意（シニフィエ）に分析されることばの記述方法としては、次の三つの場合が想定される。

1　言／意を分離せずに記述する。

2　言を記述する。

3　意を記述する。

理想的なのは1であるが、古代日本の場合、外来の文字である漢字を用いて記述する以外に方法はないわけだから、ことばと文字とは最初から乖離してしまっている。漢字の表意性に依拠した記述に限界があることは（とくに言の面）、繰り返し述べてきたごとくである。したがって、漢字の表意性に依拠する限り、1はほとんど不可能であったといってよい。

しかし、2と3は1ほどに困難ではない。とくに漢字の表意性を捨象した音仮名（訓仮名）は、ことばの形（音列）をそのまま写し取ることができる簡便な方法で、五世紀後半にはすでに固有名詞の表記に現れ(12)、七世紀半ば過ぎには一般語彙の表記にまで拡大されていた(13)。漢字を音仮名（訓仮名）として用いることを通じて、2は早くからやまとことばの有力な記述方法として実践されていたのである。

一方、漢字は本来表意文字であるから、3のようにやまとことばの意味内容を表意的に表すこともさほど困難ではない。八世紀初頭に書かれた『古事記』の意味内容が現代のわれわれに理解できるのは、前掲亀井論が説いたように表意性に重心を置いて記述されているためである。こうした表意的なやまとことばの記述様式（変体漢文体・和文体）は、七世紀後半にはほぼ全国的に普及し（群馬県高崎市山ノ上碑文・滋賀県野洲郡森ノ内遺跡出土木簡など）、その後も古代日本における中心的な記述様式でありつづけたが、その理由は優れた伝達性にあったといえよう。ただし、やまとことばを前提としない漢文体とは異なり、3の背後にはなんらかのやまとことばが前提とされている点で(14)、2よりも問題は複雑である。しかし、既述のごとく漢字の表意性に依拠する限り、言は十分には表しえないのであるから、3の場合、言／意の関係は明らかに意に比重があり、言はある程度犠牲にされていると考えられる。

安萬侶の分析を通じて見えてくるのは、やまとことばを記述するということの意味が〈言の面を文字化する〉／〈意の面を文字化する〉の二つに分裂し、そのいずれもがやまとことばの記述でありえた古代日本の書記事情である。今日残された文字資料の大半が漢字の表意性に依拠した漢字文（いわゆる変体漢文・和文体を含む）であることは(15)、ほとんどの場合、後者が選択されたことを意味するが、それは古代社会においてなによりも伝達性（表意性）が重視されたためと考えられる(16)。

しかし、言を文字化する必要に迫られる場合も間違いなく存在する。歌はその代表的な領域の一つをなすが、和歌表記の世界では七世紀半ば以来の仮名専用表記とともに、その欠陥（註(16)参照）を克服する方法として、むしろ訓主体表記を発達させる方向を辿った（略体表記・非略体表記・正訓字主体表記）。正訓字で主として自立語の意味を確定しながら[17]、正訓字では文字化できない付属語の類を音訓の仮名に委ねるのである。表意性（自立語）と表音性（付属語）とを交用させる記述様式は、宣命体とともに後の漢字仮名交じり文に近い機能をもつが、それはある意味で言／意の統合を目指す記述法ということもできる。他方、口頭伝達を前提とする文書世界で形成された宣命体も、読み誤りを防ぐための工夫を必要としたため、独自の発展を遂げた記述様式である。歌の表記と同様、正訓字表記された自立語に音仮名で記された付属語を挿入してゆく方式であるが、訓仮名を排除している点で歌の表記よりもいっそう機能的で、読み易さを獲得している。歌の正訓字主体表記・宣命体とも、正確には〈言／意を分離せずに記述する〉ことが実現しえているわけではないが、漢字を用いた方法としては十分な成熟を遂げた姿を示している。

見てきたように、やまとことばの記述様式には言／意とどのように向き合うかによって、複数の様式がありえた。『古事記』が採択した意に比重を置いた方式もその一つである。宣長が犯した過ちは、それを言の記述様式と錯覚したことにあったが、誤解は誤解として『古事記』がやまとことばを記述した書であることは動かしがたい事実である。

しかし、『古事記』とは異なる方法でやまとことばの記述様式を試みることもまた可能性としては十分にありえた。『出雲国風土記』意宇郡名条に見える有名な〈国引き詞章〉はその一つである。

所三以号二意宇一者、国引坐八束水臣津野命詔、八雲立出雲国者、狭布之堆国在哉。初国小所レ作。故、将二作縫一詔而、栲衾志羅紀乃三埼矣国之余有耶見者、国之余有詔而、童女胸鉏所レ取而、大魚之支太衝別而、波多須々支穂振別而、三身之綱打挂而、霜黒葛闇々耶々爾、河船之毛々曽々呂々爾、国々来々引来縫国者、自二去豆乃折絶一而、八穂米支豆支乃御埼。以レ此而、堅立加志者、石見国与二出雲国一之堺有、名佐比売山、是也。亦、持引綱者、薗之長浜、是也。亦、北門佐伎之国矣国之余有耶見者、国之余有詔而、童意女胸鉏所レ取而、……今者国者引訖詔而、意宇杜爾御杖衝立而、意恵登詔。故、云二意宇一。（『出雲国風土記』意宇郡名48〜76行）

この詞章の顕著な特徴として、繰り返しが多いこと、短長を基調としたリズムをもつこと、枕詞（「八雲立《やくもたつ》」「狭布之《さぬのの》」「栲衾《たくぶすま》」「波多須々支《はたすすき》」「霜黒葛《しもつづら》」「河船之《かはぶねの》」「八穂米《やほしね》」）や序詞（「大魚之支太《おふをのきだ》」）が用いられていることなどが挙げられるが、これについては語りごとの痕跡を色濃く残すものであると考えられている(18)。

この詞章の記述様式は、地名起源譚としての枠組部分はいわゆる変体漢文で書かれているが（「所三以号二意宇一者」「故云二意宇一」）、それ以外は基本的にやまとことばの語序に従う和文体である(19)。口誦的要素の濃厚とされる部分の記述には、漢文助辞の機能をフル活用して付属語の記述に努めているほか（「之《の》」「者《は》」「在《なり》」「哉《かも》」「而《て》」「耶《や》」など）、末尾近くには付属語を音仮名で表記した宣命大書体も用いられている（「意宇杜爾御杖衝立而、意恵登詔」）。また音仮名表記に連続する付属語については、「去豆乃折絶」のように音仮名で文字化している。このような徴証は、当該詞章が言の面に比重を置いた記述の試みであることを意味していよう（固有名詞「志羅紀」「支豆支」や正訓字表記の困難な「支太」「毛々曽々呂々爾」などは、その徴証とはいえない）。

小島論が着目したⓐも（本節1）、「俗云」以下の引用部分に限定すれば、やまとことばの言にこだわった記述の試みということができる。早く秋本吉郎『風土記の研究』（一九六三年、ミネルヴァ書房）が注目したように、『常陸国風土記』には漢語漢文で書かれた本文中に、しばしば「俗云」として和語和文が注記されている。それらは、

勅云、能渟水哉。俗云二与久多麻礼流弥津可奈一。（茨城114行）

悪路之義、謂二之当麻一。俗云二多々支々斯一。（行方214〜215行）

などのように語句のレベルから文のレベルまでさまざまだが、右例によればⓐの「俗云」以下の引用箇所もまたやまとことばを前提とする記述と判断される。ⓐの第二例目の「俗云」が宣命大書体を採るのもそのためと見られる。[20]小島論は『古事記』の文体とⓐとを同じ機能を負う記述様式と捉えたが、実際には目的を異にしていたのである。

＊

以上、安萬侶のいう言／意に着目しつつ『古事記』の記述様式を見てきたが、ことばのもつ言／意二つの要素をどのようにすくい取るかによって、いくつかの選択のありえたことが確認できる。やまとことばの記述様式というとき、多くの場合、語られたことばそのものに関心が向けられるけれども、書記行為を外来の文字に依存する歴史環境にあっては、そうした関心をひとまず措いて、ことばのどの要素をどのように文字化すべきか、文字化された文字列は第三者にどのように訓めるか／読めるかなど、予想される読み手を想定しつつ戦略を練らざるをえなかったのである。[21]

二　音訓交用の前提

1

春日政治「仮名発達史序説」[22]が指摘したように、『古事記』の音仮名には整理・統一の跡が顕著に認められる。『古事記』が「用字上に一定の標準を立てて記された」ことを示す具体的な徴証として、同論は次の四点を挙げている。

1力めて字母の複用を避け
2発音に於ては、むしろ旧音を守って新音の影響なく[23]
3清濁を区別し

4一字を異音に用ゐることは決してない

このうち234については、すでに『古事記伝』（一之巻「仮字の事」）に『古事記』の仮名を特徴づける要素として他の要素とともに指摘されているが、そうした仮名のありようを『古事記』に即してどのように捉えるかという点では春日論との間にかなりの差違がある。

A続紀より以来《コナタ》の書どもの仮字は、清濁分《ワカ》れず、……此記書紀万葉は清濁を分《ワカ》てり、

B万葉の仮字は、音訓まじはれるを、……此記と書紀とは、音のみを取《リ》て、訓を用ひたる（ママ）は一《ツ》もなし、(24)

C書紀は、漢音呉音をまじへ用ひ（ママ）、……いとまぎらはしくして、読《ヨミ》を誤ること常《ツネ》多きに、此記は、呉音をのみ取て、一《ツ》も漢音を取らず、

D一字をば、唯《タダ》一音に用ひて（ママ）、二音三音に通はし用ひたる（ママ）ことなし、(25)

E入声《ノ》字を用ひたる（ママ）ことをさ〳〵無し、

F同音の中にも、其《ノ》言に随《シタガ》ひて、用《フ》る仮字異《コト》にして、各《オノオノ》定まれること多くあり、(26)

宣長が着目したのは右の六項（要点に傍線を引いた）で、(27)うちAは春日論の3に、Cは2に、Dは4にそれぞれ重なることは明らかであろう。A～Fはいずれも『古事記』の仮名の本質を捉えた重要な指摘であるが、こうした指摘を通じて導き出される結論は、『古事記』がいかに精確に「古語《フルコト》」の姿を記し留めえているかというところに帰結するのであって（第一章第一節参照）、編者による整理・統一という点に重心が置かれているわけではない。

「仮字の事」は、まず「此記に用ひたる（ママ）仮字のかぎりを左にあぐ」として、用例の大部分を占める一音節を表す音仮名を網羅的に掲出し、次いでそれらのありようをめぐって具体的な検討を加えてゆくのだが、その冒頭に、

仮字用格《カナヅカヒ》のこと、大かた天暦のころより以往《アナタ》の書どもは、みな正《タダ》しくして、伊韋延恵於袁《イヰエヱオヲ》の音《コヱ》、又下に連《ツラナ》れる、

波比布閇本《ハヒフヘホ》と、阿伊宇延於《アイウエオ》和韋宇恵袁《ワヰウヱヲ》とのたぐひ、みだれ誤りたること一《ツ》もなし、

とあるように、「仮字用格《カナヅカヒ》」という視座から捉えようとしている点は注意されてよい。天暦（九四七〜九五七年）以前の書に「仮字用格」の「みだれ」が認められない理由については、

恒《ツネ》に口《クチ》にいふ語《コトバ》の音《コヱ》に、差別《ワキタメ》ありけるから、物に書《カク》にも、おのづからその仮字《カナ》の差別《ワキタメ》は有《リ》けるなり、

と明確な説明を加えた上で、天暦以前の諸書の中でも『古事記』『日本書紀』『万葉集』の「仮字用格」は「殊に正し」く、わけても『古事記』のそれは「又殊に正し」く保たれていると進めてゆく。その具体的な徴証として挙げられているのがA〜Fの各項であり、またその理論的な背景が「仮字《カナ》の差別《ワキタメ》」は「口《クチ》にいふ語《コトバ》の音《コヱ》」の相違に基づくとする「仮字用格」論なのである。(28)

そもそも『古事記伝』一之巻に配置された各章節は、単なる『古事記』の解題にとどまらず、冒頭の「古記典等総論」に提示された命題、

『古事記』は「字《モジ》の文《アヤ》をもかざらずて、もはら古語《フルコト》をむねとはして、古《ヘ》の実《マコト》のありさまを失《ウシナ》はじと勤《ツトメ》た」、「今に伝はれる古記の中には、最古《モトモフル》」い史書であり、それゆえ「漢籍意《カラブミゴコロ》」による汚染のない「上《ツ》代の清《キヨ》らかなる正実《マコト》」を伝えた「あるが中の最上《カミ》たる史典《フミ》」である。

を証明する役割を担っている（第一章第一節参照）。「仮字の事」に示される判断が右の命題に規制されるのは、むしろ当然といってよい。「仮字の事」では『古事記』の「仮字用格」の正しさが強調されているが、『古事記伝』の論理によれば、「仮字用格」の根拠であった「口《クチ》にいふ語《コトバ》の音《コヱ》」の「差別《ワキタメ》」が時間の経過とともに失われてゆくことで「仮字用格」の乱れが生じるのであるから、「仮字用格」の正しさとは要するに古さの徴証にほかならず、古さはまた正しさを保証する根拠でもあるのである。宣長のいう「上《ツ》代の清《キヨ》らかなる正実《マコト》」とは、こうした思考の凝縮された形と

いえよう。「仮字の事」を通じて、否、『古事記伝』全体を通じて繰り返し指摘され、強調される古さ・正しさこそ、『古事記』が「上代《ツ》の清《キヨ》らかなる正実《マコト》」を体現する書であることを証する重要な徴証とされているのである。

とはいえ、「仮字の事」の指摘するA〜Fの諸特徴は、漢音伝来以前の呉音系の音仮名の専用をいうC、上代特殊仮名遣の存在を指摘するFの二項を除けば、古さを示す指標としての有効性をもつわけではない。(29)訓仮名の交用を避け、音仮名が専用されていることをいうB、上代特殊仮名遣の問題に先駆的に触れたFをも含め、宣長の指摘する六項は、むしろ正訓字表記を基本原理として成り立つ『古事記』本文中に、(30)それとは原理を異にする漢字——音仮名を交用する際に必要とされた措置と捉えるべきものである。

いうまでもなく音仮名は漢字本来の表意性を捨象し、漢字音を利用した表音文字をいうが、『古事記』本文の基盤をなす正訓字も臨時に交用される音仮名も、ともに漢字を用いているわけだから、そうした本文を正確に読み解くためには正訓字と音仮名の識別が必須の要件となる。『古事記』中には、

次國稚如㆓浮脂㆒而、久羅下那州多陁用弊流之時、流字以上十字以㆑音。(上26)

次成神名、宇比地迩上神、次妹須比遅迩去神。此二神名以㆑音。(上26)

熊曽國謂㆓建日別㆒。曽字以㆑音。(上29)

などのように、指定した範囲や単位の文字について「音を以ゐ」たことを示す以音注が三〇六か所(上巻一九一、中巻一〇二、下巻一三)にわたって施されているが、(31)それは正訓字と音仮名とを識別するために必要とされた最も直接的な方法であったといえよう。

正訓字本文と音仮名との識別については、以音注以外にもさまざまな工夫がなされている。川端善明「万葉仮名の成立と展相」(32)は、『古事記』における正訓字と音仮名の関係をめぐって、

Ⅰ交用における真仮名字母の選択が、正訓字としての用字との抵触に注意している。

ことを指摘し、その根拠として、
Ⅱ比較的多く真仮名に使用されている漢字には、正訓字としては全く使われなかったり、そうでなくても、量的な、あるいは用法的な限定をうけてのみ正訓字にも用いられているという例が多い。(33)

Ⅲ正訓字使用度の高い字は、音仮名に採用することをひかえるという傾向もあったのではないか。(34)

の二点を挙げている。

川端論にやや遅れて、尾崎知光「古事記の表記と安万侶の撰録」(35)も『古事記』全体にわたる用字調査を踏まえ、
ｉこれらの文字（『古事記』に用いられた音仮名字母をさす。注—矢嶋）には、表意文字として使用されることが全くないか又は使用されてもその回数が極めて少ないものが多い。
ことを指摘して、
ⅱこれらの文字（音仮名字母。注—矢嶋）は音仮名専用として選び出され、表意的用法の文字とできるだけ競合しないやうな配慮が加えられてゐるとみてよい。
と結論づけている。

さらに西宮一民『古事記』(36)は、音仮名と正訓字とを識別する方法として、
(a)音仮名はもっぱら「仮名にのみ用ゐる」
(b)音仮名と正訓字とを「字形で区別する」
の二つの方法がとられていることを指摘する。もちろん(a)は川端論Ⅱ、尾崎論ⅰに重なる指摘であるが、(b)は新たに加えられた視点で、

正訓字	音仮名	正訓字	音仮名
餘《あまる》（正字）	余《ヨ》（略字）	邪《きたなし》	耶《ザ》（「邪」の通用字）
莚《はふ》（「延」の通用字）	延《エ》	須《ひげ》（「鬚」の本字）	須《ス》（「須」の異体字）

などの例を挙げている。(37)

2

このように見てくるとき、春日「仮名発達史序説」が挙げる1～4、あるいは『古事記伝』「仮字の事」が挙げるA～Fの各項は、いずれも正訓字本文に音仮名を交用する際に発生する問題を克服するための方法と捉えるべきものであったことが明らかである。一音節に複数の音仮名を用いることを避け（1）、漢音系字音との交用を避けて、呉音系字音を専用し（2C）、一つの音仮名が表す音節を一つに限定する（4D）という三項は、(38)音仮名で書かれた文字列を読む際の混乱を未然に排除し、読み手の負担を軽減するための措置といえ、音仮名を交用するための、いわば環境整備ともいうべき基礎作業であったのである。

宣長の指摘するBEも同様である。正訓字表記を基本とする本文中に表記原理を異にする文字・文字列が挿入されるのは少なからず解読の障害になるはずだが、その異質な表記原理からなる文字列内部にさらに表記原理を異にする文字・文字列が含まれるとすれば、読み手には二重の負担がかかることになる。訓仮名との交用を避けて音仮名を専用するのは（B）、表記原理の交替を極力抑え、読み手の負担を軽減するための措置なのである。(39)

音仮名の字母に入声字を用いないというのも（E）、同じ配慮によるといってよい。一般に、ｐｔｋ韻尾をもつ入声字が音仮名（以下、仮に入声仮名と呼ぶ）として用いられる場合、㈠入声韻尾を利用して（開音節化して）二音節を表す（いわゆる二合仮名）、㈡入声韻尾と下接する音節の語頭子音とを揃えて一音節を表す（いわゆる連合仮名）、㈢入声韻尾を無視して一音節を表す、の三つの用法が認められる。韻尾に対する意識（知識）とその活用の仕方によって、二音節と一音節の二通りの訓みをもつという入声仮名のありようは、(40)一つの音仮名が表す音節を一つに限定するという基本方針（4D）に抵触することは明らかである。要するに、Eは潜在的に複数の訓みの幅をもつ入声仮名の採択を極力避け、一字一音式の常用の音仮名体系を『古事記』内部に構築しようとする方向性（1・2C・4D）に重なる措置なのである。

ただし、宣長自身認めているように、ごく少数ではあるが『古事記』には入声仮名が用いられている。したがって、Eに「をさ〱無し」というのは戦略的な誇張であったことが明らかだが、こうした例外が存在することについて宣長は「色」「甲」「服」の三字を取り上げ、「必《ズ》下に其《ノ》韻の連《ツヅ》きたる処にあり」という規則性が認められることを指摘している。つづく注に、

色字《ノ》は、人名《ノ》に色許《シコ》と連《ツヅ》きたるにのみある、色の韻《シキ》はキ○にして、許は其《ノ》通音なり、甲字《ノ》は、甲斐《カヒ》と連《ツヅ》きたる言にのみ書る、甲の韻《カフ》はフ○にして、斐《ヒ》は其《ノ》通音なり、服字《ノ》は、地名伊服岐《イブキ》とあるのみなる、服の韻《ブク》はク○にして、岐《キ》は其《ノ》通音なり、おほかたこれらにても、古人《ヘ》の仮字づかひの、いと厳《オゴソカ》なりしことをしるべし、

と説明されているように、入声韻尾と下接音節の語頭子音とが一致するように整えられていることを強調するのである（先に示した㈡に相当する）。

入声仮名が運用面（「仮字づかひ」の面）において制限を受ける形で存在することを述べたものであるが、右の注にはやや曖昧な形ながら、さらに内容面での制限も加わっていることに触れている。「色字《ノ》は、人名《ノ》に色許《シコ》と連《ツヅ》きたるにのみある」、「甲字《ノ》は、甲斐《カヒ》と連《ツヅ》きたる言にのみ書る」、「服字《ノ》は、地名伊服岐《イブキ》とあるのみなる」という指摘がそれで

ある。以下に見るように、『古事記』の用字意識を知る上で、より重要なのは内容面の制限であったはずだが、宣長の関心はむしろ韻尾の操作法に向けられていて、「仮字づかひ」の厳格さを強調する形で結んでいる。

既述のごとく、「仮字の事」の目的は、『古事記伝』一之巻の他の章節と連携して『古事記』が「上《ツ》代の清《キヨ》らかなる正実《マコト》」を忠実に伝えた「あるが中の最上《カミ》たる史典《フミ》」であることを証明するところにあるのだから、例外的な入声仮名にも厳格な運用法（「仮字づかひ」「仮字用格《カナヅカヒ》」）があることを強調するのは当然の帰結ではある。とはいえ、「仮字づかひ」の厳格さをいかに強調してみても、「入声《ノ》字を用ひ《（ママ）》たることをさ〳〵無し」（E）という自身の言説との撞着が解消されるわけではない。例外的にではあれ、入声仮名が『古事記』に用いられていることの説明としては、有効な説明たりえていないのである。むしろ、意図的に問題の本質をすり替えた説明というべきであろう。

しかも、宣長のいう厳格な「仮字づかひ」は、宣長自身の取り上げた「色」「甲」「服」の三字、それも一音節を表す場合に限られており、すべての入声仮名に認められるわけではない。確認のため、『古事記』に用いられた入声仮名とその用例を左に示しておく(41)（用例数に有意性は認められないので、複数箇所にわたる場合は「ほか」と表示するにとどめた。また同一人物・同一地名の小異表記については、当該項目の下に（　）に入れて示した）。

㈠入声韻尾を利用して（開音節化して）二音節を表すもの（二合仮名）

壹《いち》（氏名《うぢな》）壹比韋臣（中103）　壹師君（中103）

甲《かひ》（人名）物部荒甲（下213）

色《しき》（人名）印色之入日子命（中115、印色入日子命〈中116〉）

宿《すく》（敬称）味師内宿祢（中105）　建内宿祢（中106ほか）　波多八代宿祢（中106）　許勢小柄宿祢（中106）　蘇賀石河宿祢（中106）　平群都久宿祢（中106）　木角宿祢（中106）　若子宿祢（中106）　葛城垂見宿祢（中107）　志

夫美宿祢王（中107ほか）　息長宿祢王（中109）　建伊那陁宿祢（中148）　男淺津間若子宿祢命（下165ほか）　葦田宿祢（下178）　大前小前宿祢（下184ほか）　宗賀之稲目宿祢（下214、稲目宿祢〈下216〉）

直《ぢき》[42]（氏名）阿直史（中154）

筑《つく》（地名）筑紫嶋（上29）　筑紫國（上29ほか）　筑紫（中89）　筑紫訶志比宮（中141）　筑紫末羅縣（中144）

（氏名）筑紫三家連（中101）　筑紫之米多君（中163）

竺《つく》（地名）竺紫日向（上37ほか）　竺紫之岡田宮（中89）　竺紫國（中144）

（氏名）竺紫君石井（下213）

博《はか》（地名）掖上博多山上（中103）

末《まつ》（地名）筑紫末羅縣之玉嶋里（中144）

目《むく》（人名）高目郎女（中148）

樂《らか》（地名）山代國之相樂（中124、相樂〈中124〉）

(二)　a入声韻尾と下接する音節の語頭子音とを揃えて一音節を表すもの（連合仮名）

甲《か》（神名）奥津甲斐弁羅神（上37）　邊津甲斐弁羅神（上38ほか）

（氏名）甲斐國造（中108）

（地名）甲斐（中133）

（人名）甲斐郎女（下182）

色《し》（神名）葦原色許男神（上51）　葦原色許男命[43]（上54ほか）　葦原色許男大神（中123）

（人名）内色許男命（中105ほか）　内色許賣命（中105）　伊迦賀色許賣命（中105ほか）　伊迦賀色許男命（中111）

服《ぶ》[44]（地名）伊服岐能山（中135）

ｂ ａに準じるもの

吉《き》[45]（敬称）阿知吉師（中154ほか）　和迩吉師（中155、和尓吉師）

（姓）　難波吉師部（中145）

㈢入声韻尾を無視して一音節を表すもの

吉《き》（地名）吉備兒嶋（上30ほか）　吉備之高嶋宮（中89）　吉備國（中104ほか）

（氏名）吉備上道臣（中104）　吉備下道臣（中104）　吉備品遅君（中109）　吉備之石无別（中116）　吉備臣（中125ほか）　吉備海部直（下167）

（人名）大吉備諸進命（中103）　大吉備津日子命（中104ほか）　若日子建吉備津日子命（中104ほか、若建吉備津日子〈中125〉）　吉備之兄日子王（中126）　大吉備建比賣（中139）

㈣その他

伯《はは》[46]（地名）伯伎國（上33ほか）

見るように、「必《ズ》下に其《ノ》韻の連《ツ》きたる処にあり」というのは㈡ａに掲出した諸例にすぎず、ｂおよび㈣を含めても四例が加わるにすぎない。韻尾に母音を付加して二音節を表す㈠の場合は、当然ながら子音の連続ということ自体が問題とならないし、また一音節を表す場合であっても、㈢のように韻尾を無視して用いられる例もある。前述のごとく、宣長は自身の揚言Ｅに抵触する入声仮名の存在を、その一部に認められる規則性に着目して「古人《へ》の仮字づかひの、いと厳《オゴソカ》なりしこと」を示そうとするのだが、その試みは不成功に終わっているといわざるをえない。

こうした入声仮名のありようについては、宣長の強調する運用面の制限ではなく、むしろ内容面の制限に着目すべきであろう。右に示したように、用例の大半は固有名詞の表記に用いられているからである。ただし、百済人名「阿知吉師」「和迩（尒）吉師」の「吉師」は馬韓語・百済語に由来する尊称・敬称と見られ[47]、厳密には固有名詞ではない[48]。しかし、尊称・敬称という性質上、固有名詞との結合関係は強固に保たれており、「吉師」だけを分離して一般の語彙と同列に扱うことはできない。「阿知」あるいは「和迩」と結合した文字列全体を固有名詞として理解すべきものと考える。なお、これと同源と見られる「難波吉師部」の「吉師」は、原義とまったく無縁ではないものの、機能的には〈八色の姓〉以前の姓と捉えるべきものである。ただし、この場合も固有名詞との結合関係は尊称・敬称と同様であり、「難波吉師部」という単位を固有名詞と見ることに問題はないであろう。

　ここまで、本来辿るべき論理の道筋を逸脱して、入声仮名の観察に少々深入りしすぎたかもしれない。ここで論旨を本来の道筋に戻すため、『古事記』における音仮名のありようとの関係を整理しておく。

(α)若干の例外はあるものの、『古事記伝』「仮字の事」の指摘するように（E）、『古事記』は入声仮名の採用を極力避けている。

(β)例外的に使用される入声仮名は、固有名詞もしくは固有名詞に付随する尊称・敬称や姓に限定されている。

こうしたありようは、宣長が危惧したように「入声字を用ひ《（ママ）》たることをさ〳〵無し」という原則のほころび[49]を意味するわけではなく、むしろ(α)の原則を前提とすることで、はじめて(β)が意味をもつという、いわば表裏の関係として理解すべきなのである。表意性をふり捨てた常用の仮名の体系の中に異質な仮名が投与された場合、その異質性は読み手の目を引きつけるであろう。その異質な仮名が固有名詞の表記に限定された形で用いられるとすれば、異質性自体が表意機能に準ずる有意性をもつことになろう。とくに「甲斐」「吉備」「筑紫」などのように、『古事記』という閉じた作品の外部においてすでに慣用性を獲得している用字の場合[50]、それはほとんど正訓字表記に準じた表意表記というに近い。宣長の指摘するEは右の(α)について述べたものであるが、(β)によってその意義が薄れることはまったくないといってよい。

宣長は地名「吉備」「吉師」の用字をめぐって、「国名又《ノ》姓《カバネ》なれば、正《マサ》しき仮字の例とは、いさゝか異なり」とし、つづく注記では「故に吉備も、歌には岐備《キビ》とかけり」と説明している。先に入声仮名混用の問題を「仮字づかひ」の次元にずらして説明を試みたのに加えて、入声仮名を含む「吉備」「吉師」などの用字は『古事記』外部の慣用表記を採用したものであって、『古事記』それ自体の用字意識とは直接かかわらないというのである。事実上の排除宣言といってよい。宣長にとって入声仮名混用の事実は予想以上に深刻な問題であったことが知られるが、しかし、「吉備」「吉師」などの『古事記』外部の慣用表記が、原則的に正訓字による表意表記を採用する散文本文に限って採用されていることは、より慎重に検討されてよい問題である。散文本文が表意表記を志向する以上、必要あってそこに記述される地名は、なんらかの形で地名であることを表示する刻印を帯びていることが望ましい。常用の仮名による単なる音列「岐備」ではなく、慣用表記「吉備」が採用されているのは、その文字列が地名であることを積極的に表示するためなのである。逆の方向からいえば、歌謡は「吉備」のもつ地名表示機能を断念してまで、表意性をもたない等質な常用の仮名を連ねることにこだわったことになる。それは歌謡を常用の仮名による表記体として自己完結させることで、散文本文とは異なる歌謡の表記であることを刻印しようとする強固な記述方針を意味するであろう。

入声仮名に関連して、二合仮名の問題にも触れておこう。『古事記伝』「仮字の事」は、冒頭に提示した一音節を表示する常用の仮名のありようについて説明を加えた後、末尾に非常用の「二合の仮字」「借字《カリモジ》」「二合の借字」および訓仮名の用例をそれぞれ列挙して、この章節を終えている。

「仮字の事」が挙げる「二合の仮字」は以下のごとくで、入声字を含む有韻尾字の韻尾を利用して（開音節化して）

二音節を表す音仮名を挙げている。

○二合の仮字　こは人名《ノ》と地名《ノ》とのみにあり、
[アム]淹　淹知《アムチ》　[イニ]印　印恵命《イニエノ》、印色之入日子命《イニシキノイリビコノ》　[イチ]壹　壹比韋《イチヒヰ》、壹師《イチシ》　[カグ]香　香山《カグヤマ》、香用比賣《カグヨヒメ》　[カゴ]香
香余理比賣《カゴヨリヒメ》、香坂王《カゴサカノミコ》　[グリ]群　平群《ヘグリ》　[サガ]相　相模《サガム》、相樂《サガラカ》　[サヌ]讃　讃岐《サヌギ》　[シキ]色　印色之入日子命《イニシキノイリビコノ》　[スク]宿
宿祢《スクネ》　[タニ]丹旦　丹波《タニハ》、旦波《タニハ》　[タギ]當　當麻《タギマ》　[ヂキ]直　阿直《アヂキ》　[ツク]筑竺　筑紫《ツクシ》、竺紫《ツクシ》　[ヅミ]曇　阿曇《アヅミ》　[ナニ]難
難波《ナニハ》　[ハヽ]伯　伯伎《ハハキ》　[ハカ]博　博多《ハカタ》　[ホム]品　品遅部《ホムヂベ》、品夜和氣命《ホムヤワケノ》、品陀和氣命《ホムダワケノ》　[マツ]末　末羅《マツラ》　[ムク]目
高目郎女《コムクノイラツメ》　[ラカ]樂　相樂《サガラカ》[51]

注目されるのは、これらの非常用の二合仮名が「人名《ノ》と地名《ノ》とのみ」に用いられていることを明確に指摘していることである。そればかりではない。これにつづけて、同じく非常用の「借字《カリモジ》」（一音節を表す訓仮名）が列挙されているが、その冒頭に「是も人名《ノ》と地名《ノ》とに多し」と指摘しているのである。

○借字《カリモジ》　是も人名《ノ》と地名《ノ》とに多し、
[ウ]菟　[エ]江枝　[カ]鹿蚊　[キ]木寸　[ケ]毛　[コ]子　[サ]狭　[シ]師【こはもと音なるを、やがて訓にもして、借字に用ひ（ママ）たるあり、師木《シキ》、百師木《モモシキ》、味師《ウマシ》、時置師神《トキオカシノ》[52]、秋津師比賣《アキツシヒメ》、などの師字《ノ》是《レ》なり、これらは、音の仮字にはあらず、訓にて借字の例なり、】[ス]巣洲[53]酢　[セ]瀬　[タ]田手　[チ]道千乳　[ツ]津　[テ]手代　[ト]戸砥　[ナ]名　[ニ]丹　[ヌ]野沼　[ネ]根　[ハ]羽齒　[ヒ]日
氷　[ヘ]戸　[ホ]穂大　[マ]間真目　[ミ]見海御三　[メ]目　[モ]裳　[ヤ]屋八矢　[ユ]湯　[ヰ]井　[ヲ]尾小男

これにつづく「二合の借字」についてはとくに人名・地名に傾斜する旨の指摘はないけれども、実際の用例に照らして、右の「借字」についての指摘が「二合の借字」にも及ぶことは明らかである。

○二合の借字

アナ穴　イク活　イチ市　イナ稲　イハ石　イヒ飯　イリ入　オシ忍押　カタ方　カネ金　カリ刈　クシ櫛
クヒ杙咋　クマ熊　クラ倉　サカ坂酒　シロ代　スキ鉏　ツチ椎　ツヌ角　トリ鳥　ハタ幡　フル振　マタ俣
マヘ前　ミヽ耳　モロ諸　ヨリ依　ワケ別　ヲリ折

入声仮名・二合仮名・訓仮名などの非常用の仮名は、基本的に固有名詞の表記に用いられていることが改めて確認されるが、要するに、それはその異例性・異質性自体を逆手に取った記述法といってよい（もちろん慣用表記との関連性をも前提としているであろう）。念のために確認しておけば、その背景には常用の音仮名体系の存在が前提とされているのであり、『古事記』の仮名の主体は当然ながら常用の音仮名体系にある。

残された3AおよびFも、述べてきた方向性にそってその意義を理解することができる。繰り返し述べてきたように、音仮名の宿命は基本的に表意性をもちえないところにある。太安萬侶は音仮名専用表記の欠陥を「事趣更長」（序24）と述べていたが（第二章第一節参照）、「箸《はし》」「橋《はし》」「梯《はし》（階）」「端《はし》」「間《はし》」「愛《は》し」などの例を挙げるまでもなく、同音異義語の多い和語のありようを考えれば、「事趣更長」などといったレベルを超えて解読そのものに支障をきたしかねない問題といわねばならない。右に挙げた同音異義語ハシに第二音節が濁音となるハジ（梔・櫨）などの例を加えてみれば[54]、清濁の書き分けが語義の特定に一定の役割を果たすであろうことは説明の要もあるまい。

『古事記』には、上接語との結合関係を明示するために、わざわざ連濁形を訓注に示す例が認められる[55]。

天之狭土神 訓レ土云二豆知一。下效レ此。　（上31）
奥疎神 訓レ奥云二於伎一。下效レ此。訓レ疎云二奢加留一。下效レ此。　（上37）
生レ尾土雲 訓云二具毛一。八十建……（中95）

第一例の「豆（ヅ）」、第二例の「奢（ザ）」、第三例の「具（グ）」は、それぞれ清音を表す常用仮名「都（ツ）」「佐

(サ)」「久(ク)」「玖(ク)」に対する濁音仮名で、第一例は「狭土」の「土」に「豆知《づち》」の訓を付すことで、「狭き土《くに》」などの解釈を排除すると同時に、「狭土」を熟合した単位として捉えることを、同様に第二例は「奥疎」、第三例は「土雲」がそれぞれ熟合した単位として捉えるべき文字列であることを示すものといってよい。

右の事実は、『古事記』という作品において、清濁の区別が文字列の理解にかかわる重要な要素の一つとして認識されていたことを意味するであろう。

阿加(赤)(歌謡7、上86)—阿賀(吾が)(歌謡5、上60)
加氣(歌謡89、懸け)(下188)—加宜(陰)(歌謡80、下185)
許登(事)(歌謡2、上57)・許登(言)(歌謡85、中186)・許登(琴)(歌謡74、下177)—碁登(如)(歌謡45、下153)
宇須(臼)(歌謡40、中147)—宇受(髻華)(歌謡31、中137)
波多(機)(歌謡66、下174)・波多(幡)(歌謡88、下187)・波多(端)(歌謡104、下205)—波陀(肌)(歌謡78、下184)
宇知(打ち)(歌謡89、下187)—宇遲(宇治〈地名〉)(歌謡50、中157)
美都(三)(歌謡43、中153)—美豆(水)(歌謡44、下153)・美豆(瑞)(中120)

などは、そうした事例の一部である(二重傍線は濁音仮名、傍線は清音仮名)。

上代特殊仮名遣について指摘するFも、これと軌を一にするものといえよう。宣長が「恒《ツネ》に口《クチ》にいふ語《コトバ》の音《コヱ》に、差別《ワキタメ》ありけるから、物に書《カク》にも、おのづからその仮字《カナ》の差別《ワキタメ》は有《リ》けるなり」と端的に説明していたように、仮名遣は発音の相違に対応するが、発音の差異はそもそも語義を差別化するためのシステムだから[56]、表意性を捨象した音仮名の文字列にあっては「語《コトバ》の音《コヱ》」の反映という以上に、語義の判別の有力な手がかりとなるはずである。「仮字の事」に、コの仮字には、普《アマネ》く古《コ》許《コノ》二字を用ひ《(ママ)》たる中に、子《コ》には古《ノ》字をのみ書て、許《ノ》字を書ることなく、【彦壮士《ヒコヲトコ》などのコも同じ、】メの仮字には、普《アマネ》く米《メ》賣《メノ》二字を用ひ《(ママ)》たる中に、女《メ》には賣《メノ》字をのみ書て、米《メノ》字を書ることなく、【姫処女《ヒメヲトメ》などのメも同じ、】キには、伎岐紀《キキキ》を普く用ひ《(ママ)》たる中に、木城《キキ》には紀《キ》をのみ書て、伎岐《キキ》をかゝず、トには登斗刀《トトト》を普く用ひ《(ママ)》たる中に、戸《ト》太問《フトトフ》のトには、斗刀《トト》をのみ書て、登《ト》をかゝず、ミには美微《ミミ》を普く用ひ《(ママ)》たる中に、神《カミ》のミ木草の実《ミ》には、微《ミ》をのみ書て、美《ミ》を書《カカ》ず、モには毛母《モモ》を普く用ひ《(ママ)》たる中に、妹百雲《イモモモクモ》などのモには、毛《モ》をのみ書て、母《モ》をかゝず、ヒには、比肥《ヒヒ》を普く用ひ《(ママ)》たる中に、火《ヒ》には肥《ヒ》をのみ書て、比《ヒ》をかゝず、生《オヒ》のヒには、斐《ヒ》をのみ書て、比肥をかゝず、ビには、備毘《ビビ》を用ひ《(ママ)》たる中に、彦姫《ヒコヒメ》のヒの濁《リ》には、毘《ビ》をのみ書て、備《ビ》を書ず、ケには、氣祁《ケケ》を用ひ《(ママ)》たる中に、別《ワケ》のケには氣《ケ》をのみ書て、祁《ケ》を書ず、辞《コトバ》のケリのケには、祁《ケ》をのみ書て、氣《ケ》をかゝず、ギには、藝《ギ》を普く用ひ《(ママ)》たるに、過禱《スギネギ》のギには、疑《ギ》をのみ書て、藝《ギ》を書ず、ソには、曽蘇《ソソ》を用ひ《(ママ)》たる中に、虚空《ソラ》のソには、蘇《ソ》をのみ書て、曽《ソ》をかゝず、ヨには、余與用《ヨヨヨ》を用ひ《(ママ)》たる中に、自《ヨリ》の意のヨには、用《ヨ》をのみ書て、余與《ヨヨ》をかゝず、ヌには、奴怒《ヌヌ》を普く用ひ《(ママ)》たる中に、野《ヌ》角忍篠樂《ツヌシヌブシヌタヌシ》など、後世《ノ》はノといふヌには、怒《ヌ》をのみ書て、奴《ヌ》をかゝず、(57)

などと説明されているように、仮名の違いはまさに語義の相違に対応しているのである。

3

ところで、『古事記』には『日本書紀』や『万葉集』には見られないモの音節についての上代特殊仮名遣の書き分けがあることが知られているが、(58)モの書き分けが基本的に認められない『万葉集』にあっても、巻五所載の大伴旅人歌と山上憶良歌には書き分けが認められること、その一方で旅人や憶良と同世代に属する柿本人麻呂歌にはそれが認められないこと、また『上宮聖徳法王帝説』や文武元（六九七）年の第一詔から神亀元（七二四）年の第五詔までの

『続日本紀』所載の宣命に見られるモは、『古事記』におけるモの書き分けに矛盾しないことなどが、有坂秀世「古事記に於けるモの仮名の用法について」（註(58)参照）によって指摘されている。

モの書き分けをめぐるこうしたありようについて、有坂論は『古事記』成立の時代にはモの音韻的区別はすでに崩壊過程にあり、一般にはすでに忘れられていた音韻上の古い区別が太安萬侶や大伴旅人・山上憶良などの「少数の高齢者」に記憶されていた可能性を想定したが、西宮一民『日本上代の文章と表記』（一九七〇年、風間書房）は旅人や憶良と同世代の人麻呂歌に書き分けが認められないこと、また旅人歌や憶良歌にあっても訓主体表記巻収載歌には書き分けが認められないことに着目して、モの音韻上の区別はすでに壬申の乱のころには消滅していたものと推測している（Ⅱ部「1古事記の仮名モの意図」）。その上で西宮は、『古事記』にモの書き分けが認められるのは太安萬侶自身の発音に基づくものではなく、推古朝ごろまではモの発音が区別されていたことを知識として知っていた安萬侶が、古事記の内容が推古朝までであることに合わせて「〈古音〉の残存をはか」ったためとし、他方、旅人や憶良の場合は「衒学的趣味的な性質より出づるもの」であって、「昔はモの二音があつたといふことを知つてゐて、仮名遣的に書分けてみようといふ気持さへあればさほど困難なことではなかつたのではないか」と推測している。

また、稲岡耕二「人麻呂歌集歌の筆録とその意義」[60]は「柿本朝臣人麻呂歌集」（以下「人麻呂歌集」と略す）研究の立場からこの問題に触れ、太安萬侶・大伴旅人・山上憶良らは日常的な言語生活においてモの発音を区別していたわけではないが、安萬侶の場合は稗田阿礼の「誦習」を通じて、また旅人や憶良の場合は「古事記の訓み方を宮廷内でじかに聞くことがあったか、もしくは古事記の書き方から、古い発音の区別を知って」、それぞれの表記に反映させたと推測している。安萬侶・旅人・憶良と同世代であるにもかかわらず、人麻呂歌集歌および人麻呂作歌にモの書き分けが認められない事実に対する説明を模索する稲岡論が、実際の音韻ではなく知識に基づく書き分けとする西宮論に引き寄せられるように同調するのは、自然な成り行きであったともいえよう。「人麻呂歌集」の表記についてもその立場を貫き、「人麻呂は、もしかすると、そうした発音の区別が古く存在したことは知っていたかもしれない。ただ自分の歌の表記に、その区別を持ち込もうとはしなかったのである」と述べている。

こうした西宮・稲岡両論に対して山口佳紀「上代特殊仮名遣い研究から見て古事記偽書説は成り立つのか[61]」は、一般に音韻変化の開始から完了までには相当の期間が必要であるとして、モの音節をめぐる右のごとき情況は新旧音韻体系の併存期間として捉えるべきであること、またその併存期間は七世紀後半から天平初年ころまでと見られることを具体的事例を示して説明している。併存期間という観点から有坂論を整理・追認したものといえよう。

ここまでの議論を通じて、モの音韻的区別の消滅時期は西宮論のいう壬申の乱ころから天平初年ころに引き下げられることが確実になったが、中心的な関心はモの音韻的区別の残存期間に向けられていて、西宮論を除けば、書き分けの意義や意図性といった面に関心が向けられることはほとんどなかったといってよい。

しかし、これまでの議論は、「恒《ツネ》に口《クチ》にいふ語《コトバ》の音《コヱ》に、差別《ワキタメ》ありけるから、物に書《カク》にも、おのづからその仮字《カナ》の差別《ワキタメ》は有《リ》けるなり」(『古事記伝』一之巻「仮字の事」)といった仮名遣論を、あまりにも機械的に捉えすぎているのではあるまいか。「語《コトバ》の音《コヱ》」の「差別《ワキタメ》」が無条件に「仮字《カナ》の差別《ワキタメ》」に反映されるというのは、むしろ記述の実態を無視した硬直化した捉え方であって、現に旅人歌や憶良歌の場合、『万葉集』巻五所載歌にあってはモが書き分けられているにもかかわらず、訓主体表記巻所載歌では書き分けが認められないのである[62]。もちろん、訓主体表記巻収録に際してそれぞれの編者が原表記を書き換えた可能性も考慮する必要があろう。しかし、仮にモの音韻的区別をしない編者による書き換えを想定する場合、「毛(甲)」「母(乙)」などの仮名字母の差異は編者にとって意味をもたないのであるから、そもそも原表記を書き換える必要もないはずである。また、モの音韻的区別を有する編者を想定する場合、有意に書き分けられた原表記をわざわざ有意性を失わせる方向に書き換える動機が説明できないであろう。

『古事記』や旅人歌・憶良歌がモの音韻的な区別の崩壊過程に書かれたという事実は、この問題の本質を規定する要件ではあるが、それだけでは旅人歌や憶良歌においてモが書き分けられたり、書き分けられなかったりする事象が説明できない。この問題の本質には音韻のほかにもう一つ、記述様式の問題が深くかかわっているといってよい。旅人歌および憶良歌に即して確かめ直せば、モの書き分けは音仮名主体表記巻である巻五においては認められるのに対し、訓主体表記巻にあっては認められないのである。

訓主体表記とは、いうまでもなく正訓字による表意表記を記述の基本とし、必要に応じて正訓字表記が困難な付属語の類を音訓の仮名を用いて挿入する方式をいうが（文脈から類推可能な場合、付属語が表記されない場合も多い）、表意性をもたない音仮名専用表記とは異なり、基本的な骨格は正訓字によって記述されているため、解読に要する読み手の負担は比較的少ない。和歌表記の場合、モの音節は接続助詞や係助詞のモ、あるいは接続助詞のトモ・ドモ、終助詞カモなどの付属語もしくは付属語の一部として現れる場合が多いが、それらは正訓字で表される自立語に対し、文字通り付属的・付随的な役割にとどまる。和化漢文（変体漢文）などの実用的な散文に付属語表記志向が弱いのはそのためである。[63] もちろん、和歌の場合、詠嘆の終助詞一つをとっても付属語が担う意義は実用的散文に比して格段に大きいといわねばならず、[64] だからこそ文字化される頻度が高いわけだが、そのようにして記述された付属語は正訓字によって示される自立語と和歌の伝統的・慣用的な表現に支えられて、仮に特殊仮名遣の違例であったとしても類似の音が示されていれば十分に理解できたものと思われる。それに対し、表意性をもたない音仮名専用表記の場合、解読の手がかりは韻律上の切れ続き以外にないわけだから、「口《クチ》にいふ語《コトバ》の音《コヱ》」に応じた「仮字《カナ》の差別《ワキタメ》」が示されるとすれば、語義の理解に一定の役割を果たすであろうことはいうまでもない。

『万葉集』巻五は、漢文で書かれた書簡をはじめ、漢文序・漢詩などが意識的かつ大量に収載された巻として知られる。大伴旅人の妻大伴郎女の死を悼んで旅人に献呈された山上憶良の「日本挽歌一首」(巻五・七九四〜七九九)が七言詩(漢詩)を伴う漢文序を意識しての題詞であったように、巻五所載の和歌の多くは漢詩《からうた》・漢文《からぶみ》に対する対抗文化《カウンター・カルチャー》・対抗芸術《カウンター・アート》という自覚をもつ。[65] 前掲春日「仮名発達史序説」(註(22)参照)が「万葉集巻五の歌が一音一字式を取つたことなども、序文や書簡の長い漢文に挿入された為であることを暗示してゐるやうにも思はれる」と述べているように、音仮名専用表記の採用は「漢文と画然区別さるべく企てられた」ものと推測される。

そうした音仮名専用体の和歌を記述するに際して、旅人や憶良はモの甲乙を書き分けることをしたが、それは単に自らの「口《クチ》にいふ語《コトバ》の音《コエ》」を無自覚に「仮字《カナ》の差別《ワキタメ》」に反映したというのではあるまい。もしそうであるならば、訓主体表記巻の歌においても書き分けが認められるはずだからである。旅人や憶良が配慮したのは記述様式の相違であり、表意性をもたない音仮名専用表記にあっては意識的・自覚的に「語《コトバ》の音《コエ》」を「仮字《カナ》の差別《ワキタメ》」に反映する努力をし(もちろん読み手への配慮にほかならない)、正訓字主体の記述様式を選択した場合にはモの音韻的な差異を反映する必要をそれほど強く意識しなかったものと考えられる。有坂・山口論が指摘するように、当時はすでにモの音韻的区別の崩壊過程にあったと見られ、モの音韻的区別をする人とそうでない人とが併存する情況下にあっては、前者に属する人が記述様式によってモを書き分けたり、書き分けなかったりすることは十分にありえたと考える。[66]

前掲稲岡論は、人麻呂はモの音韻上の区別を知っていたが、「ただ自分の歌の表記に、その区別を持ち込もうとはしなかった」としているが、その理由は人麻呂歌集歌や人麻呂作歌の記述様式として訓主体の表意表記が選択されていることによると、本節の立場からはいうことができる。

話題を『古事記』の問題として引き取れば、『古事記』におけるモの書き分けは表意的に記述することができない音仮名専用表記の欠陥を補うものとして音韻上の差異が着目された結果といえ、それは清濁の書き分けやモ以外の上代特殊仮名遣の書き分けと等質な措置と捉えるべきものである。音韻的な差異に着目する契機となったのは、稗田阿礼の「誦習」であった可能性は高い。とはいえ、モの書き分けをもって阿礼の語る古伝承の反映と考えるのは、宣長の呪縛にとらわれた幻想といわねばならない。あるいはまた、「〈古音〉の残存をはか」ったとする西宮の推測も、本節の立場からは容認することはできない。モの音韻的な区別の崩壊過程に『古事記』や『日本書紀』、あるいは人麻呂や旅人・憶良の作品を位置づけて俯瞰できるのは、池上・有坂論以降の現代人に限られているからである。人麻呂歌集歌や人麻呂作歌、あるいは訓主体表記巻所載の旅人歌・憶良歌が、甲類のモを乙類の仮名で代用して（あるいはその逆）平然としているように、その音韻的崩壊過程は劇的かつ急激なものではなかったと考えるのが穏当であろう。モの書き分けに基づいて作品の古さを装うなどというのは、研究史を反転させた発想というべきであろう。

4

以上、第四・五節で取り上げる音仮名複用の問題を考察する前提として、『古事記』における音仮名のありようを、先行研究に導かれながら観察してきた。正訓字表記を記述の基本として成り立つ本文中に、それとは異質な原理に基づく音仮名を交用するために、さまざまな配慮がなされ、工夫がこらされていることを確かめてきたが、それらをここで整理しておけば、以下のごとくである。

運用面

①一音節一字母を基本とし、同一音節を表すのに複数の音仮名を用いない（春日論）

②音仮名の文字列に訓仮名を交用しない（『古事記伝』）

③呉音を専用して漢音を交用しない（『古事記伝』、春日論）

④一つの音仮名が表す音節を一つに限定する（『古事記伝』、春日論）

⑤単音節仮名を常用の仮名とし、入声仮名・二合仮名・訓仮名は固有名詞の表記に限定する（『古事記伝』）

音韻面

⑥清濁を書き分ける（『古事記伝』、春日論）

⑦上代特殊仮名遣に基づいて異音を書き分ける（『古事記伝』）

仮名字母の選定

⑧正訓字との競合に配慮する（川端論、尾崎論、西宮論）

a正訓字と競合しない、もしくは競合することが少ない文字を採択する（川端論、尾崎論）

b正訓字と競合する場合、正訓字の用法に限定を加える（川端論）

c字形で正訓字と音仮名とを区別する（西宮論）

これらは漢字を唯一の書記用文字として和語の記述を試みる『古事記』が、漢字と向き合い、馴致しようとした具体的な足跡といってよいが、注目されるのは音韻に着目して語義の解読を補助する⑥⑦の手法が、

布都麻迩尒上 此五字以㆑音。卜相而詔之（太占に卜相《うらな》ひて詔らししく）（上28）

宇上加比賀登母（鵜飼が伴）（歌謡14、中96）

などのように、アクセントを注記して語義の理解を助ける方法と同工だということである。(67) さらにいえば、

天地初發之時、於㆓高天原㆒成神名、天之御中主神。訓㆓高下天㆒云㆓阿麻㆒。下效㆑此。（上26）

金山毗古神 訓㆑金云㆓加那㆒。下效㆑此。（上32）

などのように、天（アメ）の被覆形「阿麻（アマ）」、金（カネ）の被覆形「加那（カナ）」の訓を示すことで、それぞれ下接の「原」「山」との熟合関係を明示し、あるいは、

天之狭土神 訓レ土云二豆知一。下效レ此。（上31）

生レ尾土雲 訓云二具毛一。（中95）

などのように、連濁を起こした形「豆知（ヅチ）」「具毛（グモ）」を示すことで、それぞれ上接の「狭」「土」との熟合関係を明示するといった、誤読を防止し語義の理解を補助することを目的とする一部の訓注の機能にも重なるものといえよう。

これらの注記は、序文に、

然、上古之時、言意並朴、敷レ文構レ句、於レ字即難。已因レ訓述者、詞不レ逮レ心。全以レ音連者、事趣更長。是以、今、或一句之中、交二用音訓一、或一事之内、全以レ訓録。即、辞理叵レ見、以レ注明、意況易レ解、更非レ注。（序24）

とあるように、太安萬侶によって施されたものと認められるが、その前提として述べられているのは訓専用表記・音仮名専用表記それぞれの欠陥であったことは十分に注意されてよい。訓専用表記と音仮名専用表記の欠陥を止揚する方法として採用されたのは「全以レ訓録」と「交二用音訓一」の併用であったが、その上でなお「辞理の見え叵き」事例が出来した場合には、右に例示したような訓注・声注などの「注を以て明らかにす」る措置がとられたのである。

確かめてきたように、『古事記』の音仮名のありようは、1正訓字による記述方針を前提として仮名字母の整理・統一がなされていること（①②③④⑤⑧）、2表意的に表しえない欠陥を自覚した上で、しかし、可能な範囲でそれを克服する手段が講じられていること（⑥⑦）の二点において『古事記』という作品の外側に広がる音仮名一般とは次元を異にするが、それはまさに序文に示された記述方針に呼応するものといってよい。

三　音仮名の複用――非主用仮名を中心に

1

第二節では『古事記』の音仮名に認められる整理・統一の跡とその意義を確かめてきたが、本節およびつづく第四節では、そうした方向性に矛盾ないし抵触する事象としばしば捉えられてきた音仮名複用の問題を取り上げて、さらに論の深化を図りたい。

音仮名の複用とは一音節を表すのに二種以上の仮名字母が用いられる様態をいうが、それは第二節末に確認した「①一音節一字母を基本とし、同一音節を表すのに複数の音仮名を用いない」という運用面における整理・統一の方向性に抵触するといわねばならない。こうしたありようをめぐっては、つとに高木市之助「古事記歌謡に於ける仮名の通用に就ての一試論」(68)が、『古事記』の非一元的な成立過程を示す具体的な徴証として注目したことは広く知られるごとくである。第二節末に確かめたように、音仮名の整理・統一の主体としては編者である太安萬侶を想定するのが自然であるが、そうした整理・統一の方針に相反したありようや、そこから逸脱した仮名字母の存在を安萬侶以外の人物の手になるものと捉えるのは、一般論としていえば受け入れやすい発想といえよう。

高木の論は歌謡に用いられた仮名を中心として展開されたものであるが、その論点は、

㈠同一音節を表す音仮名が複数存在すること

㈡記述様式に統一性が認められないこと

の二点に集約することができる。右のうち㈡は、たとえば、

a[1]次集二御刀之手上一血、自二手俣一漏出、所レ成神名、訓レ漏云二久伎一。闇淤加美神。（上33）
a[2]此者實我子也。於二子之中一、自二我手俣一久岐斯子也。自レ久下三字以レ音。（上62～63）

b[1]因レ生二此子一、美蕃登此三字以レ音。見レ炙而病臥在。（上32）
b[2]……天服織女見驚而、於レ梭衝二陰上一而死。訓二陰上一云二富登一。（上44）

などのように、同一の語をめぐって正訓字表記と音仮名表記とが併存することを問題としたもので、まったく無関係とはいえないものの、本節の課題に直接かかわるわけではない。高木はこうしたありようを記述方針の不統一と捉え、成立論の次元から説明しようとするわけだが、この点については文脈に応じた書き分けや先行表記を承けての簡略化といった、編集作業に即した捉え方が可能であることを指摘するにとどめ[69]、ここでは音仮名複用の問題㈠に絞って論を進めることにしたい。高木論の中心もそこにある。

さて、高木は『古事記』の音仮名を歌謡、散文本文、訓注の三つに区分して調査した上で、次のような傾向ないし特徴が認められることを指摘する。

ⅰ散文本文と訓注との間で、使用仮名字母に偏向が認められる。
ⅱ散文本文と歌謡との間にも、使用仮名字母に偏向が認められる。
ⅲ稀用の「特例仮名[70]」が多用される歌謡ないし歌群が存在する。
ⅳ清濁の違例を含む歌謡ないし歌群が存在する。
ⅴ特定の歌謡間・歌群間にも、使用仮名字母に偏向が認められる。

これらを通じて、散文本文・歌謡・訓注それぞれの間に、また歌謡間においてさえ「音仮名に対する習性乃至関心の相違」が認められるとし、非一元的な成立の徴証とするのである。本節の課題に即して捉え直せば、同一音節に複数の仮名字母が並存する事実（ⅰⅱⅲⅴ）と清濁の違例が確認される事実（ⅳ）とが、同一編者による一元的な編纂を疑う根拠とされているのである。

こうしたありようは、確かに前節末に確認した方向性に抵触するといわねばならないが（ⅰⅱⅲⅴは「①一音節一字母を基本とし、同一音節を表すのに複数の音仮名を用いない」に、ⅳは「⑥清濁を書き分ける」および「④一つの音仮名が表す音節を一つに限定する」にそれぞれ抵触する）、だからといって、直ちにこれを『古事記』が非一元的な成立過程を辿った徴証と捉えるのは、あまりにも安易な解決策というべきではあるまいか。序文に「子細採摭」とあり、また「如レ此之類、随レ本不レ改」（序24）とあるのだから、先行資料の用字が含まれているであろうことは『古事記』表記論・用字論の前提なのであり、問題はそうした「本《もと》」に基づく編纂の動態を『古事記』に即してどのように捉えるかにあるといわねばならない。第一・二節を通じて確かめてきたように、『古事記』の音仮名に正訓字との関係を強烈に意識した整理・統一の跡が認められることは動かしがたい事実であり、そうしたありように即して音仮名の複用という事象がどのような意味をもつのかを捉え直す作業が、まずは優先されるべきなのではあるまいか。

2

さしあたり、『古事記』の音仮名を俯瞰することが必要となろう。第3表（一一四頁）は単音節を表す音仮名を使用頻度にも着目して一覧したものである。(71) 当然ながら有音尾字を開音節化して二音節を表す二合仮名は対象外としたが、入声韻尾と下接の語頭子音とを揃えた連合仮名は、結果的に一音節を表すことになるので対象に含めてある。また、序文中、稗田阿礼の名に用いられた「阿（ア）」「礼（レ）」各三例と太安萬侶の名に用いられた「萬（マ）」「侶（ロ）」各四例は、『古事記』自体の用字とは認めがたいので除外してある。

第3表　主用仮名と非主用仮名

音節	主用	非主用
ア	阿196	
イ	伊297	
ウ	宇151	汙1
エe	愛5	亞2
オ	意77　淤58	於(淤)4　隱1
カ	加149　迦122	訶31　甲6　賀4　可1
キ甲	岐223	吉29　伎20　棄1
キ乙	紀43	貴4　幾2　記1　疑1
ク	久200	玖38
ケ甲	祁64	
ケ乙	氣85	
コ甲	古141	高11　故1
コ乙	許156	
サ	佐219	沙32　左1
シ	斯216　志200	師24　紫14　色10　新7　芝1
ス	須194	州5　主1　周1
セ	勢60	世13
ソ甲	蘓22	宗3　素2
ソ乙	曽81	
タ	多336	當11　他2
チ	知120	智13
ツ	都223	豆1
テ	弖72	帝2
ト甲	斗40	刀15　土1　兎1
ト乙	登251	等4　杼1

音節	主用	非主用
ガ	賀178	何4　加1　我1
ギ甲	藝55	岐3
ギ乙	疑7	
グ	具32	
ゲ甲	下1*	牙1*
ゲ乙	宜16	氣3
ゴ甲	胡3	
ゴ乙	碁20	其1
ザ	耶64	奢9
ジ	士25	自4
ズ	受51	
ゼ	是4	
ゾ甲		
ゾ乙	叙7	存1
ダ	陁83	佷(陁)2　太1
ヂ	遅67	治7　地2　知1
ヅ	豆93	
デ	傳16	殿1　弖1
ド甲	度16	
ド乙	杼35	滕1　騰1

さて、見るように一音節に二種以上の仮名字母が並存する例は確かに少ないとはいえず、表記例がないゾ甲を除いた八七音節中五七音節にのぼる。しかし、使用頻度に着目しつつ改めて観察すれば、ほとんどの場合、拮抗した頻度というわけではなく、主用される仮名字母に対し使用頻度が極端に少ないか、あるいは比較的少ない仮名が存在する、という様態であることが知られる（例外は「意（オ）」と「淤（オ）」、「加（カ）」と「迦（カ）」、「志（シ）」と「斯（シ）」、「迩（ニ）」と「尒（ニ）」であるが、これについては第四節で改めて検討する）。

要するに、『古事記』における音仮名の複用とは、基盤を形成する主用仮名の体系と、そこから外れる非

ナ	那249	
ニ	迩178　尒108	仁1
ヌ	奴41	
ネ	泥77	祢40　尼(泥)1
ノ甲	怒21	濃1　努1
ノ乙	能362	乃3
ハ	波317	婆2　芳1　貝1
ヒ甲	比457	卑1
ヒ乙	斐18　肥10	
フ	布96	賦6
ヘ甲	弊28	幣7　平3
ヘ乙	閇24	倍3
ホ	富82　本54	番9　菩6　蕃1　品1
マ	麻241	摩27
ミ甲	美317	弥4
ミ乙	微16	味1
ム	牟105	武1　无1
メ甲	賣373	咩1
メ乙	米66	
モ甲	毛48	
モ乙	母153	木1
ヤ	夜197	
ユ	由67	
エje	延35	
ヨ甲	用23	
ヨ乙	余42	与8　豫3
ラ	良156	羅30
リ	理234	
バ	婆87	波1
ビ甲	毗162	
ビ乙	備31	
ブ	夫42	服1
ベ甲	弁14	
ベ乙	倍7	
ボ	煩9	

-主用の仮名とが並存することに起因する事象と捉え直すことができる。(72)確かに一音節一字母単用は八七音節中二八音節のみで（アイギ乙グケ甲ゴ甲コ乙ズゼソ乙ヅド甲ナヌビ甲ビ乙ベ甲ボメ乙モ甲ヤユエjeヨ甲リレヰヱ）、残りの五九音節は単用ではないのだが、その場合も個々の音節には使用頻度の点で主用される仮名が用意されており、その枠外の少数の仮名の存在が複用という事態を引き起こしているのである。春日政治「仮名発達史序説」(73)のいう「力めて字母の重複を避ける」傾向とは、この主用仮名の体系に認められる一音節一字母への傾斜を指摘したものであり、非-主用の仮名は視野の外に置かれているのである。

音節	主用	非-主用
ル	流107	琉7　留5
レ	礼89	
ロ甲	漏12	路3　樓1　廬1
ロ乙	呂78	侶1
ワ	和146	丸11
ヰ	韋22	
ヱ	恵24	
ヲ	袁164	遠42

音節	主用	非-主用

・仮名の下の数値は用例数を示す（ただし以音注中に再出された仮名は含まない）。下に（　）を付した仮名は（　）内に示した主用仮名の省文として処理可能であることを、傍線は清濁の違例であることを示す。
・＊を付した「下（ゲ甲）」「牙（ゲ甲）」は各一例しかないため、主用／非-主用の認定が不能である。

もとより主用／非-主用の区別は規定のしかたにかかわるが、ここにいう主用仮名とは当該音節を表す仮名字母の中で固有名詞や姓・尊称などの特殊な語彙の表記に限定されず、異なる二つ以上の語中の同一音節を表す仮名として汎用されるものを意味する。[74] したがって、地名や氏族名などに固定的に用いられる仮名（たとえば「筑紫」「竺紫」の「紫（シ）」、「丸迩」の「丸（ワ）」）や、姓もしくはその元となった称号に固定的に用いられる仮名（たとえば「宿祢」の「祢（ネ）」、「吉師」「吉師部」の「吉（キ）」）などは使用頻度が高くても主用の範疇から外れることになる。また、当然ながらゲ甲のように使用頻度の極端に低い音節に用いられた仮名は主用／非-主用の認定が困難である。[75]

さて、主用と非-主用の典型的なありようはたとえばウに見ることができる。主用仮名「宇（ウ）」は散文本文・歌謡・訓注にわたって使用され、用例数も一五一例を数えるのに対し、非-主用の「汙（ウ）」は散文本文中の、

……於㆓天之石屋戸㆒伏㆓汙氣㆒而……（上46）

に見える一例のみである。「汙（ウ）」は主用仮名「宇（ウ）」に対していわば例外的というべき情況にあり、主用仮名と同じ水準にあるものと理解するわけにはいかない。複数の仮名をもつ各音節は、多くの場合、使用頻度の点で文字

通り主用される主用仮名と、主用仮名に比して圧倒的に低い非主用仮名とに分かれるのであり、非主用仮名は主用仮名に対して対等の地位を確保しているとはいいがたいのである。(76)

右のように主用／非主用の関係をおさえつつ、改めて『古事記』の単音節を表す音仮名のありようを捉え直せば、主用／非主用の認定ができないゲ甲を除く八六の音節は、おおむね一字種の主用仮名によってまかなわれていることが知られる。二つの主用仮名をもつのはオカシニヒ乙ホの六音節に過ぎず、しかもオカシを除けば使用頻度の点で拮抗するとはいいがたい。多くの場合、一方の使用頻度は主たる仮名字母の半数強であり、やはり一方への傾斜が認められるのである。なお、「伎（キ甲）」（二〇例）、「世（セ）」（一三例）、「刀（ト甲）」（一五例）、「幣（ヘ甲）」（七例）、「羅（ラ）」（三〇例）、「遠（ヲ）」（四二例）の六字は使用領域・用法の点で特定の語彙に使用が傾斜することもないため、オカシニヒ乙ホのありように接近する面をもつが、ニヒ乙ホ以上に主用の「岐（キ甲）」「勢（セ）」「斗（ト甲）」「弊（ヘ甲）」「良（ラ）」「袁（ヲ）」への傾斜が強いことも事実である（真福寺本の「弊」は卜部系諸本では「幣」とある場合が多いので、通用字として処理することも一案であろう）。

右の処理を経て、実質八六音節のうち八〇の音節が主用仮名単用もしくは単用に近い状態にあることが確認される。かくていえば、「①一音節一字母を基本とし、同一音節を表すのに複数の音仮名を用いない」という運用面の配慮は、主用仮名体系の構築にかかわる問題であったと捉え直すことができるであろう。

3

主用仮名／非主用仮名のありように関連して、前掲高木論の指摘するⅰⅱについて改めて検討しておこう。高木によれば散文本文・歌謡・訓注間にはそれぞれ使用仮名字母に傾向の違いが認められるというのだが、高木の調査では固有名詞が除外されており(77)、また現在の本文校訂の水準から見て問題を含んでもいるので、改めて整理したものを左に示す(78)。

散文本文固有の仮名字母（歌謡・訓注に対する）　一六〇字種中五五

ウ汙　エ愛　オ隠　カ訶甲　ガ我　キ甲吉　キ乙幾　ゲ下　コ甲高　サ沙左　シ紫色師新　ジ自　ス周州

ソ甲宗素　ダ佗太　チ智　ヂ地知×　テ帝　デ弖×　ト甲土兎　ド乙騰滕　ニ仁　ネ祢　ノ甲濃努　ハ芳貝　ヒ甲卑

フ賦　ブ服　ヘ甲平　ヘ乙倍×　ホ番蕃品　ム武无　メ甲咩　モ甲木　ヨ乙豫　ラ羅　ロ甲樓　ロ乙侶　ワ丸

（傍線は固有名詞以外の語彙に、二重傍線は固有名詞とそれ以外の語彙の双方に、そして無印は固有名詞のみに用いられていることを示す。また、×は清濁の違例を示す。）

歌謡固有の仮名字母（散文本文・訓注に対する）　一三二字種中二五

エe亞　カ可賀×　ガ何加×　キ甲棄　キ乙記疑×　ゲ甲牙　コ甲故　ゴ甲胡　ゴ乙其　シ芝　ゼ是　ゾ乙叙序　ツ豆×

ト乙杼×　ハ婆×　バ波×　ベ乙倍　ミ乙味　ヨ乙与　ロ甲路盧

（×は清濁の違例、波線は散文本文に表記すべき音節がないことを示す。）

訓注固有の仮名字母（散文本文・歌謡に対する）　五〇字種中二

デ殿　ネ尼

見るように、散文本文・歌謡・訓注はそれぞれに固有の仮名字母をもつ。固有の仮名字母が各部分の全字種に対して占める割合は散文本文約三四％、歌謡約一九％、訓注四％で、訓注を除けば少ないとはいえない。しかし、高木論のいう各部分間の仮名の「出入」として括り出される各固有字母は、ほとんどが非主用仮名であることに注目しないわけにはいかない。歌謡のみに見える「是（ゼ）」「叙（ゾ乙）」「序（ゾ乙）」「倍（ベ乙）」の四字が散文本文・訓注に対して固有字母となるのは、散文本文・訓注にこれらの音節を表記する機会がないためで、対応する仮名をもつ他の音節の固有字母とはその意味を異にする（「倍」の仮名自体は散文本文にも用いられているが、後述するように三例すべてが『古事記』外部の慣用表記「阿倍《あへ》」――しかも清濁の違例である。本節7参照）。要するに、高木論の指摘ⅰⅱは基本的に各部分における非‐主用仮名の問題と捉え直すことができる。

高木論はこれを各部分における「音仮名に対する習性乃至関心の相違」と解釈するのだが、量的にも用法的にも限定された、いわば例外的な非‐主用仮名に基づいて「習性乃至関心」を論ずることは方法的に成り立たないというべきだろう。裏を返せば、高木論の示す方向とは逆に、散文本文・歌謡・訓注はすべて音仮名体系の基盤をなす主用仮名に覆われていることが確認されるということにほかならない。字種のみを問題とすれば非‐主用仮名の占める割合は決して小さくはない数値を示すけれども、使用頻度自体は散文本文約七％（固有名詞約九％、非固有名詞約二％）、歌謡約一％、訓注約六％にすぎないのである。

以上、主用体系と非‐主用仮名のありよう、および主用仮名に見られる単用への傾斜を確認してきたが、非‐主用仮名をひとまず措けば、主用仮名に認められる単用の傾向は『古事記』編者による意図的な整理を強く推測させる。第二節に確かめたように、そうした整理・統一は、正訓字との競合に配慮しつつ、漢字のもつ表意性から音仮名を解放するシステムを『古事記』というテクスト内部に確立することを目指すものであった。これを機能面に即していえば、漢字のみで書かれた文字テクストの読み易さを保証するための基礎作業にほかならず、あくまでも『古事記』というテクストを前提とした作業であったことを改めて確認しておくべきであろう。

では、右に確認した表記システムの中で、現に一音節を表すのに複数の音仮名が用いられている事実は、どう理解すればよいのだろうか。音仮名の複用という事象の多くが非‐主用仮名の存在に起因することは右に確かめてきたごとくだが、オカシニヒ乙ホなどのように複数の主用仮名をもつ音節もあり、問題はそれほど単純ではない。ここまでの足取りは、おおむね主用仮名に見られる単用への傾斜や意識的な整理を読み易さに対する配慮として捉えうることの確認にあったが、ここで扱おうとする仮名字母の複用はそうした単用の傾向の放棄にほかならず、右に確認してきたのとは逆の方向を示すかに見える。

具体例に即した検証こそ、解決の緒となるはずである。まず、次の二例の分析から始めてみたい。

A……布斗麻迩尒上此五字以レ音。卜相而詔之（太占に卜相ひて詔らししく）（上28）

B尒、其美人驚而、立走伊須須岐伎。此五字以レ音。（尒《しか》くして、其の美人驚きて、立ち走り身震《いすす》きき）（中97）

註(67)にも触れたように連続する同一音節ニ（ふとまにに）に異字をあてたAについては、仮名字母の相違により意味の切れ目を示しつつ、同時に下の「尒（ニ）」に上声のアクセントを示す声注を付すことで第二のニが格助詞であることを示したものという小松英雄『国語史学基礎論』（註(3)参照）の分析がある。Bも同様で、うろたえる意の動詞「いすすく」の連用形に助動詞「き」が帯同することで生じたキ甲の音節の連続を、やはり異字表記することによって連続を視覚的に断ち切り、「いすすき＝き」と分析することを保証する形となっている。

同様の例は歌謡にも見ることができる（／は句と句の切れ目を示す）。

C淤岐弊迩波／袁夫泥都羅々玖／久漏耶夜能（沖辺には小舟連らく黒鞘の）（歌謡52、下167）

D岐備比登々／等母迩斯都米婆（吉備人と共にし採めば）（歌謡54、下168）

E夜麻登弊迩／尒斯布岐阿宜弖（大和辺に西風《にし》吹き上げて）（歌謡55、下168）

F斯賀波那能／弖理伊麻斯／芝賀波能／比呂理伊麻須波（其《し》が花の照り坐し其《し》が葉の広り坐すは）（歌謡57、下170）

G於呂須波多／他賀多泥呂迦母（織ろす機誰が料《たね》ろかも）（歌謡66、下174）

H蕤良美都／夜麻登能久迩尒／加理古牟登岐久夜（そらみつ大和の国に雁卵生《こむ》と聞くや）（歌謡71、下176）

I蕤良美都／夜麻登能久迩尒／加理古牟登（そらみつ大和の国に雁卵生《こむ》と）（歌謡72、下176）

C〜Gの五例は犬飼隆「『濁音』専用の万葉仮名』の機能を考える」[79]が句と句の「切れ・続き」という観点から取り上げたところでもあるが、この五例はいずれも句末の音節とそれに下接する句頭の音節とが同一で、二句にまたがって同一音節が連続する例である。これらに見る異字表記も、その間が意味的に不連続であることを示す措置と考えられる。しかし、犬飼論のように、こうした例をすべて句の単位で捉えようとするのは窮屈に過ぎよう。HIのように句単位の切れ目とは無関係な位置における同一音節の連続にも異字表記の例は認められるのであり、それは散文本文のABと質的に異なるところはない。要するに、句と句の切れ目に相当する場合をも含め、連続する同一音節間に意味的な切れ目があり、その認識の有無が解読に影響を及ぼす可能性を意識したとき、それを読み手に伝達する方法がA〜Iに見る異字表記と見られるのである。

右に取り上げた諸例に見る限り、仮名字母の複用は高木論の評価とは逆に、読み易さへの配慮という方向で捉えることが知られる。[80]非主用仮名の多くを占める固有名詞に用いられた慣用表記の仮名字母も、右にひらかれた視界の中に位置づけることが可能である。

第一・二節に確かめたように、『古事記』は正訓字による表意表記を記述の基本とし、必要に応じて音仮名表記が交用されるという表記体である。以音注は音訓の交用に際して訓字から音仮名を区別する役割を担うが、西宮一民「古事記上巻文脈論」[81]が説いたように、同時に以音注を「省く工夫」も凝らされている。訓字との抵触を避けた仮名字母の選択はその前提だが、音仮名複用の問題にとって以音注省略箇所が「ほとんど固有名詞に限られている」という西宮論の指摘は重要である。同じ固有名詞でも神人名には多くの場合、以音注が施されており、初出例から省略されているのは地名・氏族名に限られる。省略の根拠の一つには、それらが慣用表記であったことが考えられる。

第五節に述べるように、上巻〈国生み〉条に見える「伊豫」「讃岐」「土左」「隠伎」「筑紫」「肥」「伊岐」「佐度」「吉備」「知訶」(上29〜30)などの地名は、そのほとんどが以音注を伴わずに記されている。「熊曾國」(上29)にのみ以音注「曾字以レ音」が施されているが、この場合は訓字「熊」と音仮名「曽」の交用表記であるため、条件が他の例と異なる。右のすべてが当時の慣用表記と見ることはできないが、「伊豫」「讃岐」「土左」「隠伎」「筑紫」「肥」「佐度」「吉備」などは当時通行の慣用表記であったと見られる。(82)

右例に用いられた「伊(イ)」「隠(オ)」「岐(キ甲)」「伎(キ甲)」「吉(キ甲)」「佐(サ)」「左(サ)」「紫(シ)」「土(ト甲)」「度(ド甲)」「肥(ヒ乙)」「備(ビ乙)」「豫(ヨ乙)」、それに二合仮名の「讃(サヌ)」「筑(ツク)」などの音仮名は、機能的にはイ・オ・キ甲やサヌ・ツクなどの音節を表すにすぎないが、それらが特定の地名表記として固定し、社会的通用性をもつとき、表音文字の連続という域を超えて表意的側面をも獲得することになる。たとえば「土左」を主用仮名で「斗佐」と書いた場合と比較してみれば、慣用表記「土左」のもつ地名喚起力の優越は明らかで、そうした文脈に即した仮名字母の採択を読み易さへの配慮という方向で理解することは十分に可能であろう(「佐度」は慣用表記と主用仮名とが偶然一致したもの)。

それは当然、地名のみの問題ではない。氏族名・部名の「阿倍」(「倍」は清濁の違例)「土師」(音仮名は「師」のみ)「吉師部」「蘇我」「宗賀」「平群」「丸迩」(「阿倍」「土師」は職能に、「吉師」は古代馬韓語・百済語に〈註(47)参照〉、「蘇我」以下は本来地名に、それぞれ由来する氏族名であろう)、姓以前の称号「宿祢」「吉師」などについても同様に捉えることができる。

前掲西宮論が「丸迩」に関して、地名・氏族名の「丸迩」(「丸迩坂」〈中113など〉「丸迩臣」〈中106ほか〉)と、鮫の「和迩」（上52ほか）や人名「和迩（尒）吉師」（中155）との間の「丸（ワ）」「和（ワ）」の書き分けに注意しているのも右にかかわる問題といえる。それは「固有名詞の慣用の文字と認めて、そのままにしておいたらしいもの」（神田秀夫「文体」[83]）などという単純な先行・通行表記の受容にとどまるわけではなく、『古事記』の音仮名体系の中で、いわば無個性な主用仮名によって表される意味領域と、積極的に語義を分担する役割を担うのである。「丸迩」に即していえば、主用仮名「和迩」によって表される意味領域から、地名およびそこに本拠を置くことに基づく氏族名が「丸迩」の文字によって限定されているのである。

慣用表記は主用枠外の仮名字母である場合が多いが、右のような結果として『古事記』にもたらされた音仮名の複用を、高木論のように「忠実に言葉をうつし出さうとする目的の為には、何の役にも立たない」と評価すべきではないことは、もはや明らかである。用例のすべてについてというわけではないが、

オ　隠伎（上29）
カ　甲斐[84]（中133ほか）
ガ　蘊我（中106ほか）
キ甲　吉備（中104ほか）　難波吉師部（中145）――吉師（中154ほか）
コ甲　高志（上48ほか）
サ　土左國（上29）
シ　師木（中109ほか）　土師部（中125）　市師池（中121）　壹師君（中103）
　　筑紫（上29ほか）　竺紫（上37ほか）
　　新羅（中143ほか）　新良（下183）

ス　周芳國造（上44）　國主（中154ほか）
ソ甲　阿蘓君（中101）　蘓我（中106ほか）
　宗賀（下214）　針間阿宗君（中109）
ヂ　多治比（下182ほか）　多治比君（下214）
ト甲　土左國（上29）
ネ　——宿祢（中105ほか）
ノ甲　美濃國（上69）
ハ　周芳國造（上44）
ヘ甲　平群（中106ほか）
ム　无耶志国造（上43）
ヨ乙　伊豫（上29）
ワ　丸迩[85]（既出）

などの非主用仮名は、慣用表記として自覚的に呼び込まれたものと考えられる。

4

見て来たように、音仮名の複用をもたらす原因は単一ではない。しかし、右の観察による限り、それらは『古事記』という文字テクストの解読にかかわる配慮という点で共通することを改めて確認しておこう。

網羅的に検討を加えたわけではないが、以上の観察を通じて、一音節一字母の原則を前提としつつも、それが意図的に破られる場合《ケース》について、一応の見通しを得た。音仮名の複用という事象は、音仮名によって記述された文字列の解読を補助する目的で、意識的に主用体系外の仮名が用いられたことに起因する場合も多いのである。もちろん、すべてがこうした方向で説明可能というわけではないが、しかし、本節の目的は音仮名の複用に関する一元的な原理を導くことにあるわけではなく、現にある複用という事象を『古事記』という文字テクストに即して理解する回路を求めることにある。その基礎的作業の一環として、複数字母の意図的使用を問題としているのである。

解読の補助機能は非主用仮名に顕著である。先に引いたＡＢＨＩのように、主用枠内の仮名の複用にもそれは認められるが、ここでは非主用仮名に絞って右の視点の確保を目指したい。

ところで、既述のように非主用仮名には相当程度『古事記』外部の慣用表記の仮名字母が流入しているが、今それを主用と非主用との対立の問題として捉え直せば、主用の枠を外れる慣用表記の仮名字母は、その異質性によって無個性な主用仮名の担う意味領域から語義を異化し、場合によっては個別化する機能を負うと見ることもできる。ホノニニギが「番」を、アメノホヒが「菩」を、そしてアヂシ（ス）キタカヒコネが「貴」を常に背負いつづけるのは、それによって個体性が獲得されていると見ることも可能で、それは慣用表記とはいいながら筑（竺）紫が「紫」を、「師木」が「師」を、新羅（新良）が「新」を負うのに等しいのである。

右のような捉え方をさらに一歩進めれば、『古事記』の非主用仮名の中には主用仮名の意味領域から個別性を獲得するために、あえて用いられたものもあったのではないかという想定に導かれる。非主用仮名の全用例の約八割が固有名詞表記に傾くという事実も、その機能の一端が指標性にあるという見方をゆるやかに支えるであろう。

そのような例として、『古事記』中ただ一例の「努（ノ甲）」を挙げることができるだろう。「努」は「河内之美努村」（中110）に見られる仮名であるが、単にノ甲の音節を記述するだけの目的であれば主用仮名「怒（ノ甲）」を避ける理由は見当たらない。しかし、「美努」が地名であることに注目するならば、無個性な主用の「怒」よりも異質な「努」が相応しいということができる。ところで、『古事記』には右の「美努村」と同じくミ甲ノ甲と発音される国名「美濃」がある。この「美濃」を視野に入れるならば、河内の村名たる「美努」は、同時に「美濃」との相違を用字の上で作り出そうとした表記という側面をもつと見られる。

こうした同音の地名間に見られる意図的な用字上の対立は、ほかにも見出すことができる。榎本福寿「古事記の表記[86]」が指摘した、倭の「師木」（中109ほか）と河内の「志幾」（中138ほか）との書き分けはその一例であり、訓仮名を含む例にまで範囲を拡げれば（「師木」にも訓仮名「木」が含まれるが）、国名「周芳」（上44）に対する「科野國之州羽海」（上71）を挙げることができる。前述の地名・氏族名「丸迩」と魚名・人名「和迩（和尒）」との書き分けも、それによって区別されるのが地名ではないというだけで（ただし、既述のごとく「丸迩」は本来地名と見られる）、仮名字母の相違に語義の相違を対応させようとする原理そのものは共通なのである。

地名の表記に関して、非-主用仮名の利用例と見られるものとしては、キ乙「志幾」（既出）・ジ「伊自牟國造」（上43）・タ「當藝野」（中135）「當岐麻道」（下179）「沙紀之多他那美」（中140）・フ「伊賦夜坂」（上37）「波迩賦坂」（下178）・ブ「伊服岐能山」（中135）・ム「相武國」（中132）などを挙げうる[87]。非慣用表記と見られるものに限ったつもりだが、あるいは『古事記』外部の慣用表記が含まれているかも知れない。とくに「伊服岐山」は、先行資料の用字（「伊服山」が想定される）に手を加えた可能性も考えられる。しかし、現にある『古事記』に即して、ただ一例の非-主用仮名「服」が、その異質性において有意性を獲得していることに変わりはない。その意味で「服」は『古事記』の用字なのである。

こうした非-主用仮名を利用した指標機能が、音仮名による文字列の解読を側面から補助するものであることはいうまでもないが、固有名詞以外にも同様の例を見出すことができる。

J阿麻陁牟／加流乃袁登賣／伊多那加婆（天飛《だ》む軽の嬢子いた泣かば）（歌謡82、下186）

K麻岐牟久能／比志呂乃美夜波／阿佐比能／比傳流美夜（纏向の日代の宮は朝日の日照る宮）（歌謡99、下201）

右は歌謡中、例外的にノ乙に「乃」が用いられた例である。亀井孝「古事記は　よめるか」（註(8)参照）が「平俗のかな」として先行資料の用字の混入を想定したところだが、本節の前提はそうした成立過程論に基づく安易な用字論を持ち込む以前に、所与の文字テクストに即して異例の用字が果たす機能に着目するところにある。JKの「乃」はいずれも連体助詞ノに対応するが、当該二例を除けば基本的に主用仮名「能」が用いられているので、単に連体助詞であることに「乃」字使用の理由を求めることはできない。そこで改めて解読の面から見てみると、両例とも必ずしも理解が容易とはいいがたい面をもつことに気づく。とくにJは第一・二句ともに不足音句であるため、音数律が解読の拠り所とならないのである。また、柿本人麻呂「泣血哀慟歌」の「天飛也《あまとぶや》」（『万葉集』巻二・二〇七）に照らして、第一句の「阿麻陁牟」が周知の枕詞だったともいいがたい。とすれば、この場合、読み手は第一句を留保して、第二句目の意味の特定を目指すのが次善の策となる。読み手は一般に連体助詞ノと結合度の高い非-主用の「乃」[88]に着目しつつ、前後に〈X乃Y〉という語形を求めることになるが、Yにはほとんど自動的に「袁登賣」が当てはめられることになろう。読み手は「X=の=袁登賣」を確定した上で改めてXを特定することになるが、この物語のヒロインが「軽大郎女」であることから、Xを「加流（軽）」と理解することは、それほど困難なことではない。こうして確定した「加流乃袁登賣」を前提として、その前後を「阿麻陁牟」と「伊多那加婆」と解読することになるのである。

Jと異なり、Kは冒頭近くに不定形句をもつわけではないが、Kの場合「纏向の／日代の宮は」のように第一・二句に相当する一二音節の中に二つの連体助詞ノを含む点が問題なのだと思われる。仮に二つの連体助詞がともに主用の「能」で表記された場合、冒頭一二字の解釈としては「〈纏向の日代〉＝の＝宮」と「纏向＝の＝〈日代の宮〉」の二つを許容することになる。中巻の天皇である景行の宮号が下巻の雄略記歌謡に歌われる不自然さを考えれば、「乃」の異質性によってまず「日代の宮」を固定し、その上で「纏向の」がそれを修飾するという関係を示そうとすることは必ずしも行き過ぎた配慮とはいえないだろう。[89] Kの場合、あるいは第四節で扱うことになる修辞意識に基づく変字法（「能」と「乃」）と見ることも可能であるかもしれない。

L……伊多玖佐夜藝帝阿理那理。（甚く騒《さや》ぎてありなり）（中91）

の「帝」も、おそらく「切れ目」を示したものと解される。この例では一一字もの音仮名が連続し、意味的な切れ目は分かりやすいとはいえない。これとまったく同じ表現が上巻にも見えていたが、そこでは、

M……伊多久佐夜藝弖此七字以レ音。有那理。此二字以レ音。（甚く騒《さや》ぎて有りなり）（上65）

のように、八字目の正訓字「有」により、結果的に二分される形となっている。Mに比べてLの読み解きにくさは明らかで、「帝」の異質性は読み手の意識をそこに引きつけて前後を分断する効果をもつように見える。なぜ上巻と同じ表記ではいけないのかという問は、本節の問題意識とは次元を異にする。上・中・下巻を通じて解読にかかわる注記が漸減する傾向に見るように、[90]『古事記』の表記意識は全巻を通じて一定というわけではない。先行するMを前提として、二度目のLでは二つの以音注を挿入する手間を省いたというのがおそらく真相であろう。ここではLに即して「帝」の担う意味が確認されればよい。

左は序文に見える太安萬侶の名以外では、唯一の「侶」を含む例である。

N佐久々斯侶伊須受能宮（さくくしろ五十鈴の宮）（上75）

見るように、非主用の「侶」は音仮名が九字も連続する中ほどに用いられているが、この場合もその異字に注意を

集めることで、「佐久々斯侶／伊須受能宮」と意味的に分節されることを示すものと見られる[91]。

5

以下の諸例は、語義の特定あるいは他義の排除に非主用仮名が参与する例である。まず、Oに用いられた唯一の「存（ゾ乙）」から見てゆきたい。

O……許存許曽波／夜須久波陁布礼（昨夜《こぞ》こそは安く肌触れ）（歌謡78、下184）

『古事記』に見えるゾ乙の音仮名表記例は八例すべてが歌謡中のものであるが、その八例のうち七例までは「叙」で表され、右引のOのみ「存」が用いられている。『古事記伝』は「布」の誤写と見て「許布《こふ》」と校訂し、「今日《けふ》」（「此《コ》日《ヒ》」が原義という）の意とするが（三十九之巻「許存許曽婆」条）、本文情況から見て誤字説はほとんど成り立つ余地がない。また、「許存《こぞ》」をめぐる「今夜」説と「昨夜」説の対立は、日本古典文学大系『古事記』（一九五八年、岩波書店）が説くように「今夜」をコ乙ゾ乙といった例はなく（二九三頁頭注）、キ甲ゾ乙（昨夜）の母音交替形と見る西宮一民編『古事記 修訂版』の所説（一八三頁頭注）に分があろう。

では、「存」に託された意図をどのように理解すべきなのだろうか。問題を解く鍵は、おそらく主用される「叙」が七例ともすべて終助詞ゾあるいは係助詞ゾを表すことにあると思われる。用例の少なさを考慮するとしても、現に「叙」がすべて終助詞あるいは係助詞ゾの意を負担することからすれば、唯一そうではない「許存《こぞ》（昨夜）」に「叙」を当てることは得策ではない。Oの「存」は、そうした例外性の指標と解される。

「存」による例外性の表示は、当然臨時的な措置と考えられるが、こうした仮名字母による書き分けが徹底されるとしたら、それはもはや計画的な語義分担というに等しい。実は、そうした書き分けの実例を「斐（ヒ乙）」「肥（ヒ乙）」に見ることができる。「斐」「肥」はいずれもヒ乙を表す仮名であるが、「斐」は「古斐（恋ひ）」（歌謡3、上58）・「斐恵（削ゑ）」（歌謡9、中94）・「意斐志（おひ石）」（歌謡13、中96）・「淤斐（生ひ）」（歌謡57、下170）など、諸種の語を表すのに対し、「肥」は「毛由流肥（燃ゆる火）」（歌謡24、中133）・「麻肥（真火）」（歌謡42、中151）・「迦藝漏肥（かぎろひ）」（歌謡76、下179）のように、火の語義に固定しているのである（なお第二章第四節3参照）。

同様に、Pの「汙（ウ）」、Qの「咩（メ甲）」についても有意性を見ることができる。

P……於二天之石屋戸一伏二汙氣一而（天の石屋戸に桶《うけ》を伏せて）（上46）

Q當摩之咩斐《めひ》（中160）

Pは先にも触れたところであるが、改めて検討を加えれば、「汙（ウ）」は主用仮名による「宇氣」が、上巻〈神生み〉条末尾に登場する「豊宇氣毗賣神」（上32）や〈天孫降臨〉条に登場する「登由宇氣神」（上75）などを介して、食物を連想しやすいことに対する配慮と考えられる。助辞「于」との混同を避けて三水《さんずい》を付したのは、もちろん正訓字との競合を避けたためだが、同時に器を意味するウケ乙（桶・槽）からの連想があったかもしれない。Qの「咩（メ甲）」は、人名表記に用いられる「賣（メ甲）」が基本的に「女」の意との対応関係を有することにかかわるだろう。固有名詞「咩斐」の語義は知りがたいが、おそらく「女」の意を含まないことを示そうとした用字と見られる。

音仮名として唯一用いられたRの「故（コ甲）」についても、同じ方向から捉えることができる。

R故志能久迩々（高志の国に）（歌謡2、上57）

これについては、すでに川端善明「万葉仮名の成立と展相」（註(32)参照）が「本文中の地名表記として『高志』に固着しているものの、その歌謡中の表記が『故志』なのであった」と述べるのに従うべきであろう。歌謡中に固有名詞を取り込む際には歌謡表記への変換が原則だが、[92]「高（コ甲）」の異質性によって固有名詞性を獲得していた「高志」

の、歌謡的変換が「故志」なのだといえよう。

左の訓注に用いられた「州（ス）」についても、主用の「湏（ス）」によって表記した場合との得失を考えれば、その意図性を指摘できる。

S訓二凝烟一云二州湏一。（「凝烟」を訓みて州《す》湏《す》と云ふ）（上73）

「凝烟」に対する和語をたとえば「湏湏」もしくは「湏々」と表記した場合、本節6に見るように文脈に依存した清濁の違例もありうるので、「すす」とともに「すず」とも訓みうる幅をもつことになる。訓注という性質上正確を期すのは当然であって、主用の「湏」に対する異字「州」が呼び込まれたのは、右の訓みの幅を「すす」に限定する意図によるだろう。Sのすぐ後に現れる「鱸」について、「訓レ鱸云二湏受岐一」（上73）の訓注を付して第二音節を濁音として訓ませているのとは反対に、ここでは第一・二音節とも清音に限定する工夫がなされているのである。

T訓レ垂云二志殿一。（「垂」を訓みて志殿《しで》と云ふ）（上45）

同じく訓注に見える唯一例の「殿（デ）」も、訓注としての性格上、主用仮名を連ねた文字列「志傳」が、その短さゆえにもってしまう表意性（中国史書の「志」「傳」など）を徹底して排除し、訓の伝達のみに徹底するための用字と思われる（「斯傳」としても「斯《こ》の傳」などの表意性をもつ）。

次に「味（ミ乙）」「奢（ザ）」の観察に移りたい。

U都豆良佐波麻岐／佐味那志尓阿波礼（黒葛《つづら》多《さは》纏《ま》き錆《さみ》無しにあはれ）（歌謡23、中130）

V伊奢阿藝／布流久麻賀／伊多弖淤波受波（いざ吾君《あぎ》振熊《ふるくま》が痛手負はずは）（歌謡38、中146）

Uの「味（ミ乙）」、Vの「奢（ザ）」は、ともに歌謡に用いられた例で、「味」はこの例が唯一のものである。「奢（ザ）」は非主用仮名ではないが、歌謡ではUが唯一の例であるのでここで扱うことにする。

さて、「味（ミ乙）」については、前掲犬飼論（註(79)参照）に、第三句目に歌われている太刀の「『刀身』という『意味』にひかれたか」という推測があるが、これだけでは趣旨を測りかねる。旧稿「『古事記』の音仮名複用をめぐって」（註(75)参照）では、上巻〈国譲り〉条に見える「阿遅鉏高日子根神」（上61ほか）、『日本書紀』神代下第九段本文ほかに見える「味耜高彦根神」、あるいは『万葉集』巻十一に見える地名ないし枕詞「味鎌之」（二七四七）のアヂを刃物の切れ味に関係する語とする推測に基づき、Uの直上の第三句に詠まれた「太刀（多知）」の連想的用字という見解を示したが、「味」字自体はミ乙の音節を表すのであるから、アヂの意を含意するというのはかなり強引な説明といわねばならない。そこで改めてミ乙を表す主用の仮名「微」に目を向けて見ると、全一六例中九例が神のミ乙を表すのに用いられているほかは（「迦微」六例、「加微」三例）、動詞「微流（廻る）」と名詞「微（実）」が各二例、動詞「妻籠む」の連用形名詞「都麻碁微（妻籠み）」、副助詞「能微（のみ）」、名詞「微（身）」が各一例となっている。『古事記伝』（二十七之巻「佐味那志爾阿波禮」条）の「真身無《サミナ》しに嗚呼《アハレ》なり」に従って、現行注釈書は基本的に「味（ミ乙）」を「身（ミ乙）」の意に解釈しているが、その場合、身（ミ乙）の意には主用の「微」字が、また同語源の実（ミ乙）にも主用の「微」が用いられている点が問題となろう。この場合、刀身の意を表すのであれば主用の「微」を避ける理由がないからである。

ところで、橘守部『稜威言別』（巻一～三は嘉永三〈一八五〇〉年刊、巻四～十は明治二十四～二十七〈一八九一～九四〉年刊）は、Uの「佐味那志」を「錆無し」の意とする見解を示していたことが改めて注目される。「叙（ゾ乙）」と「存（ゾ乙）」の例に見たように、非主用仮名は時として主用仮名が表す意味領域とは異なる意味を担う場合があることを考えれば、ここの「味」も主用の「微」とは異なる意味を負う可能性は高い。観智院本『類聚名義抄』を見ると、「鐵精」（僧上一三八）に「カネノサヒ（上上上平平）」の声点が付されている。他方、「身」「軀」「體」（ともに仏上八六）

にはいずれも「ミ（上）」の声点が、また「子」（法下一三七）にも「ミ（上）」の声点が付されており、「サビ（錆）」（平平）のビ（およびその交替形のミ）と「ミ（身）」あるいは「ミ（実）」とは、アクセントが異なることが知られる。こうしたアクセントの情況を踏まえていえば、Uに非主用の「味（ミ乙）」が用いられているのは、やはり主用仮名「微（ミ乙）」の担う意味領域とは異なる語義であることを示そうとしたものと判断されるのである。

「さ身無しにあはれ」とする通説的理解は用字の点で無理があるというべきで、守部のいう「錆《さみ》無しにあはれ」という解釈が支持されるのである。通説では「さ身無しに」を「刀身がなくて」と捉えるのだが、散文本文には「以二赤檮一、作二詐刀一」（中130）とあり、「赤檮《いちひ》」でできた「詐刀」であれ刀身は現に存在するのである。Uはもちろん出雲建を嘲笑する歌であるが、ここは鉄製の太刀ではない「詐刀」であるため、立派な「都豆良（黒葛）」も「佐波（多）」に「麻（纒）」いているし、その上「錆《さみ》もなくて、すばらしいなあ」と皮肉な揶揄を浴びせているのである。当該例に関する旧稿の考えをここに撤回しておく。

Vの「奢（ザ）」は散文本文では七例ほどの使用例があるが（ほかに訓注に一例）、歌謡に用いられた例としては唯一の例である。ここも主用の「耶」によって「伊耶阿藝」と記述した場合、「伊耶那岐命」などを媒介として、この四字を一語と理解してしまう可能性を排除できない例といえそうである。異例の「奢」は、これに着目して「伊奢／阿藝」と分節して読まれることを期待した用字と見られる。その場合、倭建命の出雲建討伐の物語に、同じ感動詞「いざ」が「伊奢《いざ》合レ刀」（中130）と表記されていたことを前提としているかもしれない。

このように捉えてくるとき、前掲神田「文体」（註(83)参照）が指摘する「意味との聯関をもたせ」た特殊な用字も、右に確かめてきた方向の延長上にあると捉え直すこともできる。神田は「天之菩卑能命」（上42）について「後に大国主に媚び付き、高天原に復命しなかったことを卑しめた気持をもたせたもの」と推測するのをはじめとして、「阿治志貴高日子根神」（上68ほか）について「神名に箔をつけようとしたもの」、「摩都樓波奴人等」（中131）について「蝦夷が昂然と構へてゐるさまを匂はせようとしたもの」、「曽迩奴棄宇弖」（歌謡4、上59）について「脱ぎ棄てるという語意にひっかけたもの」などと指摘している。それは大野透『新訂　万葉仮名の研究』（一九六二年、高山本店）・同『続万葉仮名の研究』（註(74)参照）が「義字的用字」として捉えようとしたところでもあった。(93) こうした解釈の中には従えないものも含まれるが、これらの例が基本的に一回的であり、その字母が非-主用の仮名である点は注目されてよい。これらは用例数の点から見ても機知的な臨時の措置と考えられるが、単に「審美的な好み、趣味」（前掲神田論）という理解で終わらせずに、「意味との聯関をもたせ」（同上）ている点を重視すれば、やはり読み易さへの配慮と通じる回路を認めることができるであろう。

そうした例として容認できる例を補足すれば、「可愛に因む好字」としての「愛（エe）」、神名の語義に関連性をもつ「宇比地迩上神」「意富斗能地神」（上26）の「地（ヂ）」、「羅列」の「羅」に因む仁徳記歌謡の「袁夫泥都羅々玖（小舟連らく）」（歌謡52、下167）の「羅（ラ）」（以上、大野『新訂　万葉仮名の研究』）を加えることができる。(94)

以上に検討してきた非-主用仮名の諸例は、その使用になんらかの意図性が認められるものであったが、『古事記』の非-主用仮名のすべてが解読にかかわる指標性を担うわけではない。とはいえ、そうした意図性の認められない非-主用仮名を、原資料などからの不用意な流入と考えるのは最も安易な発想といわねばならない。こうした非-主用仮名についても、現行『古事記』の文字テクストに即して説明することが可能だからである。

残された非-主用仮名を取り上げて、述べてきた方向性を確認したい。まず、「於（オ）」「㐌（ダ）」「尼（ネ）」から見てゆきたい。これらの仮名に共通するのは、孤立的な字母というわけではなく、それぞれ諧声系列を等しくする主用仮名「淤（オ）」「陁（ダ）」「泥（ネ）」が存在することである。端的にいえば、これらは主用仮名を前提とした省文

（省画字）と捉えうるのであり、外部から呼び込まれた仮名と見る必要は基本的にない。

ただし、「於（オ）」の扱いは注意を要する。主用の「淤（オ）」が「於㆑是」や「於㆓（場所）㆒」などの形で散文本文に多用される表意文字「於」との抵触を避けた用字だとすれば、省文による「於」はそうした配慮の欠落を意味するとも見られるからである。非主用仮名「於」四例の内訳は、散文本文一（「於母陀流神」〈上26〉）、訓注一（「訓㆑奥云㆓於伎㆒」〈上37〉）、歌謡二（「於呂須波多（織ろす機）」〈歌謡66、下174〉、「那尓於波牟登（名に負はむと）」〈歌謡96、下198〉）のごとくであるが、このうち訓注・歌謡に関しては、さしあたり前掲川端「万葉仮名の成立と展相」の「歌謡や訓注は、正訓字の属する本文に対してその表記次元を異にする」という見方が有効であるように見える。確かにオの表記例が一例のみの訓注については、散文本文とは次元を異にする訓注という閉じた領域であるゆえに可能であった省画字と見られるが、しかし、「淤（オ）」「意（オ）」を主用する歌謡については散文本文との表記次元の相違を理由に「於（オ）」の存在理由を説明するわけにはいかないだろう。散文本文に用いられた「於（オ）」はなおさらである。

真福寺本以外の諸本は、訓注「於伎」を除き、おおむね「淤（オ）」に写す傾向にあり、あえて真福寺本にこだわる必要はないのかもしれないが、あくまでも真福寺本の「於」にこだわるならば、改めてその存在理由の説明が求められよう。散文本文に関しては、後述する〈試行過程〉という観点から説明しうる可能性もなくはないが[95]、歌謡に関しては当面、散文本文と次元を異にするという川端の所説に拠るしかなさそうである。本節では散文本文・歌謡における「於（オ）」の問題をいったん留保し、改めて第四節で検討することとしたい。

当初から音仮名専用表記の方針が貫かれている歌謡や、音仮名が用いられる目的が自明で、かつ記述される文字の大きさも本文とはレベルの異なる訓注という領域《フィールド》は、常に正訓字との競合が問題となる散文本文とは確かに条件が大きく異なっている。そうした限定的な領域にあっては、仮名字母に求められる正訓字との競合に対する配慮がある程度引き下げられても、さほど大きな問題にはならない。歌謡と訓注に用いられる「等（ト乙）」、歌謡に限って用いられる「何（ガ）」「与（ヨ）」「路（ロ甲）」などの非主用仮名は、[96]こうした方向から説明することが可能であろう。

次に、歌謡に用いられた「可（カ）」「琉（ル）」について見たい。[97]「可」は音仮名としては「波陁阿可良氣美（肌赤らけみ）」（歌謡42、中151）が唯一の例、また「琉」は散文本文にも見られるが、歌謡では「本岐玖琉本斯（寿き狂し）」（歌謡39、中147）が唯一の例である。この二例を観察すると、いずれもその直上の仮名の字体と偏または旁が共通であることに気づく。この例外的な二つの仮名は、無意識のうちに直前の仮名の字体の影響を受けてしまったものと見てよいだろう。「可」「琉」二字については、原歌謡資料の用字の混入であるとか、あるいは伝写間に起こった誤写などと考えずとも、編者による一元的な筆録過程においても十分に起こりえたことと考える。

なお、これまでの観察から漏れた非主用仮名についてここで触れておく。まず「記（キ乙）」から見てゆこう。「記」は西宮編『古事記 修訂版』が「毛々志記能（百磯城の）」（歌謡101、下202）について真福寺本に基づきキ乙の音仮名と認定するものだが、真福寺本以外の諸本にはすべて「紀」とあること、異質な「記」の用字が解読に寄与するところがまったくないことから見て、あえて真福寺本の用字を尊重する必然性は認められない。「紀」の誤写と認めるべきであろう。[98]

次に「下（ゲ甲）」について触れておきたい。この仮名は上巻冒頭近く、「久羅下那州多陁用弊流之時（海月なす漂へる時に）」（上26）に見える唯一の例であるが、ゲ甲の音仮名自体が「許能波佐夜牙流（木葉騒《さや》げる）」（歌謡21、中100）と合わせて二例しかないため、過剰な推測は慎まねばならない。しかし、仮名字母としての「下（ゲ甲）」に注目すると、二八九例[99]に及ぶ用例のうち当該例以外はすべて正訓字であることから見て、音仮名としての適性を著しく欠いている。一方、「牙（ゲ甲）」は上巻冒頭近くの「葦牙」（上26）以外に正訓字としての例はなく、『古事記』における音仮名としての適性は「牙」が優位に立つ。にもかかわらず、ここに「下（ゲ甲）」が用いられたのは、推測の域を出ないけれども、この時点では正訓字との抵触が意識されていなかったのではないかと考えられる（これ以前には「高天原」の訓注「訓二高下天一云二阿麻一。下效レ此」〈上26〉に二字見えるのみ）。神武記の段階ではすでに正訓字「下」の用例の多さは十分に視野に入っており、したがって「下（ゲ甲）」が捨てられたものと見られる。あるいは、すぐ下に現れる正訓字「葦牙」との抵触を意識して「牙（ゲ甲）」が避けられたと見ることもできるが、全巻を通じていえば、やがて「下（ゲ甲）」は捨てられる命運を担っていたといえよう。

『古事記』の施注および注文には、全巻を通じて一貫する方針が認められる一方、ある形式が途中から別の形式に置き換えられたり、あるいは捨てられてしまう場合がある（第三章第二節参照）。こうした事象は、一般に『古事記』の非一元的成立の根拠とされる場合が多いけれども、編纂・筆録の過程で複数の基準や様式が統合・淘汰されたり、文脈の条件に応じて臨機の措置が採用されたり、欠陥に気づき方針に変更を来たした結果と見るべきものであり、資料の多元性を意味するわけではない。こうした事象を試行過程での変更と捉えるとすれば、それは本節で問題としてきた仮名字母についても適用されると考えられる。「下」はまさにその一例だが、ロ甲を表す「路」が歌謡3・4・5のみに用いられて、それ以降はすべて「漏（ロ甲）」に交替するのも同様に捉えることができる(100)。

6

最後に清濁の違例の問題に触れておこう。清濁の違例は第二章第二節末に確認した⑥および④に抵触する事象といえるが、しかし、第4表に見るように、用例数の点からいえば『古事記』の音仮名に認められる基本的なシステムを崩すほどの数が認められるわけではない。むしろ少数の例外が存在するというべきありようを示すにすぎない。

第4表　清濁違例の仮名の様態

清音仮名	清音表示	濁音表示	備考
加(カ)	149	1	歌1
岐(キ甲)	223	3	歌2散1
氣(ケ乙)	85	3	散3
弖(テ)	72	1	散1
波(ハ)	317	1	歌1

濁音仮名	濁音表示	清音表示	備考
賀(ガ)	178	4	歌4
疑(ギ乙)	7	1	歌1
豆(ヅ)	93	1	歌1
杼(ド乙)	35	1	歌1
婆(バ)	87	2	歌2
倍(ベ)	6	4	歌1散3

・備考の「歌」は歌謡、「散」は散文の意。

しかも、そのうち濁音仮名「倍」が清音を表す確実な違例は「阿倍臣」（中105）、「阿倍郎女」（中148）、「阿倍之波延比賣」（下212）の三例で、いずれも氏名《うぢな》「阿倍」に用いられている。すでに確かめてきたように、固有名詞の表記には『古事記』外部の慣用の用字がそのまま持ち込まれる傾向が認められるので、これらについても外部の慣用表記である可能性が高いといえよう。現に『日本書紀』では天武十三年十一月戊辰朔条の朝臣賜姓記事中に「阿倍臣」が見えるのをはじめとして、多くの場合「阿倍」が用いられている（「阿陪」の例もあるが、「阿陪臣 闕名」〈斉明四年四月条〉、「阿陪皇女」〈天智七年二月戊寅条に二例〉に限られる。なお、「阿閇臣」は天武十三年十一月の朝臣賜姓記事中に「阿倍臣」とともに記述されているので、形式的には「阿倍」氏と別氏として扱われていることになる。本宗「阿倍」と支流「阿閇」といった関係と見られるが、その場合、「阿閇」は「阿倍」と区別するための有意な用字といえる。ただし、起源的には天皇の「御饗《みあへ》」に関わる氏名《うぢな》と考えられるので、本宗と支流を用字の上で区別するといった必要がない限り、本来的には用字の差異に有意性はなかったと考えられる。「阿陪皇女」が天武四年二月丁亥条には「阿閇皇女」、また『万葉集』にも「阿閇皇女」〈巻一・二二左注、同・三五題詞〉と見えるのは、そうした事情を示すものといえよう）。ちなみに『万葉集』では阿倍氏の氏名は「阿倍」と並んで「安倍」と書かれる例も多い（「阿倍広庭」〈巻八・一四二三題詞ほか〉、「安倍広庭」〈巻三・三〇二題詞ほか〉など）。

なお、西宮編『古事記 修訂版』では仁徳記歌謡57の「迦波能倍（べ乙）迩（河の上に）」（下170）の「倍」を清音へ乙と認めており（現行注釈書もすべて同じ）、これによれば固有名詞「阿倍」以外に「倍」が清音に用いられた例が一例加わることになる。しかし、意味的には当該歌のへ乙（「上（ウへ乙）」のウが脱落したものとされる）とは異なるが、辺りの意味のへ甲が当該例と同じ「場所＋ノ＋へ甲（辺）」という語構成をとるとき、「登許能弁尒（床の辺に）」（歌謡33、中137）のように濁音化する例が確認されることは注意されてよい。当該例の「倍」もへ乙が濁音化した「迦波能倍尒（河の上〈べ乙〉に）」と捉えることが十分に可能なのである。したがって、外部の慣用表記の用字が持ち込まれた「阿倍」を除けば、「倍」に関して清濁の違例はないことになる。

同様に、濁音仮名「賀」の違例とされる四例の中には、右と同じ語構成の「波都勢能賀波能（泊瀬の河の）」（歌謡89、下187）「夜麻能賀比尒（山の峡に）」（歌謡90、下194）の二例が含まれる。「安麻能我波（天の河）」（『万葉集』巻十五・三六五八ほか）などの例に照らして「泊瀬の河」の「河」、「山の峡」の「峡」の語頭が濁音化する場合があったと認めることは、それほど困難なことではない。とすれば、「賀」の清濁違例は当面、神武記歌謡の「賀美良比登母登（韮一本）」（歌謡11、中96）と景行記歌謡の「蘓良波由賀受（空は行かず）」（歌謡35、中138）」の二例と半減する。

濁音仮名の違例については、直前直後に鼻音がある場合、濁音のように聞こえたためとする大野晋『上代仮名遣の研究』（一九五三年、岩波書店）、「婆」「賀」については清濁両用を認める西宮編『古事記 修訂版』（九四頁脚注、一三八頁頭注）、呉音による仮名と漢音による仮名が混じった結果とする山口佳紀ほか「『古事記』注解の試み（三）」（『論集上代文学』一六冊〈一九八八年、笠間書院〉。神野志隆光・山口佳紀『古事記注解4』〈一九九七年、笠間書院〉所収）などの諸説があって定解を得ない。清濁両用の仮名を認める西宮説は説明原理としては便利だが、濁音表示に用いられる場合と清音表示に用いられる場合の区別が何によるのかの説明が放棄されているので、『古事記』における清濁の書き分けの意義そのものを根底から否定しかねない危うさを抱え込むことになる。また、真福寺本に基づいて漢音の混入は本来もっと多かったと想定する山口論は、『古事記』音仮名研究史の根幹を揺るがすものといえるが、その場合、呉音と漢音とが混在する理由を現にある『古事記』の用字体系に即してどのように説明しうるのかが問われるだろう。同時に、上巻＝奏覧本系本文・中下巻＝草稿本系本文とされる真福寺本を、上下巻＝奏覧本系本文・中巻＝草稿本系本文とされる卜部兼永筆本[101]よりも尊重せねばならない理由についても示す必要があろう。最古の写本としての真福寺本の重要性は無視しえないが、その混乱した本文情況をどのように見定めるかが問われるはずである。

濁音仮名の機能に即して最も合理的なのは大野の所説で、第4表に見るように濁音仮名の違例が基本的に例外的なありようを示すこととも矛盾しない。仮に大野説に従うとすれば、先の「賀美良比登母登（韮一本）」は「賀」字の次に鼻音の「美（ミ甲）」が続くので「濁音のように」文字化されたことになる。上巻〈八千矛歌群〉の「阿佐阿米能／疑（ギ乙）理尓多々牟叙（朝雨の霧に立たむぞ）」（歌謡4、上60）も同様である。また、西宮編『古事記 修訂版』では濁音仮名と認めるために第4表には掲出しなかったが、仁徳記歌謡の「那賀美古夜／都毗尓斯良牟登（汝が御子やつひに知らむと）」（歌謡73、下176）の濁音仮名「毗（ビ甲）」は一般に清濁の違例として扱われる場合が多い。しかし、この場合も「毗」字の直下に鼻音「尓（ニ）」が続くので、濁音仮名が用いられたと説明されることになる。

なお、残る濁音仮名の違例を示しておけば左のごとくである。

W阿志比紀能／夜麻陁袁豆久理（あしひきの山田を作り）（歌謡78、下184）
X阿加斯弖杼富礼（明かして通れ）（歌謡86、下187）
Y用婆比迩／阿理加用婆勢（婚《よば》ひにあり通はせ）（歌謡2、上57）
Z波多々藝母／許礼婆布佐波受（羽《は》叩《たた》ぎもこれは適《ふさ》はず）（歌謡4、上59）

Wについては、西宮編『古事記 修訂版』に、「『山田を』の『を』の後は濁音化しやすいので、そのまま……『づくり』と訓めばよいとの考もあろう」（六〇頁頭注）とあるように、濁音仮名として用いられている可能性がないわけではない。結局のところ西宮同書は清濁の違例と結論づけているが、ここは上記の西宮の見解に拠ることも考えられる。ただ、Xについては、第四節で扱うように、四首前の類似の句「余理泥弖登富礼（寄り寝て通れ）」（歌謡83、下186）の「登（ト乙）」との対応を意識した修辞的用字（変字法）である可能性が高い（こうした例については、次の第四節で詳述する）。

余理泥弖登富礼（寄り寝て通れ）（歌謡83、下186）
阿加斯弖杼富礼（明かして通れ）（歌謡86、下187）

少々関係が遠いけれども、あるいはWの場合も仁徳記末尾の歌謡74の「都（ツ）」との照応が意識されているのかもしれない。

許登尒都久理（琴に作り）（歌謡74、下177）
夜麻陁袁豆久理（山田を作り）（歌謡78、下184）

その場合、WXの二例は修辞意識に基づく臨時的な清濁の違例と捉えることができる。このように捉えてくるとき、残された「賀（ガ）」の清濁違例「蘓良波由賀受（空は行かず）」（歌謡35、中138）は次のように修辞意識に基づく変字法の例であったことが知られる。

蘓良波由賀受（空は行かず）（歌謡35、中138）
波麻用波由迦受（浜よは行かず）（歌謡37、中138）

なお、濁音仮名「婆（バ）」の違例YZについては、これといった解決策が見当たらない。奈良時代のハ行音は両唇音であったと考えられるから、清濁の関係は今よりもはるかに接近していたと思われるが、『古事記』ではハ／バは基本的に書き分けられているので、そうした音韻的情況をここに持ち込むことにはあまり意味がない。一案としては、西宮編『古事記　修訂版』（五九頁頭注）に指摘されているように、『古事記』では「波多々藝（↑端手キ）」（歌謡4、上59）、「火之夜藝速男神（↑焼キ）」（上32）、「天之久比奢母智神（↑瓠《ひさ》）」（上31）、「淤縢山津見神（↑弟）」（上34）、「麻佐豆古（↑幸）」（歌謡52、下168）、「都毗尓（↑遂に）」（歌謡73、下176）などのように、「清音語を濁音で表記した」場合が多いので、ここもそうした例と見るべきかもしれない。もっともYの場合は、直上の句の第二字として現れる「婆」に引きずられて「婆」が用いられたという可能性も考えられよう。

次に清音仮名が濁音を表すはずの位置に用いられた例についてであるが、一般論としていえば、清音仮名のみで書かれ、清濁の書き分けがなされていない文字列であっても、ある程度の文脈が与えられていれば、平仮名成立以降の仮名文が清濁の表示なしにある程度まで理解できるように、かなりの程度まで清濁の別は判断することができる。

（原文）

布多止己呂乃己乃己呂美乃レ美
毛止乃加多知支々多末マ尓多
天万都利阿久　之加毛与祢波
夜末多波多万波須阿良牟
伊比祢与久加蘊マ天多末不マ之
止乎知宇知良波伊知比尓恵
比天美奈不之天阿利奈利支気波加之古之

（釈読文）

二所のこの頃の御御
許の状《かたち》聞きたまへにた
てまつり上ぐ。しかも米《よね》は
山田は賜はずあらむ。
飯稲《いひね》良く数へて賜ふべし。
十市氏らは櫟《いちひ》酒に酔
ひて皆臥してありなり。聞けば恐し。

＊「乃」の右に転倒符がある。

一久呂都加乃伊祢波々古非天伎　一、壟塚《くろつか》の稲は運びてき。
一田宇利万多己祢波加須　一、田売りまだ来ねば貸す。

右は序章にも取り上げた正倉院仮名文書（甲文書）であるが、すべて清音仮名で書かれているにもかかわらず、文脈によって清濁の別はある程度判断することができる。『古事記』の場合も、清音仮名が濁音を表すはずの位置に現れる場合は、濁音表示機能を文脈に委ねてしまった例と見ることができる。それらの例をすべて挙げてみれば左のごとくで、清濁の別は文脈から容易に判断することができるであろう。

加（カ）　a和加佐祁流斗米（我が黥《さ》ける利目）（歌謡18、中99）
岐（キ）　b和岐幣能迦多用（我家の方よ）（歌謡32、中137）
　　　　　c都流岐能多知（剣の太刀）（歌謡33、中137）
　　　　　d當岐麻道（下179）
氣（ケ）　e大氣都比賣神（上47）
　　　　　f大氣都比賣（上47）
　　　　　g大氣都比賣（下四字以音。）神（上64）
弖（テ）　h八拳垂麻弖焼擧（八拳垂るまで）（上73）
　　　　　i蘊弖岐蘊那布（袖着具ふ）（歌謡96、下198）
波（ハ）　j伊毛登能煩礼波（妹と登れば）（歌謡70、下175）

もっとも、hの「麻弖」は副助詞マデ、iの「蘊弖」は袖《そで》を表すものと見て清濁の違例として挙げたが、『古事記』にはほかに仮字書き例がないので、「弖」が文字通り清音を表す可能性がないわけではない。とくにiについてはソテと訓む立場もあり（日本古典文学大系『古代歌謡集』）、その場合h・iは清濁の違例から除外されることになる。

d「當岐麻道」の場合は、ŋ韻尾をもつ「當」によって「岐」が濁音化しやすいことも条件の一つに考えられるが、同時に直後に現れる歌謡中の「當藝麻知」（歌謡77、下179。「藝」は濁音仮名）の変字法とも見られる。

eの「大氣都比賣神」、fの「大氣都比賣」の二例は、左に示すように、この直後に濁音仮名「宜（ゲ甲）」を用いた「大宜津比賣神」（上47）が現れるので、これも修辞意識に基づく変字法という見方もできる。同時に、それによって「大氣都比賣」の「氣」も濁音に訓むべきことが示されてもいるのである。

又、食物乞二大氣都比賣神一。尓、大氣都比賣自二鼻・口及尻一、種々味物取出而、種々作具而進時、速須佐之男命、立二伺其態一、為二穢汙一而奉進、乃殺二其大宜津比賣神一。（上47）

これより前の〈国生み〉条には、「粟國」の亦名として「大宜都比賣」（上29）、また後の〈大年神系譜〉条にはg「大氣都比賣（以音注略）神」（上64）の名が見えているので、同一神か否かはともかくとして、オホゲツヒメの用字は左のように変化していることになる。

大宜都比賣　〈国生み〉（上29）
大氣都比賣神　〈五穀の起源〉（上47）
大氣都比賣　〈同右〉（上47）
大宜津比賣神　〈同右〉（上47、「津」は訓仮名）
大氣都比賣神　〈大年神系譜〉（上64）

念のために確認しておけば、頻度の点から見て清音仮名の違例もまた例外的であって、ほとんどの場合、清濁は書き分けられているのである。こうした清音仮名の違例の背景には、解読に問題がない文字列（文脈）という要件がある程度想定されるとはいえ、それはおそらく必要条件にすぎず、十分条件ではない。第4表に見るように、ほとんどの場合、清濁は書き分けられているからである。結局のところ、個別の条件を個々に検討してゆく以外になさそうだが、こうした事象が発現する理由の一つとして編者の清濁の書き分けに対する意識の一時的な低下といった可能性を想定することは、必ずしも非難されるべきことではない。第二章第一・二節を通じて確かめてきたように、『古事記』という文字テクストが序文に提示された、「是以、今、或一句之中、交二用音訓一、或一事之内、全以レ訓録。即、辞理叵レ見、以レ注明、意況易レ解、更非レ注」（序24）という記述方針にそって書かれていることを考えれば、こうした「辞理」「意況」に対する配慮・意識は、施注／非施注というレベルを超えて、文字テクスト全体を覆っていると捉えることができる。清音仮名の違例が「辞理」「意況」の把握に問題がない箇所に限って認められるのは、まさに「意況の解り易き」文字列だからであり、清濁の書き分けの省力化ないし意識の一時的な低下は、序文に即して理解することができるであろう（なお、西宮編『古事記 修訂版』は、応神紀の「淡路御原皇女」を参照して、「阿貝知能（以音注略）三腹郎女」〈中148〉の「阿貝知」をアハヂと訓み、清濁の違例とするが、『古事記』の仮名としては異例の「貝」を含む固有名詞の表記という点で疑問が残る。当該例以外に「知」の清濁違例はないことから、しばらく判断を留保したい）。

確かめてきたように、『古事記』の文字情況は文字列の条件や周囲の環境に応じて変化するのであり（なお、第二章第四・五節および第三章第一・二節参照）、そうした流動的なありようを、今日の書籍の「凡例」のような厳格性を想定して捉えようとしてきたところに研究史の陥穽があったといわねばならない。そうした発想を前提として用字・表記の不統一や未整理という必ずしも適切ではない評価が与えられ、さらにはそれに基づいて非一元的な成立過程論が展開されてきたのである。現にある『古事記』に即して捉え直すという視座をもたない限り、安易で生ぬるい成立過程論から脱却することはできない。ちなみに、清濁の違例は歌謡のみならず地の文にも見られるのであり、高木論がいうように歌謡に限定して用字の偏向を問題とするのは、恣意的な立論といわねばならない。

*

以上、音仮名の複用という事象を非主用仮名を中心として考察してきた。同一音節に複数の音仮名をもつことは、高木論のいうように「何の役にも立たない」わけではなく、むしろ逆に解読にかかわる指標としての機能を担う場合も多いことを確かめてきた。もちろん、すべてがそうだというわけではないが、解読の指標性をもたない仮名字母についても、基本的に編者による一元的な編纂という方向で、その存在理由を説明することが可能である。高木論の指摘する稀用の仮名や清濁の違例を含む歌謡の偏在（iii iv）も、右に述べてきたようなさまざまな複用の事情をことさらに形成論的な視座からいい立てたというにすぎない。稀用の仮名についていえば、やがて正訓字との競合が意識され、淘汰される運命にあった「何（ガ）」「与（ヨ）」「路（ロ甲）」などの仮名が〈八千矛歌群〉に集中すること、加えて同じ歌群の「曽迩奴棄宇弖（背《そ》に脱き棄て）」（歌謡4、上59）に義字的用字「棄（キ甲）」が現れることを、とくに問題視したものであった（なお第二章第四節8参照）。清濁の違例の問題も、整理し直してみれば対偶を意識した変字といった偶発的な要因による場合も認められるのであり、高木のいうような偏在の指標となりうるわけではない。

音仮名体系を形成する主用仮名や非主用仮名の字母採択に際しては、先行資料の字母や慣用表記など、『古事記』外部との回路を通じてもたらされたものが多くあったであろうことを否定するつもりはない。しかし、それらは『古事記』において正訓字を含めて体系化され、その体系を前提としてさまざまな機能が負わされるのであり、あくまでも『古事記』の血肉化された仮名である。そこでは出自の詮索はさしたる意味をもたないといえよう。

残された課題は、「すべてがそうだというわけではない」と右に述べた、必ずしも有意性をもたない（ように見える）仮名字母の複用について、その存在理由を『古事記』に即して解明することである。具体的には、主用仮名における複用の問題にほかならない。本節で考察したのは使用回数の限定的な非‐主用仮名についてであり、その異質性を前提とした説明原理の適用は主用というありように照らして、基本的に断念せざるをえないだろう。改めて体勢を立て直す必要があるのである。

主用仮名における複用の問題は、節を改めて次節で検討する予定だが、すでにＡＥＨＩの「迩」「尓」の例で確認した意味の切れ目を示す機能を担う例や、「斐」「肥」で語義を分担する例（第三節5）などに見るように、主用仮名においても複数の字母の意図的利用を認めうる場合が存在することから、一音節一字母の原則の破綻は必ずしも複数資料の反映と見る必要はないことだけを確認して、ひとまず本節を閉じたい。

四　音仮名の複用——主用仮名を中心に

1

第三節に引き続き、『古事記』が非一元的な成立過程を辿ったことを示す具体的な徴証とされてきた音仮名の複用をめぐって、『古事記』の文字テクストに即した解釈の可能性を検討する。序文に「子細採摭」「随レ本不レ改」（序24）と明記されているように、先行文字資料に規制される『古事記』編纂の動態を通時的にではなく、共時的に捉える方向性を探りたいのである。第三節では『古事記』の音仮名には一音節一字母への傾斜をもつ主用仮名の体系が構築されていることを確認しつつ、その原則が破られる場合《ケース》の意味・意義を稀用の仮名——非‐主用仮名に着目して考察したが、本節では音仮名体系の基盤をなす主用仮名に認められる字母の複用を、最も大量の仮名が用いられている歌謡を軸に据えて考えてみたい。

さて、『古事記』の歌謡はすべて一字一音式の音仮名で記述されている。序文の記述方針に照らしていえば、「事趣更長」（序24）という欠陥[102]が自覚されていたにもかかわらず、あえて「全以レ音連」（同上）という記述方法が採択されたことになる。その点で歌謡は、「或一句之中、交二用音訓一、或一事之内、全以レ訓録」（同上）という正訓字を主体とする散文本文の記述方針[103]の埒外にあるといえるだろう。

こうした「全以音」による歌謡の記述様式については、「漢訳仏典の陀羅尼の影響を受け」て「漢文中に挿入する純国語として……漢文と画然区別さるべく企てられた」方法と見るのが春日政治「仮名発達史序説」（註(22)参照）以来の通説である。神野志隆光「記紀における歌謡と説話[104]」は、漢文体からなる『日本書紀』とは異なり、散文本文・歌謡を通じて日本語の表現たることを目指す『古事記』には独自の視座が必要だとし、「訓の方法による散文表現」の中に異質な表現としての歌を取り込む方法と修正を試みるが、その文学史的な問題意識を除けば、現にある歌謡表記が漢字の表意性に依拠する部分と表音性に依拠する部分との対比によって成り立つという原理面に関して、通説との間に隔たりがあるわけではない。本節の前提として確認しておくべきは、こうした「全以音」による歌謡表記が、散文本文との異質性を用字面で顕在化させようとした『古事記』の自覚的な方法であったという一点に尽きる。

ところが、そうして採択された歌謡の表記については、必ずしも斉一的とはいいがたい面をもつことが早くから問題とされてきている。第三節にも触れたところであるが、高木市之助「古事記歌謡に於ける仮名の通用に就ての一試論」（註(68)参照）が指摘した次の二点は、広く知られるところである。

①稀用の仮名（「特例仮名[105]」）が集中的に使用される歌謡ないし歌群が存在する。

②歌謡ないし歌群間に音仮名使用傾向の相違が見出される。

歌謡を「全以音」の様式に統一する行為は、散文本文との識別を意図した明確な目的意識に支えられたものと見られるが、そうした意識が仮名字母の統一に及んでいないとすれば、確かに理解しにくいことがらといわねばならない。

ところで、高木が指摘する音仮名の非斉一性は歌謡に限られるわけではない。高木は固有名詞を除く散文本文・歌謡・訓注それぞれの仮名字母を調査して、『古事記』全般にわたる仮名字母の非斉一なありようをあぶり出している。
③散文本文・歌謡・訓注それぞれの間に使用仮名字母の偏向が認められる。
④歌謡には散文本文・訓注に比して、多くの清濁違例の音仮名が存在する。
①〜④を通じて高木が歌謡資料の複数性、さらには『古事記』の非一元的成立を説いたことは周知のごとくで、[106]「同一音を表す為に多数の仮名を使用する事は忠実に言葉をうつし出さうとする目的の為には、何の役にも立たないばかりか、却つて読者をまごつかせかねない」という判断に基づき、「一音一種」の体系の構築が不完全であるのは序文の署名者である太安萬侶の用字体系とは「音仮名に対する習性乃至関心の相違」する用字が混入しているからだという結論を導いたのであった。歌謡の記述様式の統一と仮名字母の非斉一との間の不整合は、安萬侶の「変改構成」作業の不徹底として捉えられるのである。
音仮名の非斉一性に基づいて高木が提唱した『古事記』の非一元的成立説は、追随する論の数からいえば通説というべき情況にあるといってよい。[107]その中で、非斉一性の新たな側面に光を当てたのは太田善麿「古事記歌謡の原本に就いて」（註(107)参照）であった。高木論の指摘②を承けた太田は、「加（カ）」「迦（カ）」および「尒（ニ）」「迩（ニ）」の仮名の偏在に着目して、歌謡を、

イ「加」「尒」専用
ロ「迦」「迩」専用
ハ「加」「迦」「尒」「迩」両用

の三類に分類し、その分布によって全体が七群に区分されるとした。その上で、こうした偏在は「加」「尒」専用の「宮廷中心の歌集」、「迦」「迩」専用の「皇室中心の説話集」、「加・迦」「尒・迩」両用の「舞台的歌詞集」という三種の異なる歌謡資料が持ち込まれた結果生じたものと結論づけたのである。ちなみに、太田の認定する七区分は次のごとくである（ただし、歌数および歌謡番号は西宮一民編『古事記 修訂版』と異なるので、ここは西宮本によって統一した）。

上巻		（歌謡1〜8）	ハ「加・迦」「尒・迩」両用
中巻	神武	（歌謡9〜21）	イ「加」「尒」専用
	崇神〜応神	（歌謡22〜51）	ハ「加・迦」「尒・迩」両用
下巻	仁徳前半	（歌謡52〜68）	ロ「迦」「迩」専用
	仁徳後半	（歌謡69〜74）	ハ「加・迦」「尒・迩」両用
	履中	（歌謡75〜77）	ロ「迦」「迩」専用
	允恭以下	（歌謡78〜111）	イ「加」「尒」専用

倉塚曄子「旧辞に関する覚え書」（註(107)参照）も太田とまったく同じ問題を扱いつつ、『古事記』の非一元的形成過程に言及する。ただし、「加（カ）」「尒（ニ）」を原資料の用字、「迦（カ）」「迩（ニ）」を安萬侶の付加した用字と想定する倉塚論では、区分の基準は「加」「尒」専用型とそれ以外の二類しか設定されず[108]、これに基づいて次の六区分を主張する（歌数および歌謡番号の処理は、右の太田論と同じ）。

上巻		（歌謡1〜8）	a「加・迦」「尒・迩」両用
中巻	神武	（歌謡9〜21）	b「加」「尒」専用
	崇神〜応神	（歌謡22〜51）	c「加・迦」「尒・迩」両用

下巻　仁徳〜履中　（歌謡52〜77）　d「加・迦」「尒・迩」両用
允恭〜雄略　（歌謡78〜103）　e「加」「尒」専用
清寧〜顕宗　（歌謡104〜111）　f「加」「尒」専用

ただし、倉塚の場合、用字論に立脚しながら、実際にはcとd、eとfとを分かつ根拠が用字にない点は方法的に深刻な問題をはらんでいるといわねばならない。倉塚によれば、cとdは巻の相違、eとfは神田秀夫「古事記本文の三層」（註(107)参照）の主張する允恭系と履中系との対立を軸として展開する下巻の皇位継承物語を考慮しての区分というが、そうした処理はそもそも用字論とはなじまないであろう。倉塚自身の立てた基準によるならば、a／b／c d／e fの四区分――ないしa c d／b e fの二区分が認められるのみである。

ところで、こうした仮名の偏在を安萬侶以外の用字の混入によると解釈する点で、太田論と同じ観点に立つにもかかわらず、倉塚論が想定する原資料は太田論と大きく異なっている。之繞を付した「迦（カ）」「迩（ニ）」を安萬侶の新たな用字と見る倉塚論では、自動的に之繞のない「加（カ）」「尒（ニ）」専用部分が原資料の残存部分と認定されるのだが、そうして抽出されたbの神武記歌謡および説話は、「久米氏またはその主張を受け入れ得る立場の者、もしくは大伴氏と対立関係にある者によって構成された」もの、そしてeの允恭〜雄略記の歌謡および説話は、「反葛城派に対し好意的な立場に立つものの手によって」「構成されたもの」と説く。倉塚の論理でいけば、eとは対立する立場に立つ者の手になるfまで、なぜeと同じ「加（カ）」「尒（ニ）」専用であるのか、「加」「尒」と並んで一般には使用例の多い「可（カ）」「仁（ニ）」が、なぜe fとも抑制されているのか、また、なぜbとe fの用字が同じなのかなど、是非とも説明が必要なはずだが、それぞれの資料性についての言及はない。

『古事記』の音仮名をめぐって指摘されてきた非斉一なありようは、おおよそ右のごとくだが、基本的な問題点は高木論が指摘する①〜④に尽きている。そうした非斉一なありように成立過程論的解釈を持ち込む発想も、高木論の枠を出るものはない。要するに、一音節一字母の原則の不徹底が非斉一性の実態なのであり、また同一編者による一元的編纂を疑う根拠なのである。

もちろん、こうした解釈に対する反論がなかったわけではないが、従来の反論の基本的姿勢は、たとえば大野透「古事記」[109]の「古事記に於る仮名用字の部分的な非均質性は、……種々見出されるのであるが、基本的な諸点で統一が見られるので、いはゆる多元的成立は認めがたいのである」（圏点―矢嶋）という言説に代表されるように、基本的な音仮名の統一性を確認し、それとの相対関係の中で非斉一性の評価を矮小化しようとするものであった。こうした論法の脆弱さは、端的にいえば現にある文字テクストに即して非斉一なありようがもつ意味・意義を問うことをせずに、基本的な統一性という次元に問題をすり替えてしまったところにある。伊野部重一郎「記紀歌謡の用字法について(上)(下)」[110]の「用字法の偏りというものも『尒』と『迩』、『加』と『迦』というような程度のものである」や、大野の「この程度の特例仮名の存在は異とするに足らず、表記者の相違を云々する程の事ではない」などの言説に見るように、非斉一性は「程度」という相対評価に置換されることで終わり、それ自体を問う方向には向わないのである。高木自身、「成立のそれ〴〵の段階乃至部分に対する相当に有力重要な変改構成が行はれ」たことを認めている以上、安萬侶を想定した音仮名の統一性の指摘は、少なくともそれのみでは非一元的成立説に対する反論としての有効性をもちえているとはいいがたいのである。問われるべきは非斉一性そのものであり、程度ではない。

2

非斉一なありようを視野に収めることが考察の始発となるはずである。『古事記』の音仮名をめぐって第三節に確かめえたことがらをなぞりつつ、非斉一性の実態を確認することから始めたい。

Ⅰ固有名詞や姓・称号などの特定の語彙の表記と固定的な関係をもたず、二つ以上の異なる語彙に現れる同一音節を表すのに汎用される主用仮名の体系を基盤にもつ。

Ⅱ主用仮名は、不完全ではあるが一音節一字母の傾向をもつ。

Ⅲ主用仮名の体系から外れる非‐主用仮名は、多くの場合、用例数・用法の点できわめて限定的で、主用仮名と同じ比重をもつわけではない。

Ⅳ非‐主用仮名のかなりの割合を固有名詞などの慣用表記の仮名字母が占める。それらは単に『古事記』の用字体系外の字母が流入したというわけではなく、慣用表記がもつ社会的通用性を利用して語義を特定しうる点に着目して、意識的に採用されたものと捉えるべきものである。

Ⅴ非‐主用仮名は、汎用される主用仮名との視覚的な異質性を利用して、文字列の解読を補助する機能を担う場合が慣用表記以外についても認められる。

Ⅵ解読の補助機能をもたず、その存在に有意性を見出すことのできない非‐主用仮名は、先行仮名字母の省文（省画字）と認められるものや、直前の仮名の字体の影響を受けたもの、あるいは筆録過程で音仮名としての不適性に気づき、最終的に主用仮名となる字母に淘汰されてしまったものなどであり、基本的に『古事記』外の資料からの混入を想定する必要はない。

Ⅶ音仮名複用の事象は、主用仮名の体系に非‐主用仮名が混在することで出来する場合が多い。

Ⅷ同一音節が連続する場合や対偶が意識される例の中に、意味の切れ目や語構成を示す目的で、あえて異字表記した例が認められ、その場合、a主用仮名と非‐主用仮名の組合せのほかに、b異なる主用仮名（たとえば「迩

（ニ）」と「尓（ニ）」）を利用した例も存在する。

Ⅸ同一音節を表す複数の仮名字母が（主用／非-主用にかかわらず）修辞的な変字法に用いられた例がある。

Ⅹ清濁の違例のうち、清音仮名の違例はすべて解読上の問題がない場合といえ、濁音表示を省略して文脈に委ねたものと理解される。また、濁音仮名の違例は『古事記』外部の慣用表記が持ち込まれたものが一部含まれているほか（氏族名の「阿倍《あへ》」）、修辞的な変字法に利用された例、さらには文字通り濁音として読むべき場合も含まれていると推測される。

右を通じて最も重要なのは、『古事記』には基本的に一音節一字母の傾向をもつ主用仮名の体系が構築されているという点であり（ⅠⅡ）、その体系の中に使用頻度の点で主用仮名に比肩すべくもない非-主用仮名が混在する（Ⅲ）というのが実態なのである。その非-主用仮名の機能面に着目した観察結果がⅣⅤⅥⅧaであるが、それは主用仮名の体系を前提としてはじめて成立する技法であった。しかも、非-主用仮名に見られる解読の補助機能（ⅣⅤⅧa）は、主用仮名間の変換（Ⅷb）にも認められるのである。清濁の違例に関するⅩは、音仮名の複用の問題ではなく、一つの仮名を異音に用いた例というべきで、Ⅰ～Ⅷとは次元が異なる。しかし、清濁の違例の字母がⅨと同様、修辞的な変字として用いられる場合があることは、清濁の違例の仮名さえも『古事記』という文字テクストに有意に参与することを意味している。

こうしたありようが『古事記』における音仮名複用の半ばを占めているのであるが（Ⅶ）、これを未整理・不統一と捉えたのが非斉一・非均質という評価にほかならない。しかし、前掲高木論のいう散文本文・歌謡・訓注間の使用仮名字母の偏向（③）は、実質的にはごく少数の非-主用仮名の相違として顕現するにすぎず、主用仮名の体系は散文本文・歌謡・訓注を等しく覆っているのである。量的にも用法的にも限定された非-主用仮名の相違に基づいて「音仮名に対する習性乃至関心」を論ずることは方法的に成り立たないといわねばならない。図式化することに過剰な意味を担わせるわけにはいかないけれども、『古事記』における主用仮名／非主用仮名のありようを視覚化すれば、第2図のごとくになるであろう。

また、高木がいうように「同一音を表す為に多数の仮名を使用する事は忠実に言葉をうつし出さうとする目的の為には、何の役にも立たない」というわけではなく、音仮名の複用例の中には序文にいう「辞理」「意況」に配慮した用字というべき事例が多く含まれている。とくに非主用仮名の場合は、その異質性を利用して、あるいは無個性な主用仮名との対比を通じて、

i文字列の語構成や意味的な切れ目を直接的あるいは暗示的に示す。(11)

ii語義の解読を直接的（社会的通用性をもつ固有名詞表記や義字的な用字）あるいは間接的に補助する。

などの機能をもつ例が確認されるのである。主用仮名に認められる一音節一字母への傾斜は、第二章第二節に確かめた正訓字との競合を避けた音仮名体系の構築とともに、散文本文に音仮名を交用するための必要条件であるが、しかし、「もし撰録者が真に序文の趣旨を体してゐたならば、かうした混乱（仮名字母の不統一をいう。注—矢嶋）はむしろ之を避けて、ひたすら一音一種に志すべきであつた」（前掲高木論）というのはあまりにも皮相な言説といわねばならない。『古事記』の文字表記の実態は、一音節一字母への傾斜をもつ主用仮名の体系を前提としつつも、複数の仮名字母が存在することを完全に排除するわけではなく、現にある複数の仮名字母を利用して成り立っているのである。その利用のしかたは右に述べた読み易さへの

第2図　主用仮名と非主用仮名

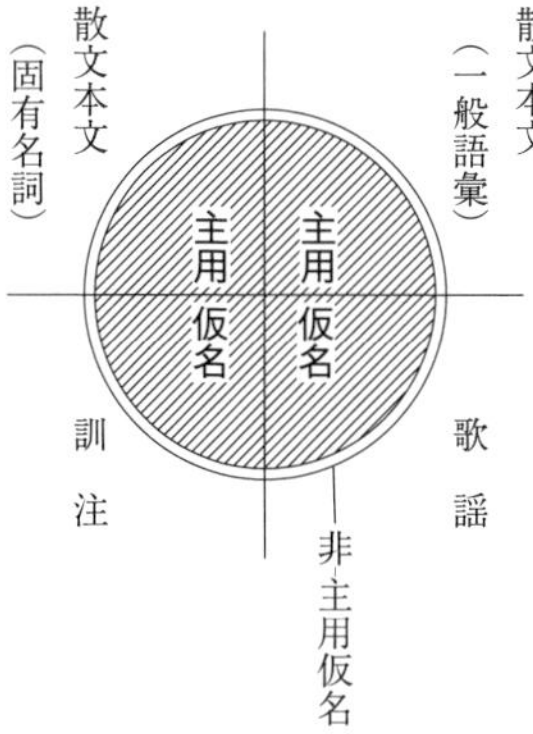

配慮というレベルにとどまらず、修辞的な変字法というレベルにまで及ぶ。その意味では、主用仮名における一音節一字母への傾斜と一音節複数字母の並存とは、いずれも『古事記』という文字テクストを成立させるための要件である、とさえいうことができるであろう。

なお、解読の補助機能を担うわけではなく、その存在に積極的な理由を見出しがたい非-主用仮名（Ⅵ）について簡単に触れておく。有意性をもたないとはいえ、これらも安萬侶の筆録作業に即してその存在の説明が可能である。本文校訂上の問題は第二章第三節註(71)に譲るとして、一つは「本岐玖琉本斯（寿き狂ほし）」（歌謡39、中147）、「波陁阿可良氣美（肌赤らけみ）」（歌謡42、中151）に用いられた「琉（ル）」「可（カ）」のように、直上の仮名の偏や旁の影響によって偶発的に誘発された異例の仮名、一つは「淤（オ）」「陁（ダ）」「泥（ネ）」に対する「於（オ）」「㐌（ダ）」「尼（ネ）」のように、主用仮名の省画（省文）という回路を通じて現れる異例の仮名、一つは歌謡２３７のみに用いられ、それ以降は主用仮名「賀（ガ）」に交替してしまう「何（ガ）」のように、仮名としての不適性に気づくなどして、途中から別の仮名字母と交替してしまったために、結果的に使用頻度の面で異例となってしまった仮名などであり、(112) こうした仮名字母についても基本的に非一元的成立という解釈を持ち込む必要はない。

＊

非-主用仮名の観察を軸として、前節で確認したのはおおよそ右のごとくである。以上を踏まえていえば、少なくとも非-主用仮名に関する限り、前掲高木論の指摘する①③は歌謡を含む資料の複数性や筆録者の相違を想定する根拠とはなしえないであろう。①の歌謡あるいは特定歌群における非-主用仮名（高木論のいう「特例仮名」）の集中・偏在はⅤⅥⅧⅨに応じるものであり、見かけの偏在は基本的に偶然というほかない（ここに「基本的に」と述べたのは、右に触れた『古事記』における仮名としての不適性に気づいて捨てられて行く運命にあった「何（ガ）」などの仮名字母が、上巻の初めの方に集中するのはある程度必然的だからである。なお本節8 9参照）。

重要なのは、非-主用仮名の担う機能が『古事記』全体を覆う主用仮名の体系を前提として成り立つ点である。そこからは逆に、『古事記』にとって主用仮名の体系の構築こそ、最も重要な課題であったことも照射されてこよう。非-主用仮名が解読の補助機能を担いうるという事実に即していえば、『古事記』の主用仮名と非-主用仮名とは、相補的な関係として捉えるべきものなのである。同時に、そうした非-主用仮名を用いた仮名の変換が、文字列のはらむ個別の条件に応じたものであるという点も重要である。高木論以下の多元的成立説に欠落しているのは所与の文字テクストに即した視点であり、不断に変化する環境を離れた統計的な数値や教条主義的な議論は、少なくとも非-主用仮名に関する限り有効性をもつとはいいがたいのである。

しかし、本節が新たに課題として設定しようとするのは、主用仮名における複用の問題である。前節で確かめたのは使用頻度の限定的な非-主用仮名からの眺望であって、その字母の異質性を前提とした説明原理の適用は、主用というありように照らして断念せざるをえないであろう。改めて体勢を立て直す必要があるのである。

3

さしあたって、次のごとき事例の観察が新しい始発点となるだろう。

A 1布斗麻迩│尒‖上（以音注略）（太占《ふとまに》に）、卜相而詔之（上28）

2其美人驚而、立走伊須須岐│伎‖（身震《いすす》きき）（中97）

3淤岐弊迩波／袁夫泥都羅々玖‖／久│漏耶夜能（沖辺には小舟連《つ》らく黒鞘の）（歌謡52、下167）

4夜麻登弊迩│／尒‖斯布岐阿宜弖（大和辺に西《にし》風吹き上げて）（歌謡55、下168）

5本都延波／登理韋賀良斯|／志‖豆延波／比登々理賀良斯（上《ほ》つ枝は鳥居枯らし下《し》づ枝は人取り枯らし）（歌謡43、下152〜153）

6蘓良美都／夜麻登能久迩尒‖／加理古牟登岐久夜（そらみつ大和の国に雁卵生《こむ》と聞くや）（歌謡71、下176）

7蘓良美都／夜麻登能久迩尒‖／加理古牟登／伊麻陁岐加受（そらみつ大和の国に雁卵生《こむ》といまだ聞かず）（歌謡72、下176）

8阿具良尒伊麻志|／斯‖漏多閇能（呉床《あぐら》に坐し白たへの）（歌謡96、下198）

一部は第三節にも触れたところだが、1 4 5 6 7 8はいずれも同一音節の連続に主用仮名の枠内で異字が当てられた例である（引用は必要部分のみに限った。以下同じ。なお、音仮名に付した傍線は異質性を視覚的に示すための便宜で、それ以上の意味はない）。これらの例では連続する同一音節間に意味上の切れ目があり、異字表記はそれによって切れ目を示す機能が担わされているものと見られる。(113) こうした異字表記の担う解読補助機能が、第三節で確認した非-主用仮名のもつ語構成や意味の切れ目を明示する機能に重なることは、右の2 3や次の例に照らして明らかである。

A 9岐備比登々|／等‖母迩斯都米婆（吉備人と共にし採めば）（歌謡54、下168）

10斯賀波那能／弖理伊麻斯|／芝‖賀波能／比呂理伊麻須波（其《し》が花の照り坐し其《し》が葉の広り坐すは）（歌謡57、下170）

11於呂須波多|／他‖賀多泥呂迦母（織ろす機誰が料《たね》ろかも）（歌謡66、下174）

非-主用仮名に認められる機能とのつながりは、実は非-主用仮名が文字列の解読に関してもつ、もう一つの側面、すなわち語義の特定ないし他義の排除という機能についても見出すことができそうである。その前提作業として、次のような例を取り上げてみたい。

B 1葦原中國者、伊多玖‖佐夜藝帝阿理那理（以音注略）（甚く騒《さや》ぎてありなり）（中91）

2故、阿佐米余玖（朝目吉く）（以音注略）汝取持獻二天神御子一。（中92）

3久米直等之祖、大久米命……大久米命……大久米命……大久米命……大久米命……大久米命……（中94〜99）

右は神武記散文本文におけるクの音仮名の全用例であるが、氏名《うぢな》「久米」およびそれに因んだ人名「大久米命」はすべてが「久（ク）」、それ以外は「玖（ク）」で表記され、それによって氏名「久米」とそれ以外の語とが識別される効果を認めることができる。「玖」は主用仮名「久」の四分の一ほどの用例数ではあるが、散文本文はもちろん歌謡にも広く用いられ、準主用ともいうべき仮名である。こうしたしくみが成立する背景に、氏名「久米」が社会的な通用性をもつ慣用表記であったという条件があったにしても、語義の相違に異字を対応させるシステム自体は、第三節で確認したように非主用仮名と主用仮名の対立として認められるところであった。

同様の例は神武記散文本文の「迦（カ）」「訶（カ）」、「佐（サ）」「沙（サ）」の書き分けにも見ることができる。

C兄宇迦斯……弟宇迦斯……兄宇迦斯……訶夫羅前……弟宇迦斯……兄宇迦斯……兄宇迦斯……弟宇迦斯（中93〜95）

D1豊國宇沙……宇沙都比古・宇沙都比賣（中89）

2伊多玖佐夜藝帝阿理那理（甚く騒《さや》ぎてありなり）（中91）

3佐士布都神（中92）

4高佐士野（中98）

5佐韋河……佐韋河……佐韋（中99）

Cは「兄宇迦斯」「弟宇迦斯」兄弟の名が連続して現れる中に、地名「訶夫羅前」が「迦（カ）」ならざる「訶（カ）」によって記述されており、カの異字表記は人名と地名とを識別する上で有意性をもつといえる。Dは1の豊國の地名

「宇沙」およびそれに因む人名「宇沙都比古・宇沙都比賣」のみが「沙（サ）」を負うことで、他語（２３４５）からの差別化が獲得されている例である(114)。

ＣＤに取り上げた「訶（カ）」「沙（サ）」は散文本文にのみ現れ、歌謡・訓注には見られないという点で非主用仮名的なありようを見せるが、いずれも一定の用例数を有し、しかも「天之八十毗羅訶《あめのやそびらか》」（中111）、「沙庭《さには》」（中141）などのように一般語彙の表記にも用いられるという点で、主用仮名的な性格ももつ。いわば散文本文専用の主用仮名といってもよい。非一元的成立説に立つ前掲高木論が、こうした「訶（カ）」「沙（サ）」の散文本文への偏在を原資料ないし筆録者の相違によるものと捉えるのは当然の成り行きだが、本節の立場からはそれとは異なる解釈を提示することになる。すなわち、散文本文中に「全以音」の記述様式による大量の歌謡を取り込んで成る『古事記』の文字テクストにとって、「訶（カ）」「沙（サ）」が散文本文に偏在するのは、むしろ必然的なありようなのではないか、と。

序文に明記されているように、散文本文は正訓字を記述の基本方針とするが（「全以レ訓録」）、固有語のすべてを正訓字で記述するなどということはそもそも不可能であるから、しばしば音仮名表記を交用せざるをえない（「交二用音訓一」）。そうした音仮名表記の交用される散文本文から歌謡表記が完全に解放されるためには、原理的には散文本文専用の音仮名体系と歌謡専用の音仮名体系とを別個に形成することが理想といえる。現実には多くの仮名字母が散文本文・歌謡・訓注に共有されていることは主用仮名の体系自体が示すところだが、しかし、少なくとも「訶（カ）」「沙（サ）」のような散文本文専用の仮名が存在することは、そうした棲み分けの試み、ないしアイデアの一端と捉えることができるであろう。とくにカ・サの音節は出現頻度がきわめて高いので、「訶（カ）」「沙（サ）」が散文本文に散りばめられることで相当程度の効果は達成されていると見ることもできる。

論の道筋を主用仮名における仮名字母複用の問題に戻さなければならない。ＡＢの例に見るように、主用枠内の仮名の複用が解読の補助機能を負う場合があるという事実は、非主用仮名と同様に原資料の用字の流入などといった安易な解釈によって複数の主用仮名の存在を説明する必要のないことを示しているだろう。同時に、この問題もまた『古事記』の文字テクストに即して考察されるべきだという方向性も示している。念のために確認すれば、先にも述べたように、すべてにわたって仮名字母の複用が有意性をもつわけではない。しかし、それはちょうど以音注・訓注・声注などの文字の解読レベルで働く注記が、文脈の抱える条件によって付されたり付されなかったりするのと基本的に同じ方向で理解することができるだろう（第三章第一節参照）。そうした臨時的な文字列の解読の補助を目的とする仮名字母レベルでの配慮の加えられ方には、ある程度筆録者の意識の尖鋭化と鈍化の幅を見ておく必要があるかもしれない。しかし、固有名詞などの特殊な語に固着して用いられる場合を除き、非主用仮名を利用した措置がまさに臨時的であったように、主用仮名における複用も基本的には文字列が抱える条件に応じた措置と見ることができるのである。

ただし、同一音節を表す複数の字母が全巻にわたって意図的に書き分けられている場合もある。「斐（ヒ乙）」と「肥（ヒ乙）」がそれである。

α1

1 那古斐岐許志（な恋ひきこし）（歌謡3、上58）

2 許紀志斐恵泥（許多削《こきしひ》ゑね）……許紀陁斐恵泥（許多削《こきだひ》ゑね）（歌謡9、中94）

3 意斐志尓（大石《おひし》に）（歌謡13、中96）

4 淤斐陁弖流（生ひ立てる）……淤斐陁弖流……（歌謡57、下170）

5 伊久美陁氣淤斐（い茂《く》み竹生ひ）……多斯美陁氣淤斐（た繁《しみ》竹生ひ）（歌謡90、下195）

6 淤斐陁弖流（生ひ立てる）（歌謡99、下201）

7淤斐陁弖流（生ひ立てる）（歌謡100、下202）

右に示すように、「斐（ヒ乙）」が「恋ひ」「削《ひ》ゑ」「大石《おひし》」「生ひ」など、諸種の語に現れるヒ乙の音節を表すのに対し、「肥（ヒ乙）」は、

β_1

1毛由流肥能（燃ゆる火）（歌謡24、中133）

2麻肥迩波阿弖受（真火には当てず）（歌謡42、中151）

3迦藝漏肥能／毛由流伊弊牟良（かぎろひの燃ゆる家群）（歌謡76、下179）

のように、〈火〉の語義に固定しているのである。β_1の第三例「かぎろひ」の「ひ」を〈火〉と意識していたことは、語源説をもち出すまでもなく「燃ゆる家群」と続くことから明らかである。

$\alpha_1\beta_1$はすべて歌謡の用例であるが、散文本文にもそうした書き分けの意識は及んでいるように見える。散文本文における「斐（ヒ乙）」「肥（ヒ乙）」の用例をすべて示せば左のごとくである。

α_2

1奥津甲斐弁羅神（上37）

2邊津甲斐弁羅神（上38）

3甲斐國造（中108）

4自二其國一越出二甲斐一……（中133）

5多遅摩斐泥（中160）

6當摩之咩斐（中160）

7甲斐郎女（下182）

β_2

1肥國（上29）

2肥上河（上47）
3肥河（中130）
4肥長比賣（中123）

すべてが固有名詞である点で書き分け意識はなかなか見えにくいけれども、α_2の「斐（ヒ乙）」については七例中五例までが連合仮名「甲（カ）」と熟合した「甲斐」の形で用いられているものの（1 2 3 4 7）、国名「甲斐」に関連するのは3 4 7の三例のみで、必ずしも国名「甲斐」に専用されているというわけではない。それに対してβ_2の「肥（ヒ乙）」は、歌謡の場合と同様、やはり〈火〉との関わりが認められるのである。

まず、β_2 1の「肥國」については『日本書紀』景行十八年五月壬辰朔条に見える左の地名起源譚が有名で、「人の火に非」ざる〈火〉に因んで「火国」と名づけたという（『日本書紀』では「肥国」「火国」が両用される）。

従二葦北一発船到二火国一。於レ是、日没也。夜冥不レ知レ著レ岸。遥視二火光一。天皇詔二挟杪者一曰、直指二火処一。因指レ火往之。即得レ著レ岸。天皇問二其火光之処一曰、何謂邑也。国人対曰、是八代県豊村。亦尋二其火一、是誰人之火也。然不レ得レ主。茲知、非二人火一。故、名二其国一曰二火国一也。

類似の地名起源説話は『肥前国風土記』総記や『釈日本紀』所引『肥後国風土記』逸文にも見え、国名「肥」は広く〈火〉と意識されていたことが知られる。

ところで、β_2 2 3の出雲の地名「肥」について、小松英雄『国語史学基礎論』（註（3）参照）は語源解釈が与えられていないと見るべきとしたが、山口佳紀「『古事記』声注の一考察」（註（6）参照）は2に「上」の声注が付されていることに着目して、平声の「火」「樋」ではなく、上声の「簸」の意と推定する。『日本書紀』の用字（簸）に照らして合理的に見える説明ではあるが、当該例が固有名詞であることを想起すれば、必ずしも説得的とはいいがたい。小松が詳論したように、固有名詞のアクセントが高く開始されるのだとすれば、普通名詞としてのヒ乙の原義および原アクセントにかかわらず、当該例も高く開始されたはずだからである。そうだとすれば、『古事記』については右に観察してきた用字のありように基づいて、この地名にも〈火〉の語義が意識されていたと主張することができそうである。八俣遠呂智の血で「肥河」が赤く染まったとする説話（「肥河變レ血而流」〈上49〉）は〈火〉との関連性を否定するものではなく、むしろ色の連想から「火」が意識されている可能性も十分に認められるのである。垂仁記に見える4の「肥長比賣」も、出雲を舞台とする説話中の人物であることから「肥河」に基づく名と見られる。

もし、右の推論に誤りがなければ、散文本文においても〈火〉の語義を負う「肥（ヒ乙）」とそれ以外に汎用される「斐（ヒ乙）」の書き分けが認められることになる。その場合、普通名詞としては平声に発音される「火」（「肥」に対応する）が固有名詞化することで上声に転じたことを示すのがβ[2]2の声注の機能といえるであろう。

以上の観察を通じて、少なくとも主用仮名の複用の問題を考察するに際して、多元的成立説の桎梏から解放されたところから始発しうることは確認されたといってよいであろう。しかし、同時に主用仮名の複用がすべてにわたって有意性をもつわけではないことが端的に示しているように、右に述べてきた機能論という視座からのアプローチの限界もすでに明らかである。新たな視座が求められることになる。

4

やはり、具体例に即した考察が有効であるだろう。まずは「斯（シ）」「志（シ）」のありようをめぐり、神武記の歌謡に着目してみたい（以下、歌句の引用に際しては句間の照応関係を見るため、必要な部分のみの引用とする）。

E1久夫都々伊／々斯都々伊母知／宇知弖斯夜麻牟（頭椎《くぶつつ》い石椎《いしつつ》い持ち撃ちてし止まむ）（歌謡10、中95）

2曽泥賀母登／曽泥米都那藝弖／宇知弖志夜麻牟（其根が本其根芽繋ぎて撃ちてし止まむ）（歌謡11、中96）
3久知比々久／和礼波和須礼士／宇知弖斯夜麻牟（口疼《ひひ》く吾は忘れじ撃ちてし止まむ）（歌謡12、中96）
4志多陁美能／伊波比母登富理／宇知弖志夜麻牟（細螺《しただみ》のい這ひ廻《もとほ》り撃ちてし止まむ）（歌謡13、中96）

右は久米歌と呼ばれる歌群中の四首であるが、ここに繰り返される「撃ちてし止まむ」の用字に着目すると、「斯（シ）」と「志（シ）」とが交互に交替していることに気づく。こうした仮名字母の変換はこの歌群に固有の現象ではなく、類似の例はそこここに見出すことができる。

たとえば、仁徳記において仁徳と大后石之日賣による「志都歌之歌返」六首を中心とする歌謡57から歌謡63を取り上げてみよう。ここには地名「山代」および「山代」を含む語が計六回現れるが、その表記を追ってみると以下のごとくである。

F1都藝泥布夜／々麻志呂賀波袁／迦波能煩理／和賀能煩礼婆（つぎねふや山代河を河上り我が上れば）（歌謡57、下170）
2都藝泥布夜／々麻斯呂賀波袁／美夜能煩理／和賀能煩礼婆（つぎねふや山代河を宮上り我が上れば）（歌謡58、下170）
3夜麻斯呂迩／伊斯祁登理夜麻（山代にい及《し》け鳥山）（歌謡59、下170）
4都藝泥布／夜麻志呂賣能／許久波母知／宇知斯淤富泥（つぎねふ山代女の木鍬持ち打ちし大根）（歌謡61、下171）
5夜麻志呂能／都々紀能美夜迩（山代の筒木の宮に）（歌謡62、下172）
6都藝泥布／夜麻斯呂賣能／許久波母知／宇知斯意富泥（つぎねふ山代女の木鍬持ち打ちし大根）（歌謡63、下172）

「斯（シ）」「志（シ）」は、ここではEほど整然とした交替とはいいがたいが、それでも枕詞「つぎねふや」、「山代河」、格助詞「を」まで一致し、以下にも類同句の続く12、また歌謡12とは小異の枕詞「つぎねふ」以下四句目までまったく等しい46をそれぞれ一組として抽出すると、少なくともそこには意識的な仮名字母の変換が行われていると見ることができる。46の組では、さらに第四句目のオについても仮名字母の変換（「淤」と「意」）が認められることに注意すべきだろう（助詞の相違はあるが、3と5についても冒頭句の対応関係が意識されているものと見られる）。

E・Fにおける「斯（シ）」「志（シ）」の現れ方の相違は、Eが一つの流れの中で「撃ちてし止まむ」の句が捉えられているらしいのに対し、Fでは個々の歌謡の詞章の対応関係が組として捉えられていることによると見られる。

次に、上巻の〈八千矛歌群〉を取り上げてみたい。まず、歌群中に計四度現れる「八千矛の神の命」の用字に注目すると、主用仮名の範囲にとどまらず、非主用仮名をも巻き込んで微妙な変化が認められる。

G_1 1夜知富許能／迦微能美許登波（八千矛の神の命は）（歌謡2、上57）
2夜知富許能／迦微能美許等（八千矛の神の命）（歌謡3、上58）
3夜知富許能／迦微能美許登（八千矛の神の命）（歌謡3、上58）
4夜知富許能／加微能美許登夜（八千矛の神の命や）（歌謡5、上60）

ここでは、「迦（カ）」「加（カ）」および「登（ト乙）」「等（ト乙）」の変換によって、まったく同じ仮名の組合せによる表記は連続しないよう図られているように見える（G_1 1と3は神名については同じだが、非主用の「等（ト乙）」を含む2が間に挟まれていることで連続性は断ち切られている）。

この歌群に特徴的な「事の語り言も是をば」の扱いも同様である。

G_2 1許登能／加多理其登母／許遠婆（事の語りごとも是をば）（歌謡2、上57）
2許登能／加多理碁登母／許遠婆（事の語りごとも是をば）（歌謡3、上58）

3許登能／迦多理碁登母／許遠婆（事の語りごとも是をば）（歌謡3、上58）
4許登能／加多理碁登母／許遠婆（事の語りごとも是をば）（歌謡4、上59）

歌謡23に共通の「いしたふやあま馳使」、歌謡35に共通の「股長《ももなが》に」の句にも変化が与えられている。

G_3 1伊斯多布夜／阿麻波勢豆加比（いしたふや天馳使）（歌謡2、上57）
2伊斯多布夜／阿麻波世豆迦比（いしたふや天馳使）（歌謡3、上58）

G_4 1毛々那賀尒（股長に）（歌謡3、上58）
2毛々那賀迩（股長に）（歌謡5、上60）

こうした変化は、同一歌内の類句にさえ見出される。

G_5 1伊刀古夜能／伊毛能美古等（愛子《いとこ》やの妹の命）（歌謡4、上59）
2和加久佐能／都麻能美古登（若草の妻の命）（歌謡4、上60）

以上に取り上げた例は大規模な変換の例であるが、変換の規模は一般にはもっと小規模である。

H1多礼袁志摩加牟（誰をし枕かむ）（歌謡15、中98）
2延袁斯麻加牟（兄をし枕かむ）（歌謡16、中98）

I1那賀祁勢流／意須比能須蘓迩／都紀多知迩祁理（汝が着《け》せる襲の裾に月立ちにけり）（歌謡27、中134）
2和賀祁勢流／意須比能須蘓尒／都紀多々那牟余（我が着せる襲の裾に月立たなむよ）（歌謡28、中135）

J1多迦由久夜／波夜夫佐和氣能／美淤須比賀泥（高行くや速総別の御襲料）（歌謡67、下174）
2多迦由玖夜／波夜夫佐和氣／佐耶岐登良佐泥（高行くや速総別雀取らさね）（歌謡68、下174）

K1波斯多弖能／久良波斯夜麻袁／佐賀志美登（梯立ての倉椅山を嶮しみと）（歌謡69、下175）

2波斯多弖能／久良波斯夜麻波／佐賀斯祁杼（梯立ての倉椅山は嶮しけど）（歌謡70、下175）

L1許母理久能／波都世能夜麻能（こもりくの泊瀬の山の）（歌謡88、下187）

2許母理久能／波都勢能賀波能（こもりくの泊瀬の河の）（歌謡89、下187）

M1淤母比豆麻阿波礼（思ひ妻あはれ）（歌謡88、下187）

2意母比豆麻阿波礼（思ひ妻あはれ）（同右）

3曽能淤母比豆麻／阿波礼（その思ひ妻あはれ）（歌謡90、下195）

N1夜須美斯志／和賀淤富岐美能（やすみしし我が大王の）（歌謡96、下198）

2夜須美斯志／和賀意富岐美能（やすみしし我が大王の）（歌謡97、下199）

同一ないし類同句間における同一音節の仮名の変換は、E～Nに取り上げた用例に関する限り偶発的な結果とは考えにくい。意図的な変換と見られるのである。その変換の基底に歌句間の対偶ないし対応関係が強く意識されていることは、以下に引くように、同一歌中の対句部分にそれが認められることで明らかである。

O1佐加志賣袁／阿理登岐加志弖（賢《さか》し女を有りと聞かして）（歌謡2、上57）

2久波志賣遠／阿理登伎許志弖（麗《くは》し女を有りと聞こして）（同右）

P1奴婆多麻能／久路岐美祁斯遠／麻都夫佐介／登理与曽比／淤岐都登理／牟那美流登岐／波多々藝母／許礼波布佐波受／弊都那美／曽迩奴岐宇弖（ぬばたまの黒き御衣をま委曲《つぶさ》に取り装ひ沖つ鳥胸見る時はたたぎもこれは適《ふさ》はず辺つ波そに脱き棄《う》て）（歌謡4、上59）

2蘓迩杼理能／阿遠岐美祁斯遠／麻都夫佐迩／登理与曽比／淤岐都登理／牟那美流登岐／波多々藝母／許母布佐波受／弊都那美／曽迩奴棄宇弖（翠鳥《そにどり》の青き御衣をま委曲に取り装ひ沖つ鳥胸見る時はたたぎもこも適はず辺つ波そに

脱き棄て）（同右）

3……曽米紀賀斯流迩／斯米許呂母遠／麻都夫佐迩／登理与曽比／淤岐都登理／牟那美流登岐／波多々藝母／許斯与呂斯（……染め木が汁《し》に染め衣をま委曲に取り装ひ沖つ鳥胸見る時はたたぎもこし宜し）（同右）[115]

Q1那遠岐弖／遠波那志（汝を除《き》て夫《を》はなし）（歌謡5、上60）
2那遠岐弖／都麻波那斯（汝を除て夫《つま》はなし）（同右）

R1加牟菩岐／本岐玖琉本斯（神寿き寿き狂《くるほ》し）（歌謡39、中147）
2登余本岐／本岐母登本斯（豊寿き寿き廻《もとほ》し）（同右）

S1宇多比都々／迦美祁礼迦母（歌ひつつ醸《か》みけれかも）（歌謡40、中147）
2麻比都々／迦美祁礼加母（舞ひつつ醸みけれかも）（同右）

T1斯賀波那能／弖理伊麻斯（其《し》が花の照り坐し）（歌謡57、下170）
2芝賀波能／比呂理伊麻須波（其《し》が葉の広り坐すは）（同右）

U1志多杼比介／和賀登布伊毛袁（下娉《ど》ひに我が娉ふ妹を）（歌謡78、下184）
2斯多那岐介／和賀那久都麻袁（下泣きに我が泣く妻を）（同右）

この種の仮名の変換[116]については、高木市之助「変字法に就て」[117]が「変字法」という用語で論じたところであり、また前掲高木「古事記に於ける仮名の通用に就ての一試論」（註(68)参照）においても多元的成立とは異なる視点として、その末尾に簡単に触れるところでもあった。「変字法」とは、高木「変字法に就て」が述べるように、漢詩の影響を受けつつ「文字配列の可視性のみを切離して……歌謡の用字の上に移し試みたもの」であり、「文字の有つ可視的な性質を、音韻的な言葉を超えて直接その作品の美的表現へ参与せしめようとする」意識を反映する用字法といってよい。それはまた、犬飼「『「濁音」専用の万葉仮名』の機能を考える」（註(79)参照）が小島憲之『上代日本文学と中国文学　上』（一九六二年、塙書房）に触れつつ述べるように、避板意識と不可分な漢詩文の「互言」「互文」とも無縁であるはずはない。こうした修辞的な仮名字母の変換の多くは、右に示したように対偶が意識される場合に行われているが、次例のように連続する同一句の繰り返しや古い短歌形式に多く見られる第二句と第五句の繰り返しにも見ることができる。

Ｖ１那豆岐能／多能伊那賀良迩／伊那賀良尓／波比母登富呂布（なづきの田の稲幹《いながら》に稲幹に這ひ廻《もとほ》ろふ）（歌謡34、中137）

Ｗ１夜麻登弊迩／由玖波多賀都麻／許母理豆能（大和辺に行くは誰が夫《つま》隠り処《づ》の）（歌謡56、下169）

　２志多用波閇都々／由久波多賀都麻（下よ延《は》へつつ行くは誰が夫）（同右）

先に引いたＥＧ（G_5を除く）ＪＭＮやＦの３５などは、句数をも視野に入れた対偶意識による変化であるよりは、むしろ繰り返しに与えられた変化であるだろう。

さらにまた、こうした修辞的な仮名字母の変換は、句の単位よりも下位の、語のレベルで適用された例さえ見出されるのである。

Ｘ１淤岐米久良斯母（置目来らしも）（歌謡110、下208）

　２意岐米母夜／阿布美能淤岐米（置目もや淡海の置目）（歌謡111、下209）

Ｙ１阿波志摩／淤能碁呂志摩／阿遅麻佐能／志麻母美由／佐氣都志麻美由（淡島・意能碁呂島・檳榔《あぢまさ》の島も見ゆ放けつ島見ゆ）（歌謡53、下168）

Ｚ１和賀多々弥由米／許登袁許曽／多々美登波伊波米（我が畳ゆめことをこそ畳とは言はめ）（歌謡85、下186）

Xの、顕宗記に見える人名「置目」に与えられた「淤（オ）」「意（オ）」の変化は、その端的な例といえるだろう。Yは計四度現れるシマ（島）の第二例目に比較的稀用の「摩」が用いられることで、視覚的に平板が避けられていると見られる。Zは非‐主用仮名を呼び込んで変換が図られた例である。第一例目の「畳」の「弥（ミ甲）」字は、すぐ下の「多々美」との変字の要請に応じたものであり、第三節では触れえなかった非‐主用仮名の存在理由の一端は、ここにも認められるのである。さらに類似の例を追加すれば、

a1意富岐弥‖斯（大王し）（歌謡65、下173）

に現れる非‐主用仮名「弥（ミ甲）」も、つづく歌謡66の

a2和賀意富岐美|能（我が大王の）（歌謡66、下174）

を意識しての修辞的な変換といえるであろう。G_1 2およびG_5 1に非‐主用の「等（ト乙）」が、またG_2 1に「其（ゴ乙）」が呼び込まれた理由も同じである。

このように見てくるとき、第三節で扱った清濁違例の仮名の中に、こうした修辞的変換に利用されたとおぼしき例が見出されることに改めて注目される。

b1伊麻許曽婆‖／和杼理迩|阿良米（今こそは我鳥にあらめ）（歌謡3、上58）

2能知波|／那杼理尒‖阿良牟遠（後は汝鳥にあらむを）（同右）

c1古那美賀／那許波|佐婆（前妻《こなみ》が肴《な》乞はさば）（歌謡9、中94）

2宇波那理賀／那許婆‖佐婆（後妻《うはなり》が肴乞はさば）（同右）

d1蘓良波由賀‖受（空は行かず）（歌謡35、中138）

2波麻用波由迦|受（浜よは行かず）（歌謡37、中138）

e 1余理泥弖登富礼（寄り寝て通れ）（歌謡83、下186）
2阿加斯弖杼富礼（明かして通れ）（歌謡86、下187）

これらは修辞的な用字意識の前に、本来の濁音表示機能が無視された（ないし抑制がかかった）例といえるが、そうであるとすれば、清濁の違例という一時的な音韻上の逸脱さえも、『古事記』という文字テクストに即した用字法ということができる。高木「古事記歌謡に於ける仮名の通用に就ての一試論」のいうように、非一元的な成立過程を示す根拠とはなしえないのである。(118)

重要なのは、右に述べてきた修辞的な仮名の変換が、歌謡のみに固有の技法というわけではなく、散文本文における正訓字間の変字と質的に異なるわけではないということである。

f 於是、問二其妹伊耶那美命一曰二汝身者如何成一、答下白、吾身者、成々不二成合一処一処在上。尓、伊耶那岐命詔、我身者、成々而成餘処一処在。故、以二此吾身成餘処一、刺下塞汝身不二成合一処上而、以三為生二成国土一。生奈何。（上27〜28）

〈国生み〉条で伊耶那岐・伊耶那美二神の問答中に繰り返される一人称名詞の「吾」「我」の交替は、文字の変換になんらかの意味的な変化あるいは情況の変化が伴うわけではない。それは二例目と三例目の「我」「吾」が、ともに伊耶那岐が自らをいう文脈に現れていることで明らかである。

このような変換に漢文の作文技法に特徴的な避板意識を見て取ることに異論はないと思うが、こうした用字意識は広く『古事記』の散文表記全体を覆っているのである。以下にその一部を示しておく。

g尒、伊耶那岐命詔、然者、吾与レ汝行二廻逢是天之御柱一而、為二美斗能麻具波比一（以音注略）……故尒、返降、更往二廻其天之御柱一如レ先。（上28）

h如レ此之期、乃詔二汝者自レ右廻逢。我者自レ左廻逢一、約竟以廻時（上28）

i速須佐之男命、不レ治二所レ命之国一而、八拳須至二于心前一、啼伊佐知伎也。……故、伊耶那岐大御神、詔二速須佐之男命一、何由以、汝不レ治下所二事依一之國上而、哭伊佐知流。（上40）

j尒、高天原皆暗、葦原中国悉闇（上45）

k於是、天照大御神、以二為恠一、細二開天石屋戸一而、……天照大御神、逾思レ奇而、稍自レ戸出而（上46）[119]

l其兄作二高田一者、汝命營二下田一。其兄作二下田一者、汝命營二高田一。（上83）

m尒、所レ遣二御伴一王等、聞歓見喜而（中123）

n天皇詔二小碓命一、……専汝泥疑教覺（以音注略）。……尒、天皇問二賜小碓命一、……若有レ未レ誨乎。（中127〜128）

o尒、其孃子、常設二種々之珎味一、恒食二其夫一。（中159）

p是以、語二曽婆訶理一、今日留二此間一而、先給二大臣位一、明日上幸。留二其山口一、即造二假宮一、忽為二豊樂一、乃於二其隼人一賜二大臣位一、百官令レ拜。（下180）

q然、其黒日子王、不レ驚而有二怠緩之心一。於レ是、大長谷王詈二其兄一言……聞レ殺二其兄一、不レ驚而怠乎、……亦到二其兄白日子王一而、告レ状如レ前。緩亦如二黒日子王一。（下190）。

右には、比較的接近した箇所における変換の例の中から対応関係の明らかなものを挙げたが、さらに広い範囲を俯瞰しての変換と見られる例も見出せる。

r1是使何神而、将二言趣一。（上65）

2亦使二何神一之吉。（上66）

3又遣二曷神一以問二天若日子之淹留所由一。（上66）

4亦遣二曷神一者吉。（上69）

rはいずれも上巻〈国譲り〉条における葦原中国平定の使者の諮問に関わる文脈中のもので、「使」と「遣」、「何」と「曷」、「亦」と「又」の間で変換が図られている。さらに細かく検討すれば、1 2の諮問中に見える「使」は、それに対する思金神および八百万神の答申では、それぞれ「天菩比神、是可レ遣」（上65）、「可レ遣二天津國玉神之子、天若日子一」（上66）とあって、ともに「遣」への変換がなされている。

次例における「椽」と「木」の変換も、宮殿造営に関する神話的慣用句であるだけに、照応を意識しての措置である可能性が高いと考えられる。

s1於二底津石根一宮柱布刀斯理（以音注略）、於二高天原一氷椽多迦斯理（以音注略）而（上56）

2於二底津石根一宮柱布斗斯理（以音注略）、於二高天原一氷木多迦斯理（以音注略）而（上72）

3於二底津石根一宮柱布斗斯理、於二高天原一氷椽多迦斯理而（上76）

「布刀斯理」「布斗斯理」に見られる「刀」「斗」の変換も意識的なものと考えられそうだが、あるいは榎本福寿「古事記の表記」（註(86)参照）が述べるように、その領域を支配する仮名の相違による可能性も考慮すべきかもしれない（有意性をもたない変換については本節8 9に後述する）。

また、二例間の距離が気になるけれども、古い慣用表現という点からいえば、

t1久美度迩（以音注略）興而（隠み処《くど》におこして）（上28）

2久美度迩起而（隠み処におこして）（上50）

における「興」「起」の変換も、無意識的であるよりは意図的である可能性が高いといえよう。

sやtのように、類同する表現間で用字の変換が認められるものとしては、次の例も挙げることができる。

u1悪神之音、如二狭蝿一皆満、萬物之妖悉發。(上40)

2万神之聲者、狭蝿那須(以音注略)満、万妖悉發。(上45)

v1伊多久佐夜藝弖(以音注略)有那理(以音注略)。(上65)

2伊多玖佐夜藝帝阿理那理(以音注略)。(中91)

uvはいずれも慣用的な詞章と見られるが、ここでは「如」と「那須」、「有」と「阿理」のように正訓字と音仮名表記との間で変換が行われている。山口佳紀「古事記の文体と訓読」[120]はu1について、「サバヘノゴトクという表現があり得ないというのでない以上、ゴトクと訓んでおくのが無難である」と慎重な姿勢を示しているが、ここは「如」字の一般的な訓読の問題なのではなく、u2との照応を前提とした用字である点は無視すべきではない。uvに加えてさらに次のような事例を視野におさめるとき、u1の「如二狭蝿一」はやはり『古事記伝』以来の通説に従ってサバヘナスと訓まれることが期待されているものと思われる。

w1遠津山岬多良斯神(上62)

2遠津山岬帯神(上62)

wは〈大國主神系譜〉の末尾の神名と、それに続く本文注に現れる同神の異表記である。序文に「於レ名帯字意二多羅斯一」(序24)とあったように、w1の「多良斯」とw2の「帯」は修辞的変換という側面をもつと同時に、当該文字の訓と訓字(正訓字か否か判断できない)の関係になっている。wに照らして、u1「如二狭蝿一」とu2「狭蝿那須」の関係も、正訓字表記とその訓みである可能性が高いといえよう。

さて、確認しておきたいのは、歌謡表記に見られる修辞的な仮名字母の変換が、散文本文における正訓字の変換と用字意識の上で断絶するものではないという点である。数は多くないとはいえ、左に示すように、散文本文における音仮名表記箇所に歌謡と同様の仮名字母の変換を見出すことができるのは、むしろ当然なのである。

x 1奴那登母々由良迩|（玉音《ぬなと》ももゆらに）……（上42）
　2奴那登母々由良尒‖（玉音ももゆらに）……（同右）
y 1御美豆良|……御美豆良|……（上35）
　2御美豆羅‖……御美豆羅‖……（上41）
　3御美豆良|……御美豆良|……（上42）

また、先に見たTのように、修辞的な仮名の変換が同時に句および意味的な切れ目の指標としての機能をも担う場合が見出せる点も重要である（Tの場合、非主用仮名の「芝」は、一方で連続する同一音節間の切れ目を示すための異字表記でありつつ、同時に対句に対する変字でもある）。なぜなら、解読の指標性を負った異字表記と修辞的仮名字母の変換とは、それぞれ機能を異につつも、まったく異なる次元に属する用字法ではないことが確認できるからである（P2の「棄」は、意味の特定に示唆を与えるいわゆる義字的用字でありつつ、同時に対句を意識しての「岐」に対する変字であり、これも機能的要請と修辞的要請とが接点をもちうる例に加えることができる）。

ところで、歌謡表記における修辞的仮名字母の変換については、対句の相互関係や語と語の相互関係を示すことによって果たされる「間接的な『切れ』の表示」機能を重く見ようとする意見が前掲犬飼「『濁音』専用の万葉仮名』の機能を考える」（註(79)参照）によって提示されている。しかし、結果的に犬飼の指摘するような側面が見出されるにしても、それは本末を転倒した議論である可能性が高いのではないか。犬飼が最も重視する対句における変換の例は、量的には必ずしも多いとはいえず（O〜Uがその主なもの）、むしろAおよびE〜Nに示したような歌謡の単位を超えた変換の例と並存するのである。とくにEのように複数の歌謡末尾に現れる同一句に与えられた変換は、「間接的な『切れ』の表示」という捉え方の狭量さを示していよう。あえて機能的な側面をいうとすれば、Eの場合、同一句を異字表記することによって、似通った歌謡を区別し、読み手の目を確実に先へ進めるといった効果を見ることもできるが、第一義的には「美的な志向を反映」（前掲高木「変字法に就て」）する用字法と理解すべきだろう。

ただし、こうした用字意識を単に「筆者の好み」（前掲高木「古事記歌謡に於ける仮名の通用に就ての一試論」）というレベルに帰してしまうとすれば、問題の本質を見ずに終わることになろう。『日本書紀』歌謡表記に用いられた多画字の仮名字母群については、正史という公的な性格に規定された〈晴〉の用字意識の反映という見解が定着しているが、意図的に平俗の仮名字母を避けた『古事記』の音仮名についても同様の意識を指摘しうるのである。[121] 散文本文を含め、『古事記』全体を覆う修辞意識は、こうした〈晴〉の仮名字母選定の方向にそったものと捉えるべきなのである。

ただし、修辞的仮名字母の変換には、ある程度むらがあり、期待されるすべての箇所に変換が認められるわけではない。しかし、そうしたありようは、散文本文における避板の発現の濃度に等しく、歌謡の特殊性を意味しない。文字列に凝らされた〈晴〉の意匠は、表記者の任意性の領域に属すと考えるべきだろう（技巧はある程度の抑制があってこそ効果的だといった解釈も、いくぶん有効であるかもしれない）。

＊

機能論の視座からもそうであったように、修辞的仮名字母の変換の観察を通じても、主用仮名における複数の字母が、表記上の内的な要請に応じて有意に利用されていることが確認できる。もちろん、修辞的変換が対偶ないし対応関係の相互認識を前提とする装飾的用字法である以上、適用範囲の狭さは否めない。

しかし、これまでに機能論・修辞論という、いずれも射程の限界の明らかな考察を積み重ねてきた目的は、繰り返し述べてきたように、同一音節に複数の仮名字母が用いられたすべての用例をこうした角度から説明しようというところにあるわけではない。これまでの作業の目的は、今日の凡例主義的な厳密さを『古事記』の文字テクストに突きつけて、同一音節に複用される仮名字母の一方を『古事記』の外側に追いやったり、あるいは先行する複数の撰者の筆に還元するといった機械的な用字論に対する疑義を提示することにあった。裏返していえば、非主用仮名をも含めて現に同一音節に複用されている仮名字母は、『古事記』の表記意識を逸脱するものではなく、またそうである限り、それらはすべて『古事記』の仮名にほかならないという捉え方が基本的な出発点になるはずだという、本節および本書の立場の再確認でもある。

確かに、機能論・修辞論的視座から説明可能な具体例は限られている。しかし、大切なことは、限られた数ではあれ、『古事記』全般を覆う仮名字母の有意な複用が、一音節一字母の原則の不徹底と不可分な関係にある、というよりも、不徹底を前提として成り立っているという事実である。本節冒頭に述べた一音節一字母の原則の不徹底は、その意味では『古事記』の音仮名体系にとって必然だったとさえいえよう。「もし撰録者が真に序文の趣旨を体してゐたならば、……ひたすら一音一種に志すべきであつた」という高木の仮説は、同論末尾に自ら「変字法」という視座を付設した段階で破綻しているというべきだが、高木が想定するような厳格な一音節一字母の仮名体系は、『古事記』の表記意識に即応したものとはいいがたいのである。正訓字を含めた文字の統制は読み易さのための必要条件だが、しかし、機械的な画一化は表記上の自由を奪うことになるだけでなく、かえって読み易さの妨げとなる場合すらありうるだろう。統一と不徹底——その微妙なバランスの上に成り立つのが『古事記』の表記なのである。

ここからは、本節冒頭に触れた太田「古事記歌謡の原本に就いて」の提示する「加（カ）」「迦（カ）」「尒（ニ）」「迩（ニ）」の使用率の偏差に基づく歌謡の区分現象を取り上げ、『古事記』という文字テクストに即して捉え直す道筋を探してみたい。

ところで、右の四字に関する使用率の偏差は、つとに高木「古事記歌謡に於ける仮名の通用に就ての一試論」が散文本文・歌謡・訓注の三領域をめぐって指摘するところでもあった。高木は、散文本文においては「迦」「迩」が高く「加」「尒」が低いのに対し、歌謡・訓注では逆に「加」「尒」が高く「迦」「迩」が低いという偏差を指摘し、「音仮名に対する習性乃至関心」の異なる複数編者の文字遣いの反映と解釈している。そうした解釈の危うさは、すでにここまでの考察によって明らかであるが、では高木の指摘する偏向はどのように受け止めればよいのだろうか。

高木論の再検討を通じて、「加」「迦」「尒」「迩」四字の『古事記』音仮名体系における位置を確かめることから始めたい。すでに触れたように、高木の所説に対する反論は伊野部「記紀歌謡の用字法について」（註(110)参照）、大野『新訂　万葉仮名の研究』（註(45)参照）・同『続万葉仮名の研究』（註(74)参照）などによって試みられているが、『古事記』の音仮名体系の統一性を強調しつつ、偏差を許容範囲と認定しようとするその論法は、所詮、水掛け論に終わる危うさを当初からはらんでいる。たとえば伊野部が「しいて偏りを認めるとすれば、字画の多いものは歌謡では遠ざけられ、本文では必ずしもそうではない、という程度である」と述べているように、事象の認定自体は高木論と異なるところはないからである。歌謡・訓注に「字画の多い」仮名の使用率が低いという事象自体は、別の角度から説明される必要があるといえよう。

さて、第二節に確かめたように、『古事記』は音仮名の採択に際して正訓字との抵触に配慮を加えている。そのための具体的方策としては、川端善明「万葉仮名の成立と展相」（註(32)参照）が指摘するように「正訓字使用度の高い字は、真仮名に採用することをひかえる」ことと並行して、「諧声系列を等しくする」「増画字」の採用が意識的に行われたと見られる。当該四字に即していえば、倉塚曄子「旧辞に関する覚え書」（註(107)参照）ほかが指摘するように、音仮名「迩」が散文本文に頻用される接続の助辞「尓（しかくして）」を回避するために採択された増画字であることは見やすい。見通しとしては音仮名「迦」も「迩」と同じ方向で捉えることができそうだが、正訓字との抵触という面から見ると、結局のところ「積極的な理由は見当たらない」（倉塚論）といわねばならない。正訓字としての「加」は、序文の二例（接続辞の「重加」〈序23〉と「多加二虚偽一」〈同〉）を除けば、散文本文では〈天孫降臨〉条の「并五伴緒矢支加而天降也」（上75）の一例のみで、必ずしも「加」字が『古事記』用の音仮名としての適性を欠くわけではない。「迦」が「加」の増画字であることは間違いないが、その採択の契機を積極的に正訓字との抵触回避に求めることはできないのである。「迦」については「迩」とは異なる事情を考える必要があるといえよう。

その場合、「迦」の分布が基本的に「迩」と一致する点は重要である。当面の問題である歌謡における「加」「迦」「尓」「迩」の偏在も、その解釈を後回しにして現象自体に注目すれば、まさに「迦」と「迩」の分布は一致しているからである。ここから「迦」の採択に関して、次のような見通しを立てることができるだろう。すなわち、「迩」を採択し、それを記述する行為が、同系の増画字である「迦」の採択を促すのだ、と。

ここまでの考察を通じて確認しえたことは、『古事記』の表記が凡例主義的な原則に完全に縛られているわけではなく、内的な要請にしたがってある程度の変化を許容するゆるみをもつということであった。内的な要請とは、取り上げた限りでは解読に問題がある場合や修辞的な装飾をさすが、それを文字相互の関係として捉えれば、文字列が抱える個別の条件・環境に対する措置にほかならない。用字の選定は、ある程度の枠がはめられているにしても、その場その場で変化する文字ないし文字列間の相互作用に委ねられるという側面を無視することはできないのである。比喩的ないい方をすれば、『古事記』の用字は文字列の中にあって〈生きた〉ありようとして捉えねばならず、したがって要求されるのは統計的処理ではなく〈生態的〉観察なのである。

右にいう文字列・文字間の相互作用とは、必ずしも意識的なもののみを意味しない。機能論・修辞論的な視座から取り上げた用字の変換は、特定の文字ないし歌句間の相互関係を明確に捉えた上でなされた意識的な〈異化〉と認めうる例ばかりであったが、相互関係が筆録者の意識にのぼっているとは思えない場合も確認されるのである。第三節5で触れた「本岐玖琉本斯」（歌謡39、中147）の「琉（ル）」、および「波陁阿可良氣美」（歌謡42、中151）に見える「可（カ）」は、その好例といえる。ル・カの『古事記』における主用仮名はそれぞれ「流（ル）」・「迦（カ）」「加（カ）」で、「琉（ル）」「可（カ）」はいずれも歌謡ではわずか一例しか用例を見ない非主用仮名である（「可」は散文本文・訓注を含めても孤例である）。例の統計的処理に基づいて、こうした異例の仮名を安萬侶の用字体系外のものと認定する見解は、本節の立場からはもちろん排除される。右に述べた文字・文字列間の相互作用という視座からは、「琉」「可」は先行字体の影響によって偏ないし旁が〈同化〉したものと解することができるはずである。このような無自覚な同化による仮名字母を『古事記』の仮名でないということはできない。特定の文字の連なりがもたらした結果だという点からは、むしろ『古事記』の仮名以外ではないというべきなのである[123]。

「迩」と「迦」との連動する分布の様態は、こうした文字・文字列間の相互作用ないし影響関係の一側面として位置づけることができる。具体的にはこれも〈同化〉と呼ぶべきものである。ただし、「迦」の選択が「琉」「可」の場合と同じように「迩」の影響下に、まったく無自覚になされたと見るのは行き過ぎかもしれない。字義の払拭度ないし字義への到達のしにくさという音仮名としての適性から見れば、「加」に比して「迦」がより望ましいことは明らかだからである。正訓字「尓」を回避して「迩」を選択しようとする意識の中には、「迦」の音仮名としての適性が視野の片隅に含まれている可能性は否定できない。

以上のように「迦」「迩」を捉えるとすれば、訓に依拠した記述方針を採用する散文本文に「迦」「迩」が多用されるという高木論の指摘のうちの半分は、『古事記』の散文本文を成立させる上で必然的なありようを述べたにすぎないことになる。

右のように捉える上で、なお二つの問題と向き合わねばならない。一つは「迦」「迩」の採択の契機が正訓字との競合を回避するところにありながら、少数ではあるけれども散文本文に「加」「尓」が用いられていること、もう一つは、歌謡・訓注では「加」「尓」が主用されて「迦」「迩」の使用率が低いという高木論の指摘の残り半分である。しかし、『古事記』の音仮名として採択されたはずの増画字「迦」「迩」が、その条件であった増画部を脱落させて用いられることに関する問題と捉え直せば、二つは同じ次元に属するものと括ることもできる。また、そのような捉え方をすることによって、「加」と「迦」あるいは「尓」と「迩」の変異を『古事記』外の次元に追いやることなく、あくまでも『古事記』の文字テクストの問題として一貫する視座を確保することが可能になるだろう。

『古事記』に用いられたすべての文字を動態として捉え、生態的に観察する方法はここでもなお有効である。既述のごとく、「迦」「迩」、とくに「迦」を誘発する「迩」の採択の契機は散文本文に頻用される接続の助辞「尓」との抵触回避にあった。文字列・文字間の相互作用という点から見れば、散文本文に散在する正訓字「尓」が、『古事記』以外の文献では一般に用いられる当時の常用仮名「尓（ニ）」[124]を拒むのだといえる。「尓」の増画字「迩」は、それを囲繞する文字列の環境が働きかけた『古事記』用の変異なのである。[125]そうであるならば、増画部を脱落させた「尓」

への還元もまた、文字列の相互作用の中で理解できるはずだという見通しを立てることができる。

順序が逆になるが、歌謡・訓注については、前掲川端「万葉仮名の成立と展相」が明快に論じたように、歌謡や訓注を「正訓字の属する本文に対してその表記次元を異にする」と捉えることによって、増画部の脱落は説明されるであろう。本節冒頭に確認したように、歌謡は訓に依拠する散文本文とは異質な「全以音」表記を採択することで歌謡たることの自己証明とする。訓注についても、割注という細字による形式そのものが、散文本文との異質性を保証している。歌謡・訓注における音仮名表記は、散文本文の正訓字の影響圏からは当初から解放されているともいえるのである。もちろん、『古事記』の全体が歌謡・訓注を含んで成る以上、完全に正訓字の桎梏から自由だというわけにはいかないが、散文本文に交用される音仮名表記に較べれば、その解放度は比較にならない。

では、散文本文に用いられた「加」「尒」はどのように捉えうるであろうか。前述のごとく、散文本文中にあっても正訓字との摩擦のほとんどない「加」は後回しにし、まず散文本文中に用いられた「尒」の用例をすべて挙げて検討を加えてみる。

γ1布斗麻迩尒（上28）
2乃神夜良比尒夜良比賜也（以音注略）（上40）
3ａ奴那登母々由良迩（上42）
ｂ奴那登母々由良尒（同右）
4天香山之天之五百津真賢木矣、根許士尒許士而（根掘《こ》じに掘《こ》じて）（以音注略）（上45）
5建波尒安王……建波尒安王（中114）

右のうち１３はすでに機能論・修辞論の視座から取り上げたもので、これらにおける増画部の脱落が先行の「迩」との相互作用による〈異化〉であることは確認済みである。残る三例のうち２４はともに連続する音仮名に挟まれた部分に現れる点で共通する。このような位置にあっては、仮に増画部が脱落した形であっても、「尒」は前後の音仮名の連続の中に同化しており、音仮名と理解することは容易だと考えられる。また、２の「乃神夜良比尒夜良比賜也」、あるいは４の「天香山之天之五百津真賢木矣、根許士尒許士而」という文字列において、それぞれ「尒」以前に文脈の終止を読み取ることはできないので、「尒」を接続の助辞と誤認するようなことは起こりえないはずである。要するに、２４は周囲の環境が増画部の脱落を許容する条件をもつことに依存した経済化・省力化と捉えうるであろう。その意味では、歌謡・訓注の場合にいくぶん類似するともいえる（２にあっては「也」字の下に施された「自レ夜以下七字以レ音」、４にあっては「而」字の下の「自レ許下五字以レ音」という以音注が、それぞれ「尒」を音仮名と判断する上で大きな役割を果たしていることは間違いないが、音仮名専用字たることを保証する増画字「迩」が用いられた例にも、以音注は多くの場合付されているので、ここでは問題を「尒」を取り囲む本文の文字列の環境に限定したい）。

５は『古事記』の用字が硬直した固定的なものではなく、まさに生きたありようであることを示す恰好の例といえる。崇神記の反乱物語に見えるタケハニヤス王の名は、孝元記系譜中の「建波迩夜須毗古命」（中105）を含めて（タケハニヤス王の名は、このタケハニヤスビコを前提とした省略形と見られる）、５より前に現れる崇神記の二例はいずれも「建波迩安王」（中113）であり、すべてに増画字「迩」が用いられている。にもかかわらず５の二例に増画部の脱落した「尒」が用いられている点について、前掲榎本「古事記の表記」（註(86)参照）に興味深い見解が見える。榎本は、『古事記』における接続の助辞「尒」の「連続的な使用」が「それと同字である音仮名『尒』の使用を惹き起こす契機となったのではないか」と推定するのである。基本的方向性は、おそらく榎本の指摘するとおりだと思われる。すでに見てきたように、文字相互間の作用は〈異化〉と〈同化〉の二つの力学をもち、基本的に〈異化〉が明確な意識に支えられているのに対し、〈同化〉は意識の水面下で起こるという傾向にある。音仮名「迩」の採択は正訓字「尒」との相互関係に基づく〈異化〉の結果としてあるが、しかしまた、その〈異化〉を支える意識が後退ないし陥没する場合には、正訓字「尒」の頻用は、『古事記』外の当時の「唯一の常用仮名」（前掲大野『新訂 万葉仮名の研究』）である「尒」の使用を引き起こす要因となる可能性を十分にもっている。正訓字と音仮名の相違はあるけれども、それを〈同化〉と呼ぶことは可能であろう。

　ただし、5に見られる増画部の脱落を正訓字「尒」に起因する〈同化〉と捉えるにしても、それは榎本の述べるように散文本文に散在する接続の助辞「尒」全般を想定するよりは、むしろ5の第一例目の音仮名「尒」の四字前に見える接続の助辞「尒」（左例傍点部）が直接的契機であったと考えるべきであろう。

　尒、日子國夫玖命乞云、其廂人、先忌矢可レ弾。尒、其建波尒安王、雖レ射不レ得レ中。於レ是、國夫玖命弾矢者、
　即射二建波尒安王一而死。（中114）

また、こうした正訓字「尒」への〈同化〉が散文本文においてのべつ起こっているわけではないという点で、榎本の推定には歯止めが必要である。5に見るように、増画部の脱落が二例の固有名詞の範囲にとどまる点は重要で、それはたとえば先行する「品陁和氣命」（中148）を承けて、後続の「品㐌真若王」（同）に省文「㐌」が現れるように、この場合も先行する二例の「建波迩安王」を前提としての省文である可能性をも考慮すべきなのである。さらにまた、可能性としては限られた範囲に計四度も現れる固有名詞に対する修辞的変化であるかもしれないのである。おそらくは、これらの複合と考えることによって、5の増画部の脱落の限定性は理解されるであろう。

「迦」の採択が「迩」に連動する以上、増画部の脱落形「加」も基本的に「尒」と同様に理解されるはずである。

　δ1 闇淤加美神（上33）

2宇士多加礼許呂々岐弖（蛆たかれころろきて）（上35）
3意富加牟豆美命（上36）
4如㆓赤加賀智㆒而（上48）
5淤加美神（上61）
6天之加久矢（上67）
7阿加流比賣神（中160。解説注）
8曽婆加理[126]（下180）
9三尾君加多夫（下212）
10須加志呂古郎女（下217）

見るように、1 3 5 7 8 9 10と一〇例中七例までが神名・人名であり、しかも1は神名列挙の文脈中に、5 9 10は系譜中に位置することで、また3は「賜㆑名号㆓意富加牟豆美命㆒」、7は「此者坐㆓難波之比賣碁曽社㆒謂㆓阿加流比賣神㆒者也」、そして8は「隼人、名曽婆加理」という文脈によって、それぞれ固有名詞たることは歴然としている。固有名詞という文字列の環境は、少なくともその部分を前後の文脈から単位として切り取ることが容易である。そのような限定された箇所にあっては、仮に読み手が「加」を正訓字と誤認する方向を選択したとしても、きわめて短い試行の後にその誤りに気づくであろう。このような環境においては、そもそも「加」が正訓字との摩擦度の低いこととも相俟って、増画に対する経済化・省力化が行われても不都合はないといえる（7については、細字による解説注であり、訓注と同様、本文とは異なる次元に属すことが保証されているという点も「加」使用の条件に加えられるであろう）。

2は全部で一〇字連続する音仮名の中ほどに用いられており、文字列の環境は先に見たγ2 4と同様である。「加」

を取り囲む環境が増画部の経済化を促すと考えてよい。ところが、46は逆に音仮名の連続の短い音訓交用の場合で、同じ方向で説明することはできそうもない。46はむしろ固有名詞の場合のように、当該箇所が単位として切り取ることを可能にする条件を文字列がもつことによると考えるべきかもしれない。4は「如二……一而」という文型が、そこに挟まれる「赤加賀智」を単位として認定することを保証しているし、6にしても直上に現れる「天之波士弓」（上67）との対比によって「天之加久矢」の単位は明瞭である（しかも6の場合、「天之――弓」「天之――矢」の対比から語構成までもが透けて見える）。こうした条件下にあっては、まさに音仮名の連続の少なさこそが「加」を正訓字と誤認することから引き戻す条件として働くといえよう。そうだとすれば、「加」もまた「尒」と同様、文字列の条件・環境によって生じた増画部の脱落と見ることができる。

散文本文・歌謡・訓注における「加」「迦」「尒」「迩」の使用率の偏差に複数筆録者の「習慣的偏向」（太田「古事記歌謡の原本に就いて」）ないし「筆ぐせ」（倉塚「旧辞に関する覚え書」）の反映を見ようとする発想の問題性は右の考察によって明らかである。用字を『古事記』の文字列から切り離し数値化したその時点で、問題は『古事記』の次元を逸脱してしまったといえるだろう。かくして、「加」「迦」「尒」「迩」はすべて『古事記』の仮名だということを改めて確認することができる。「加」と「迦」、「尒」と「迩」のゆれを出来させる原因は、文字列自体のもつ条件、文字列を囲繞する環境、文字・文字列間の相互作用などにあり、そうした条件を捨象して単に使用率の偏差のみを「習性乃至関心」（前掲高木「古事記に於ける仮名の通用に就ての一試論」）の相違に結びつけてゆく議論に与することはできない。「諧声系列を等しくする二つ以上の文字が、一つの音節について仮名として共存する」ありように関し、「系列を等しくするが故に一つであるという把握のもとにあったと思われる」とする前掲川端「万葉仮名の成立と展相」の指摘は、きわめて重い意味をもつといえよう。

7

では、歌謡における「加」「迦」「尒」「迩」の偏在、およびそれによって画される区分現象は、『古事記』という文字テクストの枠組の中で、どのような位置づけを与えうるだろうか。

正訓字による表意表記を記述の基本方針とする散文本文中にあって、歌謡は「全以音」という異質な表記原理を貫くことで散文本文からの識別が果たされる。その散文本文からの治外法権性こそ「迦」「迩」の増画部の脱落を許容する条件であった。しかし、それは歌謡に「加」「尒」が使用されうることの条件を確認したにすぎず、前掲太田・倉塚両論の指摘するような群単位の「加」「迦」「尒」「迩」使用の偏差を説明する原理とはならない。

なによりも、区分現象の本質を捉えることが求められるだろう。区分論の検討を通じてそれを探ってみたい。『古事記』の歌謡表記に区分論の視座を最初に持ち込んだのは太田論であった。研究史的に見て、そこに『日本書紀』区分論の影響を見ることは容易だが、そうした情況に関する詮索はここでは省略する。太田論の始発は、歌謡に現れる「加」「迦」「尒」「迩」の之繞の有無に着目するとき、イ「加」「尒」専用／ロ「加」「迦」「尒」「迩」混用／ハ「迦」「迩」専用の三タイプが「群」を単位として交替することの発見にあったといえる。[127]しかし、太田論では「個々の歌謡そのものを単位として」捉える中で、右の三タイプの音仮名使用上の偏向に、歌謡の質の相違を重ねようとする方向に向かったために、区分自体の問題は必ずしも鮮明に浮かび上がることはなかった。[128]

区分そのものが問われたのは、前掲倉塚論（註(107)参照）の次の言説といえるだろう。倉塚は、同一編者の筆録と見る場合、歌謡における「加」「迦」「尒」「迩」の偏在は「一個人の関心の変化とみなすにはあまりにも不自然すぎる」という。ここで強調されているのは、上巻の「迦」「迩」から允恭記以下の「加」「尒」への漸移という想定を挫く「加」「尒」専用の神武記歌謡の存在と、允恭記以下の歌謡に「突如として」増画字の「迦」「迩」が「姿を消すという変わり方」である。太田論の区分とは異なるけれども、これら四字の「群」を単位とする交替に対して倉塚論が与えた「不自然」という評価は、区分の本質を捉える上で重要な意味をもつといえる。もちろん、「不自然」という判断を媒介として「筆ぐせ」を異にする複数の歌謡資料を想定しようとする倉塚論の方向性は本節の関心の外にある。ここで問題としたいのは、「加」「迦」「尒」「迩」の組合せが織りなす群の現れ方が、太田論・倉塚論いずれの区分による場合にも無原則なものに見えるというありようそれ自体である。

こうした「加」「迦」「尒」「迩」の歌謡における現れを、太田論・倉塚論のように平面的な分布として静的に捉えればそれは〈偏在〉の問題だが、動態として捉えるならば主用仮名の複用をめぐる「変化」「変わり方」（倉塚論）の問題、すなわち〈変換〉とその推移の問題であるだろう。区分現象をこのように捉える上で、さらに注目すべきは、太田の区分を前提として西宮一民「古事記の仮名表記」（註(107)参照）が与えた「仮名表記の三種を歌群毎に不自然に按配したりするといふやうな器用なことは、一人ではできないことだし、もしさういふことをしても何の意味もないことだ」という評価である。偏在に対する「不自然」という認識はここにも共通して見られるが、より本質を照射する指摘として重要なのは「何の意味もないことだ」という最後の部分である。

偏在を連続と変換の問題と捉え直すとき、機能論や修辞論の前提であった変換の有意性という視座が、ここでは有効性をもちえないことが明らかである。第二・三節で機能論や修辞論の視座を確保するために取り上げた用例が、文字列の相互関係が認定可能な限定された範囲内で初めて効果が期待される用字法であったのに対し、指摘される偏在あるいはそれに基づく区分は、そうした範囲を超えた群単位の大規模な変換だからである。こうした変換は、機能面から捉えれば、まさに「何の意味もないこと」というほかない。

かくして「何の意味もないこと」、すなわち有意性をもたない変換が区分現象の本質なのだと捉え直すことができる。「不自然」とは、変換および変換によってもたらされる結果に必然性と有意性を期待する常識の側の失望に基づく評価であって、即事的に見れば「加」「迦」「尒」「迩」をめぐる連続と交替の無原則性、すなわち有意性をもたない変換にかかわって出来する事象といえるだろう。

なによりも問題の本質が区分ではないことを確認することが先決だろう。太田あるいは倉塚論の区分については、即座に多くの疑点を示すことができる。たとえば、「加」「迦」「尒」「迩」の偏在に着目して、それを「習慣的偏向」（太田論）ないし「筆ぐせ」（倉塚論）と捉える場合、カ・ニ以外の音節を表す音仮名が『古事記』用に意識的に構築されたと見られる主用仮名の体系と共通するのはなぜか。逆にいえば、主用体系の中で「加」「迦」「尒」「迩」のみを取り上げて区分を立てる意義はどこにあるのか。「加」「迦」「尒」「迩」の使用傾向を原資料の用字と安萬侶のそれとにふり分ける場合、原資料の用字が残存することの必然性は説明可能か。特徴的な「事の語りごとも是をば」の詞章を共有することで伝承経路を等しくすると考えられる歌謡2〜5の〈八千矛歌群〉と雄略記の「天語歌」（歌謡99〜101）とが、「加」「迦」「尒」「迩」使用に関して別の系統に属すのはなぜか。意味的な切れ目の指標機能を負う異字表記や修辞的変換の例は「習慣的偏向」ないし「筆ぐせ」という捉え方とどのように関係づけられるのか。倉塚論について いえば、履中系の意祁・袁祁兄弟にかかわる歌謡104〜109が、対立関係にあるとされる允恭系の軽太子の歌謡物語78〜89および雄略記歌謡90〜103と「加」「尒」の使用に関して等しいのはなぜか。履中・允恭両系の対立の外にあるはずの「久米歌」を中心とする神武記歌謡9〜21が「加」「尒」に関して允恭系と等しいのはなぜか。歌謡19の「志祁志岐袁夜迩」の「迩」を無視して神武記歌謡を括ってよいか、などなど思いつくままに挙げただけでもきりがない。

しかし、具体的な観察によって得られるいくつかの事例は、右のような疑問の提示よりも、区分論の直接的な反証となるであろう。まず、太田・倉塚両論では取り上げられなかった主用仮名「淤（オ）」「意（オ）」の歌謡における分布に注目したい（冒頭に歌謡番号を掲出した。（ ）内の数値は当該歌句が同歌謡内に現れる回数を示す。なお、「淤」「意」の仮名のみを特立させるため、それ以外の音仮名は平仮名で表した）。

	〈淤〉	〈意〉
2	淤すひをも	
	淤そぶらひ	
4	淤きつとり（×3）	
5	あが淤ほくにぬし	
	いそのさき淤ちず	
6	淤とたなばたの	
8		意きつとり
9		みの意ほけくを
10		意さかの
		意ほむろやに
13		意ひしに
22		意のがをを
		あれは意もへど
27		意すひのすそに

	〈淤〉	〈意〉
28		わが意ほきみ
		意すひのすそに
33	わが淤きし	
36		意ほかはらの
38	いたて淤はずは	
46		うるはしみ意もふ
47		意ほさざき（×2）
48		かみし意ほみき
51	きみを淤もひで	
	いもを淤もひで	
	そこに淤もひで	
	ここに淤もひで	
52	淤きへには	
53	淤してるや	

淤のごろしま
57淤ひだてる（×2）
淤ほきみろかも
60　　意ほゐこがはら
　　意ほゐこが
あひ淤もはずあらむ
61うちし淤ほね
63　　うちし意ほね
65　　意ほきみし
66　　わが意ほきみの
於ろすはた(129)
67み淤すひがね
77淤ほさかに
80　　意ほまへ
81淤ちにきと
85　　意ほきみを
88　　意ほをには
　　意ほをよし

淤もひづまあはれ
　　意もひづまあはれ
90いくみだけ淤ひ
たしみだけ淤ひ
その淤もひづまあはれ
92淤いにけるかも
96　　意ほまへにまをす
わが淤ほきみの
なに於はむと(129)
97　　わが意ほきみの
99淤ひだてる
あめを淤へり
あづまを淤へり
ひなを淤へり
淤ちふらばへ（×2）
淤ちなづさひ
100淤ひだてる
101淤ほみやひとは

102 淤みのをとめ　　意ほきみの
103 わが淤ほきみの　　意ふをよし
104 意ほみやの
105 意ほたくみ
106 意ほきみの
淤みのこの

108 意ほきみの
109 意ふをよし
110 淤きめくらしも
111 意きめやも
あふみの淤きめ

右例の中には明らかに修辞的な変換と認められる歌謡61 63の「打ちし大根」（61淤／63意）、同88 90の「想ひ妻あはれ」（88淤／意／90淤）、96 97の「我が大君の」（96淤／97意）、110 111の人名「置目」（110淤／111意／淤）の例が含まれているが、それらを除けば「淤」「意」の現れ方に必然性を見出すことはできず[130]、同字の連続や変換に有意性を見出すこともできない（4と8の「沖つ鳥」に認められる「淤」「意」の交替については、修辞的な変換の可能性も考えられるが、この時点では判断を留保しておきたい）。一部に有意な変換の例を含みつつ、しかし全体としては無原則な連続と交替を形成するありようは、まさに「加」「迦」「介」「迩」に等しい。

このような「淤」「意」の現れを「加」「迦」「介」「迩」に倣って区分することも可能である。その場合、「淤」「意」両用の60 66 88 96 106 111の存在と、右に述べた修辞的変換の例とを考慮して、たとえば60以降をゆるやかに「淤」「意」両用域と認めるとしても、6以前の「淤」専用域と8〜28までの「意」専用域との間には区分線が引けるように見える。そして「意」専用域の最後の28の後には、「淤」「意」の小規模な振動が認められる33 36 38の両用域が現れ、その後は再び46〜48の「意」専用域と51〜57の「淤」専用域とが交替して60以降へとつながる。右の区分にこだわるつもりは毛頭ないが、注目したいのは6と8や28と33との間に認められる区分線が太田・倉塚両論の提示する六ないし五の区分線とまったく一致しないという一点である。太田・倉塚論とも「加」「尒」専用領域として区分を強調する9～21の神武記歌謡も、「淤」「意」の区分によれば、上巻末の8から中巻の景行記の28に至る「意」専用域に埋没してしまっている。同様に、「加」「尒」専用をもってそれ以前とは明瞭に区分される下巻允恭記の78以下についても、境界は不鮮明なものとなるのである。

次に、「袁（ヲ）」「遠（ヲ）」を取り上げてみよう。

	〈袁〉	〈遠〉
1	そのやへがき袁	
2	さかしめ袁	くはしめ遠 たちが遠も おすひ遠も 遠とめの なすやいたと遠 あ遠やまに かたりごともこ遠ば
3		などりにあらむ遠 かたりごともこ遠ば あ遠やまに いはなさむ遠 かたりごともこ遠ば
4		くろきみけし遠 あ遠きみけし遠 しめころも遠 かたりごともこ遠ば
5		遠にいませば な遠きて 遠はなし な遠きて わかやるむね遠 い遠しなせ

7袁さへひかれど　（以上、上巻）——　みのおほけく袁
8みのなけく袁　（以下、中巻）　（以下、下巻末まですべて「袁」）

区分として見るならば「袁」「遠」の偏在は「淤」「意」よりもさらに画然としている。歌謡1に「袁」が現れ、2において「賢し女を（袁）ありと聞かして／麗し女を（遠）ありと聞こして」の対句による修辞的変換の要請によって「遠」が用いられると、その後「遠」の使用は5まで継続する。しかし、7で再び「袁」に交替した後は、中・下巻を通じて一切「遠」が用いられることはない。このような「袁」「遠」の現れを区分として捉えるならば、「遠」の使用によって2〜5はその前後から区別されることになるが、この区分線もまた「加」「迦」「尒」「迩」のそれに重なることはないし、神武記歌謡や允恭記以下の歌謡を際立たせることもないのである。

むしろ「袁」「遠」の分布の様態は、前掲高木[131]「古事記歌謡に於ける仮名の通用に就ての一試論」の指摘する稀用の「棄（キ甲）」「故（コ甲）」「其（ゴ乙）」「刀（ト甲）」「等（ト乙）」「留（ル）」「路（ロ甲）」（それに「何（ガ）」「世（セ）」「与（ヨ乙）」を加えることができる）の使用とも相俟って、歌謡2〜5の〈八千矛歌群〉を際立たせるようにも見える。しかし、仮に「袁」「遠」の分布に基づいて〈八千矛歌群〉を全体から区分するとしても（一例とはいえ2に「袁」が用いられているので、この仮説自体そもそも意味がないが）、さらに別の仮名に依拠した区分との不整合に直面することになるであろう。現に「淤」「意」や「袁」「遠」による区分は「加」「迦」「尒」「迩」のそれになじまない。音仮名としては唯一の用例である「棄（キ甲）」「故（コ甲）」「其（ゴ乙）」や歌謡における孤例である「刀（ト甲）」を除けば、高木が強調する稀用仮名の偏在も、実際には〈八千矛歌群〉をほかから区分する根拠と見なしえないことは、分布の様態そのものが示している。「何（ガ）」「世（セ）」「刀（ト甲）」「等（ト乙）」「与（ヨ乙）」「留（ル）」「路（ロ甲）」の分布を当該音節の主用仮名と合わせて以下に示そう（ただし、必要な限りとする）。

ガ｛賀 1 2 3 4 5 6 8（以下すべて「賀」）
　　何 2 3 7

セ｛勢 2 3 5 13 22 27 28 29 31 38 39 42 47 48 62 63 75 78 89 100 102 107
　　世 2 3 5 6 88 99 103

ト甲｛斗 2 7（以下すべて「斗」）
　　刀 4

ト乙｛登 2 3 4 5 6 8 10〜15 17 18 20 21 22 26〜31 33 34 37 39 40 42 43 45〜47 49 50 51 54（以下すべて「登」）
　　等 3 4 54

ヨ乙｛余 7 8 10 28 39 42 43 44 48 58 71（以下すべて「余」）
　　与 2 4 5 65

ル｛流 1 3 4 5 6 9（以下すべて「流」）
　　留 2 9

ロ甲｛漏 42 52 61 76 96
　　路 3 4 5

見るように、非主用の「何」「世」「刀」「等」「与」「留」「路」は確かに2〜5の範囲に集中するが、単発的ではあれ「何」が7、「世」が6 88 99 103、「等」が54、「与」が65、「留」が9にそれぞれ用いられていることは、〈八千矛歌群〉を切り取るような区分の無効性を意味しよう（非主用仮名の使用をめぐる〈八千矛歌群〉の特殊性については、本節8に述べる）。

要するに、「加」「迦」「尒」「迩」を含め、特定の仮名の偏在に過重な意味を期待するのは危険だということである。

『古事記』において複用される主用仮名は多かれ少なかれその使用に偏りを見出すことができるのであり、仮にその偏りに特定の意味を与えるとすれば、必ずほかの仮名の偏在と抵触することになるであろう。たとえば倉塚論によって「偏奇なき通用」と認定される「斯」「志」にさえ、歌謡32〜36（実際には34にシの音節なし）および85〜90（同様に87にシの音節なし）の二度にわたって「斯」単用の領域が出現するが（このほかは基本的に「斯」「志」両用か、細かく「斯」「志」の間を往還する）、こうした「斯」専用域に特殊な意義を見出そうとするのはほとんどナンセンスである。[132]こうした個別の仮名の偏在をすべて複数の資料や編者の「筆ぐせ」と捉えてゆけば、無数の資料群や編者群を想定せねばならなくなるであろう。たとえば、太田・倉塚両論が着目する「加」「迦」や、倉塚論が「偏奇なき通用」とする「斯」「志」によって〈八千矛歌群〉自体を解体することも可能なのである。

2

〈加〉	〈迦〉
	迦みのみことは
	つままき迦ねて
さ加しめを	
ありとき加して	
あり加よはせ	
いまだと加ずて	
いまだと加ねば	
	迦けはなく
なくなるとり加	

3

〈加〉	〈迦〉
あまはせづ加ひ	
ことの加たりごとも	
	迦みのみこと
	あまはせづ迦ひ
ことの加たりごとも	
	ひが迦くらば
ゑみさ加えきて	
わ加やるむねを	
	迦みのみこと

4
うな加ぶし
ながな加さまく
わ加くさの
ことの加たりごとも

ことの迦たりごとも
な迦じとは

5加みのことや
加きみる
わ加くさの
あや加きの
わ加やるむねを

〈斯〉

2や斯まくに
とほとほ斯
ありたた斯
きぎ斯はとよむ
い斯たふや

〈志〉

こ志のくにに
さか志めを
ありときか志て
くは志めを
ありときこ志て

〈斯〉

3
い斯たふや
斯ろきただむき
たまでさ斯まき
4くろきみけ斯を
あをきみけ斯を
まき斯あたねつき
そめきが斯るに

〈志〉

めに志あれば
な志せたまひそ
なこひきこ志

斯めころもを
こ斯よろ斯
うなかぶ斯
5あがおほくにぬ斯
斯まのさきざき
めに斯あれば
をはな志
つまはな斯

ふはやが斯たに
む斯ぶすま
にこやが斯たに
さやぐが斯たに
斯ろきただむき
たまでさ斯まき
いを斯なせ

もし、この偏在が資料の相違を反映するのだとすれば、「加」「迦」両用の2〜4と「加」単用の5、「斯」「志」両用の235と「斯」単用の4は、それぞれ別資料によるものと認定されねばならないだろう。しかも「加」「迦」による区分と「斯」「志」のそれとは異なるのだから、4と5とはさらに別系統ということになる。

確かに『古事記』に複用される主用仮名はその使用に偏りをもつ。しかし、特定の仮名の偏在によって画される歌謡の区分を安易に資料性の問題に解消すべきではないことは、以上の観察から明らかである。念のため、右に取り上げなかった音仮名の複用について、分布情況を示しておく（「肥」「斐」で語義を分担するヒ乙については省略した）。

キ甲
岐 1 2 3 4 5 7 8 10 12 14 16 19 22 23 24 28 29 30 33 34 38 39 40 42 44 45 47 48 49 51 52 53 54 55 57 59 60 61 62 63 65 66 68 71 72 74
伎 2 42 69

岐 78 81 82 84 85 86 87 93 94 96 97 98 99 100 101 103 106 108 110 111
伎 91

ク 久	ク 玖	久	玖	シ 斯	シ 志	斯	志	ホ 富	ホ 本	マ 麻	マ 摩	麻	摩
1		78		2	2	61	61	2		1		70	
2		80		3	3		62	3		2		71	
3		82		4		63		5		3		72	
4		86		5	5		64	9		4		74	
5		87			6	65		10		5		75	
7		88		7		69	69	13		6		76	
8		89		8		70			24	7		77	
9		90		9	9		72	28		8		78	
10		92		10		73			30	9		80	
11		93		11	11	74	74	34		10		82	
12		94		12	12	75	75	36		11		83	
15		95			13	78	78		38	12		84	
20		96			14	79	79		39	13		85	
21		98			15	82	82	41		14		86	
22		99		16			83		42	15	15	87	
25		101		17		85			43	16		88	
27		102		19	19	86		47	47	17		89	
28		105		22		88		48		20		90	
30		109			23	89		57		21		92	
31		110		24		90			58	22		93	
32		111		28	28	91	91	60		23		95	
35				29		92		61		27		96	
	38			30	30	93		63		28		99	
39	39				31		94	65		29		100	
41				32		96	96	66		30		101	
42				33		97	97		74	31		107	
43				35		99	99	77		37		108	
44				36			100	80		38		109	
45				39	39	101	101	83		39		111	
46				40		102		85		40			
48				42	42	103	103	86		42			
51				43	43	106		88		44			
52	52			44	44	107	107	96		45			
53				45		108	108	97		48			
54				46	46	109	109		98	51			
	55				47	110			99		52		
56	56			48	48			101		53	53		
58				49	49				102	54			
61				50				103		55			
63					51			104		56			
67					53			105		57			
	68			54				106		58			
69				55					107	59			
70	70				56			108	108	61			
71				57	57				109	62			
72				58	58					63			
74				59						69			

8

「加」「迦」「尒」「迩」に認められる分布上の問題は、それのみを取り出して意味づけをすることは許されない。複用される主用仮名のすべてに認められる偏向の一つと位置づけるべきなのである。改めていえば、こうした偏向を包括的に捉える視座として、区分論は有効性をもちえないであろう。区分論に代えて、本節が提出しようとするのは〈連続〉と〈変換〉という即事的な視座である。

やはり生態的な観察が道をひらくはずである。先に宿題とした〈八千矛歌群〉に目を向けたい。もちろん非-主用仮名の集中が第一の理由だが、ほかにも二つほど理由がある。一つはこの歌群が1の次に位置し、上中下巻の順に編纂が進められたとすれば比較的初期の作業と想定されること、もう一つは2〜5がすべて長大な歌謡（それぞれ二一九、二二四、二七一、一九四字からなる）だという点である。つまり、2〜5は散文本文中に「全以音」の歌謡を挿入する試みにとって、実質的に初めての試練の場となったと考えられるからである（1は短歌）。そうした編纂の動態を想定してみるとき、歌謡表記をめぐる問題のほとんどすべてがここに縮図として内包されていることが知られる。

非-主用仮名の集中から考えてみたい。その際、集中の意味は二つの要素に分けて考える必要があるだろう。第一の要素は、本節4で取り上げた歌謡2の「許登能加多理其‖登母許遠婆」や3の「夜知富許能迦微能美許等‖」「阿麻波世‖豆迦比」のような修辞的変換の要請に基づく非-主用仮名を多く含有する点である。4の「曽迩奴棄‖宇弖」も先行の「曽迩奴岐|宇弖」に対する義字的用字を兼ねた修辞的変換であり、同じく4「伊刀古夜能／伊母能美許等‖」も後続の「和加久佐能／都麻能美許登|」を意識した変換と見てよい。また2「故‖志」の「故」は、非-主用仮名のもつ語義の〈異化〉作用を利用した意図的用字であった（第三節5）。本節3に述べたように非-主用仮名はその機能の一端として固有名詞の指標性をもつが、この場合も散文本文中の地名「高志」を歌謡に転換するに際して、主用体系外の仮名字母を採択することで一般の語義から異化しようとしたものと考えられる。これらの非-主用仮名の使用は、たとえば「等」が句と同時に意味の切れ目の指標として再び54「岐備比登々|／等‖母迩斯都米婆」に現れるように、文字列の条件に応じた結果であって、集中に特別な意義を与えることはできない。

しかし、「何（ガ）」「刀（ト甲）」「与（ヨ乙）」「留（ル）」「路（ロ甲）」および「世（セ）」の残りの用例に関しては、その使用に有意性を見出すことができない。しかも、文字列の条件に応じた有意な変換が当然ながら一回的性格を帯びるのに対し、一例のみの「刀」を除けば、多くはないけれども相当数の用例をもつのである。こうした非-主用仮名の使用は、有意な変換とは区別して考える必要があろう。これが第二の要素である。

生態的観察の便宜を考慮し、主用仮名とともに具体例を示す（歌謡番号のみを示し、用例を省略する場合がある）。

〈賀〉　〈何〉

1 いづもやへ賀き
やへ賀きつくる
そのやへ賀きを
2 たち賀をも　わ何たたせれば
わ何たたせれば
3 わ何こころ
ひ賀かくらば
たたきまな賀り
ももな賀に
4 そめき賀しるに
わ賀むれいなば

〈賀〉　〈何〉

わ賀ひけいなば
な賀なかさまく
5 あ賀おほくにぬし
ふはや賀したに
にこや賀したに
さやぐ賀したに
たたきまな賀り
ももな賀に
6 うな賀せる
7 きみ何よそひし
8 わ賀ゐねし
（以下、すべて「賀」）

	〈勢〉	〈世〉
2	ありかよは勢	
	わがたた勢れば	
	わがたた勢れば	
		うちやめこ世ね
	あまは勢づかひ	
3	なし勢たまひそ	
		あまは世づかひ
5		をにいま世ば
	つまもた勢らめ	
		いをしな世
		たてまつら世
6		うなが世る
13	い勢のうみの	

	〈勢〉	〈世〉
22 27 28 29 31 38 39 42 47 48 62 63 75		
	（この間、「勢」専用）	
78	したびをわし勢	
88		はつ世のやまの
89	はつ勢のかはの	
	かみつ勢に	
	しもつ勢に	
99		ささが世る
100	たてまつら勢	
102	かたくとら勢	
	やがたくとら勢	
103		あ世を
107	しほ勢の	

	〈斗〉	〈刀〉
2	なすやいた斗を	

	〈斗〉	〈刀〉
4		い刀こやの

7たふ斗くありけり

―（以下すべて「斗」）

〈余〉	〈与〉
2	きぎしはと与む
4	とり与そひ（×3）
	こし与ろし
5	あはも与
	と与みき
7きみが余そひし	
8余のことごとに	

〈余〉	〈与〉
10 28 39 42 43 44 48	
（この間、「余」専用）	
58あをに余し	
65	与しときこさば
71余のながひと	
（以下すべて「余」）	

〈流〉	〈留〉
1やへがきつく流	
2	なくな留とりか
3わかや流むねを	
4むなみ流とき	
むなみ流とき	
そめきがし流に	

〈流〉	〈留〉
むなみ流とき	
5うちみ流	
かきみ流	
わかや流むねを	
6あめな流や	
うながせ流	

たまのみすま流　くぢらさや流
みすま流に　（以下39の「琉」を例外としてすべて「流」）
9　しぎわなは留

〈漏〉	〈路〉	〈漏〉	〈路〉
3	し路きただむき	61ねじ漏の	
4	く路きみけしを	し漏ただむき	
5	し路きただむき	76かぎ漏ひの	
42にぐ漏きゆゑに		96をむ漏がたけに	
52く漏ざやの		し漏たへの	

分布上、最も極端な「路」から始めたい。非主用の「路（ロ甲）」と主用の「漏（ロ甲）」とは、それぞれ〈八千矛歌群〉とそれ以外とに偏在する。そこに浮かび上がるこの歌群の特殊性は、しかし、新たに時間軸を設定し編纂の動態という視座から眺めるとき、様相は一変する。『古事記』中にロ甲の音仮名表記例は基本的に少ないが、それを散文本文をも含めて展望すれば次のごとくである（参考として散文本文における正訓字「漏」「路」をも示す）。

〈音仮名〉　〈正訓字〉
自二手俣漏一出（上33）
自二木俣一漏逃而（上54）
歌謡3　4　5「路」（上58〜60）

歌謡10「おほむ盧やに」（中95）　将レ有二味御路一（上81）
麻都漏波奴（以音注略）人等（中112）
訶具漏比賣（中126）　先令レ言二漏之御子既崩一（中145）
摩都樓波奴人等（中131）
迦具漏比賣命……迦具漏比賣命（中140）
迦具漏比賣（中149）　雖二雨漏一……受二其漏雨一、遷二避于不レ漏處一（下166）
歌謡42「漏」（中151）
歌謡52 61 76 96「漏」（以上、下巻）

ロ甲の仮名は「路」→「盧」→「漏」→「樓」→「漏」と推移するが、注意すべきは上巻ではすべて「路」が用いられているという点である。本章第三節において「漏」「路」を主用／非主用に区分けしたのは、あくまでも全体を視野に入れた上での便宜的な操作にすぎず、時間軸にそって捉えるならば、「漏」は上巻の時点では未だ主用性を獲得していないということになる。中巻初頭の歌謡10においてもなお「盧」が用いられているように、「漏」が主用性を獲得するのは中巻も半ばに近い崇神記の「麻都漏波奴（以音注略）人等（伏はぬ人等）」（中112）以降のことであり、上巻においてはむしろ「路」が主用仮名的な位置にあるとさえいえるのである。

つまり、歌謡に認められる「路」から「漏」への有意性をもたない変換は、主用性の変化に原因があったと解釈されるのである。しかも、その変化は散文本文における正訓字としての「漏」「路」を視野に入れるとき、『古事記』内部の問題として無理なく説明ができる。初めに二例続いて現れる正訓字「漏」（動詞クク）は、それに続く〈八千矛歌群〉のロ甲の音仮名として「漏」を採択するのに障害となる要因となったはずである。そこでのロ甲の仮名は「漏」以外であれば任意であったと考えてよいが、音仮名「路」が主用性を獲得するに至らなかった直接の原因は、〈海宮遊行〉の物語における正訓字「路」（名詞チ）に求めることができるだろう。歌謡10で音仮名「路」が避けられているのはそのためである。音仮名「盧」については義字的用字という捉え方もあるが（注(94)参照）、むしろ音仮名「漏」が主用性を獲得するに至る過渡と見るべきかもしれない。「路」以外であれば、ここでも選択は任意なのである（「盧」もまた主用性を獲得しえなかった理由は、『日本書紀』以外の文献に見えないという非一般性とともに字画の多さにあっただろう）。そうした過渡期を経て「漏」は主用仮名としての定着を見る。その大きな由因は、『万葉集』『日本書紀』『常陸国風土記』『播磨国風土記』を始めとして「正倉院文書」『続日本紀』などにも使用が認められる、その常用性に求められよう。

「与」から「余」への変換も同様に考えられる。ヨ乙の音仮名を出現順に並べてみると以下のごとくである。

伊豫之二名嶋（上29）
伊豫國（上29）
豫母都志許賣（上35）
歌謡２４５（すべて「与」）（上57〜60）
歌謡７８（すべて「余」）（上86）

国名「伊豫」を表すはじめの二例は、当時の慣用表記を用いることで地名性を直接的に表したものと見られるが、注目すべきはその「伊豫」の「豫」が、固有名詞とはいえ地名以外の神名「豫母都志許賣」にまで及ぶ点である。編纂の動態として捉えれば、「豫母都志許賣」を筆録する時点では未だほかの仮名字母が存在していないのである。この神名に「豫」が用いられるのは、先行の地名表記「豫」への〈同化〉と見られる一方、歌謡２４５に見える「与」でないのは、次に示すようにこの神名以前に頻繁に現れる正訓字「与（與）」との抵触が問題となるからである。

吾与レ汝行二廻逢是天之御柱一（上28）
亦蛭子与二淡嶋一不レ入二子之例一也（上32、解説注）
葬下出雲國与二伯伎國一堺比婆之山上也（上33）
吾与レ汝所レ作之國（上34）
且與二黄泉神一相論（上35）

散文本文における正訓字「与（與）」の多用にもかかわらず、歌謡２４５に「与」が音仮名として現れうるのは、前掲川端論（註(32)参照）の指摘する歌謡表記の異次元性によると考えてよい。「豫」が捨てられる理由は文字列の条件にはないが、おそらく画数の多さが２４５以下の「豫」の不使用の最大の理由であったように思われる。

歌謡表記の異次元性により使用可能とはいえ、やはり正訓字「与（與）」の多さは（全巻で四〇例を数える）音仮名としての適性に問題を残す。それが２４５に用いられながら７８以下で「余」に交替してゆく理由であっただろう。〈八千矛歌群〉以降歌謡７８までの間に、なお八例の正訓字「与（與）」を経験せねばならなかったのである。それにひきかえ、字体の相違によって正訓字「餘」と役割を分担する音仮名「余」[133]の適性は万全である。しかし、編纂の動態として見るならば、「余」は初めから用意されていたわけではなかったとみられるのである。

とはいえ、「与」は『古事記』の音仮名である。だから、特定の条件下では先祖返りが起こることもある。歌謡65

における「与」は、まさにそのように考えるしかない。65の「与しときこさば」は、近接する範囲に対偶が意識されるような歌句は見当たらず（したがって修辞的な変換の要請は認められない）、また「与」の使用によってとくに解読上のメリットがあるわけでもない。この一回的な「余」から「与」への変換に有意性は認められないのである。考えられるのは、仁徳と八田若郎女間の贈答歌64 65の直前に置かれた、

此天皇与二大后一所レ歌之六歌者、志都歌之歌返也。（下173）

という歌謡57〜63に対する解説文に現れる正訓字「与」が、音仮名「与（ヨ乙）」を呼び込む契機となったのではないか、ということである。こうした先行の正訓字への〈同化〉は、「尓」について認められるところであったことを想起したい。「与」から「余」への交替が意識の表層で行われたとすれば、65での先祖返りは無意識の内、ないし意識レベルの低い情況下で起こったものといってよいだろう。

話題を〈八千矛歌群〉に戻そう。「何（ガ）」「世（セ）」「刀（ト甲）」「留（ル）」は、必ずしも「路（ロ甲）」「与（ヨ甲）」と同じ情況にない。それぞれがすでに主用の「賀（ガ）」「勢（セ）」「斗（ト甲）」「流（ル）」が用いられた後に現れているからである。しかし、やはり基本的には「路」「与」と同様の方向で見てゆくことができる。

「何」から見てゆこう。主用の「賀」と較べた場合、「賀」が音仮名専用であるのに対し、正訓字として四三例の用例をもつ「何」は音仮名としての適性を著しく欠く。にもかかわらず歌謡２３に音仮名「何」が用いられていることに関して、注意されるのは「路」「与」の場合と異なり、２３では「何」単用ではなく主用仮名「賀」と複用されている点である。既述のごとく〈八千矛歌群〉は、その長大さゆえに修辞的趣向がさまざまに凝らされていた。「加」と「迦」、「岐」と「伎」「棄」、「碁」と「其」、「斯」と「志」、「勢」と「世」、「迩」と「尓」など、複用される主用仮名や非-主用仮名のほとんどが駆使されている。「何」の使用に修辞的効果を指摘することはできないが、用字上の

装飾に向けられたこの歌群の強い意識を考えれば、主用仮名「賀」単用に対する多様性への要求に応えるものとして現れるのだと考えてよいだろう。もちろん、それと不可分な関係にあるが、可能性として歌謡2に二度現れる「わ何《が》たたせれば」の「わ何（我が）」は、4の「わ賀むれいなば」「わ賀ひけいなば」の「わ賀（我が）」との対比が意識されていたかもしれない。正訓字と抵触する「何」の使用を可能にする条件が、歌謡表記の異次元性にあることはいうまでもない。

正訓字との関係から見て、「何」と同様の欠陥をもつ「世」「刀」「留」も、同じ方向からの説明が可能であろう。歌謡2の「ありかよは勢」「わがたた勢れば」に現れる主用仮名「勢」に対する変異として、まず「世」は「うちやめこ世ね」に現れ、その「世（セ）」を前提として、2の「あまは勢づかひ」と3の「あまは世づかひ」との用字上の対比が形作られている。この時点で「勢」「世」は、まさに複主用といった様相を呈しているのである。〈八千矛歌群〉中に「世」を呼び込む契機は、その直前の散文本文に語られる大國主神の嫡妻「須世理毗賣」（上54〜55）の名にあったといえよう（スセリビメの名は歌謡2の直前に計六度現れ、そのうちの四例が「須世理毗賣」、二例が「須勢理毗賣」である）。

歌謡6に用いられた「世」は、しかし、その後13 22 27 28 29 31 38 39 42 47 48 62 63 75 78という長い陥没を挟んで、再び88以下に復活する（6での「世」の使用は〈八千矛歌群〉からの連続性に理由が求められよう）。6の後に陥没をもたらす理由は「世」の仮名としての適性の欠如にあるといえるが、より直接的には歌謡6と13の間に「十七世神」（上62）、「常世國」（上63）、「常世思金神」（上75）、「御世」（上77）と、四度にわたって現れる正訓字としての「世」にあっただろう。また、歌謡13の用例が慣用表記と一致する地名「伊勢」であったことも、偶発的理由として挙げられるだろう。もちろん、中巻における音仮名「世」の陥没は、各天皇代にしばしば現れる「御世」との抵触に原因が求められる。

歌謡88に再び「世」が用いられる理由は明瞭である。88「はつ世のやまの」は89の「はつ勢のかはの」との対偶が意識されているのであり、「世」は修辞的変換の要請を受けて再び意識の表層に呼び戻されたのである。そして、ひとたび音仮名として呼び起こされた「世」は、意識における残留期間中は仮名として使用が可能になる。99 103はそのように見ることができるだろう。

歌謡での使用例が歌謡2におけるただ一例という点で、「刀(ト甲)」は「何」「世」と情況を異にするように見えるが、散文本文をも視野に入れるとき、実は右に検討した二例と同様、主用仮名の変遷と深くかかわっている。音仮名「刀」は〈天石屋〉条に頻出する「布刀玉命」(上46〜47)の名や「布刀御幣」(上46)、「布刀詔戸言」(上46)に見るように、上巻の時点ではむしろ「斗(ト甲)」を凌駕する勢力を誇る。上巻に限定すれば「刀」一一例に対し「斗」は八例で、これもまた複主用というべき情況にある。〈八千矛歌群〉の直前の散文本文には、

於二底津石根一宮柱布刀斯理(以音注略)(上56)

故、其八上比賣者、如二先期一美刀阿多波志都(以音注略)(上56)

ともあり、歌謡2に「刀」が用いられたのは、まさにそうした筆録の流れにそったものといえるのである。しかし、中巻以降になると、音仮名「刀」はわずかに四例に減少し(すべて中巻の人名)、かわりに「斗」は中巻一六、下巻一六例と「刀」を圧倒してゆくのである。その理由は明らかで、全巻を通じて正訓字としての「刀」の用例は五六例を数え、音仮名「刀」は、それとの抵触が早晩問題となるはずだからである。それに対して「斗」は音仮名専用字であり、「刀」に代わってト甲の主用仮名の地位を獲得するのは、時間の問題であったといってよい。〈八千矛歌群〉はその勢力分布の交替する以前のありようを示しているのである。もちろん、〈八千矛歌群〉に即していえば、2の「斗」と4の「刀」とで多様性を獲得していることも認めてよいであろう。

主用仮名「流」に対して、当初から非主用仮名として位置づけられている「留」は、右の三字とはやや事情を異にしている。音仮名「留」は全巻を通じて五例しか用例がなく（上巻三例〈訓注二・歌謡一〉、中巻二例〈解説注一・歌謡一〉）、そのすべてが散文本文とは次元の異なる注記もしくは歌謡に限られている。音仮名「留」が主用性を獲得しえない理由は正訓字「留（とどまる／とどめる）」との抵触を避けたためと考えられるが、〈八千矛歌群〉以前には〈八俣遠呂智〉条に「飲酔伏留」（上49）という例があるのみである（上巻における正訓字「留」はこの一例のみ）。この時点では音仮名としての適性の問題が意識されていなかったものと推測されるのである。(134)

〈八千矛歌群〉における非主用仮名の集中をめぐる考察を通じて次の点を確認しておきたい。仮名の偏在は静的・平面的な区分を仮設するとき、不自然さや特殊性といった要素を任意に抽出することが可能であるが、しかし、時間軸を設定し、かつ散文本文をも含めた文字列の環境を視野に入れて観察する限り、それは編纂の動態として不自然でも特殊でもないということが知られる。「何」「世」「刀」「与」「留」「路」は『古事記』の仮名なのであり、その偏在は、基本的に編纂の具体的な進捗に応じたものといえるのである。(135)

9

〈八千矛歌群〉の観察を踏まえて、主用仮名間の複用をめぐる問題にも光を当てることができる。そこには、すでに偏在にかかわる萌芽が見られるのである。まず、「袁」「遠」に注目してみたい。本節7に触れたところであるが、改めて歌謡における「袁」「遠」の分布を示せば、

袁１２　　　７８（以下すべて「袁」）
遠　２３４５

のごとくである。

「袁」「遠」の現れは、『古事記』全体の分布として見るとき「遠」の〈八千矛歌群〉への集中という極端な偏在を示すが、〈八千矛歌群〉に限っても到底均質とはいいがたい面をもつ。すなわち、〈八千矛歌群〉全体を通じて二三あるヲの音節は、歌謡2の第一例目のみが「袁」で、以下はすべて「遠」で表記されているのである。こうしたありようは、静的・平面的な分布として捉えれば確かに不自然といえよう。しかし、『古事記』の仮名使用をめぐる問題に必要なのは、確かめてきたように計量的な視座ではなく、動的・生態的な視座である。散文本文をも含めた観察が求められよう。

散文本文中に正訓字としての用例九例（うち序文一、氏祖注二）をもつ「遠」は、音仮名専用の「袁」に比して仮名としての適性の点で劣る。正訓字「遠」に衝突するからである。しかし、音仮名「遠」は〈八千矛歌群〉だけでなく、散文本文中にも頻繁に用いられている。散文本文および訓注に現れる音仮名「袁」「遠」は次の通りである。

〈袁〉

塩許々袁々呂々迩（上27）

阿那迩夜志、愛上袁登古袁……阿那迩夜志、愛上袁登賣袁（上28）

阿那迩夜志、愛袁登賣袁……阿那迩夜志、愛袁登古袁（上29）

訓ㇾ食云二袁須一（上40、訓注）

（歌謡）1「袁」（上50）

訓二壮夫一云二袁等古一（上53）

〈遠〉

八俣遠呂智（×2）（上48〜49）

（歌謡）２「袁」（上57）

訓二壮夫一云二袁登古一（上81、訓注）

（歌謡）７「袁」（上86）

（歌謡）９１０１５１６１８１９「袁」（94〜99）

袁耶本王（中107）

（以下、すべて「袁」）

（歌謡）２３４５「遠」（上57〜60）

登遠々登遠々迩（上73）

其遠岐斯（以音注略）八尺勾璁（上75）

火遠理命（×６）（上79〜80）

火遠理命……火遠理命（上81〜82）

為二遠延一……皆遠延而伏（以音注略）（中91）

正訓字「遠」との抵触を意識した散文本文初期の例が、「塩許々袁々呂々迩」（上27）や「阿那迩夜志、愛上袁登古袁」（上28）のように「袁」から始まるのは必然的だが、「八俣遠呂智」（上48〜49）以降は「遠」が主用されるようになり、それは中巻神武記の「為二遠延一……皆遠延而伏」（中91）まで続く。その間、「袁」は訓注と歌謡に追いやられているような情況が現出する。〈八千矛歌群〉は「八俣遠呂智」に始まる「遠」主用圏に位置づけられるのであるから、「遠」の使用自体は不自然ではない。こうした散文本文に連動する仮名の使用情況は、歌謡の仮名の偏在のみを取り出して区分を立てたり、資料を推定したりすることの無意味さを端的に示していよう。

音仮名専用の「袁」で開始されながら途中から「遠」が現れることについて、筆録者ならざるわれわれに説明の義務はない。ただ、散文本文の「遠」、訓注の「袁」という、「遠」主用圏における分化の情況が、同じく之繞の有無によって散文本文と歌謡・訓注との現れに偏向を示す「加」「迦」「尒」「迩」と基本的に一致することから見て、「迦」と同様に「遠」もまた「迩」への〈同化〉という推定が成り立つように思われる。

ここで確認したいのは、〈八千矛歌群〉が書かれる段階ではすでにヲの音仮名として「袁」「遠」の二つの選択肢が存在したという一点である。編纂の動態として〈八千矛歌群〉を見るとき、歌謡2第一例目の「さかしめ袁」に「袁」が用いられるのは、歌謡1およびすぐ前の訓注からの連続性から見て不自然ではない。歌謡2第二例目の「くはしめ遠」に「遠」が用いられるのは「さかしめ袁」との対偶を意識した修辞的な変換の要請に応じたもので、選択肢の中から「袁」ではない方が選ばれたといえる。注意したいのは、第二例目で「袁」から「遠」に有意な変換が行われた後、ヲの仮名は再び「袁」に戻ることなく「遠」が強固な連続を形成している点である。歌謡2第二例目の「遠」には有意性を認めうるが、それ以降の連続に有意性はない。

有意性をもたない連続は、散文本文における「遠」にも認められるところであったが、こうした連続は規模の大小はあるものの散文本文・歌謡を問わず複用されるほとんどの仮名について認められるのである。同じ〈八千矛歌群〉の「加」「迦」を見てみたい（一九七～一九八頁参照）。歌謡2では、第一・二例に「迦」が用いられた後、第三例目から「加」に転じ、第七例まで連続する。第二・三例間に見られる「迦」から「加」への変換、また第七例までの「加」の連続とも有意性は認められない。第八例に再び「迦」が現れるが、連続を形成せずに第九例の「加」に再変換して第一〇・一一例との間に連続を形成する。もちろん、これらの変換や連続に有意性はない。

歌謡3も同様の連続と変換を繰り返す。そうした中にあって、第二例の「あまはせづ迦ひ」は歌謡2の「あまはせづ加ひ」、また第三例「ことの加たりごとも」と第八例「ことの迦たりごとも」とは、それぞれ対偶を意識した変換と見られるが、そうした有意な変換を含みつつも第一・二例の「迦」の連続、第二・三例および第三・四例間の変換、第五・六例の「加」の連続、第六・七例間の変換、そして第七・八例の「迦」の連続は、それ自体に有意性はない。

連続という面で注目されるのは歌謡4と5であろう。「迦」は4の第一例に用いられた後、第二例ですぐに「加」に変換するが、その後は5を含めて「加」の連続を形成する。もちろん、4の第五例「ことの加たりごとも」、5の第一例「(やちほこの) 加みのみことや」は、それぞれ先行の類同歌句を意識しての変換と見ることができ、その場合の「加」は先行条件に応じた偶然である可能性もある。しかし、仮にそうした事情を考慮するとしても、4 5における「加」への傾斜を認めないわけにはいかないだろう。

同様の傾向は「斯」「志」にも見ることができる（一九八～一九九頁参照）。歌謡2第一・二例の「斯」の連続は、第三例で「志」に変換するが、その「志」は第八例で再び「斯」に変換するまでの間連続を形成し、第八例以下には「斯」の連続が形成される。歌謡3では、2末の「斯」の連続を断ち切る「志」から始まり、第二例までの連続の後、第三例で「斯」に変換する。「斯」は第五例までの連続の後、第六例で「志」に再変換する。歌謡4以下には5に至る強固な「斯」の連続が現れる。その中にあって連続を断ち切るのは5の第四例「をはな志」と第五例「つまはな斯」間の修辞的変換だが、そうした条件を抱えながら、もはや「志」の連続を形成することのない強い「斯」への傾斜が認められる。いうまでもないことだが、右の修辞的変換を除けば、「斯」「志」の連続と変換に有意性は認められない。挙例は省略するが、〈八千矛歌群〉において複用される主用仮名の使用情況は、おおよそ右と同様のありようを示す。すなわち、部分的に意図的で有意な変換を含みはするが、全体をゆるやかに覆っているのは有意性をもたない連続と変換とである。

ここから、次のような判断を導くことができるであろう。当該歌群における仮名使用は、必ずしも全体が意識的な操作によってなされているわけではなく、むしろ大部分は、そうした意識の表層に属さない、意識化の不十分な領域において行われているのだ、と。それは当然この歌群のみに固有であるはずはなく、『古事記』全体への一般化が可能である。確かに『古事記』の音仮名の採択に関しては、第二節に触れたように周到な配慮が働いている。正訓字との抵触を避けて仮名字母を選ぶというその行為は、尖鋭な意識に支えられていなければならない。しかし、実践に際しては、たとえば「加」「袁」の「迩」への〈同化〉や「迩」の正訓字「尓」への〈同化〉に見るように、文字列の条件や環境の影響を受けた必然性のない仮名字母が現れる。解読の指標性をもたせるための異字表記や修辞的変換などの〈異化〉が明確な意識に基づく操作であったのに対していえば、こうした環境への〈同化〉はおおむね意識化されることのない領域で起こる現象なのである。

仮名字母に対する敏感さは、文字列の中や環境との間に対比や不連続を人為的に作り出す必要のある場面で発揮されているにすぎず、そうした尖鋭な意識が仮名使用の全体を支配しているわけではないのである。しかも、たとえば対偶が認められるすべての歌句に修辞的変換が施されているわけではなく、また「布斗麻迩尓上」（上28）と「布斗摩迩々」（中121）のように同一条件でありながら一方が異字表記による不連続の形成に無関心であるといった例が端的に示すように、環境は仮名字母に対する意識の鋭敏さを触発する条件でしかない。

部分的・臨時的に点在する有意な変換以外の、『古事記』の音仮名を広く覆う有意性をもたない連続と変換とは、相対的に仮名字母に対する意識の顕在化の度合いの低い、あるいは弛緩した領域での選択作業の結果と考えるしかない。次の例は、それを端的に示している。

2　つまま岐かねて

〈岐〉　　〈伎〉

ありと岐かして　　ありと伎こして

岐ぎしはとよむ　　ぬえはな伎ぬ

キ甲の仮名は、第3表に見るように「岐」が圧倒的多数を占める。しかるに右の第三例目に「伎」が用いられたのは、第二例の「岐」に対する修辞的変換の要請に応じたものといえる。「岐」の圧倒的な優勢傾向に従い、第五例以下では「岐」に復するが、しかし、第四例の「伎」の使用に必然性はない。第四例の「伎」の連続は、第三例での有意な変換からの惰性と説明するしかない。

かくして、『古事記』に複用される主用仮名の偏在と区分現象とは、有意性をもたない連続と変換とが、歌謡ないし歌群単位に拡大されたものということができるだろう。既述のごとく、『古事記』には基本的に一音節一字母への傾斜が認められる。しかし、解読の補助や装飾のためには、臨時的に複数の仮名字母が必要な場合があり、実際にはいくつかの音節が複数の主用仮名（「淤・意」「加・迦」「斯・志」「迩・尒」「富・本」）や準主用ともいうべき仮名をもつ（「訶」「伎」「玖」「沙」「羅」「遠」など）。それらのうち、それぞれが相当数の用例をもつオカシニ（それにホを加えることができるか）を除けば、どちらか一方に重心が偏っている。右に挙げた「岐」「伎」でいえば「岐」がそれである。このような圧倒的に比重の異なる仮名字母間にあっては、比重の小さい仮名が形成する連続は比較的小規模にとどまる。比重の大きい仮名への復元力が強いからである。[136]一方、比重の大きな仮名の連続はきわめて強固なものとなる。比重の拮抗する主用仮名間にあっては、拮抗する復元力のせめぎあいの中で、連続と変換とが繰り返されることになる。その場合、本節4に挙げたEのような交互の変換は意識的な操作によって出現するにすぎず、おおむね一定規模の連

続を形成してほかの仮名に交替するのが、『古事記』という文字テクストの特徴である。(137)

歌謡表記に見られる「加」「迦」「尓」「迩」の偏在は、こうした有意性をもたない連続と変換の一側面にほかならない。それは「淤」「意」や「斯」「志」などの偏在と質的に異なるところはないのである。前掲太田論のいう「迦」「迩」専用あるいは「加」「尓」専用の領域とは、「迦」「迩」あるいは「加」「尓」が形成する連続の重なりにほかならず、また両用域とは「加」と「迦」、「尓」と「迩」の変換の連続する範囲にほかならない。そうした偏在を仮名使用の「習慣的偏向」(太田論)や「筆ぐせ」(倉塚論)に結びつけた解釈は、もはや意味をなさないといえよう。

そもそも、歌謡は記述様式の異次元性によって、正訓字の属する散文本文からは解放されている。音仮名「加」「尓」、とくに「加」は、正訓字を避けるための増画は必要なかったともいえるのである。とはいえ、「迦」「迩」は『古事記』の音仮名である以上、歌謡に用いてはならないというわけではない。むしろ歌謡の異次元性は、現実には訓注と同様に増画部の省略を可能にする条件として意識されていたように見える。歌謡では、だから「加」「迦」あるいは「尓」「迩」の選択は任意であったといってもよい。散文本文における「迦」「迩」の高使用率にもかかわらず、歌謡での「加」「迦」あるいは「尓」「迩」の比重が拮抗するのは、こうした理由による。

ほかの音仮名の偏在とは異なり、「加」と「尓」あるいは「迦」と「迩」が、それぞれ連動して用いられる傾向にあるのは、之繞の付加という増画原理の類同性に原因があった(ただし、実際には78以下を除けば全面的に重なる箇所は少ない)。既述のごとく、散文本文用の仮名としての「迦」は、「尓」の増画字「迩」に促される形で現れるのだから、「尓」が増画部を伴わずに用いられるならば、増画の由因を失うことになる。基本的に「迩」「尓」に主導される「迦」「加」の現れが、「迩」「尓」に連動するのは当然なのである。

最後に、〈八千矛歌群〉以降の「加」「迦」「尓」「迩」を見とどけておこう(本節末尾の付表参照)。まず倉塚論が

「不自然」として問題視する神武記歌謡を取り上げたい。確かに、太田・倉塚両論が区分を立てる歌謡9～21の範囲のカ・ニの仮名が「加」「尒」に傾斜することは認められる。しかし、19の「迩」を視野に入れるとき（諸本すべて「迩」）、これを無視して神武記歌謡という枠の帳尻を合わせる倉塚論の問題性は明らかである。原資料に解体しようとする目論見にとって、神武記という単位とその範囲における歌謡の等質性を強調することは重要な意味をもつが、実際には区分そのものが破綻しているのである。

編纂の動態として捉えようとする立場からは、そうした区分に興味はない。基本的に「尒」とそれに連動する傾向を強くもつ「加」が形成する連続の規模にかかわる問題でしかないからである。量的に見れば神武記歌謡は一三首に及ぶが、要した字数という点では総計五四七字で、[138]わずか四首で八九八字を費やした〈八千矛歌群〉に及ばない。神武記歌謡における「加」「尒」への傾斜を、規模という視点から〈八千矛歌群〉と比較する場合、歌謡45における「斯」への傾斜、あるいは45における「加」への傾斜に比してほぼ同じか、あるいはかえって〈八千矛歌群〉の方が大きいとさえいえるであろう。また、「一個人の関心の変化とみなすにはあまりにも不自然すぎる」という倉塚の仮名の変換に対する評価も、神武記歌謡のみに固有な事象なのではなく、たとえば〈八千矛歌群〉23の「斯」「志」両用から45の「斯」への急激な重心の移動や、23および4の第一例までの「迦」「加」両用から、4の第二例以降の「加」への傾斜などの変換に見るように、突然の比重の移動は『古事記』全体に認められる現象なのである。

繰り返せば、こうした無意味な連続と変換に歌謡表記の全体は覆われているのであり、しかも、その要因が意識化の不十分な領域に属す以上、その現れに必然的な説明を加えることはできない。[139]たとえば、先に引いた〈八千矛歌群〉の2における「岐」「伎」や、同じ2の「さかしめ袁」「くはしめ遠」の修辞的変換は、それ以下の「伎」「遠」の連続の契機をなすが、一方、4における「をはな志」「つまはな斯」の修辞的変換では、「志」に振れた針は連続を形成せず、直ちに「斯」に引き戻されている。連続の形成とそこからの再変換はランダムであり、そこに法則性を見出すことはできない。9〜21の範囲に認められるのは、18の清濁の違例をも巻き込んだ「加」「尒」への強固な傾斜であり、それ以上でも以下でもない。やがてそれは19〜23の緩衝地帯を経て「迦」「迩」へと重心を移してゆき、24〜29の「迦」「迩」への傾斜の強い領域へと交替するのである。

倉塚が「不自然」さを強調する歌謡78以下の「加」「尒」の連続も、基本的には神武記歌謡と同様に考えてよい。ただし、78以下の「加」「尒」の連続は、それ以前に見られる「加」「迦」「尒」「迩」の連続のどれをも上回る大規模なものであり、また「加」「尒」の側に振れた針が最後まで「迦」「迩」の方向に戻らないという点で、様相を異にするともいえる。しかし、単に規模だけを問題とするなら、これを上回る連続がないわけではない。歌謡2を節目として345と用いられた「遠」は7以降では完全に「袁」に交替してしまうし、237に見られた「何」は8以下では「賀」専用となる。これらを「袁」「賀」の連続と捉えれば、78以降の「加」「尒」のそれの比ではない。29のみの「留」、あるいは345のみの「路」の、残余の「流」「漏」も同様である。また、歌謡38から70の間に限って「玖」の使用が認められるクについても、残余の部分を「久」の連続と見れば78以降の「加」「尒」の連続を上回る。

「遠」「何」「留」「路」から交替した「袁」「賀」「流」「漏」の連続が強固であるのは、「遠」「何」「留」「路」の仮名が編纂の進行に伴って『古事記』の音仮名体系から脱落してしまうからで、「加」「尒」とは事情が異なるという見方ができるかもしれない。しかし、逆に「袁」「賀」「流」「漏」への固定をそれぞれの音節における表記システムの確立と捉えるならば、同様に78以降の「加」「尒」への固定も、歌謡としての表記システムの確立と見ることも可能である。「全以音」の表記原理の採用によって散文本文の正訓字から解放されている歌謡表記にあっては、異次元性を自覚的に利用すれば「迦」「迩」から増画成分を省略することも可能だからである。その自覚的なありようを歌謡における力・ニの表記システムの確立と捉えるならば、「袁」「賀」「流」「漏」の固定と異なるところはない（念のため述べておけば、正訓字としての接続助辞「尒」が用いられる散文本文では、固有名詞「丸迩」に限定されるけれども、次に引くように78以降も「迩」の使用は続いており、あくまでも歌謡表記に問題は限定される）。78以降の歌謡を取り巻くカ・ニの音節にかかわる環境は次のごとくであり、とくにカに関して、散文本文の「訶」に対して歌謡の「加」という対立が形作られ、「迦」が姿を消していることは、その証左となるかもしれない。(140)

〈加〉	〈訶〉	〈備考〉
曽婆加理（下180）	曽婆訶理（×5）（下180）	
	多訶弁郎女（下182）	丸迩之許碁登臣（下182）
	玖訶瓫（下183）	
（歌謡）78～80（「加」専用）		
	儛訶那傳（下185）	
（歌謡）81～89（「加」専用）		
	訶良比賣（下191）	
（歌謡）90～97（「加」専用）		
		丸迩之佐都紀臣（下200）
（歌謡）98～103（「加」専用）		
	竹矢訶岐（以音注略）苅（下204）	

（歌謡）104～111（「加」専用）

三尾君加多夫（下211）　　丸迩之日爪臣（下211）

須加志呂古郎女（下217）

なぜ78に節目がくるのかは、ほかの変換と同様、答えようのない問題である。それは、あるいは筆録作業の節目（たとえば、作業が行われた日付の違いや中断など）と関係するかもしれないが、畢竟、推測の域を出ない。そうした根拠のない詮索は、歌謡表記を原資料に解体しようとする次元に近づく危険をはらむだろう。有意な変換以外は、その節目は不明とするしかない。

10

以上で、『古事記』歌謡表記の非斉一性をめぐる考察を終わる。歌謡表記を含め、『古事記』の音仮名に関する非斉一性とは、要するに音仮名体系における一音節一字母の原則の不徹底により、同一音節に複数の仮名字母をもつことに起因する問題であった。

正訓字を主体としつつ、そこに音仮名表記を交用する『古事記』という文字テクストにあっては、確かに一音節一字母の体系は望ましい条件であったといえる。しかし、一音節一字母の原則の徹底は、実践面ではかえって解読上に支障を来たす場面に遭遇することになるであろう。同一音節の連続に意味上の切れ目があり、それを示すことが解読にとって必要と認められる場合や、同音異義語に特定の解釈の方向性を与えようとする場合など、さまざまな局面が考えられる。漢字のもつ表意性を捨象して表音性のみに依存する音仮名は、和語の音の伝達性という点では威力を発揮するけれども、語義の判別を必要とする場面では重大な欠陥を露呈することになる。

このように見てくるとき、『古事記』の音仮名が一音節一字母の原則を志向しつつも、結果的に不徹底に終わっているのは、むしろ十分に必然的な結果だということができる。第三節で確認したように、当時の慣用表記を含む、『古事記』の音仮名体系を形作ることのない稀用の仮名字母（非主用仮名）も、その主用体系外という異質性を利用して語義に特定の方向性を与えるために活用されていた。本節で扱った、音仮名体系内の稀用ではない仮名字母（主用仮名・準主用仮名）に認められる複用についても、同様の活用例を見ることができるのである。

また、一音節に複用される仮名字母は、歌謡を中心に、対偶が意識される歌句に与えられた修辞的な変換にも活用されていた。それは散文本文においても随所に認められる避板意識につながるといってよいが、こうした装飾性は、平俗の仮名字母の不採用と相俟って、元明勅撰という〈晴〉の用字意識に応ずるものでもあるだろう。一音節一字母の原則の徹底は、装飾的用字の自由を奪うことにもなるのである。

右の複数字母の利用が有意性の認められるものであるのに対し、解読や装飾機能などの面で、その存在や使用に有意性を見出しがたい場合も数多く認められる。しかし、そうした例も非主用仮名に関しては、先行字体の省画あるいは先行字体への〈同化〉、また編纂の進行過程で脱落してしまった主用体系の固定化以前の仮名字母などであり、校訂上の問題があるものを除けば、基本的に『古事記』に即して存在の必然性を認めることができる。

太田・倉塚両論の指摘する「加」「迦」「尒」「迩」の偏在と区分現象は、複用される主用仮名をめぐる有意性をもたない使用の問題であった。こうした偏在は「加」「迦」「尒」「迩」のみに固有の現象なのではなく、複用される主用仮名のすべてに共通に認められるものであった（「肥」「斐」を除く）。臨時的に尖鋭化された用字意識に基づく有意な仮名使用とは異なり、偏在は意識化の不十分な仮名字母の任意な選択に起因すると考えられる。それによってもたらされる有意性をもたない連続と変換とが、偏在と区分の本質なのである。こうした仮名使用の情況は、資料性の相違を意味しないのであり、あくまでも『古事記』という文字テクストにおける用字現象と見るべきものである。

念のために述べておけば、『古事記』が歌謡を取り込むに際して、まったく文字化された資料を利用しなかったなどというつもりは毛頭ない。木簡の用字と柿本人麻呂歌集の研究成果は、天武・持統朝における歌謡表記の実態を鮮明に浮かび上がらせている。(141) 記紀に共通の歌謡の存在も、その背景に書承という経路の存在を想定させもする。しかし、ここで述べようとしたのは、そうした文字資料の存在は『古事記』に見られる文字現象自体がさし示すわけではないという一点である。いわれてきた偏在の「不自然」さや「無意味」さも、資料に解体することによってではなく、序文に記された安萬侶の筆録作業に即して説明されるべきなのである。西宮「古事記の仮名表記」（註(107)参照）が歌謡資料利用の証として補足的に挙げる、地の文と歌謡との表記の一致も（たとえば、75の「多遅比怒」に対して散文本文の「多遅比野」〈下178〉、96の「阿岐豆」を承ける散文本文の「阿岐豆野」〈下198〉など）、歌謡と地の文との照応を意識しての操作と捉えるべきものであり、歌謡資料の表記の流用と見る必要はまったくない。

『古事記』以前の文字資料の想定は、強く好奇心をくすぐるけれども、『古事記』に即した観察を無視した議論に加わりたいとは思わない。(142)

付表　『古事記』歌謡の「加」「迦」「介」「迩」の分布

	〈加〉	〈迦〉	〈介〉	〈迩〉
1			つまごみ介	
2	さ加しめを ありとき加して	迦みのみことは つままき迦ねて	やしまく介	こしのく迩々 さよばひ迩 よばひ迩

	〈加〉	〈迦〉
	あり加よはせ	
	いまだと加ずて	
	いまだと加ねば	
		迦けはなく
	なくなるとり加	
	あまはせづ加ひ	
	ことの加たりごとも	
3		迦みのみことは
		あまはせづ迦ひ
	ことの加たりごとも	
		ひが迦くらば
	ゑみさ加えきて	
	わ加やるむねを	
		迦みのみこと
		ことの迦たりごとも
4		な迦じとは
	うな加ぶし	
	ながな加さまく	
	わ加くさの	
	ことの加たりごとも	

〈尒〉	〈迩〉
	あをやま迩
尒はつとり	
	め迩しあれば
	わどり迩あらめ
などり尒あらむを	
	あをやま迩
ももなが尒	
あや尒なこひきこし	
まつぶさ尒	
	そ迩ぬきうて
	そ迩どりの
	まつぶさ迩
	そ迩ぬきうて
やまがた尒	
	そめきがしる迩に

5 加みのみことや
加きみる
わ加くさの
あや加きの
わ加やるむねを

6 あぢしきた迦
ひこねの迦みそ

7 あ加だまは
をさへひ迦れど

8 加もどくしまに

9 うだのた加きに
いちさ加き

10 おさ加の

11

12 加きもとに
うゑしはじ加み

13 加む加ぜの

まつぶさ迩
きり迩たたむぞ
あがおほく迩ぬし
を迩いませば
め迩しあれば
ふはやがした尒
尒こやがした尒
さやぐがした尒

ももなが迩に
みた迩

かもどくしま迩
よのことごと迩

うだのたかき尒

おほむろや尒
ひとさは尒（×2）
あはふ尒は

かきもと尒

いせのうみ尒

	〈加〉	〈迦〉	〈尒〉	〈迩〉
14	たた加へば う加ひがとも		いますけ尒こね	
15	た加さじのを たれをしま加む			
16	加つがつも			
18	わ加さけるとめ		をとめ尒 ただ尒あはむと	
19				しけしきをや迩
20	加ぜふ加むとす			
21	加ぜふ加むとそ			
22		う迦々はく	しら尒と	
23			さみなし尒あはれ	
24		ほな迦にたちて		さがむのをの迩 ほなか迩たちて
25	いくよ加ねつる			迩ひばり
26	ひにはとを加を	迦がなべて		よ迩はここのよ ひ迩はとをかを
27		ひさ迦たの あめの迦ぐやま と迦まに ま迦むとは		とかま迩 おすひのすそ迩 つきたち迩けり
28		た迦ひ迦る		きみまちがた迩

			おすひのすそ尒	
29		ただにむ迦へる		をはり迩
				ただ迩むかへる
				ひと迩ありせば
30	あを加き		く尒のまほろば	
31	くま加しがはを		うず尒させ	
32		わぎへの迦たよ		
33			とこのべ尒	
34				いながら迩
			いながら尒	
36		おほ迦はらの		
37		はまよはゆ迦ず		
38		迦づきせなわ		迩ほどりの
				あふみのうみ迩
39	くしの加み			とこよ迩います
		すくなみ迦みの		
40		迦みけむひとは		うす迩たてて
		迦みけれ迦も		あや迩
	かみけれ加も	迦みけれかも		
41	加づのをみれば			や迩にはもみゆ
			く尒のほもみゆ	
42		この迦にや		このか迩や
		いづくの迦に		いづくのか迩

〈加〉

加ぶつく
こに加きたれ

43
44
あ加らをとめを
45
47
は加せるたち

〈迦〉

つぬがの迦に
迦づきいきづき
をだてろ迦も
そのな迦つにを

迦もがと
迦くもがと
む迦ひをる迦も
いそひをる迦も

迦ぐはし
な迦つえの

迦みのごと
きこえし迦ども

〈尓〉

〈迩〉

つぬがのか迩
いづく迩いたる
みしま迩とき
こはたのみち迩
わ迩さの迩を
はつ迩は
しは迩は
迩ぐろきゆゐ
そのなかつ迩を
まひ迩はあてず
こ迩かきたれ
あがみしこ迩
うたたけだ迩
のびるつみ迩
ひるつみ迩

さしけるしら迩
はへけくしら迩
いやをこ迩して

48
す加らがしたきの
加しのふに
迦みしおほみき

49
迦みしみきに

50

51

52

53

54
たのしくもある迦

55

うまら尒
ゐぐし尒
そこ尒おもひで
そこ尒おもひで
尒しふきあげて

かしのふ迩に
よくす迩に
かみしみき迩
われゐひ迩けり
われゐひ迩けり
うぢのわたり迩
さをとり迩
わがもこ迩こむ
うぢのわたり迩
わたり迩
おはへ迩は
く迩へくだらす
な迩はのさきよ
わがく迩みれば
やまがた迩
とも迩しつめば
やまとへ迩

	〈加〉	〈迦〉	〈尒〉	〈迩〉
56				やまとへ迩
57		迦はのぼり		かはのへ迩
		迦はのへに		しがした迩
		おほきみろ迦も		
58		迦づらきた迦みや		あを迩よし
				わがみがほしく迩は
59	いしきあはむ加も			やましろ迩
				あがはしづま迩
60		そのた迦きなる		はら迩ある
	きもむ加ふ			
		こころをだに迦		こころをだ迩か
61		ま迦ずけばこそ		
62				つつきのみや迩
63				さわさわ迩
64		たち迦あれなむ		
66		たがたねろ迦も		
67		た迦ゆくや		
68		あめに迦ける		あめ迩かける
		た迦ゆくや		
69	いはかき加ねて	いは迦きかねて		
71	加りこむときくや		やまとのくに尒	やまとのく迩に
72		た迦ひ迦る	やまとのくに尒	やまとのく迩に

	加りこむと	
	いまだき加ず	
73	加りはこむらし	つび尒しらむと
74	加らのを	しほ尒やき
	加きひくや	こと尒つくり
	とな加のいくりに	となかのいくり尒
75		たぢひの迩
76	はにふざ迦	は迩ふざか
	迦ぎろひの	
77	おほさ迦に	おほさか迩
		ただ迩はのらず
78	やまだ加み	したどひ尒
		したなき尒
79	ひとは加ゆとも	ささは尒
	加りこもの	たしだし尒
80	加なと加げ	
	加くよりこね	
81		おち尒きと
82	加るのをとめ	したなき尒なく
83	加るをとめ	したた尒も
	加るをとめども	
84	とりもつ加ひぞ	
85		しま尒はぶらば

〈加〉

86 加き加ひに

87 む加へをゆ加む

88 な加さだめる

89 加みつせに
加がみを加け
またまを加け
加がみなす
いへにもゆ加め

90 たちざ加ゆる
はびろくま加し

91 いつ加しがもと
加しがもと
ゆゆしき加も
加しはらをとめ

92 わ加くるすばら
わ加くへに
おいにける加も

〈迦〉

〈尓〉

かきかひ尓
まつ尓はまたじ
おほを尓は
さを々尓は
かみつせ尓
しもつせ尓
いくひ尓は
まくひ尓は
ありといはばこそ尓
いへ尓もゆかめ
く尓をもしのはめ
やまのかひ尓
もと尓は
すゑへ尓は
たし尓はゐねず
おい尓けるかも

〈迩〉

93 つくやたま加き
たに加もよらむ
加みのみやひと
94 くさ加えの
みのさ加りびと
ともしきろ加も
95 加みのみてもち
とこよにも加も
96 あむ加きつき
加くのごと
97 うたき加しこみ
98 い加くるを加を
加なすきも
99 ひのみ加ど
な加つえは
な加つえに
な加つえの
あやに加しこし
た加ひ加る

みもろ尒
た尒かもよらむ

ひくこと尒
とこよ尒もがも
をむろがたけ尒
おほまへ尒まをす
あぐら尒いまし
たこむら尒
な尒おはむと
やまとのく尒を
わが尒げのぼりし

やほ尒よし
尒ひなへや尒
なかつえ尒
しもつえ尒
みづたまうき尒
みなこをろこをろ尒

	〈加〉	〈迦〉	〈尒〉	〈迩〉
	ことの加たりごとも		あや尒かしこし	
100	こだ加る		このたけち尒	
	いちのつ加さ		尒ひなへや尒	
	た加ひ加る		ひのみこ尒	
	ことの加たりごとも			
101	ひれとり加けて		尒はすずめ	
	けふも加も			
	さ加みづくらし			
	た加ひ加る			
	ことの加たりごとも			
102	加たくとらせ			
103			あさと尒は	
			ゆふと尒は	
			いた尒もが	
104	すみ加たぶけり			
105	すみ加たぶけれ			
106	やへのしば加き			
107			しびがはたで尒	
108	みこのしば加き			
	きれむしば加き			
	やけむしば加き			
110			をだ尒をすぎて	

111　みえず加もあらむ

＊傍線は清濁の違例。

五　音訓交用の一問題――「天津日高」の用字をめぐって

1

『古事記』には「天津日高」の呼称をもつ神名が三例見出される。すなわち、

A天迩岐志國迩岐志自レ迩至レ志以レ音。天津日高日子番能迩々藝命（上74）

B天津日高日子穂々手見命（上79）

C天津日高日子波限建鵜葺草葺不合命（上86、初出例のみ）

の三神で、すべて日向三代の物語の主人公の名に用いられている（ただし、Bは火遠理命の「亦名」として現れる）。上巻末に展開される日向三代の物語のもつ意義は、地上に降り立った天皇家の祖先たちが、大山津見神および海神綿津見神との関わりを通じてその加護と呪性を獲得し、また、そのむすめたちとの婚姻を通じて初代天皇の出現を語るところにある。「天津日高」はそうした役割を担う主人公たちに与えられた特別な称号と考えられる。

ところで、その「天津日高」の訓み方であるが、本居宣長『古事記伝』は「師《ノ》云、此《ノ》御名を日本紀には、天津彦々云々とあるを以て、此《ノ》日高を、比古《ヒコ》と訓べしと云人あれど、こゝは天《ノ》字より子《ノ》字までは、皆訓なるに、高《ノ》字一《ツ》のみ音に訓べき理りなし」（十五之巻「天津日高」条）と、その師賀茂真淵の説を引きながらアマツヒダカと訓むべきことを主張した。[143] しかし、現行注釈書のほとんどはこの訓を退けてアマツヒコの訓を採用している。[144] その転機は、植木直一

郎『日本古典研究』（一九二七年、大明堂）の所説にあったと思われる。

植木は、まず第一に、右に引いたAに相当する神名が『日本書紀』第九段一書第八には「天饒石国饒石天津彦彦火瓊瓊杵尊」とあること、第二に、ABCともに「日子」が下接し、またそれ以外の例でも「此人者、天津日高之御子、虚空津日高矣」（上82）のように「御子」が近接していることから、「子」の重複を避けて変字法によって「日高」の用字を採用したと考えうること、第三に「高志之八俣遠呂智」（上48）や「丸高王」（下212）などのように、「高」字がコ甲の音仮名として使用された例が『古事記』中に認められることなどを根拠として、アマツヒコと訓むべきだと主張したのである（諸注釈書の挙げる根拠も植木の論を出るものはない）。

『古事記伝』の示した根拠に比して、確かに植木の主張は明快で、それ以後『古事記伝』の訓みが顧みられることはなくなったが、しかし、真淵・宣長の論拠は本当に薄弱だろうか。

2

これまでにしばしば確認してきたように、『古事記』は正訓字による表意表記を基本方針とし（「全以レ訓録」〈序24〉）、必要に応じて音仮名を交用する（「交二用音訓一」〈同上〉）。亀井孝「古事記は　よめるか」が明快に論じたように、そうした記述方針の採択は、やまとことばの音声への還元を後回しにし、「辞理」「意況」の理解を優先させたことを意味する。それは本居宣長『古事記伝』が強調する「もはら古語《フルコト》を伝ふるを旨《ムネ》とせられたる書」（一之巻「文体の事」）という古事記観・文体観に根本的に抵触するものといわねばならない。しかし、だからといって亀井論の提言を裏返しにして、音仮名で記述された箇所は「是が非でも、序文にいう『上古之時言意並朴』の『上古』の『言』を、発音のままに——漢字漢語に置換えることなく——筆録し、かつそのままに読まれることを期待した」部分（金岡孝「古事記の万葉仮名表記箇所（歌謡・固有名詞を除く）について[145]だと考えてしまうのは早計である。たとえば、次のような例を観察してみるだけでも、こうした推論の危うさは明らかである。

D因レ生二此子一、美蕃登（以音注略）見レ炙而病臥在。（上32）

E所レ殺迦具土神之於レ頭所レ成神名、正鹿山上津見神。次於レ胸所レ成神名、淤縢山津見神（以音注略）。次於レ腹所レ成神名、奥山上津見神。次於レ陰所レ成神名、闇山津見神。次於二左手一所レ成神名、志藝山津見神（以音注略）。次於二右手一所レ成神名、羽山津見神。次於二左足一所レ成神名、原山津見神。次於二右足一所レ成神名、戸山津見神。（上34）

F故、刺二左之御美豆良一（以音注略）湯津々間櫛之男柱一箇取闕而、燭二一火一入見之時、宇士多加礼許呂々岐弖（以音注略）、於レ頭者大雷居、於レ胸者火雷居、於レ腹者黒雷居、於レ陰者析雷居、於二左手一者若雷居、於二右手一者土雷居、於二左足一者鳴雷居、於二右足一者伏雷居、并八雷神成居。（上35）

G天服織女見驚而、於レ梭衝二陰上一而死。訓二陰上一云二富登一。（上44）

H為二神懸一而、掛二出胸乳一、裳緒忍二垂於番登一也。（上46）

I故、所レ殺神於レ身生物者、於レ頭生レ蚕、於二二目一生二稲種一、於二二耳一生レ粟、於レ鼻生二小豆一、於レ陰生レ麦、於レ尻生二大豆一。（上47）

J故、美和之大物主神見感而、其美人為二大便一之時、化二丹塗矢一、自下其為二大便一之溝上流下、突二其美人之富登一。此二字以レ音。下效レ此。（中97）

K即、娶二其美人一生子、名謂二富登多多良伊須須岐比賣命一、亦名謂二比賣多多良伊須氣余理比賣一。是者悪二其富登云事一、後改レ名者也。（中98）

L御陵在二畝火山之美富登一也。（中102）

M此沼之邊、一賤女晝寝。於レ是、日耀如レ虹、指二其陰上一。（中158～159）

D～Mの傍線部・二重傍線部は、Lを除きすべて身体の陰部を表していると見られる。Lも山の地形を陰部になぞらえたものと見られるが、仮にこれを除外するとしても、身体部位の陰部が正訓字（EFGIM）と音仮名（DHJK）の二様の方式で文字化されていることは動かしがたい事実である。[146] 先に示した金岡の推論をこれに当てはめれば、「具体的な対象を表わす『言』」である身体部位ホトは正訓字で文字化した場合、「『詞不逮心』の憾みを感じ」ることになるはずだが（金岡論）、音仮名で記された例は半数にとどまり、残りの半数は正訓字で文字化されているのである。そもそも音仮名表記箇所を個別の文脈から切り離して分類すること自体、少々乱暴な操作というべきだが、[147] より問題なのは音仮名による記述の方法を不可変なものと捉えてしまったところにあるといえよう。

ここでは「天津日高」の訓みを考える前提として、『古事記』の記述様式の全般的なありようを見渡そうとしているのだから、あまり個別の事例に拘泥すべきではないのだが、しかし、右に示した音仮名表記／正訓字表記間のゆれは、『古事記』の文字テクストの本質にかかわる問題であるので、もうしばらく検討をつづけることにしたい。

さて、前掲亀井論が指摘するように『古事記』は正訓字表記を記述の基本方針とするのであるから、この場合、EFGIMこそ通常の記述様式と認められ、DHJK（Lはしばらく措く）は通常ではない臨時の形ということになる。DHJKが通常ではない方式で文字化されることになった理由を語の属性に求めるべきでないことは、右の検討にすでに明らかである。また、高木市之助「古事記歌謡に於ける仮名の通用に就ての一試論」（註(68)参照）のように、こうした記述のゆれを直ちに非一元的な成立過程と結びつけるべきでないことも、本章第三・四節の考察に明らかである。序文には「撰二録稗田阿礼所レ誦之勅語舊辞一以献上者、謹随二詔旨一、子細採摭」（序24）とある一方、「於レ姓日下謂㆓玖沙訶㆒、於㆑名帯謂㆓多羅斯㆒、如㆑此之類、随㆑本不㆑改」（序24）とも明記されている。現にある『古事記』の文字テクストは、太安萬侶の手によって「本《もと》」となった文字資料の用字が改められた部分と、改められずに残った部分から成るといえるが、そのようにして形成された文字テクストは、「随㆑本不㆑改」の部分も含め、序文に示された記述方針の網を一度くぐったものというべきで、安易に資料レベルに解体すべきではない。

論の筋からいえば、まずは序文にいう記述方針にそってD～Mは検討されるべきであろう。その場合、正訓字による記述の基本方針から外れたDHJK（L）は、正訓字で文字化すべきでない、あるいは正訓字で文字化することができない事情があったということになる。

まず、JKの観察から始めよう。先のように一覧化する限り、JKは別個の事例として独立して見えるが、本来はいずれも神武記の〈皇后選定〉の物語を構成する一部としてある。左に論に必要な形で要旨を示す。

ｉ勢夜陁多良比賣に想いを寄せた美和の大物主神が、勢夜陁多良比賣が厠で用を足しているときに、丹塗矢に変身して勢夜陁多良比賣の富登を突く（「突㆓其美人之富登㆒」）。（中97）

ii勢夜陁多良比賣は驚いて、伊須須岐伎（身震いした）。（中97）

iii勢夜陁多良比賣がその丹塗矢を部屋に持ち帰って床の辺に置くと、矢はたちまちに麗しい壮夫に変身する。

iv美和の大物主神は勢夜陁多良比賣と結婚し、生まれた子の名は富登多多良伊須須岐比賣といい、亦名は比賣多多良伊須氣余理比賣という（これはその富登ということばを嫌って、後に改めた名である）。

この物語は、皇后の候補として推薦する伊須氣余理比賣が神の子であることを説明するために大久米命が神武に語ったものであるが、同時に伊須氣余理比賣の名の由来譚としての一面ももっている。JKはそれぞれｉivの一部として現れるのだが、この物語が皇后の名の由来譚でもあることからいえば、Jの末尾が正訓字による「突㆓其美人之陰二」ではなく、音仮名で「突二其美人之富登一」と記されていることの意義は大きい。ここでは「富登多多良伊須須岐比賣命」（K）という名との照応が意識されているのであり、正訓字の「陰」では照応関係は緩いものにならざるをえない。「訓レ陰云二富登一」といった訓注を付したとしても、やはり照応は間接的なものとなる。K末尾の解説注も含めて、この物語におけるホトが一貫して音仮名で文字化されているのは、こうした事情によるものと考えられる。

次に、Dは上巻〈神生み〉条の末尾で伊耶那美が火神を出産したことで火傷を負う文脈で、JKの場合のように音仮名で文字化することに積極的な意義が認められるわけではない。とすれば、Dの場合、正訓字で文字化することになんらかの不都合があるのではないかと、消極的な理由を仮定してみるしかなさそうである。

『古事記』に用いられた正訓字「陰」は全七例で（うち「陰上」と熟合した形が三例。ただし、そのうちの一例は訓注に再出された例）、序文の「陰陽斯開」（序21）を除けば、残りはすべて身体の陰部を表すものと認められる。したがって、量的な面からいえば、それに訓みを与えるか否かは別にして、「陰」と書けば陰部を表していることは理解できたはずだということになる。しかし、陰部にかかわる話題がこうも頻繁に現れる作品は、『古事記』を措いてそう多くは見当たらないことを考えれば、こうした用例主義的な論の詰め方には少々無理があるといわねばならない。『日本書紀』を引き合いに出していえば、計四八例見える「陰」字のうち、一二例が動詞を修飾する副詞的な用例（「ひそかに」）、同じく一二例が「陰陽」（「陰陽師」「陰陽寮」「陰陽博士」を含む）、次いで一一例がイザナキ（伊奘諾）と陰陽の原理を分かち合うイザナミ（伊奘冉）を指す「陰神」の順で、陰部を表す例はわずかに三例にすぎない。また、当然といえば当然だが、『万葉集』には「陰」字が陰部を表す例は存在せず、ほとんどの例はカゲを表す（それ以外は「登能《との》陰《ぐもり》」〈巻十三・三二六八〉などのようにクモリを表す例がごく少数見られるほかは、「陰陽師」「山陰」しかない）。こうした情況を踏まえていえば、『古事記』の「陰」が量的に陰部を表す場合が多いとしても、読み手が「陰」字の訓および意味を決定する条件が十分とはいえないのである。

Dを考える上で、訓注を伴わずに現れるEFIの例は、逆に示唆的である。これらはすべて死体に神や物が化成する文脈中に見られる例であるが、瀬間正之「古事記表記の一側面」[148]に指摘があるように、EFは頭・胸・腹・陰・左右の手足、またIは頭・二つの目と耳・鼻・陰というように、身体部位が列挙される中に「陰」字は置かれており、これらの例では「陰」字を陰部と読み取る条件が文脈に備わっているということができる。[149]Dが正訓字ではなく音仮名で記述されているのは、EFIに見るような条件を文脈が欠くからであり、したがって、Dの場合、和語の音列を直接的に音仮名で示すことで、読み手の解釈を陰部の意に誘導しようとしたものと判断される。解読にかかわる文脈的な支えの弱いHについても、同様に説明することができるであろう。また、先に除外しておいたLも、文脈の条件はDHと変わるわけではない。DH同様、正訓字で「御陰」と文字化された場合、それが山のミホトを意味するものと読み手が判断しうる条件・情報を文脈自体はもたないのである。[150]

以上の検討を通じて導かれる方向性を示しておけば、『古事記』の音仮名表記箇所は、正訓字表記することになんらかの障害がある場合に選択される、第二義的な方法といえなくもない。それは中田祝夫『日本の漢字』（註(102)参照）が、『古事記』の音仮名表記箇所には熟字を含む字訓の未定着なことば（「久羅下（海月）」など）や固有名詞のほか、擬態語・擬声語などが多いことを指摘しつつ、要するにそれらは字訓を用いては書けなかった部分であると総括していることと矛盾しない。[151]また、小松英雄『国語史学基礎論』（註(3)参照）が神名表記の検討を通じて、音仮名で記された神名には筆記者が名義の解釈を断念ないし留保したものが含まれているのではないかと指摘しているのも、音仮名による文字化の方法のはらむ本質的な部分に触れたものといえよう。小松が結論づけているように、神名表記においても音仮名表記は正訓字表記に対して従属的・第二義的な役割しか担わないのである。

3

『古事記』における音仮名表記は、本居宣長が幻想したように「古《へ》の語言《コトバ》を失《ウシナ》はぬを主《ムネ》」（『古事記伝』一之巻「文体の事」）としたわけではなく、また金岡論がいうように「『上古』の『言』を、発音のままに――漢字漢語に置換えることなく――筆録し、かつそのままに読まれることを期待した」部分というわけでもない。前掲亀井「古事記はよめるか」が指摘したように、『古事記』の記述の根幹には正訓字表記の原則が一貫しているのであり、音仮名表記はいわば補助的・従属的な位置にある。

その正訓字表記の原則に貫かれた文字テクストの中に、同じ漢字でありながら表意性を捨象した漢字――音仮名が交用されるのだから、その異質な原理に基づいて文字化された部分を識別する手段が講じられない限り、解読は困難を伴うものとなる。

次國稚如二浮脂一而久羅下那州多陁用弊流之時、流字以上十字以レ音。（上26）

右のように、指定した範囲や単位の文字について「音を以ゐ」たことを示す以音注が、具体的にはその役割を担っているといってよい。

ところで、毛利正守「『古事記』音注について[152]」および同「古事記音注私見」（註（3）参照）は、『古事記』の音仮名表記箇所のうち、以音注を付す例と同時に以音注を伴わない例も大量に存在することに着目して、以音注は編者である太安萬侶が原本の表記を音仮名に「改めた」箇所、および新たに音仮名を付け加えた箇所を明示する目的で付されたものであり、以音注が施されていない箇所は原本の段階ですでに音仮名表記されていた部分であるとする特異な仮説を提示した。毛利の仮説は、序文に「於レ姓日下謂二玖沙訶一、於レ名帯謂二多羅斯一、如レ此之類、随レ本不レ改」（序24）

とあることを前提としているが、『古事記』に見られる以音注・訓注・声注などの注記は、前掲小松『国語史学基礎論』が総括するように、「本文の内容がまちがいなくよみとれるように」という目的において共通しており、「即、辞理回レ見、以レ注明、意況易レ解、更非レ注」（序24）という施注方針に応ずるものと理解すべきである。なによりも右の「即」は、直上の「是以、今、或一句之中、交二用音訓一、或一事之内、全以レ訓録」（同上）という記述方針を承けた叙述であって、論理的に直後に現れる「於レ姓日下……随レ本不レ改」に関連させて理解すべきものではない。毛利の仮説は、以音注についてのみ序文にいう施注方針とは異なる原則を持ち込むことになり、不自然さは否めない。何よりも第二・三節に確かめたように、以音注の施注／非施注にかかわらず、音仮名表記箇所は基本的に主用仮名の体系に覆われているのであり、この点からも毛利のような解釈の成り立つ余地はないといえよう。

しかも、毛利論は以音注を付すもの三〇五例（この数値には誤りがあろう）、付さないもの二五一例とするが、実際には、音仮名表記箇所一六六三のうち（上巻五九六、中巻七七一、下巻二九六。上巻八首、中巻四三首、下巻六〇首の歌謡は、それぞれ一首を一単位として計上した）、以音注が付されているのは三〇六か所にすぎない（上巻一九一、中巻一〇二、下巻一三）。残りの一三五七か所には以音注が施されていないのである。

こうしたありようについては、西宮一民「古事記上巻文脈論」（註(81)参照）が説くように、やはり序文の施注方針にそって理解すべきである。西宮は以音注のない音仮名表記例は「ほとんどが固有名詞に限られてゐること」、また「その位置によつて音訓の弁別が容易になつてゐる」ことを指摘して、「できるだけ『音注』を省く工夫」がなされた結果と捉え、そうした「不音注」は序文にいう「意況易レ解、更非レ注」に応じた措置であることを明らかにした。本章第二節に確かめたように、音訓交用の前提として、そもそも仮名字母には正訓字との競合を避ける配慮が認められるのであり、そうした主用仮名体系の構築は、西宮のいう以音注を「省く工夫」と軌を一にするはずである。

如㆑此言竟而御合、生子、淡道之穂之狹別嶋。訓㆑別云㆓和氣㆒。下效㆑此。次生㆓(a)伊豫之二名嶋㆒。此嶋者、身一而有㆓面四㆒。毎㆑面有㆑名。故、(b)伊豫國謂㆓愛上比賣㆒、此三字以㆑音。下效㆑此也。(c)讃岐国謂㆓飯依比古㆒、粟國謂㆓大宜都比賣㆒、此四字以㆑音。(d)土左國謂㆓建依別㆒。次生㆓(e)隱伎之三子嶋㆒。亦名天之忍許呂別。許呂二字以㆑音。次生㆓(f)筑紫嶋㆒。此嶋亦、身一而有㆓面四㆒。毎㆑面有㆑名。故、(g)筑紫國謂㆓白日別㆒、豊國謂㆓豊日別㆒、(h)肥國謂㆓建日向日豊久士比泥別㆒、自㆑久至㆑泥以㆑音。(i)熊曾國謂㆓建日別㆒。曾字以㆑音。次生㆓(j)伊岐嶋㆒。亦名謂㆓天比登都柱㆒。自㆑比至㆑都以㆑音。訓㆑天如㆑天。次生㆓津嶋㆒。亦名謂㆓天之狹手依比賣㆒。次生㆓(k)佐度嶋㆒。次生㆓大倭豊秋津嶋㆒。亦名謂㆓天御虛空豊秋津根別㆒。故、因㆓此八嶋先所㆑生、謂㆓大八嶋國㆒。然後、還坐之時、生㆓(l)吉備兒嶋㆒。亦名謂㆓建日方別㆒。次生㆓小豆嶋㆒。亦名謂㆓大野手上比賣㆒。次生㆓大嶋㆒。亦名謂㆓大多麻上流別㆒。自㆑多至㆑流以㆑音。次生㆓女嶋㆒。亦名謂㆓天一根㆒。訓㆑天如㆑天。次生㆓(m)知訶嶋㆒。亦名謂㆓天之忍男㆒。次生㆓兩兒嶋㆒。亦名謂㆓天兩屋㆒。（上29～30）

右例は伊耶那岐・伊耶那美の〈国生み〉の一節であるが、（a）～（m）の符号を付した一三の島名・国名（重複を含む）には音仮名（傍線部）が用いられているにもかかわらず、「熊曽國」を除いて以音注が施されていない（「熊曽國」の場合は音訓交用表記ゆえ条件が他と異なる）[153]。島名・国名を人格化した「愛比賣」や「大宜都比賣」などの呼称には基本的に以音注が施されているので[154]、単に固有名詞であるという理由で以音注が省略されたとは考えにくい。「熊曽國」を除く島名・国名に以音注が付されていないのは、これらがいずれも地名だからであり、その中の多くはおそらく当時の慣用表記によっていることが省略を可能にした条件であったと考えられる。

さらに、以音注を省く工夫として「下效㆑此」を挙げることができる（第三章第一節参照）。「下效㆑此」は下文に現れる同様もしくは類似の条件下に現れる文字・文字列にも当該注記の指示が及ぶことを示すものであるから、これもまた『音注』を省く工夫」にほかならない。また、「下效㆑此」がない場合でも近接して頻繁に現れる事例については、以音注を省略することもしばしばある。たとえば、伊耶那岐・伊耶那美の神名については、初出箇所に、

伊耶那岐神、次伊耶那美神。此二神名亦以音如㆑上。（上27）

と以音注が付されているが、それ以降は両神ともにすべて以音注は省略されている。二度目以降に現れる位置が、十分に初出の注記を参看しうるためであろう。

これとレベルは異なるが、彼此参照しうるという点では、次のような場合も、これに準じて理解することができるかもしれない(155)。

此神、娶㆓天狭霧神之女、遠津待根神㆒、生子、遠津山岬多良斯神。

右件自㆓八嶋士奴美神㆒以下、遠津山岬帶神以前、稱㆓十七世神㆒。（上62）

4

「天津日高」の問題に戻ろう。検討してきたように、『古事記』は正訓字による表意表記を基本とし、必要に応じて音仮名を交用する。その前提として、正訓字との競合を避けた主用仮名の体系を構築するが、さらに必要がある場合には以音注を施して正訓字との識別を指示する。

今、前掲植木『日本古典研究』の説くところに従って、A「天迩岐志國迩岐志（以音注略）天津日高日子番能迩々藝命」、B「天津日高日子穂々手見命」あるいはC「天津日高日子波限建鵜葺草葺不合命」の「天津日高」にアマツヒコの訓を与えてみる場合、「天字《ノ》より子字《ノ》までは、皆訓なるに、高字《ノ》一《ツ》のみ」音仮名とみなすことになる（『古事記伝』十五之巻）。Aの場合、冒頭に二度現れる「迩岐志」および後半の「番能迩々藝」が音仮名で記されており、すでに十分に複雑な音訓交用表記の様相を呈しているので、そこに「高」がコ甲の音仮名として加わったとしても、厄介な要素が一つ加わったにすぎないともいえる。しかし、「高」字以外すべてが訓字（訓仮名を含む）で記されているB

Cの場合、「高字《ノ》一《ッ》のみ」音仮名とするのは、かなり問題があるといわねばならない。

確かに、音訓交用表記の例は『古事記』中に頻繁に現れる。ほかならぬ神名表記について見ても、

石土毗古神 川レ石云二伊波一、亦毗古二字以レ音。下效レ此也。（上30）

石巣比賣神（上30）

大屋毗古神（上30）

風木津別之忍男神 訓レ風云二加耶一、訓レ木以レ音。（上30）

速秋津比賣神（上30）

といった比較的単純なものから、

日名照額田毗道男伊許知迩神 田下毗、又自レ伊下至レ迩皆以レ音。（上61）

比々羅木之其花麻豆美神 木上三字、花下三字以レ音。（上61）

などの複雑なものまで、その例はいくらでも挙げることができる。一般論としていえば、「伊耶那岐神」や「伊耶那美神」などのように「神」を除く固有名詞部分がすべて音仮名で書かれている場合や、あるいは「天之御中主神」（上26）や「速秋津日子神」（上30）などのように全体が訓字で記されている場合に比べ、表記原理が任意に交替する音訓交用表記は解読にかかる読み手の負担がはるかに大きい。音訓交用表記による神名の多くに以音注が付されているのはそのためである。

「石土毗古神」「石巣比賣神」「大屋毗古神」「速秋津比賣神」などのように、音訓が交用されながら以音注を欠く場合もしばしばあるけれども、それは前掲西宮「古事記上巻文脈論」が説いたように「意況易レ解、更非レ注」に当たる例と考えてよい。たとえば、「石巣比賣神」の「比賣」の初出は次の例であるが、

故、伊豫國謂二愛上比賣一、此三字以レ音。下效レ此也。（上29）

その後も頻繁に現れつづける文字単位であり、右例の以音注に付された「下效レ此」の指示も、それを意識してのものと見られる。[156]「速秋津比賣神」の場合もこれと同じである。また「大屋毗古神」も先に挙げた「石土毗古神」に付された以音注と「下效レ此」の指示範囲であり、しかも「毗古」は「比賣」と同様、これ以下に連続して現れる（当然、「毗古」「比賣」についての以音注は省略されている）。要するに、これらの例は序文にいう「意況易レ解、更非レ注」に該当するのである。

「毗古」や「比賣」のように、比較的単純な音訓交用表記の例以外についても、以音注が省かれている場合は、基本的に「意況易レ解、更非レ注」に当たる場合とみなしうる。たとえば次の例について見てみよう。

次於レ尿成神名、弥都波能賣神。次和久産巣日神。（上32）

「弥都波能賣神」は「神」のみが正訓字で、ほかはすべて音仮名という比較的単純な交用の例である。しかも、右例は火神を出産したために火傷を負った伊耶那美神の吐瀉物その他に神々が次々と化成する文脈の最後に位置している。右に見る「於レX成神名Y神次Z神」という文型はここまでに数回繰り返されており、Y・Zの表記様式にかかわらず神名であることは理解しうる条件が整っているのである。その上で、最初の「弥（ミ甲）」と最後の「賣（メ甲）」が音仮名専用字、かつそれらに挟まれる「都」「波」が準音仮名専用字であるので、[157]「ミ甲・かつて・なみ・メ甲の神」といった訓みや解釈が導かれる可能性は皆無といってよい。「和久産巣日神」も、「於レX成神名Y神次Z神」という文型が神名として理解すべきことを保証し、かつ「和」「久」が準音仮名専用字であることによって、[158]「和久」が音仮名であることは理解しやすい。この場合、上巻冒頭の「高御産巣日神」「神産巣日神」（上26）の神名が、この神の名を「和久＝産巣日＝神」と分析することを可能にする条件として働いていることも見逃すべきではあるまい。

改めて確認すれば、以音注を伴わない音訓交用表記の例は「意況易レ解、更非レ注」という場合に該当するものと認められるのである。

5

再び「天津日高」の問題に戻ろう。もしこの四字がアマツヒコと訓むべき事例だとすれば、右に検討してきたように、この文字列およびこの四字を含む文字列が「意況の解り易」い場合でなければならず、それゆえ「更に注せず」として処理されていると説明されねばならない。

確かに、複雑な音訓交用の例であるAにあっても、以音注は冒頭に二度現れる「迩岐志」（「天迩岐志國迩岐志」）に対して付されているのみで、最後の「日子番能迩々藝命」については以音注がない。しかし、左に見るように、Aの直下に「日子番能迩々藝命」のみを抽出した記述が置かれていることによって、この長たらしい神名は「天迩岐志國迩岐志天津日高／日子番能迩々藝命」と分節されることが理解できるしくみになっている。

此御子者、御二合高木神之女、万幡豊秋津師比賣命一、生子、天火明命。次日子番能迩々藝命二柱也。（上74）

さらにいえば、Aに付された以音注「自レ迩至レ志以レ音」の位置によって、すでに「天迩岐志國迩岐志（以音注）／天津日高日子番能迩々藝命」と分節されることも示されている。[159]「命」が尊称であることはこれまでの類例によって自明のことであるので、神名の全体は「天迩岐志國迩岐志＝天津日高＝日子番能迩々藝＝命」と分析されることになる。その上で音仮名表記部分「番能迩々藝」は音仮名専用の「番（ホ）」「迩（ニ）」「藝（ギ甲）」、準音仮名専用の「能（ノ乙）」[160]によって記述されているので、この部分が正訓字として読み解かれる可能性はないといってよい。その意味では以音注が施されている「天迩岐志國迩岐志」とは条件を異にするのである（「天迩岐志國迩岐志」の場合、「天」につづいて音仮名が三字連続した後、再び正訓字「國」が現れ、そしてさらに音仮名が三字つづく。「迩（ニ）」「岐（キ甲）」が音仮名専用字であるという条件を考慮しても、「意況易ㇾ解」の場合とはいえない）。

こうした文字列の中で「天津日高」を改めて観察してみるとき、「高」のみを音仮名として用いたとする植木論以降の通説は疑問とせざるをえない。とくにBCについていえば、神名の全体が訓字で記述される中にあって、「高」一字のみが音仮名として用いられていることになる。しかも、問題なのは「高」が音仮名専用字というわけではなく、むしろ『古事記』においては正訓字として用いられる傾向が強いという点である。問題としている「天津日高」七例と、その類型「虚空津日高」三例を除くと、序文を含めて八八例の「高」字が用いられているが、そのうち七七例までが正訓字として用いられているのである。しかも、音仮名と見られる一一例は、そのうちの九例までが地名「高志」に固着して用いられている（「高志池君」などの地名を含む氏族名二例を含む）。

残る二例はいずれも人名の「高目郎女」（中148）と「丸高王」（下212）である。これらの人名は、それぞれ『日本書紀』に「滂来田皇女」（応神二年三月壬子条）、「椀子皇子」（継体元年三月癸酉条）と見える人物と同定されることを前提として、コムクノイラツメ（高目郎女）・マロコノミコ（丸高王）と訓まれている。右の二例にも以音注は認められないが、地名「高志」に用いられた九例にも以音注は付されていない。しかし、だからといって音仮名「高（コ甲）」がすべての例について「意況の解り易」い場合に該当するとはいえないであろう。

地名「高志」の場合は、地名として固着した用字であるからこそ以音注が不要なのであり、地名表記としての社会的通用性が前提としてあるからである。また、右の二例の人名にしても、以音注がないことが直ちに「意況易ㇾ解」を意味するとは限らないと考えておく方が無難である。前掲小松『国語史学基礎論』（註（3）参照）が指摘するように、以音注や訓注・声注などの注記は全巻にわたって均等に現れるわけではなく、おおむね上巻に集中する傾向が認められる。以音注に即していえば、上巻一九一例、中巻一〇二例、下巻一三例で、この偏在するありようは訓注・声注も同様である。要するに、上巻における以音注の密度・濃度を前提にして、中・下巻——とくに注記の激減する下巻——のありようを類推したり、問題を一般化するのは危険なのである。

やはり個別の文字列に即した観察が必要であろう。この場合、「郎女」「王」がそれぞれ尊称ないし称号として理解されるため、読み手は（もし訓を当てようとすれば）「高目」「丸高」というごく短い部分について、いくつかの試行錯誤によって訓みに辿り着くであろう、などという推測に基づいて「意況易レ解」に当たると強弁するよりも、むしろ具体的な訓みの問題は措き、単に皇統譜を記述したと考える方が正解に近いかもしれない。少なくとも「高」字が正訓字使用に傾くこと[161]、「目」が「高目郎女」を除けば、すべて正訓字として用いられていること、そして「丸」字が「丸高王」を除き、すべて音仮名「丸（ワ）」（「丸迩」）として用いられていることを考えれば、「高目郎女」「丸高王」とも異例であり、その可能性は十分にあると思われる。

こうした状況を踏まえていえば、「天《ノ》字より子《ノ》字までは、皆訓なるに、高《ノ》字一《ツ》のみ音に訓べき理りなし」という『古事記伝』の主張はきわめて正当なものというべきではなかったか。右の二例の人名を留保するとして、『古事記』中「高」字は地名「高志」以外は基本的に正訓字として使用されているのであり、「天津日高」という文字列において「天津日」までの訓字（訓仮名「津」を含む）の連続を断ち切って、「高」のみを音仮名として捉える根拠はどこにもない。むしろ、「高天原」がそうであり、「高御産巣日神」がそうであったように、「高」は訓字としてアマツヒタカ（もしくはアマツヒダカ）と訓むべきではないのだろうか。

植木は、「天津日高」に相当する部分が『日本書紀』に「天津彦」とあることを根拠の一つとして挙げていたが、基本的に他文献の情報を『古事記』に持ち込むことには慎重であるべきだと考える。たとえば、番能迩々藝命の母

「万幡豊秋津師比賣命」が『日本書紀』本文では「栲幡千千姫」となっているといった記紀間の相違は、挙げていけばきりがないほどであって、『日本書紀』に採用された形が必ず『古事記』と同じであるという保証はない。「天津彦」は『日本書紀』が採用した解釈を反映した用字と理解すべきであろう。「天津日高」は記紀間の問題なのではなく、『古事記』の問題なのである。植木の挙げた「日子」に対する「変字」というアイデアも、述べてきたような解読上の不都合を考えれば、無理な想定というべきであろう。

なお、亀井孝「誦習の背景」[162]に「日高」は稗田阿礼の誦習した原資料の用字が流れ込んだもので、したがって「天津日高」はアマツヒコと訓むべきだという説が見えるが、紙幅の都合か、根拠が示されないまま放置されている。原資料の用字を考慮するとしても、それらを『古事記』の文字テクストとして定着させる際に、「辞理」「意況」に対する配慮が安萬侶によってなされていると考えられるので、以音注がないという点で事態は同じである。また、西宮一民編『古事記 修訂版』に「仮名『高』は『日』の連想的用字」とする解釈が見える[163]が、それによって「高」字がもつ強い正訓字志向の問題がクリアされるわけではない。

6

述べてきたところに従って、「天津日高」に訓を与えるとすれば、『古事記伝』のいうようにアマツヒダカ（もしくはアマツヒタカ）となろう。そして、その意味もアマツヒコと訓むことを前提として「天上界の神聖な男子」（新潮日本古典集成『古事記』〈西宮一民校注。一九七九年、新潮社〉「付録　神名の釈義」）の意などとするのが通説だが、やはり『古事記伝』のいう「天津日の、高く天の真秀《マホ》らに坐《ス》を、望瞻《ミミ》奉るが如くなる由の、称名《タタヘナ》」（十五之巻）とみるべきであろう。周知のように、『古事記』には天皇を日神天照大御神の血統を引く者として位置づける。それは〈神武東遷〉

の物語で、登美毗古の矢によって負傷した神武の兄五瀬命のことばに強烈に表れている。

吾者為二日神之御子一、向レ日而戦不レ良。（中90）

ABCに用いられた「日子」の用字はまさにこれに応じたものといえるが、「天津日高」はその「日子」に対する称辞と見て問題はない。それは『古事記』歌謡中の枕詞「高光る」が「日の御子」に対する称辞として機能するのになぞらえて理解することができるであろう（歌謡28・72・100・101）。日向三代に現れる特殊な神名構成要素「天津日高」は、用字に即して見れば、こうした称辞として『古事記』が採用したものと考えられるのである。(164)

註

（1）序文には、訓専用文（「全以レ訓録」）を基本としつつ、必要に応じて音仮名表記を交用する（「交二用音訓一」）という記述方針を提示した上で、解読に支障がある場合《ケース》については注を施して文意を明らかにする旨が記されているが（「即、辞理叵レ見、以レ注明、意況易レ解、更非レ注」）、『古事記』のさまざまな箇所に施された各種の注記に関しても序文の施注方針との対応関係が確認される（第三章第一節参照）。

（2）稗田阿礼については、天武朝の帝紀・旧辞撰録事業に際して次のような記述があり、

於レ是、天皇詔之、朕聞、諸家之所レ賷帝紀及本辞、既違二正實一、多加二虚偽一。……故惟、撰二録帝紀一、討二覈舊辞一、削レ偽定レ實、欲レ流二後葉一。時有二舎人一。姓稗田、名阿礼、年是廿八。為レ人聡明、度レ目誦レ口、拂レ耳勒レ心。即、勅二語阿礼一、令レ誦二習帝皇日継及先代舊辞一。（序23）

また、元明の安萬侶に対する『古事記』撰録の下命を記した箇所にも次のように見える。

以二和銅四年九月十八日一、詔二臣安萬侶一、撰二録稗田阿礼所レ誦之勅語舊辞一以獻上者、謹随二詔旨一、子細採摭。（序24）

（3）毛利正守「古事記音注私見」（『万葉』八三号、一九七四年二月）によれば、「字音」をもって記述したことを示す注記を付すもの三〇五例、付さないもの二五一例を数えるという。ただし、改めて調査し直してみると、『古事記』における音仮名表記箇所は上巻五九六、中巻七七一、下巻二九六の計一六六三か所で（上巻八首、中巻四三首、下巻六〇首の歌謡は、それぞれ一首を一単位として計上した。「謂二建日向日豊久士比泥別一。自レ久至レ泥以レ音。」（上29）のように、本文に用いられた音仮

名を以音注に再掲出して音仮名の使用範囲を特定する場合があるが、以音注に再掲された文字については音仮名表記箇所に計上していない)、うち三〇六か所(上巻一九一、中巻一〇二、下巻一三)に以音注が施されている。

なお、指定した範囲や単位の文字について「音を以ゐ」たことを示す注を本書では「以音注」と呼ぶこととする。この注記については、毛利論に見るように「音注」の呼称が用いられる場合も多いが、本来漢字の字音を示す手段をいう「音注」の呼称を、当該文字・文字列の音読を指示する場合にまで適用するのは適切ではないとする小松英雄『国語史学基礎論』(一九七三年、笠間書院)の批判は基本的に支持すべきであろう。小松論では、注の指示内容を「所与の文字が音読さるべきことをしめしたもの」と捉え、「音読注」の呼称を提示しているが、「以音」の意味するところは字音を以って文字化したことを示すにとどまり、音読の指示は間接的である。「訓ㇾA云ㇾB」「訓二CD一云二EF一」などの形式・文言からなる訓注とは異なり、「(此)G字以ㇾ音」「此神・人名以ㇾ音」「(此)x(数)字以ㇾ音」などのように、以音注には通常「訓」字が用いられることはない。唯一、「風木津別之忍男神」の注に「訓ㇾ風云二加耶一、訓ㇾ木以ㇾ音」(上30)という例があるが(前半は訓注、後半は以音注と見られる)、「訓ㇾ木以ㇾ音」の「訓」は前半の訓注の文言に引かれた例外と見るべきものである(なお第三章第二節6参照)。『古事記』の注文《ちゅうぶん》に即していえば、「以音注」と呼ぶのが適当と考える。

(4) 倉野憲司「古事記の文章」(『国語と国文学』七巻四号〈一九三〇年四月〉)は対偶法・反復法・列挙法・倒置法・承遞法などの修辞を口頭伝承に由来する技法と捉え(倉野の所説は、小島憲之「古事記の文体」〈『国語国文』二〇巻一二号、一九五一年四月〉、同『上代日本文学と中国文学　上』〈一九六二年、塙書房〉、同『国風暗黒時代の文学　上』〈一九六八年、塙書房〉、西宮一民「古事記の文体を中心として」〈上田正昭編『日本古代文化の探求　古事記』、一九七七年、社会思想社〉などに発展的に継承されている)、さらに西宮「古事記の文体を中心として」は接続語の頻用をも加えて、それぞれ口頭伝承との関係性を論じている(接続語については、本書第三章第三節参照)。

(5) 小島憲之『上代日本文学と中国文学　上』(註(4)参照)、西宮一民「古事記行文私解」(『古事記年報』一五〈一九七二年五月〉)。

(6) なお、山口佳紀「『古事記』声注の一考察」(『万葉』一三〇号〈一九八八年十二月〉。山口『古事記の表記と訓読』〈一九九五年、有精堂〉所収)は、小松論では検討が不十分であった音仮名に施された声注をも検討して、その機能・目的が「辞理」「意況」の明示にあることを確かめている。

（7）山口佳紀「古事記における音仮名表記の意味」（小林芳規博士退官記念国語学論集編纂委員会編『小林芳規博士退官記念国語学論集』〈一九九二年、汲古書院〉。山口『古事記の表記と訓読』〈註(6)参照〉所収）は、加えて「文意・文脈の正しい理解を導く」という積極的な機能をもつ例も多く存在することを指摘している。

（8）亀井孝「古事記は よめるか」（武田祐吉編『古事記大成3　言語文字篇』〈一九五七年、平凡社〉。『日本語のすがたとこころ(二)　亀井孝論文集4』〈一九八五年、吉川弘文館〉所収）。亀井の指摘するように、地の文における『交用音訓』の実例は、古事記全巻を通じて決して多くはない」。

（9）矢嶋泉「人麻呂歌集略体表記の位置」（稲岡耕二編『声と文字　上代文学へのアプローチ』〈一九九九年、塙書房〉）。

（10）このように捉え直すとき、かつて口頭伝承の特徴と考えられた「故《かれ》」「尒《しかくして》」「於是《ここに》」「是以《ここをもちて》」などの接続語の頻用も正訓字（表意）表記の原則にそって理解されるべきものであることが明らかである。本書第三章第三節に詳述したように、『古事記』の接続語は基本的に漢文の助辞に由来するものであり、その機能も漢文助辞に一致する。これは和語における接続詞の未発達という情況と表裏の関係にある。

（11）フェルディナン・ド・ソシュール『一般言語学講義』（小林英夫訳、一九七二年改訂版、岩波書店）。

（12）埼玉県行田市「稲荷山古墳出土鉄剣銘」（四七一年）に見える「乎獲居臣」以下の人名・大王名（「獲加多支鹵大王」）・地名「斯鬼宮」や熊本県玉名郡菊水町「江田船山古墳出土太刀銘」（五世紀後半）に見える「獲加多支鹵大王」や人名「无利弖」などはよく知られた例である。

（13）大阪市中央区の難波宮跡出土木簡（七世紀半ばとされる）に「皮留久佐乃皮斯米之刀斯」とあるのをはじめとして（「之」は正訓字）、奈良県高市郡明日香村飛鳥池遺跡からは「世牟止言而」などと書かれた木簡（七世紀後半）が出土している。

（14）和語が前提とされているからこそ、しばしば漢文とは異なるシンタクスが現れると考えられる。

（15）東野治之「日本語論」（『新版　古代の日本1　古代史総論』〈一九九三年、角川書店〉。東野『長屋王家木簡の研究』〈一九九六年、塙書房〉所収）。

（16）上代の文字資料中、仮名専用体がほぼ歌の表記に限られる理由は、基本的に表意性の欠如という欠陥にあるが、また別次元の要素として文書行政によって成り立つ律令国家が、文意の伝達性を必要としたことも指摘しておくべきだろう。現在なお残る各地の方言的差違は、『万葉集』巻十四の東歌や巻二十所載の防人歌などによって古代にも存在したことが知られるが、そうした差違を超えて意思疎通をはかるためには、各地の方言的な要素はそぎ落とされる必要があった。東歌や防人歌が仮名専用体で書かれているのは、中央貴族の方言に対する関心によるところが大きいが、言／意の言に依拠して書かれたその内容は、左例に見るように伝達性の面ではむしろ分かりにくいものとなっている。

知々波々我可之良加伎奈弖佐久安例弖伊比之氣等婆是和須礼加祢豆流《ちちははがかしらかきなでさくあれていひしけとばぜわすれかねつる》（巻二十・四三四六）

（17）意味の確定は当然訓みの確定につながるわけで、歌の表記における正訓字表記は言の文字化という目的に矛盾しない（矢嶋「人麻呂歌集略体表記の離陸」。西條勉編『書くことの文学』〈二〇〇一年、笠間書院〉所収）。

（18）石母田正「古代文学成立の一過程」（『文学』二五巻四・五号〈一九五七年四・五月〉。石母田『日本古代国家論　第二部』〈一九七三年、岩波書店〉および『石母田正著作集　第一〇巻』〈一九八九年、岩波書店〉所収）。

（19）「所ㇾ作」「将二作縫一」「以ㇾ此而」「石見国与二出雲国一之堺」などのように漢文式の構文も見出されるが、「以ㇾ此而」を除く「所―」「将―」「―与―」などの構文は歌の表記にも多用されており、必ずしも漢文的というわけではない（矢嶋泉「構文からみた人麻呂歌集略体表記」〈西宮一民編『上代語と表記』二〇〇〇年、おうふう〉）。ただし「以ㇾ此而」は漢文訓読語由来の接続語で、伝承本来の語ではない可能性が高い（第三章第三節「接続語の頻用」参照）。

（20）宣命大書体による記述は鹿島神宮の縁起にかかわる伝承に限られるので（ⓐのすぐ後にも「俗ニ云」として崇神による幣帛献上の伝承が宣命大書体で記述されている）、ⓐが鹿島神宮の縁起資料などの引用という可能性も否定できないが、秋本の指摘するように漢語漢文の本文に対する「俗ニ云」という構図は『常陸国風土記』を一貫しているので、資料性の如何にかかわらず、和語による記述であることは動かない。

（21）『古事記』の記述様式に照準を合わせて考察を進めてきた結果、われわれは重要な問題を積み残してきたことに気づく。古代日本においてやまとことばを表した漢字文（変体漢文、和文体、宣命体、略体表記、非略体表記、仮名専用体など）以上に重要な記述様式であったはずの漢文体がそれである。漢文体をやまとことばの記述様式として排除する理由は実はどこにもない。現に第一節1に触れた『常陸国風土記』のⓑが流麗な漢文で書かれていたことは見たごとくであり、なによりも『日本書紀』が漢文体で書かれていることがもつ意味は大きいといわねばならない。正式な国家史を目指した『日本書紀』が、その記述様式として公的な〈晴〉の記述様式である漢文体を採択したことは当然すぎるほど当然の結果であった。しかし、本節の検討を踏まえていえば、やまとことばを漢文体で記述する――とは、単にやまとことばを漢語に翻訳することであるわけではない。言／意の意を公的な〈晴〉の文体で記述することだったのである。奈良朝に生きる官人・貴族にとって、それは名誉ある晴れがましい行為と認識されたはずである。

(22) 春日政治「仮名発達史序説」（『岩波講座　日本文学』第五輯下〈一九三三年四月、岩波書店〉。『仮名発達史の研究　春日政治著作集1』〈一九八二年、勉誠社〉所収）。

(23) 春日論には「旧音」「新音」についての説明がとくにないが、『古事記』成立の時代背景からいえば、「新音」は七世紀後葉以降「音博士」（『日本書紀』持統五年九月壬申条・同六年十二月条に「音博士大唐続守言」の名が見える）を置くなどして国家的なレベルで受容が急務とされた中国長安・洛陽付近の北方音（いわゆる漢音）をさし、したがって「旧音」は漢音以前に日本にもたらされた揚子江下流地域の漢字音（いわゆる呉音）をさすものと見られる。『日本書紀』における「旧音」「新音」の混用を指摘した箇所には、「例えば己をキ、気をキ、施をシ、都をト、尼をニ又はヂ、弐をジ、奴をド、麻をバと用ゐるが如きは新音に由ったもの」とあり、「新音」が「漢音」をさすことは動かない。

(24) 「仮字の事」におけるAB本来の叙述は「続紀より以来《コナタ》の書どもの仮字は、清濁分《ワカ》れず、（注略）又音と訓とを雑《マジ》へ用ひた《(ママ)》るを、此記書紀万葉は清濁を分《ワカ》てり、（注略）其中《ノ》に万葉の仮字は、音訓まじはれるを、（注略）此記と書紀とは、音のみを取《リ》て、訓を用ひたる《(ママ)》は一《ツ》もなし」というもので、実際には清濁の書き分けと音仮名専用方針という次元を異にする二つのことがらが複合的に扱われている。ここでは便宜上、前者をA、後者をBとして掲出した。
なお、Bの「音のみを取《リ》て、訓を用ひたる《(ママ)》は一《ツ》もなし」という指摘は、文脈上「続紀より以来《コナタ》の書どもの仮字は、清濁分《ワカ》れず、（注略）又音と訓とを雑《マジ》へ用ひたる《(ママ)》を」、および「其中《ノ》に万葉の仮字は、音訓まじはれるを」を受けたもので、音仮名を専用して訓仮名を「雑《マジ》へ用」いないことをいう。訓仮名が用いられていないという意味ではない。

(25) ABの場合と同様、CDは呉音系字音の専用と、一つの仮名が担う音価を一音に限定していることの二つのことがらを複合的に述べたものであるが、便宜的にCとDに分けた。

(26) これにつづけて「其例をいはば、コの仮字には、普《アマネ》く古《コ》許《コノ》二字を用ひたる《(ママ)》中に、子《コ》には古字《ノ》をのみ書て、許字《ノ》を書ることなく、……」とあるように、いわゆる上代特殊仮名遣に言及したものである。

(27) ABのように『古事記』以外の文献を包括した指摘の場合もあるが、そもそも「仮字の事」は『古事記』の仮名の特徴に光を当てることを目的とする章節であるから、『古事記』の特徴として掲出することに問題はあるまい。

なお、A〜Eの各項にはそれぞれ若干の例外が存在し、「仮字の事」もその事実に言及しているが、清濁の違例の存在について述べた「いと〳〵まれなる方になづみて、なべてを疑ふべきことかは」という言説が、そうしたありように対する宣長の見解・態度を端的に示していよう。

(28) 天暦以前の「仮字用格《カナヅカヒ》」に誤用がないことを説明するに当たって、宣長が取り上げているのは「伊韋延恵於袁《イヰエヱオヲ》の音《コヱ》、又下に連《ツラナ》れる、波比布閇本《ハヒフヘホ》と阿伊宇延於和韋宇恵袁《アイウエオワヰウヱヲ》とのたぐひ」――すなわち歴史的仮名遣であり、「恒《ツネ》に口《クチ》にいふ語《コトバ》の音《コヱ》に、差別《ワキタメ》ありけるから、物に書《カク》にも、おのづからその仮字《カナ》の差別《ワキタメ》は有《リ》けるなり」という「仮字用格」論は、歴史的仮名遣の問題に限定されているように読めなくもない。しかし、「仮字の事」の論理を忠実に辿れば、仮名遣の問題の根底に音韻上の区別があるとする宣長の「仮字用格」論は、歴史的仮名遣以外の問題をも包含して構想されていることが明らかである。「仮字の事」は天暦以前の書に「仮字用格」の乱れがない事実とその理由を述べた後、天暦以前の諸書中「此記は又殊に正しきなり」という結論を先行させて記述するが、それに続けて「いでそのさまを委曲《ツバラカ》に云《ハ》むには、まづ続紀より以来《コナタ》の書どもの仮字は、清濁分れず、(注略)又音と訓とを雑《マジ》へ用ひ《(ママ)》たるを……」というように、清濁の書き分けを指摘するAをはじめとする六項が示されるのである。もちろん、記述に際しての運用方針に関するBD、仮名字母の選定に関するCE(後述するように、これも運用面と無関係ではない)は、「口《クチ》にいふ語《コトバ》の音《コヱ》」と直接的な関係を有するものではないが、清濁の書き分けをいうAと上代特殊仮名遣の存在を指摘するFについては、「口《クチ》にいふ語《コトバ》の音《コヱ》に、差別《ワキタメ》ありけるから、物に書《カク》にも、おのづからその仮字《カナ》の差別《ワキタメ》は有《リ》けるなり」という「仮字用格」論の枠組の中で宣長の主張を読み取るべきである。

「宣長が古事記伝に於て指摘した仮名の定まりは、……子《コ》に古のみを書いて許を書かず、……女《メ》には賣のみを用ゐ米を用ゐないといふ類であるから、此等の特殊な語に於ける仮名の定まりであつて、コ音メ音等の仮名全体に通じての定まりではない」という橋本進吉「国語仮名遣研究史上の一発見」(『帝国文学』二三巻一一号〈一九一七年十一月〉。『文字及び仮名遣の研究 橋本進吉著作集 第三冊』〈一九四九年、岩波書店〉所収)の言説は、宣長の主張を不当に歪めたものといわねばならない(この点については、すでに安田喜代門『国語の本質』〈一九七二年、著者刊〉、安田尚道「『古事記伝』の「仮字の事」をどう読むか」〈『日本語の研究』四巻四号、二〇〇八年十月〉に指摘がある)。

(29) 「仮字の事」では、清濁の書き分けをいうAも「殊に正し」く保たれているという評価を介して古さの徴証と捉えられている。清濁の問題は通時的な変化に基づいて正用/誤用を判断しうる場合があることも事実であるが、それ以上に文字の上で清濁の別を書き分ける意識の有無——またそれを可能にする知識や技術の有無という共時的な要素が大きく作用することを無視すべきではない。七世紀中ごろから九世紀初頭にかけての木簡の仮名表記を通覧すると（木簡学会編『日本古代木簡選』〈一九九〇年、岩波書店〉、沖森卓也・佐藤信『上代木簡資料集成』〈一九九四年、おうふう〉、木簡学会編『日本古代木簡集成』〈二〇〇三年、東京大学出版会〉、栄原永遠男「歌木簡の実態とその機能」〈『木簡研究』三〇号、二〇〇八年十一月〉を参看した）、清濁の違例は七世紀中ごろから九世紀初頭にわたってほぼ均等に分布しており（左にその一部を挙げておく）、通時的な問題であるよりは書き分けの意識や書き分けの知識（技術）の問題であることを示している。清濁の書き分けをもって、ただちに古さの徴証とすることはできないのである。

前期難波宮跡出土木簡（七世紀中ごろ）
皮留久佐乃皮斯米之刀斯（春草のはじめの年）　＊皮は波の省文。斯は清音仮名。之は正訓字。

大津市北大津遺跡出土木簡（七世紀後半）—部分—
誈阿佐ム加ム移母（誈あざむかむやも）　＊佐は清音仮名。ムは牟の省文。

飛鳥池遺跡出土木簡（七世紀後半。下限は持統朝）—部分—
□久於母閉皮（□く思へば）　＊皮は波の省文で清音仮名。

藤原宮跡出土木簡（七世紀末〜八世紀初）
多々那都久（たたなづく）　＊都は清音仮名。

平城宮跡出土木簡（天平十八〈七四六〉年ごろ）—部分—
田□之比等々流刀毛意夜志己々呂曽（た□し人と取るとも同《おや》じ心そ）　＊田は訓仮名。志は清音仮名。曽は清音仮名だが、ゾを表すとすれば清濁の違例。

平城宮跡出土木簡（天平十九〈七四七〉年以前）—部分—
津久余々美宇我礼□□□□□（月夜良みうかれ）　＊津は訓仮名。我は濁音仮名。

平城宮跡出土木簡（天平十九〈七四七〉年の木簡が伴出）—部分—
玉尓有波手尓麻伎母知而□□（玉に有らば手に纏き持ちて□□）　＊玉・有・手・而は正訓字。波は清音仮名。

（30）『古事記』序に「上古之時、言意並朴、敷㆑文構㆑句、於㆑字即難。已因㆑訓述者、詞不㆑逮㆑心。全以㆑音連者、事趣更長。是

以、今、或一句之中、交二用音訓一、或一事之内、全以レ訓録」(序24)とあるように、太安萬侶は『古事記』筆録に際して訓専用方式と音仮名専用方式それぞれの欠点を把握した上で、結局のところ、訓専用を基本に据えつつ、必要に応じて音訓交用の方式を併用するという方針を採用したのであった(亀井孝「古事記は よめるか」〈註(8)参照〉)。

(31) 上巻↓中巻↓下巻と施注箇所が減少するのは、後の巻ほどそれまでの経験を前提として読むことが可能だからであり、またそのように期待されているものと考えられる(小松英雄『国語史学基礎論』〈註(3)参照〉)。

(32) 川端善明「万葉仮名の成立と展相」(上田正昭編『日本古代文化の探求 文字』〈一九七五年、社会思想社〉)。

(33) 具体的には、音仮名「美(ミ甲)」は正訓字としても用いられるが、正訓字の用例一六例中、「美人」(九例)「麗美」(五例)という熟合形が大半を占めていること、また「許(コ乙)」の場合は、正訓字の用例九例中七例が「~之許」の形で用いられていることを挙げている。

(34) 疑問文の形で控え目に述べられているが、実質的には「正訓字使用度の高い字は、音仮名に採用することをひかえるという傾向」が認められることを指摘したものである。具体的には、次の三点を根拠として挙げている。

・奈良朝の文献に広く認められる「安(ア)」「非(ヒ乙)」「衣(エ)」「也(ヤ)」「作(サ)」「吾(ゴ甲)」「射(サ)」「大(ダ)」「為(ヰ)」などが『古事記』では音仮名として用いられていないこと。

・散文本文に多様される正訓字「非」「於」に対し、「斐(ヒ乙)」「淤(オ)」などの増画字が音仮名として用いられていること。

・正訓字と抵触する「与(ヨ乙)」「可(カ)」「我(ガ)」「棄(キ甲)」「故(コ甲)」「去(コ乙)」「世(セ)」「是(ゼ)」「他(タ)」「殿(デ)」「怒(ノ甲)」「本(ホ)」「味(ミ乙)」「无(ム)」「留(ル)」などの音仮名は、歌謡や訓注では使用されるが、散文本文では用いられていないこと。

ただし、第三点に掲出された「去」(神武記歌謡「志祁去岐」)は卜部系諸本に限られ、真福寺本には「志祁志岐」とある。今日では「志」と校訂するのが一般的である。また、「世」字は本文に「須世理毗賣」として用いられた例が四例ある(上55~56)。この二字については修正の要があるが、推測の方向性は動くまい。

(35) 尾崎知光「古事記の表記と安万侶の撰録」(『古事記年報』一九〈一九七七年一月〉。尾崎『古事記考説』〈一九八九年、和泉書院〉所収)。

（36）西宮一民「『古事記』」（佐藤喜代治編『漢字講座5　古代の漢字とことば』〈一九八八年、明治書院〉。西宮『古事記の研究』〈一九九三年、おうふう〉所収）。

（37）西宮一民「『古事記』の通用字」（伊藤博・井手至編『小島憲之博士古稀記念論文集　古典学藻』〈一九八二年、塙書房〉。前掲西宮『古事記の研究』〈註（36）参照〉所収）にも同趣の指摘がある。

（38）漢音を交用せず、呉音を専用することをいう2Cは、実質的には一つ音仮名が表す音節を一つに限定するための手段にほかならないから、正確には1と4D（2C）の二項に整理すべきであろう。

（39）「万葉の仮字は、音訓まじはれるを」（「仮字の事」）と宣長が述べるように、『万葉集』訓主体表記巻の歌では音仮名と訓仮名の交用はむしろ普通である（左例参照。傍線は音仮名、破線は訓仮名および借訓表記）。

牟佐々婢波《むささびは》　木末求跡《こぬれもとむと》　足日木乃《あしひきの》　山能佐都雄尓《やまのさつをに》　相尓来鴨《あひにけるかも》（巻三・二六七　志貴皇子）

その理由は何といっても歌の記述であること、また情報量が少ないことに求められよう（大半が五句・三十一音節からなる短歌であって、最長の長歌でも一五〇句に満たない）。散文とは異なり、韻律という約束ごとが書き手と読み手の間に共有されているため、表記原理に多少の変動があったとしても、読み手は韻律を手がかりとして若干の試行錯誤の後に書き手の意図する訓みに辿り着くことができるであろう。書き手はまたそうした読み手の反応を予測しつつ記述することもできる。「色二《いろに》山上《い》復有山《で》者《ば》」（巻九・一七八七）や「馬声《い》蜂音《ぶ》石花《せ》蜘蟵《くも》荒鹿《あるか》」（巻十二・二九九一）などのいわゆる戯書は、書き手が読み手の試行レベルを極限にまで引き上げたしかけといえるが、こうした表記が成立するのも歌というしくみ内部の問題だからである。

（40）しかも、二音節を表す二合仮名の場合、韻尾に付加する母音によって、「色麻柵《しかまのき》」（『続日本紀』天平九年四月戊午条）、「色妙乃《しきたへの》」（『万葉集』巻二・二二二）、「三輪君色夫《みわのきみしこぶ》」（『日本書紀』孝徳大化元年八月癸卯条）などのように、さらに訓みの幅が拡大する可能性を内包する。

（41）「内色許男命色許二字以レ音。下效レ此。」のように、本文の用字を注で再掲した例は、本文のみを用例として扱い、注は無視した。

（42）新編日本古典全集『古事記』は「阿直史《あちきのふひと》」と訓むが、『古事記伝』「仮字の事」のC、春日論の2に従って、「直」は呉音よってヂキと訓むべきである。ちなみに、「史」の語源はフミヒトであるから、慣用とはいえフヒトの訓は適切でない。フミヒト→フムヒト→フビトのいずれかで訓むべきであろう。

（43）尊称「命」を付帯する例は二か所に見えるが（上54・63）、前者の場合、真福寺本系諸本には「命」字があるが、卜部系諸本にはない。

（44）日本古典全書『古事記　下』（一九六二年、朝日新聞社）、新編日本古典全集『古事記』（一九九七年、小学館）などは、『古訓古事記』『古事記伝』以来の「伊服岐能山《いぶきのやま》」の訓を改めて「服」字を清音に訓む（「伊服岐能山《いふきのやま》」）。しかし、『古事記伝』「仮字の事」のC、春日論の2に従って、入声仮名「服」も呉音ブクにより濁音に訓むべきであろう。

（45）大野透『新訂 万葉仮名の研究』（一九七七年〈元版は一九六二年〉、高山本店）は、韻尾と下接音節の語頭子音とが完全に一致しない場合であっても、調音点の類同する子音が下接する場合には連合仮名と認定している。ここでは大野の所説を考慮してb項を立てた。

（46）前掲大野『新訂 万葉仮名の研究』（註(45)参照）は、「伯伎・伯耆はハハキ甲のいづれか一方のハの表記を略したものであるが、上略表記と見て、伯を連合仮名と認めるのが妥当である」という（同書四五三頁）。大野の所説にしたがえば、「必《ズ》下に其《ノ》韻の連《ツ》きたる処にあり」の例となるが、ここでは一応その他に分類しておく。

（47）「吉師」は、『周書』異域伝百済条に見える「王姓夫余氏、号二於羅瑕一、民呼為二鞬吉支一」、前田本『日本書紀』仁徳四十一年三月条「百済王之族」の「王」の傍訓コニキシ（別訓コキシ）、『釈日本紀』巻一七秘訓二に見える「王《コキシ》」（第六）・「軍君《コニキシ》」（第十四）などの「吉支」やキシ、あるいはその残照と見られる万暦三（一五七五）年光州刊『千字文』の「王」の訓釈「긔ᄌᆞ」（クィジャに近い発音）などと関連する語で、本来王や貴人をいう馬韓語・百済語かとされる（李基文『国語語彙史研究』〈一九九一年、東亜出版社〉、都守熙『三韓語研究』〈二〇〇八年、JNC〉）。新羅十七等官位の第十四「吉士」（『三国史記』巻三八雑志第七職官上）も、もちろんこれと無縁ではあるまい。

（48）『日本書紀』にはそれぞれ「阿直伎」「阿直岐」（応神十五年八月丁卯条）、「王仁」（応神十五年八月丁卯条、同十六年二月条）と見える。

（49）宣長が例外的に存在する入声仮名について「厳な《オゴソカ》」る「古人《へ》の仮字づかひ」を強調するのは原則のほころびを糊塗するためである。

（50）ちなみに、地名「甲斐」「吉備」「筑紫」は、他文献には以下のように見えている。

甲斐　日本書紀　　甲斐国（景行四十年是歳）・甲斐黒駒（雄略十三年九月）・甲斐勇者（天武元年七月壬子）など

平城宮跡木簡　甲斐（一四・一九・二〇〈いずれも追記〉、四一九九）・甲斐國（四六六二）など

正倉院文書　甲斐調（天平宝字四年六月二十五日「秦造丈六観世音菩薩料雑物請用帳」〈『大日本古文書』四巻四二〇頁〉）・甲斐国（天平十年「駿河国正税帳」〈『大日本古文書』二巻一〇八頁〉）など

吉備　日本書紀　吉備子嶋（神代上第四段本文）・吉備国（神武即位前紀乙卯年三月己未）など

風土記　吉備鉄（『播磨国風土記』美嚢郡志深里）・吉備国（『釈日本紀』所引『肥後国風土記』逸文）など

藤原宮跡木簡　吉備□（一八三）・吉備□（六五八）など

万葉集　吉備津采女（巻二・二一七題詞）・吉備能酒（巻四・五五四）など

筑紫　日本書紀　筑紫洲（神代上第四段本文）・筑紫（神代上第五段一書第六）など

風土記　筑紫久麻曽国（『播磨国風土記』印南郡名）・筑紫国（『常陸国風土記』久慈郡太田郷長幡部之社、『肥前国風土記』総記）・筑紫（『豊後国風土記』速見郡名）など

万葉集　筑紫国（巻三・三〇三題詞）・筑紫乃子島（同巻六・九六七）など

正倉院文書　筑紫国（神亀三年「山背国愛宕郡雲上里計帳」〈『大日本古文書』一巻三三五頁〉）・筑紫（同上「山背国愛宕郡雲上里計帳」〈『大日本古文書』一巻三三六頁〉）など

なお、「竺紫」の例は見当たらないが、大宰府出土木簡に「竺志前贄駅」（前掲『日本古代木簡選』〈註(29)参照〉）、『続日本紀』文武四年六月庚辰条に「竺志惣領」、『新撰姓氏録』摂津国諸蕃に「竺志史」などの例が見える。これらは「筑紫」に固定する以前の用字が残存したものかと推測されるが、「竺紫」の場合、「紫」字を「筑紫」と共有しているので、あるいは単に「筑紫」の「筑」に「竺」字を通用させたものかもしれない。

(51)「仮字の事」が取り上げなかったものに、新羅人名「金波鎮漢紀武」（下183）に見える「金」「鎮」「漢」の三字があり、『古事記伝』は「金波鎮漢紀武《コムハチムカムキム》」、田中頼庸『校訂古事記』（一八八七年、神宮教院）は「金波鎮漢紀武《コムハチニカニキム》」と訓んでいる。「金」はm韻尾字、「鎮」「漢」はn韻尾字なので、仮に開音節化して訓まれたとすれば「金《コム》」「鎮《チニ》」「漢《カニ》」の訓が支持されよう。ただし、現代語とまったく同じ発音ではないにしても、高句麗語・百済語・新羅語には開音節とともに閉音節があったことが確認されているので（李基文『新訂版　國語史概説』〈二〇〇〇年、太學社〉、金東昭『韓國語変遷史』〈一九九八年、

螢雪出版社〉、裵大溫『古代韓國語概説』〈二〇〇五年、螢雪出版社〉など)、「金」「鎮」「漢」の三字が閉音節を表している可能性は排除できない。もっとも、和語を表記したものではないので、「仮字の事」のように仮名として扱わないという態度もありうるし、また『古事記』において外国人名を写し取るために用いられていることを重視すれば、『古事記』の用字と捉える立場もありえよう(仮に『古事記』が参看した資料の用字が利用されたものであったとしても)。しかし、これらの三字が二合仮名として用いられているのか、閉音節を写し取ったものであるのかを決定するすべがないので、当面『古事記』の用字と認めつつも、例外として扱うことにせざるをえない。ただし、これらの文字が固有名詞の表記に用いられている点は確認しておいてよい。

(52)「時置師神」の「置」字は道祥本(および寛永版本)に見えるのみで、真福寺本をはじめ諸本に「量」とある。今日では「時量師神」(上37)と校訂するのが一般的である。新潮日本古典集成『古事記』(一九七九年、新潮社)によれば、「時量師」は「解《と》き放《はか》し」の借訓表記という。

(53)「洲」は『古訓古事記』および『古事記伝』本文の「洲羽海」によるが、真福寺本をはじめとする諸本に「州羽海」(上71)とある。したがって、ここは「州」に訂正すべきところである。

(54)『古事記』上巻に「天之《あめの》波士《はじ》弓《ゆみ》」(上67・76)の例があり、『日本書紀』神代下第九段一書第四には「天梔弓」とある(同段一書第五末尾に置かれた当該例の訓注には「梔、此云二波茸《はじ》一」と見える)。

(55)小松英雄『国語史学基礎論』(註(3)参照)に、これらの訓注は単に訓み方を示すことを目的とするわけではなく、連濁をおこした形を示すことで、「狭-土」、「奥-疎」「土-雲」がそれぞれ「ひとまとまり」をなすものとして理解すべきことを示すものであることが指摘されている。

(56)ソシュール『一般言語学講義』(註(11)参照)。

(57)ただし、最後に「ヌ」を表す仮名として挙げられた「奴」「怒」は、実際にはそれぞれヌとノ甲を表す音仮名で、「奴」「怒」については上代特殊仮名遣の差異ではない。

(58)池上禎造「古事記に於ける仮名『毛・母』に就いて」(『国語国文』二巻一〇号〈一九三二年十月〉)および有坂秀世「古事記に於けるモの仮名の用法について」(『国語と国文学』九巻一一号〈一九三二年十一月〉)。なお、有坂秀世『国語音韻史の研究』(一九四四年、明世堂書店。増補新版は一九五七年、三省堂)も参照。

（59）有坂論も断るように、第一詔から第五詔までの宣命のモは、三一例中二二例が「モ（助詞）」、九例が「ナモ（助詞）」で、すべてが乙類相当の「母」に限られる。

（60）稲岡耕二「人麻呂歌集歌の筆録とその意義」（『国語と国文学』四六巻一〇号〈一九六九年十月〉。稲岡『万葉表記論』〈一九七六年、塙書房〉所収）。

（61）山口佳紀「上代特殊仮名遣い研究から見て古事記偽書説は成り立つのか」（『国文学 解釈と教材の研究』二五巻一四号〈一九八〇年十一月〉）。

（62）訓主体表記巻所載の旅人歌と憶良歌のモの表記と上代特殊仮名遣の適否を示しておく（ただし、一般に憶良作と推定されていても、無記名の歌は省略した）。×は違例、○は適例、△は表記された語の甲乙が不明の場合、および表記した文字が表す音の甲乙が不明の場合を表す。所載の巻数は省略し、国歌大観番号のみを示す。

旅人　なりにけるかも（鴨《か》×）（三一六・四五二）／またをちめやも（八方△）（三三一）／我が命も（毛×）（三三二）／思ほゆるかも（可聞△）（三三三・一六三九）／淵にあらぬかも（有毛×）（「あらむも（有毛×）」「ありこそ（有乞）」「あらも（有毛×）」と訓む説もある）（三三五）／人たちも（毛×）（三四〇）／なりにてしかも（鴨《か》×）（三四三）／猿にかも（鴨《か》×）似む（三四四）／宝といふとも（十方△）・あにまさめやも（八方△）（三四五）／玉といふとも（十方△）・あにしかめやも（八方△）（三四六）／虫に鳥にも（毛×）（三四八）／遂にも（毛×）死ぬる（三四九）／忘らえめやも（八方△）（四四七）／涙ぐましも（毛×）（四四九）／心悲しも（喪△）・一云「見も（毛×）さかず来ぬ」（四五〇）／人も（毛×）無き（四五一）／大和も（毛×）ここも（毛×）（九五六）／瀬戸の巌も（母○）（九六〇）／思ほえむかも（香聞△）（九六七）／見む人もがも（裳×欲得△）（一五四二）／まがへつるかも（鴨《か》×）（一六四〇）

憶良　見らめども（杼母○）（一四五）／それその母も（毛×）（三三七）／士《をとこ》やも（母○）（「士《をのこ》やも」と訓む説もある）（九七八）／小舟もがも（毛×賀茂△）・ま櫂《かい》もがも（毛×我母○）・あまた夜も（毛×）・眠《い》寝てしかも（可聞?）・一云「眠《い》も（毛×）さ寝てしか」・秋にあらずとも（母○）・一云「秋待たずとも（登毛×）（一五二〇）／通へども（杼母○）（一五二一）／礫《たぶて》にも（毛×）・隔てればかも（可母○）（一五二二）

（63）矢嶋「人麻呂歌集略体表記の位置」（註（9）参照）。

（64）前掲稲岡『万葉表記論』（註（60）参照）。

（65）「沈痾自哀文」（漢文）・「悲二嘆俗道仮合即離、易レ去難レ留詩一首」（漢詩）・「老身重レ病経レ年辛苦、及二思子等一歌七首」（和歌、巻五・八九七～九〇三）を不可分なセットとして創作された山上憶良の一連の作品はその典型である。

（66）ほとんどの人がモの音韻的区別をしなくなった時代であれば、もはや他者に対するこうした配慮は意味をなさないわけだから、やはり過渡的な情況が想定されるであろう。

（67）「布都麻迩尓上」の場合、音仮名によって表されるフトマニという音列の最後の音節が上声であることを示して格助詞ニであることを明示し（前掲小松『国語史学基礎論』。註（3）参照）、さらにはフトマニなどの副詞に間投助詞ニ（平声）のついた形に読み誤られる可能性を排除したものと見られる（山口佳紀「『古事記』声注の一考察」〈註（6）参照〉）。「宇上加比賀登母」は九句からなる小長歌の第八句に相当する。当該歌は第五句までは五音・七音の定型が保たれているが、第六句に「和礼波夜恵奴（我はや飢《ゑ》ぬ）」という不足音句が現れるため、韻律を手がかりとして機械的に句切れを与えてゆくと、第五句以下は「多多加閇婆（戦へば）／和礼波夜恵奴斯（我はや飢ぬし）／麻都登理宇（待つ鳥得）／加比賀登母伊麻（かひが伴）／須氣尓許泥（助けに来ね）」などの解釈も不可能ではないため、「宇」に上声の声注を付すことで「鵜」の語義を暗示し、誤読を防いだものと見られる（小松『国語史学基礎論』）。

（68）高木市之助「古事記歌謡に於ける仮名の通用に就ての一試論」（『京城大学文学会論纂』二輯〈一九二五年十二月〉。高木『吉野の鮎』〈一九四一年、岩波書店〉および『高木市之助全集　第一巻』〈一九七六年、講談社〉所収）。

（69）第二章第五節および第三章第一・二節参照。

（70）高木論（註（68）参照）の用語で、同一音節を表すのに複数の仮名字母が存在するとき、全編を通じて頻用される仮名字母に対し、用例数の上で「極めて不釣合に」少ない仮名字母をいう。

（71）真福寺本の顕宗記冒頭には「伊弉本別王御子、市邊忍齒王御子、袁祁之石巣別命……」（下207）という先帝との続柄記事があり、西宮一民編『古事記　修訂版』をはじめ、現行注釈書のほとんどが圏点部分を『古事記』本文と認定する。その場合「弉（ザ）」は『古事記』に用いられた唯一の仮名となるが、下巻の多くの歴代天皇記冒頭に現れる先帝との続柄記事は、中巻には一切存在しないこと、下巻にあっても雄略・武烈記には認められず、一貫性がないこと、履中を例外としてすべて真福寺本のみに見える記事であることから、校訂上の問題がある箇所である。吉井巌「作品としての古事記中・下巻の構造」（『万葉』一三八号〈一九九一年三月〉。吉井『天皇の系譜と神話　三』〈一九九二年、塙書房〉所収）は皇位継承にかかわる記述形式を詳細に検討した上で、「真福寺本に存する続柄の記述」には「記述の論理もなく、天皇となるべき皇子を王とは呼称しないという古事記の記述形式の常識も」認められないことから、後人による「さかしらな添加」と結論づけている。従うべき見解といえよう。また、部民の「部」を音仮名ベ甲と見る向きもあるが（西宮一民「『古事記』」〈註(36)参照〉）、仮に語源が字音であったとしても（百済経由の移入語であったとしても）、すでに和語として定着を見ており、なによりも『古事記』では、ほかの語中に現れるベ甲の音節を表す仮名として用いられることもないため、音仮名と認定するには大きな問題がある。以上の理由から、「粠」「部」の二字を除外した。

なお、シ・オ・ホ（およびジ・ボ）について上代特殊仮名遣上の区別を認める説があるが、定説となりえているとはいいがたい。これらの仮名について甲乙二類の区別を認める立場は取らない。また、「師木」「味師」の「師」を『古事記伝』は訓仮名と認定するが（一之巻「仮字の事」）、シの訓は認めがたく、音仮名と認定すべきであろう。

(72)　主用／非主用の呼称は第二節に用いた常用／非常用と混同しそうだが、後者は常用される無韻尾単音節仮名と非常用の有韻尾の連合仮名・二合仮名および訓仮名などの関係について述べたもの、前者は『古事記』の音仮名体系の基盤をなす無韻尾単音節仮名を軸として、単音節を表す音仮名の使用頻度に着目した呼称である。

(73)　春日政治「仮名発達史序説」（註(22)参照）。

(74)　前掲春日論（註(22)参照）にいう「広く用ゐられる標準字母」、大野透『続万葉仮名の研究』（一九七七年、高山本店）のいう「主要仮名」に重なる部分が多い。

(75)　旧稿（矢嶋「『古事記』の音仮名複用をめぐって」〈『青山学院大学文学部紀要』三三号、一九九一年一月〉）には、散文本文・歌謡・訓注の三つの領域のうち少なくとも二領域にまたがって使用されていることを汎用の要件としたが（解説注・氏祖注の音仮名は便宜上、散文本文に含める）、たとえばゴ甲ゼゾ乙などのように、音節によっては歌謡以外に記述機会がない場合もあるので、ここでは固有名詞のような特定の語彙に固定的に使用される例を除外した上で、単純に用例数によって主用／非主用を区分した。その際、用例数が最も多い仮名字母に次ぐもののうち、最多の仮名字母の半数以上の用例数がある場合には第二の主用仮名として扱うこととした。量的な面から見て非主用ともいいにくいからであるが、もとより便宜的な措置にすぎない。個別の問題は本節と次節を通じて、その都度検討することとする。

(76)　使用頻度が一〇以上を数える「訶（カ）」「吉（キ甲）」「伎（キ甲）」「玖（ク）」「高（コ甲）」「沙（サ）」「師（シ）」「紫

（シ）」「色（シ）」「世（セ）」「當（タ）」「刀（ト）」「祢（ネ）」「摩（マ）」「羅（ラ）」「丸（ワ）」「遠（ヲ）」などは、主用仮名に対して圧倒的に少ないとはいえないが、このうち「吉（キ甲）」は「吉備」「吉師」に、「紫（シ）」は「筑紫」「竺紫」に、「祢（ネ）」は「宿祢」に、そして「丸（ワ）」は「丸迩」にそれぞれ固着しており、用法・使用領域（以上の四字はすべて散文本文）が限定的である。また、「色」はすべて散文本文の固有名詞に用例が限られ、一般語彙に用いられるわけではない。さらに、散文本文（および清寧記の袁祁命の名告りの詞章）に使用が限られる「訶」、散文本文の固有名詞にしか使用例のない「高」「師」、歌謡の一例を除き散文本文の固有名詞に用例が限られる「當」、同じく散文本文に使用が限定されている「沙」など、そのありようは主用仮名と等質とはいいがたい。同様に、使用頻度は一〇を超えないけれども、七例すべてが国名「新羅」「新良」に固着して現れる「新（シ）」、六例のうち三例が地名および地名に因む人名「甲斐」に、三例が神名中のカヒ乙（甲斐）の表記に用いられる「甲（カ）」、四例すべてが神名「阿遅志貴高日子根神」（「阿遅志貴多迦比古泥」）に固着して用いられる「貴（キ乙）」、二例すべてが地名および地名に因む氏族名「志幾」に用いられる「幾（キ乙）」、二例とも百済人名に用いられる「素（ソ）」（「卓素」「西素」）、三例すべてが地名および地名に因む氏族名「平群」に固着して用いられる「平（ヘ甲）」など、複数の用例数をもつ仮名の多くは固有名詞表記に傾く（「自（ジ）」「宗（ソ甲）」「賦（フ）」「豫（ヨ乙）」「地（ヂ）」はすべてが固有名詞に、「奢（ザ）」は八例中五例、「智（チ）」は一二例中八例、「治（ヂ）」は七例中六例、「番（ホ）」は九例中八例、「菩（ホ）」は六例中五例が固有名詞の表記に用いられている）。これらの仮名の用例数は固有名詞の出現頻度を反映するにすぎず、仮名自体の使用頻度とは次元が異なるといわねばならない。

(77) 「伊耶那岐神」「伊耶那美神」の例を挙げるまでもなく、主用仮名によって表される固有名詞も数多く存在するので、固有名詞を調査対象から除外するのは適切ではない。

(78) 字種については西宮一民『古事記』（註(36)参照）を参照した。ただし、「犇」「部」の二字は除外した（註(71)参照）。

(79) 犬飼隆「『「濁音」専用の万葉仮名』の機能を考える」（『言語と文芸』八三集〈一九七六年十月〉。犬飼『上代文字言語の研究』〈一九九二年、笠間書院〉所収）。

(80) 允恭記に見える「意富本杼王」（下182）の人名表記も、連続する同一音節ホの間に意味上の切れ目を認めての異字表記と考えることができそうである。ホに音韻上の区別を認める立場もあるが、同じ人名が応神記には「意富々杼王」（中163）と見えていることから、従いがたい。なお、允恭記と応神記で表記が異なるのは、表記上のゆれと見ておく（表記上のゆれの問題は第二章第四節で扱う)。

(81) 西宮一民「古事記上巻文脈論」(『国語と国文学』五三巻五号〈一九七六年五月〉。西宮『古事記の研究』〈註(36)参照〉所収)。

(82) ちなみに、『日本書紀』には「伊豫」「讃岐」「土左」「筑紫」「肥」「佐度」「吉備」が、『万葉集』にも「伊豫」「讃岐」「土左」「筑紫」「肥」「佐度」「吉備」が見える。「隠伎」は『日本書紀』には「億岐」とあるが(『万葉集』には用例がない)、『出雲国風土記』には六例すべてが「隠岐」の用字で現れる。

(83) 日本古典全書『古事記　上』(一九六二年、朝日新聞社)解説「文体」。

(84) 第二節に触れたように(註(76)参照)、非主用仮名「甲(カ)」六例はすべて「甲斐」と熟合した形で現れる。そのうちの三例は地名および地名に因む人名で、いずれも慣用表記と認められるが、残りの三例は神名「奥津甲斐弁羅神」(上37)、「邊津甲斐弁羅神」(上38に二例)に見えるもので、地名に関連づけて説明することはできない。しかし、後述するように、非主用仮名は無個性な主用仮名の体系を外れた異質性によって地名以外の固有名詞の指標機能をもつことが確認される。その点から考えれば慣用表記「甲斐」の固定的な訓みを利用した神名表記と見ることもできる。

(85) 地名・氏族名のワニは、『日本書紀』ではもっぱら「和珥」が用いられているが、平城宮跡出土木簡に「丸尓部刀良」「丸尓部夜倍」などの人名が見えるほか、『播磨国風土記』讃容郡中川里船引山条にも「丸部《わにべ》具」が見えているので、少なくとも「丸(ワ)」は慣用表記に由来する用字と認めてよいであろう。

(86) 榎本福寿「古事記の表記」(『万葉』一〇〇号〈一九七九年四月〉)。

(87) 西宮一民編『古事記　修訂版』その他によれば、このほかに仁徳記の「兔寸河」(下177)が加わる。「兔」は「兎」の正字で、呉音ツ漢音トであるが、『播磨国風土記』讃容郡中川里条に見える「河内国兔寸村人」(330行)、また『延喜式』巻九・神名上に見える「等乃伎神社」(和泉国大鳥郡)と関係のある河川名とする推測に基づきトノキ甲ガハと訓むのが一般的である(トの甲乙は不明)。ただし、トノキ甲と訓む場合、「③呉音を専用して漢音を交用しない」(第二節)という運用面の原則に反することになる。地名であるから、漢音に基づく外部の仮名がそのまま持ち込まれた可能性も考えられないわけではないが、ノ乙を補読する必要があること、また第二字「寸(キ甲)」は訓仮名であるから、「③音仮名の文字列に訓仮名を交用しない」(同上)という原則にも抵触することなど、問題はそれほど単純ではない。むしろ、訓仮名「寸(キ甲)」に連なることを考慮すれば、「兎」は訓仮名ウとして用いられていると考える方が合理的である。

ここまで西宮編『古事記 修訂版』に従って、一応「兎」字を音仮名（西宮はト甲とする）という前提で論を進めてきたが、実際には音仮名の用例から削除すべきものと考える。

(88) 沖森卓也「万葉仮名と文章文体」（『万葉集研究』一七集〈一九八九年、塙書房〉。沖森『日本古代の表記と文体』〈二〇〇〇年、吉川弘文館〉所収）。

(89) 上巻冒頭近くに見える「大斗乃弁神」に用いられた「乃（ノ乙）」も語構成を示す機能を負うものと考えられる。

次意富斗能地神。次妹大斗乃弁神。此二神名亦以レ音（上26）

同神の名は意富斗能地神とともに右のように記されているが、仮にこの対偶神の名を主用仮名で「意富斗能遅神」「意富斗能弁神」と記した場合（「地」は呉音ヂ漢音チで、『万葉集』には「都地《つち》（土）」〈巻五・八一二〉のように清音に用いた例もあるが、『古事記』は呉音によるのを原則とするため、濁音ヂを表す仮名と理解される）、対立は、「遅」と「弁」に顕現することになる。「遅（ヂ）」「弁（ベ甲）」はそれぞれ男女の性に対応する尊称と見られるので、「意富斗能=遅神」「意富斗能=弁」という語構成は明瞭だといえる。しかし、この場合、「伊耶那岐=神」「伊耶那美=神」などの例とは異なり、共通項すべてが神名の核というわけではないので、さらに「意富斗能」についての分析が必要となる。

現行表記を観察すると、二神とも全音仮名表記を前提とする以音注「此二神名以レ音」が付帯するにもかかわらず、女神名には正訓字「大」が素知らぬふりで用いられている。しかし、ここに多元的な施注作業といった見方を持ち込むべきではあるまい（第三章第二節参照）。ここでは二神名を異字表記することで、最初の二音節は女神名に用いられた「大」の意、また第四音節は連体助詞ノとの対応関係が強固な「乃（ノ乙）」字が女神名に用いられていることによって連体助詞ノの意であることが示されているのである。その結果、二神の名は、

意富=斗=能=地神
大　=斗=乃=弁神

という語構成であること、同時に神名の核は「斗（ト甲）」であることも示されているのである。

(90) 以音注・訓注・声注とも上巻に濃密に分布し、中・下巻では漸減することが、前掲小松『国語史学基礎論』（註(3)参照）によって指摘されている。

(91) 前掲犬飼論（註(79)参照）は、歌謡に用いられた稀用の仮名について、対句の存在を暗示する機能、すなわち句を前提とした間接的な切れ目の明示機能を負うという見解を述べている。しかし、たとえば後に検討する〇の「存（ゾ乙）」が最後から二句目に現れているように、下に対句をもちようもない位置にも稀用字すなわち非-主用仮名が用いられた例がある。句の「切れ・続き」という視座で非-主用仮名のすべてを説明するのには、無理があるといえよう。

(92) 前掲高木「古事記歌謡に於ける仮名の通用に就ての一試論」（註(68)参照）。

(93) ただし、大野『続万葉仮名の研究』（註(74)参照）のいう「義字的用字」は必ずしも意味との関連性は問題ではなく、漢字本来の意味を引きずる場合のすべてを含むもので（たとえば推量の助動詞ラシに「良志」をあてたような例も「義字的用字」の要素が認定される）、本節の立場からは「意味との聯關をもたせ」た用字という限定を加えておく必要がある。

(94) 前掲大野『続万葉仮名の研究』（註(74)参照）が、「盧」に「飯器」「盛火器」などの意を確認しつつ、神武記歌謡中の「意富牟盧夜尒《おほむろやに》（大室屋に）」（中95）について「饗・膳夫、さらには、オホ乙ムロ甲ヤに因む義字的用字」とするのについては判断を保留したい。歌謡の直前の散文本文に「大饗」（中94）、「饗賜二八十建一」（中95）、「八十膳夫」（同上）などと見えはするが、「意富牟盧夜（大室屋）」との直接的関連性は薄いというべきだろう。むしろ「大室屋」とのかかわりの方が重要だが、大野論には具体的な根拠は示されていない。「盧」に通ずる用字と見れば、「盧、一曰、粗屋摠名」（『集韻』）などの意との対応が見出されるけれども、むしろ主用仮名の変遷という面を考慮する必要があろう（第四節8参照）。なお、旧稿（註(75)参照）では、小松『国語史学基礎論』（註(3)参照）に従って「地（ヂ）」を神名の語構成を示すための異字表記と述べたが、むしろ義字的用字と捉える方が適切であろう。

(95) 『古事記』の用字・注の形式・注文などには、試行過程を経て途中から別の方針に変更される場合がある。後述のように（第二章第二節8・9、第三章第二節）、それは仮名の使用についても認められることで、こうした方向から「於母陀流神」を見た場合、次のように考えることもできる。「於母陀流神」の「於」は、その直前の「意富斗能地神」の「意」に次いでオの仮名の表記機会の第二番目である。「大」の意を表す「意富斗能地神」の「意富」との語義の相違を意識して、「面足」のオに「意」とは異なる字母を用意しようとすれば（動機は語義的な問題に立ち至らず、単に変字の要求であってもよい）、『古事記』外部の文字資料では同時代的に常用される「於」が第一候補となるだろう（そもそも「於」は平仮名「お」の字母であり、最も頻用された平俗の仮名字母である）。その際、表意文字として多用される「於」との抵触が、この時点で意識にのぼっていなかったとすれば、表意文字「於」との抵触に気づくまでの間「於」の仮名はそのまま用いられることになる。筆録が進捗するにつれて、『古事記』という文字テクスト用の仮名としての適性を欠くものとして捨てられていった仮名字母の一つに数えられるかもしれない。同様の運命を辿った仮名字母に「何（ガ）」「下（ゲ甲）」「世（セ）」「与（ヨ乙）」「留（ル）」「路（ロ甲）」などがある（なお第四節8・9参照）。

(96) それぞれの仮名字母について、散文本文における使用情況を示しておく。

等（ト乙）　接尾語のラ・ドモ・タチ、形容詞ヒトシなどの意で多用される。

留（ル）　もっぱら動詞トドマルの意で用いられる。

何（ガ）　イヅレ・ナニをはじめ、「如何」「奈何」などの形でイカ（ニ）など、多様な意で用いられる。

与（ヨ）　動詞アタフ、格助詞ト、「共与」の形でトモニなどの意で用いられる。

路（ロ甲）　名詞ミチの意で用いられた例が一例ある。

(97) 散文本文における「可」「琉」の使用情況は次のとおりである。

可（カ）　もっぱら助動詞ベシに用いられるが、形容詞ヨシの意で用いられた例も一例ある。

琉（ル）　散文本文でも音仮名としての使用例しかない。

(98) 真福寺本では「紀」の偏を言偏に近い形に崩す場合がしばしばある。現に当該例（真福寺本下巻354行）の前後に現れる「都紀賀延波」（同341行）、「和岐豆紀賀斯多能」（同365行）の「紀」も「記」に近い字体で書写されている。

(99) 小林芳規「古事記音訓表」（『文学』四七巻一一号〈一九七九年十一月〉）の計数による。

(100) 以上の検討から漏れた非主用仮名に「治（ヂ）」「菩（ホ）」がある。七例の「治」のうち五例は、すでに見た地名・氏族名の「多治比」や「阿治志貴高日子根神」（上68）、「丹波能阿治佐波毗賣」（中108）など、散文本文の固有名詞に使用されたものである。歌謡6の「阿治志貴多迦比古泥能迦微」（上69）を直前の散文本文に見える「阿治志貴高日子根神」（上68〜69）の表記を意識したものと見れば、七例中六例までが固有名詞にかかわって用いられていることになる。ただし、一例ではあるが普通名詞に用いられた例が神武記に見える。「久治良（鯨もしくは鷹）」（歌謡9、中94）がそれであるが、ここに「治」が用いられた理由については、主用仮名の交替という視点から説明されるべき事例と見られる（第四節8および註(142)参照）。

「菩」は六例中五例までが神名アメノホヒ（天菩比神〈命〉・天之菩卑能神）に用いられているが、残る一例は仲哀記歌謡「加牟菩岐／本岐玖琉本斯（神寿き寿き狂し）」（歌謡39、中147）に現れる。前掲犬飼論（註(79)参照）は、句の切れ目を示す目的で稀用の「菩」が用いられたとするが、異字による分節とすれば「加牟菩／岐本岐玖琉本斯」と理解される可能性を排除できない。ここは変字法を利用して同語の対応を意識させ、その結果として句の切れ目を示す機能と見るべき例であると思われる（第二章第四節参照）。

(101) 神田秀夫「校訂」（日本古典全書『古事記　上』解説〈註(83)参照〉）。

(102) 音仮名専用表記のもつ長所は、もちろん日本語の音列をそのまま文字化できる点にあるが、その欠陥は序文のいうように単に「事の趣更に長し」といったレベルにとどまるわけではない。音仮名は表意性を捨象したところで成立するものであるため、音仮名のみで記述された文字列は語義の特定・語構成や文節の認定など、解読上さまざまな困難を抱え込むことになる（中田祝夫『日本語の世界4　日本の漢字』〈一九八二年、中央公論社〉参照）。

(103) 亀井孝「古事記は よめるか」（註(8)参照）。亀井が指摘するように、「『交用音訓』の方式の実例は、古事記全巻を通じて、決して多くはない」。基本的に『古事記』の散文本文は、正訓字主体ということができる。

(104) 神野志隆光「記紀における歌謡と説話」（『上代文学』六二号〈一九八九年四月〉）。

(105) 註(70)参照。高木のいう特例仮名は「亞可貴棄故胡去其奢芝酒他智治刀等祢乃菩味也盈琉留盧路」の二六字だが（亞をアの仮名とするのは誤り）、今日の本文校訂の水準から見て「去酒也盈」の四字は『古事記』の仮名とは認めがたい。

(106) 非一元的成立を説く高木論（註(68)参照）の論拠は、音仮名の非斉一性・非均質性に重心が置かれてはいるが、それのみに終始するわけではない。ほかに同一の語をめぐって音仮名表記と正訓字表記とが併存すること、歌謡と散文本文に展開される物語との文脈上の不整合などが、論を支える柱として指摘されている。それぞれ『古事記』の文字テクストを考える上で重要な問題をはらむが、『古事記』の文字・文字列に即したより慎重な検討が必要であることを指摘するにとどめ、ここでは立ち入らない（第二章第五節参照）。

(107) その後も太田善麿「古事記歌謡の原本に就いて」（『歴史と国文学』二五巻一号〈一九四三年七月〉）、神田秀夫「古事記本文の三層」（『国語国文』二七巻二号〈一九三三年二月〉。神田『古事記の構造』〈一九五九年、明治書院〉所収）、同「文体」（日本古典全書『古事記　上』〈註(83)参照〉解説）、直木孝次郎「『古事記』用字法に関する一試論」（『人文研究』四巻九号

〈一九五三年十月〉。直木『日本古代の氏族と天皇』〈一九六四年、塙書房〉所収）、倉塚曄子「旧辞に関する覚え書」（『都大論究』五号〈一九六五年十二月〉。日本文学研究資料叢書『古事記・日本書紀Ⅰ』〈一九七〇年、有精堂〉所収）、徳田浄「古事記の仮名」（徳田『古事記研究』〈一九六九年、桜楓社〉所収）、野口武司「『古事記』歌謡の原形表記について」（『国学院雑誌』七三巻五号〈一九七二年五月〉。野口『古事記及び日本書紀の表記の研究』〈一九七八年、桜楓社〉所収）、西宮一民「古事記の仮名表記」（『古事記年報』三〇〈一九八八年一月〉）などが、非一元的成立説の立場から上中下各巻や歌謡・歌群など、さまざまな局面における仮名使用の偏差の追究を試みている。

(108) この二分法は、前掲太田論（註(107)参照）にも別案として示されている。しかも、その場合の区分は「之邇を用うるといふ点を中心として……大体神武天皇記の部分と允恭天皇記以下の部分とを、その残りの部分から別けて見る見方と、之邇を有しないものを用うるといふ点を中心として……仁徳天皇記の前半や履中天皇記の部分をその残りの部分から別けて見る見方とが存しうるであらう」とあるように、倉塚論と基本的に一致する。

(109) 大野透『続万葉仮名の研究』（註(74)参照）所収。

(110) 伊野部重一郎「記紀歌謡の用字法について(上)(下)」（『続日本紀研究』一二三・一二四号〈一九六四年十・十二月〉。伊野部『記紀と古代伝承』〈一九八六年、吉川弘文館〉所収）。

(111) 稀用の仮名字母に、意味上の切れ目の指示機能を見ようとする視座は、すでに小松英雄『国語史学基礎論』（註(3)参照）、犬飼隆「『濁音』専用の万葉仮名』の機能を考える」（註(79)参照）などに提示されている。ただし、歌謡の観察を主とする犬飼論が、そうした機能をすべて「句」を単位とする「切れ・続き」という枠の中に括ってしまう点には賛同するわけにはいかない。犬飼は、「『特異な』万葉仮名」（本節の非‐主用仮名に基本的に重なる）が非定型句に含まれる場合が多いこと、「『特異な』万葉仮名」を含む句の前後に句と句の切れ目が置かれている場合が多いこと、「『特異な』万葉仮名」を含む句がその前後の句と対句を構成したり、またはその次の句から対句が始まる場合が見られることを指摘しつつ、句の「切れ・続き」を知る指標として、また対句の存在を暗示する指標としての機能を担うと結論づけるが、犬飼自身がいうように、それを含む句自体が前や後の句と対句をなす場合と、その句は対句を直接構成せず、直後に対句が現れる場合とがあるのだとすれば、指標としての機能のしかたは到底一貫したものとはいえない。

賣杼理能／和賀意富岐美能／於呂須波多／他賀多泥呂迦母（歌謡66、下174）

……斯多那岐尒／和賀那久都麻袁／許存許曽波／夜須久波陁布礼（歌謡78、下184）

のように、「『特異な』万葉仮名」を含む句の後に、対句が存在しない場合さえあることを考慮すれば、こうした条件のもとで「『特異な』万葉仮名」を示されたところで、対句の把握に役立つとはいえないだろう。

なお、念のために述べておけば、意味的に切れ目をもつ同一音節の連続のすべての例が異字表記されているわけではない。小松『国語史学基礎論』も注意するように、第二章第三節に引用したA「布斗麻迩尒上（以音注略）ト相而詔之」（上28）とほとんど同じ文脈が、垂仁記には「布斗摩迩々占相而」（中121）のように、声注を含まず、かつ踊り字を用いた同字の反復で記述されている。これについて小松は、「こうしたむらは、やはり、上巻の方に、いっそうこまかい注意がゆきとどいているというところに、その理由をもとむべきであろう」と解釈している。確かに、訓注・以音注・声注などの解読上の手がかりとなる情報は、上巻に集中し、中・下巻に進むに従って微量になるという傾向が認められ、この例も声注に関する限り妥当な解釈と考えられる。しかし、音仮名表記に施された解読にかかわる表記上の工夫の精粗については、訓注・以音注・声注を通じて見られるパターン（上巻への集中と中・下巻の漸減傾向）は認められず（歌謡に限っていえば、後述のごとく、こうした工夫が施された例はすべて下巻に集中する）、注記のむらと同列に扱うことは危険である。こうした工夫は、基本的に臨時の措置と考えられ、その精粗のむらについては、後述するように、表記に対する筆録者の意識の尖鋭化と鈍化の振幅にかかわるものと見ておきたい。

(112)　たとえば、「何（ガ）」の場合、散文本文に疑問詞として頻用される正訓字「何」との抵触が放棄されることになる理由と考えられる。同様の例として、歌謡345のみに現れる「路（ロ甲）」の仮名がある。なお本節89参照。

(113)　これと類同の例に次の例がある。

夜須美斯志／和賀意富岐美能／阿蘓婆志斯／志斯能／夜美斯志能（やすみしし我が大君の遊ばしし猪《しし》の病み猪《しし》の）……

（歌謡97、下199）

ただし、この例では傍線を施した第三句末と第四句初めには、尊敬の助動詞「す」の連用形に過去の助動詞「き」の連体形が重なり、それに名詞「猪《しし》」が続く結果、シの音節が四つ連続する。そのため、三句目末と四句目冒頭の異字表記は、句と句との切れ目を示す効果としてはやや微弱といわねばならない。冒頭の枕詞「やすみしし」の第四・五音節のシの連続の異字表記、および五句目の「病み猪の」の第三・四音節のシの連続の異字表記も、この場合その効果を弱めるための条件として働いている。

(114) 開化記の系譜記事から垂仁記の範囲(中106〜125)で、地名「沙本」およびそれに因んだ人名「沙本毗古」「沙本毗賣」が、一貫して「沙(サ)」字を負い続けるのも同様の例に加えることができるだろう。ただし、崇神記系譜には「伊玖米入日子伊沙知命」(中109〜110)の名が見えるので、神武記のように地名「宇沙」に「沙(サ)」、それ以外に「佐(サ)」を用いるといった完全な書き分けが成立しているわけではない。ただし、垂仁の和風諡号の用字は、

伊玖米入日子伊沙知命(崇神記、中109〜110)

伊久米伊理毗古伊佐知命(崇神記、中110)

伊久米伊理毗古伊佐知命(垂仁記、中115)

のように、修辞的な変字法が強く意識されており、「沙(サ)」はそのために流用されたものと見ることもできる。

(115) Pは123の三連からなる三連対である。

(116) 一般的な意味での対句とはいいにくいために例示を控えたが、次の例のような「迩」「尒」の変換も、ある意味で対応関係が意識されている例に加えることができるだろう。

須々許理賀/迦美斯美岐迩/和礼恵比迩祁理(歌謡49、中155)

許登那具志/恵具志尒/和礼恵比迩祁理(同右)

この場合、なぜ反復の明らかな「和礼恵比迩祁理」のニに変換が見られないのかが気になるが、修辞的な変字法は期待されるすべての位置に施されているわけではなく、およそ任意なありようを示す。P123に現れる「まつぶさに」のニも、第一連「尒」、第二連「迩」、第三連「迩」で、第三連目では変換が放棄されている。なお、T2の「芝(シ)」は既述のごとく直上の同一音節「斯(シ)」との連続に配慮し、句と句の切れ目を示すための異字表記でもある。

(117) 高木市之助「変字法に就て」(垣内先生還暦記念会編『日本文学論攷』〈一九三八年、文学社〉。高木『吉野の鮎』および『高木市之助全集 第一巻』〈註(68)参照〉所収)。

(118) なお、清濁の違例を含め、非主用仮名と主用仮名間の修辞的な変換は、主用仮名に先行して非主用仮名が現れる場合がしばしばある。一般論からいえば、先行する主用仮名に対する変字として体系外の非主用仮名が選ばれるのが自然だが、『古事記』のこうしたありようは、久田泉「『古事記』音読注・訓注の施注原理」(『国語と国文学』六〇巻九号〈一九八三年九

月〉）の想定する、草稿に基づく編纂作業にかかわるかもしれない（本書第三章第一節参照）。

(119) この「以為恠」「思奇」の変化について、日本思想大系本『古事記』（一九八二年、岩波書店）付載の「同訓異字一覧」には、「天照大御神の心情の変化を示す用字の異なり」とする見解が示されているが、「恠」「奇」からそうした情報を読み取るのは無理なのではないか。ここでは、「以為」「思」の変化とともに単に修辞的な文字の変換と見ておきたい。

(120) 山口佳紀「古事記の文体と訓読」（『論集上代文学』一四冊〈一九八五年、笠間書院〉。山口『古事記の表記と訓読』〈註(6)参照〉所収）。

(121) 亀井孝「古事記は よめるか」（註(8)参照）および沖森卓也「万葉仮名と文章文体」（註(88)参照）参照。

(122) 訓注には「尓」「迩」両字とも使用例がなく、高木「古事記歌謡に於ける仮名の通用に就ての一試論」（註(68)参照）の指摘もその点は考慮されている。なお、高木の調査では、慣用表記の用字を排除する目的で散文本文から固有名詞の表記が除かれている。そうした処理のしかたについての批判は、第三節で述べたのでここでは繰り返さない。また、高木の調査には瑕疵があるので、大野『続万葉仮名の研究』（註(74)参照）によって具体的数値を示しておく。

	散文本文	歌謡	訓注
加	10	30	6
迦	51	72	0
尓	7	94	0
迩	83	98	0

(123) 主用仮名「流（ル）」および「加（カ）」「迦（カ）」から非主用仮名「琉（ル）」「可（カ）」への変換が、連続を形成せずに一時的なものにとどまるのは、やはり『古事記』の音仮名の体系が一方に設定されており、それが抑止力として働くためと考えてよい。

(124) 大野透『新訂 万葉仮名の研究』（註(45)参照）によれば、「尓」は金石文・推古朝遺文を始めとして上代文献のほとんどに見られるのに対して、「迩」は「豊前国大宝戸籍」『日本書紀』『古事記』『万葉集』「正倉院文書」「風土記逸文」『続日本紀』『七代記』に見られるのみという。管見では、逸文風土記の例も確実なものは『釈日本紀』および『万葉集註釈』所引

『伊予国風土記』湯郡に三回現れる地名「伊社迩波」に見られるのみで、『本朝文粋』巻二の三善清行「意見封事」に見える備中国下道郡の郷名「迩磨」の例は、『備中国風土記』逸文の用字か否か判断できない。

(125) ここで述べたいのは、「迩」が『古事記』の抱える条件にそった増画字だということ以外ではない。註(124)にも触れたように「迩」は、少数ではあるが『古事記』以外の文献にも用いられているのであり、『古事記』専用だということを意味するわけではない。

(126) 「加」「迦」の問題に直接かかわらないが、「曽婆加理」の名は、この例以下に現れる五例ともすべて「曽婆訶理」(下180)と表記されている。前掲榎本「古事記の表記」(註(86)参照)のいう「同語異表記」に当たるが、「曽婆加理」と「曽婆訶理」の表記上の相違は、榎本が論じたような特定の仮名の勢力圏ないし支配圏の存在を想定することによって説明するのは、前後の音仮名の分布情況から見て多少苦しいかもしれない。履中記では歌謡76に「迦(カ)」が二例、歌謡77に「迦」が一例用いられた後を承けて、「曽婆加理」「曽婆訶理」の名が現れている。ただ、歌謡の「迦」からの連続性によって、第一例目に諧声系列の等しい「加(カ)」が散文本文専用の仮名である「訶(カ)」をおしのけて現れたと見るならば、榎本の説く方向性に沿うことになる。あるいは、「隼人、名曽婆加理」という第一例目の文脈が、人名の正確な伝達を第一義とする、謂わば注記的な役割をもつために、平易な仮名字母が用いられたのではないかという推測も成り立つ。あるいはまた、注記的文脈であることを利用しての修辞的な変換という可能性もある。

(127) 「さうして、それを一群を単位として考へると……」や「之邊を用うるか否かといふ目安によつて、やはり群単位にもっと大ざっぱな区分を考へる事も可能である」などの言説によって、太田論は「加」「迦」「尒」「迩」の現れに群単位の交替を見ていたと判断される。

(128) 太田論(註(107)参照)は**イロハ**それぞれを特徴づける要素として次のような諸点を挙げる。

イ1末句に「詠歎的囃的要素」が多い。2歌曲名が付された割合が最高。3含有地名の多くが倭国内。4五句歌の比率が高い。

ロ1孤立的傾向。2詩形の長大なものが少ない。3詠歎的で説述的でない。4女性歌の割合が最高。5説話中のものとしての傾向。6御製伝承が最高率。7地名含有率が最高。しかも多くが倭以外の諸地方。

ハ1応答歌が三類中最高。2一〇句以上の長歌が三類中最高。3舞台的傾向。4説話的背景貧弱。5歌曲名が付されることが少ない。6宗教的・寿歌的なものが多い。

このほか、たとえば「書紀が来目歌を《（ママ）》註してゐるものがすべて」、また「大刀」の語を含む歌謡23 33 47がすべて**イ**類に包含されること、道行き的表現を有する歌謡は**ロ**類にのみ見られること、建内宿祢の歌とされる40 72 73がみな**ハ**類に含まれることなど、共通性をもつ歌や歌群が同類に属す場合を挙げながら、**イロハ**三類がそれぞれ別系統であり、かつあるまとまった形態をなしていたという結論を導く。しかし、各類の特徴とされる諸事項は「多くが……」「……が多い」「最高率」あるいは「……が少ない」「……が貧弱」などのことばに端的に表れているように、三類間の相対的な差異にすぎず、しかもそれらは確率論的に見れば基本的に誤差の範囲におさまるものというべきものばかりなのである。だから、「志都歌之歌返」という歌曲名および仁徳と大后石之比賣との間に交わされたという伝承の点から見て一括されるはずの仁徳記歌謡57 58 59 60 61 63の六首のうち、57 58 59 61 63が**ロ**類であるのに60のみが**ハ**類に属し、同じ「志都歌之歌返」の歌曲名をもつ74が同じ仁徳記に**イ**類で表記されているといった問題や、「ことの語りごともこをば」という特殊な詞章を共有する点から見てなんらかの関連が考えられてよい2〜5の〈八千矛歌群〉と雄略記の「天語歌」99〜101が、それぞれ**ハ**類と**イ**類とに分属するというような問題を捜し出すのはたやすいことである。

(129) 歌謡66・96の「於」は真福寺本によって西宮編『古事記 修訂版』が認定するものだが、卜部系諸本には「淤」とある。第三節に述べたように、稀用の「於」字使用に意図性は見出せないので、卜部系諸本により「淤」と認めるべきかもしれない。仮に「於」を認めるとすれば、「淤」の省文と見るべきである。よって「淤」に準じて処理をする。

(130) 永田吉太郎「古事記におけるシ・オ・ホの文字遣について」(『国語と国文学』一一巻一一号〈一九三四年十一月〉)、馬淵和夫『「古事記」シ・オ・ホのかな』(『国語学』三一集〈一九五七年十二月〉)、同『上代のことば』(一九六八年、至文堂)、犬飼隆「上代特殊仮名遣の崩壊過程と古事記のオ、シ、ホのかな」(『国語国文』四七巻九号〈一九七八年九月〉。犬飼『上代文字言語の研究』〈註(79)参照〉所収)、同「古事記のホの仮名・再考」(『万葉集研究』一七集〈一九八九年〉。犬飼同上書所収)などに、『古事記』のオの音節におけるいわゆる上代特殊仮名遣の残存が主張されている。しかし、修辞的な変換の例が端的に示しているように、「淤」「意」の仮名の相違に上代特殊仮名遣による書き分けを認めることは無理といわねばならない。

(131) 「刀(ト甲)」は散文本文中には相当数の用例をもつが、歌謡では4にのみ使用が認められる。

(132) 池田毅「古事記における志・斯の仮名遣に就いて（正）（承前）」（『国学院雑誌』四〇巻四号〈一九三四年四月・六月〉）、永田吉太郎「古事記におけるシ・オ・ホの文字遣について」（註(130)参照）、馬淵和夫『古事記』シ・オ・ホのかな」（同上）、同『上代のことば』（同上）、犬飼隆「上代特殊仮名遣の崩壊過程と古事記のオ、シ、ホのかな」（同上）などの主張する、シの音節に関する上代特殊仮名遣の残存説は用例面からも認めがたい。なお、福田良輔「古事記のシについて」（『万葉』三四号〈一九五九年一月〉。福田『古代語文ノート』〈一九六四年、桜楓社〉所収）参照。

(133) 西宮一民『古事記』（註(36)参照）。なお、本書第二章第二節参照。

(134) 〈八千矛歌群〉の問題ではないが、神武記歌謡9に「留」が用いられた理由も同様に考えられる。

(135) なお、歌謡38 39 52 55 56 68 70に見える音仮名「玖（ク）」は、散文本文中においては上巻に使用例がなく、中巻神武記の「伊多玖佐夜藝弖阿理那理」（中91）から安康記の「玖須婆之河」（下193）にかけて分布する仮名で、歌謡における「玖」の使用も、散文本文における「玖」の分布の枠内におさまっている。歌謡の仮名と散文本文との影響関係をここからも知ることができる。

(136) もちろん、これはあくまでも一般論であり、〈八千矛歌群〉の「遠」のように散文本文における「迦」「迩」への〈同化〉の度合いが強く、強固な連続を形成する場合もある。比重の低い仮名を呼び出す散文本文の環境は無視しえない。

(137) 前掲榎本「古事記の表記」（註(86)参照）に、散文本文中の固有名詞を中心とした同語異表記をめぐって、散文本文中に特定の仮名の使用が優勢となる領域の形成と交替とが指摘されている。

(138) 歌謡14「宇上加比賀登母」（中96）に見える声注「上」、歌謡9末尾の「亞々音引志夜胡志夜」（中94）「阿々音引志夜胡志夜」に対する解説注「此者伊能碁布曽」（中94）、「此者嘲咲者也」（中95）は、それぞれ除いてある。

(139) この点に関し、前掲榎本論（註(86)参照）の「表記のおもむく自然」という捉え方は、基本的に支持できる。

(140) 最終歌謡111を含む顕宗記以降、『古事記』は物語を必要としない領域に突入する。ただし、顕宗記以下が物語的要素を欠くのは、『古事記』の描く歴史の必然的な姿だからであって（矢嶋泉『古事記の歴史意識』〈二〇〇八年、吉川弘文館〉。また、本書序章第三節参照）、かつて津田左右吉『古事記及び日本書紀の新研究』（一九一九年、洛陽堂。『津田左右吉全集別巻第一』〈一九六六年、岩波書店〉所収）が説いたように、系譜的要素から成る「帝紀」に依拠した部分だからというわけではない。

(141) 稲岡耕二『万葉表記論』（註(60)参照）。

(142) 本論に組み込みえなかったので、上巻の歌謡6 9のみに用いられて、中巻以下は主用仮名「遅（ヂ）」に交替してしまう非主用仮名「治（ヂ）」について、ここで触れておく（42 50 51 53 75 105 110は、すべて「遅」が専用されている）。6の「阿治志貴多迦比古泥能迦微」は、散文本文の神名「阿治志貴高日子根神」との照応を意識した例と見られるが、9の「久治良」については有意性を見出すことはできない。歌謡におけるヂの表記例は6の「治」が初出だが、しかし、散文本文においては「宇摩志阿斯訶備比古遅神」（上26）以来「遅」が主用されている。したがって、散文本文をも考慮すれば、「治」の現れは「遠」「何」「留」「刀」などに近似する。ヂの表記例は6の後、散文本文の「比古遅」（上86）を一例挟むのみなので、6の前の「阿治志貴高日子根神」以降9までの間、ゆるやかな「治」の勢力優勢圏が形成されていると見ておきたい。

(143) ただし、この訓は寛永版『古事記』、度会延佳『鼇頭古事記』にすでに採用されており、必ずしも真淵・宣長がはじめてというわけではない。

(144) 最近では、矢嶋泉「『天津日高』をめぐって」（『青山学院大学文学部紀要』三一号〈一九九〇年二月〉）の所説によった新編日本古典文学全集『古事記』（一九九七年、小学館）のみ、アマツヒタカの訓を採用している。

(145) 金岡孝「古事記の万葉仮名表記箇所（歌謡・固有名詞を除く）について」（松村明教授還暦記念会編『松村明教授還暦記念　国語学と国語史』〈一九七七年、明治書院〉）。

(146) G末尾の訓注に見える「富登」は本文中の「陰上」の訓を示すための方法であり、本文叙述の問題とは異なる。

(147) 音仮名表記箇所のみを抽出して分類し、数値化するといった操作による限り、同じことばが正訓字でも書かれる場合があることは、ついに問題化されずに終わるしかない。

(148) 瀬間正之「古事記表記の一側面」（『古事記年報』二八〈一九八六年一月〉）。

(149) なお、山口佳紀・神野志隆光「古事記注解の試み（五）」（『論集上代文学』一八冊〈一九九〇年十月〉。山口・神野志『古事記注解2　上巻　その一』〈一九九三年、笠間書院〉所収）および山口「古事記の表現と成立」（『上代文学』六八号〈一九九二年四月〉。山口『古事記の表記と訓読』〈註(6)参照〉所収）は、男性の陰部をいうFをホトと訓むのは誤りであるとし、ハゼまたはマラと訓むべきだとしている。もし、そうであるとすれば、『古事記』の正訓字表記が強く表意表記を志向するものであることが改めて確認される。

(150) Gの「陰上」について小松英雄『国語史学基礎論』(註(3)参照)は、『古事記伝』(五之巻)の「富登《ホト》とは皆女に云《へ》れば、男陰にはわたらぬ名にやあらむ」という指摘を考慮しつつ、「陰上」をホトに当て、「陰」は訓みを与えることを前提とせずに、陰部という意味で用いるという使い分けがあるのではないかと控え目に推測している。なお、前掲山口「古事記の表現と成立」(註(149)参照)は、『古事記』の文脈の検討を通じて、「陰上」は「陰部そのものではなく」、「着衣の上から陰部のあたり」を指していう表現と説明している。その上で、Gにホトと訓むべき訓注を付したのは、「陰上」という文字面から直接導かれる可能性のある「ホトノウヘという言い方は、着衣の上から陰部のあたりを指す場合以外に、陰部より上方、すなわち下腹部を指す場合が考えられ」、後者を排除するために施されたものと説明している。

なお、同じ「陰上」がMでは訓注なしに現れるが、小松が指摘するように、訓注・以音注・声注などの解読にかかわる注記は上巻に濃密に分布し、中・下巻では激減する。したがって、中・下巻は上巻における文字テクスト解読の経験を前提として記述されているものと見られる。Mもこうしたありようにそったものといえ、訓注がないのはGを前提としているためとみられる。

(151) 同趣の指摘は小林芳規「古事記の用字法と訓読の方法」(『文学』三九巻一一号〈一九七一年十一月〉)、小松英雄『国語史学基礎論』(註(3)参照)にも見える。

(152) 毛利正守「『古事記』音注について(上)(下)」(『芸林』一八巻一・二号〈一九六七年二月・四月〉)。

(153) 本章第二節参照。なお、「伊岐」は、『日本書紀』ではほとんどが「壹岐」もしくは「壹伎」と表記されているが、「伊岐史」(舒明四年十月甲寅ほか)、「伊吉博得」(孝徳白雉五年二月)、「伊吉連博徳」(斉明五年七月戊寅ほか)、「伊吉連博得」(斉明七年五月丁巳)、「壹伎連博徳」(持統即位前紀・朱鳥元年十月己巳)などと書かれた例も見出され、七世紀末から八世紀初頭にかけての段階では、いまだ社会的に通用性を獲得した表記が確立されていなかったものと見られる。

(154) 人格化された国名のうち、「飯依比古」にのみ以音注が施されていないが、直上の「愛上比賣」に付された以音注「此三字以ㇾ音。下效ㇾ此」の「下效此」の指示内容を受けているものと見られる。「比賣」と「比古」とは同一の語形とはいえないけれども、『古事記』の「下效此」は必ずしも語形の一致を前提として適用されることを期待したものではなく、文字列の抱える条件を前提として働くように設定されている(第三章第一節参照)。

(155) 小松『国語史学基礎論』(註(3)参照)に、「所与の部分のよみとその意味とを同時にあきらかにするための、意図的な用字かと推測される」という言説が見える。

(156)「下效此」の働き方は、必ず同一の語形でなければ指示が及ばないといった窮屈なものではない。「愛上比賣」の場合、この形の文字列は下文に現れないので、ここに付された「以レ音」と「下效レ此」の指示は、「愛」と「比賣」とに分節した上で、下文の「比賣」の訓み方を指示するものと見られる（第三章第一節参照）。

(157)「波」は全三二七例中一〇例のみが正訓字で、「都」も正訓字の例は二二七例中四例（序文の一例を含む）にすぎない（以音注の中に再掲された音仮名は用例数に計上していない）。

(158)「和」は一五六例中一〇例が正訓字使用されるのみで、しかも、そのうちの九例までが「言趣和」「言向平和」「言向和平」「言向和」「平和」「和平」という慣用表現ないし熟字の形で用いられている。序文に見える元号「和銅」は、もちろん除外してある。また、「久」は二一五例中、正訓字として用いられているのは五例のみである（用例数の処理は註(157)に同じ）。

(159)また、たとえばBCなどに見るような、「日子――命」という類型の存在が、読み手の「日子」と「番能迩々藝命」とを分節して理解することを支えているという面もあるかもしれない。

(160)三六四例中、正訓字として用いられるのは一三例のみである（用例数の処理は註(157)に同じ）。

(161)上巻に限っても「高天原」（上26）、「高御産巣日神」（上26）、「高市縣主」（上44）、「高山」（上51）、「阿遲鉏高日子（根）神」（上61）、「高比賣命」（上61）、「庭高津日神」（上64）、「夏高津日神」（上65）、「高木神」（上67）、「阿遲志貴高日子根神」（上68）、「高胸坂」（上68）、「高千穂」（76）などが正訓字として用いられている。

(162)亀井孝「誦習の背景」（『新訂増補　国史大系　第七巻　古事記』月報37〈一九六六年一月、吉川弘文館〉。『日本語のすがたとこころ(二)　亀井孝論文集4』〈註(8)参照〉所収）。

(163)同解釈の初出は、西宮一民編『古事記　新訂版』（一九八六年、桜楓社）。

(164)「虚空津日子」について触れなかったが、「天津日高御子、虚空津日高」（上82）という表現から見て、「天津日高」に準じて理解すべきものと考える。

第三章　記述の様態

一　訓注・以音注の施注原理——「下效此」の観察を通じて

1

『古事記』には多数の訓注・以音注[1]が見出される。後者は正訓字による表意表記を原則とする文字テクスト中に、[2]それとは表記原理を異にする音仮名を交用するために必要とされた音訓識別の補助をなす注記、前者は（その施注意図を棚上げにして即事的にいえば）所与の漢字の訓み方を示す注記といってよい。

その訓注・以音注には、左に示すように、しばしば注に示した内容を下文にも適用すべきことを指示する「下效此」という注文《ちゅうぶん》が付帯することがある。

天地初發之時、於㆓高天原㆒成神名、天之御中主神。訓㆓高下天㆒云㆓阿麻㆒。下效㆑此。（上26）

伊耶那美命、先言㆓阿那迩夜志、愛上袁登古袁㆒。此十字以㆑音。下效㆑此。（上28）

「效」字を「效へ」と命令形に訓むか（『古事記伝』ほか）、「效ふ」と終止形に訓むか（日本思想大系『古事記』[3]）、訓読上の立場に相違はあるけれども、それによって「下效此」の機能の解釈にゆれが生じるわけではない。

ところが、その意味内容の分明さにもかかわらず、「下效此」が実際にどのように働くかという、最も肝要な点に関しては、実は十分な議論が尽くされてきたとはいいがたい。たとえば、安藤正次「古事記解題」[4]の次のような言説を前にするとき、肯定／否定いずれの立場をとるにせよ、われわれは判断の材料を持ち合わせていないといわねばならない。

訓註(5)のうちには「此……字（ママ）下效レ之（ママ）」といふやうなのが諸所にあるが、同一のものについても「下效之（ママ）」と付記した例なども数ケ所にある。この訓註に統一が無いといふのは、或部分の訓註は、在来の古記録に既に付記されてゐたもの、恐らくは阿礼誦習の際に付記されてゐたものをそのまゝ転用し、或ものは新にこれを註記したといふやうな関係から、此の如きものとなつたのではあるまいか。

すなわち、現に見る『古事記』における「下效此」の不統一・非一貫性が問題とされているのであり、それが成立論の問題として解決されようとしているのである。

このように「下效此」の抱える問題は決して小さくはない。しかし、それに対する十分な研究史をもたないのが現状なのである。以下、『古事記』の文字テクストに即して「下效此」の機能・働き方を考えてみたい。

2

安藤が指摘する不統一なありようを「下效此」に即して具体的に見ることから始めたい。安藤は「上巻三十四丁（古訓本）に『麗壮夫訓壮夫云袁等古』とあり、更にまた同六十六丁に『麗壮夫訓壮夫云遠（ママ）等古下效（ママ）之』とあつて重複してゐるが如き、同四十八丁に『伊多久佐夜藝弖此七字以音有祁（ママ）理此二字以音』とあり、わづか三丁を隔てゝ同五十二丁に『我子者不死有祁理此二字以音下效此』とあるが如き」事例を示して、訓注・以音注の非一貫性を指摘したが、これを承けて倉野憲司「古事記の形態」(6)は注記全般にわたる詳細な調査を通じて、さらに徹底して不統一なありようを例示している。倉野の主張を整理して示せば以下のごとくである。

A同一語句に対する注の重複

亦名謂㆓伊都之尾羽張㆒。伊都二字以㆑音。（上34）

亦所㆑取㆓佩伊都 此二字以㆑音。之竹鞆㆒而（上41）

伊都 二字以㆑音。之男建（上41）

名伊都之尾羽張神、是可㆑遣。伊都二字以㆑音。（上69）

B「下效此」をめぐる矛盾

a初出例に「下效此」としながら、下文の同一例にも注記がある場合

沫那藝神。那藝二字以㆑音。下效㆑此。（上31）

是者草那藝之大刀也。那藝二字以㆑音。（上49）

賜㆓草那藝釼㆒、那藝二字以㆑音。（中131）

b初出例に「下效此」がなく、第二例目以下に「下效此」がある場合

成㆓麗壮夫㆒訓㆓壮夫㆒云㆓袁等古㆒。而（上53）

仰見者、有㆓麗壮夫㆒。訓㆓壮夫㆒云㆓袁登古㆒。下效㆑此。（上81）

亦名謂㆓葦原色許男神㆒、色許二字以㆑音。（上51）

内色許男命 色許二字以㆑音。下效㆑此。（中105）

ABはともに同一文字列に対する注記の重複をいうものであり、まったく同一次元の問題と考えるが、とくに「下效此」のありように即して矛盾を抽出したのがBといえる。すなわち、初出の例に「下效此」としながら下文の同一文字列に再び注を施したり、初出例ではなく第二例目以下に「下效此」とするのは矛盾しているというのである。ここ

から倉野は次のような結論を導いている。

即ち安萬侶が撰録の際に下したもの、及び古事記撰進後に於いて幾人かの人によつて加へられたものが相雑つたものと見るべきであらう。

倉野の結論は安藤のそれと時間的方向性が正反対であるが、施注のありように矛盾を見、現に見る文字テクストの非一元的な成立過程を想定する点では同質であり、相違は注記定着時を安萬侶に置くか、それ以後に置くかの一点にかかる。論証過程を共有する両論の、結論における相違は、こうした不統一や矛盾の指摘がそれぞれの結論を導く根拠として必ずしも有効でないことを示しているが、それ以前に問題なのは、両論の挙げた諸例が『古事記』の施注方針に照らして、本当に不統一であり、矛盾した様態であるのかが、実はまったく検証されていないところにある。そうした手続きを省いたまま成立論や本文批評へと論を進めてゆくのは、あまりにも性急な議論といわねばならない。同一の文字列に対する注の重複や「下效此」のありようを不統一や矛盾と判断する基準は、端的にいえば『古事記』の外側にある常識にすぎず、『古事記』の施注原理に即してなお安藤や倉野のような評価を与えうるのか否かは、確かめられたわけではないのである。

3

「下效此」の具体的な検討が必要となる。まず、『古事記』に見える「下效此」の全用例を左に示す（以下、例文には必要に応じて真福寺本の配行を〈　〉内に示す。西宮一民編『古事記　修訂版』の頁数との混乱をさけて真福寺本の配行は斜体で示した。西宮本と併せて示す場合、真福寺本の巻数は省略する）。

Ⅰ訓注に付帯するもの

①天地初發之時、於二高天原一成神名、天之御中主神。訓二高下天一云二阿麻一。下效レ此。（上26〈*43*～*44*行〉）

②故、以二此吾身成餘處一、刺下塞汝身不二成合一處上而、以三為生二成国土一。生奈何。訓レ生云二宇牟一。下效レ此。（上27～28〈*62*行〉）

③如レ此言竟而御合、生子、淡道之穂之狭別嶋。訓レ別云二和氣一。下效レ此。（上29〈*72*～*73*行〉）

④次天之水分神。訓レ分云二久麻理一。下效レ此。（上31〈*91*～*92*行〉）

⑤此大山津見神・野椎神二神、因二山野一持別而、生神名、天之狭土神。訓レ土云二豆知一。下效レ此。（上31〈*95*～*96*行〉）

⑥次大戸或子神。訓レ或云二麻刀比一。下效レ此。（上31〈*97*～*98*行〉）

⑦多具理迩（以音注略）生神名、金山毗古神。訓レ金云二加那一。下效レ此。（上32〈*101*～*102*行〉）

⑧⑨次於二投棄左御手之手纒一所レ成神名、奥疎神。訓レ奥云二於伎一。下效レ此。訓レ疎云二奢加留一。下效レ此。（上37〈*157*～*158*行〉）

⑩初於二中瀬一堕迦豆伎而滌時、所レ成神名、八十禍津日神。訓レ禍云二麻賀一。下效レ此。（上38〈*164*～*165*行〉）

⑪曽毗良迩者、負二千入之靫一、訓レ入云二能理一。下效レ此。自レ曽至レ迩以レ音也。（上41〈*195*～*196*行〉）

⑫仰見者、有二麗壮夫一。訓二壮夫一云二袁登古一。下效レ此。（上81〈*593*～*594*行〉）

⑬天皇、娶二袁祁天皇之御子、橘之中比賣命一、生御子、石比賣命。訓レ石如レ石。下效レ此。（下213〈*462*～*463*行〉）

Ⅱ以音注に付帯するもの

⑭伊耶那美命、先言二阿那迩夜志、愛上袁登古袁一、此十字以レ音。下效レ此。（上28〈*65*～*66*行〉）

⑮故、伊豫國謂二愛上比賣一、此三字以レ音。下效レ此也。（上29〈*74*行〉）

⑯此速秋津日子・速秋津比賣二神、因二河海一持別而、生神名、沫那藝神。那藝二字以レ音。下效レ此。（上31〈*89*～*91*行〉）

⑰次沫那美神。那美二字以レ音。下效レ此。（上31〈*91*行〉）

⑱次天之久比奢母智神。自レ久以下五字以レ音。下效レ此。（上31〈*92*～*93*行〉）

⑲愛我那迩妹命乎。那迩二字以レ音。下效レ此。（上32〈108行〉）

⑳次建御雷之男神。亦名建布都神。布都二字以レ音。下效レ此。（上33〈115行〉）

㉑次集二御刀之手上一血、自二手俣一漏出、所レ成神名（訓注略）、闇淤加美神。淤以下三字以レ音。下效レ此。（上33〈116～117行〉）

㉒愛我那勢命、那勢二字以レ音。下效レ此。（上34〈128行〉）

㉓故、刺二左之御美豆良一三字以レ音。下效レ此。湯津々間櫛之男柱一箇取闕而（上35〈129～130行〉）

㉔次奥津那藝佐毗古神。自レ那以下五字以レ音。下效レ此也。（上37〈158～159行〉）

㉕次奥津甲斐弁羅神。自レ甲以下四字以レ音。下效レ此。（上37〈159～160行〉）

㉖次為レ直二其禍一而所レ成神名、神直毗神。毗字以レ音。下效レ此。（上38〈166～167行〉）

㉗此三柱神綿津見神者、阿曇連等之祖神以伊都久神也。伊以下三字以レ音。下效レ此。（上38～39〈171～172行〉）

㉘即、其御頸珠之玉緒母由良迩此四字以レ音。下效レ此。取由良迦志而（上39〈179～180行〉）

㉙八拳須至二于心前一、啼伊佐知伎也。自レ伊下四字以レ音。下效レ此。（上40〈185行〉）

㉚各纏二持八尺勾璁之五百津之美須麻流之珠一而、自レ美至レ流四字以レ音。下效レ此。（上41〈194～195行〉）

㉛各宇氣比而生レ子。自レ宇以下三字以レ音。下效レ此。（上42〈202～203行〉）

㉜奴那登母々由良迩此八字以レ音。下效レ此。振二滌天之真名井一而（上42〈204～205行〉）

㉝佐賀美迩迦美而、自レ佐下六字以レ音。下效レ此。於二吹棄氣吹之狭霧一所レ成神御名、多紀理毗賣命。（上42〈205～206行〉）

㉞召二天兒屋命・布刀玉命一布刀二字以レ音。下效レ此。而（上45〈240行〉）

㉟尒、到二坐須賀此二字以レ音。下效レ此。地一而詔之（上49〈284行〉）

㊱故、其櫛名田比賣以久美度迩起而、所レ生神名、謂二八嶋士奴美神一。自レ士下三字以レ音。下效レ此。（上50〈289行〉）

㊲僕在二淤岐嶋一、雖レ欲レ度二此地一、無二度因一故、欺二海和迩一此二字以レ音。下效レ此。言（上52〈303～304行〉）

㊳豊葦原之千秋長五百秋之水穂國者、伊多久佐夜藝弖（以音注略）有那理。此二字以レ音。下效レ此。（上65〈443～444行〉）

㊴我子者不レ死有祁理。此二字以レ音。下效レ此。（上68〈474～475行〉）

㊵唯僕住所者、如二天神御子之天津日継所レ知之登陁流此三字以レ音。下效レ此。天之御巣一而（上72〈507～508行〉）

㊶故、火照命者、為二海佐知毗古一此四字以レ音。下效レ此也。而、（上79〈577～578行〉）

㊷故尓、於二宇陁一有二兄宇迦斯自レ宇以下三字以レ音。下效レ此也。・弟宇迦斯二人一。（中93〈39～40行〉）

㊸化二丹塗矢一、自下其為二大便一之溝上流下、突二其美人之富登一。此二字以レ音。下效レ此。（中97〈80～81行〉）

㊹穂積臣等之祖、内色許男命色許二字以レ音。下效レ此。（中105〈153～154行〉）

㊺専汝泥疑教覺。泥疑二字以レ音。下效レ此。（中127〈381行〉）

㊻又振レ浪比礼比礼二字以レ音。下效レ此。（中160〈690行〉）

㊼亦山河之物、悉備設、為二宇礼豆玖一、云レ尓。自レ宇至レ玖以レ音。下效レ此。（中161〈695～696行〉）

㊽又、娶二上云日向之諸縣君牛諸之女、髪長比賣一、生御子、波多毗能大郎子、自レ波下四字以レ音。下效レ此。（下165〈5～6行〉）

Ⅲ訓注・以音注の双方の指示内容を受けるもの(7)

㊾次生二石土毗古神一。川レ石云二伊波一、亦毗古二字以レ音。下效レ此也。（上30〈85～86行〉）

見るように、「下效此」は四九例すべてが訓注・以音注に付帯する。ここから訓注・以音注に示された文字・文字列の訓み方——訓注によって示される漢字・熟字の訓み方、あるいは指定された文字・文字列について「音を以ゐて」訓む訓み方——が下文に適用されるべきことを指示するのが「下效此」の負う機能であることが、まず確認される。

次に、その指示が及ぶ範囲が問題となるが、右の①について『古事記伝』が示す解釈が一応通説といえるだろう。

下効《ヘ》㆑此《ニ》とは、高天原とあるをば、何処《イヅク》にても如此《カク》訓《ヨ》めとなり、（三之巻）

「下効此」とは、当然のことながら以下の同一ないし同趣の施注の省略を目的とするわけだから、その省略される範囲を施注箇所以下の本文全体（あるいは当該巻全体）と想定するのは、一般論としていえばきわめて自然である。ちなみに、『日本書紀』には、

便化㆓為神㆒。号㆓国常立尊㆒。至貴曰㆑尊。自余曰㆑命。並訓㆓美挙等㆒。下皆効㆑此。（『日本書紀』巻第一神代上第一段本文）

廼生㆓大日本日本、此云㆓耶麻騰㆒。下皆效㆑此。豊秋津洲㆒。（『日本書紀』巻第一神代上第四段本文）

のように、「下皆効此」などと記した例も見え、施注の重複はもちろん避けられている。こうした『日本書紀』的な施注のありようを前提として、『古事記』の「下効此」さらには訓注・以音注を捉えようとしたところに安藤・倉野の矛盾・不統一説があることはいうまでもない。「下効此」とあるにもかかわらず同一文字・文字列に対する同趣の注記が重複していたり、初出例ではなく第二例目以降に「下効此」という指示が加えられたりするのは、その限りで不統一・矛盾と判断されるのは当然である。(8)

しかし、注意すべきは、たとえば①の場合、一般的な『古事記』の訓注の形式である「訓A云B」とはやや指示のあり方が異なっていて、「訓㆓高下天㆒云㆓阿麻㆒」のように、「天」字一般ではなく「高下天」という限定が加えられていることである。(9)『古事記』を通じて「高」字に「天」が下接する例は「高天原」に限られており、その意味で①はきわめて特殊な事例ということができる。問題は、こうした「下効此」の範囲を訓注・以音注全体に一般化しうるか否かである。従来の論は、その検討すら省略して、いきなり矛盾や不統一という評価を与えてきたといわねばならない。

順序として、①の働き方を一般化することの可否が問われることになる。②を例として検討を加えてゆこう。②は「生」字をウムと訓むべきことを指示する訓注（「訓㆑生云㆓宇牟㆒」）の後に「下効此」を付す。①に関する宣長の説明を

借りれば、「生とあるをば、何処《イヅク》にても如此《カクヨ》訓めとなり」ということになるが、こうした説明が成り立たないことは、次のような例によって直ちに知られるであろう。

生子水蛭子《ミコヒルゴヲウミタマヒキ》（『古事記伝』四之巻）　今吾所生之子不良《イマアガウメリシミコフサハズ》（同四之巻）
乃生蒲子《スナハチエビカヅラノミナリキ》（同六之巻）　乃生筝《スナハチタカムナナリキ》（同六之巻）
蒲生稲寸《カマフノイナキ》（同七之巻）　其身生蘿及檜榲《ソノミニコケマタヒスギオヒ》（同九之巻）
生大刀《イクダチ》與生弓矢《イクユミヤ》（同十之巻）　生剝《イキハギ》（三十之巻）
子生出《ミコアレマシツ》（十五之巻）
生尾人《ヲアルヒト》（十八之巻）

「下效此」を「何処《イヅク》にても如此《カクヨ》訓めとなり」と解釈したほかならぬ宣長が、②があるにもかかわらず右のように文脈によって「生」字を訓み分けているのである。また、そのように処理しなければ（『古事記伝』の訓みの当否は措く）、解読の上で不都合が生じることは明らかで、訓み分けの試みは正当である。つまり、①に示した「下效此」の説明によって一貫することを、宣長自身、放棄しているのである。[10]

右の事実は、「下效此」が施注箇所以降の下文全体を覆うという常識を不用意に『古事記』に持ち込むことに問題があることを端的に示すといえよう。[11] それは次のような例を見ることにより、いっそう明らかである。⑪は「入」字をノリと訓むべきことを示す訓注だが、左に示すように『古事記』の文字テクストにおいては自動詞「入る」もしくは他動詞「入る」のいずれかの活用形で訓むのが通例で（参考までに西宮一民編『古事記 修訂版』と新編日本古典全集『古事記』の訓を以下に示す）、⑪（上41〈*195*〜*196*行〉）とその直下の「五百入之靫」（上41〈*196*行〉）の二例のみが、例外的にノリと訓まれるにすぎない。[12]

	西宮一民編『古事記 修訂版』訓	新編日本古典全集『古事記』訓
令レ入二其中一即（上54〈321行〉）	其の中に入らしむる即ち	其の中に入らしめて、即ち
入レ厠之時（中128〈384行〉）	厠に入りし時に	厠に入りし時に
大入杵命（中109〈203行〉）	大入杵命《おほいりきのみこと》	大入杵命《おほいりきのみこと》
入鹿魚（中146〈557行〉）	いるか	いるか
髣出入即（中91〈20行〉）	髣かに出で入る即ち	髣かに出で入りて、即ち
不レ入二子之例一（上28〈68行〉）	子の例に入れず	子の例には入れず
喚入而（上54〈328行〉）	喚び入れて	喚し入れて
所二堕入一時（上44〈232行〉）	堕し入るる時に	堕し入れたる時に

また、⑤「土」⑨「疎」に、本来の訓みツチ・サカルではなく、上接語との連濁を起こしたヅチ（「豆知」〈「豆」は濁音専用仮名〉）・ザカル（「奢加留」〈「奢」は濁音専用仮名〉）の形が示されているのも、⑤⑨の指示する訓が『古事記』の文字テクストにおいて、むしろ特殊な場合であることを示していよう。

右の事例による限り、訓注は施注漢字の訓みを『古事記』全体にわたって規定する意図をもつわけではなく、所与の文字列、所与の文脈中におけるきわめて限定的な訓みを示すにすぎないということができる。「下効此」は訓注に対して基本的に従属的であるはずだから、訓注のこうした限定的なありようを超えて働くとは考えにくい。訓注のもつ限定性は、当然「下効此」をも規定することが予想される。

4

訓注全体の検討を通じて、右の見通しを確かめておこう。右に挙げた①〜⑬および㊾以外の、すなわち「下效此」を付帯しない訓注を以下に示す（ここでは真福寺本の配行は省略する）。

㋑㋺天之常立神 訓レ常云二登許一、訓レ立云二多知一。（上26）

㋩国之常立神 訓二常立一亦如レ上。（上26）

㊁二柱神立二訓レ立云二多々志一。天浮橋一而（上27）

㋭塩許々袁々呂々迩（以音注略）畫鳴 訓レ鳴云二那志一也。而（上27）

㋬天比登都柱（自レ比至レ都以レ音。訓二天如レ天。）（上29）

㋣天一根 訓レ天如レ天。（上30）

㋠風木津別之忍男神 訓レ風云二加耶一。（訓レ木以レ音。）（上30）

㋷自二手俣一漏出、所レ成神名、訓レ漏云二久伎一。（上33）

㋦於二水上一滌時、所レ成神名、上津綿上津見神。訓レ上云二宇閇一。（上38）

㋸御倉板擧之神 訓二板擧一云二多那一。（上39）

㋾所レ知二夜之食国一矣、事依也。訓レ食云二袁須一。（上39〜40）

㋻伊都（以音注略）之男建 訓レ建云二多祁夫一。蹈建而（上41）

㋕於レ梭衝二陰上一而死。訓二陰上一云二富登一。（上44）

㋵八百万神於二天安之河原一、神集々而、訓レ集云二都度比一。（上45）

㋟思金神令レ思 訓レ金云二加尼一。而、（上45）

㋹取二繫八尺鏡一、訓二八尺一云二八阿多一。（上45）

ⓢ取垂白丹寸手・青丹寸手而、訓垂云志殿。（上45）
ⓣ手草結天香山之小竹葉而、訓小竹云佐々。（上46）
ⓝ成麗壮夫 訓壮夫云袁等古。 而出遊行。（上53）
ⓝ鳥鳴海神。訓鳴云那留。（上61）
ⓡ天知迦流美豆比賣 訓天如天。（亦自知下六字以音。）（上64）
ⓜ天逆手矣、於青柴垣打成而隠也。訓柴云布斯。（上71）
ⓤ天之新巣之凝烟 訓凝烟云州須。（上73）
ⓦ尾翼鱸 訓鱸云須受岐。（上73）
ⓝ傍之井上、有湯津香木。故、坐其木上者、其海神之女、見相議者也。訓香木云加都良。木。（上81）
ⓞⓚ天津日高日子波限建鵜葺草葺不合命 訓波限云那藝佐、訓葺草云加夜。（上86）
ⓨ生尾土雲 訓土云具毛。（中95）
ⓜ尒、蜘咋御腕即、蜻蛉来、咋其蜘而飛。訓蜻蛉云阿岐豆也。（下198）

『古事記』の訓注については、吉田留「古事記訓注に就いて」（『国学院雑誌』四七巻一号〈一九四一年一月〉）、武井睦雄「『古事記』訓注とその方法」（註（7）参照）、小林芳規「古事記の用字法と訓読の方法」（『文学』三九巻一一号〈一九七一年十一月〉）、小松英雄『国語史学基礎論』（註（9）参照）の諸論がすでに公にされている。[13] 研究史的に見れば、『古事記伝』や吉田論の示した古代の発音通りに訓ませるための注という解釈が否定される方向に進められてきたといってよい。[14]

小林「古事記の用字法と訓読の方法」は、吉田・武井両論が①や⑪の指示に従うことによって出現する語中母音音節――タカアマノハラ・ヤアタ――を古い時代の発音と捉える点について、上代音節結合の常識に反すると指摘し、また②のウム、⑫㋧のヲトコ、㋡のササ、㋖のスズキなどは古語や稀用語とはいえず、さらに古語や稀用語という捉え方では⑬㋬㋣㋶に見るような「訓レX如レX」型の同字による訓注の意味が説明できないと批判しつつ、《訓漢字》[15]の概念を導入することによって『古事記』の訓注を統一的に捉えようとした。すなわち、用字法に太安萬侶による新たな表記体系の網がかぶせられる過程で、『古事記』を覆う《訓漢字》の枠からはみ出る訓、もしくは《訓漢字》として用いることのない漢字の訓みについて訓注が必要とされたと見るのである。①「訓二高下天一云二阿麻《あま》一」や㋹「訓二八尺一云二八阿多《あた》一」の場合、《訓漢字》としての「天（あめ）」「尺（さか）」から外れる訓みであることを示すための訓注であって、全体として「高天原（たかまのはら）」「八尺（やた）」と訓むことまで排除する目的をもつわけではなく、また「訓レX如レX」型の訓注についても《訓漢字》の訓みに従って「天（あめ）」（㋬㋣㋶）、「石（いし）」（⑬）と訓むべきことを示すものと一貫して説明することができるという。

訓注を古語・古言の保存と捉える『古事記伝』以来の迷妄から脱し、『古事記』の文字テクストの解読にかかわる問題として捉え直した小林論の姿勢は基本的に支持される。とくに「訓注付漢字における漢字と訓との対応は、古事記全体から見ると、数も少なく、却って特別な、注を必要とする『辞理の見えがたき』場合であ」るという指摘は、先に「下效此」の観察を通じて得られた見通しに照らして有意義であるばかりでなく、訓注を序文にいう施注方針との関係において捉える必要があることを示した点でもきわめて重要である。

しかし、《訓漢字》という概念を導入したことで、序文にいう「辞理」「意況」が、当該漢字の置かれた文脈を離れ、個別的な漢字の単位で捉えられることになってしまった点には問題がある。たとえば小林論は、㋭㋤に見える「鳴」についてナクを《訓漢字》と認定し、㋭の「鳴（なし）」および㋤の「鳴（なる）」はその枠から外れるための注記と説明するのだが、小松『国語史学基礎論』（註(9)参照）が「鳴鏑（なりかぶら）」六例（上55・55・64、中93・93、下198）、「鳴雷」一例（上35）のいずれにも訓注が施されていない事実をつきつけているように、《訓漢字》の概念で『古事記』の訓注全体を統一的に説明することには無理があるように思われる。小松が「此鳥者、鳴音甚悪」（上67）を例にとりながら、そこに訓注がないのは「とりがナル」といういい方が日本語に存在しないためにすぎず、だから㊉の「鳥鳴海神」にはナルという訓注が、そして㋭の「晝鳴」はナルともナスとも読めるような文脈であるためにナシという訓注がそれぞれ必要なのだと批判するように、訓注の施注原理は小林のいうように文脈から切り出された個別の漢字単位で働くのではなく、あくまでも当該文字の置かれた文脈の条件の中で働くと捉えるべきなのである。

小松は訓注の逐次的な検討を通じて、「漢字をつらねた字面をよみとる際に、意味のきれめをとりちがえて、撰録者の意図したところが誤解されやすいような部分に、文字のきれつづきを明示する目的で、くわえられたものがおおい」と結論づけている。小松論の意義は、小林論に対する批判に読み取れるように、あくまでも『古事記』の文字テクスト――それも個別的な文字列の条件に即して訓注の働きを捉えようとしたところにあり、本書もその姿勢を同じくする。しかし、右の指摘は、『古事記』の声注の機能を考える前提として訓注の機能を捉えようとする小松論にとっては十分な観察結果といえるが、訓注自体の問題としては「～がおおい」という括り方によって、曖昧にされてしまう部分があることも事実である。

小松によって示された方向に導かれつつ、改めて訓注を俯瞰すれば、おおむね次のように観察される。

Ⅰ所与の文字テクストにおいて複数の訓み・解釈の可能性がある場合

ⅰ多義（多訓）字の訓みの指定（動詞の自他の区別を含む）[16]　②③④⑥⑧⑬㊾㋑㋺㋩㊁㋭㋷㋦㋾㋻㋵㋞㋤㋰

ⅱ語構成の明示

a被覆形／露出形の訓を指定　①⑦⑩[17]㋬㋣㋠㋟㋶

b連濁形を指定　⑤⑨㋳

c熟字の指定とその訓　⑫㋸㋕㋡㋧㋒㋨㋔㋗㋮

Ⅱ非慣用訓の指示　④⑧⑪㋷㋹㋞㋰

Ⅲ字訓未定着字の訓み　⑥⑨㋸㋒㋼㋨㋔㋗㋮

のいずれかに該当すると認められる（右の区分は、もちろん訓注の機能を知るために便宜的に設けたものであり、それぞれは必ずしも排斥し合うものではない。実際にはいくつかに該当する場合もある）。要するに、所与の文字列に誤読・誤認の可能性がある場合、あるいは所与の文字列が形作る文脈の条件では訓み（すなわち解釈）が特定しえないと施注者に判断された場合に、訓注が付されるのだと括ることができる[18]。

具体例を通じて確かめておきたい。まず、Ⅰiについては再び②を例として取り上げよう。既述のごとく、「生」はウム以外に、ナル（「生《なりき》二蒲子一」〈上35〉）・オフ（「生《おひ》二蘿及檜・椙一」〈上48〉）・イク（「大神之生《いく》大刀与二生《いく》弓矢一」〈上56〉）などの訓をもち、そこからウムを特定するのが②の役割と一応考えられる。しかし、それが②を付した理由のすべてと考えるわけにはいかない。なぜなら、ナル・オフ・イクなど、ウム以外に訓むべき箇所には一切訓注がないからである。その理由は、ナル・オフなどと訓まれる場合の「生」字が、所与の文字列の中で、それ以外の訓みがありえないからだと考えられる。たとえば、「蒲子《えびかづらのみ》」は特殊な情況を想定しない限り普通は「生《な》る」ものであり、「生《う》む」「生《お》ふ」「生《い》く」などに誤読される可能性はまずない。「蘿及檜《ひかげとひ》・椙《すぎ》」の「生《お》ふ」も同様である。上記二例と異なり、「大神之生大刀与二生弓矢一」の「生」は形状言イクの訓が期待される文字列であるが、上に「大神之」とあり、そして「生大刀」と「生弓矢」の間に「与」が置かれていることで、「与」を挟む「生大刀」「生弓矢」は名詞または名詞句であることが明らかである。「生㆓大刀㆒」や「生㆓弓矢㆒」といった構文上の誤認は起こりえないし、また「生《なる》大刀」「生《うむ》弓矢」「生《うめる》大刀」「生《おふる》大刀」などの訓み方も通常では存在しないといえよう。このように見てくるとき、「生大刀与㆓生弓矢㆒」の「生」は「生井《いくゐ》」（「祈年祭祝詞」）、「生日《いくひ》」（「出雲国造神賀詞」）、「伊《い》久《く》柳」（『琴歌譜』）などのイクと同じ形状言であることが容易に判断される文字列といえるのである。(19)

要するに、非施注箇所に現れる「生《なりき》㆓蒲子㆒」「生《おひ》㆓蘿及檜・椙㆒」「大神之生《いく》大刀与㆓生《いく》弓矢㆒」などの「生」は、序文にいう「辞理」「意況」の「解り易き」場合に相当するものと考えられるのである。訓注②が要請された理由も、同じ施注方針に即して説明されねばならない。述べてきた方向性からいえば、②の施された文字列の解読になんらかの問題がはらまれているからだということになろう。われわれは〈国生み神話〉などという呼称に慣れ親しんでいるために奇異な印象をもたなくなっているが、神話上のこととはいえ〈国土を生む〉という行為は〈子を生む〉という行為に比べ、常識の範囲を超えていることを再認識すべきではないか。〈国土を生む〉という表現は通常ではありえないのであり、だからこそ②が必要なのだと解される。(20)「生《なりき》㆓蒲子㆒」「生《おひ》㆓蘿及檜・椙㆒」「大神之生《いく》大刀与㆓生《いく》弓矢㆒」などとの相違点は、所与の文字列が「生」の訓みを特定する条件として十分に働きえない文脈であるところにある。序文に即して捉え直せば、「辞理」「意況」の「見え叵き」場合なのである。

右の観察によれば、訓注の施注／非注（序文に「意況易㆑解、更非㆑注」とある）は、文字列の織りなす文脈の条件によって決まるのであり、その条件が当該漢字の訓みを選択・特定するために十分に機能しない場合に施されるのだと見られる。

ｉの他例については逐次的に検討する余裕がないけれども、小松『国語史学基礎論』の取り上げた㋭㋤の例に補足的に触れておけば、㋤は「鳴」字の上に「鳥」があるため、そのままでは「鳥が鳴く」という連想から「鳥鳴=海神」

という語構成として捉えられてしまう可能性が高いための措置、㋭はコヲロコヲロと「塩が畫き鳴る」のか[21]、「塩を畫き鳴す」のかが、文脈からは決定しえないための措置であり、それぞれ文字列の条件が意図する訓みの特定に働いていないことが確認される。また、動詞の活用形の指示についても同様で、たとえば㋺の「天之常立神」の「立」を自動詞／他動詞いずれと認めるか、さらにどの形に活用させて訓むべきかは、これだけの条件では決定できない。「十分な文脈が与えられないと、どちらの活用形の、そのうちのどの活用形があてはまるのか判定できなくなる」と小松の指摘するとおりである。

要するに、iの諸例は単に多くの訓の中から一つを特定するという皮相的な目的に重心がおかれているのではなく、所与の文字列が訓みを選択・特定する――すなわち正しい解読に到達する条件として不十分な場合と認められるのである。

ii a bは、前掲小松論が詳細に論じたように、語の構造を明示する目的で加えられたものと考えられる。たとえば、ii aについて、①は被覆形アマを示すことで「高天=原」ではなく「高=天原」であることを、㋬は露出形アメを示すことで「天比登都=柱」ではなく「天=比登都柱」であることを明示するものと認められる[22]。同様に、ii bも㋳に見るように、グモという連濁を起こした形を示すことで、「土」と「雲」ではなく「土雲」で一つの単位として理解されることを示すと解される。ii a bは小松のいうように、訓みを示すことで文字列の理解を保証するものといえるが、意図した解読を導くための条件を文字列がもたないという点で、実はiとまったく同じなのである。

ii cもまた基本的にi ii a bと同様である。たとえば、⑫㋧で日常語ともいうべきヲトコの訓みをわざわざ示すのは、小松のいうように「麗壮夫」という文字列の解釈に「麗=壮夫」「麗壮=夫」の二通りが可能だからであり、「壮夫」にヲトコの訓みを与えることで、後者の解読の可能性を排除するものと認められる。他例についても、㋾「板《いた》擧《あげ》」、㋡「小竹《をだけ》」あるいは「小竹《ちひさきたけ》」、㋒「凝烟《こるけぶり》」、㋨「香木《かのき》」あるいは「香」を字音で訓んで「香木《カグのき》」、㋔「波限《なみのかぎり》」、㋗「葺草《ふきくさ》」などの訓み・解釈を排除しつつ、同時に⑫㋧の場合と同様に前後の文字列の中で意味の切れ目をも明示するものと解される[23]。

ⅡⅢは例示するまでもなく、その訓みが文字列の条件からは期待できない例といってよい。訓みが得られないということは、当然、解読につまずくことになる。

以上に確かめてきたことをまとめれば、訓注は所与の文字列が形成する文脈が意図した解読を導く条件として十分でない場合――すなわち「辞理」「意況」の「見え叵き」場合――に施されると、その方針を確認できる。誤読の危険がある場合や稀用訓・字訓未定着字の訓みなどは、実はそれが具体的に顕現する際の諸相であり、基本的には同一レベルの問題として総括しうる[24]。

このように捉えるならば、⑫㋧や㋬㋣㋶に見られる同一訓注の重複は、前掲安藤「古事記解題」や倉野「古事記の形態」がいうように、注としての不統一や重複・矛盾と理解すべきものではなく、むしろ訓注が個別の文字列ごとの視点で施されているという右の観察結果を保証しているといえよう。

「下效此」の問題に戻りたい。右に確かめたことを踏まえていえば――もちろん訓注に限定されるけれども――、意図した解読を文字列から得るのが困難な場合という、きわめて限定的な条件下の訓みを下文に適用させようとするのが「下效此」ということができる。「下效此」の及ぶ範囲を問題とするとき、『古事記伝』のように素朴に「何処《イツク》にても如此《カク》訓《ヨ》めとなり」（三之巻）などと捉えることの問題性は、すでに明白である。「下效此」は、訓注がそうであったように、文字列の条件を離れて働くわけではなく、常に文字列の条件を負いつつ働くものと考えられる。

　再び①〜⑬および㊾を通じて、右の予測を確かめてみたい。まず、数の多い神人名（島の擬人名を含む）の場合（③〜⑩⑬㊾）から見てゆこう。注目されるのは、③⑧を除くすべてが、施注された神人名と施注漢字を共有し、かつ固有名詞の構造が同一ないし類似の構造からなる神人名をその直下にもつことである。

④天之水分神（上31〈91〜92行〉）　→国之水分神（上31〈92行〉）
⑤天之狭土神（上31〈96行〉）　→国之狭土神（上31〈96〜97行〉）
⑥大戸或子神（上31〈98行〉）　→大戸或女神（上31〈98行〉）
⑦金山毗古神（上32〈102行〉）　→金山毗賣神（上32〈102行〉）
⑨奥疎神（上37〈158行〉）　→邊疎神（上38〈160行〉）
⑩八十禍津日神（上38〈165行〉）　→大禍津日神（上38〈165行〉）
⑬石比賣命（下213〈463行〉）　→小石比賣命（下213〈真福寺本なし〉[25]）
㊾石土毗古神（上30〈85〜86行〉）　→石巣比賣神（上30〈86行〉）

④を例に取りつつ進めよう。④に訓注が必要とされた理由は、「天之水分神」という文字列の条件では「分」の慣用訓ワクと訓まれる可能性が高いためと考えられる（固有名詞「大分君」〈中101〉や「御歯長一寸廣二分」〈下182〉のキダの訓が「水分」という当該文字列の訓として持ち込まれる可能性はほとんどない）。ここでは稀用の訓クマリを用いよというのが④の指示であり、原理的にいえば、その訓みは④の文字列限りのものである。したがって、「下效此」は条件において施注文字列と同様の場合に適用されると考えられる。④の場合、直下の「国之水分神」の訓みを規定することは明らかだが、それは単に「下」に現れた「分」字だという理由によるのではなく、文字列の条件が④と同じだからとい

うべきである。「分」をクマリと訓む例がこの二例以外に存在しないことからも、それは確認しうる。⑤⑥⑦⑨⑩⑬㊾に付帯する「下效此」の働きが、これと同様であることはいうまでもあるまい。

なお、たとえば㊾のかなり後に現れる「鳥之石楠船神」（上31〈99行〉）、「湯津石村」（上33〈113行ほか〉）、「石析神」（上33〈113行〉）、「石箇之男神」（上33〈113行〉）などの「石」がイハと訓まれることについて、前掲小松『国語史学基礎論』（註(9)参照）は、㊾が「このあたりまで（中略）かかっているとみても、事実として不都合を生じないが、それが意図されたもの」か「単に結果がそうなっているにすぎないのかの判断がむずかしい」と述べているが、右の事実に照らして「意図されたもの」ではありえない。『古事記』全体を覆う「石」の訓みは、⑬とその直下の「小石比賣命」の二例がイシ、固有名詞「石上」（中92）がイソ（ノカミ）と訓まれる以外、すべてがイハである。[26]とすれば、㊾にことさらにイハの訓みを示すのは、この文字列に問題があるからだといえよう。すなわち、「石土毗古神」の場合、「土」との連なりから「石」はイシともイハとも解しうる。そのために㊾が必要とされたのであり、「下效此」は直下の「石巣比賣神」に適用すべきことを指示するものと認められる。

同様に、⑦の後に訓注なしで現れる「宇都志日金析命」（上39〈172行〉）、「天金山」（上45〈238行〉）などの「金」がカナと訓まれるのも、⑦が及んでいると考える必要はない。前者の場合、「宇都志日金析命之子孫也」の後に「宇都志三字以レ音」という以音注があるので、最初の「宇都志」が意味上一つの単位であることが容易に理解されるので一応措くとして、「日金析」が「日金=析」と読み解かれる可能性はまずないといってよい。「日金」という単位では意味を捉えにくいのに対し、新潮日本古典集成『古事記』（一九七九年、新潮社）付録「神名の釈義」の同神の釈義に指摘されているように、網を編む意の「縋《カナサク》」に「金析」の用字が容易に結びつくゆえに、「宇都志日=金析命」という語構成が誤認される恐れはないのである。また、「天金山」の場合も「取二天金山之鐵一而」という文字列においては、

「天金=山」という解釈はまずありえないといえよう。

右の諸例では、神名という文字列の型が適用の類推を容易にしていると同時に、他例への無媒介な適用に対する限定としても働いている——したがって解読の混乱が避けられている——と解される。

ところで、⑩の場合、「大禍津日神」につづいて、次行にさらに「次為レ直二其禍一而所レ成神名……」（上38〈166行〉）という文字列が現れる。この場合、⑩の指示は第三例目の「禍」にも及ぶと考えるべきなのだろうか。⑩の施注意図はワザハヒの訓みを排除することにあるとも考えられる一方、前掲小松論が指摘するようにマガの訓が未定着であるために付された注記という可能性もないわけではない。後者の場合は、当然文字列から訓みは導きえないわけだから、条件は⑩とまったく同じとなるので、「下效此」はここにも及ぶと解される。旧稿（註(13)参照）では小松論を承けて後者の可能性を考えたが、神名「八十禍津日神」「大禍津日神」の「禍」は訓注の指示通りマガでなければならないけれども、地の文「為レ直二其禍一而」に現れる「禍」は必ずしもマガと訓まれる必然性はない。仮にワザハヒと訓んでも文脈理解の上でなんら支障はないといえそうである。したがって、ここは⑩は直下の「大禍津日神」のみにかかるものと訂正しておきたい(27)。

他例の検討に移ろう。⑧は下に「奥」字をもつ同一ないし類似の構造の神名がない点で、右の諸例とは異なっている。直下につづくのは「奥津那藝佐毗古神」（上37〈159行〉）、「奥津甲斐弁羅神」（上37〈159行〉）である。しかし、⑧の施注意図が慣用訓オクに対してとくにオキを示すことにあるのだとすれば、右二神の「奥」も所与の文字列からその訓みを導きえない点で、条件は⑧と同じである。したがって、⑧の「下效此」はこれらの二神名にもかかっていると解される(28)。

固有名詞以外についても、基本的に右とまったく同様である。⑪は既述のごとく、直下の「五百入之靫」とともに

「入」をノリと訓むただ二つの例であり、⑫も真福寺本で三行後にまったく同じ文字列「麗壮夫」（上82〈597行〉）が現れる点で、右の諸例（とくに同一構造・類似構造の文字列を下文にもつ例）に等しい。

右に検討を加えてきた諸例の場合、訓注の指示内容の適用が直感される類同した文字列が直下につづき、「下效此」は施注文字列の条件をそのまま引き受けながら、それゆえに原則的に狭い範囲で働くのだと認められる。しかし、次に取り上げる三例は、右の諸例とはいささか異なった働き方といわねばならない。

まず、①の場合、次に適用されるべき文字列「高天原」が現れるのは、左に示すように真福寺本の配行で*181*行で、施注箇所の*43*～*44*行からは一三七行も隔たっている。

①…於二高天原一成神名、天之御中主神（上26〈*43*～*44*行〉）→汝命者、所レ知二高天原一矣（上39〈*181*行〉）

先に取り上げた諸例がおおむね真福寺本の配行で三行以内に「效」うべき文字列が認められるのに比べ、大きな相違といえよう。しかし、既述のごとく①は単に「天」字の訓みを示すのではなく、例外的に「高下」という限定が加えられている点は注意されてよい。「天」には露出形アメ、被覆形アマの二つの慣用訓があるが、右の限定によって一三七行の間に挟まれた「天」字の誤読の可能性は解消されているのである。つまり、①が覆う幅の広さは、「下效此」の属性によるのではなく、訓注の特殊なありようをここでも背負っていることが確認されるのである。

③は島を擬人化した呼称に対する訓注であるが、下に類同する文字列をもたない点で、先に見た⑧に類似する。その施注意図は「淡道之穂之狭別嶋」という文字列の中で、「別」について[29]コトあるいはワキ・ワクなどの訓みを排除し、称号ワケに基づく尊称であることを示すところにあると見られる。しかし、中巻を一応除外するとしても、尊称「別《わけ》」をもつ神名は「天石戸別神」（上75〈*538*行〉）までの四六五行間に計一三例[30]（「天石戸別神」を含む）あり、その及ぶ範囲・適用数とも先に検討した「下效此」のありようと大きく異なっている。

しかし、③以下の文字列を注意深く追ってゆくならば、右のような捉え方に誤りがあることに気づく。③は形の上で類同する文字列をもたないため、「下效此」には型としての限定は働かず、したがって、⑧の場合と同様、文字単位で適用が類推されてゆく方式といえる。それに従って読み進めてゆくと、「建依別」（上29〈75行〉）以下「風木津別之忍男神」（上30〈87行〉）まで、ほぼ近接して現れる一一の「別」をもつ神名について③の指示が及んでいると考えられるが、それにつづく「此速秋津日子・速秋津比賣二神、因二河海一持別而」（上31〈89～90行〉）には及んでいないと判断される。右の「持別」は訓注によって訓みを特定するまでもなく、「持ち別く（分担する）」という「辞理」は明白であり、③が及ぶ必要はまったくない。西宮編『古事記 修訂版』は「持別」の「別」を四段動詞ワキと訓むが、そうであるならば、なおのこと①のような限定をもたない③が、ここを超えて働くはずがない。したがって、③の場合でも、その適用範囲は「持別」以前の、たかだか一四行にすぎないことになる。その後、「持別」（上31〈96行〉）「詔別」（上43〈219行〉）「別名」（上67〈464行〉）が訓注なしで現れるので、右の見通しの正しさが確認される。[31]

最後に、②についても条件は③に等しく、〈国生み〉という特殊な文脈における「生」字の訓み――解釈についての説明と解される。いうまでもないことだが、後に系譜中に見られる「A娶B生C」の「生」字は、文字列から訓みが容易に導ける例であり、当然②が及ぶ必要はない。

6

以上、訓注に付帯する「下效此」は、文字列の条件に即した施注原理を負いつつ、原則として施注箇所に近接した範囲で、それと類同する文字列、あるいは適用が容易に類推される文字列について働くことを確かめてきた。訓注および訓注を承ける「下效此」を右のようにおさえた上で、残された以音注の例について考えてみたい。

具体例の検討を待つまでもなく、訓字で覆われた『古事記』の文字テクストの中にやまとことばを音仮名で文字化して挿入する方法は、基本的には文字列に即した一回的なものである。序文の記す「或一句之中、交二用音訓一、或一事之内、全以レ訓録」という記述方針に照らしても、それは明らかである。[32] 以音注は、そうした文字テクストの中で歌謡を除く音仮名表記箇所の識別を示すことで解読を補助するものであり、施注の姿勢において訓注に一致する。序文にいう施注原理――「辞理叵レ見、以レ注明、意況易レ解、更非レ注」は以音注にも貫かれているのである。[33] つまり、以音注も訓注同様、「辞理」「意況」の「見え叵き」場合という、やはり文字列に即した一回性の中で施されるものと考えられる。安藤「古事記解題」（註(4)参照）や倉野「古事記の形態」（註(6)参照）がいう同趣の以音注の重複を不統一や矛盾と捉えるべきでないことは、訓注の場合に等しい。

以音注に付帯する「下效此」は、右に述べた原則的に一回的な音仮名表記のありようをそのまま負って働くと考えられる。その場合、訓注同様、施注箇所と同条件の文字列について、しかも原則的に狭い範囲で働くものと予測される。こうした視点から先掲⑭～㊾を観察すると、施注箇所の次にそれと類同した文字列が以音注を伴わずに現れるのは以下のごとくである（傍点は施注箇所の次に類同文字列が連続して複数回現れる例を示す〈以音注に再出された文字・文字列は除く〉）。

真福寺本の配行で五行目まで　二五例（⑭、⑯⑰⑱⑳㉔㉕、㉖㉙、㉛㉜㉝、㉞、㉟、㊱㊲㊴㊶㊷、㊹、㊺、㊻、㊼、㊽㊾、）

⑭阿那迩夜志愛上袁登古袁（上28〈65～66行〉）→阿那迩夜志愛上袁登賣袁（上28）[34]・阿那迩夜志愛袁登賣袁（上29〈71～72行〉）・阿那迩夜志愛袁登古袁（上29〈72行〉）

⑯沫那藝神（上31〈90～91行〉）→頬那藝神（上31〈91行〉）

⑰沫那美神（上31〈91行〉）→沫那美神（上31〈91行〉）

⑱天之久比奢母智神（上31〈92～93行〉）　→國之久比奢母智神（上31〈93行〉）

⑳建布都神（上33〈115行〉）　→豊布都神（上33〈115～116行〉）

㉔奥津那藝佐毗古神（上37〈159行〉）　→邊津那藝佐毗古神（上38〈160～161行〉）

㉕奥津甲斐弁羅神（上37〈159～160行〉）　→邊津甲斐弁羅神（上37〈161行〉）・邊津甲斐弁羅神（上37〈162行〉）（本文注）

㉖神直毗神（上38〈167行〉）　→大直毗神（上38〈167行〉）

㉙啼伊佐知伎也（上40〈185行〉）　→哭伊佐知流（上40〈188行〉）・哭伊佐知流之事（上41〈199行〉）

㉛各宇氣比而（上42〈203行〉）　→宇氣布時（上42〈203行〉）

㉜奴那登母々由良迩（上42〈205行〉）　→奴那登母々由良尓（上42〈209行〉）

㉝佐賀美迩迦美而（上42〈205～206行〉）　→佐賀美迩迦美而（上42〈209行〉）・佐賀美迩迦美而（上43〈211行〉）・佐賀美迩迦美而（上43〈213行〉）

㉞布刀玉命（上45〈240行〉）　→布刀玉命（上45～46〈245行〉）・布刀御幣（上46〈245行〉）・布刀詔戸言（上46〈245～246行〉）・布刀玉命（上46〈253行〉）・布刀玉命（上47〈255行〉）

㉟湏賀（上49〈284行〉）　→我御心湏々賀々斯（上49～50〈284行〉）・於レ今云二湏賀一也（上50〈285行〉）・湏賀宮（上50〈285行〉）・稲田宮主湏賀之八耳神（上50〈288行〉）

㊱八嶋士奴美神（上50〈289行〉）　→兄八嶋士奴美神（上50〈291行〉）

㊲海和迩（上52〈304行〉）　→伏二最端一和迩（上52〈307～308行〉）

㊴我子者不レ死有祁理（上68〈474～475行〉）　→我君者不レ死坐祁理（上68〈475行〉）

㊶海佐知毗古（上79〈578行〉）　→山佐知毗古（上79〈579行〉）

㊷兄宇迦斯（中93〈39～40行〉）　→弟宇迦斯（中93〈40行〉）・兄宇迦斯（中93〈41行〉）・弟宇迦斯（中93〈43行〉）・兄宇迦斯（中93〈44行〉）・兄宇迦斯（中94〈46行〉）・弟宇迦斯（中94〈49～50行〉）・弟宇迦斯（中95〈55行〉）

㊹内色許男命（中105〈153～154行〉）　→内色許賣命（中105〈154行〉）・内色許男命（中105〈155行〉）

㊺泥疑（中127〈381行〉）　→為二泥疑一也（中128〈383行〉）・如何泥疑也[35]（中127〈383行〉）

㊻振レ浪比礼（中160〈690行〉）　→切レ浪比礼（中160〈690行〉）・振レ風比礼（中160〈690行〉）・切レ風比礼（中160〈690行〉）

㊼為二宇礼豆玖一（中161〈696行〉）　→宇礼豆玖之物（中162〈702～703行〉）・神宇礼豆玖之言本者也。（中162〈709行〉）（解説注）

㊽波多毗能大郎子（下165〈6行〉）　→波多毗能若郎女（下165〈6～7行〉）

㊾石土毗古神（上30〈85～86行〉）（訓注・以音注）　→石巣比賣神（上30〈86行〉）・大屋毗古神（上30〈87行〉）・火之炫毗古神（上32〈100行〉）

同一〇行目まで　二例（㉓、㊵）

㉓左之御美豆良（上35〈129～130行〉）　→其右御美豆良（上35〈136～137行〉）・御美豆良（上41〈193行〉）・左右御美豆良（上41〈193～194行〉）・左御美豆良（上42〈208行〉）・右御美豆良（上42〈211行〉）

㊵登陁流……天之御巣（上72〈508行〉）　→登陁流天之新巣（上73〈516行〉）

同二〇行目まで　三例（⑲、㉒、㉚）

⑲愛我那迩妹命乎（上32〈108行〉）　→愛我那迩妹命（上34〈126行〉）・愛我那迩妹命（上36〈146行〉）

㉒愛我那勢命（上34〈128行〉）　→愛我那勢命（上36〈145行〉）

㉚美湏麻流之珠（上41〈195行〉）　→美湏麻流珠（上42〈208行〉）・御湏麻流之珠（上45〈240行〉）・御湏麻流之玉（上45〈243行〉）

同二一行以上　二例（㉑、〈一七五行目と二八九行目〉、㉗〈四九行目〉）

㉑闇淤加美神（上33〈116～117行〉）　→淤迦美神（上50〈292行〉）・淤加美神（上61〈406行〉）

㉗{此三柱綿津見神者、阿曇連等之祖神以伊都久神也（上38～39〈171～172行〉）　→{此三柱神者、胸形君等之以伊都久三前大神者也（本文注）（上43〈221～222行〉）

要検討　四例（⑮㉘㊳㊸）

真福寺本の配行で、施注箇所からおおむね五行目までに「效」うべき文字列が現れるというありようは、以音注に付帯する「下效此」の働き方もまた基本的に訓注の場合に等しいことを示している。たとえば、⑯「沫那藝神」の直下に「頬那藝神」があり、また㊴「有祁理」の直下に「坐祁理」があるといった類同する文字列の対応関係や、㉝「佐賀美迩迦美而」が真福寺本の配行で上205行から216行までの一二行間に計六度繰り返されるといった同一文字列の連続に対して働く「下效此」の働き方は、訓注のそれに完全に一致する。

㉛の「宇氣比」（上42〈203行〉）については、「效」うべき対象を同じ語形に限定すれば「宇氣比弖」（上78〈上569行〉）まで現れないが、ここには以音注「自レ宇下四字以レ音」が施されているので、㉛の「下效此」の圏外と考えられる。その間に適用されるべき文字列は㉛の直下の「宇氣布時」（上42〈203行〉）以外にない。「宇氣比」と「宇氣布」とでは

活用形を異にするが、すでに「生」（②）の例に見たように、活用形の相違は許容するものと認められる。㉙の「啼伊佐知伎也」（上40〈185行〉）につづく「哭伊佐知流」（上40〈188行〉）、「哭伊佐知流之事」（上41〈199行〉）についても同様である。

ところで、㊲「海和迩」（上52〈304行〉）の場合、真福寺本の配行で四行後に「和迩」（上52〈308行〉）が現れ、「下効此」がこれにかかることは明らかだが、さらに三〇六行を隔てて「和迩魚」（上84〈614行〉）、「一尋和迩」（上84〈616・617・619行〉）、「和迩」（上84〈618・618行〉）、「八尋和迩」（上85〈628行〉）が以音注を伴わずにまとまって現れるので、㊲との関係が問題となる。しかし、結論からいえば㊲の「下効此」がここまで及んでいると考える必要はない。真福寺本の配行で614行前後は〈海宮訪問〉の物語で、「海之大小魚」（上83〈607行〉）、「諸魚」（上83〈607行〉）、「赤海鯽魚」（上83〈607行〉）などにつづいて現れる「和迩魚」（上84〈614行〉）は以音注を付すまでもなく「辞理」は明白である（しかも「迩」は音仮名専用字、「和」は準音仮名専用字〈第二章第五節註(158)参照〉）。「意況易レ解、更非レ注」の場合に相当すると考えられるのである。「魚」字が付された効果も大きいといえよう。以下につづく「和迩」も同様である。

また、㉚については例示した以外にも、さらに〈天若日子の反逆〉条の歌謡6に「美須麻流」が二度現れるが（上69〈482行〉）、歌謡詞章は例外なく音仮名専用表記されているので、「下効此」はここには関与しないといってよい。

さて、右の観察によれば、原則として施注文字列に近接する範囲で、それと同型もしくは類同する文字列、または適用が容易に類推される同条件の文字・文字列について働くという訓注付帯の「下効此」のありようは、そのまま以音注にも当てはまるといえよう。

ただし、仮に真福寺本の配行で二〇行以内に適用例が現れる場合まで近接する範囲と（少々強引に）認定するにしても、それを超える範囲（㉑㉗）については、右に確かめた原則に外れるといわねばなるまい。しかし、例外的に長い適用範囲をもつ訓注がそうであったように、この場合も所与の文字列に即してその理由を説明することができるように思われる。

まず、㉗については、

㉗此三柱綿津見神者、阿曇連等之祖神以伊都久神也（上38〜39〈171〜172行〉）

此三柱神者、胸形君等之以伊都久三前大神者也（上43〈221〜222行〉）

という文字列全体の類同性が隔たりを超えて適用を可能にしていると解しうる。[36] また、㉑の「闇淤加美神」については固有名詞という点が条件として働いていると考えられる。適用例はいずれも「娶二淤迦美神之女――一」（上50）、「娶二淤加美神之女――一」（上61）という系譜文脈中に現れているので、「淤迦美神」「淤加美神」が固有名詞であることは容易に理解されるからである（音仮名「迦」は「加」と諧声系列を等しくする増画字であり、「加」「迦」の相違は適用に際して問題にならないと考える。「下效此」の適用にある程度のゆるさがある点については、すでに見てきたごとくである）。

ただ、右の二例の「淤迦（加）美神」は系譜の定型文「A娶B（之女C）生子D」中に、しかも音仮名専用字「淤」を冒頭にして現れるのであり、以音注を付すまでもなく「意況の解り易き」場合とも考えられる点でやや疑問が残る。㉑の施注意図に立ち戻って考えてみると、「闇淤加美神」という神名が分かりにくさをもつと判断されたため、以音注によって「淤加美」が水神オカミ（龗）を表すことをまず示したものと解される（したがって「闇=淤加美神」という構造も示される）。とすれば、「下效此」は右の二例の「淤迦（加）美神」の訓み方を指示するのではなく、直下の「闇御津羽神」（上33〈117行〉）の語構成を類推させる指示と見ることもできるのではあるまいか。訓注・以音注が単に所与の文字・文字列の訓みを示すのみならず、本質的には文字列の解読を補助する目的で加えられていることからいえば、訓注に見られたさまざまな機能は以音注についても考慮すべきではないだろうか。右の推論が誤りでないとすれば、㉑に付帯する「下效此」はまさに近接する範囲に適用例をもつことになる。一案として示しておく。

最後に、残る四つの要検討例に触れておこう。これらはそのままでは下文に適用例をもたないものである。しかし、なんらかの形でこれらの「下效此」にも意義を見出すことが可能である。たとえば、⑮「愛上比賣」（上29〈74行〉）という固有名詞は、そのままでは下文にはまったく現れないが、これを「愛上」と「比賣」とに分節すれば、⑮は「比賣」の初出例となる。「下效此」がその「比賣」を意識して付帯するのだとすれば、初出の「毗古」に付された㊾とまったく同様に解することができる。「――比賣」という類型の固有名は、以下に続々と現れるからである。あるいは㉛の「宇氣比」に見るように、以音注の許容範囲を考慮して直下の「飯依比古」（上29〈75行〉）にかかる可能性も考えられなくはないが、以下に陸続と現れる「比賣」を意識しての「下效此」と考える方がはるかに穏当であろう。

㉘の「母由良迩」（上39〈180行〉）は、「母由良迩」四字を共通にもつ㉜の「奴那登母々由良迩」（上42〈205行〉）にかかるとも考えられなくはないが、ここには以音注が「下效此」を帯同して付されているので成り立ちがたい。ここはやはり「玉緒母」と「由良迩」に分節することによって、直下の「取由良迦志而」（上39〈180行〉）にかかると見るべきもののようである。

㊳の「有那理」（上65〈444行〉）は、はるか先の中巻に「天皇坐那理」（中151〈598行〉）とあるけれども、ここには以音注が施されているので（「此二字以ㇾ音」）、「下效此」がここに及んでいないことは明らかである。「下效此」が「伊多久佐夜藝弖（以音注略）有那理」の全体を承けると考えれば、中巻冒頭の神武記に、

　葦原中國者、伊多玖佐夜藝帝阿理那理。此十一字以ㇾ音。（中91〈25～26行〉）

という類同する詞章（文字列）が存在するが、ここにも以音注がある。ただ、そうすると「下效此」がかかる先がなくなってしまうので、ここは㉗の場合と同様に、神武記の類同詞章を意識しつつ「下效此」を付したものの、結果的

に神武記では「伊」以下一一音節をすべて音仮名表記することになったので、改めて「此十一字以ㇾ音」という以音注を付したものと考えておく。「下效此」の適用範囲の長さは詞章の類同によるものと考える。

残る㊸「富登」（中97〈*81*行〉）は、真福寺本の配行で二行目に「富登多多良伊須須岐比賣」（中98〈*83*行〉）および三行目の解説注「是者悪二其富登一云事、後改ㇾ名者也」（中98〈*84*行〉）にかかると見るのが妥当と思われる。したがって、この場合も近接する範囲に適用例があることになる。(37)

7

以上、訓注・以音注の施注方針と「下效此」の働きを見てきたが、要するに『古事記』の「下效此」は、訓注・以音注の施注原理を全面的に承けて、原則的に近接する範囲の下文に、しかも施注箇所と同じ条件をもつ文字列に対して限定的に働くのであり、『日本書紀』の「下皆效此」とは本質的に性格を異にするのである。

『古事記』を通じて訓注・以音注そして「下效此」の機能は一貫していると認められ、矛盾や不統一は見出しえない。(38) 倉野論が矛盾・不統一の徴証として挙げたＢａｂなどの例は（本節2参照）、右に確かめてきた「下效此」の機能に照らして当然ありうべきことなのである。Ｂａ第一例の「下效此」（⑯に相当する）は、直下に「效」うべき「頬那藝神」があるための措置であり、以下の全体を規定するわけではない。Ｂｂ第二例の「下效此」（⑫に相当する）も、真福寺本の配行で三行目に「麗壮夫」が現れるための措置であること、すでに見てきたごとくである。同様に、同一語句に対する同一ないし同趣の注記の重複も、矛盾や不統一と捉える必要はない。訓注・以音注ともその施注原理は原則的に文字列に即した一回的なものであり、その意味では重複したありようがむしろ当然なのである。

「下效此」や訓注・以音注に見出される見かけの重複を矛盾・不統一と捉え、そこから『古事記』の非一元的な成立過程や注記の攙入といった結論を導くことの不当さは、もはやいうまでもない。訓注・以音注の施注および「下效此」の様態から『古事記』の成立・編纂について見通そうとするなら、むしろ次のような方向に向かうであろう。

1訓注・以音注および「下效此」は、序文の記す施注方針のとおり、現に見る『古事記』の解読を保証するものとして基本的に一貫しており、したがって問題は太安萬侶による現行文字テクストのレベルに限定されるであろう。

2訓注・以音注の施注原理が文字列に即したものであることからいえば、それはまったくなにもないところから書き下ろしながら施注してゆくのではなく、すでに書かれたものを編者が実際に読むという作業を通じて施注／非注が判断されたことが明らかである。「下效此」が下に效うべき文字列があることを前提として付されていることからも、それは保証される。——したがって、安萬侶の仕事を稗田阿礼の暗誦する詞章の文字化と捉える宣長以来の素朴な理解は成り立ちえない。

3序文にいう記述方針・施注方針と、現に見る『古事記』の文字テクストに付された訓注・以音注とが密接不可分な関係を有することからいえば、2に述べたすでに書かれたものとは、必ずしも阿礼の誦習する天武勅語の「帝皇日継及先代舊辞」である必要はなく、いったん安萬侶の手で「子細」に「採り摭」った草稿のごときものである可能性もある。

4同一語句に対する注記の重複や、原則的に近接する範囲にしか適用されない「下效此」の様態は、施注作業が『古事記』全体を視野に収めたものではなく、限られた範囲を入念に読み込むことを通じて行われたことを推測させる。[39]

5以上によれば、訓注・以音注および「下效此」のほとんどが安萬侶の編集段階で導入されたと考えられる。

以上、本節の帰結の先に当然解決されねばならない諸問題であることを確かめておきたい。

二　以音注の形式

1

『古事記』の文字テクストは、左に見る（α）（β）のように、指定された文字・文字列が音仮名によって記述されていることを示す以音注を大量に含んで成る。

㋐次國稚如二浮脂一而、久羅下那州多陁用弊流之時、(α)流字以上十以レ音。如二葦牙一因二萌騰之物一而成神名、宇摩志阿斯訶備比古遅神。(β)此神名以レ音。（上26）

序文の記す施注方針に即していえば、こうした以音注は「音訓を交へ用ゐ」たこと（iii）によって生ずる「辞理の見え叵」さを克服するために施される注記類（iv）の一種とひとまず捉えられる。

然、(i)上古之時、言意並朴、敷レ文構レ句、於レ字即難。(ii)已因レ訓述者、詞不レ逮レ心。全以レ音連者、事趣更長。(iii)是以、今、或一句之中、交二用音訓一、或一事之内、全以レ訓録。即、(iv)辞理叵レ見、以レ注明、意況易レ解、更非レ注。（序24）

正訓字による表意表記を記述の基本方針とする『古事記』の文字テクスト中に、[40] 漢字本来の表意性を捨象した音仮名が任意に交用される文字列は、当該文字・文字列が表意／表音いずれの原理によっているのかの識別が、解読上重要な要件となる。『古事記』の以音注は、序文に照らして、そうした手段の一つと一応見ることができる。

しかし、このように以音注の機能を捉えるだけでは、たとえば左に示すような事例を通じて直面するさまざまな問題——以音注に複数の形式があるのはなぜか（㋑と㋒と㋖）、施注位置に違いがあるのはなぜか（㋑㋒と㋖）、訓仮名

「津」を含む例（㋕）があるとはいえ、〈五穀の起源〉条の三例に以音注がないのはなぜか（㋓㋔㋕）等々――に対して、なんの解答を与えることもできない。

㋑大宜都比賣 此四字以レ音。（上29、〈国生み〉）
㋒大宜都比賣神 此神名以レ音。（上31～32、〈神生み〉）
㋓大気都比賣神（上47、〈五穀の起源〉）
㋔大気都比賣（上47、〈同右〉）
㋕大宜津比賣神（上47、〈同右〉）
㋖大気都比賣 下四字以レ音。神（上64〈大年神の系譜〉）

神名表記の多様性に着目しつつ、こうした以音注のありようを不統一と捉え、たとえば『古事記』が複数の資料を接合して成ったからだといった類の解釈を持ち込むのはたやすい。しかし、第二章を通じて確かめてきたように、文字表記の多様性は必ずしも資料の複数性に直結するわけではなかった。以音注の多様性を非一元的な成立過程論を媒介して説明するのも一つの立場だが、しかし、それはもはや古事記論（古事記注記論）の枠組を逸脱しているといわねばならない。

本節の課題である注記の形式を問題とする場合も同様で、外形に着目して分類するだけでは、ほとんど本質に届く議論にならないのである。

㋗美呂浪神 美呂二字以レ音。（上61）
㋘尓、火遠理命以二海佐知一釣レ魚、都不レ得二一魚一、亦其鉤失レ海。於レ是、其兄火照命乞二其鉤一曰、山佐知母、己之佐知佐知、海佐知母、己之佐知佐知。今各謂レ返二佐知一之時、佐知二字以レ音。……（上80）

たとえば右の㋗に見える以音注は、神名中の音仮名表記箇所「美呂」二字について一回的に働くにすぎないのに対し、㋘の場合は計八か所の「佐知」についてすべてその指示が及ぶのである。右の二例から仮に「〇〇二字以音」という形式を括り出してみても、実際の文字テクストに還元したときの働き方の差違はついに見えてこないであろう。

要するに、形式のみを抽出して問題としてみても、それは標本の観察にも似て注の生態に迫ることはできないのである。『古事記』の注はあくまでも文字テクストと不可分なものとして問題を立てるべきであり、形式の相違も文字テクストとの照応が問題とされなければ、まったく無意味なものとなる危険性をはらんでいる。

しかし、これまでの研究史は、必ずしもこうした自覚を明確にもって展開されてきたわけではなかったといってよい。たとえば、安藤正次「古事記解題」（註（4）参照）は、以音注や訓注の「体裁や記載法に全く統一が無い」こと、また重複・矛盾する例が多く認められることを指摘しつつ、

或部分の訓注[41]は、在来の古記録に既に付記されてゐたもの、恐らくは阿礼誦習の際に付記されてゐたものをそのまゝ転用し、或ものは新にこれを註記したといふやうな関係から、此の如きものとなつたのではあるまいか。

と述べ、また倉野憲司「古事記の形態」（註（6）参照）も同様の根拠から、

この事は、古事記の訓註[42]が唯一人の手によつて施されたものでなく、二人以上の人々によつて加へられたものであることを雄弁に物語つてゐると考へられる。即ち安萬侶が撰録に際して下したもの、及び古事記撰進後に於いて幾人かの人によつて加へられたものが相雑つたものと見るべきであらう。

と推測している。

安藤・倉野両論は、『古事記』成立時を挟んで正反対の方向を向くが、訓注・以音注の非一元的な成立という点では結論を等しくするともいえる。①体裁や記載法に統一がなく、②機能のしかたに矛盾・重複があって一貫性がない

として、安萬侶による一元的な施注とは認めがたいというのである。右のうち②についてはすでに前節に検討し、矛盾と捉える必要がないことを確認したので、ここでは①の体裁や記載法の不統一に問題を絞って検討を加えたい。

2

一般に、一人の人物により同一の目的で同一の機能をもつ注が加えられる場合、その形式は単一ないしきわめて小さな変化の範囲にとどまる、と予想される。『古事記』の注記を問題とする際にも、こうした認識が先行していると考えられる。そうした一般論を前提とする限り、形式的な不統一は原資料の混入（安藤論）もしくは後人による注の攙入（倉野論）といった、非一元的な成立過程を辿った徴証と捉える以外にない。しかし、こうした議論は『古事記』外部の常識を尺度とした推測にすぎず、現にある文字テクストに即して検証されたわけではない。前節までに確かめてきたように、『古事記』の文字表記や注記は、あくまでも現行文字テクストと不可分な関係にある。以音注にさまざまな形式があることの理由や意味も、『古事記』の文字テクストに即して考えてみる必要があるはずである。

まず、以音注の多様な形式を見ることから始めたい。先行研究によるいくつかの分類の試みがすでに存在するが、おおむね亜種を基本形に統合しようとする判断のもとになされたもので、形式の多様性を見ようとする本節の目的にそうとはいいがたい。独自に分類したものを左に示す。

A単に数字で字音が用いられた範囲を示す（108例）

a1此χ字以音　95例（上巻63、中巻29、下巻3）

a2χ字以音　12例（上巻12、中巻0、下巻0）

a3下χ字以音　1例（上巻1、中巻0、下巻0）

B神名人名の単位で字音が用いられた範囲を示す（27例）

b_1此神名以音　16例（上巻16、中巻0、下巻0）
b_2此χ神名以音　1例（上巻1、中巻0、下巻0）
b_3此χ神名亦以音　1例（上巻1、中巻0、下巻0）
b_4此χ神名皆以音　1例（上巻1、中巻0、下巻0）
b_5此神名亦以音　1例（上巻1、中巻0、下巻0）
b_6此χ神名亦以音如上　1例（上巻1、中巻0、下巻0）
b_7此王名以音　2例（上巻0、中巻2、下巻0）
b_8此χ王名以音　2例（上巻0、中巻2、下巻0）
b_9此女王名以音　1例（上巻0、中巻1、下巻0）
b_{10}自〝人名〟以下χ王名以音　1例（上巻0、中巻1、下巻0）

C字音を用いた文字を抜き出して示す（82例）

c_1○…○χ字以音　74例（上巻35、中巻33、下巻6）
c_2○字以音　4例（上巻4、中巻0、下巻0）
c_3此○字以音　1例（上巻1、中巻0、下巻0）
c_4上○…○字以音　1例（上巻0、中巻1、下巻0）
c_5○…○及○…○亦○…○χ字以音　1例（上巻1、中巻0、下巻0）
c_6訓○以音　1例（上巻1、中巻0、下巻0）

D指標となる文字を挙げて、それをたよりに字音を用いた範囲を示す（89例）

d_1	自○下χ字以音	48例（上巻24、中巻20、下巻4）
d_2	自○以下χ字以音(43)	14例（上巻12、中巻2、下巻0）
d_3	○以下χ字以音	3例（上巻3、中巻0、下巻0）
d_4	自○至○以音	17例（上巻10、中巻7、下巻0）
d_5	自○至○χ字以音	4例（上巻1、中巻3、下巻0）
d_6	○字以上χ字以音	1例（上巻1、中巻0、下巻0）
d_7	○下○又自○下至○皆以音	1例（上巻1、中巻0、下巻0）
d_8	○上χ字○下χ字以音	1例（上巻1、中巻0、下巻0）

見るように、微細な相違にもこだわりつつ形式を列挙すれば、その数は二七種に及ぶ(44)。一般に、指定された文字・文字列について、字音が用いられていること（したがって字音で訓むべきこと）を示すという単一の機能しかもたないと考えられている以音注の形式としては確かに少ない数ではない。しかし、形式の多様さをもって直ちに不統一という評価を与えるのは短絡的で、手続きとしては『古事記』に即してその意義ないし必然性を検討しておく必要がある。

さて、これらの諸形式を先入観なしに観察するとき、外形的には二七種が認められるとはいえ、字音を用いた範囲を、具体的な文字を挙げることによって文字のレベルで示す方法（CD）と、数字や神名・人名という別の単位に置き換えて示す方法（AB）の二種類に大別されることに気づく。具体例に即して見てゆこう。

㋙此二神降二到出雲國伊耶佐之小濱一而伊耶佐三字以レ音。（c_1）（上70）

㋚到二坐竺一紫日向之橘小門之阿波岐此三字以レ音。（a_1）原一而（上37）

右の二例の場合、音仮名表記された「伊耶佐」三字を以音注に再出するc_1に対し、a_1では「三」という数字そのものが具体性をもつわけではない。c_1の場合、施注位置が仮に「此二神降㆓到出雲國伊耶佐伊耶佐三字以ㇾ音。之小濱㆒而」のごとくであっても（あるいは近接する範囲であるならば、もう少し後の方であっても）、音仮名表記箇所は特定しうるのに対し、a_1では、たとえば「到㆓坐竺紫日向之橘小門之阿波岐原㆒此三字以ㇾ音。而」のように、たった一字ずれただけでもその意義が失われるであろう。c_1が施注位置に関係なく以音注の目的を果たすことができるのに対し、a_1は施注位置に大きく依存した（換言すれば施注位置を利用した）方法ということができる。

こうしたc_1とa_1の基本的な相違は、そのままCおよびAの諸形式全体に及ぼしうることが、次のようなありようを通じても確かめられる。Cではc_1〜c_6の全八二例中、音仮名が用いられた直下に施された例が三例にすぎないのに対し、Aではa_1〜a_3の全一〇八例中、一例の例外を除き(45)、音仮名が用いられた箇所の直下に付されているのである。

右のようにCAを捉えるとき、Dは基本的にCの延長上にある形式であることに気づく。注としての正確さのみを追求するなら、音仮名を用いた箇所をすべて具体的に示すCが最も完全な形式といえるが、たとえば使用された音仮名が多数にわたる場合、それらをすべて注で再出するのは煩雑であるし、また注として読みにくくもなる。

第5表　Cの各形式と字数の分布

	一字	二字	三字	四字	五字	六字
c_1		53	19	1		1
c_2	4					
c_3	1					
c_4		1				
c_5						1
c_6	1					
計	6	54	19	1	0	2

㋛於㆓天浮橋㆒宇岐士摩理蘊理多々斯弖、自ㇾ宇以下十一字以ㇾ音。（d_2）（上75〜76）

右例のように一一字にもわたり連続して音仮名が用いられていることを示そうとする場合、たとえばc_1によって、「於㆓天浮橋㆒宇岐士摩理蘊理多々斯弖、宇岐士摩理蘊理多々斯弖十一字以ㇾ音。」などと注記することも可能だが、音仮名による文字列の冒頭の「宇」字を示し、それ以下の一一字について「以ㇾ音」と示せばc_1と同じ

第6表　Dの各形式と字数の分布

	d_1	d_2	d_3	d_4	d_5	d_6	d_7	d_8	計
一字									0
二字									0
三字	17	3	2	5					27
四字	12	3	1	8	2				26
五字	11	3		1	1		1		17
六字	4	1		1	1			1	8
七字		2		1					3
八字	3								3
九字	1			1					2
一〇字		1				1			2
一一字		1							1
備考							一字と四字の合計	三字と五字の合計	

効果が得られるわけである。

こうして、Dの諸形式はCの省力化ないし簡略化の方法の具体的な諸相と捉えることができる。第5表および第6表が示すCD各形式の文字数の分布は、右の結論を外面から支えるであろう。すなわち、Cの諸形式が二字を中心としてその前後に多く分布するのに比べ、Dは三字以上について用いられている。平均値に過大な意味をもたせるわけにはいかないが、Cの平均が二・二字であるのに対し、Dは四・一字になる。Dの諸形式が簡略化の方法であることは明らかである。

3

右のようにCDの諸形式を捉えるとき、実はABの諸形式も基本的にはDと異なる方法による簡略化と見ることが可能である。『古事記』中最も用例の多いAは後回しにして、先にBから見てゆくことにする。

㋜火之迦具土神 迦具二字以レ音。（c_1）（上32）

㋝専汝泥疑教覺 泥疑二字以レ音。下效レ此。（c_1）（中127）

㋞常根津日子伊呂泥命 自伊下三字以音。（d_1）（中102）
㋟啼伊佐知伎也 自伊下四字以音。下效此。（d_1）（上40）
㋠宇摩志阿斯訶備比古遅神 此神名以音。（b_1）(46)（上26）
㋡丹波比古多々須美智能宇斯王 此王名以音。（b_7）（中107）

右の諸例に見るように、CDの諸形式が神名・人名にもそれ以外の語句についても用いられるのに対し、当然ながら「神」や「王」の語を含むBは神名・人名に限られている。しかし、それは「此神名」や「此王名」などの語句が注の機能に限定を加えているのではなく、むしろそれとは逆に、『古事記』においてさまざまな様態でたち現れる音仮名表記箇所のうち、固有名詞部分がすべて音仮名で文字化された神名や王名がある場合に、その特殊な条件に着目して簡略化を試みたのがBの諸形式であると捉えるべきであろう。

㋢亦娶八嶋牟遅能神 自牟下三字以音。（d_1）之女、鳥取神、生子、鳥鳴海神（訓注略）。此神娶日名照額田毗道男伊許知迩神、田下毗又自伊下至迩皆以音。（d_7）生子、國忍富神。此神、娶葦那陁迦神、自那下三字以音。（d_1）亦名八河江比賣、生子、速甕之多氣佐波夜遅奴美神。自多下八字以音。（d_1）此神、娶天之甕主神之女、前玉比賣、生子、甕主日子神。此神、娶淤加美神之女、比那良志毗賣、此神名以音。（b_1）生子、多比理岐志麻流美神。此神名以音。（b_1）此神、娶比々羅木之其花麻豆美神木上三字、花下三字以音。（d_8）之女、活玉前玉比賣神、生子、美呂浪神。美呂二字以音。（c_1）此神、娶敷山主神之女、青沼馬沼押比賣、生子、布忍富鳥鳴海神。此神、娶若盡女神、生子、天日腹大科度美神。度美二字以音。（c_1）（上61〜62）

㋢は〈大國主神の神裔系譜〉の一部である。この中に合計九例の以音注が現れるが、見るようにd_1 d_7 d_1 d_1 b_1 b_1 d_8 c_1 c_1という諸形式の現れ方は、単一の形式によって統一するといった配慮がまったくなされていないことを示す。しかし、それを直ちに不統一なありようと捉えるのは皮相な見方といわねばならない。形式が一様でないこうしたありようは以音注の側の問題なのではなく、施すべき対象のはらむ条件が単一ではないからであって、文字列の条件に応じつつ、適宜、以音注の形式が選択されていると見るべきなのである。『古事記』中、それぞれただ一例しか見られない$d_7$$d_8$が、「日名照額田毗道男伊許知迩神」（$d_7$）と「比々羅木之其花麻豆美神」（$d_8$）に施されているが、これらは音仮名が用いられた部分が二か所に分散して現れるという、この二神名の記述様式の特殊性にそれぞれ応じたものというべきで、右の見方を保証する端的な例ということができよう。

$d_7$$d_8$以外の例についても、それぞれ注の形式の側が自立性をもつのではなく、文字テクストのありように応じた形というべきなのである。Bに即して確かめ直せば、以音注の必要性が認められる九神のうち、「比那良志毗賣」「多比理岐志麻流美神」二神の固有名詞部分がすべて音仮名で記されている特殊性に着目し、その特殊性を利用して、

比那良志毗賣 比那良志毗賣六字以レ音。（c_1）　比那良志毗賣 自レ比以下六字以レ音。（d_2）　比那良志毗賣 自レ比至レ賣六字以レ音。（d_5）

多比理岐志麻流美神 多比理岐志麻流美八字以レ音。（c_1）　多比理岐志麻流美神 自レ多以下八字以レ音。（d_2）　多比理岐志麻流美神 自レ多至レ美八字以レ音。（d_5）

などと記す労を省いたものと見られるのである。Bが方法として成り立つもう一つの条件として、この文脈が系譜であることにより、神名の単位が明瞭であることも挙げられるであろう（具体的な例示は省略に従うが、「王」の語をもつ$b_7$$b_8$$b_9$$b_{10}$もすべて系譜中に現れる）。

要するに、Bは文字テクストのありように応じた簡略化の試みの一つなのである。しかし、そのように捉える上で、次のような事例はどのように理解すべきであろうか。

㋣大宜都比賣神 此神名以レ音。（b_1）（上31〜32）
㋤神阿多都比賣 此神名以レ音。（b_1）（上77）
㊁次意富斗能地神、次妹大斗乃弁神 此二神名亦以レ音。（b_3）（上26）

右は「此二神名亦以音」とありながら、正訓字が含まれている例である（×を付した）。固有名詞部分がすべて音仮名で文字化されているわけではないのだから、本来ならばB以外の形式で音仮名部分を特定する必要があるところである。

右のうち㋣㊁をめぐっては、野口武司『古事記』所見の神名人名音註[47]に次のような解釈が示されている。すなわち、上巻の同一章段、「特に同一系譜《的》部分」においては先行する注記の形式に倣う傾向が認められ、「大宜都比賣神」にb_1の以音注が施されたのは、左の㋦に見るように先行するb_1に倣った結果であり、また「大斗乃弁神」の場合も、㋤に見るように先行する「此二神名……以音」（b_2）の形式に倣った結果というのである。

㋦ i 次生風神、名志那都比古神。此神名以音。（b_1）次生木神、名久々能智神。此神名以音。（b_1）次生山神、名大山上津見神。次生野神、名鹿屋野比賣神。亦名謂野椎神。自志那都比古神至野椎、并八神也。 ii 此大山津見神・野椎神二神、因山野持別而、生神名、天之狭土神（訓注略）。……次大戸或女神。自天之狭土神至大戸或女神、并八神也。 iii 次生神名、鳥之石楠船神、亦名謂天鳥船。次生大宜都比賣神。此神名以音。（b_1）次生火之夜藝速男神。夜藝二字以音也。（c_1）亦名謂火之炫毗古神、亦名謂火之迦具土神。夜藝二字以音。（c_1） iv 因生此子、美蕃登此三字以音。（a_1）見炙而病臥在。多具理迩此四字以音。（a_1）生神名、金山毗古神（訓注略）。次金山毗賣神。次於屎成神名、波迩夜須毗古神。此神名以音。（b_1）次波迩夜須毗賣神。此神名亦以音。（b_5）次於尿成神名、弥都波能賣神。次和久産巣日神。此神之子、謂豊宇氣毗賣神。自宇以下四字以音。（d_2）（上31～32）

㋤次成神名、宇比地迩上神、次妹須比智迩去神。此二神名以音。（b_2）次角杙神。次妹活杙神。二柱。次意富斗能地神、次妹大斗乃弁神。此二神名亦以音。（b_3）次於母陀流神、次妹阿夜上訶志古泥神。此二神名皆以音。（b_4）次伊耶那岐神、次妹伊耶那美神。此二神名亦以音如上。（b_6）（上26～27）

先行注記の形式に倣う傾向が認められるという指摘は基本的に支持したいが、しかし、そうした傾向を章段や系譜単位の問題として抽出するのは危険である。先に見た㋢の以音注がさまざまな形式で現れているように、注の形式はあくまでも文字・文字列の情況に応じたものであり、同一章段や同一系譜という条件が以音注の形式を規定するわけではないからである。現に㋦にあっては、「大宜都比賣神」以下に現れる神名はb_1に倣うわけではなく、文字列の条件に応じてその形式を選択しているのである。[48]

「大宜都比賣神」と「大斗乃弁神」の場合、単に先行例に倣ったというにとどめるべきで、章段の規制というよりも施注作業の流れとでもいう方が穏当であろう（第二章第四節に触れた〈同化〉という現象と無関係ではない）。当該二例は、音仮名で記述された神名が連続する中で、一か所に正訓字を含むという点に目をつぶって先行例に倣ったというべきであろう（その際、「大」はともに美称であることが容易に理解でき、しかも正訓字専用であることが、そうしたやや強引な措置を可能にした条件であったであろう。なお、より本質的なもう一つの理由については後述する）。

同じことは「神阿多都比賣」についてもいえる。「大」と同様、神名人名に冠せられる「神」が美称であることは「神産巣日神」「神直毗神」「神大市比賣」「神活須毗賣」などの諸例に照らして明らかであり、しかも「神」が正訓字専用である点も重要な条件といえる。この場合も「此神名以音」（b_1）という注記で問題は生じないのである。ただし、当該例は先の二例とは異なり、説話中のものであるため、この形式が選択された契機を先行例に求めることができない。では、どのような理由で「此神名以音」という形式が採択されたのだろうか。

この場合、この神名が現れる文脈にその理由が求められそうである。「笠沙の御前」で遭遇した「麗しき美人」に「誰が女ぞ」と問う番能迩々藝命に答えた美人の名告りに当該例は現れる。

㋨大山津見神之女、名神阿多都比賣、此神名以レ音。（b_1）亦名、謂二木花之佐久夜毗賣一。此五字以レ音。（a_1）（上77）

番能迩々藝命の降臨により物語の舞台は地上に移され、神々の時代から人間の時代への移行期に入る。そうした情況を確認した上で当該例を見ると、一般の神名のように「――神」という形をとらない「神阿多都比賣」は、「大山津見神の女」とはいえ、すでに舞台が地上に移っているために神か人かの判断がつきにくい。以音注が「此神名以音」の形式を採用するのは、そうした事情に対する配慮――「神」であることを示す解説注の機能が重ねられているものと見られるのである。ここに冠せられた「神」が神名であることを保証する条件として働かないのは、初代天皇の「神倭伊波礼毘古命」は措くとしても、「神八井耳命」（神武記）、「神大根王」（開化記）、「神櫛角王」（景行記）などの人名があるからである。(49)

以上によれば、「大宜都比賣神」「神阿多都比賣」「大斗乃弁神」に付されたb_1やb_3などの形式も、基本的に簡略化の方法と捉えて問題はなさそうである。

4

ところで、Bの諸形式全般を省力化・簡略化という方向で捉えようとする上で、さらに障害となりそうな可能性のある例がいくつか存在する。それは固有名詞部分がすべて音仮名で記された神名・人名であるにもかかわらず、B以外の形式が選択された例である。もちろん、簡略化の方法は任意であるし、また簡略化自体も任意であるわけだから、こうした事例があるからといって特に問題視する必要はないということもできる。

①豫母都志許賣 此六字以レ音。（a_1）（上35）

②意富加牟豆美命 自レ意至レ美以レ音。（d_4）（上36）

③次為レ直二其禍一而所レ成神名、神直毗神（以音注略）。次大直毗神。次伊豆能賣。并三神也。伊以下四字以レ音。（d_3）（上38）

④伊斯許理度賣命 自レ伊下六字以レ音。（d_1）（上45）

⑤弥豆麻岐神自レ弥下四字以レ音。（d_1）（上64）
⑥登美能那賀須泥毗古自レ登下九字以レ音。（d_1）（中90）
⑦伊那毗能大郎女之弟、伊那毗能若郎女自レ伊下四字以レ音。（d_1）（中126）
⑧伊玖米天皇之女、布多遅能伊理毗賣命自レ布下八字以レ音。（d_1）（中139）
⑨宇遅能和紀自レ宇下五字以レ音。（d_1）郎子（中152）
⑩波多毗能大郎子自レ波下四以レ音。下效レ此。（d_1）（下165）

右のうち、①については前掲野口論が「穢土たる黄泉の主宰者となった伊邪那美命の従者」であって、「神格者と見做されていなかった、或いは神格者としての評価を受けていなかった、というような事情」を想定しているのが首肯される。そのため「此神名以音」というb_1の形式が採用しえなかったのである。野口論に②についての言及はないが、これも「豫母都志許賣」を追い返した「桃子《もものみ》」に与えられた名であり、「此神名以音」とは注しがたい例といえよう。以音注が文字テクストのもつさまざまな条件（内容を含む）に即して施されていることが改めて確認されよう。

また、⑤については、

羽山戸神、娶二大氣都比賣下四字以レ音。（a_3）神一、生子、若山咋神。次若年神。次妹若沙那賣神。自レ沙下三字以レ音。（d_1）次弥豆麻岐神。自レ弥下四字以レ音。（d_1）（上64）

という系譜文脈の中で先行以音注の形式に倣ったという前掲野口論の見解があるが、ここも施注作業の流れの中で先行例に倣ったものと読み替えた上で賛同したい。

③については、以音注の直前に「并三神也」という計数注が存在することがb_1を採用しえなかった理由と考えられる。位置的に以音注は「并三神也」を承けることになるので「此神名以音」とした場合、三神すべてを指すものと誤

解される可能性があるのである。「伊以下四字以レ音」（d_3）としたのは「伊豆能賣」のみを特定する具体的な方法であったといってよい。

〈天石屋〉条に見える④は「刺許母理此三字以レ音。（a_1）」（上44）、「狭蝿那須此二字以レ音。（a_1）」（上45）、「求二鍛人天津麻羅一而麻羅二字以レ音。（c_1）」（上45）を承けて現れるので、先行形式に倣ったといった説明は成り立たない。「伊斯許理度賣命」に「此神名以音」の形式が用いられなかったのは、やはり④の置かれた文字テクストの条件によるものと見られる。

b_1に限らず、Bの諸形式はその大半が系譜文脈中に用いられているが、それは「次成神名――次――次――」「次生二――一次生二――一次生二――一」「――娶二――一生(御)子――次――次――」などの定型によって、――部に現れる文字列が神名ないし人名であることが保証されているからだといってよい。Bタイプの省力化・簡略化を支えているのは、こうした強固な文脈的条件なのである。④が置かれている環境は神名・人名の連なる系譜文脈ではなく、「天石屋」の前で執り行われる神事である。こうした条件を考慮すれば、神名に着目したb_1ではなく、文字自体に着目した以音注の形式d_1が用いられたことも、とくに不審とする必要はあるまい。簡略化は一律に推し進められるものではなく、文字テクストの環境・条件に応じたものであることがここでも確認されるのである。

人名に付された⑥～⑩に移りたい。このうち「王名」ではない⑥⑦は、「王（女王）」であることを前提とするb_7～b_{10}が適用しえないために、それに依拠した簡略化の方法が採用できなかったと一応見ておくことができる。なぜ「此人名以レ音」といった以音注の型を作り出さなかったのかという疑問が生じるが、それは問題の立て方が倒立していよう。確かめてきたように、『古事記』の以音注は現にある文字テクストに即して施されてゆくのであり、簡略化の方法が文字テクストに優先されるわけではないからである。⑥についていえば、d_1の形式が用いられた理由は、④と同様、系譜文脈中ではなく〈神武東遷〉の物語に現れる人名であることに求められよう。ここでは系譜の型に依存して以音注の形式を選択することはできないのであり、文字自体に即した以音注の形式に依らざるをえないのである。

⑦については、d_1の形式を採用したことに、より積極的な意味が見出せる。⑦の場合、直上の「伊那毗能若郎女」のみならず、その前に現れる「伊那毗能大郎女」と合わせて「自レ伊下四字以レ音」の指示は及ぶのである（おそらく、以音注を伴わずに現れる「伊上那毗能大郎女」〈中125〉の初出例にもその指示は及ぶと考えられる）。「此人名以音」などではなく、「自レ伊下四字以レ音」とあることの意義はきわめて大きいといえよう。

次に、⑨⑩は天皇の皇子・皇女に相当する人物でありながらb_7～b_{10}が適用されなかった例である。b_7～b_{10}の形式が適用された例はすべて「――王（女王）」もしくは「――命」であるので、この場合、⑨⑩の人名の構成がいずれも「――和紀郎子」「――大郎子」であるところに理由がありそうである。「郎子」「郎女」の類は人名の構成要素として理解されていたのではあるまいか。たとえば応神記に「大郎子」（中162）という人名が見えるが、この場合の「大郎子」は称号的なものではなく、明らかに固有名である。だとすれば、⑨⑩は施注者の意識ではすべてが音仮名表記された人名ではなく、音訓交用表記の例になるわけで、「此王名以レ音」（b_7）などの形式が用いられないのは当然ということになろう。

残る⑧は、「伊玖米天皇之女」とあることにより「女王」であることは明らかで、しかも「――命」とあるので末尾部分が称号であることも明らかである。したがって、「此女王名以レ音」（b_9）と注記されてもよさそうであるが(50)、現実にはd_1によっている。⑧のすぐ後には類似の人名「布多遅比賣」が以音注を伴わずに現れるので（中139）、あるいは⑦のように、「布多遅比賣」の以音注をもカバーするための措置と見ることができるかもしれない。

以上、Bの諸形式を省力化・簡略化という方向で捉える上で問題となりそうな用例を検討してきたが、結局のところ、それらは文字テクストの条件に応じた必然性をもつ場合か、施注作業の流れの中で先行例に倣った場合のいずれかであり、基本的に右の見方の障害となるものではない。とくに確認しておきたいのは、Bが用いられてもよさそうな箇所に他の形式が用いられる場合、すべてCではなくD（d_1七例、d_3二例）あるいはA（a_1一例）なのであり、いずれも省力化・簡略化の方法によっているのである。Aの検討がいまだ済んでいないけれども、たとえば右に見た①のa_1「此六字以レ音」とこれをc_1形式に変換した「豫母都志許賣六字以レ音」とを比較すれば、どのような広範囲の音仮名表記箇所であっても、それが連続性を維持する限り「此χ字以音」「χ字以音」「下χ字以音」などの指示ですむA

第7表　Bの各形式と字数の分布

	一字	二字	三字	四字	五字	六字	七字	八字	九字	一〇字	一一字	一二字	〜	一六字	備考
b_1			2	5	4	2		2		1					
b_2								1							四字と四字の合計
b_3								1							五字と三字の合計
b_4										1					四字と六字の合計
b_5						1									
b_6								1							四字と四字の合計
b_7						1						1			
b_8							1								四字と三字の合計
												1			六字と六字の合計
b_9								1							
b_{10}														1	四・三・四・五字の合計
計	0	0	2	5	4	4	1	6	0	2	0	2	∫	1	

の諸形式が省力化・簡略化の方法の一つであることは明らかである。

省力化・簡略化の方法が数種類存在するとき、その選択は文字テクストの環境や条件を考慮に入れなければ、ある程度の幅をもちえたと考えるのが自然である。今までに繰り返し述べてきた〈施注作業の流れの中で先行形式に倣った〉といういい方も、決して施注者の不注意を意味するわけではなく、ある程度、選択肢の幅がある中で一つの形式が連続して選ばれたというにすぎない。その選択に際して、先行例の形式が選択の上になんらかの影響を及ぼしたという意味である。

基本的に、以音注の形式は文字テクストのもつ条件に応じて決定されるものであり、一つの形式を選択したらそれを一律に施してゆくといった機械的な方針は、『古事記』では採用されていないことを、念のために確認しておこう。

ちなみに、Bの諸形式の分布の様態をCDに倣って第7表（三三三頁）に示しておく。

5

全般的な検討の最後に残ったAについて見てゆきたい。前項末尾に述べたように、Aの諸形式を省力化・簡略化という方向で捉えることにさしたる問題はない。本節2で確認したように、Cの諸形式の分布状況が二字に重心をもち、また最大でも六字（一つづきでない三字と三字の総計）(51)であるのに対し、Aは六字以上が一三例、しかも、

阿那迩夜志愛上袁登古袁 此十字以レ音。下效レ此。（a_1）（上28）

宇士多加礼許呂々岐弖 此十字以レ音。（a_1）（上35）

宇沙都比古・宇沙都比賣 此十字以レ音。（a_1）（中89）

伊多玖佐夜藝帝阿理那理 此十一字以レ音。（a_1）（中91）

のように、一〇字を超える例が四例も見られるのである。これらをＣの諸形式で注記するのは煩雑であるし、注としても読みにくいものとなろう。右例によりa_1が以音注として簡潔かつ的確に機能していることが知られる。

先にＣとの比較に際して述べたように、基本的にＡは施注位置を利用した簡略化の方法ということができるが、そのようにＡを捉えるとき、同じく簡略化の形式であるＤやＢとの関係に微妙な問題が生じてくる。Ａは省力化・簡略化の方法としては、最も単純明瞭な形式ゆえ、むしろ、この方法によって一律に簡略化することも可能だったのではないかという問題である。

しかし、この点に関しては小松英雄『国語史学基礎論』（註（9）参照）が「〈文字テクストのつづきをあきらかにする〉という訓注や声注の機能」を析出した上で、「音仮名に対する注記も、意味の切れ目の明示という基本機能において共通している」と指摘しているのが参考になる。右に挙げた四例は、音仮名表記箇所の直下に以音注が挿入された例であるが、以音注はその施注位置によって文や句の切れ目を視覚的に示す機能を帯びている場合もしばしば認められる。本節冒頭に挙げた㋐（α）はその一つであるが、以音注（α）は単に「久羅下那州多陁用弊流」一〇字が音仮名で書かれていることを示すにとどまらず、「次國稚如浮脂而久羅下那州多陁用弊流之時（α）如葦牙因萌騰之物而成神名宇摩志阿斯訶備比古遅神」という一文を「次〜之時」と「如葦牙因萌騰之物而〜」以下とに分節して読み取れるよう、いわば句読の役割をも果たすのである。Ａの諸形式は音仮名表記箇所の直下にあることでしか簡略化が成り立たないわけだから、㋐のように句や文の切れ目を示す位置に挿入される場合には、Ａの諸形式は使用できない。文字に即して具体的に指示するＣやＤ、あるいは神名や人名であることに着目して文字列の単位を指定するＢなどの諸形式は、機械的かつ無機的なＡでは果たしえない機能を負うのである。以音注にＡＢＣＤ四類の形式が存在するのは、その機能が単一でないからだといってよい。

確かめてきたように、以音注は単に音仮名使用箇所を識別するために機械的に施されているわけではなく、文字テクストのありように即して、その形式・施注箇所が選ばれるのであり、いかに簡略な形式とはいえ、Aの諸形式が一律に『古事記』を覆うなどということは現実にはありえないことなのである。Aの一〇八例中、神名・人名に付された例はわずかに一一例にすぎず（国の擬人名を含む）、そのうちの半数以上の六例は、左に示すように「――神」「――命」などの尊称を含まず、音仮名部分で終わる（したがって、そこに意味の切れ目がある）例である。

伊豫國謂二愛上比賣一。此三字以レ音。下效レ此也。（a_1）（上29）

粟國謂二大宜都比賣一。此四字以レ音。（a_1）（上29）

亦名謂二木花之佐久夜毗賣一。此五字以レ音。（a_1）（上77）

其土人、名宇沙都比古・宇沙都比賣、此十字以レ音。（a_1）（中89）

又娶二葛城之野伊呂賣一、此三字以レ音。（a_1）（中149）

次妹菅竈上由良度美。此四字以レ音。（a_1）（中160）

神名・人名についての以音注の大半は、

B次生二風神、名志那都比古神一。此神名以レ音。（b_1）次生二木神、久々能智神一。此神名以レ音。（b_1）次生二野神……（上31）

此天皇、娶二旦波之大縣主、名由碁理之女、竹野比賣一、生御子、比古由牟須美命。一柱。此王名以レ音。（b_7）又……（中106）又

娶二其沼羽田之入日賣命之弟、阿耶美能伊理毗賣命一、此女王名以レ音。（b_9）生御子……（中115）

C此速秋津日子・速秋津比賣二神、因二河海一持別而、生神名、沫那藝神。那藝二字以レ音。下效レ此。（c_1）次……（上31）

次為レ直二其禍一而所レ成神名、神直毗神。毗字以レ音。下效レ此。（c_2）次大直毗神。次……（上38）

D故、其櫛名田比賣以、久美度迩起而、所レ生神名、謂二八嶋士奴美神一。自レ士下三字以レ音。下效レ此。（d_1）又娶二……（上50）

此速秋津日子・速秋津比賣二神、因二河海一持別而、生神名、……次天之久比奢母智神。自レ久以下五字以レ音。下効レ此。（d_2）次……（上31）

又娶二内色許男命之女、伊迦賀色許賣命一、生御子、比古布都押之信命。自レ比至レ都以レ音。（d_3）又娶二……（中105）

又娶二倭建命之曽孫、名須賣伊呂大中日子王自レ須至レ呂四字以レ音。（d_4）之女、訶具漏比賣一、生御子……（中126）

次集二御刀之手上一血、自二手俣一漏出、所レ成神名（訓注略）、闇淤加美神。淤以下三字以レ音。下效レ此。（d_5）次……（上33）

などのように、そのほとんどは語・句あるいは文の意味的な切れ目にBCあるいはDなどの諸形式を用いて施注されているのである。Aは確かに以音注の中で最も簡便な方式ではあるが、既述のごとく、Aの諸形式は音仮名表記箇所の直下に施注箇所が制限される。音訓の交替が頻繁に起こりうる固有名詞などにおいては、音仮名が現れるたびに以音注を挿入していては文字列が必要以上に寸断され、かえって意味のまとまりが分かりにくくなる可能性さえある。先に引いた㋢に見える「比々羅木之其花麻豆美神」を、たとえばa_1形式によって、

比々羅此三字以レ音。（a_1）木之其花麻豆美此三字以レ音。（a_1）神——〔現行形〕比々羅木之其花麻豆美神木上三字、花下三字以レ音。（d_8）

とした場合と比較して見れば、現行の以音注（d_8）とその施注箇所がいかに配慮の行き届いた形であるかが分かるであろう。Aによる省力化・簡略化は条件面で制約が大きいのである。

第8表　Aの各形式と字数の分布

	一字	二字	三字	四字	五字	六字	七字	八字	九字	一〇字	一一字
a_1	2	31	25	15	10	1	5	1	1	3	1
a_2		4	6	1		1					
a_3				1							
計	2	35	31	17	10	2	5	1	1	3	1

なお、Aを省力化・簡略化の方法と捉える上で、もう一つ問題となることがらがある。Aの各形式の分布情況は第8表のごとくであるが、簡略化という方向でAを捉える場合、先の第6表に見るD

のありよう、および第7表に見るBのありようと異なり、一字ないし二字に対して施された例が認められることである。しかも、二字に対して付された用例はA形式中最多の三五例を数えるのである。

C神直毗神 毗字以レ音。下效レ此。（c_2）（上38）　C志藝山津見神 志藝二字以レ音。（c_1）（上34）

C離二天照大御神之營田之阿一、此阿字以レ音。（c_3）（上44）　C與二其伊呂兄五瀬命一 上伊呂二字以レ音。（c_4）二柱（中89）

A為二如此一登、此一字以レ音。（a_1）（上44）　A黄泉比良 此二字以レ音。（a_1）坂（上36）

右に見るように、一字（上段）および二字（下段）に付されたC形式とA形式の以音注を比較するとき、これらのAを簡略化の方法というのは少なからず躊躇される。掲出する音仮名が多数にわたる場合はともかくとして、一字もしくは二字を再掲するC形式に比して、とくにA形式が簡略であるともいいがたいのである。しかも、こうした一字・二字に付された例が計三七例（一字二例、二字三五例）にも及ぶ事実は、Aに関する右の見通しに抵触するようにも見える。

この問題に対する解答は、まったく別の視点から与える以外に道はなさそうである。『古事記』に見られる以音注のうち、一字および二字に施されたものを、上巻冒頭から順に見てゆくと、AとCの発現のしかたには次のような傾向が見出される。

c_1 c_2 c_1 c_1 c_1 c_1 c_1 c_1 c_1 c_1（第1～10例）　c_1 c_1 c_1 a_1 a_1 c_2 c_1 a_1 a_2 a_1（第11～20例）

a_1 a_1 a_1 c_1 c_1 a_1 a_1 c_1 a_1 c_1（第21～30例）　a_1 c_1 c_1 c_1 c_1 a_1 a_1 a_2 a_2 a_2（第31～40例）

c_1 c_1 c_1 a_1 a_1 a_1 c_1 a_1 c_1 a_1（第41～50例）　c_1 c_1（第51～52例）

一字・二字に付された以音注の上巻の用例は右ですべてであるが、見るように第1例から第13例目まではC形式が連続して用いられているが、第14例目にはじめてa_1が用いられ（a_2は19例目がはじめて）、それ以降はCとAとが混用されるようになる。誤解のないようにあらかじめ確認しておけば、第14例目に現れるa_1以前に、a_1を始めとするAの諸形式が用いられていないというわけではない。第14例目に現れるa_1は、あくまでも一字・二字に付された以音注に限定した場合であって、実際には三字以上を対象として付された例がそれ以前に一三例存在しているのである。それらが何字を対象として施されているかを見ると、最初から順に七字（a_1）、七字（a_1）、一〇字（a_1）、四字（a_1）、五字（a_1）、三字（a_1）、四字（a_1）、三字（a_1）、四字（a_1）、三字（a_2）、一〇字（a_1）、六字（a_1）、四字（a_1）となっている。A形式にのみに着目すれば、最初に現れるa_1は、最後の四字に付された例（a_1）につづく形となる。要するに、最初のa_1より前に現れるA形式の以音注一三例は、すべてが三字以上について施されているのである。

ここからは次のようなことが考えられる。すなわち、Aの諸形式は本来、省力化・簡略化の方法として始発したが、『古事記』中最も簡便な方式であり、しかも、意味の切れ目を考慮する必要がなければ、基本的には最少の一字から無限大の連続する音仮名について適用しうる、きわめて応用の幅の広い方法であったことから、次第にその使用範囲を拡大していったのではないか、と。『古事記』中、Aの用例が最も多いことも、こうした推測を支えるであろう。

さらに『古事記』の編纂ないし施注作業の様態に即して注目されるのは、こうしたA形式の適用範囲の拡大が作業開始当初からの方針であったわけではなく、実際の作業過程において経験的に獲得され、拡大されていった様子がうかがえることである。始発時点では前頁に示したように、一字および二字に対しては、もっぱらC形式がその役割を受け持っていたのである。

こうしたありようは、『古事記』に見えるすべての以音注の最初に現れるd_6形式（本節冒頭に引用した㋐（α）参照）が、それ以後にまったく用いられることなく姿を消してしまうのと軌を一にするように見える。「久羅下那州多陁用弊流之時」に付された「流字以上十字以レ音」（d_6）は、それなりに以音注の機能を果たしてはいるが、しかし、左に示すような音仮名表記箇所の始点を示す諸形式と比べるとき、終点から一〇字を遡らなければ音仮名表記の開始部分が分からないd_6の欠陥は明らかである。

啼伊佐知伎也。自レ伊下四字以レ音。下效レ此。（d_1）（上40）

是淤能碁呂嶋。自レ淤以下四字以レ音。（d_2）（上27）

闇淤加美神。淤以下三字以レ音。下效レ此。（d_3）（上33）

建日向日豊久士比泥別、自レ久至レ泥以レ音。（d_4）（上29）

纒二持八尺勾璁之五百津之美須麻流之珠一而、自レ美至レ流四字以レ音。下效レ此。（d_5）（上41）

起点が示されないのであれば、

宇士多加礼許呂々岐弖、此十字以レ音。（a_1）（上35）

などのAと機能的には異なるところがないわけで、簡略さという点でAとは勝負にならない。d_6が上巻の冒頭に一回だけ用いられ、以後、捨てられてしまったのはそのためである。こうした事象も、施注作業の流れにおける必然といえよう[52]。

6

以上、以音注の四つの類型をめぐって全般的な様態を俯瞰してきたが、要するに以音注は形式の如何にかかわらず、正訓字を基本とする文字テクストに交用された音仮名を識別するために施された注記と一貫して捉えることができる。形式が多様であるのは文字テクストの条件に応じた多様な措置と考えるべきで、原資料の混入や後人による注記の攙入などという推測を持ち込む必要はない。

この項では、以音注の全般的なありようの俯瞰を目指したここまでの考察から漏れてしまった個別の問題を取り上げ、右の結論の補強を図りたい。

すでに見たように、『古事記』の以音注の形式は総計二七種に及ぶ。この形式の多様さが、従来、不統一と捉えられてきた原因であるが、実はその形式の多様さをもたらしている最大の由因は、用例数が一、すなわち『古事記』中ただ一度しか用いられない、例外的な形式が一六種にも及ぶところにある。

本節の立場は、そうした孤例を例外として切り捨てたり、原資料の注記が持ち込まれたものなどと捉えるのではなく、それらが一回的に用いられた必然性を『古事記』という文字テクストに即して考えてみようとするところにある。その一端は、すでにd_6その他を通じて確認したところである。以下、順不同で進めてゆくことにする。

まず、$b_2b_3b_4b_6$について文字テクストを観察してみたい。これらは次のような一連の系譜文脈に現れる。

次成神名、宇比地迩上神、次妹須比智迩去神。此二神名以レ音。(b_2) 次角杙神、次妹活杙神。二柱 次意富斗能地神、次妹大斗乃弁神。此二神名亦以レ音。(b_3) 次於母陀流神、次妹阿夜上訶志古泥神。此二神名皆以レ音。(b_4) 次伊耶那岐神、次妹伊耶那美神。此二神名亦以レ音如レ上。(b_6)(上26〜27)

見るように、$b_2b_3b_4b_6$がいずれも「此二神」から始まるのは、この系譜が「神世七代」の男女対偶神に対する以音注であるためで、以音注を必要としない「角杙神」「活杙神」には「二柱」という計数注が付されている。この点に着目すれば、$b_2b_3b_4b_6$四例の以音注は、実は同時に計数注としての機能を果たしていることが明らかである。本節3において、正訓字を含むにもかかわらず「大斗乃弁神」と「意富斗能地神」の対偶神に「此二神名亦以レ音」というb_3の形式の以音注が施されていることを問題としたが、施注者が正訓字「大」を無視してまで「此二神名亦以レ音」という形式にこだわった本質的な理由は、実はここにあったといえよう。こうした特殊な形式が採択された理由は、あくまでも「神世七代」の系譜の側の要求であることは、改めて確認するまでもあるまい。

その上で、さらにこれらの以音注のうち、b_3に「亦」、b_4に「皆」、そしてb_6に「亦」および「如レ上」などのように、注の機能としては不必要な――それがいい過ぎであれば、必ずしも重要ではない語句が存在することに注目したい。b_3の「亦」およびb_6の「如レ上」は、明らかに先行する以音注を承けて、それに同じだという弁であり、上から順に文字テクストが読まれることを意識した施注者の言と考えられる[53]（b_4の「皆」は平板になるのを避けて「亦」に換えたものと見ることが可能であろう）。こうした以音注のありようは、例外的な形式の混在を不統一な様相と捉えてきた従来の発想とは正反対の方向を示していよう。

次に、b_7〜b_{10}の例に触れておきたい。これらの人名を「王（女王）」で承けて働く以音注については、木田章義「古事記そのものが語る古事記の成書過程」（註(11)参照）に、なんらかの形で丹波に関係のある原資料（原系譜）に存在した注記が、そのまま現『古事記』に持ち込まれたものとする推測が示されている。その根拠として、同一注記の重複、方針の異なった形式の多様さ、位置の統一のなさ、注を付けたり付けなかったりする現象、「此王（女王）名以音」形式の以音注の偏在（開化記・垂仁記にのみ、こうした形式の以音注が見られるとする）、それに「下效此」をめぐる矛盾などがあげられているが、「下效此」を含め、以音注を含む注記の見かけの不統一については、すでに第三章第一節に詳論したところであり、基本的に不統一や矛盾は認められない[54]。矛盾や不統一とされてきた事象は、以音注や訓注に関する限り、すべて文字テクストの条件に応じた措置と理解することができる。

また、形式面についても、ここまでの考察ですでに基本的方向性は確認されているように、その多様さは施注方針の相違や施注者の相違を意味するわけではなく、基本的に同じ目的をもちつつも、文字テクストの抱える条件の相違に応じた処理方法の差や、省力化・簡略化の方法の相違が、注記の形式を多様化させているにすぎないのである。施注位置についても、前掲小松論が説いたように意味の切れ目を示す機能が重ねられているためであって、不統一と捉えるべきものではない。

残るのは「此王（女王）名以音」型の以音注の偏在の問題であるが、以音注に限定しなければ同型の注記は木田のいう開化記・垂仁記以外にも存在する。

此王、娶二葛城之高額比賣一、生子、息長帯比賣命。次虚空津比賣命。次息長日子王。三柱。此王者、吉備品遲君・針間阿宗君之祖。（開化記・中109）

次倭日子命。此王之時、始而於レ陵立二人垣一。（崇神記・中110）

此天皇、娶二品㐌真若王（以音注略）之女、三柱女王一。一名高木之入日賣命。次中日賣命。次弟日賣命。此女王等之父、品㐌真若王者、五百木之入日子命、娶二尾張連之祖、建伊那陁宿祢之女、志理都紀斗賣一、生子者也。（応神記・中148）

本文中に現れる皇子女もしくは皇族を「此王（女王）」で承ける叙述の形式は、実は本文レベルでは決して珍しいものではない。

一子、和知都美命者、坐二淡道之御井宮一。故、此王有二二女一。（安寧記・中102）

若帯日子命与二倭建命一、亦五百木之入日子命、此三王負二太子之名一、……（景行記・中126）

天皇之御子等、九柱。男王五、女王四。此九王之中、穴穂命者、治二天下一也。次……（允恭記・下182）

こうしたありようは、上巻本文で、

次和久産巣日神。此神之子、謂二豊宇氣毗賣神一。（上32）

……所レ成神名、八十禍津日神（訓注略）。次大禍津日神。此二神者、所レ到二其穢繁國一之時、因二汙垢一而所レ成神之者也。（上38）

などのように、前出の神を「此神（此x神）」と承けたり、以音注で「此神名以音」「此x神名以音」などと承けるのとまったく同じなのである。「此王（女王）」型の以音注について、ことさらに偏在域を限定したり、その偏在に過剰な意味をもたせるのは危険である。現行文字テクストに即した注記のありようは、神名・人名以外の、

可レ降二是刀一。此刀名、云二佐士布都神一、亦名云二甕布都神一、亦名布都御魂。此刀者、坐二石上神宮一也。（神武記・中92）

などの例も含めて、まったく同じというべきなのである。要するに、b_7〜b_{10}は王名について以音注を施す際の簡略化の一方法なのであり、神名に対するb_1〜b_6と異なるものではない。

すでに述べたように、以音注の形式の多様性も現にある文字テクストに即して施された結果であり、不統一というわけではない。たとえば、b_{10}の場合、

又、娶二春日建国勝戸賣之女、名沙本之大闇見戸賣一、生子、沙本毘古王。次袁耶本王。次沙本毘賣命、亦名佐波遅比賣。此沙本毘賣命者、為二伊久米天皇之后一。自二沙本毘古一以下三王名皆以レ音。（b_{10}）（開化記・中107）

に見るように、「沙本毘古王」以下「沙本毘賣命」までの三王の固有名詞部分が、「亦名、佐波遅比賣」を含めて、すべて音仮名であるという特殊な条件に着目した簡略化の方法であることは明らかである。同様に、左例に見える二つのb_8は、それが開化記と垂仁記であるための特殊な形式であるわけではなく、それぞれ直前に現れる二王の名がいずれも音仮名で記されていることに着目した簡略化の方法というにすぎない。

又娶二其母弟袁祁都比賣命一、生子、山代之大筒木真若王。次比古意須王。伊理泥王。三柱。此二王名以レ音。（b_8）（開化記・中108）

又娶二其沼羽田之入日賣命之弟、阿耶美能伊理毘賣命一、此女王名以レ音。（b_9）生御子、伊許婆夜和氣命。次阿耶美都比賣命。二柱。此二王名以レ音。（b_8）（垂仁記・中115）

同様に、ここに見える唯一のb_9も、開化皇孫「旦波比古多々須美知能宇斯王」の女「阿耶美能伊理毗賣命」の出自に着目した簡略化の一例なのである。

次にa_3に移りたい。左例は本節1に㋖として引用した例であるが、

羽山戸神、娶二大氣都比賣下四字以レ音。（a_3）神一、生子……（上64）

この文字列の条件のみでは「大氣都比賣神」が食物神であることは保証されていないため、もし以音注が与えられていないとすれば、たとえば該当する和訓があるかどうかは別にして、「大氣／都／比賣／神」という分節が可能である。a_3が施された位置および異例の「下四字」という指定のしかたから考えると、まず施注位置によってこの神名を「大氣都比賣／神」と分節した上で、さらに上部の「大氣都比賣」を「下四字」と「大」とに分節して理解すべきことを指示する注（その結果、「大」から分節された「氣都比賣」は「食つ比賣」と理解されることになる）と見られるのである。[55]

次にCの孤例を見ておきたい。まずc_3であるが、同じく一字に対する注であるc_2と比較するとき、c_2がすべて正訓字に挟まれた位置にある音仮名に対する以音注であるのに対し、c_3の場合は直前の「阿」字に対する注記である。

於二勝佐備一、此二字以レ音。（a_1）離二天照大御神之營田之阿一、此阿字以レ音。（c_3）（上44）

熊曽國謂二建日別一。曽字以レ音。（c_2）（上29）

神直毗神。毗字以レ音。下效レ此。（c_2）（上38）

亦名謂二神度釼一。度字以レ音。（c_2）（上69）

例外的に「此」字をもつのは直上の「阿」字を指定するためと一応見られるが、あるいは先行する「勝佐備」に付された以音注「此二字以レ音」（a_1）の「此」に引かれたことも考えられる。

次に$c_4c_5c_6$に触れておきたい。

神倭伊波礼毗古命、自伊下五字以音。（d_1）與其伊呂兄五瀬命上伊呂二字以音。（c_4）二柱（中89）

此鉤者、淤煩鉤・須々鉤・貧鉤・宇流鉤云而、於後手賜。淤煩及須々亦宇流六字以音。（c_5）（上83）

風木津別之忍男神。訓風云加耶。訓木如音。（c_6）（上30）

まずc_4は、「上」字をもつ点でc_1と区別されるのであるから、c_1によって「伊呂二字以音」とするのでは不十分と判断された、なんらかの事情があると考えられる。施注位置が「命」の下であるのは、「與其伊呂兄五瀬命」の下に意味上の切れ目があることを示すものと見られる。なお、この例では「神倭伊波礼毗古命」の下にも以音注（d_1）があるので、中巻の冒頭部分は「神倭伊波礼毗古命／與其伊呂兄五瀬命／二柱」という構造としてひとまず理解される。その上で「上」の「伊呂」というのであるから、ここは「伊呂兄」が上部要素としてその下に位置する「五瀬命」にかかることを示すための注と理解すべきもののようである（施注箇所から見て、指示する先の遠さを補うための「上」と見ることは、「伊都之尾羽張神、是可遣。伊都二字以音。」〈上69〉などのように、当該例よりもさらに遠くを指すc_1の例があるので、できそうもない）。結局、この例は「伊呂兄」と「五瀬命」との修飾関係を確定するところに目的がありそうで、それによって「神倭伊波礼毗古命／與伊呂兄五瀬命／二柱」といった誤読の可能性を排除したものと見られる。

c_5は、一つづきでない、しかも表された内容がすべて異なる音仮名表記が三か所に分かれて現れるという特殊な文字テクストのありように応じた措置で、その効果は十分に認められる。

c_6は訓注と見る立場もあるように、この形式は「訓」という用字を含む点で、まったくの異例である。音仮名が用いられていることを示すのであれば「木字以音」（c_1）で十分であって、「訓木以音」という異例の形式をとる必要はない。

しかし、文字テクストの様態・条件が注の形式を規定するという、これまでに確かめてきた以音注のありようから考えれば、『古事記』中「木」字が音仮名として用いられた例がまったくないという、この例の特殊性に応じた形と見るべきかも知れない。すなわち、「木」字は本来、訓読されるべき文字だが、この神名においては「木を訓むには音を以ゐよ」と指示するのである。あるいは、単に前半の訓注「訓レ風云二加耶一」の「訓」に引かれた〈同化〉と見るべきかもしれない。

Dの孤例については、それぞれすでに個別に触れているので、ここでは基本的に、それらはすべて文字テクストに即した必然的な形式であることを確認するにとどめたい。

以音注の形式を多様なものにしている主たる原因は、例外的・一回的な形式の多さに求められるが、確かめてきたように、それらの例外的・一回的な諸形式はd_6を除けば基本的に文字テクストのさまざまな様態・条件に応じた形であった。また、そうであるがゆえに一回的なのである。d_6については、施注作業の始発時点での試行の例であり、その欠陥ゆえに用いられなくなったと考えられる。

『古事記』の以音注の形式の多様性は、先行資料の混入や、後人による注の攙入などによってもたらされた不統一な様態と捉える必要はなく、基本的には一人の人物による一元的な施注作業によると見て問題はない。その際、d_6の放棄やa_1の用法の拡大など、施注作業を動的なものとして捉える視座が必要であるように思われる。

*

以上の検討を通じて、『古事記』の以音注は、序文に「辞理叵レ見、以レ注明、意況易レ解、更非レ注」と述べるところに緊密に呼応することが改めて確認されるであろう。

なお、ここまで『古事記』の以音注が文字テクストのありように即したものであることを繰り返し確認してきたが、あえて蛇足を加えれば、

次生二石土毗古神一。川レ石云二伊波一、亦毗古二字以レ音。下效レ此也。（上30）

のように、訓注と以音注とが密接に融合した例や（ほかにも数例認められる）、あるいはすでに見た計数注と以音注とが不可分に融合した例が存在することからいえば、『古事記』に見える訓注や以音注などの注記は、施注文字列から切り離してその機能や形式を問題とすべきものでないことを端的に示しているといえよう。

三　接続語の頻用

1

『古事記』は変体漢文（和化漢文）で書かれている。すべての音節が音仮名で書かれた純粋な和文というべき一一一首の歌謡を内包するとはいえ、歌謡はあくまでも散文本文中に「歌曰」として引用された異質な表現形式であって[56]、基本的枠組をなす散文本文の文体を変体漢文と捉えることに大きな問題はない。もちろん、さらに詳細に見てゆけば、たとえば仁徳記の〈国見説話〉のように、比較的長文にわたって純粋な漢文で書かれた部分が散見するけれども、それらは序文の記述方針に照らせば、「全以レ訓録」の拡大例と見ることができる[57]。

ところで、『古事記』成立当時における変体漢文は、漢文に未熟であった結果出来した様式というわけではなく、「日本語を漢字によって表記するために用ゐる形式の一つ」と見るべきものであったことが、築島裕「変体漢文研究の構想」[58]によって明らかにされているが、『古事記』に即していえば、西宮一民『日本上代の文章と表記』が論じたように[59]、「和文として最も効果的に読める文体として」採択されたものと認められる[60]。序文の「上古之時、言意並朴、敷レ文構レ句、於レ字即難」という太安萬侶の言説は、変体漢文が「日本語として訓読せらるべきもの」と意識される文体ないし記述様式であったとする築島論の指摘に見合う。安萬侶の苦心は、外来の文字である漢字を用いて日本語を記述することに注がれたのであったことを、改めて確認しておこう。

こうした『古事記』の記述を通じて、書契以前の口承世界を透かし見ることができるのではないかという期待を、誰しも一度は抱いたことがあろう。いちはやく『古事記』研究に没頭した本居宣長もその一人であった。宣長が「大御国の古意《イニシヘゴコロ》」を体現する書として『古事記』を称揚したことは広く知られるところであるが（『古事記伝』一之巻「古記典等総論」ほか）、こうした古事記観は『日本書紀』との相対化を通じて構築される、

『日本書紀』＝「漢《カラ》に似るを旨《ムネ》として、其文章《ノアヤ》をかざれる」＝「漢籍意《カラブミゴコロ》」

『古事記』＝「字《モジ》の文《アヤ》をもかざらずて、もはら古語《フルコト》をむねとはして」＝「大御国の古意《イニシヘゴコロ》」

という二元論と不可分な関係にあった（第一章第一節）。こうした二項対立的な記紀観に立つ宣長が、「上代《ツ》に書籍《フミ》と云物なくして、たゞ人の口に言伝《イヒツタ》へたらむ事は、必《ズ》書紀の文の如くには非ずて、此記の詞のごとくにぞ有けむ」（同上一之巻「古記典等総論」）と述べるように、「字《モジ》の文《アヤ》をもかざらずて、もはら古語《フルコト》をむね」とする『古事記』の記述様式に古代口誦表現との関連性を見ようとしたのは当然の帰結であった[61]。

宣長が創出した『古事記』＝「大御国の古意《イニシヘゴコロ》」という命題は、その後の研究史を長く呪縛しつづけ、容易に拭いがたい陰を落としたことは広く知られるごとくである。散文本文に現れる音仮名表記箇所は、宣長のいう「古語《フルコト》」の具体的な発現として珍重されたし[62]、修辞的・文体的な特徴に直接／間接に古代の語り部の声を聞こうとする空しい試みも際限なく繰り返された[63]。しかし、古代の語りごとと現代とをつなぐ有力な根拠として注目された稗田阿礼の「誦習」や声注が、いずれも見込み外れであったことが確認された現在[64]、われわれは『古事記伝』の時点にたち戻って、宣長の見込み自体を疑ってかかる必要があるといわねばならない。

2

さて、『古事記』を一読すると、たちまち接続語[65]の洪水に巻き込まれる。

①故、所避追而、降出雲國之肥上河上、名鳥髮地。此時、箸従其河流下。於是、須佐之男命以為人有其河上而、尋覓上往者、老夫与老女二人在而、童女置中而泣。尒、問賜之、「汝等者誰」。故、其老夫答言、「僕者國神大山上津見神之子焉。僕名謂足上名椎、妻名謂手上名椎、女名謂櫛名田比賣」。亦問、「汝哭由者何」。答白言、「我之女者、自本在八稚女、是、高志之八俣遠呂智（以音注略）、毎年来喫。今其可来時故泣」。尒、問、「其形如何」。答白、「彼目如赤加賀智而、身一有八頭八尾。亦其身生蘿及檜・椙、其長度谿八谷・峡八尾而、見其腹悉常血爛也（解説注略）」。尒、速須佐之男命、詔其老夫、「是、汝之女者、奉於吾哉」。答白、「恐。亦、不覺御名」。尒、答詔、「吾者天照大御神之伊呂勢者也（以音注略）。故、今自天降坐也」。尒、足名椎・手名椎神白、「然坐者恐。立奉」。尒、速須佐之男命、乃於湯津爪櫛取成其童女而、刺御美豆良、告其足名椎・手名椎神、「汝等醸八塩折之酒、亦作廻垣、於其垣作八門、毎門結八佐受岐（以音注略）、毎其佐受岐置酒船而、毎船盛其八塩折酒而待」。故、随告而、如此設備待之時、其八俣遠呂智、信如言来。乃毎船垂入己頭飲其酒。於是、飲酔留伏寝。尒、速須佐之男命、抜其所御佩之十拳釼、切散其虵者、肥河變血而流。故、切其中尾時、御刀之刃毀。尒、思恠以御刀之前、刺割而見者、在都牟羽之大刀。故、取此大刀思異物而、白上於天照大御神也。是者草那藝之大刀也（以音注略）。（上47〜49）

右は須佐之男命の〈八俣の遠呂智退治〉条の一節であるが、煩わしいばかりに接続の語が用いられている。見るように接続の語は文頭に集中する傾向を示すが、西尾光雄「古事記の文章」[66]によれば上巻の約四五〇の文のうち、「接続詞や指示代名詞」を用いない文頭は二五例にすぎないという。

『古事記』に見られる接続語の頻用は、これまでにもしばしば注目を集めてきたところである。西郷信綱『古事記注釈　第一巻』(一九七五年、平凡社)は、こうした接続語を頻用する説話の展開を時間の「単純な継起性」と捉え、それを「原始的な散文の特徴」としているが、しかし、同時代の変体漢文で書かれた文献――たとえば『出雲国風土記』や『播磨国風土記』には、『古事記』ほどの頻用傾向が認められるわけではない[67]。問題はあくまでも『古事記』の文体に限定されるべきであり、古代の散文一般に拡大するのは危険である。

さて、こうした接続語の頻用については、口誦性に関連づけて理解されることが多かったといえる。つとに小島憲之「古事記の文体[68]」が、接続語・指示語の重複頻用、句や文の反復、「故」「時」「而」における和文型[69]の存在に着目して口誦性との関連性を説き、これを承けた西宮一民「古事記の文体を中心として」(註(65)参照)もほぼ同趣の主張を展開した。接続語・指示語の重複頻用については、小島・西宮両論とも漢訳仏典や口頭語的文体を基調とする中国六朝小説類との関係を考慮するが、小島の論が「語部式の『口うつし』のままではない」として記載レベルに踏みとどまった上で「筆録に至るまでの口承性の名残」を見ようとし、漢訳仏典・六朝小説類の影響というパイプが維持されているのに対し、西宮論は口誦体の共通性による類似という解釈にまで踏み出そうとしているという相違がある[70]。

小島の説明によれば、接続語は『語り』を積み重ねながら、その内容を単調ながらも次から次へと進行させ[71]」、「目で読み耳で聞く場合に、相手の記憶を強くする」働きをもつといい[72]、また西宮によれば「語り手が、話題の人物や場面を思うがままに、聞き手に対して誘導するため」の技法という(前掲西宮論)。「耳で聞く」を括弧でくくり、また「語り手」「聞き手」をそれぞれ「書き手」と「読み手」に変換すれば、『古事記』における接続語の説明としては右の小島・西宮説に尽きているといえ、あえて異を唱えるところはない。しかし、接続語の頻用は古今東西を問わず口頭伝承に認められるとし、聖書（英訳本をいうのであろう）における“And”の頻用が引き合いに出されたり(73)、「不熟な小学生の作文」との類似が指摘されたりするとき(74)、『古事記』の文体の口誦性の問題は『古事記伝』からどれほど進歩したのか首をかしげざるをえない。骨格のあらわな宣長の論理に、研究史を通じて新たに付け加えられたのは、口頭語を反映する漢訳仏典や六朝小説類などに接続語が比較的多く用いられているという事実と、さらにそれを口誦文学一般の特徴と認定するための、前者に比べればはるかに貧しい比較文学的あるいは個体発生論的な論法（尾崎知光「古事記の文体に関する序説的考察」〈註(70)参照〉。ここには口誦性と稚拙さとを無媒介に結びつける近代的感性が濃厚に漂う）のみといっても過言ではない。口頭語の反映があるとはいえ、漢訳仏典も六朝小説類も所詮漢語圏の文献だという事実は無視しえない問題なのではあるまいか。

『古事記』の接続語は、後述するように基本的に漢訳仏典を含む中国文献に承接の助辞として見えるものがほとんどで、少なくとも用字・用語レベルでは漢文の影響下にあると認められる。ただ、漢語を母語とする人の手によって漢字で書かれた作品中の承接の助辞と、見かけの上では漢語と同じ承接の助辞を和語の文脈中に用いた『古事記』の接続語の頻用とは、本質的には異なる事象と考えるべきであろう。日本語で書かれようとする『古事記』に即して、漢語の承接の助辞によく似た接続語を頻用することの意味が問われねばならないはずである。

まして古代日本の口誦の文体と漢訳仏典・六朝小説類との類似となると、西宮のいうように「他人のそら似」を強調する以外にない。しかし、そうした論法は『古事記』における接続語の頻用の問題を口誦性固有の問題としてつきつめてゆく道を自ら閉ざしてしまうことになろう。想定されている「口誦の文体」とは『古事記』の文体に基づくものなのだから、結局のところ、宣長の、

『古事記』＝「字《モジ》の文《アヤ》をもかざらずて、もはら古語《フルコト》をむねとはして」＝「大御国の古意《イニシヘゴコロ》」

というドグマに立ち戻ってしまうことになる。

しかし、そもそも『古事記』が日本語で書かれていることと、口誦伝承を筆録することとを等号で結ぶ根拠は、『日本書紀』との対比から構想された宣長の古事記観のうちにあったにすぎない。宣長の論理に立ち返っていえば、「大御国の古意《イニシヘゴコロ》」という評価はさて措き、文体の把握ないし理解の問題として、「字《モジ》の文《アヤ》をもかざらずて」と「もはら古語《フルコト》をむねとはして」との間には、簡単には超えられない径庭があったのではなかったか。「漢《カラ》に似るを旨《ムネ》として」漢文の「文章《アヤ》をかざ」って書かれた『日本書紀』に対し、「字《モジ》の文《アヤ》をもかざらずて」とは変体漢文によって書かれた『古事記』の文体をさしたことばだが、そもそも変体漢文とは、漢文の強い影響下に成立した記述様式だったのであり（前掲築島論）、そうした変体漢文の形成史やありようを超えて「もはら古語《フルコト》をむね」とした書と結論づけるのは、当初から無理があったというべきなのである（第一章第一節参照）。

3

改めていえば、問題は何よりも『古事記』に即して立てられねばならない。『古事記』における接続語の様態を、まずは俯瞰することから始めたい[75]。青木伶子「接続詞および接続詞的語彙一覧[76]」によれば、『古事記』の散文本文における接続詞および接続詞的語は、用字に即して次の二四種があるという。

又　乃　及　仍　夫　且　所以　是以　亦　次　因此　即　故　是《ここに》　於是　然　然者　然後　然後者　然而　雖然　雖然為　尓　重加

ただし、用字に即してであれば「因此而」を加えるべきであろうし（上巻に一例。「因レ此而常夜往」〈上45〉）、また「夫」「所以《このゆゑに》」「重加」の三種は漢文体の序文のみに用いられているのでこれを除外すると、散文本文には二一種の接続語

(文脈指示語を除く)が認められることになる。

ところで、空海『文鏡秘府論』北巻句端に「於是」が「承二上事勢一、申二明其理一也」、「雖然」「然而」が「将下取二後義一、反中於前上也」の説明のもとに見えるほか、観智院本『作文大体』には「傍字」の項の実例中に「然而」「於是」「故」が見える。さらに『助語辞』(明・盧以緯)、『助字弁略』(清・劉淇)、『経伝釈詞』(清・王引之)、『公益助語辞集例』(三好似山子、元禄七〈一六九四〉年刊)、『助字詳解』(皆川淇園、文化十一〈一八一四〉年刊)などの漢文助辞解説書中に右の二三種のほとんどを見出すことができる。今、もっとも多くの助辞が収載されている『公益助語辞集例』によって、用法を含めて一致するものを拾えば以下のごとくである。

発　語　辞　夫　且　故　亦　是
承上起下辞　然　且　乃　故　亦　又　即　於是　是以　然後　然而　雖然
継　事　辞　乃　故　亦　又　及　仍　於是
引　来　辞　然後

ここに見えないのは「因此」「因此而」「然者」「然後者」「雖然為」「尓」の六例だが、最後の「尓」については小島憲之『上代日本文学と中国文学　上』(註(68)参照)に『文選』所載「南都賦」に接続詞的用法の「尓」が認められることが指摘されている。「因此」「因此而」「然者」「然後者」「雖然為」を除いた一七例は、漢文の助辞に一致するといってよい(なお、「因此」については同じ用字ではないけれども、同じくコレニヨリテと訓読される「因斯」「因茲」「由是」「由此」などは漢文の助辞に認められる)。この『古事記』の接続語と漢文助辞との用字・用法面の一致は、どのような問題をわれわれに投げかけているのだろうか。

いったいに、日本語における接続詞の発達は他の品詞に比べて遅れたといわれる。(77) はやく池上禎造「中古文と接続詞」（註(77)参照）は、中古文における和語系接続詞の未発達を指摘したが、他方、築島「変体漢文研究の構想」（註(58)参照）が、日本語の記述様式の一つとはいえ、変体漢文が漢文訓読語の枠に「強く拘束されてゐる」ことを指摘していたことを想起するとき、『古事記』に頻用される接続語の大半が漢文助辞に一致する事実は、おのずと『古事記』の接続語が、漢文ないし漢文訓読語の影響下に用いられているという解釈にわれわれを導くであろう。

『古事記』の文体の本質を右のように見定めるとき、先に見た「因此」「因此而」「然者」「然後者」「雖然為」などの、漢文助辞と完全には一致しない接続語の存在もはじめて説明する道がひらかれてくる。「因此」「因此而」は、漢文助辞「因斯」「因茲」「由是」「由此」などをコレニヨリテと訓読した形をいったん訓読語として受け入れた上で、それに改めて漢字を当て直した形と見られるし、同様に「然者」「然後者」は、漢文助辞「然」「然後」をそれぞれシカアラバ（シカラバ）、シカアルノチハ（シカルノチハ）と訓読することで成立した訓読語に、改めて漢字を当てたものにほかならない（前者の「者」は和語のバ、後者の「者」は和語ハを文字化してしまったものである）。最後の「雖然為」が、漢文助辞「雖然」の訓読語シカスレドモを改めて文字化したものであることは、もはや説明の要もあるまい[78]。

西宮『日本上代の文章と表記』が指摘するように、『古事記』の変体漢文が漢文的構文に強く依存するものであったことを改めて確認すべきなのである。藤井貞和「日本神話における〈語り〉の構造[79]」は、たとえば、

故、各随㆓依賜之命㆒、所㆓知看㆒之中、速須佐之男命、不㆑治㆓所㆑命之国㆒而、八拳須至㆓于心前㆒、啼伊佐知伎也（以音注略）。（上40）

の文末に、和語の動詞イサチルのみならず助動詞キまで音仮名で文字化していながら――日本語の文末としてはそれで完結しているにもかかわらず――さらに文末に漢文助辞「也」が加えられていることに着目し、

国語表記　漢文体

という入れ子型構造になっていることを指摘しているが、藤井がいうように『古事記』の変体漢文とは、「大きく漢文体で包むように仕上げているかたち」といってよい。藤井の論は、この先に国語表記箇所を通じて古代のフルコトを探り出そうとする宣長以来の道筋が予定されているのだが、その当否は措くとして、藤井の観察に共感されるのは、『古事記』の文体把握に見る抑制である。

『古事記伝』一之巻「文体の事」の冒頭に「すべての文、漢文の格《サマ》に書れたり」と書かれているように、『古事記』の文体が漢文に依存していることは、実は宣長も明確に意識していた。「文体の事」はさらにつづけて、「抑此記は、もはら古語を伝ふるを旨《ムネ》とせられたる書なれば、中昔《ナカムカシ》の物語文などの如く、皇国の語のまゝに、一もじもたがへず、仮字書《カナガキ》にこそせらるべきに」、「すべての文、漢文の格《サマ》に書れたり」と指摘しつつ、その理由を「歌祝詞宣命などの余《ホカ》には、いまだ仮字文《カナブミ》といふ書法《カキザマ》は無《ナ》かりしかば、なべての世間《ヨ》のならひのまゝに、漢文には書《カカ》れしなり」と説明している。小島・西宮あるいは尾崎論の問題点は、宣長が越えることのなかった埒を越えて、『古事記』の散文本文の骨格ないし枠組である変体漢文の一部と見るべき接続語――だからこそ漢文助辞との親近性を示すのであるが――までをも口誦の文体の一部と捉えてしまったところにある。

改めて確認すれば、『古事記』の接続語と漢文助辞との親近性は、いわれてきたような口誦の文体の範疇に属するわけではなく、『古事記』がその記述様式として変体漢文を採択したことと不可分な関係にあることを意味する。

右に得た必ずしも前進的ではない小結を確かめるために、別の角度から光を当ててみたい。まず、石母田正「古代文学成立の一過程[80]」によって、口誦的要素を色濃く残すと指摘された『出雲国風土記』意宇郡名条に見える〈国引き詞章〉を観察してみよう。

②A所三以号二意宇一者、国引坐八束水臣津野命詔、「八雲立出雲国者、狭布之堆国在哉。初国小所レ作。故、将二作縫一」詔而、B_1「栲衾志羅紀乃三埼矣国之余有耶見者、国之余有」詔而、C_1童女胸鉏所レ取而、大魚之支太衝別而、波多須々支穂振別而、三身之綱打挂而、霜黒葛闇々耶々爾、河船之毛々曽々呂々爾、国々来々引来縫国者、D_1自二去豆乃折絶一而、八穂米支豆支乃御埼。以レ此而、堅立加志者、石見国与二出雲国一之堺有、名佐比売山、是也。亦、持引綱者、薗之長浜、是也。B_2亦、「北門佐伎之国矣国之余有耶見者、国之余有」詔而、C_2童意女胸鉏所レ取而、大魚之支大衝別而、波多須々支穂振別而、三身之綱打挂而、霜黒葛闇々耶々爾、河船之毛々曽々呂々爾、国々来々引来縫国者、D_2自二多久乃折絶一而、狭田之国、是也。B_3亦、「北門良波乃国矣国之余有耶見者、国之余有」詔而、C_3童意女胸鉏所レ取而、大魚之支大衝別而、波多須々支穂振別而、三身之綱打挂而、霜黒葛闇々耶々爾、河船之毛々曽々呂々爾、国々来々引来縫国者、D_3自二宇波縫折絶一而、闇見国、是也。B_4亦、「高志之都都乃三埼矣国之余有耶見者、国之余有」詔而、C_4童意女胸鉏所レ取而、大魚之支大衝別而、波多須々支穂振別而、三身之綱打挂而、霜黒葛闇々耶々爾、河船之毛々曽々呂々爾、国々来々引来縫国者、D_4三穂之埼。接引綱、夜見島。固堅立加志者、有二伯耆国一火神岳、是也。E「今者国者引訖」詔而、意宇社爾御杖衝立而、「意恵」登詔。故、云二意宇一。（48～76行）

石母田の分析は省略に従うが、われわれの問題意識に即して、1国引きの詞章Cの反復、2歌謡的韻律の存在[81]、3枕詞の使用（「栲衾」「波多須々支」「霜黒葛」「八穂米[82]」）の三点を口誦的要素として確認しておこう。

さて、口誦的要素が認められる〈国引き詞章〉にも、「故」「以此而」「亦」の三種の接続語が計七回にわたって用いられていることを、どのように理解すべきだろうか。(83) しかも、会話文を措けば、Aの冒頭を除き、右の接続語はすべて文頭に置かれている。接続語の扱われ方は基本的に『古事記』に等しいにもかかわらず、どこか『古事記』の文体と遠い感覚を抱かせるのは、まず、先に引いた①に見るように『古事記』が比較的単文の積み重ねから成るのに対し、〈国引き詞章〉では一文がかなりの長さにわたることによる。また、接続語の機能という点に注目すると、『古事記』の場合、次に示すように

故、……降……。此時、箸……流下。於是、……尋覓……老夫……泣。尒、問……「汝等……誰」。故、……答言……「僕……」。亦問……「汝哭由……」。答白言……「我之女……遠呂智……毎年来喫。今……来時故泣」。尒、問「其形……」。答白「彼目……。亦其身……及……」。尒、……詔……「……汝之女、奉於吾……」。答白「恐。亦、不覺御名」。尒、答詔「吾者……。故……」。尒……「然坐者……。……奉」。尒、……乃……爪櫛取成其童女……告……「汝等釀……酒、亦、作廻垣……作八門……結八佐受岐……置酒船……盛……八塩折酒……待」。故……八俣遠呂智……来。乃……飲……酒。於是……伏寝。尒……切散……。故……刃毀。尒……大刀。故……白上於天照大御神也

物語がほぼ接続語（とくに文頭の）に誘導される形で展開し、また接続語がその展開に緊張を与え、全体を緊密なものにしているのに対し、〈国引き詞章〉では「亦」でつながれるB_1C_1・B_2C_2・B_3C_3・B_4C_4は単に反復・並列されるのみで、$D_1D_2D_3D_4$に語られる固有名詞を除けば、$B_1C_1D_1$→亦$B_2C_2D_2$→亦$B_3C_3D_3$→亦$B_4C_4D_4$という展開には起伏もなければ変化もない。地名起源説話としてなら、B_2C_2・B_3C_3・B_4C_4の反復を省略して$D_1D_2D_3D_4$のみを列挙し、直ちにEに接続しても十分にその目的は果たせよう。

もちろん、それでは在地の創造神八束水臣津野命による出雲世界の創造神話の本質は見る影もなく破壊されてしまうことは明らかで、神話詞章としての意義は現在の世界を保証するDの固有名詞以上に、BCの反復にあるといえよう（それがいい過ぎであるとしても、Dを表現面で保証する重要な意義をもつということは可能である）。しかし、そのB_1C_1〜B_4C_4は、$B_1B_2B_3B_4$冒頭に提示される「栲衾志羅紀乃三埼」「北門佐伎之国」「北門良《え》波乃《なみの》国」「高志之都都乃三埼」などの地名部分を除けばほぼ同じ詞章の繰り返しであり、説話的展開がない以上、基本的には接続語でつなぐ必要すらないといってよい。引いてきた国（a）・堅め立てた「加志《かし》（杭）」（b）・国引きした綱（c）の現地名がすべて語られるD_1とD_4を比較してみると、D_1に用いられていた接続語「以此而」「亦」がD_4ではいずれも省略されており、本質的に接続語が不要であったことを端的に示している(84)。

D_1自㆓去豆乃折絶㆒而、八穂米支豆支乃御埼（a）。以㆑此而、堅立加志者、石見国与㆓出雲国㆒之堺有、名佐比売山、是也（b）。亦、持引綱者、薗之長浜是也（c）。

D_4三穂之埼（a）。持引綱、夜見嶋（c）。固堅立加志者、有㆓伯耆国㆒火神岳是也（b）。

『古事記』との比較の上で〈国引き詞章〉を特徴づけている文体的要素は、小島や西宮が着目する接続語にではなく、歌謡的な韻律と修辞をもちつつ反復されるBCの中にこそ見るべきであろう。先述した〈国引き詞章〉の文の長さは、まさにそのBCに起因するものでもあった。

かくて接続語を除いた残余の部分に認められる歌謡的な韻律と修辞以外の特徴は、端的にいえば「……国之余有耶《くにのあまりありやと》見者《みれば》……」「……詔而《のりたまひて》……取而《とらして》……衝別而《つききりて》……振別而《ふりきりて》……打挂而《うちかけて》……」などのように、接続助詞を介しての句と句の連接である。古代日本語における接続詞の未発達を補うものとしては、指示語の多用、副詞・副詞を含む連語の多用、用言の活用の用法の広さ（たとえば連用形や已然形で順接と逆接の関係を示しえたことなど）、中古語における接続助詞の発達などが指摘されているが、(85)〈国引き詞章〉の場合、「B……者《ば》……而《て》、C……而《て》……而《て》……而《て》……而《て》……者《ば》……」という接続助詞を介しての句の長い連続は、漢字の用法に依存する表記法であるとはいえ、明らかに和語の接続助詞バ・テを文字化し、それに寄りかかりつつBC内部の文脈的展開が果たされているということができる。

　こうした文脈展開は、口頭語的性格の強い祝詞の詞章にも認められるところである。ちなみに、祝詞に用いられた接続語の種類と使用数を左に示す。

祈年祭	「又」	1
春日祭		0
広瀬大忌祭		0
龍田風神祭	「是以」	2
平野祭	「又」	1
久度・古関	「又」	1
六月月次		0
大殿祭		0
御門祭		0
六月晦大祓		0
東文忌寸部献横刀時咒		0
鎮火祭	「依此弖」	1
道饗祭	「又」	1

大嘗祭		0
鎮御魂斎戸祭		0
伊勢大神宮		
二月祈年、六月十二月月次		0
豊受宮		0
四月神衣祭		0
六月月次祭		0
九月神嘗祭		0
豊受宮同祭		0
同神嘗祭		0
斎内親王奉入時	「次即」	1
遷奉大神宮祝詞		0
遷却祟神	「是以」	2

「又」　1
「次」　1
遣唐使時奉幣　……………………　0

《参考》

出雲国造神賀詞　「然毛」　1
「乃」　1
「是尓」　1
儺祭詞　0
中臣寿詞　「又」　1

「伊勢大神宮」の九つの祝詞のように比較的短いものを多く含むこと、また鎮火祭や遷却崇神などの一部の祝詞以外に説話的要素が見られないことにも理由があろうが、右に見る接続語の種類の少なさと使用頻度の低さは、祝詞の文章が本質的に接続語に依存しない文脈展開をもつことを示していよう。[86]

以上のことがらが示す方向性をまとめれば、和文には和文脈固有の文脈展開の方法があったということに尽きる。それを直ちに口誦性の問題にスライドさせてはならないが、少なくとも漢語起源の接続語に依存せずとも、活用形や接続助詞によりつつ文脈の連接・展開は可能だったのである。

散文と韻文の相違は無視しえないけれども、稲岡耕二『万葉表記論』（一九七六年、塙書房）が論じたように、柿本人麻呂が七世紀末から八世紀初頭にかけて、和歌の表記——わけても助詞や助動詞などの付属語の類の文字化に腐心したことを想起してもよい。本節の趣旨に引きつけて捉えなおせば、和歌における文脈の展開が付属語によって果たされることを人麻呂が自覚していたことを意味するが、『古事記』はそれを変体漢文という記述の基本方針を採用する中で、和歌とは異なる方向を選択せざるをえなかったのだといえよう。

『古事記』にも、もちろん「而」「者」「於」などのように、あたかも和語の助詞に相当するかのように漢文助辞が多用されており（接続助詞テ〈而〉・バ〈者〉、係助詞ハ〈者〉、格助詞ニ〈於〉など）、また、希には音仮名を利用して和語の助詞や助動詞が文字化される場合もある。しかし、和歌の表記とは異なり、変体漢文という記述の枠組は、その徹底した追求を許さないのである。[87]「なべての世《ヨ》間のまゝに、漢文には書《カカ》れしなり」（『古事記伝』一之巻「文体の事」）とは宣長の言であったが、『古事記』は自ら選択した記述方針・文体的枠組の中で、それにふさわしい接続語を駆使した文脈の展開方法に向かったのである。その成果については右に見てきた通りであり、文と文（ときには句と句）の間の関係を接続語によって読み手に示し、ときには展開に緊張をもたせつつ、文脈の流れを巧みに誘導するという『古事記』固有の文体を文字の上で獲得したのである。[88]

『古事記』以前に、長い口承の世界が広がっていたことは確かな事実であるだろう。しかし、『古事記』の文体が、いわれてきたような口誦性に直ちに結びつくわけではないことを、改めて確認しておきたい。

四　指示語の活用

1

『古事記』の文章には「其」「此」「是」などの指示語が多用される。[89] たとえば須佐之男命の〈八俣の遠呂智退治〉のくだりを『日本書紀』のそれと比較すれば、その差は明らかである。

A尓、速須佐之男命、乃於二湯津爪櫛一取二成其童女一而、刺二御美豆良一、告二其足名椎・手名椎神一、「汝等、醸二八塩折之酒一、亦作二廻垣一、於二其垣一作二八門一、毎レ門結二八佐受岐一（以音注略）、毎二其佐受岐一置二酒船一而、毎レ船盛二其八塩折酒一而待」。故、随レ告而、如レ此設備待之時、其八俣遠呂智、信如レ言来。乃、毎レ船垂二入己頭一飲二其酒一。於レ是、飲酔留伏寝。尓、速須佐之男命、抜下其所二御佩一之十拳釼上、切二散其虵一者、肥河變レ血而流。故、切二其中尾一時、御刀之刃毀。尒、思レ恠以二御刀之前一、刺割而見者、在二都牟羽之大刀一。故、取二此大刀一思二異物一而、白二上於天照大御神一也。是者草那藝之大刀也（以音注略）。（上47〜49）

B故、素戔嗚尊、立化二奇稲田姫一、為二湯津爪櫛一、而挿二於御髻一。乃、使下脚摩乳・手摩乳釀二八醞酒一、幷作二仮庪（訓注略）八間一、各置二一口槽一、而盛上酒以待之也。至レ期果有二大蛇一。頭尾各有二八岐一。眼如二赤酸醬一（訓注略）、松栢生二於背上一、而蔓二延於八丘八谷之間一。及レ至得レ酒、頭各一槽飲。酔而睡。時、素戔嗚尊、乃抜二所レ帯十握剣一、寸斬二其蛇一。至レ尾剣刃少欠。故、割二裂其尾一視之、中有二一剣一。此所レ謂草薙剣也。（『日本書紀』神代上第八段本文）

Aに見る『古事記』の指示語は、「釀二八塩折之酒一、……其八塩折酒」「作二廻垣一、……其垣」「結二八佐受岐一……其佐受岐」などのように、すでに表現済みのことがらを承ける文脈指示の例が圧倒的に多いが、会話文を中心として現場指示の例も存在することが指摘されている。[90]

ところで、こうした指示語の多用については、接続語の頻用とともに口誦性に基づく表現上の特色と捉えられてきた。[91]「口承文学は『かたり』をブツブツと切っては相手の耳を妨害するために、それを長く続け」る必要があるとし、指示語は上文に表現されたことがらを承けて確認・強調し、上文との関係を緊密に結ぶ働きをするという。[92]

しかし、前節に確かめたように、接続語の頻用は口誦的文体の特色という捉え方をすべきではなく、むしろ変体漢文を記述の基本方針とする『古事記』が、和文脈とは異なる方法として創出した文脈の接続・展開のかたちであった。指示語の多用の問題も、安易に口誦性の次元にスライドさせるのではなく、あくまでも『古事記』の文字テクストに即して捉えるべきだと考える。

2

さて、多用される『古事記』の指示語の中にあって、時にその指示内容がきわめて遠くに離れている場合がある。従来から注目されてきたものだが、たとえば次の例を取り上げてみたい（以下、西宮編『古事記 修訂版』の頁数の下に、必要に応じて真福寺本の行数を〈 〉内に斜体で示す）。

①[2]尒、天兒屋命・布刀玉命・天宇受賣命・伊斯許理度賣命・玉祖命、并五伴緒矣支加而天降也。於レ是、副二賜其遠岐斯（以音注略）八尺勾璁・鏡及草那藝釼、亦常世思金神・手力男神・天石門別神一而詔者、「此之鏡者、専為二我御魂一而、如レ拝二吾前一、伊都岐奉」。次、「思金神者、取二持前事一為レ政」。（上75〈*532*～*536*〉）

場面は今まさに番能迩々藝命が降臨しようとするところで、五伴緒ほかの神々が従者として加えられ、「八尺勾璁・鏡及草那藝釼」の三種の神器が番能迩々藝命に付与される。指示語「其」および「遠岐斯」が下文のどこまでかかるかについて異説がないわけではないが、ここは通説に従い「八尺勾璁・鏡」にかかるものと見て問題はあるまい(93)。

さて、『古事記伝』に「其とは、石屋戸《ノ》段の事を指《サシ》て云」（十五之巻）と説くように、右の「其」が〈天石屋〉条で天照大御神を「天石屋」から招《を》き出す際に用いられた「八尺勾璁」と「鏡」を指すとする点では諸注一致している。そうだとすると、「其遠岐斯」の「其」は文脈上〈天孫降臨〉条の前に語られる〈国譲り〉や〈葦原中国の平定〉の物語、さらには〈大國主神の国作り〉〈大國主神の根の堅州国訪問〉〈稲羽の素兎〉、須佐之男命の〈八俣の遠呂智退治〉などの物語を一挙に飛び越えて〈天石屋〉条を承けることになり、一般的な文脈指示のありように比してきわめて遠い対応関係といわざるをえない。右の「其遠岐斯」は、真福寺本の配行でいうと上巻の第*534*行目に当たるが、その指示する先は真福寺本上巻の第*235*～*257*行にかけての部分に見える「八尺勾璁」と「鏡」で、

①是以、八百万神、於二天安之河原一、神集々而（訓注略）、高御産巣日神之子、思金神令レ思（訓注略）而、集二常世長鳴鳥一、令レ鳴而、取二天安河之河上之天堅石一、取二天金山之鐵一而、求二鍛人天津麻羅一而、科二伊斯許理度賣命一（以音注略）、令レ作レ鏡、科二玉祖命一、令レ作二八尺勾璁之五百津之御須麻流之珠一而、召二天兒屋命・布刀玉命一（以音注略）而、内二抜天香具山之真男鹿之肩一抜而、取二天香具山之天之波々迦一（以音注・解説注略）而、令二占合麻迦那波一而（以音注略）、天香具山之五百津真賢木矣、根許士迩許士而（以音注略）、於二上枝一、取二著八尺勾璁之五百津之御須麻流之玉一、於二中枝一、取二繫八尺鏡一（訓注略）、於二下枝一、取二垂白丹寸手・青寸丹手一而（訓注略）、此種々物者、布刀玉命、布刀御幣登取持而、天兒屋命、布刀詔戸言禱白而、天手力男神、隠二立戸掖一而、天宇受賣命、手二次繫天香具山之天之日影一而、為レ縵二天之真折一而、手二草結天香具山之小竹葉一而（訓注略）、於二天之石屋戸一、伏二汙氣一而（以音注略）、蹈登杼呂許志（以音注略）、為二神懸一而、掛二出胸乳一、裳緒忍二垂於番登一也。介、高天原動而、八百万神共咲。於レ是、天照大御神、以為レ恠、細二開天石屋戸一而、内告者、「因二吾隠坐一而、以二為天原自闇一、亦葦原中國皆闇一矣、何由以、天宇受賣者為レ樂、亦八百万神諸咲」。介、天宇受賣白言、「益二汝命一而貴神坐故、歓喜咲樂」、如レ此言之間、天兒屋命・布刀玉命、指二出其鏡一、示二奉天照大御神一之時、天照大御神、逾思レ奇而、稍自レ戸出而、臨坐之時、其所二隠立一之天手力男神、取二其御手一引出即、布刀玉命、以二尻久米（以音注略）縄一、控二度其御後方一白言、「従レ此以内、不レ得二還入一」。故、天照大御神出坐之時、高天原及葦原中國、自得二照明一。（上45〜47〈*235*〜*257*行〉）

最後に見える「指二出其鏡一」（真福寺本*253*行）との間でも二八一行の隔たりがある。単に「其」とするのではなく、その下に「遠岐斯」を挿入するのは、こうした指示する先の遠さに対する配慮と考えられるが、それにしてもこの指示の遠さは異例といえよう。

ところで、この「其」について『古事記伝』は次の二つの解釈を示している。

其とは、石屋戸段《ノ》の事を指《サシ》て云なれば、加能《カノ》と訓べし、【又上の五伴緒《ノノ》神、即彼《チノ》段に遠伎《ヲキ》し神たちなれば、直《タダ》に上文を指《シ》て、其神たちの遠伎《ヲキ》しと云意ともすべければ、曽能《ソノ》と訓《マ》むもあしからじ、】（十五之巻）

『古事記伝』正案は、もちろん「其とは、石屋戸段《ノ》の事を指《サシ》て云なれば、加能《カノ》と訓べし」であり、「其」の指示する先の遠さに配慮して遠称カノと訓もうとするものである（正案に対して【　】内に示された見解を別案と呼ぶことにする）。しかし、倉野憲司「宣長の古事記訓法の批判」(94)が指摘したように、遠称カの未発達な段階に成った『古事記』にカノの訓みを適用するのには問題がある。

倉野自身は、山田孝雄『奈良朝文法史』（一九一三年、宝文館）の「第三人称の定称は元来『こ』『そ』の二種ありしものにして、この二種は近称と遠称とに分つべく中称といふべきものは古くはなかりしならむ」とする見解を承けてソノの訓を採用し、自身の注釈書『古事記全註釈　第四巻　上巻篇(下)』（一九七七年、三省堂）では「ここのソノは今のアノに当る」と説いて、宣長訓の克服を試みている。しかし、「ここのソノは」と限定を加えざるをえなかったところに問題が露呈しているように、倉野の処理法では『古事記』の「其」に関する一貫した説明が事実上放棄されており、言外に「ここのソノ」以外は「今のアノに当」たらないことを認めた恰好になっているのである。

これに対し宣長は、

凡つねの如く曽能《ソノ》と訓べし、但し此《ノ》字あまり繁《シゲ》く置《キ》たれば、中には捨《ステ》て読《ム》まじきもあり、又彼《ノ》字と相通《アヒカヨ》はして、共に曽能《ソノ》とも加能《カノ》とも訓べき処あり、又許能《コノ》と訓て宜しき処もあり、（『古事記伝』一之巻「訓法の事」）

と述べているように、実際にかなり自由な訓みを実践している。(95)宣長の姿勢は、徹底して文脈に即して「其」の訓みを決定しようとするものである。問題の「其遠岐斯」に即していえば、指示する先の遠さゆえに「加能《カノ》」の訓が選ばれたのであり、宣長にとっては必然的な訓法といってよい。倉野は国語学の知識によってカノの訓を断念するが、文脈理解の点では宣長とまったく同一の立場に立つ。そこでカノではなくソノの訓を採用しつつ、しかし、文脈に即して「ここのソノは今のアノに当る」（圏点—矢嶋）と説くことになる。宣長との相違は訓だけなのである。

かくていえば、『古事記伝』の示す正案は、当面まったく役に立たないという結論に至る（倉野案も同じ）。『古事記伝』の正案は、「其」の指示する先が異例の遠さであるため、カノと訓んで問題の解消を図ったにすぎず、異例であること自体を問題とする方向とは逆なのである。

『古事記伝』の別案は、「其」に主格を表すノがつづく形と捉え、直上の天兒屋命以下五伴緒の神を「其」で承けると見るもので、もし別案によるならば指示の異例の遠さなどそもそも問題とならないことになる。しかし、この場面、王権のシンボルたる「八尺勾璁・鏡」について、「随伴神たる五伴緒の神々が遠岐斯《をきし》ところの」と、その来歴を示すことに、いったいどれほどの意義があるだろうか。ここでは天照大御神を天石屋から招《を》き出した「八尺勾璁・鏡」であることが重要なのであり、だからこそ「此之鏡者、専為㆓我御魂㆒而、如㆑拝㆓吾前㆒、伊都岐奉」（①）[2]という神勅の意味があるのである。ここでは招き出した主体は問題とされていないと考えるべきであろう。「八尺勾璁・鏡」とともに語られる「草那藝釼」（①）[2]について、「須佐之男命所白上之草那藝釼[96]」などと、献上の主体を示さないことからも、それは明らかである。この場合、ほとんどの注釈書がそうであるように、やはり「其」は〈天石屋〉条を承けていると考えるべきであろう。

われわれは再びふりだしに戻って、改めて「其遠岐斯」の指示の遠さと向き合わねばならない。

3

実は、この例外的に長い射程をもつ「其遠岐斯」の問題は、まったく別の論議の中で重要な意味をもつものとして注目されてきた経緯がある。それは倉野憲司『日本神話』[97]が提唱し、三品彰英「天岩戸がくれの物語り」[98]、西郷信綱『古事記の世界』[99]、同「大嘗祭の構造」[100]などによって広く支持され補強されてきた、〈天石屋神話〉と〈天孫降臨神話〉の一体性・連続性の論議である。

両神話の一体性・連続性を示す徴証として、これまでに指摘されてきたのは次のような諸点である（諸論に重複する点が見られるが、研究史的に先行するものを掲げる）。

1 両神話の間に挟まる須佐之男命の勝さびと追放の神話は、大祓の儀礼を反映した「天津罪」の起源を説明するもので、〈天石屋神話〉とは本来無縁である。（倉野『日本神話』）

2 鎮魂祭儀礼を反映する〈天石屋神話〉と大嘗祭儀礼を反映する〈天孫降臨神話〉とは、死と再生の儀礼として共通性をもつ。[101]（同右）

3 『日本書紀』神代下第九段一書第四に、「高皇産霊尊、以㆓真床覆衾㆒、裹㆓天津彦国光彦火瓊瓊杵尊㆒、則引㆓開天磐戸㆒、排㆓分天八重雲㆒、以奉㆑降之」と見えるのは、両神話の連続性の証左となる。[102]（同右）

4 『古事記』では、神や人に対する氏祖注（氏祖系譜）は、当該神・人の初出章段末尾に記されるのが通例だが、五伴緒の神々については初出の〈天石屋神話〉末尾ではなく、〈天孫降臨神話〉に記されている。（同右）

5 〈天石屋神話〉の神事に携わった神々のうち、天津麻羅を除くすべてが〈天孫降臨神話〉の随伴神と重なる。（同右）

6三種の神器が重要な要素として現れるのは〈天石屋神話〉と〈天孫降臨神話〉である。（同右）

7〈国譲り神話〉と〈天孫降臨神話〉との関係に不自然な点がある。（三品「天岩戸がくれの物語り」）

a第一に、出雲平定後、まったく無関係な日向に降臨すること。

b第二に、天菩比命、天若日子・鳴女・建御雷神・天鳥船神などの〈国譲り神話〉で活動する神々が、〈天孫降臨神話〉ではまったく姿を消して無関係な存在となること。

こうした内容に関わる論拠に並んで、「其遠岐斯」は文脈上の根拠として着目されてきたのである。

8「其遠岐斯」として〈天石屋神話〉の祭儀に関与した五伴緒を陪従させたとあるのは、両神話の「直ちに連繫するものであること」を示す。（倉野『日本神話』[103]）

これらの徴証によりつつ、三品「天岩戸がくれの物語り」は次のように述べているが、

このように両者の深い関係をみつめていくと、両者の間には出雲神話が（中略）介在しているにもかかわらず、この中間の幾多の物語を飛び越えて、岩戸がくれの神話と天孫降臨神話とを内容的に直結せしめることはさして困難ではない。むしろそうすることが外形的な配列順序にとらわれず、内容に即して「記紀」の物語を読んでいく場合の最も自然な筋のたどり方でなくてはならぬ。この自然な筋のたどり方は、単に読むうえのみの指針ではなく、神話の成立過程を論究するうえにおいてもまた重要な問題をそこに示唆しているのであって、特に両者の緊密な要素的一致点は、この両神話の原義を探究する上の重要な手がかりとなるのである。

こうした捉え方は、さらに倉野『古事記全註釈　第四巻　上巻篇(下)』（前掲）や西郷信綱『古事記注釈　第二巻』（註(103)参照）などの注釈書に反映されて、通説化の道をより強固なものにしていったといってよい。

「其遠岐斯」に即して整理すれば、本来、一系の神話としてあった〈天石屋神話〉と〈天孫降臨神話〉が、記紀神

話の成長・拡大の過程で、その間に須佐之男命や大國主神などを主人公とする別系の神話が挿入されることになり、その結果こうした異例の指示が出来したということになる。

『古事記』が数多くの素材を統合して構成されているらしいことは誰しも直感するところである。[104] しかし、「其遠岐斯」の示す文脈上の問題が直ちに形成過程の問題に結びつくか否かは、より慎重に検討する必要があるように思われる。『古事記』を糊と鋏による単なるつぎはぎ的な作品と考えるならばいざ知らず、すでに第二〜三章（および第一章第三節）を通じて確かめてきたように、『古事記』に整理・統一の手が加えられているのは明白な事実だからである。

西郷信綱「古事記研究史の反省」[105] がいわゆる津田史学に対して浴びせた痛烈な批判――「古事記に層の重なりがあるのは事実としても、その重なりは構造的統一として存するのだから、ばらすだけではラチはあかないはずである」（圏点原文）――は、文脈や内容上の不自然さや矛盾を安易な形成過程論を持ち込むことで解消しようとしてきた西郷自身を含む古事記研究史に対する批判としても受け止めねばならない。われわれは自分自身の感覚や常識を絶対的な尺度として不自然や矛盾をいいたてる前に、まず『古事記』の文字テクストに即して、それが本当に不自然や矛盾と呼ぶべき事象なのか否かを、慎重に確かめる努力をすべきなのではあるまいか。

4

前節および本節冒頭に触れたように、従来、指示語や接続語の多用は口誦的文体の特色とされてきたが、接続語が変体漢文の採択に伴う『古事記』固有の文脈展開のしくみであるとすれば、指示語はそれを補助するしくみと捉えてまったく問題はない。読み手はすでに示されたことがらを指示語を介してその都度確認することになり、その結果、文と文・句と句・語と語は緊密に結ばれることになるのである。本節1に引用したAに見る「其」や「如此」はまさにその例であるが、こうした直前に提示したことがらを次々に確認してゆく方式を文脈連鎖的指示語と呼ぶとすれば、『古事記』の指示語の大半は文脈連鎖的指示語ということになる。

ところで、そうした文脈連鎖的指示語に混じって、時折かなり以前に提示されたことがらを承ける指示語の例が混在する。「其遠岐斯」はもちろんその一例だが、実際には「其遠岐斯」のみを形成論的に特別視するのでは済まない数を数えるのである。「其遠岐斯」の問題は、それらをすべて視野に収めた上で改めて問題を立てる必要があるといわねばならない。以下に、その例を挙げてみよう（上段に先行する叙述、下段にそれを指示語で承けた叙述を示す）。

②[1]所㆓以避㆒者、其八十神、各有㆘欲㆑婚㆓稲羽之八上比賣㆒之心㆖、共行㆓稲羽㆒時……於㆑是、八上比賣答㆓八十神㆒言……（上51～53〈298～313〉）

←②[2]故、其八上比賣者、如㆓先期㆒美刀阿多波斯都。（上56〈349〉）

③[1]又娶㆓大山津見神之女、名神大市比賣㆒、生子、大年神。（上50〈290〉）

←③[2]故、其大年神娶㆓神活須毗神之女、伊怒比賣㆒、生子……（上63〈426〉）

④[1]於㆑是、天若日子降㆓到其國㆒即、娶㆓大國主神之女、下照比賣㆒、亦慮㆑獲㆓其國㆒、至㆓于八年㆒、不㆓復奏㆒。（上66〈454〉）

←④[2]是以、此二神降㆓到出雲國伊耶佐之小濱㆒而（以音注略）、抜㆓十掬劔㆒、逆刺㆓立于浪穂㆒、趺㆓坐其劔前㆒、問㆓其大國主神㆒言……。（上70〈489～491〉）

⑤[1]尒、其后、名弟橘比賣命白之……（中132〈425〉）

←⑤[2]又娶㆓其入㆑海弟橘比賣命㆒、生御子……（中139〈484〉）

⑥[1]此天皇、娶㆓意富本杼王之妹、忍坂之大中津比賣命㆒、生御子、木梨之軽王。……次軽大郎女、亦名衣通郎女。御名所㆔以負㆓衣通王㆒者、其身之光自㆑衣通出也。（下182〈162〉）

←⑥[2]其衣通王、獻㆑歌。（下187〈201〉）

⑦$_{1}$自レ茲以後、淡海之佐々紀山君之祖、名韓袋白、「淡海之久多（以音注略）綿之蚊屋野、多在二猪鹿一。……」。（下191～192〈248～249〉）

←⑦$_{2}$即、獲二其御骨一而、於二其蚊屋野之東山一、作二御陵一葬……（下208〈406～407〉）

さて、右のうち③$_{2}$については、すでに諸注釈書が問題ありとして注目してきたところである。たとえば倉野憲司『古事記全註釈　第三巻　上巻篇㊥』（一九七六年、三省堂）は、「この大年神の系譜は、須佐之男命の神裔の条に直接つながるべきであるのに、ずつと後に出てゐてすぐ前の話とつながらないので唐突である」といい、また前掲西郷『古事記注釈　第二巻』も「文脈上いささか不自然の感を免れない」と述べている。[106] さらに③$_{2}$については、こうした文脈上の問題に加えて、外国系の「曽富理神」「韓神」や秦氏に関係の深い松尾の「大山咋神」を含むこの大年神系譜が、『古事記』成立後の攙入（あるいは増補）とする説があったことを想起しないわけにはゆかない。[107] ③$_{2}$もまた①$_{2}$と同様に形成論的に文脈上の指示の遠さが捉えられてきたのである。[108]

しかし、こうした解釈はすでに『古事記』論としての枠組を逸脱しているばかりでなく、指示語についての一貫した説明を放棄しているといわざるをえない。本節の目的は、『古事記』の文字テクストに即して指示語の機能を考えようとするところにある。異例の指示語について、いちいち形成論的な解釈に逃げ込むのではなく、文字テクストに即した解釈の道筋を模索すべきだと考える。[109]

5

まず、⑥$_{1}$⑥$_{2}$に着目するところから進めたい。以下に述べるように、⑥$_{1}$⑥$_{2}$だけが他の例と事情を異にしているからであり、それゆえ指示語の機能を考察する上で重要なヒントを含んでいると思われるからである。それ以外の例では、たとえば②$_{2}$のように、②$_{1}$との間には〈八十神の迫害〉〈根の堅州国訪問〉〈八千矛神の歌物語〉などの物語が展開されていて、そこには②$_{2}$で指示する八上比賣はもちろん、八上比賣をさす「其美人」「其女神」などの語はまったく現れない。その間、真福寺本の配行で三六行（②$_{1}$の二度目に現れる八上比賣と②$_{2}$の「其」の間の行数）に及ぶ別の物語群を越えて②$_{2}$の「其」で承けるのである。八俣遠呂智退治直後の須佐之男系譜中に見える大年神（③$_{1}$）を、長大な大國主神の物語群を隔てて承ける③$_{2}$、葦原中国平定の物語で天菩比神が媚びつき、また天若日子が妻とした下照比賣の父として語られる大國主神(110)（④$_{1}$）を、天若日子の死と喪儀の物語を挟んで建御雷神・天鳥船神派遣の場面で承ける④$_{2}$、倭建命の東征の往路で走水海に入水した弟橘比賣命（⑤$_{1}$）を、倭建命の東征の物語を語り終えた後の景行記末尾系譜で承ける⑤$_{2}$、安康後記に語られる市辺忍歯王殺害の地「蚊屋野」（⑦$_{1}$）を、雄略記・清寧記を隔てた顕宗記で承ける⑦$_{2}$も、すべて②$_{1}$②$_{2}$と同様である(111)。

しかし、⑥$_{1}$⑥$_{2}$は右に述べた諸例と単純に同じと考えるわけにはゆかない。その理由は、⑥$_{1}$⑥$_{2}$の場合、指示される人物が別名をもつところにある。周知のごとく、衣通王（郎女）は軽大郎女の「亦名」であった（⑥$_{1}$参照）。つまり、⑥$_{1}$と⑥$_{2}$の間には衣通王（郎女）の名こそ語られていないが、「亦名」の軽大郎女は、

天皇崩之後、定㆓木梨之軽太子㆒、所㆑知㆓日継㆒、未㆑即㆑位之間、姧㆓其伊呂妹軽大郎女㆒而、歌曰……（下184〈174〜176〉）

のように現れているのである。さらにいえば、衣通王に相当する人物は軽大郎女以外の形でも現れている。右の地の文「歌曰」につづく軽太子の歌（歌謡78、下184〈176〜178〉）では「下娉《ど》ひに／我が娉《と》ふ妹を（志多杼比尓／和賀登布伊毛袁）」「下泣きに／我が泣く妻を（斯多那岐尓／和賀那久都麻袁）」と歌われ、また、捕縛された軽太子が歌った二首の歌謡にはそれぞれ「天飛《だ》む／軽の嬢子《をとめ》（阿麻陁牟／加流乃袁登賣）」（歌謡82、下186〈193行〉）、「天飛《だ》む／軽嬢子（阿麻陁牟／

加流袁登賣）」（歌謡83、下186〈195〉）の詞章があり、さらに⑥$_2$直前の軽太子の歌謡には「我が妻はゆめ（和賀都麻波由米）」（歌謡85、下186〈201〉）と歌われているのである。

ただし、『古事記』において文脈指示で示される語は先行表現と同じか、省略された形で示されるという指摘もある(112)。それによれば、⑥$_2$は右に挙げた軽大郎女や「我が嫂《と》ふ妹（和賀登布伊毛）」「我が泣く妻（和賀那久都麻）」「軽の嬢子（加流乃袁登賣）」「軽嬢子（加流袁登賣）」「我が妻（和賀都麻）」などを越えて、⑥$_1$の注に見える「衣通王」を承けると考えるほかはない。前節に⑥$_1$として掲出した所以であるが、しかし、軽太子と衣通王の物語を冒頭から素直に読み進めてゆくとき、⑥$_2$が杓子定規に允恭記冒頭の系譜（⑥$_1$）を承けると考えるのは疑問とせざるをえない。

「其伊呂妹」軽大郎女に「姧」けた軽太子が軽大郎女を「我が嫂ふ妹」「我が泣く妻」と歌い、さらに穴穂御子の軍勢に捕えられた太子が「軽の嬢子」「軽嬢子」「我が妻」と歌うのは、物語の流れとしてはごく自然であり、散文と歌謡という質の差を超えて、これらが軽大郎女を示すことは無理なく理解されるようになっている。

　其衣通王、獻レ歌。其歌曰、

　　夏草のあひねの浜の蠣貝に足踏ますな明かして通れ（那都久佐能／阿比泥能波麻能／加岐加比尒／阿斯布麻須那／阿加斯弖杼富礼）（下187〈201～203〉）

とつづく⑥$_2$は、明らかに軽太子が伊余に流された物語を承けている。⑥$_2$にいう「其衣通王」は、近親相姦事件の未だ存在しない、単に系譜に名を列ねるだけの存在としての⑥$_1$を承けているわけではないはずである。同母兄の愛を受け入れ、そしてその兄が捕えられて配流されるという事件をすでに経験した人物として⑥$_2$の衣通王は語られているのであり、「夏草の……」の歌もそうした立場から歌われているのである。素直に物語と歌謡を読み進めてゆけば、⑥$_2$の「其」はそれまでに現れた「軽大郎女」に相当する人物のすべてを指すと考えざるをえない。

今、「其」の機能を考える上で、この指示語が存在しない場合、右の理解がどうなるかを想定してみるのは、意味のないことではない。仮にこの「其」が『古事記』にありふれた「於レ是」や「尓」などの接続語であったとしたら、⑥$_2$に唐突に現れる「衣通王」がそれまで語られてきた「軽大郎女」や「軽の嬢子」などと同一人物であると理解するのは困難といわねばならない。ここまでの物語と歌謡が「軽」をキーワードとしつつ展開してきたことを考えても、それとまったく無縁な衣通王の名はやはり唐突である。場合によっては、まったく新たな登場人物という印象さえ受けかねないのである。

このように確かめてくるとき、「其」の果たす役割はきわめて大きいといえよう。読み手は「其」があることによって、⑥$_1$の注記を思い出さずとも、物語の流れの中で「其衣通王」が「軽大郎女」「軽の嬢子」「軽嬢子」などと語られてきた女性と同一人物として読み進めてゆくことができるのである。もちろん、同時に⑥$_2$と同じ先行表現である⑥$_1$の注記を想起させる機能を有していることも事実である。

すでに指摘のあるように、『古事記』の「亦名」が単に複数の名を有するということではなく、系統を異にする複数の資料を統合したことを示すとすれば(113)、⑥はまさに形成論的に扱われてしかるべき問題のようにも見える。しかし、右のように考えてくるとき、この指示語「其」は結合の稚拙さや原資料の不手際な残存といった評価とはまったく逆の方向——別系資料の統合に基づく新たな文脈を統一あるものとして不都合なく読めるものとするための機能を負うと考えられるのである。

6

別の事例を通じて、右の見通しを補強してゆきたい。文脈指示における指示語と被指示語との遠隔な事例は、実は

「其」に限られるわけではない。以下に示すように、「此」にもそうした例はあるのである。

⑧1此神、娶二刺國大上神之女、名刺國若比賣一、生子、大國主神。亦名謂二大穴牟遅神一（以音注略）、亦名謂二葦原色許男神一（以音注略）、亦名謂二八千矛神一、亦名謂二宇都志國玉神一（以音注略）、并有二五名一。（上51〈295〜297〉）

←⑧2此八千矛神、将レ婚二高志國之沼河比賣一幸行之時（上57〈351〜352〉）

⑨1故尓、追二至黄泉比良坂一、遙望、呼謂二大穴牟遅神一曰、「……意礼（以音注略）為二大國主神一、亦為二宇都志國玉神一而……居。是奴也」。（上56〈343〜347〉）

←⑨2故、此大國主神娶……（上61〈398〉）

いずれも大國主神の物語の例で、⑥1⑥2と同様、やはり「亦名」にかかわっている。今、行論の便宜上、大國主神の物語の展開を次のようにまとめておく（各部分における大國主神の名称およびその他の神名は『古事記』の記述のままを示した。〃〃内は主体が明示されていないことを示す）。

i大國主神の出自。大穴牟遅神・葦原色許男神・八千矛神・宇都志國玉神とあわせて五つの名を提示。

ii大國主神には兄弟八十神がいたが、すべて国を大國主神に譲った。

iiiその所以は、a八十神たちは稲羽の八上比賣に求婚しようと思い、大穴牟遅神を従者として連れてゆく。b大穴牟遅神は、稲羽の素兎を助けたことで、素兎から八上比賣との結婚成就の予言を得る。c素兎の予言どおり、八上比賣は大穴牟遅神と結婚する。d怒った八十神は、大穴牟遅神の殺害を企てる。e御祖の計らいで、大穴牟遅神は木国の大屋毗古神のもとに避難する。f大屋毗古神の計らいで、大穴牟遅神は須佐之男命の根の堅州国にゆく。g根の堅州国を訪ねた大穴牟遅神は、須佐之男命の女須世理毗賣と結婚し、須佐之男命の与える試練を克服して、根の堅州国の宝物と須世理毗賣を盗んで逃亡する（途中、須佐之男命から葦原色許男と呼ばれる）。h大穴牟遅神は、須佐之男命から大國主神・宇都志國玉神となり、八十神を追い払うよう寿祝される。i現世に帰還した〝大國主神（宇都志國玉神）〟は、八十神を駆逐して、始めて国作りをする。j〝大國主神（宇都志國玉神）〟は約束どおり八上比賣と結婚するが、八上比賣は嫡妻須世理毗賣を畏れ、誕生した子どもを置いて本国に帰る。

ⅳ八千矛神は、沼河比賣求婚のために高志に行き、沼河比賣と唱和する（歌謡での呼称は「八千矛神命（夜知富許能迦微能美許登〈等〉）」）。

ⅴ須世理毗賣の嫉妬。唱和して和解する（歌謡での呼称は「八千矛神命（夜知富許能加微能美許登）」）。

ⅵ大國主神の後裔系譜。

ⅶ大國主神、少名毗古那神と国作りをする。少名毗古那神、常世国に退去。

ⅷ大國主神の前に、祭祀を条件に国作りの協力を申し出る神出現（「坐二御諸山上一神」）。

問題の⑧$_{2}$⑨$_{2}$は、それぞれⅳとⅵの冒頭部分に相当する。一見して分かるように、⑧$_{2}$⑨$_{2}$はいずれも、それまで主体として語られていた神名から別の神名に転換する部分に置かれている。⑧$_{2}$はⅲa〜hまでの主体として語られていた大穴牟遅神が、大國主神・宇都志國玉神になれという須佐之男命の寿祝を受け（h）、転成を遂げた後のi・jを承けて「此八千矛神」と指示するのであり、これによって新たに登場した神名「八千矛神」が、それ以前の「大穴牟遅神」「大國主神」「宇都志國玉神」と同一神として自然に重ねられるのである。⑨$_{2}$も同様で、ⅳⅴに「八千矛神」の名で語られてきた歌謡物語の主人公に「此大國主神」を重ねて理解されるしくみといえよう。[114]

こうした指示語の機能は、基本的には『古事記』に多用される文脈連鎖的な指示語のそれと異なるものではない。

多用される文脈連鎖的指示語は、連綿とつづく文脈の中にあって、すでに記されたことがらをその都度読み手に確認・強調しつつ物語を誘導してゆく叙述法であったが、その際、文脈の接続に不都合な場合があれば、同じ「其」や「此」によって異質な情報を重ね合わせ、同時に先行情報との関係を想起させつつ確認させるのである。解読の補助という点では、右に検討を加えてきた指示語の事例も文脈連鎖的指示語も、その機能に相違があるわけではない。

　こうしたしくみとして指示語を捉えるとき、先に見た⑥$_2$以外の例も、成立過程で生じた接合の不整という捉え方とは異なる解釈の可能性がひらけてくる。たとえば②$_2$は、〈八十神の迫害〉や〈根の堅州国訪問〉などの物語が②$_1$以下に展開されることによって生じた文脈の遠さを、「其」を置くことで先に語られた八上比賣の名を再び読み手の意識に喚起させるものと解される。③$_2$④$_2$⑤$_2$⑦$_2$もまったく同様で、諸種の事情で文脈上の乖離を生じてしまったことがらを、それぞれ「其」によって読み手に喚起させ、確認させるのである。③$_2$や①$_2$のみを形成論的に特別視する理由はないといえよう。③$_2$についていえば、この系譜の始点に位置する大年神が、実は遠く離れた須佐之男命の系譜に連なる神であったことを「其」によって読み手に確認させるのである。

　「其」「此」による指示の遠さを不自然と感じるのは、あくまでも現代に生きるわれわれの感覚にすぎない。その反省を抜きにして、『古事記』の文字テキストを勝手に解体するのは、いささか身勝手な読みといわねばならない。

7

　最後に、再び①$_2$の「其遠岐斯」の問題に触れておこう。天孫降臨神話の形成・発展段階については、記紀の異伝の比較に基づいた三品彰英の著名な研究がある[115]。今、三品の作成した異伝比較対照表（第9表）によりつつ、その結論を示せば、表の右側に位置する、相対的に素朴な要素から成る『日本書紀』神代下第九段本文や同一書第六のような

第9表 〈天孫降臨神話〉異伝比較対照表 （三品彰英「日本神話論」による）

異伝＼要素	降臨を司令する神	降臨する神	降臨神の容姿	随伴する神々	神器の授与	統治の神勅
『日本書紀』本文	タカミムスヒ	ホノニニギ	真床追衾に包まれた嬰児			
『日本書紀』一書第六	タカミムスヒ	ホノニニギ	真床追衾に包まれた嬰児			
『日本書紀』一書第四	タカミムスヒ	ホノニニギ	真床追衾に包まれた嬰児	アマツオシヒ アメクシツオホクメ		
『日本書紀』一書第二	タカミムスヒと アマテラス	アメノオシホミミ、のちニニギに代わる	虚空で出誕した嬰児	アメノコヤネ・フトタマ・諸部神	神鏡の授与	
『古事記』	タカギノカミと アマテラス	アメノオシホミミ、のちニニギに代わる	降臨間際に出誕、ただし容姿には特別の記載なし	五伴緒(アメノコヤネ・フトタマ・アメノウズメ・イシコリドメ・タマノヤ) オモヒカネ・タヂカラヲ・イハトワケ・トヨウケ・サルタビコ・メノオシヒ・アマツクメ	三種神器の授与	瑞穂の国 統治の神勅
『日本書紀』一書第一	アマテラス	アメノオシホミミ、のちニニギに代わる	降臨間際に出誕、容姿には記載なし	五伴緒(アメノコヤネ・フトタマ・アメノウズメ・イシコリドメ・タマノヤ) サルタビコ	三種神器の授与	統治の天壌無窮の神勅

形態が原初的な姿であり、語られる要素の複雑化する『古事記』や『日本書紀』の一書第一は、最も成長発展を遂げた新しい神話の形態とされる。

〈天石屋神話〉と〈天孫降臨神話〉を本来一系の神話であったと主張する倉野『日本神話』（註(97)参照）や三品「天岩戸がくれの物語り」（註(98)参照）では、「其遠岐斯八尺勾璁・鏡」の指示する先の遠さが両神話の連続性を示す重要な論拠とされてきたが、三品自身が考える〈天孫降臨神話〉の原初的形態には、第9表に見るように神器の授与という要素はない。つまり、「其」によって指示すべき「八尺勾璁・鏡」そのものが存在しないのである。仮に〈天石屋神話〉の原初的形態に「八尺勾璁・鏡」があったとしても、〈天孫降臨神話〉自体にその要素がないのだから、「其」の指示の遠さに基づいて、原初形態における両神話の一系性・連続性をいい立てるのは、実はまったく意味のないことというべきなのである。

〈天孫降臨神話〉が三種の神器の授与という要素を持ち込んでくるのは、むしろ『古事記』や『日本書紀』一書第一の段階なのである。

故、天照大神、乃賜二天津彦彦火瓊瓊杵尊、八坂瓊曲玉及八咫鏡・草薙剣、三種宝物一。（『日本書紀』神代下第九段一書第一）

是時、天照大神、手持二宝鏡一、授二天忍穂耳尊一、而祝之曰……（『日本書紀』同第九段一書第二）

神器授与の要素をもつ右の『日本書紀』神代下第九段一書第一・第二と『古事記』とを比べてみるとき、『日本書紀』では「八坂瓊曲玉及八咫鏡」（一書第一）あるいは「宝鏡」（同第二）が、「天石窟」の神事に由来するものか否かは不明というほかないのに対し（断片的な、しかも本文に対して従の位置づけでしかない一書に、前後の関係を見出そうとすること自体無意味なのだが）、『古事記』は「其遠岐斯」とあることによって、明確に〈天石屋〉条に語られた「八尺勾璁」と

「鏡」であることを示す。それは番能迩々藝命に授与される天璽が、皇祖神天照大御神にかかわるものであることを明示することにほかならない。そのために『古事記』は真福寺本で二八一行にも及ぶ文脈の遠さを越えて、「其遠岐斯」と〈天石屋〉条を読み手に振り返らせ、想起させるのである。

従来いわれてきた〈天石屋神話〉と〈天孫降臨神話〉との連続性・一体性は、『古事記』の文字テクストに即して確かに認められるところである。(116) その根拠として「其遠岐斯八尺勾璁・鏡」を挙げうることも事実であるが、しかし、それはあくまでも『古事記』の文字テクストに即してのことであって、『古事記』の文字テクストを離れての問題でないことを、改めて確認しておこう。

註

（1）「以音注」の呼称については、本書第二章第一節註(3)参照。
（2）亀井孝「古事記は よめるか」（武田祐吉編『古事記大成3 言語文字篇』〈一九五七年、平凡社〉。『日本語のすがたところ(二) 亀井孝論文集4』〈一九八五年、吉川弘文館〉所収）。
（3）一八頁脚注六に「注の動詞は平叙文に訓む」という方針が示されているが、根拠は示されていない。
（4）安藤正次「古事記解題」（『世界聖典全集 古事記神代巻』〈一九二二年、世界聖典全集刊行会〉。『記・紀・万葉集論考 安藤正次著作集4』〈一九七四年、雄山閣出版〉所収）。
（5）安藤論の用語で、訓注と以音注とを合わせていう。
（6）倉野憲司「古事記の形態」（『国文学研究』1〈一九三〇年十月〉。倉野『古事記論攷』〈一九四四年、立命館出版部〉に「古事記の本文と分註との関係についての本文批評的研究」と改題所収）。
（7）武井睦雄「『古事記』訓注とその方法」（『国語学』五九集〈一九六四年十二月〉）は、同一注記内に二つの訓注あるいは以音注が併記される場合には、それぞれに「下效此」と記す例があることに基づいて（⑧⑨がそれに当たる）、㊾の「下效此」は「毗古二字以ㇾ音」のみを受けると解している。しかし、㊾は前半の訓注と後半の以音注とが「亦」によって接続された一文となっており、文脈上「下效此」は訓注と以音注の双方を受けると考えるべきである。後述するように、訓注の指示内容（「川㆑石云㆓伊波㆒」）、以音注の指示内容（「毗古二字以㆑音」）とも下文に「效」うべき文字・文字列があるので、ここは訓注・以音注の双方の指示内容を受ける例として処理した。なお、訓注ないし以音注が併記される場合には、それぞれに「下效此」と記す例がある旨の武井の言説は不正確で、正確には二つの訓注を併記した⑧⑨があるのみで、訓注と以音注、以音注と以音注の併記例について「下效此」と付記した例は存在しない。

（8）　前掲安藤論（註（4）参照）に「同一のものについても『下效此』と付記した例なども数ケ所にある」と指摘されているが、そうした例は①〜㊾を通じて見出せない。㉘と㉜に「母由良迩」という文字列が共有されているが、㉘は「母」以下の四字を、㉜は「奴」以下の八字について「音を以」いて訓むべきことを指示する注であり、指示内容が異なる。また、㊳の「有那理」を安藤の依拠した『古訓古事記』のように「有祁理」と改めれば㊴と同一の文字列となるが、神武記の「葦原中國者、伊多玖佐夜藝帝阿理那理」（中91）に照らして、伝聞の助動詞ナリを「祁理」に改める必然性はない。したがって「同一のものについても『下效此』と付記した例なども数ケ所にある」という安藤の指摘に関する検討は、以下省略に従う。

（9）　「高下天」という限定は、小松英雄『国語史学基礎論』（一九七三年、笠間書院）のいうように、冒頭の「大地」および「天之御中主神」の「天」と区別するためと見られる。したがって、施注箇所以前に現れる計三例の「天」字のうち、被覆形アマと訓むべきことの指示は「高下」の「天」、すなわち「高天原」に限定され、それ以外は露出形アメと訓むべきことも示されている。

（10）　②にウムという訓みの形が示されていることについて、宣長は「言の居《オ》たる方を以て注せるなり」とし、文脈に応じてウムを活用させて訓むことまでは拘束しないと述べている（『古事記伝』四之巻）。しかし、これはウムについて言及したものであって、ナル・オフ・イク・アルなどと訓み分けることについての言及はない。なお、『古事記伝』には①以下に見える「下效此」の「下」の範囲について言及がないが、ある意味でそれは宣長の慎重な態度の表れといえるかもしれない。

（11）　木田章義「古事記そのものが語る古事記の成書過程」（『万葉』一一五号〈一九八三年十月〉）は、従来の常識にそって以音注の矛盾・不統一を論じたものである。

（12）　日本古典文学大系『日本書紀　上』（一九六七年、岩波書店）一〇四頁頭注8にいうように、チノリ・イホノリが「千箇《チノ》入《イリ》」「五百箇入《イホノイリ》」の約であるとしても、⑪はこの「入」をノリと訓むべきことを示す。

（13）　本節の母胎となった久田泉「『古事記』音読注・訓注の施注原理」（『国語と国文学』六〇巻九号〈一九八三年九月〉）が執

筆された時点での主要な研究に触れたもので、その後、山口佳紀「『古事記』訓注小考」(『論集上代文学』一六集〈一九八八年〉。山口『古事記の表記と訓読』〈一九九五年、有精堂〉所収)、同「古事記における訓注の性格」(『万葉』一三七号〈一九九〇年十一月〉。山口同上書所収)、小泉道「『古事記』の訓注について」(『光華女子大学紀要(日本文学科篇)』二七号〈一九八九年十二月〉)、西條勉「古事記の訓注」(『古事記年報』三三〈一九九一年一月〉。西條『古事記の文字法』〈一九九八年、笠間書院〉所収)、同「古事記の訓注(続)」(国士舘大学『国文学論輯』一二号〈一九九一年三月〉。西條同上書所収)などが発表された。ただし、旧稿の論旨に変更が必要となるような重要な新見が提示されたわけではない。

(14) 武井(註(7)参照)は、主として当時の古語ないし稀用語で「かつ、その語形を正しくよまれることを要請された語」(圏点原文)についてその訓みを示す注と説くが、筆録者の意図した発音が読み手によって再現されることを主たる目的と捉える点で、「旨《ムネ》と古語を厳重《オモ》くせられたる」ためとする『古事記伝』(一之巻「訓法の事」)と同じ立場に立つといえる。

(15) 一字一訓の原則が習慣的に固定し、ある範囲で通用する社会性と体系性を備えたものと説明される(前掲小林「古事記の用字法と訓読の方法」)。

(16) 『古事記伝』(四之巻)が指摘するように、「活《ハタラ》く言の字の訓注」には②ウム⑦タケブのように「言の居《キ》たる方」(終止形)を示すものと、「其処《ソコ》の訓様《ヨミザマ》のまゝ」の活用形を示すものとが認められる。ほとんどは後者であるが、②⑦に「言の居《キ》たる方」が示されているのは、下文に現れる同字を「左右《カニカク》に活《ハタラカ》して訓所《ム》あれば、其等《ソレラ》をも総《フサ》ねて、如此《カク》注《シル》すべきことなり」と説明している。『古事記伝』の場合、②の例文中、第二字目の「生」のない本文を採用しているので(「以㆔為生㆓成《ウミナサムト》国土㆒奈何(国土《クニ》ヲ生成《ウミナ》サムト以為《オモ》フハ奈何《イカニ》)」)、終止形を示す②は「其処《ソコ》の訓様《ヨミザマ》のまゝ」ではない訓ということになる。『古事記伝』が下文に頻出する「生」字に言及する所以だが、一般には真福寺本その他により「以㆔為生㆓成国土㆒。生奈何(②)」と校訂し、「国土を生《う》み成《な》さむと以為ふ。生《う》むこと奈何に」と訓まれており、②は直上の「生奈何」とその前の「生成」の訓にかかわる訓注と見るのが一般的である。いずれにしても「伊都(以音注略)之男建《をたけび》(⑦)蹈建《ふみたけび》而《て》」(上41)と合わせて、施注箇所の前後に現れる同字を「左右《カニカク》に活《ハタラカ》して訓」むべきことを示す注とするのが、これまでの通説といってよい。

ところで、前掲山口「『古事記』訓注小考」(註(13)参照)は、②は「以㆔為生㆓成国土㆒。生奈何」の両方の「生」に対する注ではなく、直上の「生奈何」のみの訓を指示したもの、また⑦も直上の「伊都(以音注略)之男建」のみに対する注で、

「伊都之男ト建ブ。蹈ミ建ビテ」（「『伊都之男ト』とは威勢盛んな男として（となって）の意」という）と訓むべきものとする新見を提示した。山口が訓読を担当した新編日本古典全集『古事記』（一九九七年、小学館）でも、右の見解に従って「生」「建」を訓読している。⑦については、訓注の施注位置が両「建」字を受ける「伊都（以音注略）之男建蹈建而⑦」ではなく、「伊都（以音注略）之男建⑦蹈建而」のように最初の「建」字の直後に置かれていることから、山口の主張は一応受け入れることができそうである。ただし、その場合、「『伊都之男ト』とは威勢盛んな男として（となって）の意」ではなく、「御苑生の百木の梅の散る花し天に飛び上がり雪と降りけむ（雪等敷里家牟）」（『万葉集』巻十七・三九〇六）のように、「『伊都之男』のように」の意の比喩表現と捉えるべきであろう。山口の所説に従えば、『古事記』の訓注はすべて当該文字列における「訓様《ヨミザマ》のまゝ」の形が示されていることになるが、その場合、②に付された「下效此」がまったく意味を失うことになる（註(20)参照）。やはり宣長以来の通説に従うのが穏当と考える。

(17)　旧稿「『古事記』音読注・訓注の施注原理」（註(13)参照）では小松英雄『国語史学基礎論』（註(9)参照）に従って⑩をⅢに分類したが、その後、山口佳紀「古事記における訓注の性格」（註(13)参照）によって「八十=禍津日神」という語構成を示すために被覆形相当のマガの訓を示したとする説が提示された。ここは山口の所説に従って改めた。

(18)　山口佳紀「古事記における訓注の性格」（註(13)参照）に、旧稿「『古事記』音読注・訓注の施注原理」（註(13)参照）の「要するに、所与の字脈に誤読・誤解の可能性があるか、或いは字脈の条件では訓みが特定し得ぬと施注者に判断された場合に訓注が付されるのだと摑むことができる」というまとめを引用した後、「問題にしたいのは、何のために訓みを特定する必要があるかという点である」として、訓注の本質が解読を明らかにするところにあると述べている。旧稿に対する批判と読めるような書き方であるが、訓注の本質については「訓注は所与の字脈が意図した読解を導く条件として十分でない場合——即ち『辞理』『意況』の『見え叵き場合』——に施されるのだと、その原理を説明できる」と明確に述べてあるので、念のために確認しておく。

(19)　旧稿（註(13)参照）では、西宮編『古事記』（初版〈一九七三年〉・補訂版〈一九八四年〉、桜楓社）の訓に従って「子生《あれ》出」（上74）も検討の対象としたが、西宮編『古事記　新訂版』（一九八六年、桜楓社）、同『古事記　修訂版』（二〇〇〇年、おうふう）は、『古事記』では動詞アルは音仮名表記されていること（「阿礼坐之御子名」〈中99〉ほか）を考慮して、「子生《ウマレ》出」と改訓している。なお、山口佳紀「古事記の表現と訓読」（『国文学　解釈と教材の研究』三六巻八号〈一九九一年七月〉。山口『古事記の表記と訓読』〈註(13)参照〉所収）は、アルは「生まれるもの（＝子）を主格とする尊敬表現」で、ウムとは別語と認定する。これらの見解に従って、ここでは「子生出《あれ》」は検討の対象から外した。

（20）その後、山口佳紀「『古事記』訓注小考」（註(13)参照）は、②の施注位置が「生二成国土一」の下ではなく、「生奈何」の下に置かれていることに注意して、ウムの訓を示すことが「この施注の重要な目的であれば、……『生奈何』の後ではなく、『生成国土』の下にこそ付すべきではあるまいか」として、ここは『生奈何』の『生』字は『国土』を潜在主格としてウマルル（コト）と自動詞に理解する余地があ」り、そのために「他動詞としてウム（コト）と訓むべきことを指示し、イザナキ・イザナミの二神を主体とした表現であることを確かめたもの」で、訓注に示されたウムは終止形ではなく連体形だとしている。後述するように、「訓注は所与の文字列が形成する文脈が意図した解読を導く条件として十分でない場合――すなわち『辞理』『意況』の『見え叵き』場合――に施される」と捉えようとする本節にとって、動詞「生《うむ》」の自他の区別が施注意図だとする山口の所説に従っても論旨に変更を加える必要は生じないが、文脈上この前後は天神から国土の修理固成を委任された伊耶那岐・伊耶那美二神を主語として一貫しているので、『国土』を潜在主格として、ウマルル（コト）と自動詞に理解する余地がある」とは考えにくい。しかも、左に示すように、②が付された文脈は伊耶那美に対する伊耶那岐の発話であることが明確なので、いっそう「自動詞に理解する余地がある」とは考えにくい。

　尒、伊耶那岐命詔、我身者、成々而成餘處一處在。故、以二此吾身成餘處一、刺下塞汝身不二成合一處上而、以三為生二成国土一。生奈何。（訓注②）（上27～28）

他方、神野志隆光・山口佳紀「古事記注解の試み（五）」（『論集上代文学』一八冊〈一九九〇年、笠間書院〉）は、「『我身者成々而』からはじまって『刺塞汝身不成合處而』にいたるまでが、男女の性行為としてうけとられるべきことは明らか」で、「それをうけて『生成』というのだから、子を生むのと同じことだという理解は保障されている」と旧稿の所説を批判した上で、②は「生奈何」の「生」について他動詞の連体形であることを示すとする山口説を支持している（「以為生成国土生奈何」の項。執筆者は神野志）。ただし、神野志は同時に②を含む文脈は伊耶那岐・伊耶那美を主体とする行為であることは明確であり、「他動詞ウムという理解は保障されている」とも述べており、その場合、「自動詞に理解する余地がある」ために施された注とする山口説自体が成立の根拠を失うといわざるをえない。しかも、神野志の主張を認めるとすれば、「動詞『生』だけが、連体形であらわれ、自動詞、他動詞の弁別を必要とするような場合というのは、下文から（注略）挙げることができない」と神野志自身が述べているように、②に付帯する「下效此」の意義を説明することができない。

整理すれば、1文字列の条件から当該事例の「生成」「生」については、伊耶那岐・伊耶那美を主体とする他動詞とする理解は保証されていること、2付帯された「下效此」から見て、②に示された訓みは下文に適用すべき事例の存在が前提とされていること、の二点が問題の要点である。1に照らして山口説は必ずしも説得力を持ちえていないし、2に照らして神野志の所説も受け入れがたいのである。このように整理して見るとき、当該文脈の異例性に言及した旧稿に対する神野志の『常識』を持ち込むのでは問題を別の次元にずらしてしまう。そもそも、神話というもの全体が『常識の範囲を超えている』ものではないのだろうか。いま、文章に即して、男女が交わって子を生むのと同じく『国土』を『生む』という理解に問題を生じる叙述ではないというべきであろう」という批判は、果たしてこの場合、正当なのだろうか。神話の異常性に対する理解を前提として『古事記』を読むなどというのは研究者の特殊な常識であって、読み手として想定されているのはそうした特殊な知識を持ち合わせた人ではあるまい。訓注の施注原理の背景にあるのは、なによりも『古事記』の外側にある《常識》にあることとは、たとえば「鳥鳴海神」に付された訓注㋤「訓レ鳴云二那留一」に端的に示されている。「鳥」は「鳴く」ものだという読み手の《常識》が前提にあって、そうした《常識》に基づいて「鳥鳴」という文字の関係を読み解かれる可能性を排除し、「鳴海《なるみ》」という単位を優先的に切り取って理解すべきことを誘導するのが訓注㋤の役割である。神野志のいうように「神話というもの全体が『常識の範囲を超えている』もの」と捉えるべきであるのなら、訓注全体が成立の基盤を失うといわねばならない。神野志は「文章に即して、男女が交わって子を生むのと同じく『国土』を『生む』という理解に問題を生じる叙述ではない」というが、当該文脈の直前には「自二其矛先一垂落塩之累積、成レ嶋」（上27）と、「淤能碁呂嶋」の自成が語られており、「生成国土」の「生成」が右の「成レ嶋」の影響から完全に自由であったとはいえない。「生成」は漢語として生じる・育つの意をもつ（「燕雀半生成」〈杜甫・屏跡詩〉）。神野志がいうように、ウムという訓が保証された文字列とはいいがたいのである。

既述のごとく、山口の所説を受け入れても本節の論旨に支障をきたすわけではないが、右に述べた理由により、山口の所説自体も深刻な問題をはらんでいるので、旧稿に述べた見解はなお有効性を失っていないと考える。同時に、旧稿のように理解することで、はじめて「下效此」が付帯されている理由も説明することができる。

（21）　自動詞に接頭語カキがつく例は、たとえば雄略記歌謡96に「阿牟加岐都岐（虻かき著き）」とあり、必ずしも「かき鳴る」

が不自然な訓みとはいえない。

(22)『古事記伝』(五之巻)が「訓レ天如レ天」について「阿米乃《アメノ》阿麻乃《アマノ》などとはいはず、直《タヾ》に阿米某《アメナニ》と云」う注という見解を示して以来、多くの注釈書がこれに従うが、訓注には連体助詞ノの有無まで指示する例はなく、ノの訓み添えは文脈に委ねられていると見られる。「阿米能迦具夜麻」(歌謡27〈中134〉)に照らして、アメノと訓むべきであろう。

(23)なお付言すれば、「於レ陰所レ成神名闇山津見神」(上34)の「陰」と対比させつつ、㋕「於レ梭衝二陰上一而死。〈訓二陰上一云二富登一〉」について、前掲小松『国語史学基礎論』(註(9)参照)が示す解釈には、やや説明不足な点が残るように思われる。小松は『陰上』を『ホト』にあて、『陰』は一般に〈陰部〉という意味で——すなわち、それによみをあたえることを前提とせずに——もちい」たと説明するが、㋕の場合も文字列の理解にかかわる注という視点で一貫しうるように思われる。『古事記』には陰部を表す正訓字表記には「陰」「陰上」の二種があるため、㋕の付された「於梭衝陰上而死」は「於梭衝陰/上而死」と「於梭衝陰上/而死」と二つの解釈が可能である。㋕は「陰上」を切り出してホトの訓を与えることで、前者の解読の可能性を排除するという側面もあるのではあるまいか。

(24)旧稿「『古事記』音読注・訓注の施注原理」(註(13)参照)が論じ尽くせなかった諸問題については、前掲山口「『古事記』訓注小考」、同「古事記における訓注の性格」(ともに註(13)参照)が国語学の観点から網羅的に検討を加えている。

(25)真福寺本は「小石比賣命」を脱す。卜部兼永本の配行によれば、左のごとくである。

石比賣命(兼*691*行)→小石比賣命(兼*692*行)

(26)なお、「石梘作」(中125)については、校訂上の問題があって訓が定まらない。「石」に関していえば、イシと訓ませるためには「訓レ石如レ石」の訓注を要すると見られるので(⑬)、ここはイハと訓むべきものか。

(27)なお、さらに後の本文注「右件八十禍津日神以下、速須佐之男命以前十柱神者、因レ滌二御身一所レ生神者也」(上39〈*177*〜*178*行〉)に現れる「八十禍津日神」は、注を加える際に結果的に⑩と同じ文字列が再出したにすぎず、本文とは次元を異にする。本文とは別に扱うべきものと考えるが、神名の型を前提とした適用と見ても不都合はない。

さらに、下巻に見える「味白檮之言八十禍津日前」(下183〈*170*行〉)にまで⑩の「下效此」が及んでいると考えても不都合はないが、必ずしもそのように考えるべきではあるまい。前掲小松『国語史学基礎論』(註(9)参照)が、上巻では「麗壮夫」に対して⑫㋧と二度も注を加えているのに、中巻の「麗壮夫」(中98)、「麗美壮夫」(中112)には訓注を付さない点について、「上巻と中巻との差として理解すべきかとおもわれる」と述べているのが参考になる。少なくとも、「下效此」は一律に下文全体を覆うのではなく、「下效此」が承ける訓注の働きに連動するものであることを改めて確認しておこう。

(28) 後に見える「胸形之奥津宮」（上43〈220行〉）に訓注がないことについては、「石」「金」の場合と同様、⑧の「下效此」がここまで及んでいると解する必要はない。所与の文字列から胸形神社のオキツ宮であることは容易に判断され、同時に直下に「中津宮」「邊津宮」がつづくことで、海上のオキ・ナカ・ヘであることも容易に理解される。それゆえ訓注は必要がないと考えられる。

(29) ③以前に「別天神」（上26〈49行〉）が存在するので、訓注③はこの「別《こと》」を意識している可能性が高い。

(30) 具体例とその所在は左のごとくである。

建依別（上29〈75行〉）・天之忍許呂別（上29〈76行〉）・白日別（上29〈77行〉）・豊日別（上29〈77〜78行〉）・建日向豊久士比泥別（上29〈78行〉）・建日別（上29〈78行〉）・天御虚空豊秋津根別（上30〈80〜81行〉）・建日方別（上30〈82行〉）・大多麻上流別（上30〈83行〉）・大戸比別神（上30〈86行〉）・風木津別之忍男神（上30〈87行〉）・天石門別神（上75〈535行〉）・天石戸別神（上75〈538行〉）。

(31) このように捉える上で問題となるのは、「持別」以後に現れる「天石門別神」（上75〈535行〉）、「天石戸別神」（上75〈538行〉）であるが、『古事記伝』（十五之巻）が指摘するように、「彼石屋戸段の時、天石屋の戸を、開け分けたる意の如く聞ゆ」るために訓注が不要であったとも考えられるし、またそれ以前の用例数の多さによる理解の定着が前提となっていることも考えられる。いずれにしても「下效此」が無条件に下文に及ぶわけではないことをここでも確認しておきたい。

(32) 歌謡を除いて全文を音仮名表記した例がないのは、律文のもつ音律条件なしには音仮名専用文の解読が困難だからである。

(33) 以音注が施された箇所は太安萬侶が原表記を音仮名に書き換えた行為に対する断り書きとする案が毛利正守「『古事記』音注について(上)(下)」（『芸林』一八巻一・二号〈一九六七年二・四月〉）、同「古事記音注私見」（『万葉』八三号〈一九七四年二月〉）によって提出されているが、小松『国語史学基礎論』（註(9)参照）、西宮一民「古事記上巻文脈論」（『国語と国文学』五三巻五号〈一九七六年五月〉。西宮『古事記の研究』〈一九九三年、おうふう〉所収）などに批判があり、成立の見込みはない。小松・西宮論がいうように、以音注を伴わない音仮名表記箇所は「辞理」「意況」の「解り易き」場合と捉えることができ、毛利がいうように原資料にもともと音仮名で書かれていた部分と考える必要はない（なお第二章第四節参照）。

（34）真福寺本は「阿那迩夜志、愛上袁登賣袁」を欠くため、卜部兼永本の配行によって関係を示せば次の通りである。

⑭阿那迩夜志、愛上袁登古袁（上28〈兼104～105行〉）↓阿那迩夜志、愛上袁登賣袁（上28〈兼105～106行〉）

（35）西宮一民編『古事記 修訂版』は「也」を「之」に誤る。

（36）なお㉗は、さらに後の「答㆔言吾者、伊㆓都岐奉于倭之青垣東山上㆒」（上63〈425～426行〉）および「如㆑拝㆓吾前㆒、伊都岐奉」（上75〈535～536行〉）には関与しないと解される。前者は正訓字専用の「者」と「奉」とに挟まれた環境に音仮名専用字である「伊」「岐」を含む「伊都岐」という文字列が現れるのであり、正訓字と読み誤られる可能性はまずない。後者も同様である。これに対し、㉗およびその適用例の「以伊都久」という文字列の場合、『古事記』では意識的に避けられているとはいえ、「以」は『日本書紀』『万葉集』などではイの音仮名として頻繁に用いられる文字であり（そもそも平仮名の「い」の字母である）、それゆえ「伊」以下三字に以音注が必要なのである。

（37）なお、前掲神野志・山口「古事記注解の試み（五）」（註(20)参照）で、神野志は「適用例のない『下效此』があるのかどうか。久田前掲論文はその類を認める（ことは別に、四例）のだが、なお慎重に考えるべき問題として留保したい」と、あたかも旧稿（註(13)参照）が適用例のない「下效此」四例の存在を認めているかのように述べているが（「以為生成国土生奈何」の項）、これは旧稿を正確に読まなかったことによる誤認である。適用の可能性はすべて示してあり、例外は㊳のみであることも旧稿には明記している。なお、旧稿では㊳についてのみ「今のところ㊳のかかる所を見出だし難い」としたが、本節では神武記との関係を最も有力なものと修正しておきたい。

（38）㊳のみ若干の問題を残すが、「下效此」についていえば神武記の類同詞章が意識されているものと見られ、安藤・倉野両論のいうレベルの矛盾はない。注の重複を矛盾・不統一と捉えるべきでないことは、述べてきたごとくである。

（39）このように捉える上で、問題となるのはやはり訓注①の例外的な射程の長さである。しかし、①が当初からはるか下文に現れる（はずの）「高天原」を射程に収めていたか否かは疑問である。①が例外的に「高下天」という限定をもつのは、①の施された本文が「天地」「高天原」「天之御中主神」という三つの「天」字を含むからであり、「高下」は三つの「天」の中から「高天原」のみを特定するための手段と考えられる。この限りで、①は他の訓注と同様に、きわめて文字列に即した一回的な性格を強く帯びているのである。しかし、①が事実として真福寺本の配行で上巻181行以下に計九度現れる「高天原」の訓みを規定することも確かであるといわねばならない。

こうした事情については、㋑㋺・㋩を媒介とすることにより、以下のように説明できるのではあるまいか。すなわち、「天之常立神」「国之常立神」が対応する同一構造の神名であることを考えれば、㋑㋺に「下效此」とあってもよいはずであるが、実際には㋩に「訓常立亦如上」と「下效此」とは逆の方向による注記が見られるのである。この直後にも「此二神名亦以音如上」（上27〈54行〉）という「次伊耶那岐神。次伊耶那美神」に対する以音注が見えるので、この辺りの訓注・以音注の施注態度は、いわば「上に効ふ」方式といえる。厳密にいえば、訓注・以音注を他に及ぼす方法としては「如上」と「下效此」の二つがあったと認められるのである。しかし、「如上」によって後から確認する方式は、効うべき例が出現するたびに「如上」を書き加えねばならず、きわめて煩雑である。③以下がすべて「下效此」に統一されてゆくこと、「如上」が右の二例のみであることからいえば、安萬侶は省注の方法としては最終的に「下效此」を採択したことになる。つまり、「下效此」は編纂作業当初から『古事記』を貫く統一方式として決定されていたわけではなく、施注作業の過程で「如上」に代わって選択された方式であったということもできるのである。こうした施注方針の変更の跡がそのまま残るのは、『古事記』の編纂に要した時間がわずかに四か月余という、かなり急がねばならない事情があったことによるであろう（矢嶋泉「元明朝の『古事記』」〈矢嶋『古事記の歴史意識』、二〇〇八年、吉川弘文館〉参照）。

以上を踏まえて、改めて①を見るならば、「下效此」による施注作業がある程度進捗した段階における見直し作業の中で、「高下」の限定によって、真福寺本の配行で一三七行の間に挟まれた「天」字に誤読の可能性がないことに着目して、「下效此」が付加されたのではないかと推測することもできる。①に付帯する「下效此」の異質性については、現時点では、このように解しておく。

(40) 亀井孝「古事記は よめるか」（註(2)参照）。

(41) いわゆる訓注と以音注とを合わせた用語。

(42) 註(41)に同じ。

(43) 卜部兼永本をはじめとする卜部系諸本によれば、真福寺本ではd_2型に属する、

　宇岐士摩理蘊理多々斯弖（自宇以下十一字以音。）（上75）

の以音注部分は「自宇以下十一字亦以音」とあり、この形を認めればさらに一形式ふえることになる。ここでは西宮編『古事記 修訂版』に従って、卜部系諸本の形式は採用しなかった。

(44)「火之夜藝速男神」に付された以音注「夜藝二字以音也」(上31)のように、末尾に文末助字「也」をもつ例が少なからず認められ、これを考慮した分類も考えられるが、注の機能に重心をおき、ここでは無視して分類した。

(45) Aの唯一の例外は左の例である。

　宇迦能山三字以音。之山本(上56)

この例の場合、記述様式を異にするが、近接して〈連体助詞ノ+山〉と訓むべき文字列が現れるので〈宇迦能山〉と〈宇迦能山之山本〉)、まずは以音注の位置によって「宇迦能山=之山本」という語構成を示したものと見られる。「宇」「迦」二字がともに音仮名専用字であること、および「山」が正訓字専用であることが、こうした異例の以音注の条件として働くものと考えられる。a_1のように「此」字がないのも、これに応じた措置といえる。

(46) 真福寺本・兼永本には「此王字以音」とある。西宮編『古事記 修訂版』は「此十二字以音」と改めるが、当該例は王号をもつ人名が頻出する系譜文脈中のものであること、また直前には「自沙本毗古以下三王名皆以音」(中107)という以音注が見えることから、ここは度会延佳『鼇頭古事記』や『古事記伝』のように「此王名以音」と校訂するのが穏当であろう。なお、本節に示した諸形式の数は「此王名以音」とする校訂に基づいて算出した。

(47) 野口武司「『古事記』所見の神名人名音註」(野口『古事記及び日本書紀の表記の研究』〈一九八三年、桜楓社〉所収)。

(48) さらにいえば、野口は㋦を同一系譜として扱うが、i ii の末尾に計数注が置かれているように、i ii はそれぞれ一つの系譜単位を成している。また iv 以下は伊耶那美の吐瀉物その他から化成した神とその子の系譜であり、内容的に i～iii とは異質である。㋦全体を同一系譜と捉えるのには無理があるといわねばならない。

(49) 開化記に「日子坐王」が「天之御影神之女」である「息長水依比賣」を娶して「丹波比古多々須美知能宇斯王」を生んでいる例があり(中107)、「大山津見神之女」であることが「神」であることを保証する条件とはならない。

(50) b_7～b_{10}の形式は系譜文脈において后妃との間に生まれた皇子女に適用される場合が多いが、しかし、⑧と類似する例が垂仁記に見え、そこでは后妃に対してb_9形式の以音注が施されている。

　又娶其沼羽田之入日賣命之弟、阿耶美能伊理毘賣命此女王名以音。(b_9)生御子……(中115)

(51) 崇神記の「伊玖米入日子伊沙知命」に付された「伊久米・伊沙知六字以音」(中109～110)がそれである。

(52) 第三章第一節に触れたように、形式のみならず施注方針自体も施注作業の流れの中で変化する場合が認められる。こうしたありようは全体を俯瞰した上での統一とは異なるが、編纂・施注の動態としては統一が図られているということができる。こうした動的な編纂の様相を見せるのは、安萬侶に与えられた時間の少なさと関係があろう。『古事記』の編纂が急がれた理由については、矢嶋「元明朝の『古事記』」（矢嶋『古事記の歴史意識』〈註(39)参照〉）を参照されたい。

(53) 先行する「天之常立神」に対する訓注「訓㆑常云㆓登許㆒、訓㆑立云㆓多知㆒」（上26）を承けて、「国之常立神」に対する訓注を「訓㆓常立㆒亦如㆑上」（上26）と処理し、また「波迩夜須毗古神」に対する以音注「此神名以㆑音（b_1）」（上32）を承けて、「波迩夜須毗賣神」に対する以音注に「此神名亦以㆑音」と注するのも、まったく同じありようといえる。

(54) なお、辻憲男「『古事記』音読注の諸形式」（『親和国文』一九号〈一九八四年十二月〉）、同「『古事記』音読注の『重複』『矛盾』をめぐって」（『親和国文』二〇号〈一九八五年十二月〉）も、独自に以音注の形式を分類し、不統一・矛盾という古典的な評価を与えている。その帰結するところは、もちろん例の非一元的な成立過程論である。

(55) ついでながら、本節1に引いた「粟國」の擬人名「大宜津比賣」（㋑）については、その直下にa_1による以音注が、また〈神生み〉条の㋒にはb_1による以音注が、さらに〈五穀の起源〉条の㋓㋔㋕では以音注が省略されているが、こうしたありようについても基本的に文字テクストの条件に応じたものと見ることができる。すなわち、〈五穀の起源〉条の㋓は、「又、食物乞㆓大氣都比賣神㆒」（上47）と物語が開始されるので、㋓㋔が食物神たることは明らかである。しかも、すぐ後に「大宜都比賣神」（㋕）という異字表記が現れるので、以音注を付さずとも相補的にオホゲツヒメという訓は保証されている。なお、神名ではない㋑は以音注が必要だが、「粟國」の擬人名ゆえ「此神名以音」という形式は採用しえない（ここではa_1が採用されている）。また、系譜文脈中の㋒は、神名であることについては文脈の保証があるものの、食物神という保証はない。以音注が必要とされる所以だが、ここは神名であることに着目してb_1による簡略化の方式が採られている。

(56) 「以㆑歌白㆓於天皇㆒曰」（歌謡15、中98）、「以㆑歌答曰」（歌謡16、中98）、「御歌曰」（歌謡27、中134ほか。「御歌曰」の引用形式はこれ以外に七例ある〈歌謡29 33 39 42 43 44 49〉）、「答㆓御歌㆒曰」（歌謡28、中134）、「為㆑歌曰」（歌謡34、中137）、「獻㆓御歌㆒曰」（歌謡55、下168）、「送㆓御歌㆒曰」（歌謡59、下170）、「以㆑歌語曰」（歌謡72、下176）などの例外も認められるが、これらは物語の文脈に応じた変形と見てよい。

(57) 亀井孝「古事記は よめるか」（註(2)参照）が説いたように、序文の「或一句之中、交㆓用音訓㆒、或一事之内、全以㆑訓録」（序24）という筆録方針は、正訓字による表意表記を基軸に据えることの宣言であった。音訓交用表記（「交㆓用音訓㆒」）

は必要に応じて混用されるにすぎない。「言」（「詞」すなわち表現するもの）と「意」（「心」すなわち表現されるもの）とに分節されるやまとことばの、「言」の面をとくに文字化する必要がない場合には、「敷文構句」の様式《スタイル》が漢文体に近づくことは当然ありうることがらであった（本書第二章第一節参照）。そもそも漢字は中国起源の表意文字であり、漢文体は表意表記の最も安定した姿だからである。福田良輔「古事記の純漢文的構文の文章について」（九州大学『文学研究』四四号〈一九五二年十一月〉。福田『古代語文ノート』〈一九六四年、南雲堂桜楓社〉所収）は、純漢文的構文で書かれた部分について、王権の権威・神聖性などを説くために中国思想に基づいて潤色した場合と、『古事記』のテーマにとって本質的でない部分を概述する場合という積極／消極両ケースを指摘しているが、そのいずれもが右の説明に矛盾しない。

(58) 築島裕「変体漢文研究の構想」（東京大学『人文科学科紀要（国文学・漢文学）』一三輯〈一九五七年八月〉。築島『平安時代の漢文訓読語につきての研究』〈一九六三年、東京大学出版会〉所収）。

(59) 西宮一民『日本上代の文章と表記』I部第一章第一節「古事記の文章」（一九七〇年、風間書房）。

(60)『古事記』の文体を、日本語を記述するための様式とする発想は、すでに本居宣長『古事記伝』に見えているが（一之巻「文体の事」）、宣長の見解は漢文で書かれた『日本書紀』との二項対立的な関係を想定することによって導かれた予見という色彩が強く、具体的な検証を経たものとはいいがたい（本書第一章第一節参照）。

(61) ただし、宣長は『古事記』の文体を単純に口誦のそれと等号で結んでいるわけではなく、「此記は、彼《ノ》阿礼が口に誦習《ヨミナラ》へるを録《シル》したる物なる中に、いと上《ツ》代のまゝに伝はれりと聞ゆる語も多く、また当時《ソノトキ》の語《コトバ》つきとおぼしき処もおほければ、悉《コトゴト》く上《ツ》代の語には訓《ミ》がたし」とも述べている（一之巻「訓法の事」）。

(62) 金岡孝「古事記の万葉仮名表記箇所（歌謡・固有名詞を除く）」（松村明教授還暦記念会編『松村明教授還暦記念 国語学と国語史』〈一九七七年、明治書院〉）。

(63) 倉野憲司「古事記の文章」（『国語と国文学』七巻四号〈一九三〇年四月〉）は「対偶法」「反復法」「列挙法」「倒置法」「承遁法」などの修辞技法に「語部の伝誦」の残照を見出そうとしている。

(64) 小島憲之『上代日本文学と中国文学 上』（一九六二年、塙書房）が具体的な出典を示しながら説いたように、漢語「誦習」が文字資料を前提とする営為であることは動かない。また、声注についても、序文にいう「辞理叵レ見、以レ注明、意況易レ解、更非レ注」に対応して、文字・文字列の「辞理」「意況」の「見え叵き」場合に施されたものであることが、小松英雄『国語史学基礎論』（註(9)参照）、山口佳紀「『古事記』声注の一考察」（『万葉』一三〇号〈一九八八年十二月〉、山口『古事記の表記と訓読』（註(13)参照）によって明らかにされている。

(65) 西宮一民「古事記の文体を中心として」（上田正昭編『日本古代文化の探求　古事記』〈一九七七年、社会思想社〉）の所説に従って、接続詞（「尓」「故」「乃」「於是」など）・文脈指示語（「其」「然」「如此」など）・現場指示語（「是」など）を一括して「接続語」と呼ぶ。

(66) 西尾光雄「古事記の文章」（『国語と国文学』三二巻五号〈一九五五年五月〉。西尾『日本文章史の研究　上古篇』〈一九六七年、塙書房〉所収）。

(67) 数値化することに過剰な意味をもたせるわけにはいかないけれども、比較のために前掲西尾「古事記の文章」（註(66)参照）に倣って、『出雲国風土記』『播磨国風土記』における接続語の文頭使用率を示す（ただし、比較を単純化するために、西尾が調査の対象に含めた「指示代名詞」は除いた。接続語の認定のしかたによって、数値が変動する可能性は否定できず、あくまでもおおよその目安にすぎないことを確認しておきたい）。

『古事記』　序文39％　上巻75％　中巻74％　下巻65％
『出雲国風土記』　14％
『播磨国風土記』　37％

(68) 小島憲之「古事記の文体」（『国語国文』二〇巻二号〈一九五一年四月〉）。さらに小島『上代日本文学と中国文学　上』（註(64)参照）、同『国風暗黒時代の文学　上』（一九六八年、塙書房）にも発展的に継承されている。

(69) 漢文一般の「――。故、――」の型ではなく、「―故《がゆゑに》、――」のように、前文を終結させずに下文につづく型をいう。

(70) なお、尾崎知光「古事記の文体に関する序説的考察」（『名古屋大学文学部研究論集』Ⅳ〈文学2〉、一九五三年三月）は、漢訳仏典などからの影響を全面的に否定し、「語ることから必然的に生みだされた特殊的表現」とする。

(71) 小島『国風暗黒時代の文学　上』（註(68)参照）。

(72) 小島『上代日本文学と中国文学　上』（註(64)参照）。

(73) 小島憲之「古事記の文体をめぐって」（『国文学　解釈と鑑賞』二五巻一四号〈一九七〇年十二月〉）。

(74) 尾崎「古事記の文体に関する序説的考察」（註(70)参照）。

(75) 論理を透明にするために、小島「古事記の文体」（註(68)参照）、同「古事記の文体をめぐって」（註(73)参照）、西宮「古事記の文体を中心として」（註(65)参照）が接続詞と並んで頻用を指摘する「其」「是」「此」「如此」などの文脈指示語や現場指示語を検討の対象から外した。

(76) 青木伶子「接続詞および接続詞的語彙一覧」（鈴木一彦・林巨樹編『品詞別日本文法講座　接続詞・感動詞』〈一九七三年、明治書院〉）。

(77) 池上禎造「中古文と接続詞」（『国語国文』一六巻一号〈一九四七年二月〉）、永山勇「接続詞の誕生と発達」（『月刊　文法』二巻一二号〈一九七〇年十月〉）など。

(78) 前掲青木論（註(76)参照）によれば、接続語の種類において『古事記』と宣命との一致が認められるが、宣命のことばに漢文訓読語の影響があることは通説といってよい。

(79) 藤井貞和「日本神話の〈語り〉の構造」（『日本文学』三〇巻五号〈一九八一年五月〉。藤井『物語文学成立史』〈一九八七年、東京大学出版会〉所収）。

(80) 石母田正「古代文学成立の一過程」（『文学』二五巻四・五号〈一九五七年四・五月〉。石母田『日本古代国家論　第二部』〈一九七三年、岩波書店〉および『石母田正著作集　第四巻』所収）。

(81) Cの部分は「童女《わらはめ》の／胸鉏取《むなすきと》らして／大魚《おほいを》の／きだ衝《つ》き別《き》りて／はたすすき／ほふり別《き》りて／三身《みつみ》の／綱打《つなう》ち挂《か》けて／霜《しも》黒葛《つづら》／くるやくるやに／河船《かはぶね》の／もそろもそろに／國々来々《くにこくにこ》と引《ひ》き来縫《きぬ》ひし國《くに》は」のように、おおむね短（五音±）／長（七音±）の韻律構造となっている。

(82) 「八穂米」は内山真龍『出雲風土記解』（寛政六〈一七九四〉年の写本が伝わる）の所説により「八穂尓」と校訂される場合が多いが、諸写本に「八穂米」とあり、これによるべきである。「八穂米《やほしね》」はたくさんの穂をもつ稲の意で、それを杵で搗くことから「杵築」（511・530・533行に「杵築郷」とある）にかかる枕詞と解される。

(83) 石母田「古代文学成立の一過程」（註(80)参照）が指摘するように、A冒頭の「所㆔以号㆓意宇㆒者」とE末尾の「故、云㆓意宇㆒」とは、この神話を地名起源説話化するための付加的な部分であり、Eの「故」は考察の対象から外しておくべきだろう。現に「故、云——」は地名起源説話の結末を示す基本形式である。なお、Aの末尾近くに見える「故」も、接続語「故《かれ》——」としてではなく、「初國小《はつくにちひ》さく作《つく》れるが故《ゆゑ》に、作《つく》り縫《ぬ》はむ」と和文式に訓むことも可能である。その場合は、この

「故」も対象から外れる。

(84)〈国引き詞章〉に用いられている「以此而」はココヲモチテと訓むものと見てよいが、早く山田孝雄『漢文の訓読によりて伝へられたる語法』(一九三五年、宝文館)が指摘したように、接続詞ココヲモチテは漢語「是以」の訓読を通じて和語にもたらされた語彙である(この場合、訓読語ココヲモチテを再文字化したのが「以此而」である)。また、Aに見える「故」が和文型の「〜ユヱニ」ではなく、接続語カレを表すとすれば、これまた漢語「故」の訓読を通じて和語に定着したものである。古代の散文中、最も口誦性の濃厚なものの一つとされる〈国引き詞章〉にあっても、文字化に際して漢字・漢文の影響から自由ではありえなかった事実に、改めて目を向けないわけにはいかない。

(85)池上禎造「中古文と接続詞」(註(77)参照)、永山勇「接続詞の誕生と発達」(註(77)参照)など。

(86)祝詞や出雲国造神賀詞に見える「是以(ここをもちて)」「依此弖(これによりて)」「即(すなはち)」「然毛(しかあれども)」「乃(すなはち)」「是尓(ここに)」なども、すべて訓読語であることが指摘されている(大坪併次「漢文訓読における接続詞」〈『月刊 文法』二巻一二号、一九七〇年十月〉)。

(87)『古事記』の散文本文において、音仮名を用いて和語の助詞・助動詞が文字化された例は左のごとくである。

助詞	用例数	例
ノ	50	為㆓美斗能麻具波比㆒(上28)
テ	9	宇士多加礼許呂々岐弖(上35)
ニ	7	久美度迩(上28)
モ	5	奴那登母々由良迩(上42)
ヤシ	4	阿那迩夜志愛㆖袁登古袁(上28)
ヲ	4	阿那迩夜志愛㆖袁登古袁(上28)
ト	4	為㆓如㆑此㆒登(以音注略)詔(上44)
コソ	3	吐散登許曽(上44)
ノミ	1	木花之阿摩比能美(上78)
ツツ	1	布伎都々(上36)

助動詞	用例数	例
キ	5	啼伊佐知伎也(上40)
ス	5	於㆓天浮橋㆒多々志(上65)
ズ	4	登賀米受而(上44)
ケリ	4	我子者不㆑死有祁理(上68)
ナリ	3	伊多久佐夜藝弖(以音注略)有那理(上65)
リ	2	久羅下那州多陁用弊流之時(上26)
ラシ	1	不㆑平坐良志(中91)
ム	1	真事登波牟(中121)
シム	1	能見㆓志米岐其老所㆒在(下209)

助詞　用例数　　例
ガ　1　伊賀（以音注略）所二作仕奉一（中94）
ハヤ　1　阿豆麻波夜（中133）

これ以外に、〈国譲り〉条における服属の献饌詞章中に「八拳垂麻弖（マデ）」（上73）、神武記歌謡九の歌句「亞々〈音引〉志夜胡志夜」に対する説明ないし注記に「此者伊能碁布曽（ソ）」（中94）が見えるが、いずれも散文本文の例とはいいがたい。右の二例を除き、散文本文に音仮名で文字化された付属語は助詞九〇、助動詞二八、計一一八例であるが、圧倒的な用例数を誇る連体助詞ノ五〇例のうち、四二例は「弥都波能賣神」（上32）などのように固有名詞に現れるもので、純粋に散文本文の叙述とはいいがたい。これを除けば、散文本文中に音仮名で文字化された付属語の数は、助詞四八、助動詞二八の計七六例にまで減少する。注目されるのは、これらのうち、半数近くの三五例が会話文に集中することで、こうした傾向からは、登場人物の発話を活写し、会話に臨場感をもたせようとする意図がうかがえる。たとえば、「我子者不レ死有祁理」（上68）は、亡き天若日子に生き写しの神を見た父親の驚きが、また「阿豆麻波夜」（中133）は亡妻に対する倭建命の想いが、それぞれ気づきの助動詞ケリや助詞ハヤによって巧みに表現されている。このような場合、漢文助辞によって「我子者不レ死有哉」などと文字化するよりも、和語のケリを直接音仮名表記する方が効果的と判断されたものと考えられる。また、それ以上に、和語のケリに適合する漢文助辞を見出すことが困難であったといった事情もあったであろう。

　また、それ以上に顕著な傾向は、散文本文中に助詞・助動詞が音仮名で文字化された例の多くは、「宇士多加礼許呂々岐弖」（上35）、「久美度迩（上28）」などのように、正訓字で表すことが困難なことばを音仮名で文字化したその連続性の中で、通常は漢文助辞によって表されるはずの、あるいは文字化されないはずの助詞・助動詞が音仮名で書かれてしまった場合が多く認められることである（「美斗能麻具波比」〈上28〉、「阿摩比能美」〈上78〉、「布伎都々」〈上36〉、「伊賀」〈中94〉、「啼伊佐知伎」〈上40〉、「登賀米受而」〈上44〉、「久羅下那州多陁用弊流」〈上26〉、「真事登波牟」〈中121〉などもその例である）。

　要するに、変体漢文による『古事記』の散文本文にあっては、原則的に音仮名で助詞・助動詞を文字化する方針は確認されないのである（矢嶋泉「人麻呂歌集略体表記の位置」〈稲岡耕二編『声と文字　上代文学へのアプローチ』一九九九年、塙書房〉参照）。

（88）　念のために確認しておけば、接続語の多くが漢語・漢文に由来するとはいえ、漢文自体には接続語の使用はきわめて少ない。当然ながら『古事記』における接続語の頻用という事象について漢文由来だというわけではない。『日本書紀』の中では紀年を立てない神代巻上下（巻第一・二）に比較的多くの接続語が用いられているが、『古事記』とは比較にならないほど少量である。漢文体の規制によるといえよう。

(89)　小林芳規「古事記音訓表(上)(下)」（『文学』四七巻八・一一号〈一九七九年八・十一月〉）によれば、序文を除く上中下三巻の延べ字数約四万五千字（異なり字数一四八二）のうち、使用回数五〇一以上の文字は「之」「者」「以」「而」「其」「此」「神」「御」「子」「天」「命」の一一字にすぎず、「主として国語の助詞（中略）を表わしたりテニヲハに近い働きをする助字」（「之」「者」「以」「而」）や『古事記』の叙述内容に関係の深い」漢字（「神」「御」「子」「命」）に並んで「指示の代名詞を主に表わす」「其」「此」字の多用が数値の上でも確認される。なお、「此」字の使用頻度の高さは、「此四字以音」（上29）、「此還矢之本也」（上68）、「此王者、吉備品遅君・針間阿宗君之祖」（中109）などのように、本文の記述を「此」で受ける注記（以音注・解説注・氏祖注）や、訓注・以音注に付帯する「下效此」の量にも関係がある。こうした注記に見える「此」は二百余例を数えるが、ここでは散文本文のみを考察の対象とし、注記中の例については対象外とする。

(90)　毛利正守「古事記の指示語について」（高原先生喜寿記念会編『高原先生喜寿記念　皇学論集』〈一九六九年、皇学館大学出版部〉）。

(91)　小島『上代日本文学と中国文学　上』（註(64)参照）、西宮「古事記の文体を中心として」（註(65)参照）。

(92)　小島『上代日本文学と中国文学　上』（註(64)参照）。

(93)　ほとんどの注釈書は「八尺勾璁・鏡」にかかるとするが、倉野憲司『古事記全註釈　第四巻　上巻篇(下)』（一九七七年、三省堂）は、「八尺勾璁」以下「天石門別神」までかかるとする。しかし、『古事記伝』に「鏡と剣との間《アヒダ》に、及《マタ》と云るは、上の遠岐斯《ヲキシ》の言、璁鏡《タマカガミ》へのみ係《カカ》りて、剣は異時《コトトキ》の物なる故に、其《ソ》を隔《ヘダテ》むためなり」（十五之巻）とあるように、「異時《コトトキ》の物」である「草那藝釼」をも「其遠岐斯」に含むと見るのには無理があろう。なお、後述するように、『古事記伝』には別案として、「又上の五伴《ノ》緒《ノ》神、即《チ》彼《ノ》段に遠伎《ヲキ》し神たちなれば、直《タダ》に上文を指《シ》て、其神たちの遠伎《ヲキ》しと云意ともすべければ、曽能《ソノ》と訓《マ》むもあしからじ」（十五之巻）とも述べているが、「遠岐《ヲキ》」および「八尺勾璁鏡《ヤサカノマガタマカガミ》」の注釈では、「其とは、石屋戸《ノ》段の事を指《サシ》て云」と解釈する立場で一貫しており、右は結局のところ別案にとどまっている。

(94)　倉野憲司「宣長の古事記訓法の批判」（『古事記年報』二〈一九五五年一月〉）。

(95)「故介反降。更往廻其《カノ》天之御柱如先」(『古事記伝』五之巻)、「射殺其《ソノ》雉」(同十三之巻)などのほか、不読の例もある(「此鳥者其鳴《ナクコヱ》甚悪」〈同十三之巻〉)。

(96) 冒頭に示したA末尾に「故、取二此大刀一思二異物一而、白二上於天照大御神一也。是者草那藝之大刀也」とある。

(97) 倉野憲司『日本神話』(一九三八年、河出書房)。

(98) 三品彰英「天岩戸がくれの物語り(上)(中)(下)」(『神道史研究』二巻一・二・三号〈一九五四年一・四・七月〉。『建国神話の諸問題 三品彰英著作集 第二巻』〈一九七一年、平凡社〉所収)。なお、引用は『三品彰英著作集 第二巻』による。

(99) 西郷信綱『古事記の世界』(一九六七年、岩波書店)。

(100) 西郷信綱「大嘗祭の構造(上)(下)」(『文学』三四巻一二号・三五巻一号〈一九六六年十二月・一九六七年一月〉。西郷『古事記研究』〈一九七三年、未来社〉所収)。

(101) 西郷『古事記の世界』(註(99)参照)は〈天石屋神話〉に反映する鎮魂祭と〈天孫降臨神話〉に反映する大嘗祭とは、それぞれ十一月中寅、中卯の日に行われ、日付けの上で連続することを強調する。

(102) ただし、『日本書紀』神代下・第九段本文には「天磐座」とあり、一書のみを取り上げることには問題がある。

(103) 三品「天岩戸がくれの物語り(上)(中)(下)」(註(98)参照)にも「天孫降臨の段に、天孫に授けられた神器について、『ここにかの招《を》禱《き》し八尺の勾璁、鏡、また草那藝剣云云』と記しているのは、『古事記』自らが、神器に関して岩戸がくれの段のそれとが不可分な関係にあることを語っている」(傍点原文)という言説が見え、また西郷信綱『古事記注釈《(ママ)》 第二巻』(一九七六年、平凡社)にも「『其』《(ママ)》は天の岩屋戸の段をさす。このようないい方のなかにも、降臨の段と岩屋戸の段とが不可分の関係にあることが示されている」という言説が見える。

(104) 北川和秀「古事記上巻と日本書紀神代巻との関係」(『文学』四八巻五号〈一九八〇年五月〉)は、『古事記』上巻と『日本書紀』神代巻の観察を通じて、素材レベルにおける複数の系統と記紀の編纂態度の違いを明らかにしている。

(105) 西郷信綱「古事記研究史の反省」(『日本文学』一五巻九号〈一九六六年九月〉。西郷『古事記研究』〈註(100)参照〉所収)。

(106) なお、日本古典全書『古事記 上』(神田秀夫・太田善麿校註、一九六二年、朝日新聞社)は、「其」字の上の「故」を問題としつつ「この接続詞は唐突であるが、須佐之男命の神裔の系譜に続くのであらう。編輯の形跡がある」と述べている(二四九頁頭注)。

(107) 柳田国男「石神問答」（『定本柳田国男集　第一二巻』〈一九六三年〉）、折口信夫『日本文学史ノートⅠ』（一九五七年、中央公論社）、西田長男『古代文学の周辺』（一九六四年、桜楓社）、同『日本神道史研究　第十巻』（一九七八年、講談社）。なお、中沢見明『古事記論』（一九二九年、雄山閣）は『古事記』そのものの平安朝偽作を主張する。

(108) 指示の遠さについての説明は諸説一様でない。柳田「石神問答」（註(107)参照）、折口『日本文学史ノートⅠ』（註(107)参照）は単に大年神系譜の攙入を想定するにすぎないが、西田『日本神道史研究　第十巻』（註(107)参照）は大年神系譜とともに、大國主神の物語群の挿入をも考える。また中沢『古事記論』（註(107)参照）は、一度須佐之男系譜に大年神系譜を連接させた後の大國主神の物語群の挿入を想定する。

(109) 形成論的なアイデアを持ち込むことで、仮に事例Xが説明しえたとしても、同じ説明原理をYやZなどに当てはめることは、ほとんどの場合困難である。第二・三章を通じて検証してきたのは、そうした単線的な思いつきのうず高い残骸の山であった。

(110) これ以前にも大國主神の名は見えており、それらをも承けると考えるべきだが、④$_{2}$に最も近いのはこの例である。

(111) ⑤のみ⑤$_{1}$のすぐ後（真福寺本の配行で四行後）に弟橘比賣命を表す「其后御櫛」が見える。これを考慮するとしても、その後の五五行の間は弟橘比賣命をさす語は現れない。こうしたありようは基本的に②（あるいは①）と同様である。

(112) 毛利「古事記の指示語について」（註(90)参照）。

(113) 吉井巌「古事記における神話の統合とその理念」（『国語国文』三四巻五号〈一九六五年五月〉。吉井『天皇の系譜と神話』〈一九六七年、塙書房〉所収）。

(114) ⑥の場合もそうであったが、こうした統合のしかたは、別系資料の名称をそのまま温存し、単一の名称に統一しなかったことを意味する。単一の名称に統一すれば、文脈上の不整合などという問題は起こりようもないはずだが、それを承知の上で、『古事記』は「亦名」を温存したと考えるべきであろう。「亦名」に示されるそれぞれの名で、一定の土地や集団に語り継がれ、定着した伝承は、「亦名」で語られてこそ意味をもつはずである。土地や集団の伝承を生きた形で取り込むことは、現代人が考える以上に重要なことがらであったと考える。

(115) 三品彰英「日本神話論」（『岩波講座　日本歴史　別巻二』〈一九六四年、岩波書店〉）。

(116) 〈天石屋神話〉の主人公天照大御神（天照大神）が、〈天孫降臨神話〉の原形に登場していないという松前健「大嘗祭と記紀神話」(『古代伝承と宮廷祭祀』〈一九七四年、塙書房〉)の指摘を承けた吉井巖「古事記の神話」(『別冊国文学』一六〈一九八二年十月〉)の「両伝承に共通する神々が、天降り伝承の肥大化したものにしか現れないという事実は、石屋戸伝承の成立、両伝承の連続展開の時期が、きわめて新しい、天降り伝承の完成の時期であることを語る」という指摘の意味はきわめて重いといいえよう。

終章　『古事記』論の可能性

——統一と不統一を越えて——

1

統一と不統一、整理と未整理——この背反する二面を内包しつつ『古事記』という文字テクストはある。序文に記された編纂の経緯を考慮すれば、この一見、矛盾した様相を見せる文字テクストのありようは、数次にわたる帝紀や旧辞類の編纂過程で使用された、さまざまな文字資料の用字や文体が、時には歌謡や注記をも含んだまま切り取られ、張り混ぜられた結果なのではないかと考えてみたい衝動に誰しも一度はかられる。現に太安萬侶は「於レ姓日下謂二玖沙訶一、於レ名帯謂二多羅斯一、如レ此之類、随レ本不レ改」（序24）と序文に明記しているのだから、「日下」や「帯」以外にも「本《もと》」となった文字資料の用字が混在しているものと思われる。

そうした衝動に学問的な装いを凝らし、研究史的な一大潮流を形成したのが、津田左右吉『古事記及び日本書紀の新研究』（一九一九年、岩波書店）(1)が骨格を示し、倉野憲司「帝皇日継と先代旧辞」（『文学』第四巻第七号、一九三六年）(2)、武田祐吉『古事記研究　帝紀攷』（一九四四年、青磁社）(3)、同『古事記説話群の研究』（一九五四年、明治書院）(4)などが具体的な肉づけをしていった帝紀・旧辞論であった。

『古事記』が帝紀と旧辞とから成るという津田のアイデアは、『古事記』序文の恣意的な解釈と予見に満ちた中下巻の観察とを通じて導かれた推論にすぎないにもかかわらず(5)、斯界の好奇心を強く刺激し、成立過程への関心を一挙に開放する引き金となった。津田の『古事記及び日本書紀の新研究』刊行の三年後には、訓注と以音注の重複・矛盾を指摘して原資料の注記混入の可能性を説く安藤正次「古事記解題」(『世界聖典全集　古事記神代巻』〈一九二二年、世界聖典全集刊行会〉)(6)が書かれ、さらにその三年後には用字・記述様式の不統一を指摘して非一元的な成立過程を説いた高木市之助「古事記歌謡に於ける仮名の通用に就ての一試論」(『京城大学文学会論纂』二輯〈一九二五年十二月〉)(7)が現れている。高木の用字論はその後の研究史にも強い影響を与え、歌謡資料の複数性を説く太田善麿「古事記歌謡の原本に就いて」(『歴史と国文学』二五巻一号〈一九三一年七月〉)や、歌謡を含む複数の旧辞の形成過程に言及する倉塚曄子「旧辞に関する覚え書」(『都大論究』第五号〈一九六五年十二月〉)などの音仮名の偏向に基づく論が生み出された。

他方、倉野や武田の研究は津田の示した物語的要素と非物語的要素を指標として、中下巻を津田のいう帝紀と旧辞とに切り分けていったのである。倉野・武田両論がいずれも用字論を伴うように、そのようにして切り分けられた二つの部分は、用字・文体を含めて帝紀・旧辞の原形をとどめるものと信じられたのである。用字・用語に着目して『古事記』の文字層を古層・飛鳥層・白鳳層に切り分ける神田秀夫「古事記本文の三層」(『国語国文』二七巻二号〈一九五八年二月〉)(8)も、津田—倉野・武田の帝紀・旧辞論の影響下に生み出されたものであったことは明らかである。

一九二〇年代以降、研究史がこぞって形成過程への関心を強めていったのは、津田の帝紀・旧辞論を契機として、序文の記す成立の経緯を具体的に検証する作業が喫緊の課題となったことによるが、同時に、一九二四年五月に『史学雑誌』三五編五号に掲載された中沢見明「古事記は偽書か」以降に活発化する古事記偽書説の動向も重要な外的要因であったと考えられる。(9)本居宣長『古事記伝』がそうであったように、成立を傍証する同時代資料をもたない古事記研究史が、その成立の経緯を『続日本紀』や太安萬侶に代わって証明するという重い課題を背負いつつ始発せざるをえなかったことを、改めて想起しないわけにはいかない。津田の示す帝紀・旧辞論の肉づけを古事記研究者倉野・

武田が熱心に行ったのは、単に知的好奇心を満たすに足る課題であったというわけではなく、序文の記す成立の経緯を具体的に跡づける作業でもあったのである。[10]

用字・用語・文体・施注など、さまざまな面で認められる見かけの不統一や矛盾は、そうした形成論的な関心に応える恰好の事象であったといってよい。本来、作品自体の論理の析出を目指さねばならないはずの研究史が、現代人の狭隘な常識を唯一の判断基準として、こぞって不統一や矛盾をいい立て、乱暴にもそれぞれの信じる原資料なるものに解体していったのは、こうした古事記研究史の特殊事情によることを改めて確認しておきたい。武田・倉野の帝紀・旧辞論が、原組成の復原研究でありつつ、同時に用字論・文体論でもあったのはそのためなのである。

文字テクストに認められる矛盾や不統一は多ければ多いほど、そして顕著であれば顕著であるほど、『古事記』の素材たる帝紀や旧辞の原体裁をしのぶよすがとして歓迎され、尊重されて、ほとんど無批判に矛盾・不統一として受け入れられていったのである。その結果、安萬侶は歴史上最も無能な編者ということになり、編者というよりは、むしろ糊と鋏による切り貼りの達人として評価される仕儀となった（前掲神田論）。安萬侶による整理・統一の手腕はきわめて限定的なものと見積もられ、『古事記』は帝紀と旧辞の合成物に仕立てられたのである。

右にいう古事記研究史の特殊事情とは、こうした抑制のきかない研究史の情況を批判的に述べたつもりである。宣長が熱狂して創り上げた古事記像（第一章第一節）とは手法こそ違え、その発想と論理構造は通底しているのである。

2

しかし、指摘されてきたような不統一や矛盾は、『古事記』の論理に即して本当に不統一であり、矛盾だっただろうか。もちろん、名だたる研究者がこぞって不統一や矛盾といい立ててきたのだから、現代人の目から見て、そこに不統一や矛盾を感じる要素がないわけではない。ただ、それはあくまでも現代人の感覚に基づく評価であって、確かめてきたように『古事記』の論理に即したものではない（第二章第三〜五節、第三章第一・二・四節）。『古事記』には、『古事記』が統一ある歴史として成り立つための固有の論理と叙述のスタイルが用意され（第一章第三節）、また、その内容を具体的に記述してゆくための方針と周到な用字体系とが用意されていたのである（第二章第一〜五節）。その上で、さらに読み手が解読につまずく可能性のある場合には、序文に記された施注方針に従って読み手の理解を助ける注が加えられたり、あるいは適切な記述様式や用字が選択されるなど、必要な措置が取られているのである（第二章第二〜五節、第三章第一〜四節）。

ただし、『古事記』の文字テクストに即していえば、こうした記述方針や用字体系は今日の印刷物のように最初から最後まで不可変なものとして設定されているわけではない。文字・文字列を取り囲むさまざまな条件に応じて、記述様式や用字は変化しうる幅をもつのである（第二章第二〜五節、第三章第一・二節）。変化の契機は、当該文字環境において誤読の可能性の低いものが選択される場合をはじめとして（第二章第五節）、文字の切れつづきを示すための異化（第二章第三・四節）、修辞的な変字（第二章第四節）、先行文字への無意識の同化（第二章第三・四節）などの臨時的な場合に加え、編纂の進捗に応じて淘汰されたり、簡略化されたりする場合もある（第二章第四節、第三章第一・二節）。

こうした環境に応じた可変性をもつことが、不統一や矛盾といわれてきた事例を出来させる主な原因であるが、これまでしばしば問題とされてきた音仮名に認められる統一の不徹底は、むしろそれを前提として右のさまざまな措置が実行されているのである。逆説的にいえば、統一の不徹底こそ『古事記』の文字テクストを成り立たせる不可欠な要件であったということになろう（第二章第三・四節）。もちろん、右は仮名字母の統一を前提としてのしくみであり、主用仮名の体系に見る正訓字との競合に対する配慮は、序文の記す記述方針と表裏一体の関係にあることを、改めて確認しておこう（第二章第一・二節）。

要するに、これまで指摘されてきた不統一や矛盾は、『古事記』の文字テクストに認められる用字・記述様式・注記の形式等の可変性に対する認識と、文字テクストそのものに対する認識を欠くために与えられた評価にすぎず、『古事記』の文字テクストに即したものとはいいがたいのである。

ただし、本書で確かめえたことがらは、研究史を通じて指摘されてきた不統一や矛盾のすべてではない。上巻〈国譲り〉条において、葦原中国平定の第二の使者天若日子に天照大御神・高御産巣日神が与えた武器の名が、

a故尓、以二天之麻迦古弓（以音注略）・天之波々（以音注略）矢一、賜二天若日子一而遣。（上66〈452～453〉）

b……天若日子、持二天神所レ賜天之波士弓・天之加久矢一、射二殺其雉一。（上67〈461～462〉）

のように、微妙な食い違いを見せることは動かしがたい事実であり、こうした事例についての検討は本書ではその一部しか果たされていない（第三章第四節）。

右のabは、真福寺本の配行ではaが452～453行、bが461～462行であるから、わずか七行を挟んで弓・矢の名が変化したことになる。aは「獲物《さち》の名を冠し」たもの、bは「弓矢の材質をもって命名したもの」とする説明も試みられているが（新潮日本古典集成『古事記』〈一九七九年、新潮社〉）、むしろ名称を統一した方が弓矢の同一性は読み手に伝わりやすいと考えるのが一般的な感覚であろう。

こうした本文情況の背景に複数の資料を想定するのはたやすい。しかし、そこから『古事記』という文字テクストを素通りして、直ちに原資料に解体してゆくのでは、やはり『古事記』論の範疇を逸脱することになろう。所与の文字テクストに即して虚心に読み取るならば、bは名称を変えて現れる「天之波士弓・天之加久矢」に「天神所レ賜（天神の賜はれる）」という修飾句を加えることで、aとのつながりが確保されようとしているのである。現代人の感

覚とは異なるとはいえ、明確な意図をもった編集作業の跡といわねばならない。

また、国譲りの主体の名を「大己貴神」に統一した『日本書紀』本文の態度に較べ（神代上第八段本文、神代下第九段本文）、『古事記』では「大穴牟遅神」「葦原色許男神」「八千矛神」それぞれの物語を統括する神格として「大國主神」が存在する（物語中に「宇都志國玉神」の名も見えるが、現世における国土の領有支配者といった権能が暗示されるのみで、「宇都志國玉神」を主人公とする物語は語られていない）。「大穴牟遅神」や「葦原色許男神」や「八千矛神」などの名のもとに語られる物語は、ほぼ確実に来歴を異にするものと見られるが、それらを『古事記』という文字テクストにおいて統合するのが、左の「亦名」以下の一文と第三章第四節で扱った指示語なのである。

此神、娶二刺國大上神之女、名刺國若比賣一、生子、大國主神。亦名謂二大穴牟遅神一（以音注略）、亦名謂二葦原色許男神一（以音注略）、亦名謂二八千矛神一、亦名謂二宇都志國玉神一（以音注略）、并有二五名一。（上51）

これもまた鮮やかな編纂の跡というべきではないのだろうか。

『古事記』の文字テクストは、このような統合体としてある。それは現代人の期待する統合の姿とは異なるが、しかし、それを編纂上の不統一や不整備として資料レベルに解体してゆくのでは、ついに『古事記』論は成り立つことなく終わるしかない。こうした見かけの不統一や矛盾を含んで成る『古事記』を、あくまでも『古事記』の文字テクストのレベルに踏みとどまって捉え直そうとするのが本書の立場である。

3

そもそも序文には、諸家所賷の帝紀と本辞を対象として、天武による帝紀・旧辞の討覈・撰録作業が行われ、それに基づいて天武は帝皇日継と先代旧辞とを稗田阿礼に誦習させたと記されており、その阿礼所誦の勅語の旧辞の撰録を安萬侶は命じられたのであった。[11] 安萬侶の前には阿礼所誦の天武勅語の旧辞（と帝皇日継）があり、だからこそ「子細」に「採摭」したと明記しているのである。冒頭に引いた「如レ此之類、随レ本不レ改」とは、まさに「採摭」のしかたにかかわる言説なのである。

『古事記』の文字テクストに即していえば、その前史である天武朝の段階ですでに異系の文字資料間（帝紀・旧辞類）の用字・文体の衝突を経験しており（討覈・撰録）、さらにその衝突を強行して成った文字資料（阿礼所誦の天武勅語の先代旧辞と帝皇日継）と安萬侶の用字・文体との衝突も不可避の問題であった（「如レ此之類、随レ本不レ改」とは安萬侶の用字・文体に従って「改めた」部分が多いということを含意しよう）。要するに、『古事記』の文字テクストは、数次にわたる用字・文体の衝突の結果としてわれわれの前にあるのである。[12] そこに不統一や矛盾が存在するのは、その意味では当然なのである。

こうした文字テクストのありようは、しかし、ひとり『古事記』のみの問題だっただろうか。『類聚国史』所載の二つの『続日本紀』の上表文のうち、延暦十三年八月癸丑に藤原継縄らの奏上した上表文には次のような件がある。

是以、故中納言従三位兼行兵部卿石川朝臣名足・主計頭従五位下上毛野公大川等、奉レ詔編緝、合成二廿巻一。唯存二案牘一、類無二綱紀一。臣等、更奉二天勅一、重以討論。芟二其蕪穢一、以撮二機要一、摭二其遺逸一、以補二闕漏一。刊二彼此之枝梧一、矯二首尾之差違一。（『類聚国史』四十七巻・文部下）

石川名足・上毛野大川らが先行して編纂していた天平宝字から宝亀に至る二〇巻の歴史は「唯存二案牘一、類無二綱紀一」という状態であったので、継縄らは勅命を受けてさらに検討を加え、「其の蕪穢を芟りて機要を撮り、其の遺逸を摭ひて闕漏を補」ったというのである。要するに、継縄らが行ったのは、蕪雑な部分を削り、資料の欠を補って、文章や体裁の統一を図ったというにすぎない。上表文であるから、もちろん謙遜の意も含まれていようが、史書の編纂の肝要は「芟二其蕪穢一」以下の六句に尽きている。

「稗田阿礼所レ誦之勅語舊辞」の「撰録」を命じられた安萬侶の場合、「遺逸」や「闕漏」の補完までは要求されていなかったと考えられるが、編者としての手腕は主として「彼此之枝梧」を「刊」り「蕪穢」を「芟」って、歴史叙述として首尾を一貫させることに注がれたと考えてよい。このように安萬侶の責務を想定してみるとき、現行『古事記』の文字テクストには十分に編者安萬侶の手腕が発揮されていると見ることができるのではあるまいか。

註

（1）『津田左右吉全集　別巻第一』（一九六六年、岩波書店）所収。
（2）倉野憲司『古事記論攷』（一九四四年、立命館出版部）所収。
（3）『武田祐吉著作集　第二巻』（一九七三年、角川書店）所収。
（4）『武田祐吉著作集　第三巻』（一九七三年、角川書店）所収。
（5）津田は『古事記』序文に見える「帝紀」「帝皇日継」「先紀」をすべて同語の言い換えとする『古事記伝』以来の通説に従って、「帝紀は帝皇日継であるから、皇室御歴代の御系譜及び皇位継承のことを記したもの」とし、他方、旧辞については、『日本書紀』天武十年三月丙戌条に「令レ記二定帝紀及上古諸事一」とあるのを媒介として、「本辞は旧辞とも先代旧辞ともいはれ、上古諸事のことであるから、上代の種々の物語の記載せられたもの」という結論を導く。その上で、『古事記』中下巻が物語的要素と非物語的要素とから成ることに着目して、前者を旧辞、後者を帝紀に由来するものと推定したのである。こうした推論は結局のところ推論にすぎず、『古事記』の実態を無視したものであったことは、第一章第三節「『古事記』の歴史叙述」に述べた通りである。また、津田の帝紀・旧辞論に対する批判は、矢嶋泉『古事記の歴史意識』（二〇〇八年、吉川弘文館）に詳述した。
（6）『記・紀・万葉集論考　安藤正次著作集4』（一九七四年、雄山閣出版）所収。
（7）高木市之助『吉野の鮎』（一九四一年、岩波書店）および『高木市之助全集　第一巻』（一九七六年、講談社）所収。
（8）神田秀夫『古事記の構造』（一九五九年、明治書院）所収。

(9) 中沢論に対する学界の反応は早く、中沢論が掲載された四か月後には安藤正次「古事記偽書説について」が同じ『史学雑誌』に掲載されている（『史学雑誌』三五編九号〈一九二〇年九月〉。『記・紀・万葉集論考　安藤正次著作集4』〈註(6)参照〉所収）。なお、後に中沢は同論を補訂して『古事記論』（一九二九年、雄山閣）を刊行している。中沢論以降の動向としては、筏勲『上代日本文学論集』（一九五五年、民間大学刊行会）、同「古事記偽書説は根拠薄弱であるか（上）（下）」（『国語と国文学』三九巻六・七号〈一九六二年六・七月〉）などのほか、松本雅明「古事記の奈良朝後期成立について㈠㈡」（『史学雑誌』六四編八・九号〈一九五五年八・九月〉）などがつづく。

(10) 倉野には「古事記和銅正撰の一証」（『奈良文化』二二号〈一九三二年四月〉）、「古事記偽撰説の排撃」（倉野『上代中古文学論攷』〈一九三四年〉所収）、「古事記偽書説を駁す」（広島大学『国文学攷』三巻二号〈一九三八年二月〉）、「古事記の真偽をめぐる論争」（『国文学　解釈と鑑賞』二七巻七号〈一九六二年六月〉）などの論がある。

なお、神田秀夫にも偽書説を承けて、あわてて序文の切り捨てを宣言した「動揺する『古事記の成立』」（『国文学　解釈と鑑賞』二九巻一号〈一九六四年一月〉）がある。ただし、序文と本文との緊密な対応関係は、亀井孝「古事記は　よめるか」（武田祐吉編『古事記大成3　言語文字篇』〈一九五七年、平凡社〉。『日本語のすがたとこころ㈡　亀井孝論文集4』〈一九八五年、吉川弘文館〉所収）、小松英雄『国語史学基礎論』（一九七三年、笠間書院）、小林芳規「『古事記』訓注とその方法」（『文学』三九巻一一号〈一九七一年十一月〉）、西宮一民「古事記上巻文脈論」（『国語と国文学』五三巻五号〈一九七六年五月〉。西宮『古事記の研究』〈一九九三年、おうふう〉所収）、久田泉「『古事記』音読注・訓注の施注原理」（『国語と国文学』六〇巻九号〈一九八三年九月〉。本書第三章第一節）などによって確認されており、神田の序文切り捨て宣言は、いささか慎重さを欠く判断であったといわねばならない。

(11) 元明の「詔二臣安萬侶一、撰二録稗田阿礼所レ誦之勅語舊辞一」という下命が、上文の「勅二語阿礼一、令レ誦二習帝皇日継及先代舊辞一」を承けることは文脈上明らかであり、「稗田阿礼所レ誦之勅語舊辞」は「舊辞」だけではなく、「帝皇日継及先代舊辞」を含意するものと読める。ただし、本書第一章第三節に述べたように、「帝皇日継」は皇位継承次第の意であって、紀年という原理を内包する「帝紀」を意味するわけではない。

(12) 阿礼が暗誦していたことがらを安萬侶が自らの記述方針に従って文字化したなどというのは、本居宣長の創作にかかる幻想にすぎないことは、すでに第一章第一節に確認したところである。

あとがき

『古事記』の文字世界は、それのみで一つの閉じた小宇宙を形成している。その小宇宙の姿と形は、私たちの想像をはるかに超えた、文字とことばに対する洞察と深い思索の上に成り立っている。本書はその繊細な知の世界に実際に分け入り、その構造とそれを成り立たしめている法則について考察したものである。

右に述べた〝法則〟とは、しかし、物理学や数学でいう法則――たとえばA_1ということがらを表す場合には、必ずA_2という文字や文字列が選択されるといった法則――に完全に重なるわけではない。もちろん、大部分は十分に科学的というに足る法則性・規則性に覆われているが、時に無原則でファジーな様相を見せることもあるからである。研究史的には、その無原則でファジーなありようを不統一や矛盾と捉え、『古事記』の非一元的な成立過程が喧伝されてきたのであったが、しかし、現代人の驕りを排して現にある文字テクストを虚心に観察すれば、実はそこにも文字列に即した必然性が潜んでいることを知るはずである。筆録者の文字とことばに対する洞察と思索は、現にある文字テクストの中に縦横に浸透し、結実しているからである。

本書の原核をなすのは、『古事記』の文字世界を成り立たしめている記述の論理が、精緻な論理性をもちつつも、現代人の考える記述法・表記法とは異なることを発見したときの驚きである。発見は、『古事記』の文字テクストに対する深い洞察に貫かれた小松英雄氏の『国語史学基礎論』（一九七三年、笠間書院）に導かれたものであったが、当時奉職していた聖心女子大学における約一年間の講義を通じて誤りのないことを確かめ、その年度の冬休みに一本の論文を書き上げた。それが「『古事記』音読注・訓注の施注原理—『下效此』の場合—」（『国語と国文学』六〇巻九号、一九八三年九月）である。

具体的には本書の第三章第一節をお読みいただきたいが、ひとことでいえば、『古事記』の文字世界は序文に提示された記述方針と不可分な関係にある一方、しかし、それは現代の書物でいう「凡例」のように不可変な原則として全体を貫通するわけではなく、文字列の環境・条件に応じた可変性をもつ——ということに尽きる（施注の様態もそれに応じて変化する）。その後、山口佳紀氏により、右の発見の趣旨にそった個別的な事例の網羅的な検討がなされると同時に、新たな問題も加えられて、議論は拡大（拡散）してゆくことになるが（同氏『古事記の表記と訓読』〈一九九五年、有精堂〉）、問題の本質は右の一点に尽きていると考える。

原則性と可変性という視座の獲得は、『古事記』の文字世界が従来の研究史が捉えてきたものとはかなり異なること、そしてその原則性と可変性とを合わせもつ文字世界を捉えるには、従来とは異なる観察方法が必要であることを知る契機となった。本書の第二・三章の多くは、こうした立場から『古事記』の文字世界を捉え直そうとした既発表論文に基づいている。さらにその予備的情報として、第一章には研究史を通じて形成された、誤った古事記像を修正するための論考四編を配する予定であったが、紙幅の都合で、予定していた一編「『古事記』氏祖系譜の再検討」（『国語と国文学』〈八二巻二号、二〇〇五年二月〉）を割愛せざるを得なかった（併読願えれば幸いである）。

既発表論文を収載するに当たっては、全体的な統一を図り、補訂を加えたので、まったく発表当時のままというものはない（「補訂」その他の情報を加えない所以である）。

各章節と既発表論文との関係は以下の通りである。

序章　統一と不統一と〔新稿〕

第一章　古事記研究史のひずみ

一　『日本書紀』の鏡像――本居宣長の古事記観〔新稿〕

二　和銅五年の序〔「和銅五年の序―『古事記』序文研究史の陥穽―」（『国語と国文学』八七巻一一号、二〇一〇年十一月）〕

三　『古事記』の歴史叙述〔「『古事記』の歴史叙述―治世史の形成―」（古事記学会編『古事記の成立　古事記研究大系1』〈一九九七年、高科書店〉）と「皇統譜から歴史へ」（矢嶋泉『古事記の歴史意識』〈二〇〇八年、吉川弘文館〉）〕

第二章　記述のしくみ

一　記述方針の採択〔「伝承の記述」（平川南・沖森卓也・栄原永遠男・山中章編『文字と古代日本5　文字表現の獲得』〈二〇〇六年、吉川弘文館〉）〕

二　音訓交用の前提〔新稿〕

三　音仮名の複用――非主用仮名を中心に〔「『古事記』の音仮名複用をめぐって―〈非主用仮名〉を中心に―」（『青山学院大学文学部紀要』三二号、一九九一年一月）〕

四　音仮名の複用――主用仮名を中心に〔「『古事記』歌謡表記の非均質性について」（伊藤博・稲岡耕二編『万葉集研究』一九集、一九九二年、塙書房）〕

五　音訓交用の一問題――「天津日高」の用字をめぐって〔「『天津日高』をめぐって」（『青山学院大学文学部紀要』三一号、一九九〇年一月）〕

第三章　記述の様態

あとがき

一　訓注・以音注の施注原理——「下效此」の観察を通じて（「『古事記』音読注・訓注の施注原理—「下效此」の場合—」（『国語と国文学』六〇巻九号、一九八三年九月、「久田泉」名義で発表））

二　以音注の形式（「『古事記』〈音読注〉の形式—所謂〈原資料〉の問題にふれて—」（『聖心女子大学論叢』六八集、一九八六年十二月））

三　接続語の頻用（「『古事記』に於ける接続語の頻用をめぐって」（『上代文学』六八号、一九九二年四月））

四　指示語の活用（「『古事記』の文脈指示」（『日本文学』三四巻一二号、一九八五年十二月））

終章　『古事記』論の可能性——統一と不統一と——（新稿）

書物の「あとがき」に私事を書き連ねるのは私のスタイルではない。申し述べなければならない、さまざまな方々への謝辞は敢えて飲み込んで、自らの美意識を貫きたい。

二〇一一年二月十日

矢　嶋　　泉

著者略歴
一九五〇年　神奈川県に生まれる
一九七九年　東京大学大学院人文科学研究科国語国文学専門課程博士課程中退
現在　青山学院大学文学部教授
〔主要著書〕
古事記の歴史意識
藤氏家伝　注釈と研究（共著）
上宮聖徳法王帝説　注釈と研究（共著）

古事記の文字世界

二〇一一年（平成二十三）三月十日　第一刷発行

著者　矢《や》嶋《じま》　泉《いづみ》

発行者　前田求恭

発行所　株式会社　吉川弘文館
郵便番号一一三―〇〇三三
東京都文京区本郷七丁目二番八号
電話〇三―三八一三―九一五一〈代〉
振替口座〇〇一〇〇―五―二四四番
http://www.yoshikawa-k.co.jp/

印刷＝株式会社　理想社
製本＝株式会社　ブックアート
装幀＝山崎　登

ISBN978-4-642-08524-3

索　　引

一，本索引は，本書で扱った事項・術語・書名・人名，それに引用した先行論の著者名等のうち，主要なものを一括して五十音順に配列したものである。ただし，本書の分析対象である『古事記』の書名は，ほぼ全編にわたって頻出するため，掲出を省略した。

一，掲出した見出しは，内容を勘案して要約したものや，要素を共有する複数の事項を併記したものを含み，必ずしも本書中の記述をそのまま抽出したものではない。

一，先行研究のうち，叢書所収の注釈書で，かつ複数執筆者の手になるものについては，執筆者名に代えて書名を掲出した場合もある。

一，なお，参照項目を項目末尾の〔　〕内に示した。

う

え

お

313　迦(カ)114, 141, 149〜152, 159, 166, 167, 169, 171, 179〜182, 185, 187〜190, 193, 195〜200, 209, 215, 216, 218〜222, 224〜237, 278, 279, 281, 313　訶(カ)118, 159, 160, 218, 222, 268, 279　可(カ)118, 136, 151, 156, 181, 261, 273, 274, 278　賀(カ)118, 138〜141, 171　甲(カ)94〜96, 118, 123, 263, 269, 270　賀(ガ)102, 138〜140, 156, 196, 202, 209, 210, 221, 222　我(ガ)118, 122, 123, 261　何(ガ)118, 136, 146, 156, 195, 196, 202, 209〜212, 221, 273, 276, 282　加(ガ)118, 138, 143　香(カグ)100　香(カゴ)100　甲(カヒ)95　岐(キ甲)117, 120, 122, 138, 143, 144, 157, 168, 176, 199, 201, 209, 217, 218, 220, 251　伎(キ甲)117, 120, 122, 157, 168, 199, 209, 217, 218, 220, 268　吉(キ甲)97, 116, 118, 122, 123, 264, 268〜270　棄(キ甲)118, 134, 146, 168, 176, 195, 201, 209, 261, 274　紀(キ乙)136, 273　記(キ乙)118, 136　幾(キ乙)118, 126, 269　貴(キ乙)125, 134, 269, 274　疑(キ乙)118, 138, 140　藝(ギ甲)142, 144, 250　岐(ギ甲)138, 143, 144　疑(ギ乙)138, 140　久(ク)2, 3, 102, 120, 157, 159, 167, 170, 175, 200, 221, 249, 277, 284　玖(ク)102, 120, 156〜159, 167, 170, 175, 200, 218, 221, 268, 277, 281　具(グ)101　群(グリ)100　氣(ケ乙)102, 138, 143, 144　下(ゲ甲)118, 136, 137, 273　牙(ゲ甲)118, 136, 137　宜(ゲ乙)102, 144　氣(ゲ乙)138, 143, 144　高(コ甲)118, 123, 130, 201, 238, 251, 252, 268, 269　故(コ甲)118, 130, 131, 195, 201, 261, 274　許(コ乙)102, 261　胡(ゴ甲)118, 274　碁(ゴ乙)102, 166, 167, 209　其(ゴ乙)118, 166, 171, 195, 201, 209, 274　佐(サ)101, 122, 159, 277　沙(サ)118, 159, 160, 218, 268, 269, 274, 277　左(サ)118, 122, 123　耶(ザ)93, 133　奢(ザ)101, 131, 133, 142, 269, 294　牸(ザ存疑)267, 269　相(サガ)100　讃(サヌ)100, 122, 270　斯(シ)114, 120, 131, 158, 164〜169, 197〜200, 209, 216, 218〜221, 276, 277　志(シ)114, 126, 131, 158, 165〜167, 169, 197〜200, 209, 216, 218〜220, 261, 274, 276　師(シ)118, 122, 123, 125, 126, 268, 269　紫(シ)116, 118, 122, 123, 125, 263, 264, 268, 269　色(シ)94〜96, 118, 269　新(シ)118, 123, 125, 269　芝(シ)118, 120, 158, 169, 176, 277　自(ジ)118, 126, 269　色(シキ)95, 100　須(ス)93, 102, 131　州(ス)118, 126, 131, 265　主(ス)124　周(ス)118, 124, 126　受(ズ)102　宿(スク)95, 100　勢(セ)117, 167, 168, 196, 203, 209, 210　世(セ)117, 167, 168, 195, 196, 201〜203, 209〜212, 261, 269, 273　是(ゼ)118, 261　蘇(ソ甲)124　宗(ソ甲)118, 122, 124, 269　素(ソ甲)118, 269　曽(ソ乙)122　叙(ゾ乙)118, 129, 132　序(ゾ乙)118, 129, 132, 272, 276　多(タ)102, 120, 158　當(タ)126, 144, 269　他(タ)120, 126, 158, 261, 274, 275　陁(ダ)102, 134, 156　陀(ダ)118, 134, 156　太(ダ)118　當(タギ)100　丹(タニ)100　旦(タニ)100　知(チ)102, 145　智(チ)118, 269, 274　遲(ヂ)102, 271, 282　地(ヂ)118, 134, 269, 271, 272　治(ヂ)124, 269, 273, 274, 282　知(ヂ)118, 145　直(ヂキ)96, 100, 262　都(ツ)102, 141, 249, 284　豆(ツ)118, 138, 140, 141　豆(ヅ)101, 102, 138, 142, 294　筑(ツク)96, 100, 122, 263, 264　竺(ツク)96, 100, 264　曇(ヅミ)100　弖(テ)138, 143　帝(テ)118, 128　傳(デ)131　殿(デ)118, 131, 261　弖(デ)118, 138, 143　斗(ト甲)117, 122, 174, 196, 203, 204, 209, 211, 271　刀(ト甲)117, 174, 195, 196, 202〜204, 209〜212, 269, 274, 280, 282　土(ト甲)118, 122, 124　兎(ト甲存疑)118, 270, 271　登(ト乙)120, 141, 158, 166, 167, 172, 196, 201　等(ト乙)120, 136, 158, 166, 167, 171, 195, 196, 201, 273, 274　杼(ト乙)118, 138, 140, 141, 172　度(ド甲)122, 270　杼(ド乙)138　縢(ド乙)118　騰(ド乙)118, 142　難(ナニ)100　迩(ニ)114, 120, 121, 147, 149〜151, 153, 157, 158, 167〜171, 176, 179〜185, 187〜190, 193, 195, 196, 200, 209, 215, 217〜219, 221, 222〜236, 250, 267, 276〜279, 281　尒(ニ)114, 120, 121, 140, 147, 149〜151, 154, 157, 158, 167, 168, 170, 171, 176, 179, 180, 182〜185, 187〜190, 193〜196, 200, 209, 215, 217〜221, 224〜236, 267, 276〜279　仁(ニ)118, 151　奴(ヌ)265　泥(ネ)134, 156　尼(ネ)118, 134, 156　祢(ネ)116, 118, 122, 124, 269, 274　怒(ノ甲)126, 261, 265　濃(ノ甲)118, 124, 126　努(ノ甲)118, 126　能(ノ乙)127, 128, 250　乃(ノ乙)127, 128, 271, 274　波(ハ)138, 143, 171, 249, 284　婆(ハ)118,

138〜140, 171　芳(ハ)118, 124　貝(ハ)118, 145　婆(バ)138, 139, 141, 142　波(バ)118, 138, 143　博(ハカ)96, 100　伯(ハハ)97, 100, 263　卑(ヒ 甲)118, 133　毗(ビ 甲)140, 142　斐(ヒ乙)129, 130, 161〜164, 224, 261　肥(ヒ乙)122, 129, 130, 161〜164, 224　備(ビ 乙)122　布(フ)129　賦(フ)118, 126, 269　服(ブ)94, 95, 97, 118, 126, 263　弊(ヘ 甲)117　幣(ヘ 甲)117　平(ヘ 甲)118, 122, 124, 269　倍(ヘ 乙)118, 122, 138　倍(ベ 乙)118, 122, 138, 139　弁(ベ甲)139, 271　部(ベ甲存疑)268, 269　富(ホ)200, 218　本(ホ)169, 200, 218, 261　番(ホ)118, 125, 250, 269　菩(ホ)125, 169, 269, 273, 274　蕃(ホ)118　品(ホ)118　品(ホム)100　麻(マ)167, 170, 200　摩(マ)167, 170, 200, 269　萬(マ)113　末(マツ)96, 100　美(ミ 甲)140, 171, 261　弥(ミ甲)171, 249　微(ミ 乙)132, 133　味(ミ 乙)118, 131〜133, 261, 274　无(ム)118, 124, 261　武(ム)118, 126　目(ムク)96, 100　賣(メ甲)130, 249　咩(メ 甲)118, 130　木(モ 乙)118, 347　延(je)93　余(ヨ 乙)93, 196, 204, 207〜209　与(ヨ 乙)118, 136, 146, 195, 196, 202, 204, 207〜209, 261, 273　豫(ヨ 乙)118, 122, 124, 207, 208, 269　良(ラ)117, 176　羅(ラ)117, 118, 134, 176, 218, 269　樂(ラカ)96, 100　流(ル)2, 3, 181, 196, 204, 205, 209, 212, 221, 222, 278　留(ル)195, 196, 202, 204, 205, 209, 210, 212, 221, 261, 273, 274, 281, 282　琉(ル)136, 156, 181, 273, 274, 278　礼(レ)113　漏(ロ 甲)137, 196, 205〜207, 221, 222　路(ロ甲)118, 136, 137, 146, 195, 196, 202, 205〜207, 209, 212, 221, 273, 274, 276　樓(ロ 甲)118, 134, 206　盧(ロ 甲)118, 206, 207, 272, 274　侶(ロ乙)113, 118, 128　和(ワ)122, 123, 126, 249, 284　丸(ワ)116, 118, 122〜124, 126, 252, 269, 270　袁(ヲ)117, 168, 194, 195, 212〜215, 217, 220, 221, 222　遠(ヲ)117, 168, 194, 195, 212〜215, 218, 220, 221, 269, 282
音訓交用………2, 187, 237, 245, 248, 250, 256, 274
　—表記………64, 74, 82, 122, 246〜250, 332, 392
　—表記と訓専用表記の併用 ……………74, 121
交用音訓(音訓を交へ用ゐ)……2, 74, 77, 83, 110, 145, 148, 160, 238, 245, 261, 308, 317, 392
音注・音読注〔以音注〕……………………………6

か

解説注…………6, 212, 242, 268, 281, 315, 329, 398
解読の手がかり・拠り所……………106, 127, 276
解読の指標・指標性…………………134, 146, 217
解読の補助……109, 125, 126, 153〜155, 157, 158, 161, 218, 308, 313, 378
解読の保証………………………………………316
文体(かきざま) ………16〜18, 20〜22, 66〔文体〕
柿本人麻呂 …………103〜105, 107, 108, 127, 361
柿本人麻呂歌集……………104, 105, 107, 108, 225
柿本人麻呂作歌………………………104, 107, 108
歌経標式 …………………………………13, 32, 64
春日政治…88, 89, 93, 107〜109, 115, 148, 258, 262, 263, 268
金岡孝………………………238, 240, 244, 282, 393
仮字書(かながき)………………………16, 66, 356
仮名字母〔音仮名〕
　—使用の偏向…112, 146, 149, 154, 179, 187, 188, 190, 197, 199, 200, 215, 219, 403
　—の交替…137, 156, 165, 189, 190, 193, 195, 209, 211, 218, 221, 273, 279, 281, 282
　—の整理・統一………………………………110
　—の整理・統一の不徹底……………4, 149, 405
　—の非斉一性…………………………………149
　—の複用…………………120, 121, 146, 147, 160
　—の不統一・未整理…………………………154
　—の変換……154, 157, 165〜169, 176, 177, 181, 189, 193, 201, 202, 206, 209, 215〜218, 220, 221, 223, 277
　—の偏在……149, 151, 156, 160, 180, 188〜190, 195〜197, 199, 205, 212, 214, 218, 219, 224, 225
　—の偏在に基づく区分・区分論……179, 188〜190, 193〜196, 199, 201, 214, 218, 220, 224, 275, 279
　—複用の回避…………88, 93, 108, 111, 113, 115
仮字づかひ・仮字用格(かなづかひ)…89, 90, 95, 99, 259, 263
仮字の差別(わきだめ)……90, 102, 105〜107, 259
亀井孝 ……2, 6, 77, 80, 83, 85, 127, 238, 240, 244, 253, 256, 261, 274, 278, 284, 381, 390, 392, 410
賀茂真淵………………………62, 63, 237, 238, 282
　—の記紀観…………………………………62, 63
歌謡固有名詞の仮名字母………………………118

き

く

け

こ

さ

し

す

せ

そ

た

ぬ

の

は

ひ

ふ

へ

ほ

ま